Gegen das Gesetz

Von Rankin Davis ist im Econ Taschenbuch Verlag außerdem lieferbar:
Im Zeichen der schwarzen Orchidee (TB 27299)

Zum Buch

Kein anderes Ereignis beschäftigt die britische Öffentlichkeit so sehr wie die Verhaftung des mutmaßlichen Serienmörders Trevor Speakman. Sieben Mädchen soll er vergewaltigt, die Augen ausgestochen und ertränkt haben. Die Anwaltskanzlei TWC überträgt der jungen Anwältin Leone Stern die Verteidigung – mit der Auflage eines Schuldeingeständnisses. Doch im Laufe der Ermittlungen tauchen Zweifel in Leone auf: Warum wird Beweismaterial zurückgehalten? Warum verwehrt man ihr den Zugang zum Polizeicomputer? Und warum unterschlägt die Kanzlei die alles entscheidende DNA-Analyse? Gemeinsam mit ihrem Mitarbeiter Toby Sloane und dem Gerichtszeichner Jack Forth macht sie sich auf die Suche nach der Wahrheit, die zu einem mörderischen Versteckspiel im Labyrinth der hohen Gerichtsbarkeit wird.

Zum Autor:

Hinter dem Pseudonym Rankin Davis verbergen sich zwei Anwälte, die in Newcastle und Durham praktizieren. Sie trafen sich erstmals 1987 als Gegner vor Gericht; seitdem arbeiten sie gemeinsam an ihren erfolgreichen Justizthrillern.

Rankin Davis

Gegen das Gesetz

Thriller

Aus dem Englischen von Nicole Hölsken

Econ Taschenbuch Verlag

Veröffentlicht im Econ Taschenbuch Verlag
Der Econ Taschenbuch Verlag
ist ein Unternehmen der Econ & List Verlagsgesellschaft
Deutsche Erstausgabe
2. Auflage 1998

First published by Hodder and Stoughton in Great Britain
Titel des englischen Originals: Abuse Of Process
Aus dem Englischen übersetzt von: Nicole Hölsken
Umschlagkonzept: Büro Meyer & Schmidt, München – Jorge Schmidt
Umschlagrealisation: Init GmbH, Bielefeld
Titelabbildung: Bavaria, München
Lektorat: Gisela Klemt
Gesetzt aus der Baskerville, Linotype
Satz: Josefine Urban KompetenzCenter, Düsseldorf
Druck und Bindearbeiten: Ebner Ulm
Printed in Germany
ISBN 3-612-27375-2

Den Anwälten von England und Wales: Die Wahrheit ist irgendwo da draußen. Sucht danach, wenn Ihr es wagt.

Aber *für* Sarah und Julie, meine »Frauen«.

Danksagungen:

Einen Roman zu schreiben, der dicht genug ist, um auch als Windschutz benutzt werden zu können, und verwickelt genug, um wie eine Achterbahn Übelkeit zu erregen, kann unmöglich ohne die wichtige Hilfe und die Unterstützung vieler Kollegen und Freunde geschehen. Bei meinen Nachforschungen waren insbesondere Kronanwalt Toby Hedgeworth (du hast deine Beförderung verdient) und Roger Cooper, ein Junior-Barrister (aber deine Zeit wird kommen) von unschätzbarem Wert, da sie mir ihre Erfahrungen als Staatsanwälte in einem berüchtigten und komplizierten Prozeß vermittelten und mich mit ›HOLMES‹ vertraut machten.
›SPYMASTER‹ regten meine Phantasie an, indem sie mir eine erstaunliche Fülle von Überwachungsmaterialien zusammenstellten und mir gestatteten, für eine viel zu kurze Zeit 007 zu spielen. Kate Lyal Grant und ihrem Team bei meinem Verlag sei Dank für ihre Geduld und ihren Glauben daran, daß in einem Anwalt noch mehr steckt als die Fähigkeit, eine Perücke zu tragen und eine Fülle lukrativer Aufträge zu bearbeiten (vor allem mehr als letzteres). Ebenso gilt mein Dank Sara Peacock, die jetzt viele Kilometer weit weg lebt, mir aber immer noch nah genug ist. Und ich danke Phil Pride, daß er mir sein Gesicht zur Verfügung gestellt hat, und Michael Mallett für meinen Namen.
Dank an Sarah, Julie, Hollie, Tom, Rebecca, Hannah und Barney, weil sie den Autor bei Laune hielten, wenn die Figuren so schlecht drauf waren wie ein Richter mit einem schrecklichen Kater.

Jane Gregory und Lisanne Radice für die gemeinsamen Mittagessen und ihren Rat – beides möchte ich nicht missen.
Und an Rankin Davis, dem Mann, den es in der Vergangenheit nicht gab, den es in der Zukunft aber geben könnte.

Meinen innigsten Dank.

R.D. County Durham, 1996.

Nicht einmal in deinen Gedanken fluche dem König, und selbst in deinem Schlafgemach fluche keinem Reichen! Denn ein Vogel in der Luft kann den Laut forttragen, ein Wesen mit Flügeln das Wort weitermelden.

Prediger 10/20

Prolog

Jonathan Berkeley stand mit hochgeschlagenem Mantelkragen im Neonlicht von Piccadilly Circus. Es war 22.15 Uhr, der Wind war eisig, und die Theaterbesucher strömten auf die jetzt schon überfüllten Straßen, die Londons berühmtestes Kleinod umgaben. Die zweifelhaften Gerüche einer Imbißbude in der Nachbarschaft beleidigten seine Nase ebenso wie seine an kostspielige Mahlzeiten gewöhnten Geschmacksnerven. Noch einmal ging er um den historischen Ort herum und blieb dann im Eingang eines Geschäftes an der Ecke Regent Street stehen. Taylor kam zu spät. In der Wärme von Berkeleys Manteltasche fühlte sich der Umschlag schon ganz feucht an. Er hatte ihn so klein zusammengefaltet, als ob er sich wünschte, daß er vollends verschwände.

Kurz darauf bahnte sich ein abgerissener Jugendlicher mit dem Haarschnitt eines Mohikaners und einem rostigen Einkaufswagen den Weg durch eine Gruppe japanischer Touristen, die – beladen mit diversen Souvenirs – zu Berkeleys Linker standen. Der Junge ließ sich in einem Türeingang auf den Boden fallen und holte ein Fläschchen mit Feuerzeugbenzin aus einer schmutzigen Plastiktüte. Mit der Faszination des Grauens beobachtete Berkeley, wie er die Benzindämpfe inhalierte. Das Blitzgeschwader der Kameras, das die aufgeregten Japaner in regelmäßigen Abständen abschossen, beleuchtete das Stilleben-Porträt des jungen Mannes. In einem Augenblick perverser Eifersucht wünschte Berkeley, mit ihm tauschen zu können. Der Junge starrte mit leerem Blick in seine Richtung. Ein Spinnennetz war auf sein verwittertes junges Gesicht tätowiert worden.

»Du hattest schon immer einen Blick für die Glücklosen«,

flüsterte ihm eine vertraute Stimme ins Ohr. Er schreckte zusammen. »Wenn ich ihn so betrachte, dann erinnert mich das daran, wo ich jetzt sein könnte – bevor ich dich traf, natürlich. Na mach schon, gib ihm einen Zehner – du kannst es dir schließlich leisten. Vielleicht könnt ihr zwei ja Freundschaft schließen.« Die Stimme gehörte einem erstaunlich jungen Mann, dessen schwarzes Haar mit Gel aus dem bronzefarbenen, markanten Gesicht gekämmt war. Er trug einen maßgeschneiderten blauen Mantel mit Samtkragen, unter dem ein schneeweißes Hemd und eine eindeutig von Hermès stammende Krawatte zu sehen waren.

»Bastard«, stieß Berkeley aus.

»Oh, wie reizend von dir, Jonathan. Hast du etwa einen schweren Tag hinter dir? Hast du nicht genug Geld verdient? Oder liegt es nur daran, daß dein Bett in der letzten Zeit etwas zu kalt ist?«

»Nimm deinen Scheck und verschwinde, du elendes Stück Scheiße«, zischte Berkeley und streckte ihm die Hand mit dem zerknitterten cremefarbenen Umschlag entgegen. Der gut gekleidete Mann lächelte arrogant, nahm den Umschlag und begann sorgfältig, die Falten zu glätten.

»Eine Schande, daß du so verbittert bist, Jonathan. Weißt du, manchmal glaube ich immer noch, daß wir es zu etwas bringen könnten, vielleicht wegen der alten Zeiten.« Er streckte die Hand aus und streichelte Berkeleys Wange. Ruckartig zog dieser den Kopf weg, seine Augen glühten vor Zorn.

»Ich bring' dich um, Taylor!«

»Irgendwie kann ich das nicht glauben«, kicherte der junge Mann und zog eine krokodilslederne Brieftasche aus dem Mantel. Er hielt Berkeleys Blick stand, während er den Umschlag in das Reißverschlußfach schob und eine frische Zwanzig-Pfund-Note herausholte. »Nächste Woche zur selben Zeit. Und sieh zu, daß du da bist, sonst sorge ich für die Verbreitung des Videos.«

»Es ist nichts mehr da: Das Boatman-Konto ist leer.«
»Schade. Dann solltest du dein gieriges kleines Hirn auf Hochtouren laufen lassen, stimmt's? Mein Partner und ich haben schließlich auch unsere Verpflichtungen. Ich bin sicher, daß deine Freunde dir schon helfen werden.«
»Sie wissen es immer noch nicht.«
»Nicht mein Problem.« Der junge Mann wandte sich um und wollte schon gehen, aber dann machte er einen Schritt auf den fast bewußtlosen Jungen zu, der zusammengekauert in der Ecke lag. Er ließ die Zwanzig-Pfund-Note neben dem Fläschchen hinuntersegeln. »Danke nicht mir, danke ihm«, sagte Taylor, lachte und tätschelte Berkeleys Arm. Der Mohikaner blickte mit glasigen Augen auf das Geld und sah dann Berkeley an, als ob er der wiederauferstandene Christus sei.
»Siehst du, Jonathan, Barmherzigkeit. Ist es nicht wunderschön?«

Kapitel 1

Das beständige Klingeln des Telefons durchschnitt Jack Forths immer wiederkehrenden Alptraum. Er ertrank. Seine Lungen drückten gegen die verletzten Rippen, die Arme streckten sich vor, auf der vagen, aber lebenswichtigen Suche nach etwas, das sie nie finden würden. Das metallene Geräusch bahnte sich seinen Weg durch die Bewußtlosigkeit. Mit den Fingern strich Jack sich die schwarzen Locken zurück. Sie waren vom Schweiß seines Alptraumes klatschnaß. Er stöhnte leise und hob den Bakelithörer von der Gabel.

»Jack, hier ist Tom Leath.«

Leath war sein Boß in der Agentur. Jack hatte sich den Tag frei genommen, um Hollie, seiner achtjährigen Tochter, bei einem Schwimmwettbewerb in der Schule zuzusehen.

»Nicht heute Tom, ich habe private Verpflichtungen. Hollie wird dir niemals verzeihen, wenn du mich schon wieder abkommandierst.« Und mir auch nicht, dachte er, als er sich daran erinnerte, daß er wegen seines Berufes auch ihre letzte Geburtstagsparty verpaßt hatte.

»Du weißt, daß ich dich nicht anrufen würde, wenn es nicht wichtig wäre. Hobbs hat sich wieder unerlaubt von der Truppe entfernt.«

»Er ist also mal wieder auf Sauftour! Eigentlich habe ich gar keine Lust, dauernd den Kater für ihn auszubaden.« Hobbs war einer der besten Gerichtszeichner – er besaß die Fähigkeit, einen Angeklagten schuldig oder unschuldig aussehen zu lassen, je nachdem, wie er den Fall sah –, aber in der letzten Zeit hatte er sich immer häufiger vollaufen lassen. Die Agentur hatte also mehr und mehr auf Jacks Talente zurückgreifen müssen.

»Du weißt doch, was heute ansteht, Jack.« Natürlich wußte er das. Das ganze Land wußte es.
»Ich habe dir doch schon letzte Woche gesagt, daß ich mit der Sache nichts zu tun haben will. Daran hat sich immer noch nichts geändert.«
Leath war beharrlich. »Sieh mal, Jack, es geht heute doch nur in die erste Instanz. Es wird noch nicht einmal eine Beweisaufnahme erfolgen, es handelt sich einfach nur um das Vorverfahren. Komm schon, es dauert nicht länger als, na ja, schlimmstenfalls vielleicht eine halbe Stunde, und es wird gut bezahlt. Ich habe drei überregionale Blätter, die sich dafür interessieren. Ich will nur eins: deine Zeichnung von ›König Artus‹.«
Obwohl er sich fest in die dicke Daunendecke eingewickelt hatte, schauderte Jack, als er den Namen hörte, den die Presse dem Angeklagten gegeben hatte. Aber Leath war gut zu ihm gewesen. Erschöpft und gequält war Jack seinerzeit aus dem Golfkrieg zurückgekehrt, dessen Schrecken er jahrelang gezeichnet hatte, und Tom hatte ihm, dem desillusionierten Kriegskünstler, die Gelegenheit gegeben, das Böse auf der Straße von Basrah zu vergessen. Doch das, was er fortan zeichnen sollte, war eigentlich nur eine andere Form des Bösen. Stunde um Stunde saß er jetzt da, beobachtete die Gesichter von Mördern und versuchte festzuhalten, was in ihren Köpfen vor sich ging. Es war, als versuche man zu schreien, ohne den Mund öffnen zu können.
»Wenn du schwörst, daß ich den Prozeß nicht ebenfalls zeichnen muß ...«
»Jack, du weißt doch, wie ich in bezug auf diesen Fall denke. Jeder, der eine Tochter hat, empfindet wohl dasselbe. Komm schon, du wirst Hollie bestimmt beim Schwimmen zusehen können. Betrachte es doch als deinen Beitrag dazu, diesen Abschaum hinter Schloß und Riegel zu bringen.«
»Noch ist er nicht verurteilt worden«, murmelte Jack in den Hörer.

»Ist doch nur eine Frage der Zeit. Die Staatsanwaltschaft ist zuversichtlich. Mein Gott, selbst die Verteidiger haben resigniert: Sie haben Sedgewick beauftragt«, bemerkte Tom.
Jack hatte den Fuchs des Old Bailey, des Hauptkriminalgerichts in London, schon in verschiedenen Weinbars in Aktion erlebt. Mit einer Flasche und einem Glas in der Hand war der Verteidiger Jeffrey Sedgewick dort ebenso genial und bezaubernd wie im Gerichtssaal wirr.
Als Leath merkte, daß Jacks Zögern nachließ, ergriff er die Gelegenheit. »Die Verhandlung findet um zehn Uhr statt. Ich erwarte die Zeichnung gegen Mittag. Gib Hollie einen Kuß von mir. Ich muß jetzt los«, rasselte er schnell noch herunter, bevor er auflegte.
Widerstrebend schob Jack Forth die Decke beiseite. Dann streckte er sich, um seine Trägheit loszuwerden. Er tappte durch das mit Glaswänden abgeteilte Atelier, das an sein Schlafzimmer angrenzte. Vorsichtig bahnte er sich einen Weg durch Staffeleien mit halbfertigen Arbeiten, Zeichnungen, Kohleskizzen und Skulpturstücken aus Maschendraht hindurch, bis er im Badezimmer anlangte. Durch die trübe Glasscheibe über der freistehenden Edwardianischen Badewanne fiel das Sonnenlicht in den Raum und verlieh der Pinienholzverkleidung eine warme, honigbraune Tönung. Jack betrachtete sich im Badezimmerspiegel über der Toilette. Er sah müde aus. Wissende grüngraue Augen erwiderten seinen geraden Blick; er hatte einfach schon zu viel gesehen, um noch unschuldig aussehen zu können, selbst wenn er nackt war.
Er befühlte seine Bartstoppeln am Kinn und spielte mit dem Gedanken, sich noch vor dem Kaffee zu rasieren. Wie immer gewann der Kaffee: Im Hintergrund lockte das sanfte Zischen des besten Weihnachtsgeschenkes, das er sich jemals selbst gemacht hatte. Als Kompromiß klatschte er sich kaltes Wasser ins Gesicht und über das Haar. Er griff nach dem Handtuch und vergrub den Kopf darin. Wieder

erschien sein Gesicht im Spiegel. Er konnte seine fünfunddreißig Jahre nicht verleugnen. Die Sonnenfältchen hatten sein äußeres Erscheinungsbild mit seiner biologischen Uhr in Einklang gebracht. Nur Hollie hielt ihn für jung. Die kleine Hollie. Er lächelte, als er an ihr zartes, ernstes Gesicht dachte und an ihre ständige Sorge um sein Wohlbefinden.

»Du siehst zu dünn aus, Daddy. Zu viele Nächte gearbeitet, zu viele Freundinnen.«

»Du weißt doch, daß du die einzige für mich bist, Hollie.« Und das stimmte. Seit dem Tod ihrer Mutter, als Hollie fünfzehn Monate alt gewesen war, hatte es keine andere Frau gegeben, geben können. Jack verdrängte die Erinnerung an den Unfall: Es war noch immer nicht der richtige Zeitpunkt, er konnte es immer noch nicht aushalten.

Der Duft kolumbianischer Bohnen zog herein und rettete ihn – wie so oft. Er folgte dem Geruch bis in die Küche und holte einen Becher von dem Regal über der Arbeitsplatte. Sein hochtechnisierter Coffee Buddy blubberte in der Ecke leise vor sich hin, gab schwarzes Gold von sich und sagte ihm außerdem, daß es 7.30 Uhr war. Als er die Kanne aus rostfreiem Stahl von der Heizplatte nahm, ertönte eine muntere amerikanische Stimme. »Guuuuten Morgen, Jack Forth«, schrie sie los. Für das Privileg, jeden Morgen auf diese Weise begrüßt zu werden, hatte er extravagante 130 Pfund bezahlt, aber er fand es toll. Er goß sich Kaffee ein und nahm einen ersten Schluck zu sich, mit dem er sich auf den zweiten vorbereitete, der immer der beste war, wie er fand. Die Geschmacksknospen hatten den ersten bitteren Angriff überstanden und konnten sich jetzt entspannen, um die feineren Nuancen des Aromas wahrzunehmen. Er stellte die Kanne wieder auf die Maschine. »Einen schönen Tag noch, Jack Forth.« Er zweifelte daran.

Jack ging in den Fitneßraum, den er sich im Gästezimmer eingerichtet hatte. Dort zog er sich Shorts und ein Trikothemd für seine morgendlichen Übungen an. Gott, wie er Sport haßte, aber er half ihm, sich auf den bevorstehenden Tag zu konzentrieren. Er fing mit ein paar Lockerungsübungen an, dann legte er sich rücklings auf die Gummimatte, kreuzte die Fußknöchel und begann mit seinen fünfzig Sit-ups. Während er ständig auf und ab schaukelte, dachte er über die bevorstehende Aufgabe nach. Er hatte noch genug Zeit, um zum Gericht zu fahren. Die Anwälte würden sich um die Formalitäten kümmern, während er »König Artus« ins Gesicht sah.

»Fünfzehn, sechzehn«, zählte er, und seine Atemgeschwindigkeit verdoppelte sich. Die Nation würde den Prozeß bis zum bitteren Ende verfolgen. Der Angeklagte war der meistgeschmähte Mörder seit Jack the Ripper – und das aus gutem Grund.

»Sechsundzwanzig, siebenundzwanzig.« Fünf lange Jahre, bis zur Verhaftung des Angeklagten, wurde den Eltern eines jeden kleinen Mädchens, das mehr als zehn Minuten zu spät nach Hause kam, der Mund trocken vor lauter Angst, daß er diesmal vielleicht ihre Tochter erwischt hatte.

»Dreiunddreißig, vierunddreißig.« Sieben hatte es getroffen; sieben waren hinterher verstümmelt aufgefunden worden: Er hatte ihnen die Augäpfel aus den Höhlen entfernt. Der erste Leichnam trieb in einem Kanal in der Nähe des Dosmary-Sees in Dartmoor. Die Presse hatte sehr schnell ihre Sensationsstory, als sie zufällig auf die Legende stieß, daß der abgestandene Moorsee einst der Ursprungsort von Excalibur gewesen sei, dem Schwert des König Artus.

Jener erste Leichnam, der eines Mädchens, das von zu Hause ausgerissen war, war der Beginn einer niederträchtigen Herrschaft sexueller Perversion. Jedes der anderen Opfer war ungefähr im gleichen Alter gewesen; manchmal waren die Mädchen nur wenige Meter von ihrem Haus entfernt verschleppt worden. Dann hatte man sie in verschie-

dene Wasserläufe oder Seen im Umkreis von Devon und Cornwall geworfen. Alle waren sexuell mißbraucht worden, bevor ihnen das kalte Wasser in die Lunge drang. »König Artus« war ihr Herrscher, und sie waren seine »Damen vom See«. Jack spürte, wie sein Atem schneller ging – und zwar nicht nur durch die sportliche Anstrengung, sondern auch bei dem Gedanken an den unvorstellbaren Schrecken, den die Opfer in der Gewalt von »König Artus« durchlebt haben mußten.
»Vierundvierzig, fünfundvierzig.« Kleine Schweißbäche rannen ihm aus den Achselhöhlen und in den Ausschnitt seines Sporttrikots, während sein Puls raste.
»Neunundvierzig, fünfzig.« Jack ließ sich nach hinten fallen und bemühte sich, seinen stoßweise gehenden Atem wieder unter Kontrolle zu bringen. Er streckte sich zu seiner vollen Größe von einsachtundsiebzig aus. Genau einsachtzig hatte er eigentlich groß werden wollen: Jack hatte sich sogar mit Gewichten an den Fußgelenken an ein Reck gehängt, bis sein Vater ihm gesagt hatte, daß große Menschen trotzdem recht klein bleiben konnten.
Er ging zur Bank hinüber und begann, Gewichte zu stemmen, bis seine Schultern sich schmerzhaft verkrampften. Dann schob er die Langhantel wieder auf das Gestell über sich und legte sich erneut auf den Rücken, um weiter über die Morde an den Mädchen nachzudenken. Vor zwölf Monaten war Trevor Speakman, der mutmaßliche Mörder, schlafend auf einem Rastplatz neben seinem Lastkraftwagen gefunden worden. Im Anhänger des LKW hatte die Polizei ein Mädchen gefunden, das schwer unter Drogen stand. Wie Tom Leath gesagt hatte, war es nur eine Frage der Zeit, bis man Speakman verurteilen würde. Aber etwas an den Morden bedrückte Jack besonders. Es handelte sich nicht einfach um die Tatsache, daß die Mädchen auf die gleiche Weise den Tod gefunden hatten wie seine Frau – durch Ertrinken. Es war etwas anderes – ein Erinnerungs-

fetzen, der sein Bewußtsein heimsuchte wie ein Geist. Er versuchte, sich ins Gedächtnis zu rufen, was es war, mußte aber angesichts der Vergeblichkeit dieses Unterfangens den Kopf schütteln. Es war zwecklos.
Er seufzte schwer und ging unter die Dusche. Bald würde er der Bestie ins Gesicht sehen.

Während Trevor Speakman seine Zelle, in der er in Untersuchungshaft saß, putzte, fand in den Büros seiner Anwälte ein morgendliches Meeting statt. Die Seniorpartner in den typischen Nadelstreifenanzügen, die den Besprechungsraum bevölkerten, führten eine andere Form der Säuberungsaktion durch. Sie alle blätterten in einem Packen identischer Papiere. Der große dunkeläugige Mann in der Mitte des Tisches blickte unverwandt auf das Piet-Mondrian-Gemälde an der gegenüberliegenden Wand, das er immer schon bewundert hatte. Niemand sprach. Er räusperte sich, als ob ihm instinktiv bewußt würde, daß alle anderen sich in ihrem Urteil nach ihm richten würden.
»Gentlemen, es präsentiert sich uns also folgende Sachlage.« Er hielt erneut inne, geistesabwesend zwar, doch richtete er außerordentlich sorgfältig die Kaffeetasse aus. »Als wir uns vor einem Jahr aus der Vertretung von Kriminaldelikten zurückzogen, wurde die Speakman-Akte übersehen: Er wurde nicht mit unseren anderen Klienten an andere Anwaltskanzleien übergeben, so daß wir ihn prinzipiell immer noch vertreten. Die Sache ist mir erst vor wenigen Tagen durch einen Anruf aus dem Büro des Generalstaatsanwalts zur Kenntnis gebracht worden. Es hat den Anschein, daß die Staatsanwaltschaft verständlicherweise großen Wert darauf legt, Fortschritte zu machen. Die Vorverhandlung ist für heute angesetzt. Die Staatsanwaltschaft ist besorgt, daß wir ihnen noch kein Schuldgeständnis präsentiert haben. Unnötig zu sagen, daß auch ich ziemlich besorgt bin, insbesondere im Hinblick auf die katastropha-

le Affäre, die vor geraumer Zeit für die Auflösung unserer Strafrechtsabteilung sorgte.
Ich habe es allerdings vermieden, dem Generalstaatsanwalt mein Erstaunen zu zeigen, zumal ich weiß, daß ich Sie alle in nächster Zukunft verlasse und zu einem anderen Unternehmen wechsele ...« Die Männer ringsum lächelten angesichts dieses sorgsam gehüteten und vornehmsten Geheimnisses, und er erwiderte dieses Lächeln mit einem kaum verborgenen, selbstgerechten Kräuseln seiner bleistiftdünnen Lippen. Er fuhr fort: »Ich möchte vermeiden, daß unserer Firma die fragwürdige Ehre zuteil wird, durch eine erneute Untersuchung in den Schmutz gezogen zu werden. Deshalb ist es natürlich bedauerlich, daß dem Speakman-Fall nicht die Aufmerksamkeit zuteil wurde, die ihm gebührt. Trotzdem ist es unwahrscheinlich, daß man angesichts der überwältigenden Beweisfülle, die gegen ihn vorliegt, überhaupt irgend etwas hätte erreichen können. Deshalb, Gentlemen, habe ich nach Beratung mit der Geschäftsleitung und Ihre Zustimmung voraussetzend einen Anwalt damit beauftragt, die entsprechenden Anträge zu Speaksmans Verteidigung zu stellen, und ich hoffe, daß die ganze Sache in absehbarer Zeit vergessen sein wird, ebenso wie dieses Monster, wenn es endlich verurteilt worden ist. Die alternative Vorgehensweise bestünde darin, unsere Nachlässigkeit zuzugeben und den üblen Beigeschmack zu riskieren, der mit diesem Eingeständnis einhergehen würde. Zumal man damit rechnen muß, daß er sich, sobald ein neuer Stab von Anwälten eingesetzt worden ist, wahrscheinlich darüber beklagen würde, daß bislang so wenig unternommen wurde.«
»Können wir den Verantwortlichen, der uns in diese kompromittierende Situation gebracht hat, nicht einfach rauswerfen?« ertönte ein anonymer Zwischenruf.
»Wie es scheint, haben wir das bereits getan, obwohl ich mich an den Betreffenden kaum erinnern kann. Ein Kerl

namens David Taylor. Zu dem fraglichen Zeitpunkt arbeitete er als Rechtsreferendar bei uns. Er war auch bei den ursprünglichen Verhören anwesend, hat vor einiger Zeit gekündigt und arbeitet jetzt irgendwo in der Innenstadt.«

»Eine Schande.«

»Ja, das stimmt, aber jetzt müssen wir uns den Tatsachen stellen. Der Fall muß schnellstmöglich und mit einem Minimum an Ärger abgewickelt werden. Ich beabsichtige, heute morgen zusammen mit der einzigen Person in dieser Kanzlei, die auf diesem Gebiet überhaupt noch über Erfahrungen verfügt, zum Gericht zu fahren. Wie die Dinge liegen, werden Sie mir zustimmen, daß ich eine hervorragende Wahl getroffen habe, selbst wenn die Angelegenheit schiefgeht.«

Die U-Bahn-Fahrt war so beklemmend und anonym wie immer. Das ständige Wogen und Drücken der Körper, die unter allen Umständen Körperkontakt zu vermeiden suchten, deprimierte Jack zutiefst. Sämtliche Augen waren niedergeschlagen, entweder blickten sie zu Boden oder überflogen die Seiten von Illustrierten, die ihnen die Flucht vor ihrer weltlichen Existenz ermöglichten. Jack hatte seinen Zeichenblock und seine Pastellstifte in der zerbeulten braunen Aktentasche verstaut, die auf seinem Schoß lag. Er bereute schon jetzt, diesen Auftrag angenommen zu haben. Er spürte, wie seine Finger auf die Oberfläche der Tasche trommelten, jeder Finger in vollkommenem Gleichklang mit seinem Zwilling an der anderen Hand. Seit seinen letzten Tagen in »dem schlimmsten aller Kriege« war er nicht mehr dermaßen nervös gewesen. Er zwang sich, tief durchzuatmen: Er ging schließlich nicht an die Front, sondern nur in einen Gerichtssaal.

In der Auffahrt zum Gerichtsgebäude wimmelte es vor Reportern und Kameraleuten. Jack hoffte, die obligatorische Verfolgung des Gefängniswagens verpaßt zu haben, bei der die Paparazzi mit über dem Kopf erhobenen Kameras neben dem Gefährt hergaloppierten und in dem fieberhaften Versuch, das Profil des Mörders auf die Linse zu bannen, diesen einer Salve aus Blitzlichtern aussetzten. Er drängte sich durch die Menge, vorbei an dem häßlichen, viktorianischen Prunk der Vorderfront, dann die relativ ruhige, von parkenden Autos gesäumte Seitenstraße hinab und zum Hintereingang hinein.

Jack war nicht der einzige, der das Gewühl der Menge verabscheute. Zwanzig Meter vor ihm parkte, was für diese Gegend ungewöhnlich war, ein von einem Chauffeur gefahrener Daimler am Bordstein. Als Jack näher kam, sah er eine große, athletisch gebaute Frau, die in züchtiges Schwarz gekleidet war, aus der Limousine steigen. Das aschblonde Haar war am Hinterkopf zu einem Knoten zusammengefaßt, was die Strenge ihrer Aufmachung noch unterstrich. Sie umklammerte eine große Gladstone-Tasche und sah wütend aus. Einen Augenblick lang schien sie zu zögern, dann beugte sie sich hinunter, so daß ihr Kopf auf einer Höhe mit dem Inneren des Wagens war. Jack konnte erkennen, daß ein Mann darin saß, obwohl der Fahrer und die Fensterstreben ihm den genauen Blick versperrten. Dann hörte er – selbst auf die Entfernung – die Stimme der Frau. Sein Eindruck war richtig gewesen: Sie war wütend.

Ihr Akzent war in den Vororten Sydneys geprägt, doch die harten Kanten waren durch einen langen Aufenthalt in England abgeschliffen worden. Jack näherte sich dem Wagen schnellen Schrittes, doch seine wildledernen Stiefel gaben keinen Laut von sich, so daß er unbemerkt blieb. Er ging zügig weiter, wobei er sich jedoch nach unten beugte, um die Neugier des Künstlers zu befriedigen und einen schärferen Blick auf den im Auto sitzenden Mann zu erhaschen. Doch das Innere des Wagens war ungewöhnlich dunkel. Er war nur noch fünf Meter entfernt, als er eine tiefe, kultivierte Stimme hörte:

»Kümmern Sie sich einfach nur um König Artus, Miss Stern.«

Jack Forth blieb mitten auf der Straße stehen. Er konnte sich nicht bewegen, und er wußte nicht, warum. Er stand immer noch wie gelähmt da, als das Auto an ihm vorbeifuhr und um die Ecke bog. Die Frau huschte die Treppenstufen hinauf, und er konnte sich noch immer nicht bewegen.

Was zum Teufel geht hier vor? Was ist los mit mir?

Als Jack spürte, wie sich der unerklärliche Schrecken langsam aufzulösen begann, fragte er sich, ob er einen Flashback gehabt hatte. Oder war es eine Nachwirkung des Medikamentencocktails gewesen, den man ihm am Golf verabreicht hatte? Er versuchte, sich wieder in den Griff zu bekommen. Einige Sekunden lang bemühte er sich, gedanklich den Augenblick zu isolieren, in dem sein Körper sich versteift hatte, aber es war zu spät. Unerklärlicherweise wurde er von der Stimme seines Coffee Buddy aus den Träumereien gerissen:

»Jetzt brichst du zusammen, Jacky-Boy: Deine Irrenärztin hat dich doch gewarnt, daß es irgendwann einmal soweit sein würde.«

Er schüttelte den Kopf und ging in das Gebäude, in dem »Die Krone gegen Speakman« die ersten vorsichtigen Schritte unternehmen würde, um den Angeklagten lebenslang hinter Gitter zu bringen.

Die fünf Meter hohen viktorianischen Korridore waren voller Menschen. Der vertraute dichte blaue Dunst, der von den Hunderten von Zigaretten aufstieg, schien gleichermaßen von Vorfreude wie von Sorge durchdrungen zu sein. Jack stieg über die ausgestreckten Beine arroganter Teenager, die sich auf den alten Eichenbänken räkelten, und stand schließlich vor Gerichtsraum Nummer sieben. An den Türen, die in den für die Öffentlichkeit reservierten Zuschauerraum führten, hingen Schilder, auf denen zu lesen war, daß wegen Überfüllung geschlossen sei. Trotzdem löcherte die Menge den uniformierten Polizisten, der davor Wache stand, mit Fragen. Jack drängte sich etwas weiter den Flur hinab zum Presseeingang und zeigte seinen Ausweis. Als er endlich drinnen war, dauerte es nur noch wenige Minuten, bis sich das Gericht versammelt hatte und Jack einen ersten Blick auf den meistgehaßten Mann des Landes werfen konnte.

»Sind Sie Trevor Speakman?« fragte der schwarz gekleidete Gerichtsdiener die elende Gestalt auf der Anklagebank. Er wurde von zwei Gefängniswärtern mit strengen Mienen flankiert. Das grelle Licht spiegelte sich im glänzenden Stahl der Handschellen, die die drei Männer zusammenbanden. Jack betrachtete das Gesicht des Angeklagten. Speakman sah aus wie ein Bodybuilder, der keine Gewichte mehr hob und statt dessen selbst Gewicht zugelegt hatte. Sein Gesicht war breit und flach. Seine ovalen, verängstigten Augen schienen die Vorgänge um ihn herum nicht zu verstehen.

»Sind Sie Trevor Speakman?« Die verärgerte Stimme des Gerichtsdieners wurde um ein Dezibel lauter.

»Ja, das bin ich.« Die Stimme des Angeklagten klang zitternd und unsicher. Auf der öffentlichen Galerie schrie jemand »Bastard!« Einige andere stimmten ein, bis schließlich alle ihren Haß auf den Mörder hinausschrien.

»Ruhe!« befahl der ältere Gerichtsdiener. Sein halbherziger Kommentar ging jedoch in den lautstarken animalischen Schmährufen unter. Der oberste Richter ersuchte die Menge um Ruhe:

»Ich werde die Galerie für die Öffentlichkeit räumen lassen, wenn es zu weiteren Unterbrechungen kommt. Halten Sie Ruhe, oder Sie werden das Gebäude verlassen müssen.«

Der Lärm ebbte zu einem gleichmäßigen Summen ab,

dann senkte sich erwartungsvolle Stille über das Publikum. Unterdessen betrachtete Jack Speakman genauer. Die verängstigten Augen des Mannes waren verschleiert wie die eines Neugeborenen. Die beiden Gefängniswärter starrten weiterhin unbeteiligt geradeaus.

»Nun«, nahm der Gerichtsdiener seine Aufgabe wieder auf, »werde ich die Anklage verlesen. Wer vertritt den Angeklagten?«

»Ich«, antwortete eine weibliche Stimme. Sie klang vage vertraut. Jacks Kopf wirbelte herum, so daß er nicht mehr Speakman, sondern die Reihe der Anwälte im Blickfeld hatte. Sie sieht immer noch wütend aus, dachte er. Ein eher starkes als schönes Gesicht blickte den Gerichtsdiener an.

»Leone Stern von Teal, Windle and Crichton.«

Jack war überrascht, daß sie sich vorstellte: Normalerweise waren diese Fakten schon vor der Vorverhandlung hinreichend bekannt. Der Gerichtsdiener fuhr fort, die sieben Anklagen des Mordes und die eine wegen Entführung zu verlesen. Zu jeder einzelnen plädierte Speakmans kaum hörbares Flüstern: »Nicht schuldig.« Jack begann mit einer vorläufigen Skizze des Gerichtssaales und der darin befindlichen Personen. Er zeichnete die Umrisse der drei Richter ebenso wie die der Staatsanwälte der Krone, dann malte er die feindselige Silhouette der öffentlichen Galerie. Anschließend konzentrierte er sich auf das Gesicht des Ungeheuers.

Deshalb war er schließlich hier: um das Gesicht des Mörders der Mädchen zu malen. Es war nie leicht. Ein Gerichtszeichner mußte mehr als nur eine Ähnlichkeit herstellen. Seine Aufgabe bestand darin, die Stimmung im Saal und die Seele des Angeklagten zu erfassen. Der Presse lagen schließlich unzählige Photos vor, mit deren Hilfe sie der Öffentlichkeit zeigen konnten, wie Speakman aussah, aber Jacks Aufgabe bestand darin, festzuhalten, wie er *wirklich* war. Speakman jedoch weigerte sich, gelangweilt oder wütend, gereizt oder stolz auszusehen: Er schien einfach nur ängstlich und verwirrt zu sein. So sehr er es auch versuchte, Jack bekam das Bild einfach nicht hin: zumindest war es nicht das, was die Zeitungen haben wollten.

Plötzlich wurde er sich undeutlich bewußt, daß die Vorverhandlung sich bereits dem Ende zuneigte. Leone Stern stimmte zu, daß der Fall dem Crown Court überantwortet werden sollte und daß weitere Verhandlungen ohne Verzögerung erfolgen sollten. Sie bestand sogar darauf, da es, wie sie sagte, zum Nutzen des Angeklagten sei. Jack registrierte, wie unglücklich sie aussah, obwohl sie ihr Kinn entschlossen nach vorn gestreckt hatte.

»Wir beantragen keine Kaution für den Angeklagten.«

Während Jack den letzten Formalitäten gelauscht hatte, hatte er weiterhin vor sich hingekritzelt. Nun blickte er auf sein Werk hinunter. Ihm wurde schwindelig, als er sah, was er gezeichnet hatte. Auf Trevor Speakmans Schultern hatte er einen Kopf mit viel jüngeren, viel vertrauteren Zügen gesetzt. Er holte seinen grünen Pastellstift heraus und malte die Augen. Dann lehnte er sich zurück und starrte in die unverwechselbaren Züge des Gesichts, das ihn jeden Morgen im Spiegel begrüßte.

Kapitel 2

Leone brachte es nicht über sich, sich umzusehen, als Speakman die kalten, grauen Steintreppen hinunter in das Untersuchungsgefängnis unter dem Gerichtsgebäude geführt wurde. Die Menge auf der Galerie hingegen verfolgte jede Bewegung des bemitleidenswerten Konvois mit neuen Beleidigungen.

Sie schob ihre Notizen in die schwarze Tasche zu ihren Füßen zurück und stieß dabei eine von Richard Dexters Aluminiumkrücken um, die an der Anwaltsbank lehnten. Ein lautes Scheppern hallte im sich leerenden Gerichtssaal wider, und sie warf dem ältesten Staatsanwalt der Krone einen entschuldigenden Blick zu.

Richard Dexter war wahrscheinlich der beste Formaljurist, den die Krone in ihren Diensten hatte. Er hatte starke Prinzipien und stand in dem Ruf, absolut fair zu sein, doch er hatte niemals über eine Karriere im Bereich der Verteidigung nachgedacht, obwohl schon einige Kanzleien ihn abzuwerben versucht hatten. Als kleines Kind war er an Polio erkrankt, doch obwohl die Kinderlähmung ihn hätte verbittern lassen können, gab es in seinem Umfeld niemanden, der eine positivere Einstellung hatte oder der entschlossener war. Es überraschte Leone kaum, daß man ihm die Aufgabe überantwortet hatte, bei der Vorverhandlung die Staatsanwaltschaft zu vertreten und zu überprüfen, ob öffentlich Anklage vor dem Crown Court erhoben werden sollte.

»Und da soll einer behaupten, daß du Männern nicht den Boden unter den Füßen wegziehst«, flüsterte er Leone zu, als sie auf dem Boden herumkroch, um die Krücke wieder aufzuheben.

»Tut mir leid, Richard«, antwortete sie und lächelte zu ihm

hinauf. »Ich glaube, heute ist nicht mein Tag: Ich hatte zumindest schon bessere, das kann ich dir versichern.«
»Willst du reden? Jemand von eurer Firma muß es schließlich früher oder später tun.«
»Ja, ich weiß. Ich habe gerade die Akte mit der Korrespondenz gesehen. Was zum Teufel geht da vor sich?«
»He, ich bin auf der anderen Seite! Woher soll ich das wissen? Paßt mir prima, wenn Speakman dir keine Instruktionen geben will. Erleichtert uns den Fall nur. Aber ich muß dir eins sagen: Wir finden es etwas seltsam, daß so kurz vor dem Prozeß auf eurer Seite nichts zu passieren scheint. Wenn du mir jetzt sagen willst, daß ihr letzten Endes auf ›Schuldig‹ plädieren wollt, wunderbar! Das erspart den Familien eine Tortur. Aber wenn nicht, dann spielst du ein sehr gefährliches Spiel: Diesen Fall kann man schließlich als *wasser*dicht bezeichnen.«
Dexter erwartete nicht, daß Leone auf das geschmacklose Wortspiel reagierte. Er meinte es ernst. Er hievte seinen massigen Körper auf die Krücken und deutete mit dem Kopf auf die Tür an der Seite des Gerichtssaales. Leone zuckte leicht zusammen, als sie sah, wie sich die Anstrengung in glitzernden Schweißperlen auf seiner Stirn manifestierte, aber sie kannte ihn gut genug, um ihm keine Hilfe anzubieten. Er klapperte durch die Reihe der Anwälte, und die Kollegen wichen zurück, um ihm Platz zu machen.
Leone war zwölf Monate lang nicht mehr bei Gericht gewesen, aber keines der Gesichter hatte sich verändert. Die Versammlung düster dreinblickender Anwälte war überwiegend dieselbe wie damals, hatte seither die gleichen Fälle der gleichen Klienten vertreten und das gleiche Lotteriespiel gespielt, das sich »Rechtsbeistand« nannte und bei dem es nur wenige Gewinner gab.
Sie nickte grüßend zu beiden Seiten und betrat dann den Korridor, der in das Anwaltszimmer führte, auf das Dexter sich zubewegte, die starren Beine hinter sich herschlei-

fend. Leone folgte ihm in den Raum und schloß die Tür. Er lehnte sich gegen einen Tisch, der mit Ausgaben der *Law Society Gazette* und Stapeln von Informationsblättern für die Kriminellen bedeckt war. Er zog ein frisches weißes Baumwolltaschentuch hervor und begann gewissenhaft, seinen dicken Nacken unter dem Kragen seines Hemdes trockenzureiben.

»Du hast dich also entschlossen, zurückzukehren.«

»So ungefähr. Ich hatte nicht allzuviel Entscheidungsspielraum.«

»Ich will gar nicht fragen, was das heißen soll, ich bin einfach nur froh, zu wissen, daß jemand an Bord gekommen ist, der wenigstens ein bißchen Verstand besitzt. Aber denk dran, Leone, dies ist ein Fall, in dem wir keinerlei Gnade walten lassen. Der Befehl kommt von so weit oben, daß du eigentlich eine Sauerstoffmaske und ein paar Sherpas dabeihaben müßtest.« Mit einem Finger deutete er zum Himmel.

»Erspar mir das Gefasel, Richard. Wie lautet die Direktive?«

»Ernsthaft, Leone, Speakman hat's schon hinter sich. Sämtliche Details sind genau dokumentiert, und alles ist so einwandfrei, daß es noch nicht einmal die Möglichkeit für einen Einspruch gibt. Das hier ist ein ganz lupenreiner Prozeß der Staatsanwaltschaft, ob uns das nun paßt oder nicht!«

»Was bin ich doch dumm: Beinahe hätte ich gedacht, daß all diese Leichenfledderer hier aufgetaucht sind, um sich Verkehrsgerichtsprozesse anzusehen. Du mußt schon entschuldigen.«

»Sieh mal, diese Untersuchung dauert jetzt fünf Jahre. Der stellvertretende Chief Constable hat der Aufgabe, diesen Bastard zu fassen, so ungefähr seine gesamte Karriere gewidmet – die werden sich nicht abwimmeln lassen, bis sie nicht wenigstens ein volles Geständnis und ein Gerichtsurteil in Händen halten. Wenn du irgendwelche Deals beabsichtigst, solltest du besser noch mal darüber nachdenken. Sieben Anklagen wegen Mordes und eine wegen Entführung; mehr ist nicht zu machen, Leone.«

»Meine Instruktionen lauten ›nicht schuldig‹, egal, was geschieht. Was soll ich noch dazu sagen?«

»Komm uns entgegen. Ich habe gehört, daß Speakman seine Privilegien behalten will, solange er in Untersuchungshaft sitzt, aber damit zögert er das Unvermeidliche nur hinaus. All diese taktischen Manöver werden dir keinen Vorteil verschaffen.«

Leone wußte wohl, daß Angeklagte, die während eines schwebenden Verfahrens in Untersuchungshaft saßen, anders behandelt wurden als Gefangene, die bereits verurteilt worden waren, und zwar aufgrund der alten Maxime »unschuldig bis zum Beweis des Gegenteils«, aber hier war das nicht der Fall. Speakman war nicht in der Lage gewesen, für auch nur einen der Entführungs- und Mordfälle ein Alibi zu präsentieren, und konnte die Stärke der Beweise gegen ihn kaum verleugnen, aber laut Akte war er dermaßen mit Methadon vollgepumpt, daß man ohnehin keine vernünftigen Antworten von ihm erwarten konnte.

»Bist du auch im Strafverfahren mit der Vertretung der Staatsanwaltschaft betraut worden?«

»Roger Fry, Staatsanwalt der Krone, führt den Vorsitz, Jeremy Kelly ist sein Stellvertreter und dann noch ein Junganwalt, der Protokoll führt.«

»Nettes Grüppchen.«

»Was ist mit dir?«

»Frag nicht.«

»Ich finde es früher oder später sowieso heraus, Leone.«

»Nun, sobald du es weißt, dann sag es mir, denn augenscheinlich bin ich die letzte, die etwas über unsere Firmenpolitik erfährt.«

»Ach, du spielst schon wieder deine Spielchen, Leone. Ich

habe mich ein paarmal mit den Anwälten getroffen, und sie haben mir gesagt, daß man an Sedgewick denkt. Wenn das wahr ist, dann möge Gott Speakman helfen. Weißt du überhaupt, daß in der HOLMES-Datenbank etwa siebenhunderttausend Aussagen unter der Rubrik ›ungenutztes Material‹ abgespeichert sind? Irgendwie kann ich mir nicht vorstellen, daß du imstande bist, die so schnell durchzugehen, aber du kannst es natürlich gerne versuchen. Andererseits könntest du uns beiden helfen, indem du einige der Beweise einfach anerkennst.«

»Wie zum Beispiel?«

»Nun, zunächst einmal scheint es mir offensichtlich zu sein, daß du kaum in der Lage sein wirst, die Beweise in Frage zu stellen, die sich durch Speakmans Arbeit ergeben. Er hat tatsächlich für die Bigg Truck Haulage als LKW-Fahrer gearbeitet.«

»Ja und?«

»Und aufgrund seines Dienstplanes können wir nachweisen, daß er in jedem einzelnen Fall zum fraglichen Zeitpunkt in der Nähe des Ortes war, wo das Mädchen verschleppt wurde.«

»Wie?«

»Als LKW-Fahrer, der grundsätzlich lange Strecken zurücklegen mußte, mußte er immer wieder tanken. Seine Firma stattete ihn also mit einer Benzinkarte aus. Du kennst diese Dinger doch. Sie funktionieren wie eine Kreditkarte, nur daß die Rechnung direkt an die Firma geschickt wird. Das einzige, was er tun muß, ist die Quittungen zu unterschreiben. Wir können seine Wege an den fraglichen Tagen genau zurückverfolgen, und zwar durch Augenzeugenberichte, seinen Dienstplan und durch diese Quittungen, die samt und sonders mit Uhrzeit und Datum versehen sind. Es hat also keinen Zweck, abzustreiten, daß er in der Nähe der Tatorte war. Wir haben sogar eine Analyse des Tachos seines LKWs, mit der wir diese Fakten stützen könnten.«

»Aber das sind doch nur Indizienbeweise. Wenn ich recht verstehe, gibt es keinerlei Augenzeugen und auch niemanden, der gesehen hat, wie er sich der Leichen entledigt hat.«

»Das stimmt. Aber als er aufgegriffen wurde, lag ein betäubtes Mädchen in seinem Anhänger, und er wohnt immer noch in Exeter, in einer Gegend, von der aus die Orte, wo die Leichen entdeckt wurden, ohne weiteres gut zu erreichen sind. Es paßt eins zum anderen, und im Verhör durch die Polizei hat er nichts zu sagen gehabt. Meiner Meinung nach macht ihn das todsicher zum Schuldigen. Wollen wir also jetzt über deine Zugeständnisse reden?« schloß Dexter mit eindringlicher Überzeugungskraft.

»Ich kann wirklich nichts sagen, bevor ich nicht die Gelegenheit hatte, ein vernünftiges Gespräch mit Speakman zu führen. Ich möchte nicht riskieren, den Verteidigern auf die Zehen zu treten, indem ich Fakten zugebe, die sie vielleicht bestreiten wollen.«

»Was ist mit den Eltern dieser Mädchen, Leone? Wir alle wollen ihnen doch sagen können, daß es vorbei ist, daß sie ihren Töchtern die letzte Ruhe gönnen und endlich weiterleben können.«

»Das geht unter die Gürtellinie, Richard, und das weißt du.«

»Vielleicht, aber dieser Fall hat jedermann in Erregung versetzt, und ich habe nach dem heutigen Termin leider nicht den Eindruck, als ob *du* dazu beitragen wolltest, uns die Dinge zu erleichtern.«

»Ich glaube nicht, daß du mich verstanden hast. Ich werde keinen Druck auf Speakman ausüben, damit er andere Aussagen macht, du müßtest doch wissen, daß ich nicht so arbeite. Wenn er sagt, daß er nicht schuldig ist, dann findet der Prozeß unter allen Umständen statt. Aber ich bin schließlich gerade erst an Bord gekommen. Alles ist also noch offen.«

»Nun denn, Leone. Ich erwarte, bald von dir zu hören. Das Zwischenverfahren ist für den ersten Oktober angesetzt. Vorher solltest du deine Zeugenliste vorbereitet und uns von jedem Antrag, den du zu machen beabsichtigst, in Kenntnis gesetzt haben.«
Leone hielt Dexters Blick mit wachsender Beunruhigung stand; er verschwieg ihr eine ganze Menge, und sie mußte noch etliches in Erfahrung bringen. Sie verließ das Zimmer und ging durch den Hauptgang auf die Vordertüren des Gerichtsgebäudes zu. Sie wußte, daß dort die Presse auf sie wartete.

Kapitel 3

Leone hatte Ärger erwartet, aber nicht dies. Die Feindseligkeit der wartenden Menge spiegelte den Haß der gesamten Nation wider. Obwohl sie durch den Hintereingang ins Gerichtsgebäude gekommen war, lauteten ihre Instruktionen von oben, eine Pressekonferenz zu geben, sobald das Tagesgeschäft erledigt war. Eine solche Konferenz konnte nur vor dem Gerichtsgebäude abgehalten werden. Also begab sich Leone geradewegs in die Höhle des Löwen.

Die pulsierende Phalanx der Reporter drängte sich nach vorn, um so viel mitzubekommen wie nur irgend möglich. Jedes der harten, eifrigen Gesichter suchte nach einem besonders guten Winkel, um sie aufnehmen zu können.

»Miss Stern, werden Sie den Fall vor dem Crown Court anfechten?«

»Wird König Artus sich zu seiner Verteidigung äußern?«

Das Gedränge durcheinanderrufender Journalisten, die ihr allesamt ihre Kassettenrecorder und Mikrophone entgegenstreckten, begann sie zu behindern. Leone blieb stehen und warf ihnen einen bösen Blick zu.

»Wenn Sie zurücktreten, werde ich Ihnen eine vorbereitete Stellungnahme vorlesen.« Ihre Stimme klang alles andere als freundlich.

Die drängelnden Reporter zogen sich etwas zurück. Sie straffte die Schultern und holte das einseitig beschriebene Blatt aus ihrer Gladstone-Tasche. Blitzlichter knallten, Videokameras summten. Sie holte Luft, um sich zu beruhigen, und begann.

»Trevor Speakman hat die Anklagepunkte nach bestem Wissen und Gewissen beantwortet. Er bestreitet die Behauptungen, die gegen ihn erhoben werden. Obwohl keine Kaution beantragt wurde, kann dies nicht als Schuldzugeständnis gewertet werden. Er bleibt zu seiner eigenen Sicherheit in Gewahrsam, weil ihm die Öffentlichkeit derart feindselig gegenübersteht ...« Mit gleichförmiger Stimme las Leone das Schriftstück vor, bis sich die Reporter angesichts dieser unspektakulären Stellungnahme zur Unschuld des Beschuldigten zu langweilen begannen. Die Inquisition begann von neuem, die Stimmen überschlugen sich. Und eine hob sich deutlich vom restlichen Stimmengewirr ab.

»Miss Stern, im Anhänger von Speakmans Wagen wurde ein betäubtes Mädchen gefunden: Wie paßt das zu seiner Unschuld?« Das war eine gute Frage, die sie sich in den Stunden, seit ihr der Fall übergeben worden war, schon mehrere Male gestellt hatte.

»Diese Angelegenheit ist noch *nicht entschieden.* Wenn die Geschworenen zusammengetreten sind, werden *sie* über diesen Fall richten, nicht die Presse.«

Und abermals erhob sich unmutiger Lärm.

Auf der Pressebank blickte Jack Forth unglücklich auf seine Arbeit hinunter. Das hier wollte Tom Leath bestimmt nicht haben. Jeder wußte, wie Speakman aussah, jeder wußte, was er war, nur Jack nicht. Dieses Bild, das da vor ihm lag, kam aus den Tiefen seiner Seele, ritt auf dem Rücken eines nervenaufreibenden, beunruhigenden, doch bislang noch nicht faßbaren Wissens daher. Etwas nagte an seinem Inneren: Heftiges Unbehagen signalisierte ihm, daß etwas ganz und gar nicht in Ordnung war. Warum hatte er sein eigenes Gesicht gemalt?

Als vor fünf Jahren die Nachricht von der ersten Entführung und dem ersten Mord im ganzen Land den Samen für elterliche Schrecken gelegt hatte, war ihm die Situation entfernt bekannt vorgekommen. Und als ein Journalist ihm die seltsame Methode, wie die Leichen der Mädchen gefesselt worden waren, zugetragen hatte, hatte er die Situation ebenfalls, wenn auch wie durch einen Nebel, wiedererkannt. Als der gleiche Insider ihm beschrieben hatte, daß den Mädchen die Augäpfel aus den Höhlen gerissen worden waren, war es ihm so vorgekommen, als ob er den Mörder kannte, sich sein Unterbewußtsein jedoch weigerte, dieses Wissen an die Oberfläche kommen zu lassen. Es hatte ihn nicht überrascht, daß immer mehr Mädchen im Wasser den Tod fanden.

Jack schob die unbrauchbare Skizze in seine Brieftasche. Irgendwo auf diesem Bild war die Wahrheit versteckt. Er hatte keine Ahnung, woher er das wußte, aber so war es. Eines war sicher: Die Agentur konnte seine Zeichnung mit Sicherheit nicht gebrauchen. Er ließ die Tasche zuschnappen in der Hoffnung, daß aus den Augen auch aus dem Sinn bedeutete.

Das Gericht beschäftigte sich inzwischen mit anderen, weniger umstrittenen Fällen. Irgendein betrunkener Autofahrer wurde vor Gericht gestellt, um sich für seinen Fehltritt zu verantworten. Der Angeklagte sah in seinem wahrscheinlich geliehenen, viel zu engen Anzug recht unbehaglich aus.

Jack ging hinaus.

Er hatte noch genug Zeit, bevor er seine Tochter bei seinen Eltern abholen mußte. Seine Arbeit hatte ihn zu einem Wochenendvater gemacht. Hollie hatte dafür grundsätzlich Verständnis, aber sie wollte nicht akzeptieren, daß es immer so sein würde.

Er stieß die doppelten Milchglasscheiben der Schwingtüren auf, umklammerte seine Tasche fester und ging langsam auf die Vordertür zu. Das Foyer des Gerichts war überfüllt mit Angeklagten voller Selbstmitleid sowie ihren schwangeren Freundinnen und ihren schmuddeligen kleinen Kindern. Warum glaubten Verbrecher immer, daß eine übermäßige Geburtenrate eher ein mildernder als ein verschlimmernder Umstand war? Jacks Ansicht nach waren Kinder eine Freude, keine Entschuldigung.

Gerichtsdiener, Sicherheitsbeamte und lärmende Anwälte mischten sich unter die Verbrecher, und alle spähten aus den großen Fenstern. Jack schlängelte sich neben Nick Rice, dem wieselgesichtigen Guru der Sensationspresse, der an einem bevorzugten Platz stand.

»Was geht denn draußen vor, Nicky?« fragte Jack.

»Speaksmans Anwältin. Sie hat's ziemlich schwer.« Er kicherte.

»Ich bin überrascht, daß du nicht auch bei dem Rudel da draußen bist. Was ist los mit dir?« Jack hatte Rice nie gemocht. Er stank nach Heuchelei, stöberte im Leben anderer Leute herum und schrieb dann über sie in seinen Skandalblättchen, wo er eigentlich selbst hingehört hätte.

»Nun, ich fürchte, man könnte sagen, ich bin der offizielle Kopf des hochgeehrten Gratifikations-Kommitees.«

»Ich verstehe kein Wort.«

»Königin Guinevra!« sagte er und deutete über seine Schulter hinweg auf eine Bank in etwa zwanzig Meter Entfernung.

»Du willst damit sagen, daß Speakman verheiratet ist?« rief Jack aus.

»Er war es, vor fünf Jahren. Geschieden vor dem ersten Mord. Wir haben sie schon seit Jahren an der Angel. Haben die *Sun* weit hinter uns gelassen. Fünfzig Riesen, und sie singt die süßesten Scheißlieder seit Elvis Presley. Ich meine alles rauf und runter. Du kennst den Unsinn ja: ›Wie ich jeden Abend gewürgt wurde, mich aber nicht getraut habe, es der Polizei zu erzählen.‹«

»Was zum Teufel tut sie hier?«

»Wir haben nach der Vorverhandlung ein paar Schnappschüsse von ihr gemacht.«

Jack blickte zu der Bank hinüber, wo eine gewöhnlich aussehende Frau in offensichtlich recht neuen Kleidern nervös auf der Kante thronte. Er schüttelte voller Abscheu den Kopf. Er wußte nicht, wen er am meisten verurteilen sollte: die unglückliche Frau, weil sie das Geld annahm, oder die Presse, weil sie es ihr anbot. Die ganze Sache war zu einem Zirkus entartet, angefangen von der großen Vorstellung im Gerichtssaal bis hin zu den kleinen Shows der Statisten, wie derjenigen, deren Zeuge er soeben war.

In diesem Augenblick wurde der Schlagabtausch zwischen Leone Sterne und den Medien um ein paar Dezibel lauter. Er beobachtete, wie sie ihre Aktentasche zuschnappen ließ und mitten in das feindselige Publikum hineinmarschierte, das sich hinter der Presse versammelt hatte. Fast ohne nachzudenken, stürzte Jack hinaus und ebenfalls mitten ins Gewühl.

Die dunkelblauen Rücken einiger Polizeibeamter standen am Fuße der Treppe. Die Menge brandete vorwärts, um Speakmans Anwältin in ihrer Mitte zu verschlingen. Jack erkannte, daß die Beamten sich ohne großen Erfolg bemühten, wieder Ordnung und Ruhe herzustellen. Sie genossen vielmehr das Spektakel einer Anwaltsmißhandlung.

Jeder wußte, daß Speakman schuldig war. Sie wollten es zeigen und ausleben. Aber verstanden diese Leute denn gar nichts? Die Anwältin tat doch nur ihren Job und nahm keineswegs an einem Kreuzzug teil. Jack schob seinen Körper zwischen das haßerfüllte Gesicht eines zornigen Rentners, der »Hure« in seinen Bart brummelte, und einen schreienden Skinhead, der wie wild in die Luft boxte. Es war nicht zu übersehen, daß die Anwältin auf ihrem Weg zu dem Taxi mißhandelt wurde. Jack war überrascht, daß der teure Daimler jetzt nicht auftauchte, um sie zu retten.

Die Bewegung der Menschen drängte ihn gegen die bebenden Schultern der Anwältin. Mit der Faszination des Grauens beobachtete er, wie ein kahlköpfiger Typ, der aussah wie ein Verwaltungsangestellter, einen Schleimklumpen im Mund sammelte und ihn genau auf Leone Sterns rechtem Wangenknochen plazierte. Die wogende Menge hielt für einen Augenblick inne, bevor der Erfolg der Besudelung und das Zögern der Polizei einzugreifen, den allgemeinen Haß zum Siedepunkt brachte.

Jetzt war aber langsam Schluß! Jack konnte bereits die Hitze der Abgase des Taxis am Bein spüren, während er eine Lücke für sich und Leone Sterne bahnte. Die feindseligen Übergriffe der Menge, das Grabschen und Gezerre hatten ihr Haar aus dem Knoten gelöst. Jack ergriff ihren linken Arm, schwang die Tür des schwarzen Taxis auf und drängte Leone hinein. Als ihre langen, schwarz bestrumpften Beine über den Sitz glitten, wandte sie sich einen Augenblick lang um, um ihrem Retter ins Gesicht zu sehen. Jack erwiderte den Blick. Obwohl ihre Mundwinkel herabgezogen und ihre Lippen panisch zusammengekniffen waren, konnte er die Dankbarkeit in ihren Augen lesen.

»Danke«, flüsterte sie fast unhörbar über den Lärm hinweg.

Dann führte sie eine Hand an ihr linkes Ohr: Ihr Ohrring war weg, und sie warf noch einen kurzen Blick auf das Pflaster, als könne sie ihn dort entdecken. Jack hielt ebenfalls Ausschau, aber jetzt spürte er die Stöße im Rücken: Das Volk im Kolosseum wollte Blut sehen. Schnell verschloß er die Tür des Taxis, dann ertönte das laute Geräusch des Dieselmotors, und sie war fort.

Wieder suchte er den Boden ab. Direkt im Rinnstein blinkte ein Perlenohrring harmlos vor sich hin. Die Polizeibeamten beobachteten das flüchtende Taxi mit amüsiertem Vergnügen. Während ihre leeren Gesichter sich auf Leones Abfahrt konzentrierten, beugte Jack sich hinunter, um den Ohrring aufzuheben.

Sie war Speakmans Anwältin – vielleicht konnte *sie* ihm ja erklären, warum ihn dieser Fall dermaßen beunruhigte.

Etwas war ganz und gar faul an der Sache. Ihr unglückliches Gesicht außerhalb des Gerichtssaales unterstützte diese Vorahnung, aber warum hatte er so viel Angst.

Ein paar Stunden später, als er die Straße zum Haus seiner Eltern in Hertfordshire entlangging, beschäftigte ihn der Gedanke noch immer. Das Haus stand an der Ecke einer Sackgasse in einem Dorf, das aussah, als sei seit den zwanziger Jahren die Zeit dort stehengeblieben.

Nachdem sein Vater jahrelang in der Armee gedient hatte, hatten seine Eltern nur einen Wunsch gehabt: sich hier zur Ruhe zu setzen. Und als er sich jetzt dem Haus näherte, wurde Jack klar, daß er den Grund um so besser nachvollziehen konnte, je älter er wurde. Diese Landluft – frisch und leicht, ohne jede Spur von Abgasen! Er ging durch das Tor des Vorgartens und dachte immer noch an Leone Stern, als er das Haus betrat.

Hollies Stimme unterbrach seine Grübeleien.

»Daddy!« rief sie mit breitem Lächeln. »Ich dachte schon, du hättest es vergessen.« Ihr langes herbstbraunes Haar rutschte aus dem Band, als sie über den polierten Eschenholzboden in der Küche auf ihn zu lief. Sein Vater – der Colonel, wie er im Dorf genannt wurde – nickte auf seine übliche scheue, liebenswürdige Weise. Seine Mutter kam vom Herd aus auf ihn zu und gab ihm einen flüchtigen Kuß auf die Wange, während Hollie sich voller Freude an seinen Arm hing.

»Wie geht es meinem Mädchen?«

»Welchem?« fragte Hollie und ergriff die Hand ihrer Großmutter.

»Beiden«, antwortete er und lächelte, weil Hollie zu akzeptieren schien, daß es mehr als nur eine wichtige Frau im Leben eines jeden Mannes geben mußte.

»Ich habe meine Schwimmsachen schon gepackt, Daddy.« Dann veränderte sie ihr Verhalten in einer Art, die jeden

Olympiasportler bei seinen Konzentrationsübungen vor einem Wettkampf beschämt hätte, und sagte ihren Großeltern feierlich auf Wiedersehen, als ob sie kurz davorstünde, um Gold zu schwimmen. Jack und seine Eltern lächelten sich zu, denn sie fühlten sich an Fiona erinnert.
»Absolut gar nicht wie ihre Mutter, nicht wahr?« Der Colonel blinzelte, da Jack bereits stürmisch von einer entschlossenen Achtjährigen zur Tür hinausgezerrt wurde.

Während sie über den von Sträuchern überwucherten Weg zum Schulschwimmbad gingen, wunderte sich Jack über die Zielstrebigkeit seiner Tochter.
»Du bist ganz schön groß geworden, ich komme gar nicht mehr mit.«
»Ich werde nur langsam erwachsen. Erinnerst du dich noch, wie anstrengend das ist?« antwortete sie, den Blick nach vorn gerichtet, konzentriert und voller Energie.
Natürlich tat er das. Er erinnerte sich voller Unbehagen an diese Jahre. Er rief sich den Augenblick ins Gedächtnis, in dem er wirklich das Gefühl gehabt hatte, erwachsen geworden zu sein. Sein Dad war plötzlich kein Held mehr, sondern zu einem ganz normalen Mann zusammengeschrumpft. Nach dreiundzwanzig Jahren hatte die Armee nämlich beschlossen, daß Colonel Forths Dienste nicht länger gebraucht wurden – er war überflüssig geworden. Aus, vorbei! So ging es wohl immer: Zuerst war man gut in seinem Job, und eines Tages kam die Zeit, daß man ersetzt wurde.
Angetrieben von Hollies Aufregung legten sie den Weg in nur zehn Minuten zurück.
»Komm schon, Dad, du hinkst hinterher. Ich muß an zwei Wettkämpfen teilnehmen!«

Sie erreichten den Eingang zur Schwimmhalle und warteten in der Schlange hinter einer Bilderbuchfamilie mit einеiigen Zwillingen und einem weinenden Kind. Jack blickte sich in dem Betonfoyer um, das ebenso sparsam gestaltet war wie alle Gebäude der sechziger Jahre. Er nahm den charakteristischen Chlorgeruch in sich auf, der ihn an etwas erinnerte. Alles schien ihn an etwas zu erinnern, ihn in die Vergangenheit zurückzubringen – wenn auch nicht weit genug. Warum wollte sein Geist sich nicht vollständig an alles erinnern?

Auf der Zuschauertribüne des Schwimmbades krauste Jack immer noch die Nase angesichts dieses antiseptischen Geruchs. Einige der Elternpaare lächelten zurückhaltend, als sie ihn sahen. Sie waren übereifrig im Elternbeirat, dem FBI und der freiwilligen Feuerwehr der Schule, und sie machten ihm deutlich, daß er nicht zu ihnen gehörte. Er setzte sich hin, allein und isoliert.

Erneut dachte er einen Augenblick lang an Leone Stern, aber er wußte eigentlich nicht, warum. Seine Konzentration richtete sich immer stärker auf das Echo des stillen Wassers im Schwimmbecken. Eine Viertelstunde verstrich, bis er Hollie aus den Umkleidekabinen kommen sah. Sie gesellte sich zu ihren Freundinnen am Rande des Beckens. Er stand auf, um ihr zuzuwinken, wobei er sich am vorderen Sitz abstützte, doch er rutschte ab und hätte fast das Gleichgewicht verloren. Seine Handflächen waren schweißnaß; das hatte er gar nicht bemerkt.

Ein oder zwei Leute nickten ihm mitfühlend zu, hätten aber niemals auch nur im Traum daran gedacht, nähere Bekanntschaft mit ihm schließen zu wollen. Hollie sah ihn in der Menge nicht. Sie unterhielt sich aufgeregt mit den anderen Mädchen. Jacks trockene Kehle schien ihr egal zu sein.

Mit weichen Knien ließ er sich wieder auf den Stuhl plumpsen. Immer war es das Wasser. Er sah zu Hollie hinunter, wollte ihren Blick auffangen.

Eine Miniversion ihrer schönen Mutter. Die Bilder kamen

schnell: viel zu schnell, um sie gedanklich fassen zu können, viel zu verzerrt, um sich darauf konzentrieren zu können, und viel zu schmerzhaft, um sie auch nur erinnern zu wollen.

Unter ihm begannen die Wettkämpfe. Als Hollies Wettkampf angekündigt wurde, sandte das Pfeifen der Rückkopplung vom Lautsprecher einen stechenden Schmerz durch sein Hirn. Dünne, breitschultrige Mädchen, das Haar von Gummikappen bedeckt, gingen, ohne die Eltern eines Blickes zu würdigen, zu ihren Sitzen hinter ihren Startblöcken. Sie trugen Handtücher um die vor Aufregung zitternden Körper, überprüften den Sitz ihrer froschähnlichen Schwimmbrillen und bewegten sich auf den Beckenrand zu. Hollie sollte auf Bahn sieben schwimmen. Ihre Augen schweiften über die Menge, um sein vertrautes Gesicht auszumachen. Sie sah so winzig aus, so verletzlich; plötzlich wurde er förmlich überwältigt von dem Drang, ihr noch etwas zuzurufen, aber er brachte es nicht fertig und hatte keine Ahnung, warum. Jack wußte, daß dies ein Ausscheidungskampf für den landesweiten Wettbewerb war. Von allen Sportarten, für die Hollie sich interessierte, mußte es ausgerechnet diese sein. Er hatte Hollie nicht erzählt, wie ihre Mutter zu Tode gekommen war. Als sie ihn vor Jahren ernsthaft danach gefragt hatte, hatte Jack ihr gesagt, daß Fiona ihre letzte Ruhe im Wasser gefunden hatte, und seitdem schien es, als ob Hollie dem Wasser ständig nahe sein wollte. In gewisser Weise konnte er das verstehen, und deshalb erwähnte er seine eigene Phobie nie. Und Hollie liebte das Wasser.

Der Schiedsrichter im Jogginganzug rief die Mädchen zur Ordnung. Hollie legte das Handtuch beiseite und schien nun wild entschlossen. Sie sah nicht mehr aus wie ein kleines Mädchen: Sie war ein Spiegelbild ihrer toten Mutter. Sie richtete ihren Blick fest auf das vor ihr liegende Schwimmbecken. Ihre zitternden Schultern sagten Jack,

daß sie bereit war und daß sie es für ihn tat. Nach dem Pfiff würde sie flach ins Wasser einzutauchen. Mit ausgestreckten Armen bereitete sie sich auf den Absprung vor.
Plötzlich konnte sich ein Mädchen zu Hollies Linken angesichts der in der Luft wedelnden Pistole nicht länger halten und fiel ins Wasser. Die anderen nahmen die Bewegung aus den Augenwinkeln wahr und folgten unwillkürlich.
Hollie tauchte falsch. Jack sah, daß sie versuchte, sich zurückzuhalten, nachdem sie erkannt hatte, daß das Mädchen neben ihr einen Fehlstart gemacht hatte. Doch statt nun dicht unter der Wasseroberfläche zu bleiben, tauchte sie tief hinab, zu tief. Die anderen Wettkampfteilnehmerinnen hievten sich bereits wieder an der Kante des Schwimmbeckens hinauf, alle außer Hollie. Jack schrie dem Schiedsrichter etwas zu, hechtete über mehrere Stuhlreihen und schließlich über die Absperrung und rutschte auf den nassen Kacheln am Pool aus.
»Sie ist noch da unten, sehen Sie das denn nicht?« schrie er.
Er raffte sich wieder auf, trat nahe ans Wasser heran, führte die Hände zusammen, um zu tauchen, ging in die Knie, um sich abzustoßen – und erstarrte: Noch nicht einmal in dieser dramatischen Situation brachte er es über sich, ins Wasser zu springen.
Er konnte erkennen, daß ihr Körper ganz still lag – ein Fleck auf dem Grunde des Beckens. Er brüllte und brüllte. Ein paar Mädchen schrien vor Panik auf. Ein junger Lehrer erschien dem Nichts aus und tauchte kopfüber in die blaue Tiefe. Eine Sekunde später folgten ihm zwei Bademeister, und unter den Zuschauern begann sich knisternde Panik auszubreiten. Jack spürte förmlich, wie die Menge von Übelkeit und Hilflosigkeit überwältigt wurde. Plötzlich riß die Wasseroberfläche auf, der junge Lehrer schnappte nach Luft, das Gesicht rot vor Angst. Er schrie, aber in seiner Verwirrung konnte Jack kaum die Worte verstehen.

»Sie hat sich im Ventilator verfangen ... eine Schere ... ihr Haar ...«
In einem Abstand von wenigen Sekunden durchbrachen auch die Bademeister die Oberfläche, holten tief Luft, tauchten dann wieder ab. Die Menge am Beckenrand teilte sich, um jemanden mit dem Erste-Hilfe-Koffer durchzulassen. Mittlerweile war Hollie schon über eine Minute unter Wasser. Jack schrie dem Lehrer ins Gesicht: »Bringen Sie sie hoch! Nun bringen Sie sie doch hoch!«
»Sie hat eine Wunde am Kopf! Wir müssen ihr Haar abschneiden ...« Der Lehrer keuchte immer noch. Eine Verbandsschere wurde hinuntergereicht. Der junge Mann verschwand erneut unter Wasser, und Jack hielt den Atem an. Sekunden später trieben dicke Strähnen von Hollies Haar an der Wasseroberfläche. Die Kinder schrien, während ihre Eltern sie schützend die Arme um sie legten. Jack fluchte und betete. Gut zwei Minuten waren vergangen: Wenn Hollie bewußtlos war, hatten sich ihre Lungen mittlerweile mit Wasser gefüllt. »Komm schon, komm schon«, schrie er der Wasseroberfläche zu.
Hollie brach als erste hindurch, landete auf den Kacheln wie ein nasser Fisch. Jack griff nach seiner Tochter und drehte sie um, um mit der Wiederbelebung zu beginnen, aber der Lehrer stieß ihn beiseite. Er wollte wohl nicht riskieren, daß Jack noch einmal wie gelähmt dastand. Jack fiel auf den Hintern, während der andere seiner Tochter neues Leben einhauchte. Ihre Brust begann sich zu heben, dann drehte sie sich zur Seite und erbrach sich auf den gekachelten Boden.
Fast hätte Jack sie noch einmal verloren.

Kapitel 4

Richard Dexters Nase zuckte schnell, er schnüffelte in kleinen Atemzügen vor sich hin, als ob er den Pfeifenrauch, den seine Lungen zu ertragen hatten, minimieren wollte. Zwei Tage waren seit Speakmans Vorverhandlung vergangen, und die Staatsanwaltschaft trieb den Fall voran. Es war immer das gleiche, wenn er hierher kam. Er saß auf einem unbequemen Plastikstuhl, dem einer seiner Gummifüße fehlte, und mußte seine Krücken benutzen, um ihn am Wackeln zu hindern. Zu seiner Linken saßen drei junge, strebsame Männer mit Notizblöcken und gezückten Bleistiften: offensichtlich Studenten, die ihm jedoch nicht vorgestellt worden waren. Ihm gegenüber paffte Dr. Ian Coombs an einer riesigen faßförmigen Ebenholzpfeife. Er war der Chefpathologe des Innenministeriums, Bakkalaureus der Naturwissenschaften, diplomierter Biologe, Dozent am Institut für Biologische Forschungen und unzweifelhaft der führende Experte des Landes auf dem Gebiet der DNA-Analyse. Coombs war ein großer Mann mit einem roten Gesicht – die Folge seines übermäßigen Rotweingenusses. Er hatte einen weißen Haarschopf, eine Tonsur wie ein Mönch und freundliche braune Augen.

Sie hatten sich im Besprechungszimmer des forensischen Labors des Innenministeriums in Northditch verschanzt. Im Gegensatz zu den Mitarbeitern der anderen Ministerien beklagten sich die Leute vom Northditch Laboratorium niemals über das eindeutig schäbige Ambiente ihres Arbeitsplatzes: Sie waren viel stärker an dem Erwerb der neuesten wissenschaftlichen Ausstattung interessiert. Dexter wartete auf die letzten forensischen Berichte von Coombs, in der Hoffnung, Speakman mit ihrer Hilfe unwiderruflich ans Kreuz nageln zu können. Die Vorbereitungen für die forensische Beweisaufnahme waren ungewöhnlich schwierig gewesen, denn Speakman war schließlich nur aufgrund des Mädchens verhaftet worden, das man im Anhänger seines LKW gefunden hatte. Ihn auf forensischer Basis der sieben anderen Morde zu überführen, die sich über einen Zeitraum von fünf Jahren erstreckt hatten und bei denen man sich nur noch auf die ursprünglichen Autopsieakten stützen konnte, grenzte ans Unmögliche.

Coombs blickte von den Papieren auf, die er gelesen hatte, und bemerkte hinter dem braunen Dunst, der zwischen ihnen lag, Dexters Unbehagen.

»Tut mir leid, Dexter, ich vergaß einen Augenblick lang, daß sie überhaupt da sind. Sie haben doch nichts dagegen, wenn meine Praktikanten uns zuschauen«, sagte er in hochmütigem Ton, während er mit seiner schaufelgroßen Hand zweimal auf die hölzerne Pfeife schlug. Die glühende Asche sprühte Funken und fiel in den gläsernen Aschenbecher auf dem Tisch.

»Schon gut, Doktor, wie lautet Ihr Urteil?« antwortete Dexter und deutete mit einem Kopfnicken auf das große Bündel der Dokumente.

»Nicht gut, wenigstens nicht von Ihrem Standpunkt aus gesehen.«

»Warum nicht?«

»Wir sind auf ein paar Probleme gestoßen, insbesondere im Zusammenhang mit dem ersten Opfer.«

»Ich will alles wissen. Ich muß die ganze Sache schnell aufrollen: Die Anwälte wollen endlich Material zur Verhandlungsvorbereitung haben.«

»O. K., aber ich glaube nicht, daß es Ihnen gefallen wird.« Er hievte seinen großen Körper aus dem Stuhl und blickte zu seinen Studenten hinüber. »Sie sollten sich jetzt die Techniken zur Beweisaufnahme notieren, Gentlemen.«

Drei Bleistifte bewegten sich schnell und in vollkommener

Übereinstimmung über die Notizblöcke, als handele es sich um eine Aufführung im Formationstanz.

»Der Leichnam des ersten Opfers wurde in einem Tümpel von etwa einem halben Quadratmeter Größe gefunden. Dieser dient quasi als Auffangbecken für das Wasser, das vom Dosmary-See im Dartmoor den Hügel hinabfließt. Der Boden ist rauh und steinig, und das Wasser fließt an dieser Stelle ungehindert dahin. Der Kopf des Opfers war tief in das Becken gedrückt worden, und seine Hände waren mit Sicherheitsleinen, wie Taucher sie benutzen, vor ihrem Körper gefesselt. Wie bei allen anderen Opfern wurde der gesamte Körper untergetaucht. Laut Autopsiebericht liegen nur wenige äußere Hinweise dafür vor, daß sie ertrunken ist, aber an Nase und Mund fanden wir weißen Schaum. Wie Sie wahrscheinlich wissen, erfolgt das Ertrinken durch zwei Faktoren: zum einen durch die Auswirkungen des Wassers auf das Blut und zum anderen dadurch, daß keine Luft mehr in die Atemwege und Lungen gelangen kann.«

»Wie können Sie dann sicher sein, daß der Tod tatsächlich durch Ertrinken eingetreten ist, Dr. Coombs?« fragte einer der Studenten.

»Nun, wir können nur eines mit Sicherheit sagen: Die Stärke der Anzeichen für Sauerstoffmangel, die wir an einer Leiche feststellen, ist ein Indiz dafür, wie sehr das Opfer sich gewehrt hat, während es im Wasser war. Wenn aber keine Zeichen von Sauerstoffmangel auszumachen sind, dann kann der Tod nicht durch Ertrinken hervorgerufen worden sein. Im vorliegenden Fall war das Opfer wahrscheinlich bewußtlos, als es ins Wasser gelangte, denn wir haben nur wenige Stoffe wie Wasserpflanzen oder Steine vom Grund des Beckens in seiner Hand gefunden, die sich infolge der Leichenstarre verkrampft hatte. Aber um die Fingernägel der linken Hand des Mädchens waren fünf menschliche Haare gewickelt. Die Autopsie ergab, daß die

Lungen trübe und aufgebläht waren. Auch die Luftröhre und die Bronchien enthielten Schaum. In der Augenhöhle fanden wir schmutziges Wasser, was nicht verwunderlich ist, da diesem Opfer wie allen anderen auch die Augen aus den Höhlen entfernt wurden. Wenn sie nicht ertränkt worden wäre, wäre sie unweigerlich verblutet.« Coombs reichte den Studenten eine Schwarzweißphotographie. Sie blickten gleichgültig auf den verstümmelten Leichnam hinunter. Befriedigt beobachtete Coombs ihre leidenschaftslose, wissenschaftliche Herangehensweise. Er fuhr fort.

»Wie Sie auf den Photos sehen können, weist der Leichnam eine beträchtliche Anzahl an Verletzungen auf. Angesichts der Tatsache, daß die Blutwerte sich verändern, wenn der Körper unter Wasser getaucht wird, können wir nicht mit Gewißheit sagen, ob die Verletzungen dem Opfer vor oder nach Eintreten des Todes zugefügt wurden, aber meiner Einschätzung nach wurden ihm die meisten vor dem Tod beigebracht. Es ist offensichtlich, daß das Mädchen vorher sexuell aktiv gewesen ist, die Berichte haben vier verschiedene Spermaproben in ihrem Körper unterscheiden können.«

»Das ist einleuchtend«, warf Dexter mit enttäuschter Stimme ein.

»Warum?« fragte Coombs.

»Sie war Prostituierte, ist aus der Londoner Innenstadt verschleppt worden.«

»Obwohl meine eigene Erfahrung mit derlei Individuen recht begrenzt ist, halte ich es für etwas merkwürdig, daß sie das Sperma freiwillig aufgenommen haben soll. Gilt es denn nicht gerade in Prostituiertenkreisen als ungeschriebenes Gesetz, auf einen Schutz in Form eines Kondoms gegen die Übertragung des AIDS-Virus zu bestehen?« bemerkte Coombs.

»Ich nehme an, daß Sie damit recht haben, aber Sie können doch nicht allen Ernstes davon ausgehen, daß sie von vier verschiedenen Männern ermordet wurde!« rief Dexter aus.

»Ich gehe von gar nichts aus, Mr. Dexter. Ich weise lediglich darauf hin, daß ihrem Körper vier verschiedene und eindeutig unterscheidbare Spermaproben entnommen wurden. Denken Sie daran: Wir sind lediglich Wissenschaftler, weder Polizeibeamte noch Richter und schon gar nicht Hellseher«, schoß Coombs zurück, in der Hauptsache, um seinen studentischen Zuhörern zu gefallen, die ihren Guru bewundernd angrinsten.

»Gut, ein Punkt für Sie, Doktor, aber vielleicht hatte sie ja auch die Gewohnheit, ihre Kunden zum ungeschützten Verkehr anzustiften. Solches Verhalten findet man häufig genug unter Prostituierten, die dringend Geld brauchen. Vielleicht nahm sie ja auch Drogen.«

»Ich fürchte nein, Mr. Dexter.«

»Woher wissen Sie das?«

»Weil die Überprüfung dieser Frage bei Ertrunkenen zur Routineuntersuchung gehört, einfach um sicherzugehen, ob irgendwelche externen Faktoren zum Eintreten des Todes geführt haben können.«

»Wie Alkohol oder Drogen, Doktor?« warf ein Student ein.

»Genau, aber auch Krankheiten müssen in Betracht gezogen werden.«

»Und was haben Sie in diesem Fall herausgefunden?« drängte Dexter. Seine Stimme klang langsam leicht verärgert.

»Keine wie auch immer gearteten Hinweise auf einen längerfristigen Mißbrauch von Drogen, aber wir entdeckten etwas, was sämtlichen Opfern gemeinsam ist.«

»Fahren Sie fort.«

»In jedem der Fälle wurde eine spezifische Untersuchung des im Herzmuskel befindlichen Blutes vorgenommen. Mit Hilfe dieses Tests läßt sich herausfinden, ob das Opfer in Süß- oder Salzwasser ertrunken ist. Die Resultate deuteten auf Spuren eines seltenen Phonothiazinderivats hin. Hierbei handelt es sich um ein Beruhigungsmittel, das besonders stark wirkt, wenn es intravenös verabreicht wird. Die Dosierung war so hoch, daß sogar eine kleine Menge ausreichend gewesen wäre, um das Opfer fast auf der Stelle bewußtlos zu machen.«

»Sie wollen damit also sagen, daß jedem Opfer zum Zeitpunkt seiner Entführung dieselbe Droge injiziert wurde wie dem Mädchen, das in Speakmans Anhänger überlebt hat.«

»Mit hoher wissenschaftliche Wahrscheinlichkeit.«

»Oh, wunderbar. Wie selten ist das Medikament?« Dexter konzentrierte sich auf diesen Punkt.

»Ich würde sagen, außerordentlich selten. Häufiger wird es in den Vereinigten Staaten verschrieben, aber trotzdem kommt es durchaus auch in England vor.«

»Ich frage mich, woher er es hatte«, überlegte Dexter. Dieser Frage würde er zusammen mit dem Kriminalbeamten, dem die weiteren Nachforschungen oblagen, nachgehen müssen. Wenn sie nachweisen konnten, daß Speakmans eigener Arzt diesem vielleicht das betreffende Medikament verschrieben hatte oder wenn sie ihn möglicherweise auch mit einem ungelösten Raubüberfall auf eine Apotheke in einer der Gegenden, wo er unterwegs gewesen war, in Verbindung bringen konnten, dann war das mit Sicherheit der letzte Nagel zu seinem Sarg.

»Ich fürchte, bis hierher ging die positive Nachricht, Mr. Dexter«, unterbrach Coombs seine vorübergehende Euphorie.

»Was ist mit den Haarproben, die wir Ihnen zur Analyse geschickt haben?«

»Also, ich habe Mr. Speakmans Haar einer DNA-Vergleichsanalyse unterzogen, um festzustellen, ob eine Übereinstimmung in der Zellstruktur mit Haaren und Spermien, die man beim ersten Opfer gefunden hatte, existiert.

Wie Sie wissen, wurden in den anderen Fällen keinerlei nützliche Anhaltspunkte gefunden. Das Bemerkenswerte an dieser Form der Analyse ist folgendes: Die DNA läßt sich in sämtlichen Zellen unseres gesamten Körpers nachweisen. Sie ist – unabhängig von der Quelle, aus der sie stammt – immer dieselbe.«
»Wenn wir also die DNA, sagen wir, aus dem Blut eines Menschen isolieren, dann sieht sie genauso aus wie die, die man in anderem Körpergewebe derselben Person ausmachen kann?« fragte einer der Studenten.
»Genau. Das trifft im übrigen auch auf Körperflüssigkeiten wie Sperma und Speichel oder auch andere Dinge wie das Knochenmark zu. Mr. Dexter hier stellte mit Speakmans Einwilligung Proben von dessen Haar zur Verfügung und bat uns, diese mit den fünf Haaren zu vergleichen, die wir in der geballten Faust des Opfers gefunden hatten.«
»Und?« forschte Dexter ungeduldig.
»Und sie stimmen nicht überein.«
»Scheiße!« sagte Dexter. Die versammelten Akademiker sahen angesichts seiner Wortwahl angemessen beleidigt aus. Er errötete leicht und sprach eilig weiter – wobei er sich aber schon bald wünschte, es nicht getan zu haben. »Ist es möglich, daß irgendwo ein Irrtum vorliegt?«
Der Hohepriester der Biotechnologie wirbelte herum und erwiderte scharf: »Mr. Dexter, die DNA trägt individuelle genetische Informationen, außer im Falle eineiiger Zwillinge. Der vorliegende Test stützt sich auf die Verbreitung der DNA in anderen Zellstrukturen und versetzt uns in die Lage, einzelne Gewebeproben zu entnehmen und anschließend die sich dort wiederholenden Strukturen auszumachen. Es hat über zehn Jahre gedauert, um dieses Verfahren zu vervollkommnen, und es hat viele Millionen Pfund gekostet. Ich kann Ihnen versichern, daß meiner bescheidenen Erfahrung nach weder ich noch meine Angestellten die Gewohnheit haben, nachlässig mit den

Gewebeproben oder mit den teuren Geräten umzugehen, für die wir so hart gearbeitet haben. Kurz, es liegt kein Fehler vor, keine Verwechslung und, was noch wichtiger ist, kein Beweis, daß sich die DNA des Verdächtigen mit dem bei dem Opfer gefundenen Haar und Sperma irgendwie in Verbindung bringen läßt.« Während seines Ausbruchs hatte sich das Gesicht des Arztes beträchtlich verfärbt. Dexter hob eine Hand, um zu signalisieren, daß er sich ergeben wollte.

»Sorry, Doktor, hab' ja nur gefragt.«

»Fragen Sie, solange Sie wollen, junger Mann, aber es wird Ihnen nichts nützen: Es gibt keine Verbindung, und das ist endgültig. Ich habe all das bereits in meinem Bericht erwähnt, den Sie der Verteidigung wohl in Bälde zur Verfügung stellen werden.«

»Möglicherweise endet er im Verzeichnis ›ungenutztes Material‹, Doktor Coombs, denn immerhin beweist er gar nichts: weder daß Speakman am Tatort war noch daß er es nicht war. Stimmt's?«

»Ich bin Wissenschaftler, Mr. Dexter. Ihr Vorgehen ist mir egal, aber ich nahm an, daß die Verteidigung diesen Aspekt vom moralischen Standpunkt aus gesehen nützlich findet, denn das Ergebnis meiner Untersuchungen ergibt eindeutig, daß es sich nicht um Speakmans Haar handelt, das man in der Hand des Mädchens gefunden hat.

»Wenn man es aus der Perspektive der Staatsanwaltschaft betrachtet, kann das Haar von jedem stammen. Sie selbst sagten doch, daß das Wasser in dem Becken, wo der Leichnam gefunden wurde, schnell und ungehindert dahinfließt. Wie leicht können sich da Haare in einem Leichnam verfangen!«

»Das ist *eine* Erklärung, Mr. Dexter«, sagte Coombs ätzend und warf dem Staatsanwalt einen wütenden Blick zu. Mit unverhohlener Verachtung griff er nach seiner Pfeife und begann, sie erneut zu stopfen.

Kapitel 5

Auf der Kinderstation des Krankenhauses war es abgesehen von dem Quietschen der Sohlen der Nachtschwester vollkommen still. Jack hielt die Hand seiner Tochter. Die Beruhigungsmittel hatten sie in tiefen Schlaf sinken lassen. Bevor sie in der Traumwelt einer Achtjährigen versank, hatte sie ihm noch zugemurmelt: »Ich hätte gewonnen, Dad, ich hätte gewonnen.«

Jack beobachtete, wie sich ihre Augäpfel hinter den feinen Lidern im Schlaf bewegten.

»Es tut mir so leid, Liebling.«

Er spürte einen Kloß im Hals, als er sich an seine Unfähigkeit zu handeln erinnerte. Was war er nur für ein Vater? Seine eigenen Eltern waren vor einer Stunde gegangen, hatten ihrer Enkelin aufmunternd zugelächelt, hatten versucht, die beinahe eingetretene Katastrophe auf die leichte Schulter zu nehmen. Sie hatten sorgsam vermieden, ihm zu viele Fragen zum Unfallhergang zu stellen.

Unglücklich schüttelte Jack den Kopf. Wenigstens würde Hollie keine Langzeitschäden davontragen. Die Ärzte hatten gesagt, daß sie sich an nichts erinnere, aber noch zur Beobachtung im Krankenhaus bleiben müsse. Jack hoffte, daß sie recht hatten, schreckte jedoch davor zurück, sich vorzustellen, was hinter diesen empfindsamen Augen vor sich ging. Die Gehirnströme hatten keine Abnormitäten aufgewiesen. Ihre Reflexe waren gründlich überprüft worden.

Ihr geht es gut, sagte er sich, wirklich gut.

Die Kinderstation war halb leer – oder sollte er besser sagen: halb voll? Gehörte er, was die Beurteilung dieser Frage anging, eher zu den Optimisten oder den Pessimisten? Jack genoß die Leere. Sie gab ihm das Gefühl, daß weniger

Kinder krank waren. Jeder hier war so liebenswürdig und so verständnisvoll. In Gegenwart der Krankenschwestern hatte Hollie sich sofort entspannt; er wünschte, ihm würde es genauso gehen. Selbst die Agentur hatte unter diesen Umständen Verständnis gezeigt, daß er ihnen keine Skizze von König Artus liefern konnte.

Ihm fiel auf, daß trotz allem, was passiert war, trotz des Traumas der vergangenen vierundzwanzig Stunden, aus den Augen noch lange nicht aus dem Sinn bedeutete. Magisch wurde er von seiner Tasche angezogen, die verschlossen neben ihm stand; er war seit dem Unfall nicht zu Hause gewesen. Jack zog die Skizze heraus und legte sie sich auf die Knie. Die Agentur hatte ihn beauftragt, Speakman zu zeichnen, doch statt dessen hatte er sich selbst porträtiert. Er wußte, wie Speakman aussah. Wo also lag das Problem?

Er kreuzte die Beine übereinander und schüttelte den Kopf über seine Unfähigkeit, ein einfaches Gesicht zu malen. So war es nicht immer gewesen. Als Kind reichte ihm ein Blick auf ein Gebäude, ein Gesicht, eine Situation auf der Straße, wie komplex sie auch war, um das Motiv gewissenhaft aufs Papier zu übertragen. Er brauchte eine Landschaft nur kurz zu betrachten, um anschließend jedes Objekt völlig akkurat wiedergeben zu können. Sie nannten das »eidetisches« Gedächtnis – jedes Bild war eine Photographie der jeweiligen Szene. Jack war als Kind eine kleine Berühmtheit gewesen, nachdem er in einer landesweit ausgestrahlten Fernsehsendung aufgetreten war, die Menschen mit besonderen Begabungen interviewte. Sie bezeichneten die seine als Phänomen; aber ihm kam es gar nicht vor wie ein Phänomen, schließlich kannte er es nicht anders.

Das alles war vor dem Zypernaufenthalt gewesen. Diese Reise hatte es vielleicht verursacht, aber das konnte niemand mit Gewißheit sagen. So viele weiße Flächen in seinem Leben, die es auszufüllen gab!

Hollie drehte sich um und stieß gegen das Gitter an der Seite des Bettes. Als sie es entdeckt hatte, hatte sie ein beleidigtes Gesicht gezogen. Sie brauchte gar nicht zu sagen: »Ich bin doch kein Kind mehr«, ihr Gesichtsausdruck hatte der lächelnden Kinderschwester genau vermittelt, was sie dachte.

Er blickte nun aufmerksamer auf die Zeichnung hinab. Die Silhouette der Zuschauertribüne kam ihm so leer vor, und er verspürte den unwiderstehlichen Drang, ihn mit Farbe zu füllen. Es war ein Bedürfnis, das er schon seit Jahren nicht mehr gehabt hatte, die Art von Gefühl, wie er es aus seiner Kindheit kannte, den einfachen Trieb, die Bilder aus seinem Kopf allesamt auf das Papier zu bannen.

Er konzentrierte seine Erinnerung auf den Gerichtssaal und versuchte, sich seine Gefühle erneut ins Gedächtnis zu rufen. Was war dran an diesem Speakman-Fall, das derart an ihm nagte? Plötzlich entschloß er sich, es noch einmal zu versuchen. In der Mitte des Zimmers stand ein einfacher Tisch. Er überzeugte sich davon, daß Hollie still dalag, ging dann zu einem der Kinderstühle hinüber und setzte sich vorsichtig in den engen Schalensitz. Auf dem Tisch lagen verschiedene Stoffpuppen herum.

»Zeit, die Verbrecher zu identifizieren«, flüsterte Jack, während er das Spielzeug beiseite schob. Er legte ein jungfräuliches Blatt Papier auf den Tisch und fixierte es mit Ein-Pfund-Münzen. Dann nahm er die Pastellstifte aus der Schachtel und legte sie in einer Reihe vor sich hin – wie Soldaten. Er sah den Gerichtssaal deutlich vor sich. Er konnte die Feindseligkeit spüren, die er ausstrahlte, aber er brachte keine einzige Linie zustande.

Das Licht war nicht richtig, deshalb ging es nicht. Aber so lautete die Entschuldigung eines jeden schlechten oder faulen Künstlers, wie er sehr genau wußte. Das Licht war in Ordnung; er selbst war es, mit dem etwas nicht stimmte. Aus dieser Höhe sah alles anders aus. Erwachsene saßen eben nicht auf Kinderstühlen oder träumten deren Träu-

me. Kinder waren nicht etwa kleine Erwachsene: Sie waren Menschen mit einer anderen Perspektive und einem anderen Ansatz. Und genau das brauchte er jetzt.
Er blickte sich um, um seine Theorie zu überprüfen. Die Wände hingen voller einfacher Bilder. Sie hatten Filzstifte und Wasserfarben, Fingerfarben und Wachsmalstifte benutzt. Wachsmalstifte!
Jack griff nach seinen Pastellstiften, dann hielt er inne. Sie waren diesmal nicht das richtige – es mußte mit Wachsmalstiften gemalt werden. Er suchte im Spielzeugschrank. Schließlich hatte er ein halbes Dutzend angekauter und stummeliger Stifte in verschiedenen Farben zusammen. In seiner Hand fühlten sie sich wie eine alte Erinnerung an. Ihre klebrige Oberfläche, als er sie zwischen den Fingern hin und her rollte. Er war bereit.
Jack begann, die Umrisse des Gerichtssaals mit einem feinen Filzstift vorzuzeichnen. Er setzte die Staatsanwaltschaft und die australische Anwältin, Leone Stern, ein; er zeichnete sie ans Ende der Reihe. Dort hockte sie mit unglücklichem Gesicht. Er malte die Richterbank und die Anklagebank. Er fügte die Zuschauertribüne hinzu. Das Wichtigste war damit fertig. Als nächstes malte Jack die gleichermaßen beschäftigten wie gelangweilten Angestellten des Gerichts: den Gerichtsdiener, die Stenographin und die Gefangenenwärter.
Dann griff er nach den Wachsmalstiften und begann, das Bild auszumalen. Er hatte das Gefühl, die Wachsmalstifte mit seinen eigenen Stiften mischen zu müssen, während sich das Papier in wütendem Rhythmus Sekunde um Sekunde mit Farbe füllte. Ein Reporter mit einer roten Fliege und einer noch röteren Nase kauerte über seinem Notizbuch. Eine Frau mit wunderschönen azurblauen Augen. Er arbeitete wie in einem Wirbelwind, der seine Erinnerung der Vergessenheit entriß.
Er bekam gar nicht mit, daß er begann, sein Bild mit klein-

sten Details auszuschmücken; die Trance wurde immer tiefer. Er konnte die Qual auf dem Gesicht eines der Elternteile der Opfer sehen und malen, den Zorn auf den Lippen eines anderen, die Farbe ihres Hasses. Jack hatte Raum und Zeit vergessen – er war in einer Fuge gefangen, wie er sie seit Jahren nicht mehr erlebt hatte. Er hätte nicht sagen können, ob er diesen Sog haßte oder genoß; er überließ sich ihm einfach.

Das Gesicht des Mörders sparte er sich bis zum Schluß auf. Die übrigen Darsteller waren bereits auf der Bühne: Jeder hatte ein Gesicht, jeder hatte seinen Platz auf dem Papier – außer dem Angeklagten. Er war immer noch nur ein Torso. Jacks Wachsmalstift lag wie ein nasser Fisch in seiner Hand; er brachte es einfach nicht fertig. Er war so weit gekommen – und scheiterte zuletzt doch. Selbst das Bedürfnis, sein eigenes Gesicht zu malen, war verschwunden. Sein Zeichnen hatte ihn an diesen Punkt geführt. Doch seltsamerweise hatte er Speakmans Gesicht durchaus vor Augen. Ganz klar sogar.

Jack warf den roten Stift beiseite. Er rollte über den Tisch und fiel zu Boden. Er hob die Zeichnung auf und starrte sie scheinbar endlos lange an, dann fiel es ihm ins Auge. Er saß in der hinteren Reihe der Zuschauertribüne. Der Körper trug einen elegant geschnittenen Nadelstreifenanzug aus blauem Serge, aber das Gesicht gehörte Trevor Speakman. Jeck spürte den bitteren Geschmack von Erbrochenem, das ihm die Kehle hochstieg. Unbewußt hatte er Speakmans Kopf aus der Anklagebank entfernt und ihm einem unschuldigen Zuschauer auf die Schultern gesetzt. Blieb nur noch eine Frage: Wo war das Gesicht des Mannes in dem blauen Nadelstreifenanzug?

Kapitel 6

Leone blickte unverwandt zu Boden, als sie die hölzerne Rolltreppe in der Holborn-U-Bahn hinauffuhr. Oben angelangt, mußte sie an einem Landstreicher vorbei, der auf dem kalten Fliesenboden lag und schlief. Sein Gesicht war mit einer vier Tage alten Ausgabe des *Daily Telegraph* bedeckt. Sie warf einen Blick auf ihr eigenes Gesicht, das sie von der Vorderseite anstarrte – verkrampft vor Angst, weil der Mob sich an den unbeteiligten Polizisten vorbei auf sie zu drängte.

Leone hatte die letzten Nächte damit verbracht, die Szene vor dem Gerichtsgebäude wieder und wieder zu durchleben: die Beleidigungen, die Gewalt der Menge, die Distanzlosigkeit der Presse – »Hierher, Leone, Schatz! Komm schon, Mädchen, einen Schnappschuß noch!«

Die Anonymität des gewaltigen Treibens während Londons Rush-hour befreite sie von den Erinnerungen, und im Strom der Dienstagmorgen-Armee aus Bürodrohnen trieb sie die High Holborne hinunter. Achthundert Meter weiter bog sie um die Ecke und ging durch die Passage, vorbei an den Lokalen, in denen die Studenten der juristischen Fakultät gewöhnlich zu Mittag aßen. Der Septemberwind pfiff durch ihren blaßgrünen Gabardinemantel und peitschte ihre Wangen, als sie links abbog und auf das Bürogebäude von Teal, Windle and Crichton zulief. Das Gebäude stand wie ein stolzer General mit steinernem Gesicht an der östlichen Ecke des Gray's Inn Square.

Sie ging durch den alten Torweg und dann forschen Schrittes an den plaudernden Chauffeuren vorbei, die darauf warteten, ihre verwöhnten Arbeitgeber zu ihren Clubs zu fahren, damit sie dort ein Kraftfrühstück einnehmen konnten. Sie warf einen Blick auf die teuren Autos, die den ganzen Platz einnahmen und bezeugten, daß die Rezession diese Gegend noch nicht erfaßt hatte. Ihr Gehalt würde nicht einmal ausreichen, um einen Parkschein für diesen Platz zu bekommen. Schließlich ging sie die Treppen hinauf, die schon unzählige eifrige Anwälte vor ihr emporgestiegen waren. Die Firma gehörte zu den besten, aber keineswegs zu den ältesten der Stadt. Sie stand in dem Ruf, offen zu reden und schnell zu handeln. Während der Siebziger hatte sie sich unbemerkt etabliert, sich auf Wirtschaftskriminalität und Scheidungsverfahren in gesellschaftlich hochgestellten Kreisen spezialisiert, aber erst der Boom der Achtziger hatte die Firma an die Spitze katapultiert. Pachtzinsvertrags- und Gesellschaftsaktienrecht waren sehr bald zur Haupteinnahmequelle der Kanzlei geworden. Dreiundvierzig gleichberechtigte Partner teilten sich derzeit einen Millionengewinn.

Leone wußte, daß ihr niemals eine Position als Partnerin angeboten werden würde. Ihrer Beförderung stand nicht nur die Tatsache im Wege, daß sie nicht in Oxford studiert hatte, sondern vor allem, daß sie eine Frau war. Nicht, daß man TWC offensichtlicher Vorurteile hätte anklagen können. Tatsächlich gab es zwei weibliche Partner, die beide als Beraterinnen in der Zweigstelle Hongkong arbeiteten, also soweit wie möglich vom Hauptsitz in London entfernt. Genaugenommen gab Leone sowieso nicht allzuviel darum. Früher einmal war sie durchaus ehrgeizig gewesen, aber heute nicht mehr. Sie fand, daß der Weg zur Spitze mit zu vielen »Ja, Sirs« und zu wenig »Aber was ist mit folgendem ... Sirs« gepflastert war. Keiner ihrer Kollegen in der Kanzlei würde jemals im Traum daran denken, die Herangehensweise eines Partners an einen Fall in Frage zu stellen, aber sie tat das durchaus.

Ihre Absätze klickten über den grünen italienischen Marmor in der Empfangshalle, und sie nickte den Wachmännern, die sich in der Nähe der Rezeption herumtrieben, einen Guten-Morgen-Gruß zu.

»Miss Stern«, rief die dunkelhaarige junge Frau, die hinter dem Empfangstisch saß.

»Ja?«

»Nachricht von oben.«

Tiefroter Lippenstift umrahmte ihre vollkommen geformten weißen Zähne, als sie Leone anlächelte.

»Habe Sie neulich im Fernsehen gesehen. Es muß schrecklich gewesen sein! Ich kann einfach nicht glauben, wie sich diese Menschen verhalten. Sie anzuspucken und so. Man könnte ja fast glauben, daß *Sie* vor Gericht stehen und nicht dieses Monster!«

»Bis zum Beweis des Gegenteils gilt er als unschuldig, Mandy«, antwortete Leone halbherzig.

»Ich weiß, aber was er getan hat...«

»Mutmaßlich«, korrigierte Leone sie, jetzt entschiedener.

»Was glauben *Sie* denn, Miss Stern?«

»Ich werde nicht dafür bezahlt, zu glauben, Mandy, das wissen Sie doch. Und jetzt die Nachricht.«

»O ja«, antwortete Mandy beleidigt. »Um neun Uhr findet eine Sitzung des Partner Management statt, zu der auch Sie geladen sind.«

»*Vielen* Dank, Mandy«, sagte Leone in sarkastischem Tonfall und sah auf ihre Swatch: Es war 8.58 Uhr. Sie runzelte die Stirn und rannte zum Lift.

Fünf Stockwerke höher ging sie über den stillen Flur der Kanzlei: sanfte Beleuchtung, große, in Gold gerahmte Porträts, die die lachsfarbene, mit Regency-Streifen versehene Tapete schmückten. Ein blaßgrüner Teppich lag auf dem Boden aus burmesischen Teakholz. Der Gang führte auf eine mit geschmackvollen Schnitzereien verzierte Doppeltür aus dunklem Mahagoni zu. Das Holz und die Messingbeschläge waren dermaßen blank poliert, daß die Tür beinahe undurchdringlich aussah.

Leone setzte sich rechts neben die Tür auf ein langes ledernes Chesterfieldsofa und wartete darauf, daß die Sekretärin sie hereinbat. Niemand kam jemals zu spät zu Konferenzen bei Teal, Windle and Crichton, das hieß, niemand außer Leone.
Wenige Augenblicke später geleitete sie eine blonde, geschäftig wirkende Frau hinein. Drei Männer saßen am Ende eines langen Konferenztisches. Alle drei erhoben sich, als Leone durch das Zimmer auf sie zuging.
»Miss Stern, guten Morgen.« Ein grauhaariger Mann mit Knollennase und roten Äderchen auf den Wangen streckte Leone seine große, fleischige Hand entgegen. Frederick Foster war zweiundsechzig und genoß jede Minute seines Lebens. Drei Tage in der Woche verbrachte er auf seinem Bauernhof in Norfolk und trank Starkbier wie ein Weltmeister. Trotz seiner gedrungenen Gestalt sah er aus wie ein Mann, der sich seiner übermächtigen Präsenz bewußt war.
»Fred, wie geht es Ihnen?« gab Leone zurück, schüttelte ihm die Hand und warf den beiden anderen Männern ein Lächeln zu.
»Daniel kennen Sie natürlich.« Leone kannte ihn.
»Schön, Sie wiederzusehen.«
Dan Morgan schenkte Leone ein breites Lächeln. Er war Mitte Vierzig und besaß das Aussehen eines Dreißigjährigen – ein richtiger Aufsteiger und der Verfasser der schärfsten Handelsverträge in ganz London. Was hatte er hier zu suchen?
Sie wandte sich dem dritten Mann zu: Ronnie Pearsal. Ronnie und Leone kannten sich seit langem, nur allzu gut. Sie nickten sich wortlos zu. Fred Foster eröffnete den Schlagabtausch.
»Ich will gleich zur Sache kommen, Leone. Einige unserer Leute haben sich kritisch darüber geäußert, wie Sie sich im Speakman-Fall verhalten haben. Bevor Sie jetzt gleich in

die Luft gehen, will ich Ihnen sagen, daß wir natürlich alle in Betracht ziehen, daß Sie nur vier Tage zur Verfügung hatten, aber wir haben Sie gewarnt, daß diese Geschichte eine ziemlich große Sache ist. Nicht etwa, daß der Prozeß selbst schwierig wäre. Aber Sie wußten, daß Sie es mit der Presse zu tun haben würden und sich mit der Lynchjustiz des Mobs würden auseinandersetzen müssen. Es handelt sich um einen Showprozeß, Leone. Warum haben Sie der Presse nicht auch den Rest der Verlautbarung vorgelesen? Hielten Sie es nicht mehr für wichtig?«

»Natürlich war es wichtig. Ich konnte es nur einfach nicht länger aushalten, dort stehenzubleiben und mit diesem Mist konfrontiert zu werden.«

»Aber Sie werden keine andere Gelegenheit mehr bekommen, um öffentlich darum zu bitten, daß sich mögliche Augenzeugen bei uns melden.«

»Das ist unerheblich. Speakman ist doch schon so gut wie verurteilt. Und Sie waren nicht da, keiner von Ihnen!« Jetzt wollte sie ihnen kräftig einheizen. »Sie hätten diese Menschen hören sollen! Sie wünschen seinen Tod. Versuchen Sie mal, Geschworene zu finden, die es wagen würden, ihn freizusprechen. Und wo wir gerade von den schlimmstmöglichen Vorurteilen sprechen: Selbst unsere eigene Empfangsdame geht davon aus, daß er es war. Seien Sie realistisch, Fred.«

»Davon einmal abgesehen, Leone«, warf Dan Morgan ein, »es ist unsere Kanzlei, die ihn vertritt. So ist das nun einmal, und Sie müssen daran denken, daß wir alle mit Ihnen auf dem Präsentierteller stehen.«

»Nun, entweder wollen Sie, daß ich den Fall übernehme, oder nicht. Diese Art der Einmischung ist nicht gerade motivierend, Gentlemen. Außerdem beschaffe ich mir die Akten und stelle fest, daß bis jetzt nichts an dem Fall getan wurde. Ich habe die letzte Nacht damit verbracht, Speakmans medizinischen Befund durchzusehen. Wußten Sie, daß der Mann kaum in der Lage ist, vernünftige Instruktionen zu erteilen? Gelegentlich leidet er an Blackouts. Aber damit nicht genug: Er hat seinen Arbeitgebern nichts davon gesagt, weil er Angst hatte, sonst seine Lizenz zu verlieren, und er *kann* deshalb gar kein Alibi für irgendeine der Entführungen anbringen. Schlimmer noch: Seit er in Untersuchungshaft sitzt, ist er völlig zusammengebrochen. Im Gefängniskrankenhaus stopfen sie ihn bis oben hin mit Methadon voll, um ihn stabil zu halten, aber nur Gott weiß, was er dort noch alles in die Finger bekommt. Der Kerl ist süchtig! Dann erfahre ich, daß bereits ein Anwalt mit der Verteidigung beauftragt wurde. Das geschah schon acht Wochen vor der Vorverhandlung, aber erst jetzt erteilen Sie mir die Anweisung, nach möglichen Augenzeugen im Sinne der Verteidigung Ausschau zu halten. Dieser Kelch war doch schon von vorne herein vergiftet, und das wissen Sie auch!«

»Nun, wenn Sie der Sache nicht gewachsen sind, können wir den Fall jederzeit jemand anderem übertragen. Nur könnten Sie hier endlich beweisen, daß Sie über die Bradley-Geschichte hinweg sind.«

»Oh, das ist brillant, Ronnie. Ich habe mich schon gefragt, wie lange es dauern würde, bis Sie das aufs Tapet bringen.«

»Nun, *sind* Sie denn darüber hinweg?« drängte Pearsal.

Leone blickte die Gesichter der Reihe nach an. Während der vergangenen zwölf Monate war kein Tag verstrichen, an dem Ian Bradleys verlorene Augen sich nicht in ihr Hirn gebrannt hatten: ein junger Mann, der seine Zukunft in Leone Sternes Hände gelegt hatte und der sich schließlich in einem Untersuchungsgefängnis das Leben genommen hatte, während er darauf wartete, eines Verbrechens angeklagt zu werden, das er mit Sicherheit nicht begangen hatte. Seine Familie hatte Leone die Verantwortung dafür gegeben, obwohl die Nachforschungen später ergaben, daß der Selbstmord auf eine Störung seines Geisteszustandes zurückzuführen gewesen war. Eine formelle Untersuchung durch die oberste Justizbehörde ging den Beschwerden der Eltern nach, daß Leone den Fall nicht schnell genug gehandhabt habe. Ronnie Pearsal hatte den Fall mit ihr zusammen bearbeitet, aber er war zum Partner befördert worden, bevor die Untersuchungsmaschinerie in Gang gesetzt wurde, und es war ihm gelungen, jeden Verdacht, daß auch er verantwortlich sein könnte, von sich zu weisen. Leone wußte es besser.

Die Untersuchungskommission hatte sie und die Kanzlei schließlich von jeder Schuld freigesprochen, aber es gab keinen Zweifel, daß sie gebrandmarkt war. Nach diesem Debakel war die Strafrechtsabteilung aufgelöst worden. Sie hatte ohnehin keine Ambitionen gehabt, noch einmal einen Strafrechtsfall zu übernehmen. Etwa ein Jahr lang hatte Leone in der Abteilung für Familienrecht gearbeitet. Dann war der Befehl von ganz oben gekommen: »Übernehmen Sie den Speakman-Fall, oder verlassen Sie die Kanzlei.« Wenn das nur möglich gewesen wäre.

»Natürlich bin ich darüber hinweg«, antwortete sie, wußte aber, daß man ihr nicht glaubte.

»Gut. Seien Sie sicher, daß wir alle hoch erfreut sind, das zu hören. Wie wollen Sie weiter vorgehen?« fragte Fred Foster und warf dem jüngeren Partner Pearsal wegen seiner auffälligen Dummheit einen zornigen Blick zu. Solche Angelegenheiten konnten immer auch auf subtile Weise geregelt werden.

Leone erholte sich schnell.

»Jetzt, da aufgrund der Vorverhandlung endlich Anklage erhoben wird, bereite ich die Instruktionen für den Junioranwalt vor. Dann werde ich eine Besprechung mit beiden Anwälten und mit Speakman anberaumen.«

»Wen werden Sie als Junioranwalt briefen?«

»Ich dachte an Toby Sloane: Er ist schnell und schlau

genug, um die Knochenarbeit zu erledigen, um die sich Sedgewick nicht kümmern wird. Ich kann immer noch nicht glauben, daß wir ihm die Papiere zuerst geschickt haben!«

»Leone! Sedgewick ist ein guter Mann, vielleicht etwas exzentrisch, aber er hat noch einiges auf dem Kasten. Sehen Sie sich nur die Art und Weise an, wie er den Gordon-Fall gehandhabt hat. Er hat erreicht, was er wollte.«

»Fred, die Zeit bleibt nicht stehen. Das ist jetzt schon drei Jahre her. Seitdem haben sich die Dinge geändert. Jeder weiß doch, daß er zuviel trinkt. Zu diesem Fall gehören so viele Akten, daß sie nur noch per Sattelschlepper transportiert werden können. Es gibt allein über eine Million Computerausdrucke. Sie scheinen zu vergessen, daß Speakman auf »nicht schuldig« plädiert. Und dabei spielt es keine Rolle, in welchem Zustand er sich befindet. Wir werden bis in die letzte Instanz gehen müssen. Und wenn er nur einen Augenblick lang das Gefühl hat, daß wir unseren Job vernachlässigen, haben wir einen neuen Bradley am Hals, nur diesmal stehe ich nicht allein in der Schußlinie, denn diesmal wird alles, was ich tue, akribisch aufgezeichnet. Ich bin ohnehin erstaunt, daß er nicht bereits Beschwerde eingereicht hat.« Scharf wandte sie sich zu Pearsal um, dessen Miene gleichgültig blieb.

»Die Plädoyers von Angeklagten können sich auch verändern. Ich bin sicher, daß Sedgewick den Fall auf vernünftige Weise regeln wird. Wenn wir auf geistige Unzurechnungsfähigkeit plädieren, so ist das sicherlich ein befriedigender Ausgang. Werden Sie einen Psychiater zu Rate ziehen?«

»Selbstverständlich.«

»Was ist mit Chris Bayfield als Junioranwalt? Ich habe gehört, daß er sehr gut ist, und er hat schon einmal an Sedgewicks Seite gearbeitet.«

»Er ist genauso schlimm wie Sedgewick, wenn Sie das meinen«, platzte Leone heraus. »Dieser Fall muß von jemandem bearbeitet werden, der gute Computerkenntnisse besitzt. Vielleicht müssen wir sogar beantragen, uns in die HOLMES-Datenbank im Polizeicomputer einzuklinken. Bayfield hat davon bestimmt keine Ahnung. Warum sind Sie so scharf darauf, daß Speakman von Sedgewick und Bayfield vertreten wird?«

»Ich habe Bayfield im Club bereits von dem Fall erzählt, er schien sehr daran interessiert zu sein«, sagte Dan Morgan. »Haben Sie damit ein Problem?«

Leone wußte nur zu gut, wie das Netzwerk von Männern in Positionen, wie Bayfield und Morgan es waren, funktionierte, und sie erkannte jetzt, warum Morgan überhaupt an diesem Meeting teilnahm: Jobs for the boys.

Sie antwortete, daß sie kein Problem damit habe, daß sie aber dafür sorgen wolle, daß, wenn Speakman einen Prozeß anstrebte, er wenigstens *einen* Anwalt hatte, der ihn auch wirklich unterstützte. Kurz darauf verließ sie die Konferenz, entschlossen, genau das zu tun.

Kapitel 7

Jack hatte unruhig geschlafen. Sobald er schlief, drängten sich die verschiedensten, widersprüchlichen Bilder in seine Träume. Hollie: ihr Haar, das auf dem Wasser schwamm, ihre toten Fischaugen, die Worte, die sie durch das Chlorwasser hindurch mit ihren Lippen formte: »Warum hast du mich nicht gerettet, Daddy?« Ein Mann in einem schwarzen Mantel: schmerzverzerrt, sein Körper blutete, das Blut floß in eben jenes Schwimmbecken hinein. Enttäuscht schüttelte der Mann den Kopf und flüsterte: »Er hat mich auch nicht gerettet, Hollie.« Dann hinter ihm, außerhalb seines Sichtfeldes, Fiona. Ihre Stimme war hart, bis zur Unkenntlichkeit verzerrt: »Er läßt andere Menschen immer sterben, das ist seine Art.«

Die grausamen Erscheinungen weckten ihn, er schwitzte und war erschöpft, dann fiel er wieder in unruhigen Schlaf, träumte weiter. Schließlich, um vier Uhr morgens, war er in die Küche gestolpert, um dort vorübergehend Asyl und einen Whiskey zu finden. Zu diesem Zeitpunkt hatte er auch beschlossen, mit Helena Dwyer zu sprechen. Sie war mehr als irgend jemand sonst in der Lage, seine Träume und all das, was in den vergangenen Tagen geschehen war, zu deuten. Helena hatte ihm in der Vergangenheit schon öfter geholfen. Ihr professionelles Verhalten und ihre beruhigende Art waren in den letzten Jahren wie Balsam für seine Seele gewesen. Aber niemals hatte er ihren klaren Blick stärker gebraucht als jetzt.

Von Müdigkeit überwältigt, hatte er sein übliches Sportprogramm ausfallen lassen, hatte schnell und kalt geduscht, denn er wollte vermeiden, daß die wohlige Wärme des Wassers ihn so sehr entspannte, daß er in einen Tag-

traum verfiel. Um acht Uhr hatte er im Krankenhaus angerufen und kurz mit seiner Tochter gesprochen. Kinder waren erstaunlich widerstandsfähig. Ihre Stimme hatte fröhlich geklungen, und sie hatte ihm lauter Fragen gestellt. Aber in seinem inneren Ohr hörte er nur die Frage seines Traumes: »Warum hast du mich nicht gerettet, Daddy?«
Er kannte die Antwort immer noch nicht, doch das Treffen mit Helena Dwyer, seiner Psychotherapeutin, würde ihm die Antwort geben müssen, koste es, was es wolle.

Von der hintersten Bank im Hörsaal aus beobachtete Jack, wie Helena Dwyer das Schauspiel eröffnete, indem sie mit den Notizen in ihrer Hand raschelte. Er wußte, daß sie sie während ihrer Vorlesung nicht benötigen würde. Sie waren nur eine notwendige Requisite, um einen bestimmten Punkt hervorzuheben oder eine Behauptung zu unterstreichen. Abgesehen von einem einzigen Scheinwerfer, der die Dozentin beleuchtete, war das Auditorium vollkommen dunkel. Sie wartete, bis absolute Stille herrschte.
Das Publikum, Studenten der klinischen Psychologie im Hauptstudium, warteten voller Vorfreude. Helena stand in dem Ruf, das menschliche Drama mit dem komplizierten Rätsel des menschlichen Geistes in Verbindung zu bringen. Ihre Spezialität, die durch ein Trauma hervorgerufene Amnesie, enthüllte die Dunkelheit häufig stärker als das Licht.
»Das Studienobjekt ist heute ein männliches: Nennen wir ihn Turner, nach dem Künstler, der so berühmt für seine impressionistischen Landschaften war. Wie wir wissen, war Turner teilweise blind – das erklärt die ungewöhnliche Sichtweise seiner Motive. Unser Studienobjekt ist ebenfalls blind, und zwar blind in bezug auf Teile seines Gedächtnisses, und genau das ist es, was Amnesie bedeutet. Durch ständige Therapie ist eine Heilung möglich, aber nur, wenn das Unbewußte zum Transfer der Informationen bereit ist.

Das Subjekt ist fünfunddreißig Jahre alt, in bester physischer Kondition, mit einem Intelligenzquotienten, der weit über dem Durchschnitt liegt. Seine Kindheitsentwicklung liefert uns eine hervorragende Basis für die vergleichende Evaluation seiner Krankheit. In den Kinderjahren des Subjekts entdeckte man, daß der Junge ein eidetisches Gedächtnis besaß: Diese Gedächtnisstruktur bringt lebhafte mentale Bilder hervor, die in der Fähigkeit resultieren, sich eine komplizierte Szene anzusehen und diese dann später fast fehlerlos bis ins kleinste Detail zu reproduzieren. Diese Eigenschaft findet man manchmal bei autistischen Kindern, man spricht dann vom gelehrten Idioten, aber erstaunlicherweise entwickelte Turner keine der unglücklichen Idiosynkrasien und Symptome dieser Gruppe.«

Als sie merkte, daß die Studenten von der Geschichte ihres Patienten bereits gefesselt waren, fuhr Helena fort.

»Sein Talent wurde erkannt, und der junge Turner wurde auf eine Schule für hochbegabte Kinder geschickt. Einige Jahre lief alles hervorragend, es gab kaum Anzeichen für Probleme. Das psychologische Profil ist das eines ausgeglichenen, wenn auch sehr ernsthaften Jungen.

Wie auch immer, wir wissen, daß er im Jahre 1974 ein Trauma erlitt. Turners Vater, ein Berufssoldat, war im Ausland stationiert, als die Insel Zypern besetzt wurde. Und da passierte irgend etwas, doch bis zum heutigen Tag wissen wir nicht, was. Das Ergebnis war, daß seine eidetische Gabe verdrängt wurde. Er glaubt, daß er sie vollständig verloren hat. Ich vermute aber, daß sie lediglich im Gehirn verlagert wurde. Irgendein Anblick oder ein Erlebnis war so überwältigend, daß das Gehirn die Erinnerung daran auslöschte, um sich selbst zu schützen. Diese Erinnerung ist irgendwo noch immer vorhanden und wartet auf den richtigen Auslöser, der sie freisetzt.

Als Teenager begann Turner, unter Alpträumen und Bettnässen zu leiden. Er wurde mißmutig, ein Einzelgänger und entwickelte eine immer heftiger werdende Phobie gegen Wasser. Das war lange bevor er mein Patient wurde, aber der traumatische Erlebnisblock ist dermaßen tief verwurzelt, daß sich die Phobie auch zwanzig Jahre später noch nicht gelegt hat. Im Laufe der Jahre wurden ihm starke Beruhigungsmittel verschrieben, und er befand sich in psychiatrischer Behandlung. Beide Maßnahmen erwiesen sich als wirkungslos.

Seine Kunst machte eine entscheidende Veränderung durch. Er malte nicht mehr architektonische Motive oder komplizierte Landschaften, sondern Darstellungen menschlichen Elends. Turner zeigte große Willenskraft in dem Versuch, das zu rekonstruieren, was ihm aus seiner Jugendzeit geblieben war. Er studierte Kunst, machte seinen Collegeabschluß und heiratete mit Anfang zwanzig.«

Eine Hand erhob sich in der Dunkelheit. Helena wußte, wem sie gehörte.

»Ja, Mister Compton.« Ein Nordstaatenamerikaner in Uniform. Er besaß einen scharfen Verstand, aber nur wenig Geduld.

»Das Trauma war zwanzig Jahre her, dann ist diese Entwicklung ja wohl kaum verwunderlich.«

»Vielleicht nicht, aber um ein Subjekt besser zu verstehen, müssen wir die Wurzeln seines Charakters kennenlernen. Außerdem ist das nicht das Ende der Tragödien in seinem Leben.«

Der junge Mann konzentrierte sich wieder auf seine Notizen.

Helena fuhr fort. »Er hatte also das Beste aus seinem Leben gemacht, das Trauma war nach wie vor tief in seinem Gedächtnis vergraben, und er war glücklich mit einer Frau, mit der er nach einigen Jahren ein Kind zeugte. Doch die Ruhe war nicht von Dauer. Ein tragischer Unfall, der den

Tod seiner Frau zur Folge hatte, setzte dem Glück nur wenige Monate nach der Geburt des Mädchens ein Ende. Wieder radierte sein Gedächtnis die Episode aus, obwohl es zahlreiche Augenzeugenberichte gibt, die ihn von jeder Schuld freisprechen. Seine Wasserphobie kehrte mit unverminderter Wucht zurück, aber jetzt hatte er ein kleines Mädchen, das er großziehen mußte. Seine elterlichen Pflichten zwangen ihn, die Angelegenheit zu verdrängen, sie konnten aber seine Probleme nicht lösen. Nach einiger Zeit kamen die Schuldgefühle über den Tod seiner Frau wieder an die Oberfläche. Turner verpflichtete sich drei Jahre lang als Kriegsberichtserstatter in der Armee. Diese Aufgabe wiederum brachte ihn an einen Ort, an dem es kaum Wasser gibt: nach Saudi Arabien und mitten in den Golfkrieg.«

Helena hielt inne und blickte in die Dunkelheit des Hörsaales hinauf.

»Bitte beachten Sie, wie Turner sich von dem distanzierte, was er liebte – seiner Tochter – und von dem, was er fürchtete – dem Wasser –, als ob er sich vom Schicksal verflucht fühlte und nicht wünschte, daß die Menschen in seiner Umgebung von seiner Welt besudelt würden. Das Gemetzel des Krieges ist in den Medien hinreichend dargestellt worden, niemals aber genauer als auf Turners furchtbaren Bildern. Von allen Zeichnungen geht eine einzigartige Trauer und Wut angesichts des sinnlosen Verlustes menschlichen Lebens auf beiden Seiten aus.«

Eine Stimme unterbrach sie: wieder Compton. »Doktor?«

Helena nickte ermutigend. »Gibt es Anzeichen, daß Turner am ›Golfkriegs-Syndrom‹ litt?«

Helena reckte das Kinn, bevor sie antwortete. »Um seinetwillen hoffe ich aufrichtig, daß dem nicht so ist, aber man geht mittlerweile davon aus, das dieses Syndrom einen medizinischen Ursprung hat und auf die verschiedenen Kuhpockenimpfungen zurückzuführen ist, die den Truppen injiziert wurden. Was mich aber am meisten beunruhigt, ist die Frage, ob seine Erfahrungen im Golfkrieg den Gesamtheilungsprozeß verzögert haben.«

Helena ließ sich von dem roten Faden ihrer Beobachtungen nicht ablenken. »Gelegentlich war er dem Selbstmord nahe, auf jeden Fall aber war er entschlossen, sich selbst zu zerstören. Zu diesem Zeitpunkt wurde er an mich überwiesen. Wir haben viele Jahre zusammengearbeitet, mit dem Ziel, jedes Trauma zu isolieren. Aber bis heute ist er immer noch nicht in der Lage, sich an die einzelnen Ereignisse zu erinnern.«

Helena war am Ende ihrer Vorlesung angelangt und würde bald die Diskussionsrunde eröffnen.

»Das Gedächtnis ist wie eine Zwiebel: Es besteht aus vielen Häuten. Es ist möglich, diese Häute zu entfernen, Schicht um Schicht, bis der Kern des Traumas nackt vor uns liegt. Aber diese Methode impliziert Wahnsinn. Die Enthüllung kann, wenn sie vorzeitig erfolgt, mehr sein, als das Gehirn des Subjekts erträgt. Turner muß bereit sein, sich zu erinnern. Es muß einen Funken geben, der ihn blendet, etwas, das dem Subjekt wichtiger ist als die eigene Angst vor dem, was es entdecken wird, um sich letztlich befreien zu können. Turner hat sich entschlossen zu vergessen. Meiner Meinung nach müssen wir das Gegenteil erreichen.«

Helena beobachtete, wie die Studenten ihre Worte wörtlich mitschrieben; in einer Seminararbeit würden sie wissenschaftlich und ausgereift klingen. Sie wußten nicht, daß »Turner«, den sie unter dem Namen Jack Forth kannte, auf der hintersten Bank des Hörsaales saß, weil er sie um einen dringenden Termin gebeten hatte. Seine Stimme hatte gequält geklungen. Vielleicht war ja die Zeit gekommen, da sie die Schichten, die sein Gedächtnis umgaben, abschälen konnte, um die Schrecken seines Lebens freizulegen. Einige Hände hoben sich, wollten weitere Informationen von ihr. In einer Stunde würde sie selbst vielleicht mehr wissen.

Kapitel 8

Helenas Praxis war ein Ort der Ruhe. Kein Telephon klingelte und unterbrach die Konzentration des Patienten in einem wichtigen Augenblick; die Wände waren mit einer einfachen Tapete in gedämpften Farben beklebt. Als Jack das erste Mal vor Jahren an diesen Ort gekommen war, hatte er die unvermeidliche Ledercouch, eine pendelnde Taschenuhr und das dumme Gesabbel, das man aus tausend schlechten Filmen kannte, erwartet; statt dessen fand er zwei gemütliche Sessel vor, in denen der Körper förmlich versank, Mineralwasser und eine ruhige, intelligente Frau, die warmherzig mit ihm sprach und sich niemals an Orte drängte, an denen sie nicht erwünscht war. Helena setzte sich ihm gegenüber, mit ausgestreckten Beinen, die schlanken Finger so still und entspannt wie der Rest ihres Körpers. Auf ihrem fein gezeichneten Gesicht lag ein geduldiges Lächeln. Er sah zur Wand, aber auch dieser vertraute Anblick vermochte ihn nicht zu inspirieren.

»Sie versuchen es nicht, Jack.«

Ruckartig fuhr sein Kopf herum, so daß er Helena Dwyer wieder ansah. Die Psychiaterin mit der olivfarbenen Haut sprach ganz ruhig, aber ihre professionelle Erregung konnte sie nicht verbergen.

»Ich weiß, daß Sie gekommen sind, um zu reden, aber bislang habe ich nur meine eigene Stimme gehört«, platzte sie heraus.

Der Unfall im Schwimmbad war jetzt sechs Tage her, und Jack fühlte sich alles andere als gut. Er konnte nicht schlafen, er hatte das Gefühl, als ob er zu schreien versuche, ohne seine Stimme benutzen zu können. Helenas Praxis – oder ihr Therapiezimmer, wie sie diesen Raum vorzugsweise nannte – bot ihm diesmal nur wenig Trost. Und doch hatte die Verzweiflung ihn hierher getrieben.

»Hollie lag dort unten. Ich konnte sie sehen, aber ich konnte mich nicht bewegen. Ich wollte es, wirklich, ich wollte es, aber ich stand da wie angewurzelt.«

Helena nickte, um ihn zum Weitersprechen zu ermutigen.

»Ich wußte, daß jeder Augenblick, den ich verstreichen ließ, sie dem Tod um einen Augenblick näher brachte, aber jemand anders mußte eingreifen, um die Sache zu regeln.«

Seine schweren Schultern fielen nach vorn, und er stützte den Kopf in beide Hände.

»Sie wissen warum, Jack, nicht wahr?«

Er erwiderte ihren Blick, ahnte, was als nächstes kommen würde. Warum diese Angst? War dies nicht der Grund, warum er hergekommen war?

»Sie besuchen mich nun schon seit Jahren, aber Sie haben sich niemals an den Tod Ihrer Frau erinnert. Nicht wirklich.«

»Sie sprechen von Hypnose?«

»Der einzige Weg, der Sie nach vorne bringen kann, ist der Weg zurück«, sagte sie ernst.

Jack wußte, daß sie recht hatte. Er mußte endlich herausfinden, was ihn in diesen Zustand brachte.

»Gut. Was passiert, wenn Sie mich nicht hypnotisieren können? Wenn ich mich wirklich so sehr gegen die Erinnerung zur Wehr setze, werde ich mich dann nicht auch gegen Sie zur Wehr setzen?«

Helena dachte darüber nach.

»Schon möglich, aber Sie haben wieder Alpträume gehabt, nicht wahr, Jack? Sie sind bereits zurückgegangen. Von dort aus ist der Weg nicht mehr weit.«

»Wie werden Sie also vorgehen? Holen Sie jetzt Ihre Taschenuhr hervor und erzählen mir, daß ich ein Hühnchen bin oder so etwas?«

Helena schenkte ihm ein anerkennendes Lächeln, dann

erhob sie sich und schloß die hölzernen Jalousien. Nachdem sie sich wieder umgedreht hatte betrachtete sie Jack, der nervös in dem gepolsterten Sessel saß.
»Sie machen Witze, weil Sie Angst haben. Ich mache Ihnen keinen Vorwurf daraus. Sie haben eine schlimme Zeit hinter sich, die tiefe Wunden hinterlassen hat. Wir müssen sie heilen.«
Helena hatte schon wieder recht: Er hatte Angst, sich der Vergangenheit zu stellen, aber die Zukunft würde voller Schrecken für ihn sein, wenn er es nicht tat.
»Ich will nur, daß Sie sich entspannen und auf angenehme Gedanken konzentrieren. Entspannen Sie Arme und Beine, und strecken Sie sie aus, holen Sie tief Luft. Mit jedem Atemzug entspannen sich die Muskeln mehr, in Ihrem Nacken und in Ihren Schultern. Ihr Geist ist eine leere Leinwand, so weiß, daß es Sie blendet. Aber Sie sind Künstler und haben grundsätzlich das Bedürfnis, eine leere Leinwand zu füllen. Ihr Geist zeichnet das Bild eines Gesichtes, das Gesicht einer Frau, Fionas Gesicht. Sie sieht glücklich aus, ihre Augen sprühen vor Leben. Lächeln Sie ihr zu, Jack. Zeigen Sie ihr, wie glücklich Sie sie macht.«
Helena betrachtete sein Gesicht. Seine Augen waren fest geschlossen, aber um seine Mundwinkel begann sich ein Lächeln zu formen.
»Genau, Jack. Sehen Sie? Sie lacht.«
Jack begann, breiter zu lächeln.
»Denken Sie an Fiona, und lauschen Sie dem Klang meiner Stimme, die bis Null zählt.«
Er war weggetreten, reiste in die Tiefen seines Geistes.
»Fiona ist immer noch Ihre Frau, und sie wird immer Hollies Mutter sein. Die Tatsache, daß sie nicht mehr hier ist, ändert daran nichts.« Helena verstärkte den hypnotischen Trancezustand, um das Bewußtsein für Zeit und Raum in seinem Geist zu festigen. Je realer sein Bild von Fiona war, um so besser.

»Wie haben Sie sich kennengelernt?«

Wie hatten sie sich kennengelernt? Plötzlich schienen die Jahre zu verschwinden.
Ein Bild erschien vor seinem inneren Auge: Eine junge Frau in einem fließenden schwarzen Mantel stand an der Tür seiner Studentenbude. Nachdem der junge Jack Forth sich den Schlaf aus den Augen gerieben hatte, konnte er die junge Frau mit dem frischen Gesicht besser erkennen. Ihre Augen hatten die Farbe von Erdnußbutter und blickten unter unglaublich langen Wimpern hervor. Ein amüsiertes Lächeln flog über die vollen Lippen. Sie wartete geduldig darauf, daß er zur Besinnung kam.
»Ich habe deine Anzeige am Schwarzen Brett gelesen. Ist das Zimmer noch frei?«
Sein Mitbewohner war vor zwei Wochen ausgezogen, so daß Jack jetzt die doppelte Miete zahlen mußte und sein Konto kräftig überzogen hatte.
»Ja, es ist noch frei, aber ich hatte keine –«
»Frau erwartet?« unterbrach sie ihn und zog leicht verärgert die feinen Augenbrauen hoch.
»Die Wohnung ist nicht besonders sauber. Ich meine, spülen ist nicht gerade meine Lieblingsbeschäftigung.«
»Gut«, sagte sie fest. »Dann werden wir prima miteinander auskommen. Kann ich die Wohnung sehen, oder ziehst du es vor, daß ich auf der Türschwelle stehenbleibe, während du sie mir beschreibst?«
Sie war eingezogen und nie wieder gegangen. Zwei Jahre später hatten sie geheiratet.
Vor seinem geistigen Auge ließ er seine glückliche Beziehung zu Fiona noch einmal Revue passieren: ein Heim, eine Tochter, eine Zukunft. Dann der Unfall. Sie waren nach Rhodos gefahren, um dort eine Woche Urlaub zu genießen. Hollie schlief durch, und Fiona war ihm nie schöner vorgekommen. Um die Taille war sie noch immer

ein bißchen mollig von der Schwangerschaft, und Jack liebte es, das weiche Fleisch zu liebkosen.
Er hatte die Insel sehen wollen. Ihr Haus lag in den Bergen, weshalb er für Ausflüge ein Auto mit einem Babysitz auf der Rückbank gemietet hatte. Fiona hatte einen Picknickkorb gepackt, und Hollie hatte friedlich vor sich hin gedöst, als sie losfuhren. Der Tag war herrlich gewesen – zu herrlich: Irgend etwas hatte ihn einfach verderben müssen. Als die Dämmerung der ägäischen Dunkelheit Platz machte, bemerkte er, daß die Bremsen nicht mehr richtig funktionierten. Auf der Weiterfahrt mußte er häufiger pumpen.
»Ich mache mir Sorgen wegen des Autos. Ich fürchte, es ist nicht sicher.«
»Komm schon, Jack, es wird langsam spät. Hollie muß gefüttert werden. Bis zu unserem Haus ist es bestimmt nicht mehr weit.«
Sie fuhren gerade an der Hafenmauer vorbei, als ein magerer Hund auf die Straße rannte. Jack trat auf die Bremse, aber das Auto wurde nicht langsamer. Er riß das Steuer herum, um dem Köter auszuweichen. Der kleine Fiat brach durch den Zaun aus Stacheldraht und tauchte hundertfünfzig Meter in die Tiefe des klaren Hafenbeckens. Fiona wandte sich um und griff nach ihrer kleinen Tochter, Panik in den Augen. Das Auto sank und kam auf dem Boden des Meeres zum Stehen. Jack kämpfte mit dem Gurt. Wenn das Auto sich mit Wasser gefüllt hatte, würden sie in der Lage sein, nach draußen zu schwimmen. Bis dahin würde die Gewalt des Wasserdruckes sie daran hindern, die Tür zu öffnen. Er griff nach der Hand seiner Frau und drückte sie.
Auch sie versuchte, ihren Gurt zu lösen: ihre Bewegungen waren relativ ruhig; sie schien zur gleichen Schlußfolgerung gekommen zu sein wie er.
Hollie schrie sich Wasser in die Lunge. Fionas langes rotbraunes Haar umschwamm ihre Schultern, als sie erst auf Hollie, dann auf Jack und dann hinauf zur Wasseroberflä-

che deutete. Sie wollte, daß er zuerst Hollie rettete und dann zurückkehrte, um sie zu retten. Jack zwang die Autotür auf, griff nach hinten, löste den Kindergurt und zog Hollie über den Sitz. Fiona nahm das Mädchen entgegen und blies ihr ihren eigenen letzten Atem in den Mund. Jack stieß sich zur Oberfläche hinauf, wo ihm wartende Hände in den umliegenden Booten seine Last abnahmen. Er atmete erneut tief ein, dann tauchte er wieder nach unten. Es war der Gurt, der verdammte Gurt. Dreimal tauchte er hinab, nur um kurze Zeit darauf mit schmerzenden Lungen wieder an die Oberfläche zurückzukehren. Er hatte nichts, womit er den dicken Gurt hätte zerschneiden können. Fiona wurde eine halbe Stunde später tot geborgen.

Helena beobachtete, wie Tränen Jacks Wangen hinabrannen. Er schluckte Luft und griff sich mit Gewalt an die Kehle, als ob er sich selbst erdrosseln wollte. Mein Gott, jetzt wurde es gefährlich.

»Jack, Sie müssen zu uns zurückkommen.«

Seine Hände drückten zu. Jacks Gesicht wurde tiefrot. Wenn sie jetzt nicht schnell handelte, würde er bald blau anlaufen, aber es war zu gefährlich, ihn plötzlich aufzuwekken – sie mußte einen anderen Weg finden, um ihn zurückzubringen.

»Jack, das Baby weint! Hollie weint, sie braucht Sie. Sie ist an Land in Sicherheit und wartet darauf, daß Sie sie mit nach Hause nehmen.«

Seine Hände schienen zu zögern, dann fielen sie herab. Seine Wangen nahmen wieder ihre normale Färbung an, und er keuchte.

»Hollie ist in Sicherheit, Jack. Sie haben im Krankenhaus mit ihr gesprochen. Sie will, daß Sie sie bald wieder besuchen. Kommen Sie jetzt zurück. Sie werden bald zu ihr gehen. Es wird nicht mehr lange dauern.« Jack nickte ernst. »Aber zuerst müssen Sie zu mir zurückkehren: Wenn

Sie das nicht tun, wird man nicht zulassen, daß Sie sie besuchen.« Er runzelte die Stirn. »Sie wissen ja, wie sie sind, nur dumme Regeln.«
»Ich weiß«, murmelte er.
»Sie sehen eine blendend weiße Leinwand.« Helena bemerkte plötzlich die Panik in ihrer eigenen Stimme und zwang sich zur Ruhe. »Sie wollen ein Bild darauf malen. Sie malen sich selbst in meiner Praxis. Sie fühlen sich wohl, entspannt, glücklich, aber Sie werden sich an alles erinnern, was Sie gerade gesehen haben, und Sie werden akzeptieren, daß Sie keine Schuld trifft. Wenn ich jetzt in die Hände klatsche, werden Sie die Augen öffnen.«
Helena klatschte laut in die Hände. Seine Augen öffneten sich sofort, brauchten einen Augenblick, um sich zu orientieren, und füllten sich dann mit Tränen.
»Es war nicht Ihre Schuld, Jack.«
Helenas Stimme holte ihn vollends in die Gegenwart zurück.
»Sie haben Ihre Tochter und sich selbst gerettet. Ihre Frau hat Sie beide mehr geliebt als ihr eigenes Leben. Das müssen Sie respektieren, und Sie müssen lernen, sich selbst wieder zu respektieren. Sie müssen wieder ins Wasser zurückkehren. Das Wasser ist ein Symbol: ein Symbol für das Leben. Wegen Ihrer Schuldgefühle der Toten gegenüber haben Sie das Leben gemieden. Haben Sie wieder Anteil am Leben! Agieren Sie, statt nur zu reagieren.«
Jack wußte, daß sie die Wahrheit sprach. Seit dem Unfall hatte er ohne wirkliche Gefühle gelebt. Schwitzend und zitternd saß er im Sessel, und Helena berührte seine Hand. Ihr Gesicht war vor Freude über das Erfolgserlebnis gerötet.
»Heute haben Sie einen Durchbruch erlebt. Aber wir müssen noch weiter zurückgehen.«
Jack verengte die Augen. »Da ist nichts mehr.«
»Oh, das stimmt nicht, und Sie wissen es. Aber jetzt ist nicht

der richtige Zeitpunkt dazu. Sie müssen sehr erschöpft sein. Hören Sie, Jack, hören Sie mir genau zu: Es gibt noch etwas, das Sie noch tiefer vergraben haben. Der Zusammenbruch, den Sie als Kind erlebten, wurde durch etwas verursacht, das Sie gesehen oder getan haben oder das Ihnen angetan wurde. Auch das können wir durch die Hypnose an der Wurzel packen und ein für allemal bewältigen.«

Jack erhob sich, beugte sich nach unten und küßte Helena sanft auf die Wange.

»Ich weiß. Ich habe nur Angst vor dem, was ich dort vorfinde. Aber ich bin sicher, daß es etwas mit dem hier zu tun hat.«

Er griff in seine Jackentasche und holte die Wachsmalstiftzeichnung hervor, die er in den Stunden an Hollies Bett gezeichnet hatte. Er legte sie auf den Schreibtisch.

»Haben Sie den Speakman-Fall verfolgt?« fragte er, während sie die Jalousien öffnete und Licht ins Zimmer strömte.

»Sie meinen König Artus?«

»Wenn er König Artus ist. Jeder scheint sicher zu sein, aber ich bin es nicht.«

»Warum?«

»Ich weiß es nicht. Nennen Sie es ein Gefühl in der Magengrube, Intuition oder was auch immer, aber ich habe gehofft, daß Sie etwas Licht in das Dunkel bringen könnten.«

»Erinnern Sie sich an irgend etwas?« fragte sie langsam.

»Ich habe befürchtet, daß Sie das fragen würden«, antwortete er, doch sie ignorierte ihn und betrachtete die Zeichnung.

»Dieses Bild enthält unglaublich viele Details, nur nicht die Gesichtszüge der Hauptperson. Erstaunlich! Eine fast völlige Rückkehr ihrer prätraumatischen Fähigkeiten. Sehen Sie sich das an, Sie haben sogar die Uhr gemalt, und es ist zehn Minuten nach elf, und hier der Sekundenzeiger! Das ist eine Szene, die sich im Bruchteil einer Sekunde in Ihr Gedächtnis gegraben hat. Unglaublich: ein ›lebendiges Photo in Ihrem Hirn‹!«

»Danke für die Komplimente, aber das hilft mir nicht weiter.«

»Doch, das tut es.«

»Wie?«

»Ich nehme an, Ihre Anweisungen lauteten, das Gesicht des Mörders zu malen.«

»Ja, warum?«

»Diese eher didaktische Anweisung muß Sie daran gehindert haben, Speakman auf der Anklagebank zu malen, und zwar wegen etwas, das Sie wissen. Etwas, das in den Tiefen Ihres Geistes vergraben ist.«

»Ich weiß gar nichts.«

»Vielleicht glauben Sie das, aber Sie müssen etwas wissen, Jack. Das ist die einzige Erklärung.«

»Was, wenn Sie sich irren?«

»Was, wenn ich recht habe?«

Jack faßte in die Tasche seiner Lederjacke und berührte Leone Sterns Ohrring. Es gab nur eine Möglichkeit, das herauszufinden. Es wurde Zeit, sich an den Kriegsschauplatz zu begeben.

Kapitel 9

Am darauffolgenden Tag um halb neun thronte Richard Dexter unbehaglich auf dem Rücksitz eines schwarzen Taxis, das ihn zum Inner Temple und dem Amtssitz des Kronanwalts Roger Fry brachte. Die Kältewelle der vergangenen Tage war einem Hauch von Spätsommer gewichen. Die frühmorgendlichen Sonnenstrahlen durchschnitten die träge, staubige Luft und wirbelten anmutig in das Taxi hinein. Der Fahrer steuerte den Wagen in gefährlicher, rasanter Fahrt durch Londons Seitenstraßen, wobei er sich immer wieder aus dem Fenster lehnte, um gegen gleichermaßen rücksichtslose Eilboten auf Fahrrädern zu protestierten.
Dexter war dankbar, daß er dadurch wenigstens keine sinnlose Konversation mit ihm betreiben mußte. Er konzentrierte seine Gedanken statt dessen auf die Konferenz, die vor ihm lag.
Dies würde die letzte Besprechung sein, bevor Speakman zum ersten Mal dem Crown Court vorgeführt wurde. Dexter nahm an, daß die Staatsanwaltschaft dabei zumindest einen kleinen Hinweis erhalten konnte, wie die Verteidigung sich in diesem Fall verhalten würde. Er dachte an das Gespräch, das er vor einer Woche mit Leone Sterne am Magistrates' Court geführt hatte, und fluchte innerlich, weil es ihm nicht gelungen war, ihr weitere Informationen zu entlocken außer der, daß Speakman seine unzweifelhafte Schuld nicht akzeptieren wollte.
Sie fuhren an der Statue eines Greifs am Eingang vorbei, die die alte Grenze zwischen der Stadt London und Westminster markierte. Ein Wachmann am Tor des Middle Temple ließ sie ohne Zögern mit einer Handbewegung hineinfahren, nachdem er Dexter auf der Rückbank er-

kannt hatte. Wenige Sekunden später fuhren sie vor dem Fountain Place vor, der im zentralen Hofraum lag.
Er befand sich inmitten einer altehrwürdigen Gruppe von Gebäuden, die sich von der Fleet Street im Norden bis hin zur natürlichen Grenze der Uferstraße an der Themse im Süden erstreckte. Der Temple war im vierzehnten Jahrhundert gegründet worden, und sein Name leitete sich von dem alten Orden der Templer ab, den ursprünglichen Besitzern dieses riesigen Grundstücks. Später war es zum exklusiven Bezirk der Inns of Court umfunktioniert worden. Hier befanden sich die Amtsräume der Staatsanwaltschaft, in denen sich die Mitarbeiter regelmäßig versammelten.
Dexter kletterte mühsam aus dem Auto, gab dem Taxifahrer genau zehn Prozent des Fahrpreises als Trinkgeld und wurde sogleich von der Anwältin, die in diesem Fall Protokoll führte, in Empfang genommen. Wenn es zum Prozeß kam, bestand ihre Aufgabe darin, detaillierte Aufzeichnungen des Beweismaterials zu machen, die den juristischen Beratern der Staatsanwaltschaft am Ende eines jeden Tages zur Analyse vorgelegt wurden. Dexter war von ihrer Beharrlichkeit bislang sehr beeindruckt gewesen, und er zweifelte nicht daran, daß sie in ein paar Jahren eine hervorragende Staatsanwältin sein würde. In den vergangenen acht Monaten hatte sie die gesamten Unterlagen zu dem Fall durchgearbeitet und besaß demzufolge ein enzyklopädisches Wissen über die Aussagen.
Sie trug die traditionelle Uniform weiblicher Anwälte: eine hochgeschlossene weiße Baumwollbluse unter einem tunikaähnlich geschnittenen schwarzen Kostüm mit chinesischem Stehkragen. Ihr schwarzes Haar hatte einen rötlichen Schimmer und war in einer kunstvollen Welle am Oberkopf zusammengefaßt. Unter ihrer viereckigen Stirn ragte eine lange, gerade Nase hinab. Obwohl sie streng aussah, hatte sie eine ruhige, selbstbewußte Art, gepaart mit

einem Minimum an körperlichen Bewegungen. Es umgab sie die Aura eines Menschen, der sich vollkommen unter Kontrolle hatte.
Die beiden gingen auf die schwarzlackierte Tür von Fountain Place Nummer zwölf zu, wobei die junge Frau Dexters Aktentasche trug. Sie stieß die Tür auf und wartete, während er an ihr vorbei in die Vorhalle trat. In den Büros herrschte lärmendes Treiben. Die Verhandlungen begannen um 10.30 Uhr, und die letzten Vorbereitungen liefen auf Hochtouren. Dexter hörte, wie Tusker, der erste Sekretär, am Telefon einen unglücklichen Solicitor ausschalt, weil dieser scheinbar vergessen hatte, sich in einem Fall, der um 11.00 Uhr beginnen sollte, der Mitarbeit eines Barristers zu versichern, eines Anwalts also, der im Gegensatz zu ihm selbst vor Gericht plädieren durfte. Energisch nickte er Dexter zu, bevor er den Solicitor mit einem hochmütigen »Mal sehen, was ich tun kann« abhängte. Dann trat er Dexter und der jungen Frau mit ausgestreckter Hand entgegen. Dexter schob seinen Arm aus der rechten Krücke, und sie schüttelten sich liebenswürdig die Hände. Tusker war zu jedem liebenswürdig, solange der Betreffende *seine* Anwälte mit Arbeit versorgte. Nachdem man die entsprechenden Höflichkeiten ausgetauscht hatte, wurde Dexter den inzwischen vertrauten Korridor entlang und in ein großes Konferenzzimmer im Erdgeschoß des Gebäudes geführt. Dieser Raum war für den Speakman-Fall reserviert worden, und es war eindeutig, daß hier nur erfolgreiche Sitzungen stattfanden: Große Ölgemälde, die über die Jahre von den Mitgliedern der Kammer gespendet worden waren, schmückten zwei Wände. An den übrigen beiden standen Bücherschränke mit ledergebundenen Bänden, die Jahrhunderte zurückliegende Fallberichte enthielten. Im Gegensatz zu dem altehrwürdigen Prunk befand sich in der hinteren Ecke eine abgewrackte Kaffeemaschine, neben der ein Mann saß, auf dessen schmalen Schultern

die Verantwortung dafür ruhte, daß Speakman verurteilt wurde.
Der obere Teil des Kopfes von Roger Fry lugte über einer Ausgabe der *Times* hervor. Seine halbmondförmigen, goldgefaßten Brillengläser balancierten zierlich auf der Spitze einer grazil geformten Nase. Blitzende Augen richteten sich erst auf Dexter, dann auf die anderen Anwesenden. Sein Blick war scharf wie der eines Turmfalken, der nach Beute Ausschau hält. Meist hatte man den Eindruck, als ob kein einziger Teil seines Körpers je zur Ruhe käme. Wenn er aufgeregt war, gestikulierte er wild, drehte und wandte sich, stach mit dem Finger in die Luft. Nur wenn er zuhören mußte, war er so regungslos wie ein Stilleben.
Mit einer schnellen Bewegung faltete er nun die Zeitung zusammen und erhob sich aus dem braunen Ledersessel. Er hatte eine tiefe, kehlige Stimme, und jede Silbe wurde von einem deutlichen Krächzen an ihren Platz verwiesen. Es war eine dieser Stimmen, die andere Menschen entweder aufmerksam zuhören oder sich winden ließ. Ein ganz leichter Cornwall-Dialekt war geblieben, ein Singsang, den er jedoch beinahe völlig unter Kontrolle hatte.
»Mr. Dexter, wie schön. Ich glaube, wir sind jetzt komplett. Kommen Sie, nehmen Sie Platz.« Mit einer schwungvollen Armbewegung deutete er auf den Stuhl neben Jeremy Kelly, dem Juniorstaatsanwalt, der an einem großen runden Tisch aus Walnußholz am Fenster saß.
»Guten Morgen, Mr. Fry. Ich hoffe, ich komme nicht zu spät«, antwortete Dexter und schlurfte zu dem Stuhl hinüber. »Ich dachte, wir hätten uns zu dieser Sitzung für 10.00 Uhr verabredet.«
»Stimmt schon, aber wir sind alle begierig darauf, das Neueste über die Vorverhandlung und über Doktor Coombs' Bericht zu erfahren. Entschuldigen Sie meine Ungeduld.« Ein Lächeln breitete sich auf dem Gesicht des Kronanwalts aus, und seine Nase zuckte einen Augenblick

lang heftig, bevor sein Gesicht wieder glatt und unbewegt aussah.
Dexter setzte sich mit den üblichen Schwierigkeiten hin und nahm dann eine Tasse mit schwarzem Kaffee entgegen. Er griff in seine Aktentasche und holte das Protokoll sowie seine Notizen von der Vorverhandlung hervor. Alle Anwesenden hörten aufmerksam zu, als er von seiner Unterhaltung mit Leone Stern berichtete.
»Nun, das zwingt uns zum Handeln, nicht wahr, Roger?« sagte Kelly.
»Hmmm, da haben Sie wohl recht«, antwortete dieser.
»Wie meinen Sie das?« fragte Dexter.
»Wenn wir davon ausgehen, daß die Verteidigung angesichts der Beweislage keine Schuldeingeständnisse macht, dann liegt es an uns, den Fall in seiner Gesamtheit zum Ende zu bringen«, sagte Fry. »Im Grunde berufen wir uns auf eine Parallelität in der Beweislage, was heißt, daß wir die Geschworenen auffordern, die Umstände der letzten Entführung zu betrachten, bei der das Mädchen überlebt hat, und dann zu schlußfolgern, daß Speakman auch der sieben anderen Morde für schuldig zu befinden ist, und zwar aufgrund der verblüffenden Ähnlichkeit der Methode.«
»Ich sehe dabei eigentlich keine rechtlichen Probleme auf uns zukommen, oder?« fragte Dexter nach.
»So einfach ist das nicht. Zunächst einmal könnte die Verteidigung beantragen, die Anklagepunkte zu trennen. Wenn sie damit Erfolg haben, könnte dies bedeuten, daß Speakman für jeden Anklagepunkt einen separaten Prozeß verlangen kann.«
»Mit anderen Worten, wir wären dann nicht in der Lage, den Geschworenen in einem Prozeß die Beweise der anderen Fälle vorzulegen, weil er in jedem Fall aufgrund der Fakten der Einzelfälle überführt werden müßte.«
»Genau, und dadurch hätte er große Chancen, davonzukommen. Uns liegen für jeden der Mordfälle lediglich

Indizienbeweise vor. Deshalb sind wir darauf angewiesen, die Fälle im Verbund zu behandeln.«

»Und was ist der zweite Punkt?«

»Wenn der Richter aus irgendeinem verrückten Grund getrennte Verhandlungen anberaumt, dann besteht meiner Ansicht nach die Möglichkeit, daß die Verteidigung auf die Unmöglichkeit hinweisen wird, Geschworene zu finden, die nicht durch all die Publicity, die der Fall bislang schon genossen hat, beeinflußt worden sind. Im Prinzip haben wir hier doch einen klassischen Medienprozeß vorliegen.«

»Haben Sie eine Ahnung, wie die Einstellung des Richters in der Sache sein wird?«

»Richter Singleton ist sich der Situation wohl bewußt, das kann ich Ihnen versichern. Ich bin ihm neulich abend zufällig in einem Weinlokal begegnet. Wir haben uns offen über unsere Standpunkte ausgetauscht, und man könnte sagen, daß wir *simpatico* sind«, sagte Fry feierlich, wobei er nur Dexter ansah. Die anderen wußten bereits, wie auf dieser Ebene gespielt wurde.

Dexter sah sie an, verfluchte insgeheim, daß sie dieses Privileg besaßen, beneidete sie jedoch nicht darum. Er verstand nur zu gut, was die Andeutung über die Vertrautheit mit dem Richter ihm sagen sollte: Die Öffentlichkeit wollte jemanden, den sie hassen konnte, und sie würde ihren Mann bekommen, koste es, was es wolle. Richter Singleton war der vorsitzende Richter für den Südwestbezirk. Er hatte die Verantwortung für den Prozeß übernommen und beabsichtigte offensichtlich nicht, Fry im Wege zu stehen. Dexter wappnete sich, als er sah, wie Roger Fry nach dem Northditch-Laborbericht griff.

»Und nun frage ich mich doch, was der gute Doktor uns so alles enthüllt hat?«

»Ich könnte mir vorstellen, daß Sie das eine oder andere als störend empfinden werden«, antwortete Dexter.

Dann biß er fünf Minuten lang auf seiner Lippe herum, während der Inhalt des Berichts von den Staatsanwälten verdaut wurde. Roger Frys Gesicht blieb ausdruckslos, als er die Schlußfolgerung las, dann warf er die Papiere sanft auf den Tisch.
»Für uns ist das kaum von Bedeutung. Wir können die Obduktionsbefunde der Leichen an die Verteidigung weitergeben, nicht aber die forensischen Befunde über die Haar- und Spermaproben und die DNA-Vergleichsanalyse. Wenn sie in dieser Richtung weitere Nachforschungen anstellen wollen, dann sollen sie sich ihren eigenen Experten suchen. Legen Sie die Schlußfolgerungen im Verzeichnis »ungenutztes Material« in der HOLMES-Datenbank ab. So werden Sie niemals darauf stoßen.«
»Der Arzt ist damit nicht allzu glücklich. Ihm ist klar, daß sein Befund für Speakmans Verteidigung von Bedeutung sein könnte, zumindest in bezug auf das erste Opfer«, warf Dexter ein.
»Ja und? Wahrscheinlich werden sie Coombs gar nicht in den Zeugenstand rufen. Wenn sie nur den ersten Teil seines Berichts lesen, werden sie keine umstrittenen Fakten finden: Er besagt lediglich eines, nämlich daß vom forensischen Standpunkt aus nichts Speakman definitiv mit den Leichen in Verbindung bringt. Wir vergessen einfach, die Proben zu erwähnen. Dieses Faktum hilft uns nicht weiter, und es steht auch nicht in unserer Arbeitsplatzbeschreibung, daß wir der Verteidigung die Arbeit abnehmen sollen. Also werden wir die Schlußfolgerung begraben. Na und? Es handelt sich doch sowieso nur um die Meinung eines Wissenschaftlers. Davon gibt's heutzutage zehn für einen Penny.«
»Nur daß es keine Meinung ist, sondern eine Tatsache! Speakmans Haare sind nicht mit denen identisch, die man bei der Leiche gefunden hat. So langsam glaube ich, wenn sie dies am Anfang des ganzen anderen Zeugs, das in den Ungenutzt-Dateien herumfliegt, finden, werden sie –«

»Haben Sie vergessen, Dexter, worauf wir uns hier konzentrieren sollten?« unterbrach Fry ihn scharf.
»Nun, natürlich nicht, aber –«
»Kein Aber. Aber schreit nur der Esel, und es ist nicht geeignet, unser Urteil in diesem Stadium in Frage zu stellen. Wir sind zu nichts weniger verpflichtet, Mr. Dexter, als der Öffentlichkeit ihre volle Befriedigung zu verschaffen. Auch von der fundamentalen Verpflichtung den Familien der Mädchen gegenüber werden wir unter keinen Umständen abweichen: Sie wissen, daß wir den richtigen Mann gefaßt haben, *wir* wissen, daß es der richtige Mann ist, wir müssen also nur noch dafür sorgen, daß der Mann hinter Schloß und Riegel kommt und die Sache ad acta gelegt wird, bis uns der nächste Mörder ins Visier gerät. Wahrscheinlich habe ich Sie also eben mißverstanden: Ich glaubte nämlich, herauszuhören, daß sie unter einer Art Motivationsproblem leiden. Wenn das der Fall ist, dann bin ich sicher –«
Jetzt war Dexter an der Reihe, ihn zu unterbrechen. Er wußte plötzlich, wie Leone Stern sich gefühlt haben mußte, als er ihr am Magistrates' Court eine ähnliche, wenn auch weniger elegante Rüge erteilt hatte. »Sie müssen nicht weitersprechen, Mr. Fry. Ich möchte nur sicherstellen, daß wir nichts übersehen, was uns später scheitern lassen könnte.«
»Ich freue mich, das zu hören, denn ich verlasse mich auf Sie. Sie müssen dafür sorgen, daß die Verteidigung nichts findet, was ihr zu einem anderen Ergebnis verhelfen könnte.«
»Was meinen Sie damit?« fragte Dexter unbehaglich. Er registrierte, wie die anderen unruhig auf ihren Stühlen hin und her rutschten.
»Ich erwarte, daß die Verteidigung den Zugang zur HOLMES-Datenbank beantragt. Das können sie nur bei Scotland Yard, und offensichtlich wird man an uns herantreten, um die Durchsuchung des ungenutzten Materials zu beauf-

sichtigen. Die Beamtin, der es obliegt, zu verhindern, daß sie in der gesamten Datenbank herumschnüffeln, ist Inspector Barnes. Aus zuverlässiger Quelle weiß ich, daß sie eine sehr gewissenhafte Beamtin ist, sozusagen voll und ganz auf Parteilinie. Sie sollten sich mit ihr verständigen: Ich bin sicher, daß Sie beide einen Weg finden werden, um dafür zu sorgen, daß der Verteidigung der Zugang nicht einfach gemacht wird.«

»Einen Augenblick, Sie wollen, daß ich das Material aus den Speakman-Dateien unterschlage –«

»Nicht unterschlagen, Mr. Dexter, nur zeitweise woanders zwischenlagern und dann auf wundersame Weise wieder einfließen lassen, wenn die Suche abgeschlossen ist. Sie werden bald frustriert sein und aufhören.«

»Aber das ist –«

»Ihre Pflicht, Mr. Dexter, Ihre Pflicht«, sagte Fry feierlich.

»Amtsmißbrauch, wollte ich sagen«, antwortete Dexter und hielt seinem Blick stand. »Amtsmißbrauch.«

»Nennen Sie es, wie Sie wollen, und dann erzählen Sie den Müttern dieser Mädchen, warum Speakman davongekommen ist: ein paar formale Spitzfindigkeiten könnten wirklich eine gute Erklärung sein. Sagen Sie doch einfach folgendes: Tut mir wirklich furchtbar leid, Mrs. Bridges, aber ich fürchte, der Mörder Ihrer Tochter wurde aufgrund ein paar technischer Formfehler freigesprochen. Darauf läuft es doch hinaus, oder?«

Dexter biß die Zähne zusammen, und zum ersten Mal in seiner ganzen Karriere fragte er sich, wie weit man sinken mußte, bis es keine Chance mehr gab, jemals wieder an die Oberfläche zu gelangen.

Kapitel 10

»Wo hast du den Camcorder versteckt, Jonathan?« Die Stimme des Mannes war ruhig, obwohl in seinen dunklen Augen der Funke kaum gezügelter Wut glomm. Sie bohrten sich in Berkeleys Gesicht.

»Auf einem Regal in der Bar«, flüsterte er.

Der andere nickte schroff. »Die Zeit für deine Bestrafung wird später kommen.«

Berkeley schluckte hart, doch er wagte es nicht, sich gegen das Urteil aufzulehnen.

»Bis dahin müssen wir über die Probleme nachdenken, die das mit sich bringt.« Er schenkte dem entsetzten Bankier ein trostloses Lächeln. »Nun, obwohl du dieses Filmchen zu deinem eigenen Vergnügen wahrscheinlich schon häufig gesehen hast, hatte ich bislang noch keine Gelegenheit dazu, also schalte den Computer ein.«

»Aber –«

»Sofort.« Nach wie vor war seine Stimme erschreckend ruhig und ließ keinen Widerspruch zu.

Berkeley schlurfte durch das Eckbüro in der obersten Etage von Teal, Windle and Crichton. Seine zitternden Finger schalteten Computer und Modem ein, stellten eine Verbindung zum Internet her und tippten dann die Internet-Adresse ein, die sich ihm mittlerweile unauslöschlich ins Hirn gebrannt hatte. Innerhalb von Sekunden erklang das vertraute rhythmische Geräusch des Modems. Kurze Zeit später verkündete der Bildschirm den Beginn eines zweiminütigen Pay-to-view-Computervideos. Langsam begannen sich die Pixel zu einem Bild zusammenzusetzen, und Berkeley stand von dem Stuhl auf, um seinem Inquisitor das zweifelhafte Privileg zu gönnen, sich dort niederzulassen. Nach fünfzehn Sekunden hatte dieser genug gesehen.

»Wie lange läuft das schon im Internet?«

»Ich weiß nicht. Seit Taylor mich verlassen hat, denke ich.«

Sein Gegenüber zog ein ebenso hochmütiges wie verächtliches Gesicht.

»Bist du sicher, daß keines der Gesichter deutlich zu sehen ist?«

»Ich würde zwei Millionen Pfund darauf verwetten.«

»Das ist doch wenigstens etwas, aber woher kam das Geld, das du Taylor gezahlt hast?«

»Was glaubst du?«

»Doch nicht das Boatman-Konto?«

»Das war die einzige Möglichkeit. Ich habe es für uns alle getan.«

»Wie rührend, aber hättest du mir diese Information nicht etwas früher geben müssen, wenn ich nicht an deiner Loyalität zweifeln soll?«

»Tut mir leid, aber was hätte ich denn sonst tun können?«

Ein eisiger Blick gab Berkeley die Antwort auf seine Frage.

»Wie bist du ohne meine Unterschrift an das Geld gekommen?«

»Gefälscht.«

»Wie hast du Taylor bezahlt?«

»Zuerst in bar, aber als das Boatman-Konto leer war, habe ich angefangen, ihm Verrechnungsschecks zu geben. Und jetzt ist nichts mehr übrig. Es dauert bestimmt nicht mehr lange, bevor entdeckt wird, daß viele Konten meiner Kunden Defizite aufweisen.«

»Deine Naivität ist so atemberaubend wie immer. Erpresser haben keinen Ehrenkodex. In ihrem Vokabular existiert das Wort ›genug‹ nicht. Solange du auch nur ein Möbelstück zu Hause oder eine Fünfpfundnote in der Brieftasche hast, ist es niemals genug.« Er maß Berkeley mit festem Blick. Der Bankier ließ die Augen auf die Hände sinken, die sich feucht ineinander verkrampft hatten.

»Es tut mir leid, aber ich hielt es für das Beste für uns alle: Ich glaubte, daß ich damit fertig würde.«

»Das brauchst du nicht dauernd zu wiederholen. Es bedeutet mir nichts. Du hättest dich dieses verdammten Strichjungen entledigen sollen, als er Boatman entdeckt hatte. Das hatten wir schließlich vereinbart, oder? Aber jetzt sagst du, daß du ihn nicht losgeworden bist, daß du ihm einen Job in der City besorgt hast, weil du ein Leben ohne ihn nicht ertragen konntest. Du hast mich seinetwegen belogen: Jahre der Freundschaft sind verloren. Ich, ich bin derjenige, der dir so vieles ermöglicht hat. Ich habe dich nach oben gebracht, und das ist der Dank.«

»Es tut mir wirklich leid, glaub mir.«

»Hypothetisch betrachtet, Berkeley, würde ich sagen, daß das keine Rolle mehr spielt. Soweit es mich betrifft, tätest du besser daran, die Sache allein zu regeln. Du hast keine Ahnung, wie verzweigt die Angelegenheit insgesamt ist.«

»Du mußt mir einfach helfen«, bat Berkeley. Er erhob sich von dem Stuhl und stellte sich vor den Schreibtisch. »Ich gehe nicht ins Gefängnis«, schrie er dann auf und schlug mit der Handfläche auf das Pult.

Behende sprang der große Mann in die Höhe und stieß in einer einzigen brutalen Bewegung die polierte Stahlklinge des Brieföffners in das Fleisch zwischen Berkeleys Daumen und Zeigefinger, womit er ihn einen Augenblick lang am Schreibtisch festnagelte. Er starrte in Berkeleys fassungsloses Gesicht.

»Wenn ich sage, daß du ins Gefängnis gehst, dann gehst du auch ins Gefängnis.« Er drehte die Klinge um neunzig Grad und schlug Berkeley die Hand über den Mund, bevor er schreien konnte. »Wenn ich dir sage, daß du deine Mutter vögeln sollst, dann besorgst du auch das.« Er sah seinem Gegenüber in die tränenerfüllten Augen. »Haben wir einander verstanden, Jonathan?«

Berkeley nickte ergeben, der Schmerz zuckte seinen Arm hinauf wie ein Schlangenbiß.

»Du hast mehr aufs Spiel gesetzt, als du jemals verstehen wirst. Wenn ich meine Hand wegnehme, wirst du weder schreien noch wimmern. Wenn du es dennoch tust, kehrt der Schmerz zurück, glaube mir.«

Berkeley keuchte, als die silberne Klinge herausgezogen wurde; das Blut floß in Strömen.

»Wisch den Dreck hier weg und geh. Es gibt nichts mehr zu sagen. Es gibt nie mehr etwas zu sagen. Verstehst du?«

»Bitte!«

»Es ist zu spät, zumindest für dich.«

»Oh Gott.«

»Du hast ohne Ehre gelebt. Jetzt erlöse dich selbst.«

Der Mann ging auf die Tür des riesigen Büros zu. »Gibt es denn gar nichts ...?«

»Samurai Bashedo sagt: ›Derjenige, der schlecht gelebt hat, muß gut sterben.‹«

»Ich bin doch kein verdammter Samurai«, schrie Berkeley, während er seine Hand in ein Taschentuch wickelte.

Sein Gegenüber blickte ihn voller Verachtung von oben bis unten an, dann öffnete er ihm die Tür.

»Das, mein lieber Jonathan, ist traurigerweise offensichtlich.«

Berkeley ging durch die Tür und wandte sich um, um seinem ältesten Freund in die Augen zu blicken; sie funkelten vor Machtbewußtsein und heimlicher Belustigung.

»Es tut mir leid. Bitte gib mir noch eine einzige Chance.«

Der andere griff nach der verletzten Hand und drückte sie fest. Der Schmerz war furchtbar, aber Berkeley wagte es nicht zu schreien.

»Es gibt Schlimmeres als den Tod«, flüsterte er, und in diesem Augenblick wußte Berkeley, daß dies die unumstößliche Wahrheit war. Der andere beobachtete, wie die Gestalt des Finanzfachmannes auf die Aufzüge zustolperte.

Ein paar Stockwerke darunter im selben Gebäude war Leone sehr befriedigt über das, was sie bisher geschafft hatte. Soeben hatte sie mit dem ersten Sekretär der Abteilung von Chris Bayfield gesprochen, desjenigen Anwalts also, den sie laut Anweisung mit der Vertretung Speakmans vor Gericht hatte beauftragen sollen. Und hatte dann eine kleine Finte erfolgreich zu Ende gebracht. Am Nachmittag des Vortages hatte sie nämlich als Anwältin einer anderen Firma bei dem Sekretariatsassistenten derselben Abteilung angerufen und so getan, als ob sie Mr. Bayfield für den betreffenden Tag als Berater engagieren wollte. Es ging, so hatte sie behauptet, um die Vertretung eines sehr wichtigen Chemiekonzerns bei einer delikaten Vertragsstreitigkeit. Mr. Bayfield war sehr erfreut gewesen, ihr behilflich sein zu können. Leone wußte, daß Danny Morgan ihr keine weiteren Vorschriften machen würde, wenn Bayfield für den Speakman-Prozeß nicht verfügbar war. Er war ausschließlich an Geld interessiert, während sie ausschließlich an einer Kämpfernatur interessiert war.
»Ah, Miss Stern. Schön, daß Sie wieder im Rennen sind«, hatte der Sekretär vorhin gesagt.
»Ja, danke, Colin. Es ist schon lange her, daß ich einen Anwalt für Strafverfahrensrecht gebraucht habe.«
»Ich habe gehört, daß Sie den Speakman-Fall bearbeiten.«
»Glauben Sie mir, ich habe nicht darum gebeten.«
»Sedgewick führt den Vorsitz, nicht wahr?«
»Ja, das ist mir zu Ohren gekommen«, sagte sie in einem Ton, der keinen Zweifel daran ließ, daß *sie* auch für diese Entscheidung nicht verantwortlich war.
»Und wer soll ihn unterstützen? Ich habe gehört, daß Mr. Bayfield im Gespräch ist.«

»Ja, ich glaube, er hat schon mit Sedgewick zusammengearbeitet. Ist er verfügbar?«
»Bleiben Sie einen Moment dran, ich schau mal in den Computer.«
Leone hielt den Atem an und hoffte, daß der junge Büroangestellte vom Vortag die Scheindaten gewissenhaft eingegeben hatte. Der erste Sekretär war schon bald wieder am Apparat und fragte hastig: »Für welches Datum ist der Speakman-Prozeß angesetzt?«
»Für den zweiten November, aber vor der Verhandlung soll noch eine Überprüfung der Rechtsmittel erfolgen, und die ist auf den ersten Oktober angesetzt. Dort brauchen wir ihn auf jeden Fall, ebenso wie für die Zusammenkunft mit Speakman Ende der Woche«, antwortete Leone.
»Ich fürchte, Mr. Bayfield hat da bereits Termine, Miss Stern. Er ist an einem recht bedeutenden Zivilrechtsfall beteiligt. In der letzten Zeit konzentriert er sich mehr und mehr auf Wirtschaftsrecht. Und in diesem Fall handelt es sich um den Rechtsstreit eines großen Chemiekonzerns. Ziemlich hochkarätig, das Ganze.«
»Zu dumm«, sagte sie, etwas zu gut gelaunt. Sie hätte alles darum gegeben, dabeizusein, wenn Bayfield schließlich feststellen mußte, daß sein lukrativer Zivilrechtsfall sich in Luft auflöste, nachdem er den nur wenig schlechter bezahlten Speakman-Fall abgelehnt hatte. Toby Sloane war jedoch verfügbar. Also hatte sie die Termine bei ihm reservieren lassen und mit Colin vereinbart, daß die schriftliche Benachrichtigung später per Boten erfolgen würde.
Sie hatte kaum aufgelegt, als erneut das Licht an ihrem Telefon blinkte. Die Dame am Empfang informierte sie, daß ein Mann, der sich Jack Forth nannte, im Foyer auf sie wartete, um ihr etwas zurückzugeben, das sie verloren hatte. Jack Forth, wer war das? Und was hatte sie verloren? Sie sagte der Empfangsdame, daß sie sofort herunterkommen würde, und verließ schnell das Büro.

Sanft öffneten sich die Türen des Lifts. Ein Mann, der die rechte Hand in die Tasche seines schwarzen Mantels gestopft hatte, lehnte in einer Ecke. Er nickte ihr mit einem dünnen, kränklichen Lächeln zu. Leone überzeugte sich nur kurz davon, daß ein Besucherausweis an seinem Revers befestigt war, und nahm dann keine Notiz mehr von ihm. Die Abfahrt des Aufzuges wurde nicht mehr unterbrochen, und kurz darauf öffneten sich die Türen zum Empfangsbereich. Der Mann hatte es so eilig hinauszukommen, daß er dicht an Leone vorbeistrich.

Jack sah sich gerade die beeindruckenden Ölgemälde an, die die Wände des Erdgeschosses schmückten, als die beiden auftauchten. Während er auf Leone zuging, um sie zu begrüßen, machte der Mann mit dem Mantel einen großen Bogen um ihn, mit hastigen Schritten, gesenktem Kopf und augenscheinlich tief in Gedanken versunken.

Jack streckte die Hand aus. Leone ergriff sie, und er war überrascht, wie fest sie zupackte.

»Mr. Forth. Jetzt weiß ich wieder. Vor dem Gerichtsgebäude. Sie haben mir geholfen, nicht wahr?«

»Stimmt. Ich war mir nicht sicher, ob Sie sich daran erinnern würden.« Er blickte ihr in die meergrünen Augen. Sie sah ein bißchen mitgenommen, aber dennoch großartig aus.

»Ich hatte gar keine Gelegenheit mehr, Ihnen zu danken.«

»Schon gut. Ich bin nicht deswegen gekommen, Miss Stern. Ich bin gekommen, um Ihnen das hier zurückzugeben.« Er streckte die Hand aus und zeigte ihr den Ohrring.

»Oh, wie lieb von Ihnen! Er ist zwar nicht besonders wertvoll, aber es ist sehr nett, daß Sie sich die Mühe gemacht haben«, sagte sie und berührte ihr Ohrläppchen, als ob sie zum ersten Mal bemerkte, daß sie ihren Schmuck verloren hatte. »Was haben Sie bei Gericht gemacht, Mr. Forth?« fragte sie dann abrupt, wenn auch mit höflicher Stimme.

»Gearbeitet«, antwortete er. »Ich bin Gerichtsmaler. Ich war dort, weil ich den Auftrag bekommen hatte, Ihren Klienten zu malen.«

»Ich verstehe, und haben Sie erreicht, was Sie wollten, Mr. Forth?« Ihre Haltung hatte sich deutlich verändert. Aus ihrem Verhalten vor den Mauern des Gerichts vor ein paar Tagen hatte er bereits schließen können, daß sie nichts für die Presse übrig hatte, wie entfernt die Verbindung auch sein mochte.

»Nicht ganz.« Er wollte ihr erklären, daß er diese Aufgabe ebenfalls verabscheute und griff in seine Aktentasche, um die Zeichnung vom Gerichtssaal hervorzuholen. Doch ein lautes, durchdringendes Quietschen ließ ihn innehalten. Instinktiv sah er Leone an, die jedoch über seine Schulter hinweg auf die Eingangstür blickte. Das plötzliche Durcheinander draußen auf der Straße wurde vom Schrei der Rezeptionistin übertönt.

»Oh mein Gott«, rief Leone. Jack sah nun ebenfalls durch die offene Tür – auf einen riesigen Sattelschlepper. Die folgende Szene schien sich im Zeitlupentempo abzuspielen: Unaufhaltsam glitt der Sattelschlepper auf eine Gestalt zu, die langsam über die Straße ging. Alle Zuschauer konnten nur hilflos auf den Augenblick des Aufpralls warten; das tödlich dumpfe Geräusch und das zersplitternde Glas waren genug, um auch den Abgehärtetsten zu erschüttern.

Jack sprintete hinaus. Die Passanten waren vom Schrecken dieser Szene zu betäubt, um zu reagieren, doch er nicht. Er hörte überdeutlich den Motor, sah zwei verdrehte Beine unter einem riesigen Rad der Zugmaschine. Sie zuckten. Jack sprang auf die Stufe der Zugmaschine, um in das Führerhäuschen zu gelangen. Der Fahrer blutete aus einer Kopfwunde. Er griff nach den Schlüsseln und schaltete den Motor ab.

»Er ist mir direkt vor den Wagen gelaufen«, wimmerte der Fahrer.

»Ich weiß, es wird alles gut«, beruhigte Jack ihn und sprang wieder hinunter. Stimmen erhoben sich im Hintergrund. Die Passanten scharten sich um den verletzten Mann. Jack drängte sich an ihnen vorbei. Er hatte schon viele Tote gesehen, aber trotzdem brauchte er einen Augenblick, um sich zu wappnen, bevor er den Körper unter dem Rad betrachtete. Der Bauch des Mannes war völlig zerquetscht. Ein einziger Brei aus Eingeweiden auf dem blutverschmierten Teer. Jack kniete sich hin, schluckte die Galle hinunter, die ihm aus dem eigenen Magen hochstieg. Das Gesicht des Mannes war weiß wie Papier, blutlos, aber er atmete noch flach.
Seltsamerweise hatte das Opfer keinerlei Verletzungen im Gesicht erlitten, und Jack erkannte in ihm den Mann, der zusammen mit Leone Stern aus dem Lift gestiegen war. Er kauerte sich neben ihn und benutzte seine Jacke, um den hin und her zuckenden Kopf zu stützen. In diesem Moment klappten die Augen auf und fixierten einen Augenblick lang die seinen.
»Wird wohl einer den verdammten Krankenwagen holen?« schrie Jack, obwohl er wußte, daß ein Leichenwagen das in Kürze benötigte Transportmittel war. Erneut schluckte er hart – der Gestank, der von den Eingeweiden des Mannes ausging, war überwältigend – und zwang sich, dem verzweifelten Blick des anderen standzuhalten.
»Es wird wieder gut, glauben Sie mir, Sie müssen durchhalten.«
Der Mann begann sich zu verkrampfen. Er zitterte, und seine Brust bäumte sich auf. Dann ergoß sich ein Strom dickflüssigen Blutes aus seinem Mund und über Jacks Hände und Arme. Er versuchte zu sprechen. Jack sah, daß seine Lippen sich bewegten, daß sie ein Wort mit zwei Silben formten. Seine Augen blickten bereits verschleiert. Jack führte das Ohr näher an sein Gesicht: Was immer er zu sagen hatte, es war wichtig. Vielleicht waren es die letzten

Worte an seine Frau oder seine Familie, und trotz seines eigenen Entsetzens angesichts der schrecklichen Szene mußte er sie hören. Der Mann hatte so viel Blut im Mund, daß man ihn kaum verstehen konnte. Jack vernahm lediglich zwei Worte, die der Mann dreimal wiederholte, wie ein Mantra.

»Boat Man«, flüsterte er. »Boat Man, Boat Man.« Dreimal das Wort Bootsmann, bevor er tief ausatmete. Endgültig und für immer.

Kapitel 11

Jack hatte noch unruhiger geschlafen als sonst. Jedes Mal, wenn er eingenickt war, war das Bild des gräßlich verstümmelten Mannes zurückgekehrt und hatte sich in seine Träume gebrannt, mit dem einzigen Unterschied, daß er den Inhalt seiner Bauchhöhle in einer Reisetasche vor sich her trug und hinter Jack herlief und ihn aufforderte, einen »Blick« hineinzuwerfen. Jack war aufgewacht, verblüfft über die Tricks, die sein Geist ihm spielte, und übermäßig schwitzend angesichts des Schreckens dieser Szene. Um 5.00 Uhr morgens hatte er den Versuch zu schlafen aufgegeben. Er hatte darüber nachgedacht, was der Traum wohl zu bedeuten hatte, warum sein Unterbewußtsein die Wirklichkeit, mit der es zu kämpfen hatte, in einen so schrecklichen Alptraum verwandelt hatte. Aber er konnte nachdenken soviel er wollte, es mochte sich keine Erkenntnis einstellen. Jack beobachtete, wie der graue Morgen heraufzog und noch mehr Regen mit sich brachte. Schließlich stieg er erschöpft aus dem Bett, zog einen fadenscheinigen Frottierbademantel an und ging in den Flur.

Der Aufmacher der Morgenzeitung fiel Jack sofort ins Auge.

BETRUGSDEZERNAT ERMITTELT NACH TOD EINES BANKIERS

Er hob die Zeitung von der Fußmatte auf, trug sie in die Küche und legte sie auf den Tisch. Coffee Buddy blubberte vor sich hin, während er die Zeitung ausbreitete, die Eselsohren glattstrich und den Artikel las.

LONDON. DER TOD EINES HANDELSBANKIERS NACH EINEM ZUSAMMENPRALL MIT EINEM LKW WIRD, WIE VERGANGENE NACHT PUBLIK WURDE, DIESE WOCHE

WOHL INS ZENTRUM EINES SPEKTAKULÄREN BETRUGSSKANDALS RÜCKEN.
DAS DEZERNAT FÜR WIRTSCHAFTSKRIMINALITÄT HAT DIE NACHRICHT, DASS DER FÜNFUNDVIERZIGJÄHRIGE JONATHAN BERKELEY EINE DER ÄLTESTEN FIRMEN DER STADT IN EINE BETRUGSAFFÄRE VERWICKELT HAT, BISLANG WEDER BESTÄTIGT NOCH DEMENTIERT.
EIN SPRECHER LIESS LEDIGLICH VERLAUTBAREN, DASS MR. BERKELEYS GESCHÄFTE »UNTERSUCHT« WÜRDEN.
DER VORFALL EREIGNETE SICH IM OBEREN TEIL DER GRAY'S INN ROAD ...

Ein aufmerksamer Leser wie Jack erkannte sofort, daß der Journalist es vermieden hatte, den Tod als Unfall zu bezeichnen.

... DIE NACHRICHT, DASS DAS BETRUGSDEZERNAT ERMITTELT, HAT EINE WELLE VON GERÜCHTEN UND SPEKULATIONEN ÜBER DIE NATUR VON MR. BERKELEYS GESCHÄFTEN IN GANG GESETZT.
DER FAHRER DES SATTELSCHLEPPERS WURDE EBENFALLS BEFRAGT. BISLANG WURDE JEDOCH KEINE ANKLAGE ERHOBEN ...

Das Bild unter dem Artikel zeigte einen völlig anderen Berkeley als den, der vor Jacks Augen gestorben war: ein junger Mann in der Robe der Oxfordabsolventen, dessen Zukunft noch vor ihm lag. Jack war Zeuge seines Endes gewesen. Und jetzt wollte die Polizei von ihm eine Aussage über seinen Tod haben. Es würde noch eine halbe Stunde dauern, bevor der Chief Inspector herkommen und die letzten Minuten von Berkeleys Leben zu Protokoll nehmen würde.
Das Frühstück fiel heute aus. Das immer wiederkehrende

Bild des verstümmelten Mannes hatte ihm gründlich den Appetit verdorben.

Jack duschte ausgiebig, rieb sich den ganzen Körper mit Apfelseife ein. Als er nach dem Badetuch griff, klingelte es an der Tür.

»Wir sind etwas früh dran, Mr. Forth.« Eine Dienstkarte identifizierte den Sprecher als Chief Inspector Latham vom Dezernat für Wirtschaftskriminalität. Mit einem Kopfnicken deutete er auf seinen Sergeanten, einen großen Mann mit ingwerfarbenem Bart. »Wir warten gern draußen, bis Sie sich angezogen haben.« Jack betrachtete ihre mehr als altmodischen doppelreihigen Versandhausanzüge und bemerkte erst jetzt, daß er selbst nur in ein dürftiges Handtuch gewickelt war. Er knotete die oberen Enden um die Taille, dann lächelte er verlegen.

»Nein, nein, kommen Sie doch bitte herein. Ich ziehe mir nur schnell etwas über.«

Jack trat zurück, um die Männer hereinzulassen, führte sie ins Wohnzimmer und ging dann in sein Schlafzimmer, um sich anzuziehen. Die Polizisten suchten mittlerweile umsonst nach einem gemütlichen Stuhl. Steife Bauhausstühle lehnten in geometrischer Präzision an der weißen Wand.

»Hübsch hier«, sagte der Seargeant bärbeißig, als Jack in Jeanshemd und Kordhosen wieder an der Tür erschien.

Jack bemerkte ihr Unbehagen, öffnete die Tür zur Küche und deutete hinein. Die beiden Polizisten gingen hinein und ließen sich auf den Stühlen am Küchentisch nieder.

Der Chief Inspector blickte auf die Zeitung, die immer noch mit dem Berkeley-Artikel zuoberst auf dem Küchentisch lag.

»Ein wichtiger Mann.«

»Ein toter Mann«, fügte der Sergeant mit einem Grinsen hinzu.

»Sie scheinen andeuten zu wollen, daß es Selbstmord war«,

sagte Jack und deutete mit einem Kopfnicken auf den Artikel.

»Und Sie, Mr. Forth, glauben Sie auch, daß es sich um Selbstmord gehandelt hat?«

Jack zuckte die Achseln. »Ich weiß nur, daß er wegen irgend etwas sehr erregt zu sein schien. Er stürmte förmlich aus der Anwaltskanzlei.«

Der Chief Inspector sah verwirrt aus. »Unseren Informationen nach kam er geradewegs von Gabrielles Restaurant! Ich bin sicher, daß wir eine Aussage dazu vorliegen haben. Welche Kanzlei also meinen Sie?«

Jetzt war es an Jack, verwirrt dreinzublicken. »Sprechen Sie besser mit seinen Anwälten, es sind –«

»Jessop and Jessop, glaube ich«, unterbrach ihn der Chief Inspector.

»Jessop, Jessop and Jessop«, korrigierte ihn der blasierte Sergeant.

»Nun«, fuhr Latham mit merklicher Verärgerung fort, »wir *haben* mit ihnen gesprochen. Sie haben sich noch gestern abend mit uns in Verbindung gesetzt. Ein Seniorpartner bot uns seine Hilfe an, sagte, er habe Berkeley schon seit Wochen nicht gesehen, aber wenn das Urteil Selbstmord laute, dann erlösche jeglicher Anspruch auf die Lebensversicherungssumme. Er wollte wissen, ob Berkeley etwas gesagt hat, bevor er verstarb, Sie wissen schon – letzte Worte.« Der Inspector fixierte Jack und zog mit einschüchternder Intensität die Augenbrauen zusammen. »Nun?«

Jack schüttelte den Kopf. »Das alles ergibt keinen Sinn. Vielleicht waren es ja gar nicht seine Anwälte. Aber er kam definitiv aus dem Bürogebäude von Teal, Windle und Crichton.«

»Ich versichere Ihnen, Mr. Forth, wir haben keine Aussagen, die diese Mutmaßung Ihrerseits unterstützen. Ein verläßlicher Zeuge hat sich gemeldet und uns gesagt, daß er noch wenige Minuten vor dem Unfall mit Mr. Berkeley zu Mittag gegessen hat.«

»Aber –«

»Schauen Sie, Mr. Forth. Wir werden die Einzelheiten zu Protokoll nehmen und sie zweifellos überprüfen, aber lassen Sie uns bitte fortfahren. Also, hat er irgend etwas gesagt?«

»Nein, er rang lediglich um Atem.« Jacks Hirn rang um Vernunft. Wenn dies die offizielle Darstellung war, dann war die logische Schlußfolgerung, daß der sogenannte verläßliche Zeuge alles andere als verläßlich war und möglicherweise von TWC gekauft. Aber warum hatte die Anwaltskanzlei, für die Leone Stern arbeitete, Berkeleys Anwesenheit in ihren Amtsräumen bestritten? Der Besucherausweis und der Terminkalender würden doch eindeutig belegen, daß Berkeley dort gewesen war und mit wem er sich getroffen hatte.

»Sind Sie sicher, Mr. Forth? Einige Augenzeugen glauben, daß er Ihnen etwas zugeflüstert hat.«

»Wenn er dies vorhatte, so habe ich es nicht verstanden.« Jack wurde klar, daß sich seine Stimme zu defensiv anhörte. Die beiden erkannten den Klang einer Lüge sicher auf eine Entfernung von hundert Metern hin.

»Sie werden Ihre Aussage bei der Verhandlung wiederholen müssen, unter Eid, und Sie wissen, was das bedeutet.« Jack wußte es nur zu gut: Wenn die Wahrheit ans Licht kam, war die Folge eine Anklage wegen Meineides. Aber wie sollte sie ans Licht kommen? Berkeley war tot, und nur Jack hatte seine letzten Worte gehört, was immer sie auch wert waren. Für irgend jemanden waren sie allerdings bestimmt etwas wert.

»Er hat doch schon phantasiert, er hat irgend etwas vor sich hin gemurmelt – es kann alles gewesen sein – hörte sich so ähnlich an wie ›Boat man‹. Es ergab wirklich keinen Sinn für mich.«

»Sind Sie sicher?«

»Ja. Ich habe Ihnen alles erzählt, was ich weiß. Es war eine grauenhafte Situation.« Jack ging zur Küchentür. »Wenn Sie noch weitere Fragen an mich haben, werde ich Sie Ihnen gerne beantworten, aber nicht heute.«

Die Gesichter der Polizisten waren ausdruckslos, als sie an ihm vorbeigingen. Offensichtlich hatten Sie sich von diesem Gespräch etwas anderes erhofft, aber da ihnen gerade kein telepathisch begabtes Medium zur Verfügung stand, hatten sie keine Möglichkeit, ihre Antennen auf besseren Empfang zu stellen.

Jack wußte nun, daß jemand bei Teal, Windle and Crichton log, aber warum? Er war nicht allein gewesen, als Berkeley durch das Foyer stürmte – die Hand unter dem Mantel verborgen. Leone Sterne war bei ihm gewesen.

Wußte sie, daß ihre Arbeitgeber Berkeleys Besuch zu verbergen suchten? Und wenn ja, war sie an dem Vertuschungsmanöver beteiligt?

»Sie brauchen eine Therapie, Schätzchen«, sagte der Fahrer.

»Nein, nur eine Reduzierung des Preises. Sie haben eindeutig versucht, mich übers Ohr zu hauen«, antwortete Leone selbstbewußt. »Also, wieviel? Wollen Sie lieber einen Bericht bei dem Amt für Lizenzvergabe, oder werden Sie, sagen wir, dreißig Prozent von dem Betrag auf dem Tachometer abziehen? Sie wissen so gut wie ich, daß sie einen unnötigen Umweg gemacht haben.«

»Woher kennen Sie sich so gut aus? Sind Sie eine verdammte Schnüfflerhexe oder so was?

»Die Zeit läuft. Halten Sie hier.« Sie ignorierte seine Bemerkung.

»Okay, okay, sagen wir zwanzig.«

»Nein, seien wir realistisch und sagen wir fünfzehn, okay?«

Nachdem Leones Taxi vor den riesigen blauen Eisentoren des Gefängnisses geparkt hatte, gab sie dem Cowboyfahrer drei Fünfpfundnoten. Dabei hatte sie keineswegs die Absicht, ihm die Wahrheit zu sagen: daß sie damals, nachdem sie gerade aus Australien hierher übersiedelt war, unzählige Stunden damit zugebracht hatte, zusammen mit einem Freund den Stadtplan von London auswendig zu lernen. Er wollte den »Knowledge«-Test bestehen und als Taxifahrer zugelassen werden. Er hatte es nicht geschafft, aber *sie* hätte es.
Die rotbraune viktorianische Ziegelfront trug Spuren der Schrapnell-Geschütze, die sie während des Bombardements im Krieg getroffen hatten. Das Gebäude sah aus wie ein Ort, von dem man nicht wissen wollte, was hinter seinen Mauern vor sich ging. Sprühregen rieselte auf die Stadt herab, und Leone bemühte sich, die tiefen Pfützen zu umgehen, die den Kiesvorhof wie Pockennarben übersäten.
Am Empfang für besondere Besucher entnahm sie dem Register, daß Toby Sloane sich bereits angemeldet hatte; für Sedgewick jedoch gab es keinen entsprechenden Eintrag. Sie wurde in Flügel E geführt, der sich nach Westen zum Hauptblock hin erstreckte. Es handelte sich um eine von acht »Ranken«, die sich in einem Halbkreis ausbreiteten. Jede einzelne beherbergte eintausend Gefangene. Das Gebäude war ursprünglich in Einzelzellen eingeteilt gewesen, aber seit ein paar Jahren hatten sich die Einzelzellen auf ebenso wunderbare wie statistisch nachweisbare Weise verändert und waren zu doppelt oder gar dreifach belegten Unterbringungsmöglichkeiten mutiert.
Das Quietschen und Klirren der metallenen Türen, die sich nach dem ersten Durchsuchungspunkt hinter ihr schlossen, brachten ihr erneut die grauenhaften Bilder von dem Unfall vor ihrem Büro in Erinnerung. Und dann wieder dieser Mann. Jack Forth. Seine spöttisch dreinblickenden grünen Augen.

»Hier hinein, Miss, Ihre Sachen in die Schüssel, bitte«, unterbrach eine Stimme ihre Gedanken. Leone wurde gebeten, alle metallenen Gegenständen aus ihren Taschen abzugeben. Die Tür öffnete sich, und ein Gefängniswärter trat vor. Er durchsuchte ihre Taschen. Er fand nichts darin außer der dicken Akte »Die Krone gegen Speakman«. In einem Hochsicherheitstrakt wie diesem hier war jeder Besucher eine potentielle Bedrohung der bestehenden Ordnung. Doch als er sich davon überzeugt hatte, daß nichts von dem, was sie bei sich trug, eine Gefahr darstellte, betätigte er einen Knopf. Die kugelsichere Glastür glitt geräuschlos beiseite, um ihr Zugang zu gewähren.
Leone war schon häufiger zu Besuch in einem Gefängnis gewesen, aber dieses hier unterschied sich von allen anderen. Normalerweise war sie von Frauen mit harten Gesichtern und von halbtoten alten Männern umgeben gewesen, die alle darauf warteten, ihren Partner, Freund oder Sohn besuchen zu können. Hier aber befand sie sich im Hochsicherheitstrakt; nur wenige gelangten hinein, und niemand konnte von drinnen nach draußen gelangen.
Während es in anderen Untersuchungsgefängnissen nach Schweiß und Fäkalien stank, roch das Bansworth-Gefängnis wie eine große, unfreundliche Kieferklinik. Leone folgte den Pfeilen zum nächsten Kontrollpunkt. Als sie um die Ecke bog, sah sie, daß Toby Sloane aus einem schwer vergitterten Fenster auf einen dürftigen Grasfleck im Hof hinunterblickte. Sie trat neben ihn. Mit einem Kopfnicken deutete er auf die Wiese, die von dem langen Sommer ganz ausgedörrt war und jetzt nur noch von den hölzernen Skeletten der Rhododendronbüsche umgeben wurde.
»Nicht viel, um Träume am Leben zu erhalten.«
»Nicht Kew Gardens, das steht fest.« Sie streckte die Hand aus. »Schön, dich wiederzusehen, Toby.«
»Gleichfalls, obwohl ich nicht so genau weiß, ob ich dir für diese Sache danken oder dich lieber verfluchen soll«, ant-

wortete er und ergriff ihre Hand. Er hatte ein schmales Gesicht mit energischen Augen. Ein paar Haarsträhnen lagen neckisch über seiner Stirn. Er hatte eine merkwürdige kleine halbmondförmige Narbe genau in der Mitte seines Kinns und eine schlanke Nase, auf der runde, goldumrandete Brillengläser ruhten. Sie hatte Toby immer gemocht. Er war durchaus attraktiv, aber auf eine distanzierte Art und Weise.
»Ich dachte mir, daß du etwas in der Art sagen würdest. Hattest du Gelegenheit zu einer ersten Lektüre?«
»Ich habe die letzten drei Tage nur damit verbracht, die Unterlagen zu überfliegen. Warum bin ich erst so spät benachrichtigt worden?«
»Frag mich nicht. Mir ist der Fall auch erst in der letzten Minute übertragen worden. Ich schätze, daß es in unserer Firma ein ganz schönes Durcheinander gegeben hat, was sie jetzt aber nicht zugeben können: Die Anwaltskammer würde sogleich Nachforschungen anstellen, wenn man dort wüßte, daß der Fall nicht vernünftig vorbereitet worden ist. Sie erwarten, daß er sich vor Beginn des Prozesses schuldig bekennt, aber unsere Instruktionen von oben sind eindeutig: ›Nicht schuldig‹ auf ganzer Linie.«
»Wie ist er denn? Hast du ihn schon kennengelernt?«
»Nur kurz im Magistrates' Court. Er völlig aus dem Häuschen. Dieses Gefängnis hat die schlimmsten Drogenprobleme im ganzen Land.«
»Hey, die Sache wird ja immer besser.«
»Wo ist eigentlich Mr. Sedgewick?« fragte Leone mit geschürzten Lippen.
»Er hat mir im Büro eine Nachricht zukommen lassen. Irgend etwas hat ihn aufgehalten.«
Wahrscheinlich der Scotch von gestern abend, dachte sie, sagte aber nichts. »Er will herkommen, sobald es möglich ist.«
Leone verstand, daß Sloane dem Anwalt, der in diesem Fall

als sein Vorgesetzter fungierte, nicht in den Rücken fallen wollte, fragte sich aber, wie weit diese Loyalität wohl gehen würde. Sie wußte, daß Toby einen anderen Verteidiger vorgezogen hätte. Sedgewick verkörperte all das, was er am Establishment haßte. Die Tatsache, daß sie eigentlich zu völlig unterschiedlichen Abteilungen gehörten, belegte dies. Den meisten Anwälten, die in Sedgewicks Abteilung arbeiteten, war ein Aufstieg in den High Court sicher, zumindest solange sie sich nichts zuschulden kommen ließen – im Gegensatz zu Sedgewick. In Tobys eher genossenschaftlich organisierter Abteilung wurde man wahrscheinlich früher oder später sowieso als Radikaler eingestuft, weil dort recht häufig gegen die Regierung gearbeitet wurde. Es war Toby sogar schon einmal gelungen, verdächtigen Mitgliedern der Staatsanwaltschaft eindeutige kriminelle Machenschaften nachzuweisen.

Schwere Schritte auf der anderen Seite der grauen Tür vor ihnen signalisierten ihnen, daß die nächste Zone geräumt und darauf vorbereitet worden war, so daß sie sie passieren konnten.

Sloane zog die Manschetten seines einfachen weißen Hemdes aus den Ärmeln des Anzugs und begradigte die gelbe Paisley-Krawatte. Sein scheues Lächeln stand in scharfem Kontrast zu seinem mageren Gesicht.

»Dann wollen wir mal sehen, was Speakman zu sagen hat.« Er hob die schwere Tasche auf und begann auf den nächsten Kontrollpunkt zuzuschlendern.

»Meinst du nicht eher König Artus?« fragte Leone, um ihn zu testen.

»Wenn die Geschworenen ihn am Ende des Prozesses so nennen, dann will ich nichts dagegen gesagt haben. Bis dahin ist er Trevor Speakman.«

Genau das hatte Leone hören wollen.

Der folgende Sicherheitscheck war mit dem ersten identisch. Leone wurde langsam ungeduldig, doch Sloane schien abgehärtet durch die vielen Male, die er diese deprimierenden Flure der Sühne schon entlanggegangen war. Als die Tür beiseite glitt, konnte sie erkennen, daß Speakman bereits auf dem Stuhl im Besucherzimmer zusammengesackt war. Er saß mit dem Rücken zu der ihnen gegenüberliegenden Wand. Ein Tisch trennte sie voneinander.

»Sicherheitspolitik«, erklärte Sloane. »Wir müssen nah am Alarmknopf sein, für den Fall, daß die Situation außer Kontrolle gerät.«

Ein Gefängniswächter nickte ihnen einen flüchtigen Gruß zu und führte eine Sicherheitskarte aus Plastik in einen dünnen Schlitz ein. Sie erinnerte Leone an die Schlüsselkarte für ein modernes Hotelzimmer, aber hier konnten die Gäste nicht einfach abreisen, wenn es ihnen zu langweilig wurde.

Speakmans Augen sahen unverwandt auf die Tischplatte. Auch als er sich von seinem Stuhl erhob, war sein Blick auf die graue Oberfläche gerichtet. Die Monate, die er im Vorfeld der Vorverhandlung in Untersuchungshaft verbracht hatte, hatten ihren Tribut gefordert. Er sah geschlagen aus, jeglicher Hoffnung beraubt. Die Zellen des Untersuchungsgefängnisses waren weder bequem noch elegant, sondern Teil des Entmenschlichungsprozesses.

Toby nahm Platz. »Setzen Sie sich bitte, Mr. Speakman. Ich heiße Sloane. Ich bin der stellvertretende Verteidiger in diesem Fall. Mr. Sedgewick, Ihr Verteidiger, wird ebenfalls bald da sein.« Leone zweifelte daran. »Sie erinnern sich an Miss Stern?«

Speakman nickte dumpf.

»Wir haben uns im Magistrates' Court kennengelernt, nicht wahr, Trevor?«

Als sie seinen Vornamen benutzte, blickte ihr Klient zum ersten Mal auf. Seit der Vorverhandlung war er noch mehr in sich zusammengesunken. Sein Gesicht hatte eine trockene, gelbliche Blässe angenommen, und er rollte verwirrt mit den Augen – schweren Lidern über roten Seen.

»Was geschieht mit mir?«
Sloane holte einen Notizblock aus der Tasche. »Wir sind hier, um uns eine Verteidigungsstrategie auszudenken.«
»Warum bin ich hier?« fragte er schleppend.
Leone erkannte in seinem Blick das gleiche Unverständnis, das Ian Bradley bei ihrer letzten Zusammenkunft gehabt hatte, kurz bevor er sich das Leben nahm.
»Mr. Speakman, Sie sind hier, weil die Staatsanwaltschaft glaubt, daß Sie sieben junge Mädchen ermordet haben.« Sloanes Stimme klang professionell und leidenschaftslos, als er sprach. »Sie glaubt zudem, diese Behauptungen beweisen zu können. Ich will offen zu Ihnen sein: die Beweise, die gegen Sie vorliegen, sind recht stark.«
»Ich plädiere auf nicht schuldig«, sagte Speakman tonlos.
»Niemand will sie zu etwas anderem überreden.«
Zumindest nicht, solange Sedgewick nicht da ist, dachte Leone.
»Aber wenn wir die Beweise, die der Staatsanwaltschaft vorliegen, vernünftig angehen wollen, müssen wir uns zunächst einmal der Tatsache stellen, daß alle gegen Sie sprechen. Doch es ist nicht meine Art, unschuldige Männer dazu zu bewegen, ein Schuldgeständnis abzulegen. Diese Entscheidung obliegt den Geschworenen, nicht mir.«
Speakman schien die Aufrichtigkeit der Worte des jungen Anwalts zu akzeptieren, obwohl man nur vermuten konnte, wieviel er wirklich verstand.
»Beginnen wir mit dem Zeitpunkt, als Sie mit Joanna Cheem in Ihrem Anhänger in Exeter aufgefunden wurden. Haben Sie eine Ahnung, wie sie dort hingekommen ist?«
Erneut nahmen Speakmans Augen einen glasigen, dumpfen Ausdruck an. Er schüttelte den Kopf und zuckte mit den Schultern. Wenn das seine beste Antwort war, dann würde der Fall vorüber sein, bevor er begonnen hatte.

»Wie Sie wissen, begannen danach die Ermittlungen der Polizei«, fuhr Sloane fort. »Sie verglichen die Verschleppung mit denen der anderen Mädchen, indem sie nach ähnlichen Beweisen suchten. Dann verglichen sie die Daten und Zeitpunkte ihres Verschwindens mit dem Fahrtenbuch, das bei Ihrem Arbeitgeber vorliegt. Den Quittungen und ein paar Augenzeugen zufolge, die einen LKW wie den Ihren gesehen haben, waren Sie jeweils zum richtigen Zeitpunkt in der richtigen Gegend.«

»Das ist so lange her. Wie soll ich mich denn daran erinnern, wo ich war?«

»Leugnen Sie, sich zu den fraglichen Zeitpunkten in den entsprechenden Gegenden aufgehalten zu haben? In Ihrer Firma gibt es gewissenhaft abgelegte, vom Computer erfaßte Kreditkartenquittungen der Tankstellen. Sie wurden von Ihnen unterschrieben.« Sloane zog eine solche Quittung hervor. »Ist das Ihre Unterschrift?«

Speakman blickte für einen Augenblick darauf, bevor er bestätigend nickte.

»Ich habe sie mit dem Rest der Quittungen verglichen; sie scheinen alle übereinzustimmen.«

»Und?« fragte Speakman.

»Und«, fuhr der Anwalt fort, »es scheint also eindeutig, daß Sie jeweils nur wenige Autominuten von den Orten, von wo die Mädchen verschleppt wurden, entfernt waren.«

Leone mischte sich in das Gespräch ein. Die Anwälte der alten Schule hätten den Beitrag eines weiblichen Solicitor wohl kaum gutgeheißen. Moderne Kollegen wie Sloane jedoch akzeptierten, daß sie ein Team bildeten.

»Vermögen Sie sich an irgend etwas zu erinnern, das Ihnen ein Alibi geben könnte? Einen besonderen Geburtstag oder Feiertag? Ein Ereignis, wo jemand Sie gesehen haben könnte? Je öffentlicher, desto besser.«

»Ich habe es versucht, Miss Stern, wirklich. Seit dem Unfall ist mein Gedächtnis aber nicht mehr so gut wie früher.«

Leone wußte, daß er sich auf die Nordseekatastrophe bezog, von der sie in seiner Akte gelesen hatte. Im Jahre 1985 waren sechs Männer durch eine fehlerhafte Dekompressionskammer getötet worden, doch Speakmans körperliche Widerstandskraft hatte ihn gerettet. Er hatte sich von den physischen Anstrengungen schnell erholt, da er aber fünf Tage lang an der Caisson-Krankheit gelitten hatte, war in Teilen seines Gehirns eine Art Kurzschluß entstanden.

»Seit dem Unfall bin ich nie mehr derselbe gewesen.«

»Apropos tauchen«, drängte Sloane. »Als Miss Cheem in Ihrem Anhänger entdeckt wurde, waren ihre Hände mit einem Stück Plastikkordel gefesselt. Es war identisch mit denen, die bei den Leichen der anderen Opfer gefunden wurden, und mit einem Knoten zusammengebunden, der normalerweise von Tauchern und Anglern benutzt wird. Die Staatsanwaltschaft beabsichtigt, Ihre Taucherfahrung als weiteren Hinweis für Ihre Schuld anzuführen, Mr. Speakman.«

»Ich war es nicht«, sagte Speakman und biß die Zähne zusammen. »Niemand glaubt mir, aber ich war es nicht. Ich weiß, daß es schlecht aussieht. Dreiundzwanzig Stunden am Tag denke ich an nichts anderes – und gehe kaputt dabei. Mein Gott, ich weiß, daß es schlecht für mich aussieht, aber Sie glauben mir doch, oder?« sagte er und wandte der Anwältin seine mitleiderregenden bittenden Augen zu. Ihre Weigerung, ihm falsche Hoffnungen zu machen, ließ ein nervöses Lächeln über seine fleischigen Lippen flattern.

»Ich kann mich genausogut schuldig bekennen: Sie glauben auch, daß ich sie umgebracht habe. Und jeder Schurke hier glaubt es ebenfalls. Wissen Sie, was die Regel ist?«

Natürlich wußte sie das: Regel 43. Nach dieser Regel wurden die gefährdeten Gefangenen von der großen Meute getrennt – Vergewaltiger, Pädophile, Informanten, Kindermörder, die unterste Kategorie der Gefängnisinsassen.

»Seit ich hier bin, gilt die Regel auch für mich. Ich habe nicht darum gebeten, aber sie haben darauf bestanden. Sagten, daß ich eine Zielscheibe für jeden Lebenslänglichen darstelle, der sich hier einen Namen machen will. Sie sollten die anderen mal reden hören! Sie sind krank, und ich werde es auch langsam. Schauen Sie sich meinen Arm an.« Er schob seinen Hemdsärmel zurück, um schorfige Adern zu enthüllen.

»Ich glaube nicht, daß wir mit dieser Besprechung ohne Mr. Sedgewicks Anwesenheit fortfahren sollten«, unterbrach ihn der Anwalt, denn er erkannte, daß er nichts Wertvolles aus Speakman herausbekommen würde, solange er sich in diesem Zustand befand. »Wir werden ein andermal wiederkommen. Bitte helfen Sie uns, Ihnen zu helfen. Versuchen Sie, sich an Gesichter und Orte zu erinnern. Das kleinste Detail kann für uns von Interesse sein. Helfen Sie Ihrem Gedächtnis auf die Sprünge. Wir brauchen etwas, mit dem wir arbeiten können.«

Leone wandte sich um und gab dem Wachmann ein Zeichen, daß das Gespräch vorüber war. Sloane packte die Unterlagen wieder in seine Tasche. Speakman hatte seine Aufmerksamkeit wieder der Tischplatte zugewandt.

»Haben Sie Kinder, Miss Stern?« Sie schüttelte den Kopf. Er war nicht interessiert genug, um den Kopf zu heben.

»Ich schon – zwei wunderbare Mädchen. Ich könnte ihnen niemals etwas zuleide tun. Und anderen genausowenig.«

Die Tür zu dem Besucherzimmer schloß sich hinter Toby und Leone.

»Was glaubst du?« fragte sie, während sie auf den Kontrollpunkt zugingen.

»Ich glaube, daß Mr. Sedgewick aufgehalten wurde.«

»Nein, über den Fall.«

»Es ist beeindruckend. Die Beweise der Staatsanwaltschaft sind auch ohne Speakmans Mithilfe schon stark genug.

Wenn wir ihn in den Zeugenstand rufen, wird er im Zuge des Kreuzverhörs abgeschlachtet werden. Er hat niemanden, der ihm ein Alibi gibt, und keine Vorstellung, wo er zu den fraglichen Zeitpunkten war.«

Sie gingen durch die letzten Sicherheitstüren.

»Dann brauchen wir einen Trick«, schlug Leone vor.

»Nein, Baby«, sagte er und imitierte die gedehnte Sprechweise John Waynes, »wir brauchen ein Wunder.«

Leone wußte seinen schwarzen Humor zu schätzen. Und er hatte recht: Sie brauchten ein Wunder. Mit diesem Wort beschrieben die Zeitungen die Tatsache, daß Joanna Cheem, das Mädchen in Speakmans Anhänger, noch am Leben war: Sie war »wie durch ein Wunder entkommen«. Aber schließlich war es nicht der Zufall gewesen, der die Polizei auf Trevor Speakmans Spur geführt hatte, sondern ein Tip, ein anonymer Anruf. Warum hatte der Betreffende nicht seinen Namen genannt? Irgend etwas beunruhigte Leone an dieser Szene, denn genauso sah die ganze Sache aus: jemand hatte sie in Szene gesetzt.

Kapitel 12

Als sie am selben Tag wieder an ihrem Kirschholzschreibtisch saß, schob sie die zweite Postladung des Tages beiseite und loggte sich in ihren Computer ein. Sie öffnete die Nachrichtendatei, die von der Empfangsdame der Firma ständig aktualisiert wurde. Dort fand sie die zu erwartenden Beschwerden von Familienrechtsklienten, die eine Aktualisierung ihrer Scheidungsvereinbarungen oder eine Modifizierung des Sorgerechts für die ihnen mittlerweile entfremdeten Kinder verlangten. Sie übertrug diese Aufgaben einem anderen Anwalt. Wenn sie sich schon um den Speakman-Fall kümmern sollte, dann konnten sich die anderen mit der »Sozialarbeit« herumschlagen.

Eine Nachricht hob sich von den anderen ab. Sie war um 11.25 Uhr eingegangen und stammte von Jack Forth. Jack Forth, schon wieder. Das letzte Mal, da sie ihn gesehen hatte, hatte er den sterbenden Jonathan Berkeley in den Armen gehalten. Sie versuchte, das Bild aus ihrem Kopf zu vertreiben, aber es weigerte sich beharrlich, sich aufzulösen. Was konnte er von ihr wollen, das so dringend war? Nun, er würde warten müssen. Es gab mehrere Aufgaben, die Toby Sloane kurz umrissen hatte und die ihre ganze Aufmerksamkeit erforderten – wie immer. Richard Dexter hatte achtmal angerufen und gefragt, ob sie endlich bereit sei, sich um die Anträge der Verteidigung zu kümmern. Er hatte ihr sogar ein Einwilligungsformular zugefaxt für den Fall, daß die Verteidigung Einsicht in jenes Material verlangte, das im Zuge der Ermittlungen zusammengetragen worden war, das die Staatsanwaltschaft jedoch nicht einzusetzen beabsichtigte. Sie verschob die Nachricht in das Speakman-Verzeichnis und machte sich eine Notiz, Toby daraufhin anzusprechen. Sie wußte, daß er grundsätzlich auf einer vollständigen Einsicht in die Unterlagen bestand, um Widersprüchlichkeiten zu finden, mit denen er Schmutz aufwirbeln konnte. Sie sollten sich mit Inspektor Barnes im Scotland Yard in Verbindung setzen.

Dann machte Leone sich an verschiedene Telefonate und war damit den restlichen Nachmittag über beschäftigt. Um 17.30 Uhr brummte die Haussprechanlage. Es war Mandy, die Empfangsdame.

»Schon wieder Mr. Forth. Er hat heute morgen schon einmal angerufen. Ich habe die Nachricht für Sie hinterlassen. Er ist recht beharrlich.«

»Okay, stellen Sie ihn durch«, seufzte Leone leicht verärgert, obwohl sie gleichzeitig an sein gutaussehendes Gesicht und seine Augen denken mußte, die wie die eines einsamen Jungen dreinblicken. Er hatte etwas Seltsames und doch Beruhigendes an sich. Ohne zu zögern, hatte er am Unfallort gehandelt, genauso wie er ihr neulich vor dem Gerichtsgebäude geholfen hatte. Aber es war mehr als das: In seinen Augen hatte sie gelesen, daß er Dinge gesehen hatte, die er anderen niemals wünschen würde.

Ein paar Sekunden später hörte sie seine Stimme. »Ah, Miss Stern«, begann er nervös, »Tut mir leid, Sie zu stören, aber es ist etwas Seltsames vorgefallen. Ich hoffe, sie können mir helfen. Ich verspreche auch, nicht allzuviel von Ihrer Zeit in Anspruch zu nehmen.«

»In Ordnung, Mr. Forth, aber ich kann fünf Minuten erübrigen. Was ist denn so dringend?«

»Ich hege die Hoffnung, daß Sie mir sagen können, warum Ihre Firma in einer bestimmten Angelegenheit nicht die Wahrheit sagt.«

»Was?« rief sie aus. Dieser Mann hatte wirklich die Angewohnheit, sie zu überraschen.

»Es geht um Jonathan Berkeley.«

»Der Mann, der überfahren worden ist? Was ist mit ihm?«

»Für Ihre Firma könnte die Sache eine Menge Ärger mit sich bringen: Sie und ich, wir haben gesehen, wie er das Gebäude verließ.«

»Und?«

»Kurze Zeit nach dem Unglück traf die Polizei dort ein. Ich glaube, Sie waren schon fort, aber ich mußte ihnen meinen Namen und meine Adresse geben. Die Polizisten haben mir einen Besuch abgestattet, und jemand vom Dezernat für Wirtschaftskriminalität hat mich heute morgen aufgesucht. Sie erzählten mir alle, daß der tote Mann, Berkeley, nicht in Ihrer Kanzlei gewesen sei. Wir wissen beide, daß dies eine Lüge ist, und jetzt vermuten die Zeitungen, daß das Betrugsdezernat lediglich versucht, einen weiteren Nagel in seinen Sarg zu treiben. Finden Sie das nicht auch interessant?«

»Ich finde, daß mich das nichts angeht, und ich kann mir auch nicht vorstellen, warum Sie glauben, daß es Ihre Sache ist.« Sie sprach diese Worte aus und wußte schon, daß sie sie nicht so gemeint hatte. Sie hatte Berkeley natürlich im Haus gesehen, du liebe Güte, sie hatte sogar mit ihm zusammen im Aufzug gestanden!

»Sind Sie sicher, Miss Stern?« forschte Jacks Stimme sanft und brach damit die verlegene Stille.

»Jetzt weiß ich, daß ist Ihr Trick, um jemanden aufzureißen, stimmt's?« scherzte sie lahm. »Natürlich kann ich nicht mit Sicherheit sagen, daß ich ihn gesehen habe. Immerhin bin ich Anwältin«, fuhr sie fort, und ihr wurde ganz unbehaglich zumute, weil jetzt auch noch ihre Sekretärin hereingekommen war. »Also, ich habe zu tun. Warum ziehen Sie nicht los und malen etwas oder was immer Sie sonst noch so treiben?«

»Nun, diese Antwort finde ich ganz schön enttäuschend, Miss Stern. Wie ich sehe, habe ich Ihre Zeit verschwendet.«

Wahrscheinlich war es die Endgültigkeit in seiner Stimme,

die sie daran hinderte aufzulegen. Sie verdeckte die Sprechmuschel mit der Hand, so daß die Sekretärin sie nicht verstehen konnte, und flüsterte: »Eine Sekunde noch. Langsam bekomme ich das Gefühl, daß ich eines Tages bereuen könnte, was ich jetzt tue, aber so kühl wollte ich sie eigentlich gar nicht behandeln. Ich bin nur ziemlich beschäftigt. Sie wissen doch, wie das ist.«

»Ja, ich weiß.«

»Was, wenn ich Ihnen bestätige, daß Berkeley der Mann war, den ich im Aufzug gesehen habe?«

»Wenn Sie mir versprechen, meine Antwort nicht als weiteren Versuch, Sie aufzureißen, zu werten ...«

»Versprochen.«

»Nun, ob Sie es glauben oder nicht: Ich möchte, daß Sie sich meine Bilder ansehen.«

Kapitel 13

Jack drängte sich an einer lebhaften, von Kopf bis Fuß in eleganten City-Chic gekleideten Gruppe von Yuppies vorbei. Die Bar, die Leone für ihr Treffen ausgewählt hatte, lag um die Ecke von ihrem Bürogebäude, und die Nadelstreifen schienen sich nahtlos von einer Wand zur anderen zur erstrecken. Er stieß an die imposante viktorianische Theke vor und hatte das Gefühl, in seinen schwarzen Jeans, seinem Rollkragenpullover und dem langen schwarzen Mantel leicht verdächtig zu wirken. Das Lokal war voller Teatime-Gäste, die noch gierig ein Bier hinunterschlürften, bevor sie sich auf den Heimweg ins Pendlerland machten. Er nahm den bewundernden Blick einer hübschen, aber gelangweilt dreinblickenden rothaarigen Frau wahr, die etwas abseits von ihrer Gruppe stand. Offensichtlich feierten sie einen guten Tag an der Börse, tranken roten Champagner und Tequilas. Geduldig wartete er hinter ihnen an der Bar und warf der Rothaarigen ebenfalls einen Blick zu. Dann lächelte er schüchtern und bestellte eine Flasche australischen Chardonnay und zwei Gläser. Schließlich wandte er sich um, um das Lokal nach Leone Stern abzusuchen.

Zehn Minuten später – er hockte unbequem auf einem hohen Barhocker mit niedriger Lehne, genau zwischen dem Dart-Spielbrett und einer Video-Jukebox und goß sich gerade sein zweites Glas ein – sah er, daß sie die Bar betrat. Sie kam förmlich hereingeweht, ihr Haar hing lose die Schultern herab. Es ringelte sich in ihr Gesicht, tanzte bei jedem Schritt auf und nieder. Sie blieb stehen, um sich mit jemandem zu unterhalten, und er betrachtete ihr Profil, das ihm zarter erschien, als er es in Erinnerung hatte. Sie trug ein marineblaues Kostüm mit kurzer Jacke und einem langen, engen Rock. Plötzlich begann er sich zu fragen, was er inmitten dieses Pulks aus Anzügen eigentlich zu suchen hatte, zumal er kurz davorstand, eine der ihren einer Art Verschwörung anzuklagen. Und wofür? Warum ging er nicht einfach fort? »Los, mach dich vom Acker, Jacky-Boy. Das ist schließlich nicht dein Problem«, lockte die schmeichelnde Stimme des Coffee Buddy in seinem Schädel. Aber bevor er noch eine Entscheidung treffen konnte, hatte sie ihn entdeckt, winkte und deutete auf den hinteren Teil des Pub. Dankbar schlüpfte Jack von seinem Hocker und ging zu ihr hinüber. Sie ließen sich an einem Tisch in Form eines alten Bierfasses nieder.

»Eine gute Wahl«, sagte sie und bedachte die Flasche honigfarbenen Hunter-Valley-Wein mit einem anerkennenden Nicken.

»Ich habe gedacht, daß Sie sich dann vielleicht eher zu Hause fühlen«, antwortete er und füllte ihr Glas.

»Eigentlich hätte *ich* die Drinks bezahlen müssen. Es tut mir leid, daß ich am Telefon so unfreundlich zu Ihnen war.« Ihre blaugrünen Augen verengten sich, während sie genüßlich einen großen Schluck Wein trank.

»Ist doch unwichtig. Sie sind hier, und das ist genug«, sagte Jack. »Klingt, als hätten Sie einen harten Tag hinter sich.«

»Gibt es denn auch andere? Diese Firma treibt mich noch die Wände hoch.«

»Sie überraschen mich. Ich dachte immer, daß alle Anwälte ihre Arbeit lieben.«

»Sie machen Scherze! Wenn Sie Seniorpartner und am Gewinn beteiligt sind, ist es vielleicht erträglich, aber der Rest von uns bekommt nur die Brotkrumen. Wie auch immer, Sie sind bestimmt nicht gekommen, um sich meine Schmähreden anzuhören. Erzählen Sie mir, was die Polizei Ihnen über Berkeley gesagt hat.«

Jack berichtete von dem Besuch der Polizeibeamten, und

sie hörte aufmerksam zu. Sie unterbrach ihn kein einziges Mal, sie blickte ihm nur unverwandt in die Augen. Er hatte das Gefühl, mit einem Kassettenrekorder in Menschengestalt zu reden. Juristen – man fühlte sich in ihrer Gegenwart grundsätzlich unbehaglich. Als er fertig war, wandte sie sich wortlos ab, griff in ihre Handtasche und holte, sehr zu seiner Überraschung, ein Päckchen Zigarillos heraus. Sorgfältig schälte sie die Packung aus der Zellophanhülle, zog einen der kleinen braunen Stifte hervor und steckte ihn sich zwischen die Zähne. Sie lächelte leicht, als sie seinen erstaunten Blick bemerkte.

»Was ist los?« fragte sie spöttisch. »Noch nie eine Frau gesehen, die Zigarillos raucht?«

»Ich glaube nicht, nein. Aber es verschafft Ihnen das perfekte Image einer aufstrebenden Anwältin.«

»Es hat nichts mit Image zu tun. Ich rauche nur, wenn ich nervös bin. Habe Zigaretten, Pfeife, Zigarre, sogar Hasch ausprobiert. Ich denke, es hat etwas mit dem zu tun, was ich über Churchill gelesen habe, als ich jung war. Ich versuche, es mir abzugewöhnen. Schauen Sie.« Sie griff in ihre Handtasche und holte ein Messingfeuerzeug heraus. Sie ließ den Deckel aufschnappen und drehte am Zündrad. »Kein Benzin.« Sie lächelte, dann tat sie einen tiefen imaginären Zug an dem vollkommen unversehrten Zigarillo. Jack sah angemessen verwirrt aus.

»Hat denn etwas von dem, was ich gesagt habe, Sie nervös gemacht?« fragte er zögernd.

»Sie haben erzählt, daß laut Polizei bereits jemand von Jessop angerufen hatte, um ihnen mitzuteilen, daß Berkeleys Versicherung von einem Selbstmord ausgeht.«

»Das stimmt.«

»Jessop, Jessop and Jessop beschäftigen sich mit allen möglichen Fällen, aber Nachlaßgeschichten gehören eindeutig nicht dazu.«

»Wer hat die Polizei dann angerufen?«

»Eins nach dem anderen. Denken Sie dran, ich bin Anwältin. Ich liebe es, wenn sich die Dinge langsam entwickeln. Sind Sie sicher, daß es sich um Polizeibeamte handelte?«

»Natürlich bin ich sicher.«

»Wieso? Haben Sie ihre Dienstausweise überprüft?«

Jack richtete sich auf und starrte sie an.

»O. K., ich bin also nicht sicher. Denken Sie daran, ich bin *kein* Anwalt. Aber auf jeden Fall *verhielten* sie sich wie Polizisten. Ich meine, warum sollte sich jemand solche Mühe geben, um herauszufinden, ob Berkeley etwas gesagt hat, bevor er starb? Es müssen einfach Polizeibeamte gewesen sein, also hören Sie auf damit.«

»Man kann Ihnen gefolgt sein. Vielleicht hat man Sie auch durch einen Privatdetektiv ausfindig gemacht. Bei Verkehrsunfällen geschieht das ziemlich häufig. Es könnten auch Ermittler der Versicherung gewesen sein: Wenn es so aussieht, als müßten sie eine beträchtliche Summe zahlen, sind die Versicherungsgesellschaften verpflichtet, alle Informationen ausfindig machen, derer sie habhaft werden können, besonders von Augenzeugen«, beharrte Leone, aber sie wußte, daß es sich nur um einen halbherzigen Versuch ihrerseits handelte, das Offensichtliche zu ignorieren. Jemand bei TWC verschwieg die Wahrheit, und das machte sie tatsächlich sehr nervös. Sie tat erneut einen tiefen Zug an dem nicht angezündeten Zigarillo.

»Na gut, aber warum dann die ganze Scharade? Es wäre doch viel leichter gewesen, zu sagen, daß sie von der Versicherungsgesellschaft kommen, nicht wahr?«

»Stimmt«, antwortete Leone grollend. Er hatte recht, und sie wußte es.

»O. K. Nächster Schritt, Frau Anwältin. Sicherlich wäre es nicht schwer, zu beweisen, daß Berkeley in Ihrer Kanzlei war. Aber ich bin schließlich nur ein Amateurdetektiv gegen einen Profi wie Sie.«

»Freuen Sie sich nicht zu früh«, warnte Leone.

»Was meinen Sie damit?«
»Nachdem Sie gestern angerufen hatten, habe ich ein paar Nachforschungen angestellt: Es geht irgend etwas Merkwürdiges vor sich.«
»Wollen Sie mir etwa zustimmen?« fragte Jack.
»Mr. Forth, wir reden jetzt nicht über unsere Phantasien als Privatdetektive, wir reden über meine Karriere. Sie haben keine Vorstellung davon, wie es in dieser Firma zugeht«, sagte sie, und ihre Stimme klang ein klein wenig zu überheblich.
»Erzählen Sie mir davon.«
»Ich kann nicht.«
»Warum nicht?«
»Ich bin schon jetzt vertragsbrüchig, weil ich mit Ihnen über interne Angelegenheiten rede. Wenn sie dahinterkommen, bin ich draußen.«
»Machen Sie sich keine Sorgen. Ich will doch nur herausfinden, was da vor sich geht. Ich werde es ganz bestimmt nicht Ihren Arbeitgebern mitteilen. Ich will Ihnen keinen Ärger verursachen. Aber ich habe diesen Mann aus dem Gebäude kommen sehen, und andere doch sicher ebenfalls.«
Mit einem Ruck wich Leone ein kleines Stück zurück. Da war es wieder, dieses merkwürdige Gefühl: Es schien ausgelöst zu werden, wenn er sie ansah. Es war wie ein Zwang, stark und mächtig. Sie wußte, daß sie sich von all dem hätte distanzieren sollen, aber sie konnte nicht.
»Falsch!« sagte sie selbstbewußt.
»Was meinen Sie mit falsch? Da ist zum einen die Empfangsdame: Sie muß ihn doch gesehen haben!«
»Denken Sie nach! Als ich aus dem Aufzug kam, war sie nicht an ihrem Schreibtisch. Sie kehrte von der Toilette zurück und sah einen Mann die Straße überqueren. Sie wußte nicht, daß er aus unserer Kanzlei gekommen war. Ich habe sie gefragt, ob sie sich daran erinnern könnte, ihn ins

Gästeverzeichnis eingetragen zu haben, aber sie hatte zu dem Zeitpunkt ein Gespräch geführt, deshalb hat der Wachmann die Formalitäten erledigt und ihm den Sicherheitsausweis gegeben, den sämtliche Besucher tragen müssen.«

»Dann wird der Wachmann sich erinnern: Schließlich ist die Sache nicht vor mehreren Wochen passiert, sondern vergangenen Dienstag.«

»Der Wachmann ist fort.«

»Wieso fort?«

»Nun, fort! Kaputt, verschwunden, wie auch immer Sie es formulieren wollen. Er ist nicht mehr in der Firma.«

»Erklären Sie mir das bitte.«

»Einige Mitarbeiter der Kanzlei vermuten, daß er rausgeworfen wurde.«

»Bequemerweise?«

»Vielleicht. Vielleicht auch nicht.«

»Was denn nun?«

»Unwichtig. Scheinbar hat er bei der Einstellung seine Vorstrafen nicht erwähnt, und bei TWC führt eine solche Verfehlung unweigerlich zur Kündigung. Vielleicht gab es also eine vernünftige Erklärung.«

Leone blickte über ihre Schulter, weil es in der Gruppe junger Börsenmakler plötzlich laut wurde: Einer von ihnen war beim Bier-Wettrinken zusammengebrochen und lag nun – alle Viere von sich gestreckt – rücklings auf dem Boden.

»Wenn Sie glauben, daß es sich dabei um einen Zufall handelt, dann strapazieren Sie die Fakten aber ganz schön«, bemerkte Jack und füllte ihre Gläser erneut.

»Wenn Sie *das* schon für schlimm halten, dann warten Sie mal, bis Sie die Geschichte über die Besucherliste hören.«

»Sagen Sie es nicht! Zerstört bei einem plötzlichen Feuer?«

»Genauso verdächtig. Über die Seite, auf der jener Tag verzeichnet ist, ist Wasser gegossen worden. Die Handschrift ist unleserlich.«
»Erstaunlich passend, Leone«, sagte er und zog die Augenbrauen in die Höhe. Er bemerkte, daß er unmerklich dazu übergegangen war, sie beim Vornamen zu nennen, aber sie schien nichts dagegen zu haben.
»Ich habe die Empfangsdame darüber befragt, und sie erzählte mir, daß eine Blumenvase auf dem Pult umgefallen sei. Sie nimmt an, daß sie jemand umgestoßen hat, zufällig.«
Jack warf ihr einen ungläubigen Blick zu. »Ja, jemand hat sie umgestoßen, Das wirft eine interessante Frage auf.«
»Welche?«
»Sie und ich.«
»Wie bitte?«
»Nur Sie und ich sind übrig, die Berkeley gesehen haben, als er die Kanzlei verließ.«
»Und derjenige, mit dem er sich getroffen hat.«
»Genau. Und angesichts der Tatsache, daß derjenige es vermutlich kaum an die große Glocke hängen wird, würde ich sagen, daß wir allein sind.«
»Korrektur. *Sie* sind allein: Ich kann es mir nicht leisten, da hineingezogen zu werden.«
»Aber Sie sind doch schon mittendrin!«
»Nur insoweit als ich sagen kann, daß ich einen Mann gesehen habe, der dem Verstorbenen vielleicht ähnlich war. Ich könnte mich schließlich auch irren. Außerdem habe ich schon vor langer Zeit gelernt, daß alles aus einem bestimmten Grund geschieht. Ich will wirklich nicht wissen, was er in unserer Kanzlei zu suchen hatte. Ich habe selbst schon genug Probleme«, sagte sie. Wenn TWC in Berkeleys Machenschaften verwickelt war, dann würde es einige sehr unglückliche Kunden geben. Viele der Banken würden sich fortan ihren juristischen Rat anderswo suchen.

»Ich verstehe, Sie folgen der Parteilinie. Ich brauche jetzt vermutlich nur noch zur Polizei zu gehen und denen Ihren Namen zu verraten. Sie sind dann in der Lage, alles zu bestätigen, was ich gesagt habe.«
»Was werden die wohl unternehmen, wenn sie mit diesen Informationen kommen? Glauben sie ernsthaft, daß sie geradewegs zu TWC gehen und das gesamte Personal verhören? Warum sollten sie? Um zu entdecken, daß es zunächst einmal keine Aufzeichnungen gibt, die bezeugen, daß Berkeley überhaupt da war? Soweit es uns bekannt ist, kann er das Gebäude auch unbeabsichtigt betreten haben.«
»Leone! Dieser Typ steckte bis zum Hals in der Scheiße. Der falsche Zeuge und der Anruf bei der Polizei werden sicher verfolgt werden. Es gibt eine Diskrepanz zwischen dem, was ich gesagt habe, und dem, was ihnen am Telefon gesagt wurde. Derlei Ungereimtheiten verschwinden nicht einfach, und schon gar nicht, wenn das Betrugsdezernat in die Ermittlungen eingreift.«
»Haben Sie das auch vernünftig durchdacht? TWC sind in zahlreiche Bankgeschäfte verwickelt. Es ist gut möglich, daß die Polizei bereits eine befriedigende Erklärung für Berkeleys Besuch gefunden hat. Manche Dinge bleiben lieber ungesagt und im Verborgenen.« Es hörte sich falsch an, jede Silbe, und sie wußte es.
Erneut richtete er den Blick auf sie: Es war, als habe er die Fähigkeit, die Temperatur zwischen ihnen zu beeinflussen.
»Also ist das Ihr wahres Motiv? Sie wollen nicht hineingezogen werden? Wollen dafür sorgen, daß Ihre Firma nicht bei irgendwelchen zwielichtigen Geschäften ertappt wird? Was für ein Club! Seltsam, ich hätte Sie niemals für opportunistisch gehalten!« fauchte er, als ob er wußte, daß diese Anklage sie bis ins Mark treffen würde. Sie ging ihm gleich in die Falle.

»Wie können Sie es wagen! Es ist offensichtlich, daß Ihr Verständnis der juristischen Welt begrenzt ist, Mr. Forth. So laufen die Dinge für mich nicht. Lassen Sie uns eines klarstellen. Ich habe nichts gegen diesen Club – vielleicht bin ich sogar gelegentlich gezwungen, zuzugeben, daß der Club gut funktioniert –, aber der Club besitzt mich nicht, verstanden?«

»Mir kommt es aber so vor, als seien Sie besorgt, daß Ihnen die Mitgliedschaft aberkannt wird«, sagte er.

»Warum sind Sie überhaupt so sehr daran interessiert?«

»Nicht interessiert, nur beteiligt, falls Sie das vergessen haben. Ich liebe Geheimnisse, habe zahlreiche Freunde bei der Presse.«

»Dann sind Sie nicht besser als –«

»Was? Geben Sie mir doch wenigstens eine Chance.«

Die Stimmen hinter ihnen wurden wieder lauter und verhinderten ein weiteres Kräftemessen zwischen ihnen. Wie die Glocke bei einem Boxkampf. Plötzlich dämmerte ihr, warum sie sich in seiner Gegenwart so seltsam fühlte, gefangen in dem verwirrenden kleinen Stelldichein mit diesem Mann. Und was sie an diesen grünen Augen so faszinierte: verlorener Junge, einsames Mädchen. Manchmal mußten sie einander finden.

»Unternehmen Sie erst mal nichts, ja? Nicht, bis ich weitere Nachforschungen angestellt habe«, bat Leone.

»Warum machen Sie sich solche Sorgen? Sie haben doch nichts zu verbergen, oder?«

»Das ist eine lange Geschichte.«

»Ich habe Zeit.« Er hielt ihrem Blick stand.

Merkwürdig. Sie hatte ihn nur ein paarmal getroffen, und doch beschlich sie wieder dieses Gefühl, zwang sie fast, sich zu rechtfertigen. Etwas sagte ihr, daß sie ihn durchaus noch häufiger sehen würde, und sie wußte, daß sie keine Wahl hatte.

»Ich habe sehr hart dafür gearbeitet, so weit zu kommen.«

»Das bezweifle ich nicht.«
»Aber ohne diese Firma hätte ich überhaupt nichts erreicht. Alles, was ich bin, verdanke ich der Tatsache, daß TWC mir eine Chance gegeben hat.« Sie holte einen weiteren Zigarillo aus der Schachtel.
»Machen Sie sich doch davon frei, Sie sind schließlich ein großes Mädchen, Leone. Wenn –«
»Hören Sie zu. Meine Familie war vor langer Zeit in extremen Schwierigkeiten, und ich weiß nicht, was geschehen wäre, wenn ich diesen Job nicht bekommen hätte ...« Sie zögerte, fortzufahren und zog an dem nicht angezündeten Zigarillo.
»Was für Schwierigkeiten?«
»Mein Vater. Er wurde sehr krank, depressiv, in Folge des ungeheuren finanziellen Drucks, unter dem sein Unternehmen stand. Und er, äh ...«
»Sie müssen es mir nicht erzählen, wenn es Ihnen schwerfällt. Ich wollte Sie nicht aufregen. Das geht mich nun wirklich nichts an.«
»Nein, es fällt mir nur einfach schwer, darüber zu reden, zumal wenn ich weiß, welche Reaktion ich zu hören bekomme.«
»Vielleicht fällt sie ja ganz anders aus.«
»Mein Vater war ein sehr erfolgreicher Mann. Sein Bauunternehmen errichtete einen Großteil von Sydneys Einkaufszentrum, und wir führten ein privilegiertes Leben. Ich war die einzige Tochter: Privatschulen, reiche Freunde, ein hervorragender Lebensstil, eine glänzende Zukunft. Dann haben ihn eine Menge Leute im Stich gelassen. Ich erinnere mich, daß die Atmosphäre zu Hause sich plötzlich veränderte. Ich kam an den Wochenenden nicht mehr heim. Dad stand unter Druck. Die Presse jagte ihn und versuchte die Öffentlichkeit davon zu überzeugen, daß er den Stadtrat bestochen hatte, um die Aufträge zu bekommen. Ich war gerade im letzten Semester an der Uni, als alles ver-

rückt spielte. Dads Bankiers begannen, ihre Kredite einzutreiben. Andere Gläubiger verloren ebenfalls das Vertrauen in ihn, und er hatte sich hoch verschuldet.«
»Was geschah dann?« fragte Jack. »Wie hat er reagiert?«
»Hmm! Sie wissen es wirklich nicht, stimmt's?« Leone lächelte traurig. »Die Leute haben die Sache wahrscheinlich vergessen. Ich werde das niemals können.«
»Ich kann Ihnen nicht folgen.«
»Eines Morgens wachte er auf und stellte fest, daß die Bank die Aussetzung des Handels seiner Aktien an der Börse bewirkt hatte. Er zog sich an, fuhr in die Stadt, hielt an einem Waffengeschäft und betrat um 11.22 Uhr den Kassenraum der Bank. Um 11.52 Uhr waren achtzehn Menschen tot. Sich selbst brachte er genau um 12.00 Uhr um. Ich beantragte eine Namensänderung.«
»Es tut mir leid, Leone.«
Sie starrte in ihr Weinglas, bevor sie einen weiteren Schluck zu sich nahm. »Schon ein gewisses Erbe, nicht war? Er wußte, was er tat – er hatte nur nicht den Mumm, die Konsequenzen auf sich zu nehmen. Meine Mutter hat sich niemals davon erholt. Nachdem man uns die Nachricht überbracht hatte, erlitt sie einen schweren Schock. Abgeschnitten von ihren sogenannten Freunden, ohne Geld und verfolgt von der Presse, verlor sie den Verstand und wurde in ein Sanatorium in Adelaide überwiesen. Sie hat mich nicht einmal mehr erkannt. Nach dieser Geschichte hatte es keinen Zweck zu versuchen, einen Job in Australien zu finden. Ich blieb in Neuseeland, bis sich der erste Sturm gelegt hatte, nannte mich fortan Stern nach meinem Großvater und stattete meiner Mutter einen letzten Besuch ab. Als ich später nach ihrer Beerdigung die Habseligkeiten sortierte, stieß ich auf einen Brief von einem englischen Anwalt, der betonte, wie sehr er meinen Vater immer respektiert habe. Falls es irgend etwas gebe, womit er ihr helfen könne, solle sie nur darum bitten. Sie konnte es nicht mehr, aber ich tat

es. Und deshalb kann ich heute, sieben Jahre später, den Menschen ins Gesicht blicken, ohne befürchten zu müssen, daß sie mich wegen der Verbrechen meines Vaters schon im voraus verurteilen.« In ihren Augen flackerte der heftige Konflikt zwischen Stolz und Scham.

»Wer weiß sonst noch davon?« fragte Jack und berührte sanft ihre Hand, mit der sie den Stiel ihres Glases so fest umklammerte, daß ihre Knöchel weiß hervortraten.

»Nur ein paar gute Freunde. Ich führe ein sehr zurückgezogenes Leben. Jeder kleinste Hinweis auf mangelnde Loyalität, und die Schlinge zieht sich um meinen Hals zusammen. Ich fände nie wieder eine Stelle. Das ist der einzige Grund, warum ich Ihnen das jetzt erzählt habe.« Sie entzog ihm ihre Hand. »Aber wenn es hart auf hart kommt, dann bin ich dieses ganze Versteckspiel leid. Wenn Sie also diese Geschichte verbraten und sich bei den Skandalblättchen ein paar schnelle Pfund verdienen wollen, dann nur los. ›Die seit langem untergetauchte Tochter des Betrügers und Mörders‹: Gute Schlagzeile?«

»Nun mal langsam. Ich werde nichts verraten, vertrauen Sie mir.«

»Wahres Vertrauen gibt es für mich nicht.«

»Irgendwann müssen sie Zutrauen zu jemandem fassen.«

»Falsch, Jack. Sehen Sie, mir ist nichts Menschliches fremd. Können Sie sich das vorstellen? Ich glaube nicht.«

»Sie wären überrascht zu erfahren, was mich alles nicht mehr überraschen kann«, sagte er augenzwinkernd, und ein gezwungenes Lächeln huschte über ihr Gesicht. »Ein Punkt für Sie.«

Leone warf den ungerauchten Zigarillo in den Aschenbecher und ging kopfschüttelnd zur Bar. Warum hatte sie ihm das alles erzählt? Sie wußte nicht, warum sie diesem Mann vertraute. Als sie zurückkehrte, hatte er zwei Bilder auf dem Tisch ausgebreitet.

»Meine Zeichnungen«, sagte er ausdruckslos. Seine Stimmung schien sich verändert zu haben – er wirkte jetzt kühler und distanzierter.
Leone betrachtete das erste und sah sich selbst an der Seite der anderen Beteiligten an Speakmans Verhandlung. Sie stutzte, als sie Jacks Gesicht auf dem Körper des Mannes auf der Anklagebank entdeckte. Dann warf sie einen Blick auf das zweite Bild.
»Ganz schön unheimlich«, sagte sie, als sie Speakmans Gesicht in der hinteren Reihe der Zuschauertribüne ausgemacht hatte.
»Da sagen Sie was«, bestätigte Jack und schüttelte den Kopf.
»Aber was hat das alles mit Ihnen zu tun? Warum haben Sie sich selbst dort gezeichnet?« sagte sie und begann sich langsam in seiner Gesellschaft zu entspannen. Es fühlte sich gut an.
Er hob den Blick und fing ihr Lächeln auf. »Wie ich schon sagte, ich habe keine Ahnung. Ich hatte gehofft, daß Sie mir helfen können. Es ist, als ob ich wüßte, daß dieser Mann kein Mörder ist.«
»Sie haben das Beweismaterial nicht gesehen, das gegen ihn vorliegt«, antwortete sie. »Man braucht mehr als ein Bild, um die Geschworenen zu überzeugen.«
»Sehen Sie sich das hier an.« Er holte ein drittes Blatt Papier hervor.
Leone wandte ruckartig den Kopf ab. »Das ist krank.«
»Nein, das ist die Wirklichkeit. Fürchterlich, nicht wahr?«
Vorsichtig sah sie wieder hin: Vor ihr lag eine perfekte Darstellung von Berkeleys Leichnam. Dunkelrotes Blut sickerte in einem rotschwarzen Schatten neben seinem verstümmelten Körper in den Boden. Sie blickte erneut weg und fummelte in der Tasche nach ihren Zigarillos.
»Sie erkennen es nicht, nicht wahr?«

»Ich habe genug gesehen. Versuchen Sie auf diese Art, Eindruck bei Frauen zu schinden?«
»Sehen Sie noch einmal hin.«
Sie wandte sich dem Bild noch einmal zu und folgte seinem Zeigefinger, der über die grauen Gebäude im Hintergrund glitt, hin zu einem Büroblock, der sich optisch von den anderen absetzte. Sofort erkannte sie, daß es das Gebäude war, in dem sie Tag für Tag arbeitete: TWC. Drei Mal tippte er mit dem Nagel auf ein großes Fenster, von dem sie wußte, daß es im vierten Stock im Treppenhaus des Seiteneingangs lag. So klar wie der helle Tag stand dort die Gestalt Trevor Speakmans, gekleidet in einen Nadelstreifenanzug aus blauem Serge.
David Taylor knotete seine Hermès-Seidenkrawatte zu einem Windsor-Knoten. Das Hellblau spiegelte die Farbe seiner scharfen, habgierigen Augen wider und bildete einen interessanten Kontrast zu dem dunklen maßgeschneiderten Blazer. Er grinste sich im Spiegel an. Der Anrufer, der ihn um einen Termin gebeten hatte, hatte ihm die Mühe erspart, selbst eine solche Verabredung zu treffen.
Der Tod seines Exliebhabers, wenn man diesen unbedeutenden Bankier so bezeichnen wollte, hatte ihn in helle Aufregung versetzt. Wie zum Teufel sollte er seinen Lebensstil ohne dessen regelmäßigen »Zuwendungen« aufrechterhalten? Doch jetzt hatte sich ein neuer, wenn auch nicht ganz unbekannter Spender gemeldet. Taylor und sein Partner hatten sowieso vorgehabt, ihn bald in ihre Intrige hineinzuziehen, aber jetzt hatte er ihnen die Mühe abgenommen.
Eine Autohupe ertönte vor seiner Wohnung. Sie befand sich in einem Block, bei dem es sich um umgebaute Stallungen handelte. Er warf einen Blick durch das große Fenster zur Bucht und sah auf die von Blättern übersäte Straße hinab. Dort parkte ein schwarzes Taxi in der zweiten Reihe

und erwartete ihn mit ausgeschalteten Scheinwerfern. Er gab den Code für die Alarmsicherung seiner Wohnung ein und klopfte auf die Brusttasche seines Jacketts, um sich zu vergewissern, daß seine Brieftasche darin war. Befriedigt über die Vorstellung, daß sie am Ende des Abends noch voller sein würde, trat er aus der Wohnung.

Er pfiff geduldig vor sich hin, während er beobachtete, wie der Lift ohne Unterbrechung von der Garage nach oben fuhr. Die Zahlen blitzten auf und erloschen in schneller Folge, und dann glitten mit einem fröhlichen Ping die Türen auseinander, und er trat ein. Drinnen stand ein Mann, der ihm demonstrativ den Rücken zuwandte.

Es gibt eben alle möglichen Verrückte, dachte Taylor und drückte den Messingknopf, um ins Erdgeschoß zu gelangen. Blödsinn, daß jemand erst ganz hinauf und dann wieder hinunterfahren wollte. Doch dann hörte er das Rascheln einer Bewegung, und gleich darauf ließ ihn ein scharfer Schmerz im unteren Teil seines Rückens herumwirbeln. Der Mann hatte sich ihm zugewandt.

»Sie!«

Der Anwalt lächelte. »Dachte, ich könnte unser Treffen ein bißchen vorverlegen.«

Taylor begann, doppelt zu sehen, dann dreifach. Die Knie gaben unter seinem Gewicht nach. Der Anwalt stieß ihn sanft zur Seite, drückte den »Cancel«-Knopf auf dem Armaturenbrett und anschließend den Knopf, der sie direkt ins Parkhaus unter der Erde bringen würde.

»David, wir müssen wirklich miteinander reden. Es ist schon so lange her, wir haben viel nachzuholen.«

Taylor konnte hören, er konnte fühlen. Er hatte zu wissen geglaubt, was Furcht war, doch jetzt erkannte er, daß er sich geirrt hatte.

Kapitel 14

Der beständige Fluß miefiger Gefängnisluft drang träge durch die verschiedenen Luftschächte und direkt in Trevor Speakmans Nase. Sein massiger Körper war unbequem in die untere Schlafkoje aus weißem Metall gepfercht. Dies hier war die dritte Zelle, in der er nach seiner Verhaftung untergebracht worden war. Über ihm murmelte ein neuer Zellengenosse im Schlaf etwas von den hübschen Jungen, die so jung und so vollkommen seien. Speakman krümmte sich. Jeder Insasse, den er kennengelernt hatte, war ein schmutziger sexueller Perverser gewesen. Er hatte die Zeitungen gelesen – er wußte was für ein Abschaum diese Kinderschänder waren. Mit geballten Fäusten rieb er seine schmerzenden Augen, und sein Mund verzog sich zu einem matten Lächeln angesichts der Ironie dieser ganzen Geschichte: Genau dafür hielten sie ihn auch. Er war bis auf das Unterhemd und seine Boxershorts ausgezogen und konnte die immer größer werdende Fettrolle über seinem Bauch nicht übersehen.

Er brannte auf einen Fix, aber bei dem Gedanken, was er tun mußte, um einen zu bekommen, drehte sich ihm der Magen um. Wie tief mochte er wohl noch sinken? Die Tage gingen nicht gar so langsam vorüber, wenn er zugekifft war. Es war leichter, sich zuzudröhnen, als darüber nachzudenken, was all das bedeutete. Seinen Protest hatte er schon lange aufgegeben. Außerdem war es hier wahrscheinlich sogar sicherer als draußen. Hier wurde er nur gelegentlich von den Gefängniswärtern gepiesackt, und in diesem Flügel war er ohnehin eine Berühmtheit. Eine Berühmtheit – die sich für einen Schuß verkaufte.

Speakman war nie ein Schwächling gewesen: Schon in den

Kneipen der Ölgesellschaften von Aberdeen hatte er sich niemals vor einer Prügelei gedrückt. Aber das hier war etwas anderes. Die geflüsterten Andeutungen sexueller Gefälligkeiten schlichen sich in jede Unterhaltung. Noch nie zuvor hatte er sich Gegnern wie diesen stellen müssen. Allerdings bezweifelte er auch, daß er noch allzuviel Kampfgeist besaß.

Zumindest beherbergten die Zellen in dem Flügel, in dem die »Regel« galt, nur zwei Gefangene: einfache Wände, kein Fenster, zwei Stühle, kein Trost, zwei Betten, kein Schlaf. Eine einfache Glühbirne war an der Decke befestigt worden, ein Stahlgürtel umgab ihren perlweißen Schein. Das Gefängnis war wie ein Netz, und sämtliche Insassen waren wie Fische – ein kaltblütiger, zappelnder Fang. Er gehörte nicht hierher, wollte nicht mit ihnen zusammensitzen, absolut nicht. Doch das behaupten sie alle. Jeder von ihnen war hereingelegt, hinters Licht geführt oder mißverstanden worden. Sie alle betonten ihre Unschuld, aber er war *tatsächlich* unschuldig. Doch keiner glaubte ihm.

Die Anwältin hatte versucht, nett zu ihm zu sein, hatte ihn nicht belogen, als er sie fragte, was sie dachte. Das mochte er an ihr: Sie war geradeheraus, offen und aufrichtig. Der Barrister war ein ganz Kühler – durchaus nicht auf die aggressive Art, nur irgendwie antiseptisch. Sloane erinnerte ihn an einen Zahnarzt mit Namen McCay auf einer Ölplattform im Meer. Er hatte angesichts des Zustandes, in dem sich Speakmans Zähne befanden, nur mit der Zunge geschnalzt und ihm dann ohne große Erklärung oder einen Ausdruck des Bedauerns gleich drei auf einmal gezogen; es hatte eben sein müssen.

Bald würde er sie alle wiedersehen: die Anwälte, die Presse, das wütende Publikum. Sein erstes Erscheinen vor dem Crown Court, die Zwischenverhandlung, sollte in wenigen Stunden stattfinden, und trotzdem würde ihm die Zeit bis dahin lang werden. Er fragte sich, ob man sich jemals daran gewöhnte, an die Geschwindigkeit der realen, unbarmherzigen Zeit. Dann verdrängte er den Gedanken. Es bestand immer noch Hoffnung für ihn. Trevor Speakman spürte, wie seine breiten Schultern zu zittern begannen und wie sie sich gleich darauf hoben und senkten. Er begann zu weinen, als er in der Hoffnung die zweifelhafte Betrügerin erkannte, die sie in Wirklichkeit war.

Drei hektische Tage hatte es gedauert, um sämtliche Papiere für die Zwischenverhandlung zusammenzutragen. Leone mußte Zeugenlisten zusammenstellen, ebenso wie mögliche Alibispuren, mußte die Beweise der Verteidigung zusammenstellen und noch vieles andere mehr, was Toby angefordert hatte. Sie hatte Jack am Abend zuvor noch einmal getroffen, bevor er nach Exeter abreiste. Noch immer befielen sie in seiner Gegenwart diese seltsamen Gefühle. Er hatte ihr von seinem kleinen Mädchen und von dem Unfall erzählt, aber seine Frau mit keinem Wort erwähnt. Leone hatte dummerweise auch nicht gefragt. War er geschieden, oder lebte er getrennt? Oder noch schlimmer, war er noch verheiratet und gaukelte ihr etwas vor? Sie schlug sich sein Gesicht aus dem Kopf und eilte auf die Drehtür aus Stahl und Glas zu. Am Eingang entdeckte sie Sedgewick, der einen schäbigen Schirm ausschüttelte. Sie trafen sich vor dem Lift.

Zwei deutliche, wenn auch völlig unterschiedliche Gerüche drangen Leone in die Nase, während sie im neu errichteten Gerichtskomplex in den vierten Stock hinauffuhren. Der halbrunde Glaslift war einer von dreien, die die Fassade des Gebäudes wie riesige durchsichtige Adern schmückten. Zuerst nahm sie den überwältigenden Gestank des frisch verlegten blaugrauen Teppichbodens wahr, der das gesamte Gebäude durchdrang. Daneben roch sie den weniger heftigen, doch deutlich wahrnehmbaren maltwhiskygeschwängerten Atem Sedgewicks. Er lehnte an

dem Chromgeländer und mied den Körperkontakt zu den anderen Menschen im Aufzug. Keiner sprach.
Im dritten Stock, in dem sich ein Großteil der Gerichtsräume befand, entlud der Lift seine Ladung Angeklagter, die wild darauf waren, ihrem Schicksal zu entgehen. Leone bewegte sich unauffällig von Sedgewick fort. Als sie einen Stock höher erneut anhielten und auf den Gang, der zu den Robenräumen und dem Aufenthaltsraum der Anwälte führte, hinaustraten, ließ er sie vorgehen.
»Miss Stern, geben Sie mir bitte zehn Minuten, damit ich meine Robe anlegen und meinen gebildeten Assistenten ausfindig machen kann«, sagte Sedgewick, und seine alles andere als nüchterne Stimme klang wie Autoreifen, die über nassen Kies fahren.
»Ich muß ohnehin noch ein paar Anrufe erledigen. Ich warte dann hier auf Sie, damit wir gemeinsam hinunterfahren können, um uns noch einmal mit Mr. Speakman zu unterhalten.« Leone sah, daß seine Augen wie verschleiert dreinblickten: ein krankes Gelb mit kleinen geplatzten blutroten Äderchen, wo eigentlich das Weiß des Augapfels hätte sein sollen. Als Rechtsreferendarin hatte sie vor Jahren von ihrem Vorgesetzten gelernt, die plädierenden Anwälte immer höflich zu behandeln, egal wie sie aussahen, aber heute war diese Regel wohl kaum angemessen. Seine zerknitterten schwarzgrauen Hosen waren wahrscheinlich nicht mehr in der Reinigung gewesen, seit die Wolle vom Rücken der Schafe geschoren worden war. Als er jetzt unsicher vor ihr herging, entdeckte sie, daß die Absätze seiner ausgetretenen Straßenschuhe abgewetzt waren und der Saum seiner Hose zerfetzt war und lose herabhing. Er verdiente weder Respekt noch Höflichkeit. Der Gedanke, daß er eigentlich nur aufgrund seiner freundschaftlichen Verbindung zu den Partnern hier war, machte die Geschichte noch schlimmer.
Zuerst erreichten sie die Tür zum Robenraum. Er taumelte

hinein und warf seine zerfledderte Aktentasche auf den Boden neben eine Reihe von Spinden. Der Robenraum war traditionsgemäß ein Ort, wo Junganwälte nicht gern gesehen waren; ein Ort, wo die Anwaltschaft sich hinter geschlossenen Türen versammelte und geheime Verhandlungen führte. Man bezeichnete die Vorgänge dort als »Vier-Augen-Gespräche«, was bedeutete, daß das, was hier gesagt wurde, nicht weitergegeben werden sollte. Hier tauschte man die privaten Ansichten über die Fälle aus, bevor man als Gegner die tatsächliche Arena betrat.

Die Kronanwälte, der Verteidiger und sämtliche juristischen Stellvertreter waren geschäftig dabei, ihre Uniform anzulegen, die den professionellen Advokaten von den gewöhnlichen Anwälten unterschied. Gestärkte weiße Amtskragen und Beffchen ersetzten den Hemdkragen und die Krawatte. Perücken aus Pferdehaaren bedeckten kahle Stellen, und fließende schwarze Roben umhüllten die Männer und Frauen, auf deren Schultern die Verantwortung für den Sieg der Gerechtigkeit lag.

Vor einem Ganzkörperspiegel stand Kronanwalt Roger Fry und strich seine Seidenweste glatt. Neben ihm, bereits mit einer Robe bekleidet, warteten sein Stellvertreter und der protokollierende Stellvertreter, die beide so frisch und hungrig aussahen wie zwei Vollblutboxer. Die Atmosphäre war voll angespannter Erwartung. Bis jetzt hatte die Staatsanwaltschaft nichts tun können, als sich auf ihre eigenen Unterlagen zu konzentrieren, hatte zu raten versucht, was die Verteidigung aus dem Speakman-Lager hervorzaubern würde. Heute war der Tag gekommen, heute würden sie es erfahren.

Toby Sloane stand geduldig wartend neben einem kleinen Tisch an einem großen Fenster und blätterte einen Fallbericht durch. Roger Fry blickte zu ihm hinüber und nickte. Seine Augen waren ruhig und kühl. Toby erwiderte den Gruß und bemerkte, daß Sedgewick neben dem Kronanwalt

stand und unbeholfen an seiner Kragenspange herumnestelte. Zögernd ging Toby zu seinem Vorgesetzten hinüber.
»Ah, da sind Sie ja, Sloane. Helfen Sie mir doch mal, ja?« bat Sedgewick. »In letzter Zeit bin ich nicht mehr allzu geschickt.«
»Natürlich«, antwortete Toby und ließ die kleine Messingspange mühelos in das passende Loch am rückwärtigen Teil des Robenkragens gleiten.
»Ich gehe davon aus, daß Sie Mr. Speakman mit großer Umsicht behandeln werden, Sedgewick, alter Knabe«, warf Roger Fry ein und lächelte sie an.
»Ah, Fry, wie geht's denn so?«
»Kann nicht klagen. Natürlich wäre mir noch viel wohler, wenn wir diese kleine Schweinerei schon hinter uns hätten. Ich war so froh zu hören, daß Sie mit dieser Sache beauftragt wurden! Tatsächlich habe ich neulich noch zu meinem Stellvertreter gesagt, daß ein Mann mit Ihrer Erfahrung einfach vernünftige Anweisungen geben muß. Immerhin ist er so schuldig wie die Sünde, nicht wahr?«
Nervös wartete Toby auf Sedgewicks Antwort.
»Ich glaube nicht, daß Sie sich Sorgen machen müssen, daß es ein langes Tauziehen gibt, wenn überhaupt eines dabei herauskommt. Eine fürchterliche Liste an abscheulichen Verbrechen, nicht wahr! Ich hatte eigentlich gehofft, daß wir die Köpfe zusammenstecken könnten, um uns einmal genau anzusehen, was Sie tatsächlich für Beweise gegen ihn in der Hand halten. Ich denke, wenn Sie mir etwas in die Hand geben, damit wir, sagen wir mal, auf verminderte Zurechnungsfähigkeit plädieren könnten, dann können wir die ganze Sache ad acta legen und die Frage, was ihm denn nun fehlt, getrost den Ärzten überlassen. Was meinen Sie dazu?«
Toby fluchte innerlich. Sedgewick hatte den psychologischen Befund, den Leone angefordert, aber auf seine Anweisung hin der Staatsanwaltschaft noch nicht überge-

ben hatte, offensichtlich nicht gelesen. Fry schüttelte den Kopf.
»Dieses Mal nicht, fürchte ich, Jeffrey.«
»Oh. Sie überraschen mich.«
»Ja, auch ich war ziemlich überrascht, daß der Generalstaatsanwalt der Krone und der Director of Public Prosecutions eine dermaßen harte Linie fahren, aber wie es scheint, ist allen ein bißchen heiß geworden. Mir sind also die Hände gebunden. Kein Deal, Jeffrey.«
»Verstehe. Ich kann Ihnen keinen Vorwurf machen«, antwortete Sedgewick und zog ein Päckchen Verdauungstabletten aus seiner Westentasche. »Wenn man in diesem Fall keine Verurteilung wegen Mordes zustande bringt, dann weiß ich nicht, wo das noch gelingen soll. Sloane hat mir gesagt, daß lediglich Indizienbeweise vorliegen, aber wie ich die Dinge sehe, kann es keine andere vernünftige Erklärung geben. Ob Indizien oder nicht: Er war es!«
Toby hustete etwas zu ausführlich, als die Mannschaft der Krone Sedgewick anlächelte. Hier stand er also – neben dem führenden Anwalt der Strafverteidigung, der den Kampf buchstäblich schon aufgab, bevor er begonnen hatte. Er wußte nur allzu gut, daß Sedgewick keine Lust hatte, bei diesem Fall Geschworene vereidigen zu müssen. Er wollte nur eines: Speakman dazu überreden, das Handtuch zu werfen und sich schuldig zu bekennen. Dann würde er für wenig Anstrengung ein hübsches Sümmchen einheimsen. Toby begann sich zu fragen, ob Sedgewick sich die Papiere überhaupt angesehen hatte. Speakman war unfähig, klare Instruktionen zu erteilen, und Sedgewick würde ihn unter Druck setzen, sich schuldig zu bekennen. Vor diesem Hintergrund war er, Toby, also auf sich allein gestellt.
»Wir sollten jetzt hinuntergehen und mit ihm reden«, sagte Toby in dem Versuch, das, was gerade gesagt worden war, zu ignorieren. Aber der Schaden war bereits angerichtet:

Es war offensichtlich, daß die Verhandlung zur Scharade geriet, wenn Sedgewick Speakman nicht würde überreden können, sein Plädoyer zu revidieren. Sie traten in den Flur hinaus, wo Leone vor dem Lift auf sie wartete und sich gerade mit Richard Dexter unterhielt. Unwillkürlich teilte sich die kleine Versammlung in zwei Gruppen. Jede wartete auf ihren eigenen Lift. Das Team der Verteidigung war schweigsam. Fry hingegen erzählte die Geschichte des letzten Mordfalles, für den er zuständig gewesen war, als damals in den Schwurgerichtsverhandlungen in Exeter im Jahre 1962 der Mann mit der schwarzen Kapuze noch in Amt und Würden war. Häufig bezeichnete er diese Phase seines Lebens als die gute alte Zeit. In dem Augenblick, da die Türen der Aufzüge sich öffneten, fiel Leone ein, daß sie in jenem Jahr geboren worden war, als man Menschen wie Trevor Speakman noch hingerichtet hatte.
Im Aufzug drückte Toby auf den Knopf zum Untergeschoß, wo die Zellen der Untersuchungsgefangenen lagen. Er sah Leone an und zog die Augenbrauen heftig in die Höhe. Sie warf ihm ein fragendes Stirnrunzeln zu und bemerkte dann, daß er auf Sedgewick deutete.
Schließlich gingen sie auf die rote Tür mit der Aufschrift ZELLEN zu. Ein verdrießlicher Gefängniswärter gewährte ihnen Einlaß – in der einen Hand hielt er das kümmerliche Schinkensandwich, an dem er gerade herumkaute, mit der anderen schloß er die schweren Metalltüren wieder hinter ihnen. Schließlich führt er sie in Zelle Nummer drei, in der der meistgehaßte Mann Großbritanniens saß. Als sie eintraten, hob Speakman den Kopf. Seine Augen waren blutunterlaufen – denen Sedgewicks nicht unähnlich, aber offensichtlich nicht von derselben Droge. Jetzt blieben ihnen nur noch etwa fünf Minuten, damit Sedgewick sich vorstellen und sich einen »Überblick« über den Fall verschaffen konnte, bevor sie nach oben mußten.
»Hallo, Trevor. Mr. Sloane kennen Sie ja«, sagte Leone so

freundlich, wie sie konnte. »Ich würde Sie gern mit Ihrem Verteidiger Mr. Sedgewick bekannt machen: Er wird Sie vor Gericht vertreten. Schon bald werden wir eine umfassendere Besprechung abhalten müssen, aber bis dahin können Sie sicher sein, daß wir alles in unserer Macht Stehende tun, um Ihnen zu helfen.«

Speakman sagte kein Wort, als die Anwälte sich setzten. Sedgewick lehnte sich auf dem harten Holzstuhl zurück und betrachtete ihn mit dem Blick eines Lehrers, der einen aufsässigen Schüler einzuschätzen versucht.

»Guten Morgen, Mr. Speakman. Wie ist es denn so in Untersuchungshaft? Ich nehme an, daß Sie unter die Regel fallen?«

»Ja, aber das macht eigentlich keinen Unterschied: Jede Menge Verrückte, wohin ich auch komme. Sie müssen mich hier rausholen, Mr. Sedgewick. Ich weiß, daß es schlimm für mich aussieht, aber ich habe nichts getan.« Speakmans Worte klangen schleppend und undeutlich.

»Ah, nun ja, die Krone ist da anderer Ansicht. Ich glaube, deren Karten stehen besser, als ich es in den dreißig Jahren, in denen ich als Anwalt arbeite, je erlebt habe. Die haben alle Argumente auf ihrer Seite, fürchte ich. Aber wenn ich Sie demnächst besuche, werden wir uns über diese Dinge etwas ausführlicher unterhalten. Bis dahin möchten Sie sich vielleicht gedanklich mit Ihren Möglichkeiten befassen.« Erneut richtete Speakman seinen Blick auf den Betonboden. »Verstehen Sie, was ich Ihnen sage? Ich weiß, daß es schwer für Sie sein muß, sich damit abzufinden.«

»Womit?« explodierte Speakman und sprang von seinem Stuhl auf. »Was soll das? Sie klingen verdammt noch mal wie einer von denen.« Er sah jetzt aus wie ein Wahnsinniger, raufte sich das fettige Haar und schritt zornig zur hinteren Wand der Zelle.

»Beruhigen Sie sich, Trevor«, sagte Leone. »Mr. Sedgewick hat nur gesagt, daß Sie –«

»Beruhigen Sie sich! Mehr haben Sie nicht dazu zu sagen? Ich weiß genau, was er für einer ist«, schrie Speakman und deutete auf Sedgewick. »Ich habe da drin alles über ihn gehört. ›Keine Chance‹, sagen sie, ›er wird versuchen, dich zu einem Schuldbekenntnis zu überreden.‹ Nun, das hat bei mir keinen Zweck, Miss Stern. Ich bin nicht schuldig, hören Sie mich, nicht schuldig!« Er begann, mit seinem Kopf gegen die Wand zu schlagen. Leone drückte auf den Alarmknopf neben der Tür, und draußen auf dem Gang polterten augenblicklich schwere Schritte heran.
Sedgewick war von dem Ausbruch sichtlich erschüttert: Offensichtlich war ihm noch nie der Gedanke gekommen, daß sein Ruf mittlerweile auch unter den Gefängnisinsassen bekannt war, genau wie unter all jenen, die eine zweitklassige Beratung von seinem whiskyvernebelten Hirn bekommen hatten. Er wandte seinen Blick Toby zu, der von der Darbietung völlig unbeeindruckt zu sein schien. »Der Mann ist eindeutig geisteskrank«, schimpfte Sedgewick los.
Die Tür schwang auf, zwei Wachmänner stürzten herein und packen Speakman grob an den Armen. Als man ihn mit Gewalt aus der Zelle entfernte, gab er ein langgezogenes gurgelndes Winseln von sich, wie ein geprügelter Hund.
»Den Angaben Malcolm Hursts zufolge ist er das nicht«, sagte Toby Sloane, während sie auf demselben Weg wie vorher wieder zum Lift zurückkehrten.
»Was meinen Sie damit, Sloane?« fragte Sedgewick und warf seinem Stellvertreter einen prüfenden Blick zu.
»Malcolm Hurst, der klinische Psychologe.«
»Ja, ja. Ich weiß, wer das ist, aber was haben Sie da eben über ihn gesagt?«
»Ich sagte, daß er nicht davon ausgeht, daß Speakman geisteskrank ist.«
»Wovon sprechen Sie eigentlich, Mann?«

»Sie haben den Bericht, den ich Ihnen geschickt habe, also nicht gelesen?«
»Ich habe nie einen Bericht erhalten.«
»Ich habe aber letzte Woche einen Boten damit in Ihre Amtsräume geschickt.«
»Ah ... ähm ... ich, äh, war ein paar Tage nicht mehr in der Kanzlei. War in einer größeren Betrugssache unterwegs.«
»Oh, ich verstehe«, log Toby. Er wußte sehr gut, daß Sedgewick nicht gearbeitet hatte, denn er hatte ihn im *Frog and Firkin*-Pub gesehen. Aber Sedgewick war dermaßen voll gewesen, daß er sich nicht mehr daran erinnerte.
»Nun, und was steht drin, Mann?«
»Kurz gesagt, er geht davon aus, daß nichts an Speakmans Vorgeschichte und Verhalten darauf schließen läßt, daß er dieser Verbrechen fähig wäre. Der einzig zweifelhafte Faktor ist der, daß er in Folge eines Tauchunfalls, als er auf See gearbeitet hat, an gelegentlichen Blackouts leidet. Trotzdem geht Hurst eindeutig davon aus, daß sein psychologisches Profil auf einen gewöhnlichen heterosexuell orientierten Mann hindeutet, der infolge des Scheiterns seiner Ehe und allgemeiner Depressionen an einem leichten Angstsyndrom leidet. Er hat ein Drogenproblem entwikkelt, das die Diagnose etwas erschwert hat, aber er leidet mit Sicherheit weder unter Wahnvorstellungen noch unter Paranoia oder organisch bedingten Psychosen. Kurz, sein psychologisches Profil ist nicht das eines Menschen, der derlei Verbrechen begangen haben könnte.«
»Dann hat er sich offensichtlich geirrt, nicht wahr? Es ist doch eindeutig, daß dieser Mann einen großen inneren Aufruhr erlebt, der sich in heftigen Wutausbrüchen manifestiert. Sie haben es doch selbst gesagt: Wahrscheinlich hat er einen Blackout und weiß gar nicht mehr, was er getan hat, wenn er neben einem Leichnam aufwacht. Wir haben es doch gerade selbst erlebt, um Himmels Willen!«

»Nun, so würde ich das nicht unbedingt sehen. Finden Sie nicht auch, daß die ganze Sache ziemlich merkwürdig ist? Wir bereiten uns hier auf einen der wahrscheinlich größten Fälle dieser Jahre vor und haben es mit einem Angeklagten zu tun, der auf den ersten Blick gar nicht die Mentalität eines Mörders zu haben scheint, mal ganz abgesehen von seinem Drogenproblem. Diese Mädchen wurden schwer verstümmelt, Mr. Sedgewick, was etwas grundlegend anderes ist, als seinen Kopf gegen eine Mauer zu schlagen. Manch einer würde vielleicht vermuten, daß es sich bei letzterem Verhalten um eine Reaktion handelt, die man von einem Unschuldigen erwarten könnte, der bis zum Rand mit Drogen vollgepumpt ist und fälschlich angeklagt wird. Aber was sagen *Sie* dazu? *Sie* sind schließlich der mit der Verteidigung beauftragte Anwalt.« Sowohl Toby als auch Leone blickten ihn erwartungsvoll an. Sie waren mittlerweile im dritten Stock angelangt und näherten sich Gerichtssaal Nr. 6.
»Wahrscheinlich steckt er schon so tief in seiner Rolle als Unschuldslamm, daß er sogar die Experten reinlegt«, sagte Sedgewick ohne große Überzeugung.
»Möglich«, antwortet Sloane und öffnete für Leone die Tür zum Gerichtssaal. Sie warf ihm einen Gott-sei-Dank, daß-du-da-bist-Blick zu, und dann nahmen sie ihre Plätze auf der separaten Anwaltsbank ein.
Kurz darauf kam der Gerichtsdiener die Treppe herunter, die von den Amtsräumen des Richters in den Gerichtssaal führte, und flüsterte ihnen zu, daß der ehrwürdige Richter Singleton die Anwälte in seinem Zimmer sehen wolle, bevor der Fall aufgerufen würde. Das übrige Gericht beobachtete, wie fünf Perücken nacheinander durch die Tür verschwanden.
»Gentlemen, kommen Sie herein. Nehmen Sie Platz« rief der ehrwürdige Richter Singleton, als Sie an seinem Zimmer angekommen waren und klopften. Er wandte ihnen

den Rücken zu und balancierte gefährlich auf einer kleinen Trittleiter, die gefährlich zerbrechlich für seinen massigen Körper zu sein schien. Die scharlachrote Robe mit dem Hermelinbesatz an Kragen und Manschetten war mit einer schwarzen Schärpe versehen und hing um ihn herum wie ein Beduinenzelt.

Der Richter holte einen grünen, in Leder gebundenen Band von dem obersten Regalbrett. Während er von der Leiter stieg, bedeutete er ihnen, ihre Perücken abzulegen. Seine eigene lange graue Mähne hing über einem gesichtslosen Dummy auf seinem Schreibtisch. Er setzte sich und blätterte die Seiten des Bandes durch. Toby blickte sich um und betrachtete die großen alten Porträts, die nicht so recht in den jüngst renovierten Raum passen wollten.

Schließlich blickte der Richter von seinem Buch auf.

»Mr. Sedgewick, Mr. Fry.«

»Mylord«, antworteten sie im Chor.

»Ich habe starke Vorbehalte, weil dieser Fall in aller Öffentlichkeit gehandhabt wird. Der Lord Chief kündigte mir an, daß eine ziemlich große Publicity zu erwarten sei. Also keine Überraschungen, Gentlemen. Wenn es zum Prozeß kommt, werden täglich Fernsehkameras aus der ganzen Welt – von New York bis Moskau – vor dem Gerichtsgebäude auf uns warten. Sie werden die Beweislage überprüfen ebenso wie die Leistung der Anwälte und wahrscheinlich sogar meine eigene Leistung. Ich möchte unter allen Umständen, ich wiederhole, unter *allen* Umständen vermeiden, daß dieser Fall von einem grauenhaften Medienspektakel bestimmt wird. Wenn Sie – warum auch immer – unbedingt einen Prozeß haben müssen, Sedgewick, dann sorgen Sie dafür, daß Sie so wenig wie möglich dazu beitragen, die Sachlage zur Sensation hochzuspielen. Wir wollen doch schließlich nicht, daß man sich an den Prozeß als an einen Präzedenzfall dafür erinnert, wie die Dinge im Justizsystem unseres Landes *nicht* gehandhabt werden sollten.«

»Ja, Mylord.«
»Gut. Also, können wir heute mit dem Schuldgeständnis und der Einreichung der Anklageschrift fortfahren?«
»Vielleicht, Eure Lordschaft, werde ich in Bälde ein paar Neuigkeiten vorliegen haben, die das Gericht freuen werden. Mr. Speakman denkt über seine Lage nach, und ich glaube, ich kann mit Sicherheit voraussagen, daß die Fernsehkameras recht schnell wieder verschwinden werden«, sagte Sedgewick großspurig.
»Sehr vernünftig, Sedgewick. Die Öffentlichkeit fordert nur ein einziges Urteil. Also wird Ihr Klient sich heute schuldig bekennen?«
»Nun, noch nicht, Mylord. Sehen Sie, es ist nicht ganz einfach, ihn zur Vernunft zu bringen.«
Verlogener Bastard, dachte Toby.
»Nun ja, nun ja. Das ist natürlich ungünstig. Sie werden Ihr Bestes versuchen müssen. Ich bin sicher, daß Sie mit einem fähigen Mann wie Mr. Sloane an Ihrer Seite am Ende in der Lage sein werden, ihm vor Augen zu führen, was in seiner Lage das Vernünftigste ist, so daß diese Geschichte so schnell wie möglich aus der Welt geschafft wird. Denken Sie an die Familien.«
»Da wäre nur noch eine Kleinigkeit: nämlich der Antrag auf Trennung der Verfahren, Mylord«, warf Toby mit leiser, aber fester Stimme ein. Die Anwälte der Krone blickten ihn jetzt allesamt an, und er spürte den Druck wie eine heiße Woge im ganzen Körper. Das Mindeste, was er tun konnte, war, möglichst früh klarzustellen: Er spielte Sedgewicks Spiel nicht mit. Er spielte niemandes Spiel mit.
»Der was?« fragte Richter Singleton scharf.
»Ich – oder sollte ich besser sagen, wir? – wurden in diesem Stadium des Verfahrens instruiert, den Antrag zu stellen, daß jedem der Fälle eine getrennte Gerichtsverhandlung zukommt.«
»Aber ich glaubte, Sedgewick so verstanden zu haben, daß

der Angeklagte sich ohnehin wahrscheinlich schuldig bekennt. Was zum Teufel soll dann ein solcher Antrag?« sagte Singleton, und seine Stimme kochte vor Zorn.
Sedgewick blickte verwirrt drein und fummelte in seiner Westentasche nach einer weiteren Verdauungstablette. »Ah, ja ... äh ... öh ... Natürlich, Eure Lordschaft. Speakman hat seltene klare Momente, und Miss Stern ist bemüht, jeden Eindruck zu vermeiden, daß wir nicht unser, wie soll ich sagen, unser Bestes geben«, stammelte er.
»Hmpf ...«, grollte der Richter. »Nun, Sie können Miss Stern bestellen, daß sie nichts an der Position ihres Klienten ändern wird, wie viele Anträge dieser Art sie auch einreicht. Dies ist ein Präzedenzfall, und wenn mir nicht irgendwelche grundlegenden und einzigartigen Argumente vorgebracht werden, dann werden die Morde in ein und derselben Verhandlung und vor denselben Geschworenen abgeurteilt – haben Sie mich verstanden?«
»Ja, Mylord«, antwortete Sedgewick unterwürfig.
Roger Fry lehnte sich zurück und warf seinen beiden Stellvertretern einen Blick zu, nach dem Motto »Habe ich es Euch nicht gleich gesagt?«
»Mr. Sloane, haben *Sie* mich auch verstanden?«
»Laut und deutlich, Mylord«, sagte Toby.

Kapitel 15

Leone schreckte hoch, griff unter der Bettdecke hervor und schlug auf ihren Radiowecker ein. Sie war erst um Mitternacht wieder aus Exeter zurückgekommen. Zu diesem Zeitpunkt hatte sie die Idee, sich den Wecker auf vier Uhr morgens zu stellen, gut gefunden, aber jetzt war sie ganz anderer Meinung. Trotzdem duschte sie und kleidete sich schnell an. Währenddessen ging sie im Geiste noch einmal die Ereignisse des gestrigen Tages durch. Speakmans Verhandlung war für den 2. November angesetzt worden. Es blieben ihr also noch vier Wochen, um eine Verteidigungsstrategie aufzubauen, die im Augenblick noch nicht einmal ansatzweise existierte.

Toby hatte mit ihr vereinbart, am Mittwoch im Scotland Yard gemeinsam die ungenutzten Daten durchzusehen. Nach der Anhörung war er sehr gereizt gewesen. Er hatte nur gesagt, daß er sich ausschließlich auf die Umstände des ersten Mordes konzentrieren wolle und erst zu ihr stoßen würde, wenn Sedgewick nicht in der Nähe war. Und dann war da noch Jack. Sie war sich immer noch nicht im klaren darüber, ob er nicht ebenfalls ein Verrückter war, aber je häufiger sie miteinander sprachen, desto faszinierter war sie von ihm. Warum interessierte er sich so sehr für Speakman? Warum waren sie in diese lächerliche Scharade um Berkeley hineingezogen worden?

Es gelang ihr gerade noch, eine ernsthafte Kollision mit dem Milchjungen zu vermeiden, als sie um halb sechs aus der Haustür trat. Der Junge war erschrockener als sie, und als sie ihm lächelnd folgte, wunderte sie sich über ihre eigene gute Laune. Instinktiv wurde ihr klar, daß die ruhige, friedliche Zukunft, die sie so lange im Voraus geplant hatte,

immer fragwürdiger wurde. Aber derselbe Instinkt sagte ihr, daß sie trotzdem weitermachen mußte.
Die Luft war klar, frisch und kühl, nicht zuletzt durch den beständigen Oktoberwind. Zehn Minuten später war sie die fast verlassene King's Road hinuntergewandert und bestieg jetzt die U-Bahn, die sie in die City brachte. Sie war entschlossen, eine Antwort auf wenigstens eine der Fragen zu finden, die dafür verantwortlich waren, daß ihr Leben immer komplizierter wurde. Mit wem war Jonathan Berkeley bei TWC verabredet gewesen?
Der Waggon war beinahe leer und roch nach Desinfektionsmittel. Der Gummiboden glänzte noch von der morgendlichen Putzaktion. Als der Zug tief in die Erde hineinfuhr, fiel sie in leichten Schlummer. An der Bank Station schreckte sie die monotone Stimme des Bahnhofswärters auf, und gleich darauf erschien erneut Jacks Bild vor ihrem geistigen Auge. Mittlerweile hatte er ihr von jenen Bereichen seines Lebens, die sie bis dahin noch nicht kannte, erzählt: von Fiona, von Hollie, von seinem ersten Zusammentreffen mit Speakman. Warum beschäftigte ihn dieser Fall so sehr? Warum konnte er sich nicht überwinden, Speakman auf der Anklagebank zu zeichnen? Warum hatte er Speakman in der Szene von Berkeleys Tod gezeichnet? Wo war das Gesicht des Mannes in dem Anzug aus blauem Serge? Sicherlich bedeutete es weiter nichts. Wahrscheinlich spielte ihm sein Gehirn einen Streich. Sie war Anwältin und fühlte sich angesichts von Fakten und Logik einfach wohler als in Gesellschaft von vagen Gefühlen. Aber was, wenn Jack doch recht hatte? Seine verrückten Bilder, verrückt und lebhaft – nein, mehr als lebhaft; wirklicher als die Wirklichkeit selbst. Und noch etwas anderes. Was war es bloß? Sie hatten doch etwas zu bedeuten, oder nicht? Als sie ihm wegen der Gestalt im blauen Anzug in seinen Zeichnungen zugesetzt hatte, hatte er sich geweigert zu akzeptieren, daß es jede Menge solcher Anzüge gab.

»Sehen Sie«, hatte er gesagt, und seine Augen hatten sie mit aufrichtiger Intensität fixiert, »ich brauche Antworten, vielleicht sogar noch dringender als Sie. Ich werde die richtige Antwort erkennen, wenn sie sich mir präsentiert. Glauben Sie mir, das ist die Wirklichkeit, Leone, es ist kein Spiel. Ich weiß, es klingt alles ziemlich verworren, und vielleicht führt es ja auch zu nichts, aber es geschieht mit Ihnen und mir. Egal, was Ihr Gehirn Ihnen sagt, es ist Ihr Instinkt, der zählt.« Seine Augen baten um eine Antwort, während er sich an die Schläfe griff. Sein Ausbruch hatte ihn zwar verlegen gemacht, trotzdem war er verzweifelt darum bemüht, daß sie ihn verstand.

»Wahrscheinlich haben Sie recht«, antwortete sie zögernd. Er wartete, daß sie weitersprach. »Ich glaube, ich kann Ihnen folgen«, fügte sie also hinzu, obwohl das nicht stimmte.

Und dann hatte er es ihr gesagt. »Ich wußte es, als ich diese Gestalt malte«, sagte er und deutete auf den blauen Anzug auf dem Papier. »Es ist in den Farben, derselben Kombination von Farben – genau derselben, wie beim ersten Bild. Ich muß noch nicht einmal darüber nachdenken – es ist einfach da. Ich weiß nicht, was es zu bedeuten hat, aber es ist aus einem bestimmten Grund gekommen. Glauben Sie mir, bitte.«

Und in jenem kurzen Augenblick hatte sie ihm geglaubt.

* * *

Der Gray's Inn Square war abgesehen von vier Studenten, die vor der Bibliothek standen, wie ausgestorben. Wahrscheinlich wollten sie zusammen ihre Prüfungsaufgaben durchgehen. Meine Güte, so eifrig war sie nie gewesen. Als sie vorüberging, lächelten sie ihr zu. Es schien, als ob sie die Verkörperung ihrer Zukunft darstellte. Lange, arbeitsreiche Stunden, Fleiß, Hingabe und, ja, wir können genauso

sein wie du. Leone erwiderte das Lächeln und dachte: Wenn Ihr nur wüßtet.
Es war nicht leicht, die Nachtwache zu überreden, ihr zu dieser Stunde Zugang zu dem Gebäude zu gewähren, besonders, da sie ihren Dienstausweis vergessen hatte. Aber schließlich gab der Mann ihrem Bitten nach, und um 6.15 Uhr saß sie sicher hinter ihrem Schreibtisch.
Wo sollte sie beginnen? Eines der ungeschriebenen Gesetze bei TWC besagte, daß zwar die gesamte Firma dasselbe Computernetzwerk, das von einem Großrechner gespeist wurde, benutzte, der Zugriff auf Dateien anderer Anwälte jedoch strengstens verboten war.
Im vergangenen Jahr hatten ein paar Ereignisse gezeigt, was »strengstens verboten« nach TWC-Regeln zu bedeuten hatte.
Eine Freundin in der Kreditabteilung traf sich mit einem Mann, der in einer Scheidungsangelegenheit wiederum zu den Klienten der Firma gehörte. Zwischen den beiden entwickelte sich eine stürmische Beziehung, und die Dinge gerieten außer Kontrolle, als der Klient sich beklagte, daß seine Freundin augenscheinlich viel mehr über ihn wußte, als ihm lieb war. Leone, die den Mann vertrat, stellte ihre Freundin zur Rede, diese gestand, was sie getan hatte, und bat Leone, nicht die Partner zu informieren. Leone hielt den Mund unter der Bedingung, daß die Schnüffelei in ihren Akten aufhörte. Etwas später hatte das Paar nach einem Zechgelage einen Streit, in dessen Folge die Freundin des Klienten diesem erzählte, daß Leones persönliche Notizen zu seinem Fall sich pessimistisch hinsichtlich der Erfolgschancen äußerten. Am nächsten Tag beschwerte sich der Klient bei den Seniorpartnern. Fünf Minuten später mußte ihre unglückliche Freundin den Inhalt ihres Schreibtisches in Pappkartons räumen.
Leone wartete darauf, daß die leiser werdenden Einflüsterungen des schlechten Gewissens ganz verschwanden.

Dann gestattete sie ihrem Verstand, das Regiment zu übernehmen: Wie Jack gesagt hatte, konnte man manche Dinge einfach nicht ignorieren. Sie öffnete die Datei mit der Gesamtliste der TWC-Klienten. Leone hatte nur zwei Stunden Zeit, bis das automatische Buchungssystem sich einschalten würde: Jede Minute, die ein Anwalt zwischen acht Uhr morgens und sechs Uhr abends arbeitete, wurde automatisch erfaßt, und zwar anhand des Referenzkürzels, das der Benutzer ins Gerät eingab. Das System registrierte dann automatisch die Zeit, die man für den betreffenden Klienten aufgewendet hatte, so daß keine Sekunde des potentiellen Profits verloren ging. Die Zeit, die sie jetzt hier am Schreibtisch verbrachte, lag außerhalb der Regelarbeitszeiten und würde höher berechnet werden. Leone mußte sich manuell einloggen. Sie gab das Referenzkürzel zu den Speakman-Dateien ein, dann öffnete sie das Fenster mit der Klientenliste. Von nun an wollte sie die Fenster in schneller Folge immer abwechselnd auf den Bildschirm holen, und keiner würde merken, daß sie nicht ausschließlich mit dem Fall befaßt war.
Auf dem Schirm erschien eine umfangreiche Liste, auf der die Klienten in alphabetischer Reihenfolge in verschiedene Arbeitskategorien eingeteilt waren. Diese Gewässer hatte sie bislang noch nie befahren, und sie bekam Herzklopfen, daß sie es jetzt – ohne Anleitung, wie ein Pirat – tun mußte. Zuerst öffnete sie die Datei mit den Strafrechtsfällen, denn Berkeley war offensichtlich in ernsthaften Schwierigkeiten gewesen. Immerhin war er noch nicht einmal kalt, da wurde sein Leben schon vom Dezernat für Wirtschaftskriminalität durchwühlt. Fälle, an denen man im Augenblick arbeitete, wurden hier auf die übliche Weise aufgeführt. Sie drückte die Bild-nach-unten-Taste und überschlug die A. Schnell gelangte sie zu der Abteilung, in der die Nachnamen mit B begannen. Die Liste enthielt siebzehn Eintragungen. Doch keinen Hinweis auf Berkeley.

Sie hielt inne und lehnte sich in ihrem Stuhl zurück. Das konnte ja Stunden dauern, wenn sie die gesamte Liste der Abteilungen durcharbeiten wollte! Es mußte eine Abkürzung geben. Dann plötzlich kam ihr der entscheidende Gedanke. An dem Tag, als Berkeley gestorben war, war er bereits im Lift gewesen, als sie im sechsten Stock zustieg. Wenn man eine Konferenz mit dem Pförtner auf dem Dach ausschloß, blieben also von ihrem zehnstöckigen Gebäude vier Stockwerke übrig. Im Geiste wanderte sie durch die Etagen und versuchte, sich daran zu erinnern, auf welchem Flur welche Abteilungen untergebracht waren.
Im siebten Stockwerk saßen die Anwälte für Seerecht sowie die Abteilung für das Entertainment; der achte Stock war das alleinige Reich der Steuerexperten. Die Europarechtler und die Abteilung für Personenschäden saßen im neunten Stockwerk, und die oberste Etage gehörte der Sektion für Wirtschafts- und Körperschaftsrecht.
In welcher Reihenfolge sollte sie vorgehen? Sie zögerte. Von oben nach unten oder von unten nach oben? Sie entschied sich für das letztere, und um 7.55 Uhr begann sie zu fluchen. Sie dachte daran, daß Jack ihr erzählt hatte, Berkeley habe von einem Boatman gesprochen. Es konnte also etwas mit Seerecht zu tun haben. Die Abteilung für Seerecht beschäftigte sich, wie der Name schon sagte, mit allen Arten von Streitigkeiten um Schiffstransporte und gab ihren Dateien in der Regel die Namen der betroffenen Schiffe. Leone brauchte über eine Stunde, um sich davon zu überzeugen, daß es keine Schiffe gab, die auch nur im Entferntesten wie *HMS Berkeley* oder *Boatman* klangen. Diese Feststellung war ziemlich entmutigend, denn nun wurde sie sich endgültig des riesigen Ausmaßes ihrer Aufgabe bewußt. Berkeley konnte in seiner Eigenschaft als Miteigner eines Schiffes aufgetreten sein, er konnte im Namen einer Schiffsgesellschaft nach Informationen gesucht haben oder war vielleicht Vorstandsmitglied in einer

Exportfirma gewesen – buchstäblich alles war möglich. Immerhin hatte er als Finanzexperte gearbeitet. Dennoch entschloß sie sich, mit derselben Taktik weiterzusuchen, auch wenn ihr Enthusiasmus immer mehr nachließ.
Sie öffnete die Dateien, die mit dem Kürzel ENT für Entertainment versehen worden, und der Bildschirm schien von der Fülle grüner Daten, die dort erschien, geradezu lebendig zu werden. Wie jeder wußte, hatte die Firma bei den Mediengrößen des Landes einen gewissen Beliebtheitsgrad erreicht, aber Leone war nie klar gewesen, wie viele berühmte Rockstars, Schauspieler, Schauspielerinnen und TV-Experten von TWC vertreten wurden. Eher aus Faszination als in der Erwartung, Berkeleys Namen innerhalb dieses Netzes zu finden, las sie die gesamte Liste durch. Jetzt hatte sie schon mehr als zwei Stunden vertrödelt und immer noch nichts gefunden.
Das Büro begann sich langsam zu füllen, und sie wollte nicht, daß irgend jemand sie bei ihren Nachforschungen ertappte. Sie loggte sich aus und ging zur Anwaltslounge, um sich einen Kaffee zu holen. Als sie zurückkehrte, schienen die Speakman-Akten sie von ihrem unordentlichen Haufen in der Ecke aus geradezu anzufunkeln. Sie begann, sich durch zusätzliches Beweismaterial hindurchzuwühlen, das aus den Büros der Staatsanwaltschaft herübergeschickt worden war: unter anderem weitere Quittungen von verschiedenen Tankstellen, die Speakman im Zuge seiner Reisen im ganzen Land angefahren hatte. Das Netz schien sich langsam um sie zu schließen. Wenn Sie nicht bald mit etwas Konkreterem aufwarten konnten als dem psychologischen Gutachten, fürchtete sie, daß Sedgewick Probleme machen würde. Obwohl er ein Trunkenbold war, würde er in einer Situation wie dieser – ebenso wie jeder andere auch – versuchen, sich Rückendeckung zu verschaffen. In Sedgewicks Fall bedeutete das, daß er seine Ansichten in einem förmlichen Gesuch dem Legal Aid Board schilderte. Er würde

darauf hinweisen, daß er zwar als Speakmans juristischer Beistand fungiere, daß es aber zwecklos sei, diesen Fall durchzufechten. Das hätte möglicherweise zur Folge, daß der Ausschuß die zukünftige Finanzierung des Falles in Frage stellte. Sie konnte nur warten – warten und hoffen.
Toby hatte verlangt, daß sie sich an die mühsame Aufgabe machte, die Mitschriften des auf Kassettenrecorder aufgenommenen Verhörs nach Speakmans Verhaftung durchzugehen. Insgesamt handelte es sich um zweiundzwanzig Stunden Fragen und Antworten, verteilt über drei Tage, die sich mit sieben Morden beschäftigten. Obwohl Speakman nie etwas anderes getan hatte, als seine Schuld zu bestreiten, und trotz der Tatsache, daß ihm während des Verhörs ein Rechtsbeistand zur Verfügung gestellt worden war, wollte Toby, daß sie die Mitschriften mit dem Band verglich, falls es wichtige, aber für sie günstige Abweichungen oder Auslassungen gab.
Sie blätterte die Einleitung zum ersten Verhör durch und wurde davon schon müde. Was soll das alles, Toby? Sie spürte, wie ihr die Lider schwer wurden. Sie griff nach dem Walkman, legte die Kassette ein, stellte die Lehne ihres Stuhls zurück und startete das Band. Ihre Augen schlossen sich, während der diensthabende Beamte die im Zimmer Anwesenden vorstellte und Speakman über seine Recht aufklärte …
Zwanzig Minuten später verlor sie das Interesse an der monotonen Befragung durch den Beamten.
»Wo waren Sie in der Nacht zum siebzehnten April 1994?«
»Ich weiß es nicht.«
»Wo waren Sie am achtzehnten April 1994?«
»Ich kann mich nicht erinnern.«
»Ich werd' dir sagen, wo du warst, du Abschaum! Du hast kleine Mädchen verschleppt! Das hast du gemacht, Speakman! Also, wo warst du am dreiundzwanzigsten November 1993?«

Plötzlich riß Leone die Augen auf und schaltete den Recorder ab. Irgend etwas war in ihr Unterbewußtsein geraten und verlangte nun Gehör. Sie spulte das Band zurück. Irgendwo am Anfang, sie war sich jetzt sicher. Sie ließ es noch einmal laufen. Ja, da, nach der Verlesung der Rechte.

»Verstehen Sie, warum Sie verhaftet worden sind?« fragte der Polizist.

»Nun, ja, ich nehme es an, aber ich kann Ihnen wirklich nicht helfen. Ich wurde von Mr –«

»Ich habe Mr. Speakman das Prozedere erklärt«, unterbrach eine Stimme schnell, zu schnell. Sie kam ihr irgendwie bekannt vor, und sie spulte das Band mehrfach zurück, aber die Stimme war zu weit vom Mikrophon entfernt, um deutlich erkennbar zu sein. Sie las sämtliche Protokolle der Verhöre durch, um den Namen des Mannes herauszufinden, der Speakman vertreten hatte. Es kamen nur eine Handvoll Leute in Frage, die damals bei TWC in der Strafrechtsabteilung gearbeitet hatten.

Dreißig Minuten später rannte sie, immer noch verwirrt, in die Schreibbüros hinunter. Sie hatte beschlossen, die frühere Sekretärin der Abteilung ausfindig zu machen, Debbi Ludlum, um von ihr ein paar Antworten zu bekommen.

Sie betrat das Sekretariat und bahnte sich den Weg durch das Dickicht aus Topfpflanzen, das Debbis Schreibtisch umgab. Dort saß die Sekretärin vor ihrem Computer.

»Debbi, Sie können mir sicher eine Frage beantworten«, begann Leone forsch.

»Wahrscheinlich«, antwortete die Sekretärin mit trägem Liverpooler Akzent. Sie hatte ein teigiges, weiches Gesicht und trug ihr blondes Haar im Pagenschnitt der sechziger Jahre. Für die jüngeren Frauen in der Firma stellte sie geradezu eine Institution dar. Sie war etwa Mitte Vierzig und besaß jenes unerschütterliche Selbstbewußtsein, das aus langjähriger Erfahrung, aber nicht unbedingt aus tiefem

Verständnis für die Materie geboren ist. Sie war schon seit der Firmengründung dabei, und was sie nicht wußte, war auch nicht wissenswert, wie sie den Anwälten immer wieder versicherte.

»Ich bin gerade die Trevor-Speakman-Akte durchgegangen, und auf der Korrespondenz erscheint Ihr Kürzel.«

»Ich erinnere mich, ganz am Anfang ein paar Schriftstücke dazu verfaßt zu haben, aber das war, bevor die Strafrechtsabteilung aufgelöst wurde. Ich bin jetzt schon seit zwölf Monaten in der Abteilung für Wirtschafts- und Körperschaftsrecht.«

»Wer hat denn seitdem die ganze Sekretariatsarbeit erledigt, wenn nicht Sie?«

»Keine Ahnung, aber ich kann mich umhören. Könnte sein, daß sich keiner die Mühe gemacht hat, mein Kürzel im Computer zu verändern. Welcher Anwalt hat den Fall vor Ihnen bearbeitet?«

»Ich bin mir nicht sicher. Die Korrespondenz ist mit Teal, Windle and Crichton und dann einem unleserlichen Gekritzel unterschrieben worden.«

»Das kommt gar nicht so selten vor. Aber Sie müssen doch wissen, wer den Fall vor Ihnen bearbeitet hat! Hat man Ihnen das denn nicht gesagt?«

»Nein. Man hat mich erst in letzter Minute damit beauftragt. Vorher ist der Fall wohl längere Zeit unbeachtet geblieben. Wie haben wir ihn überhaupt bekommen?«

»Durch seine Arbeitgeber.«

»Warum?«

Debbis Stimme klang überheblich. »Das ist alles in einem langen Memo festgehalten worden. Die Fahrer bei Bigg Truck sind über ihre Firma versichert. Die Versicherung deckt die Prozeßkosten ab, solange sie ihre Straftaten bei der Ausübung ihrer Arbeit begangen haben. Verkehrssünden, überhöhte Geschwindigkeit und solche Geschichten. Aber fragen Sie mich nicht, ich bin hier nur die Sekretärin.«

»Aber die Vertretung in einem Mordfall ist doch wohl etwas anderes, meinen Sie nicht auch?« forschte Leone dennoch weiter. »Wer hat Ihnen die Anweisung gegeben, die Akte anzulegen?«

»Äh, ich kann mich im Augenblick nicht genau daran erinnern, aber es muß alles in diesem Memo stehen.« Die Stimme der Sekretärin klang plötzlich etwas höher als sonst, und ihr Selbstbewußtsein schien in sich zusammenzufallen.

»Hätten Sie etwas dagegen, mir zu zeigen, wo?« fragte Leone. Auf einmal war ihr ganz heiß geworden.

Debbis unglaublich langsame Suche enthüllte nichts: kein Memo über die Finanzierung des Falles. Das war der letzte Beweis, den Leone gebraucht hatte. Sie kannte keine Versicherungspolice, die für die Kosten eines Strafprozesses im Falle von Mord aufkam. Langsam begann es in ihrem Magen zu kribbeln. Es sah so aus, als ob die Partner von TWC die gesamten Kosten für den Prozeß würden übernehmen müssen.

Sofort kamen ihr neue Fragen in den Sinn, und es dauerte nicht mehr lange, bis sich die Logik Bahn brach. Aber was noch wichtiger war: Sie selbst saß auf einem Vulkan.

»Miss Stern, das hier sollten Sie sich mal ansehen.« Debbis derber nordenglischer Akzent drang an ihr Ohr.

»Was?«

»Ich kann das Memo immer noch nicht finden, aber es gibt eine Aktennotiz von David Taylor. Das ist er. Das ist der Anwalt, der den Fall bearbeitet hat.«

»Nein, das kann nicht sein. Ich bin sicher, daß er zu jenem Zeitpunkt Rechtsreferendar in einer anderen Abteilung war. Er hatte nie mit Strafrechtsfällen zu tun. Daran würde ich mich erinnern.«

»Ich werde es überprüfen, aber ich glaube, Sie haben recht. Irgendwie habe ich im Kopf, daß er uns verlassen hat, kurz bevor Speakman verhaftet wurde. Er wechselte in irgendeine amerikanische Börsenfirma in der Stadt. Ich war auf seiner Abschiedsfeier.«

»Gut, Debbi, aber was besagt die Aktennotiz?« fragte Leone ungeduldig. Das Kribbeln wurde heftiger.

»Oh, sie besagt, daß die ursprüngliche Dokumentation des Falles – das Protokoll zum Verhör und der Tatbericht –, die nach Speakmans Verhaftung auf der Polizeiwache erstellt wurde, ebenfalls in der Akte ist.«

»Nun, diese Unterlagen sollten uns etwas mehr Aufschluß über die ganze Angelegenheit geben. Aber warum steht David Taylors Name unter der Notiz? Er kann schließlich nicht auf der Wache gewesen sein.«

»Also, wenn man den Eintragungen Glauben schenkt, sollten Sie es besser wissen, Miss Stern.«

»Wovon sprechen Sie?«

»Am Ende der Notiz hat er angegeben, daß Sie der aufsichtsführende Solicitor seien. Sie müssen ihn autorisiert haben, dem Verhör auf der Polizeiwache beizuwohnen.«

»Das ist doch Blödsinn. Lassen Sie mich mal sehen.« Leone entriß ihr das Papier. Sie war dem Speakman-Fall bislang noch nicht einmal nahe gekommen, ganz zu schweigen davon, daß sie die Vorgesetzte des Rechtsreferendars David Taylor gewesen war. Was zum Teufel ging hier vor sich? Ihre Gedanken überschlugen sich.

»Haben Sie das hier schon einmal gesehen, Debbi?«

»Nein«, antwortete die Sekretärin leise.

Leone mußte sich unbedingt die Akte selbst ansehen. Jegliches Material, das älter als zwölf Monate war, landete im Archiv, aber sie würde die Unterlagen auf Mikrofiche finden können. Sie zitterte am ganzen Körper, und ihre Schritte hallten, als sie zur Bibliothek ging.

Einige Köpfe wandten sich erstaunt nach ihr um. Sie schaltete das Mikrofichegerät ein und wählte den richtigen Index. Innerhalb von Sekunden hatte sie die Notiz gefunden, die auf einem Fetzen des TWC-Briefpapiers festgehalten worden war, auf dessen oberem Rand TELE-CON stand. Sie lautete wie folgt:

West Street Polizeirevier, 21. April 1996: 2.45 Uhr nachts.

Klient: Trevor Speakman

Ankunft im Polizeirevier nach einem Telefonat mit dem diensthabenden Polizeibeamten. Dem Klienten werden augenscheinlich schwere Straftaten zur Last gelegt: sicher Entführung und wahrscheinlich Mord. Habe den Klienten über seine Rechte aufgeklärt. Verhaftung rechtsverbindlich, weitere Ermittlungen anhängig. Mit Miss Stern zu Hause telefoniert, um zu bestätigen, daß ich dem erneuten Verhör des Klienten morgen um 10.00 Uhr ebenfalls beiwohne.

David Taylor (Rechtsreferendar)

Ihr Herz machte einen Satz. Verzweifelt versuchte sie, sich zu erinnern. Zum Zeitpunkt von Speakmans Verhaftung war die Sache mit Bradley kulminiert, und sie hatte unter starkem Druck gestanden. Was, wenn Taylor *tatsächlich* mit ihr gesprochen hatte? Aber nein, sie war sicher, daß er das nicht getan hatte. Denk nach, Leone, denk nach. Sie vergrub beide Hände in ihrem dichten Haar und massierte mit kreisenden Bewegungen ihre schmerzenden Schläfen. Ihr Stuhl quietschte über den polierten Boden. Sie zog erneut tadelnde Blicke auf sich. Leone stand auf – und blieb dann regungslos stehen. Plötzlich verstand sie. Ihr Herz raste. Eine Falle – das alles war in Szene gesetzt worden! Aber warum?
Schnell zog sie sich zurück und ging zum Lift. Ihr schwirrte der Kopf. Ein Lift wartete. Sie drückte den Knopf, der in den Keller führte. Ein paar Minuten später rauschte sie an

dem Archivar vorbei. Er saß an seinem Schreibtisch und las einen *Superman*-Comic. Der Kellerraum war ein riesiges Archiv, in dem sämtliche nicht mehr benötigten Akten bis zu sechs Jahre nach Abschluß der Fälle aufbewahrt wurden. Obwohl es schon Ewigkeiten her war, seit sie das letzte Mal hier unten gewesen war – damals war sie selbst noch Rechtsreferendarin gewesen –, warf Leone dem jungen Mann einen Blick zu, der ihm eindeutig sagte, daß sie keine Hilfe benötigte. Sie machte sich auf die Suche nach der Strafrechtsabteilung. Der gesamte Raum war mit deckenhohen Stahlregalen voller Papiere gefüllt. An einem Ende befand sich ein Tresorraum, wo verschiedene Urkunden und besonders empfindliches Material sicher aufbewahrt oder – wie in den meisten Fällen – sicher begraben wurde. Der Zugang zu diesem Teil war nur den Partnern vorbehalten.

Innerlich zitternd, äußerlich jedoch ruhig, machte sie die alten Strafprozeßakten ausfindig. Es waren nicht mehr viele übrig. Theoretisch hätten überhaupt keine mehr da sein sollen, da die Firma keine Strafrechtsfälle mehr bearbeitete, aber wenn einer ihrer berühmten Klienten des Drogenbesitzes angeklagt wurde, übernahm man den Fall immer noch. Speakmans Akte hob sich von den anderen dadurch ab, daß sie erheblich dicker war. Sie trug sie zu einem kleinen Lesetisch, der an einer gestrichenen Ziegelwand stand, und suchte hastig nach jenem Papierfetzen, der im Mikrofichekatalog abgelichtet gewesen war. Sie konnte ihn nicht finden. Was sie aber fand, war das Verhaftungsprotokoll, das bestätigte, daß David Taylor Speakman beigestanden hatte.

Frustriert und wütend schlug sie die Akte zu. Ein unheimliches Gefühl der Unausweichlichkeit beschlich sie. David Taylor. Dann plötzlich kam ihr ein weiterer Gedanke: Aus seiner Personalakte mußte hervorgehen, wann er gekündigt hatte. Und wenn er vor Speakmans Verhaftung gegangen war, wer hatte den Angeklagten dann besucht und ihm während des Verhörs Rechtsbeistand gegeben? Erst jetzt wurde ihr klar, daß sie – wenn sie recht hatte – von der Person, die Taylors Identität angenommen hatte, wahrscheinlich beobachtet wurde. Aber warum?

Sie eilte hinüber zum Schreibtisch des Archivars und griff nach seinem Telefon.

»He, was machen Sie denn da?« fragte er.

»Ich rufe Mr. Pearsal an«, antwortete sie einfach und erwiderte blitzend seinen entrüsteten Blick. Trotz ihrer Differenzen war Ronnie Pearsal der einzige Partner, dem sie in dieser Sache vertrauen konnte, und selbst er war ein Risiko: Was, wenn alle Partner wußten, was hier vor sich ging? Sie wählte die Nummer seines Mobiltelefons und bemerkte, daß ihre Finger zitterten.

»Ronnie, hier ist Leone Stern.«

»Was ist los?«

»Tut mir leid, Sie stören zu müssen, aber hier geht etwas sehr Merkwürdiges vor sich.«

»Das ist nichts Neues«, antwortete er geistesabwesend. »Sehen Sie, ich bin auf der fünfzehnten Spielbahn, eine Schlägerweite vom Grün entfernt und damit kurz vor dem Loch. Kann Ihnen nicht jemand anders weiterhelfen?«

»Ich weiß nicht, an wen ich mich sonst wenden soll.«

»Also los, dann machen Sie schnell.«

»Können Sie sich an einen Rechtsreferendar namens Taylor erinnern, der hier vor etwa zwölf bis achtzehn Monaten gearbeitet hat? David Taylor?« fragte sie vorsichtig.

»Dunkel. Was ist mit ihm?«

»Ich habe in der Speakman-Akte ein paar Papiere gefunden, die darauf hindeuten, daß er daran gearbeitet hat.«

»Und?«

»Und das ist eigentlich gar nicht möglich, denn er hatte die Firma zu diesem Zeitpunkt schon verlassen. Jemand hat sich als Taylor ausgegeben.«

»Unmöglich. Da muß irgendein Fehler vorliegen.«
»Fürchte nein.«
»Ist es denn wichtig?«
»Ich hatte eigentlich gehofft, daß Sie mir das sagen könnten.«
»Kann Ihnen leider nicht helfen. Vielleicht sollten Sie zunächst einmal in der Personalakte nachsehen. Ich kann mich nicht erinnern, wem der Fall zu Beginn übertragen war. Es gab damals lediglich ein Memo der Seniorpartner, das besagte, daß wir seine Interessen zu vertreten hätten, und das war's. Nach der Vorverhandlung habe ich dann Sie getroffen. Sagen Sie, Leone, bekommen wir dadurch Probleme?«
»Ich werde Sie es wissen lassen«, antwortete sie und war froh darüber, daß die Verbindung so schlecht war.
»Was haben Sie gesagt?«
»Nichts. Wissen Sie, in welcher unserer Abteilungen dieser Taylor damals gearbeitet hat?«
»Ich glaube, er hat Bigg Truck in einer Kreditsache vertreten.«
»Speakmans Arbeitgeber«, flüsterte sie zu sich selbst. Dann fragte sie: »Warum ist er gegangen?«
»Wenn ich mich recht erinnere, war man allgemein der Ansicht, daß er nicht zum Profil der Firma paßte. Ich glaube, der hat seinen Vertrag sowieso nur über Vitamin B bekommen: Sohn eines Freundes von einem der Partner oder so was.«
»Wer war sein Vorgesetzter?«
»Keine Ahnung. Sie werden sich die Akte ansehen müssen.«
»Sie ist im Tresor. Ich brauche Ihre Genehmigung.«
»Sagen Sie dem Archivar, daß Sie sie haben... Oh, ein guter Schuß, Charles... Tut mir leid, Leone, mehr kann ich nicht tun. Informieren Sie mich, wie Sie vorankommen. Tschüs...«

Er hatte aufgelegt. Sanft stellte sie das Telefon wieder auf seinen Platz. Dann sah sie dem ausdruckslos dreinblickenden Archivar ins Gesicht. Dieser verhielt sich zur Strafe wie jemand, der es genoß, andere zu Kreuze kriechen zu lassen. Er widersetzte sich Leone sogar ein paar Augenblicke lang, bis sie ihn schließlich aufforderte, zur Kontrolle noch einmal bei Mr. Pearsal anzurufen.

»Wenn Sie es jetzt versuchen, werden Sie ihn wahrscheinlich just vor seinem Abschlag zur sechzehnten Spielbahn erwischen.«

Eine Minute später wurde der Tresorraum mit umständlich langsamen Bewegungen und falscher Unterwürfigkeit geöffnet. Leone trat über die Schwelle des mit Schränken gefüllten Raumes.

Die Personalakten standen in der rechten hinteren Ecke. Schnell öffnete sie die richtige Schublade und begann, die Hängeordner durchzusehen. Ein kleines Keuchen entrang sich ihr, als sie die Lücke sah, wo Taylors Akte hätte hängen müssen. Sie suchte auf beiden Seiten, aber sie war nicht da. Sie schlug die Schranktür zu, und dem metallischen Knall, der durch den gesamten Kellerraum vibrierte, folgte ein tadelndes und hochmütiges Grunzen aus der hinteren Ecke des Archivs.

Was zum Teufel ging hier vor sich? Sie lehnte sich mit dem Rücken an den Schrank und seufzte tief auf. Plötzlich fiel ihr Blick auf einen der Schränke. Auf einer Schublade, ihr genau gegenüber, stand in großen, schwarzen Buchstaben ein seit neuestem durchaus vertrautes Wort: Boatman.

Kapitel 16

Den ganzen Nachmittag über litt Leone unter pochenden Kopfschmerzen. Sie verlegte ihre Termine und zog sich in ein Besprechungszimmer im vierten Stock von TWC zurück. Sie hatte versucht, die Boatman-Datei im Computer zu finden, aber sie war vor kurzem gelöscht worden, genau wie die Archivdateien wohl in aller Eile gelöscht worden waren. Das einzige, was sie herausbekommen hatte, war, daß Boatman eine Aktiengesellschaft war. Eine einzelne Seite mit dem Logo aus zwei Rudern, über denen in glänzenden goldenen Lettern der Firmenname stand, hatte sich im hinteren Teil des Aktenschrankes verfangen. Darauf stand die Firmenadresse in der Stadt, aber als Leone versuchte, dort anzurufen, sagte man ihr, daß die Nummer nicht mehr existiere. Auf die Seite waren ein paar Zahlen gekritzelt worden, bei denen es sich um eine Rechnung in D-Mark zu handeln schien. Sie war auf März 1990 datiert. Nichts von alldem ergab einen Sinn. Eins jedoch war sicher: Jonathan Berkeleys Besuch bei TWC war keine Fata Morgana gewesen. Was sollte sie jetzt tun? Was würden *sie* jetzt tun? Immerhin war sie die Anwältin. Jack hätte jedes Recht, mit der Information jetzt zum Betrugsdezernat zu gehen. Sie mußte mehr herausfinden, bevor sie mit jemandem darüber sprach.

Sie entschloß sich, heute früh zu gehen. Auf den Treppenabsatz blieb sie einen Augenblick lang an der Stelle stehen, an der auf Jacks Bild Trevor Speakman gestanden hatte. Sie blickte auf die Straße hinunter und sah die langen Spuren, die der Sattelschlepper, der Jonathan Berkeley getötet hatte, auf dem Asphalt hinterlassen hatte. Sie dachte an David Taylor und seine fehlende Personalakte. Was hatte das alles

zu bedeuten? Leone machte sich auf den Weg nach draußen.
Ecke Gray's Inn Road und Cheapside hielt sie ein schwarzes Taxi an und gab als Ziel Companies House an, wo sämtliche Informationen über Aktiengesellschaften aufbewahrt wurden. Die kalte Abendluft senkte sich auf London herab, während das Taxi durch den dichten Verkehr der Rushhour fuhr. Leone zog ihre Katherine-Hammnet-Polarjacke fester um die Schultern. Sie hatte keine Ahnung, was da vor sich ging oder ob die ganze Geschichte etwas mit Speakman zu tun hatte, aber eins war klar: Sie steckte mittendrin. Irgend etwas zog sie sogar immer stärker hinein.
Als sie die beleuchtete Uferstraße entlangfuhren, blickte Leone zur Tower Bridge hinüber. Die Brücke erinnerte sie irgendwie an ihr letztes Zusammensein mit ihrem Vater. Wenigstens ein kleiner Teil seiner bauernschlauen, ungehobelten Philosophie hatte gestimmt. Sie hatten damals auf der Terrasse des Opernhauses in Sydney gestanden und auf die große Hängebrücke geblickt, und sie hatte keine Ahnung gehabt, in was für einem Chaos sich sein Reich befand. Sie erinnerte sich daran, ihm erzählt zu haben, daß sie nach ihrem Studienabschluß eine Reise nach England machen wolle. Er deutete zur Brücke hinauf und wies sie darauf hin, daß London nicht wie Sydney war. Er sagte, daß sie als erstes zur Tower Bridge gehen und die Menschen beobachten solle, die darübergingen. »Jede Sekunde ist ein Ganove dabei. Sie halten sich aufrecht, sie sind völlig cool, und trotzdem sind sie maskierte Blutegel. Werde nicht wie einer von ihnen, Mädchen. Bleibe im Wasser, glatt und wendig, verhalte dich wie ein Aal, und bewege dich wie ein Haifisch, denn es ist so gut wie sicher, daß sie dich sonst eines Tages aussaugen werden.«
Der einzige Haken an dem Bild ist, Daddy, daß du noch nicht einmal mutig genug warst, zu ertragen, daß die Menschen dich ebenfalls als Blutegel bezeichneten. Aber trotz-

dem danke für den Rat. Ganove, Bastard, dies alles macht keinen Unterschied, dachte sie.
Ihr wurde beinahe schlecht, als sie alles in Gedanken noch einmal überprüfte. Die Tatsache, daß ihr der Speakman-Fall erst so spät übergeben worden war, Berkeleys Tod, die List, die sie hatte anwenden müssen, um Sloane mit dem Fall zu betrauen, das Geheimnis um David Taylor, Jack Forth' seltsame Zeichnungen, Boatman Limited... Die Liste wurde immer länger – und immer bedrohlicher. Sie legte den Kopf zurück, schloß die Augen und spürte, wie die Blutegel sich an ihr festsaugten.

Jack blinzelte angesichts des plötzlichen Lichtstrahls, als er in den Kühlschrank griff, um sich eine Flasche Highland-Mineralwasser herauszuholen. Zu viele Nächte in der Wüste von Kuwait, in denen er es kaum gewagt hatte, einzuschlafen, hatten ihm die Fähigkeit vermittelt, sogar noch bei schwarz verhangenem Wolkenhimmel die Zeit zu schätzen. Er wußte, daß es vier Uhr morgens war und alle normalen Menschen in tiefem Schlummer lagen und träumten. Allerdings nicht Jacks Träume. Er ging zum Fenster hinüber und strich sich mit der kühlen Flasche über die Stirn. Der Schmerz in seinem Schädel wurde immer schlimmer – wie eine Klinge drang er sauber und scharf immer tiefer ein. Jack riß die Jalousien hoch und blickte auf die trostlose Straße hinab. Tiefe Stille lag über den Dächern, nur zeitweise unterbrochen durch die fernen Klageschreie eines einsamen Katers.
Er beobachtete die Straße konzentriert, versuchte, den Wind zu sehen. Doch er sah nur Speakman – verwesend, gelähmt, machtlos. Er wußte, daß die wahre Bestie noch da draußen herumlief – frei, auf und ab schreitend, Ränke schmiedend und kontrollierend. Er konnte den Mörder sehen, aber er konnte ihn nicht fühlen. Vom Flaschenrand rann ein Tropfen herunter. Wasser, es war immer das Was-

ser. Er schluckte einen Mundvoll herunter, dann ließ er sich den Rest über das Gesicht laufen.
Er mußte schlafen. Er versuchte, an Hollie zu denken, sich ihr kleines ovales Gesicht vorzustellen. Er versuchte ihre Stimme zu hören, die seinen Schmerz linderte. Er dachte an das Sammelalbum, das sie gemeinsam machten, voller Postkarten mit Gemälden, die sie aus den besten Galerien der Welt zusammengetragen hatten. Darunter hatte Hollie mit ihrer ordentlichen Handschrift ihre ganz persönliche Kritik an den weltbesten Künstlern vermerkt. Er sehnte sich nach ihrer Naivität.
Rücklings ließ er sich auf das Bett fallen. Er wollte nicht mehr allein sein. Er beobachtete die tanzenden Muster der Vorhänge und konnte das Gesicht eines Mädchens erkennen. Es war immer dasselbe Mädchen – dunkeläugig und schreiend –, aber ohne Laut, da war nur sein eigener flacher Atem, dessen Rhythmus schneller wurde, je mehr sie sich wand. Dann war sie fort. Er versuchte, sich etwas anderes vorzustellen – irgend etwas, das diese Vision ersetzte. Der Schmerz jedoch wollte nicht weichen, brachte jetzt die Stimmen mit sich. Er hörte eine fremde Sprache – die Worte überschlugen sich in einem Chaos von Geräuschen. Sie durchbohrten sein Gehirn. Dann Stille. Der blaue Himmel und die ruhige grüne See eilten an ihm vorbei, jedes Bild nur unmerklich anders als das vorherige. Das große Bild aber veränderte sich nie. Er konnte seine eigenen kleinen Füße sehen, die über den Ziegenpfad stampften, der sich endlos dahinschlängelte, bis in weite Ferne. Sein Ziel war viel zu weit weg. Die Feuchtigkeit auf seiner Haut brachte ihn in die Gegenwart zurück. Schon wieder hatte er eine Stunde der Nacht mit Schwitzen verbracht. Es war sinnlos, schlafen zu wollen.
Jack erhob sich und schleppte sich ins Studio, wo er das Fernsehen einschaltete, um Gesellschaft und Ablenkung zu haben. Es änderte nichts. Ausschließlich alte, zweitklas-

sige Filme und Shows, die für die Hauptsendezeit untauglich waren. Er machte es sich im Sessel bequem und zappte gedankenlos durch die Programme, bis er auf einen Dokumentarfilm stieß, der eine Gruppe von Männern zeigte, die in strömendem Regen ein Zelt zu errichten versuchten. Alle Männer trugen steife kleine Schnurrbärte, was der ganzen Szene etwas merkwürdig Komisches verlieh. Aber sie waren keine Clowns, sondern Akrobaten in einem Zirkus aus Osteuropa. Jetzt zeigten sie, wie die Tiere in die Käfige getrieben wurden, als der Sturm schlimmer wurde.

Während Jack auf den Bildschirm starrte, schaltete sich auch der Monitor seines Gehirns wieder ein, und er sah einen steinernen Hafen an einem hellen Sonnentag. Kleine geweißelte Landhäuschen umgaben die Bucht, dazu tiefrote und rosafarbene Blumen, die sich an den stuckverzierten Wänden emporrankten und bis zu den Dachgesimsen reichten. In der Nähe spielten ein paar Kinder, sangen, jagten die Möwen von den fröhlich bunten Fischerboten fort, so lange, bis ein ganzer Schwarm über ihm in der Luft kreiste. Am Ende eines langgezogenen Landungsstegs hockte ein Junge. Er saß auf einer umgedrehten Fischkiste, das Kinn auf die Hände gestützt, und beobachtete einen alten Mann mit dunkler, olivfarbener Haut und verträumten dunklen Augen. Dieser flickte gerade ein Netz, wobei er immer wieder Zwirnstücke abschnitt und sie durch komplizierte Knoten mit dem Netz verband. Der Junge blickte ihn unverwandt an. Sie wechselten kein Wort miteinander. Nur der Junge, der den alten Mann beobachtete, und Jack, der ihnen beiden zusah.

Es war, als ob diese Szene seit Jahren in seiner Seele geruht habe, und nur das Brüllen eines gezähmten Löwen während der Zirkusvorstellung, der der Peitsche müde geworden war, riß ihn aus seiner Trance. Langsam ließ der Schmerz nach. Dann plötzlich riß er sich vollends los, wie ein schlauer alter Hecht am Ende einer gespannten Nylonschnur. Er wäre fast gefallen, als er sich an dem Beistelltisch entlangtastete, um nach Block und Bleistift zu angeln. Kurz darauf begann er fieberhaft zu zeichnen, das dunkle, schuppige Blei raste über das Papier – schneller, als er denken konnte. Er zeichnete ein Seil, das durch eine Schlinge geführt wurde, dann eine weitere. Er malte einen Pfeil hinein, der nach unten deutete. Danach riß er das Blatt ebenso hastig vom Papier, wie er gezeichnet hatte, rannte in die Küche und durchsuchte wie wild die Schublade, in der er allerlei Krimskrams aufzubewahren pflegte. Einige Sekunden später hatte er ein dünnes Seil gefunden. Und dann, als ob er siebenmal die sieben Weltmeere befahren hätte, machten sich seine Hände daran, den kompliziertesten aller Segelknoten zu knüpfen. Als er fertig war, starrte er ihn an. Aus welchem Teil seiner Vergangenheit dieses Wissen gekommen war, wußte er nicht, aber trotzdem war ihm der Knoten vertraut. Er konnte es nicht ignorieren. Er mußte sich mit Leone treffen.

Leone nahm einen weiteren Schluck Kaffee zu sich und schlang sich das Handtuch um die Haare, die von der lauwarmen Dusche noch naß waren. Während der letzten Nacht hatte sie nur unruhig geschlafen. Sie war völlig verwirrt, und es gab niemanden, mit dem sie die Last hätte teilen können. Sie war vom Companies Haus mit einer vollständigen Geschichte über Boatman Limited zurückgekehrt und hatte bis in die frühen Morgenstunden versucht, dem Papier aus dem Aktenschrank im Tresorraum irgendeinen Sinn abzugewinnen. Sie kniete sich neben dem Dokumentenstapel, der neben der gasbetriebenen Feuerstelle lag und sie wütend anzufunkeln schien.

Das sanfte Schnurren ihres drahtlosen Telefons ließ sie wieder aufstehen. Sie vermutete, daß es irgendwo zwischen ihren Papieren lag.

Es war Jack Forth.
»Hi, Leone, ich wußte, daß Sie schon wach sind.«
»Arbeite gerade einige Unterlagen durch.« Sie hatte beschlossen, ihm nichts von Boatman zu erzählen, bis sie sicher war. Im Augenblick jedoch herrschte in ihrem Kopf noch stockfinstere Unwissenheit.
»Tut mir leid, ich habe mich nur gerade gefragt, ob Sie nicht Lust auf ein Frühstück hätten. Ist das unter Anwälten nicht üblich, ein Arbeitsfrühstück?«
»Zwei Tassen entkoffeinierter Kaffee und eine Scheibe Knäckebrot. Ich habe die erste bereits getrunken, momentan trinke ich die zweite, und da liegen die Krümel meines Knäckebrotes. Sie müssen früher aufstehen, wenn Sie Mitglied meines Clubs werden wollen, Jack«, sagte sie, und ihre Worte hatten jenen gedehnten Klang, wie er jenseits des Atlantik typisch ist.
»Vielleicht sollten Sie meinen Coffee Buddy kennenlernen. Sie würden sich bestimmt gut verstehen«, antwortete er.
»Was?«
»Ach nichts. Ich muß übrigens so gegen Mittag Hollie vom Krankenhaus abholen. Sollen wir uns dann treffen?«
»Ach, ja, das wäre ...« Sie hielt inne. Du meine Güte, dachte sie, sie saß ja schon ganz schön tief in der Scheiße. Kaffeemaschine, Kind – demnächst sollte sie dann wohl noch Mutter spielen. Das ging ihr alles ein bißchen schnell. Oder lag es einfach nur daran, daß sie derlei Geschichten in den letzten Jahren gemieden hatte? Was war es nur, das sie an diesem Mann so anzog? »Ich werde sehen, was sich machen läßt. Ich stecke bis zum Hals in Arbeit.« Es war ein Kompromiß zwischen ihrem Kopf und ihrem Herzen.
»O. K., ich verstehe. Aber falls Sie Ihre Meinung noch ändern: Ich bin etwa gegen 12.30 Uhr am Sankt-Lukas-Krankenhaus.«
Sie legte auf und wandte sich lächelnd wieder ihren Papie-

ren zu. Und es war nicht das gasbetriebene Feuer, das ihr plötzlich warm werden ließ.
Die erste Akte war voller Registrierungsurkunden für Boatman Limited. Jonathan Berkeley war einer der beiden Mitglieder des Verwaltungsrates gewesen. Den Namen des anderen Mitglieds kannte sie nicht. Die Aktien waren zu gleichen Teilen zwischen Berkeley und dem anderen Mann aufgeteilt. TWC oblag nicht nur die Geschäftsführung, sondern auch die Rechtsvertretung der AG. Sie war in den späten siebziger Jahren als Investmentgesellschaft gegründet worden. Noch mehr Fragen. Erneut begann es in ihrem Kopf zu wirbeln.
Wie üblich ergaben die Zahlen nur wenig Sinn, aber sie wußte genug über die Firmenkonten, um zu verstehen, daß Boatman Limited – zumindest oberflächlich betrachtet – eine sehr erfolgreiche Firma war. Aus dem Geschäftsbericht des vergangenen Jahres ging hervor, daß man fast vier Millionen Pfund Gewinn gemacht, trotzdem aber seit 1991 keine Investitionen getätigt hatte. Berkeley war darin verwickelt gewesen, also mußte es sich um schmutziges Geld handeln. Die ganze Sache sah aus wie ein klassischer kleiner Insider-Betrug. Außerdem hielt sie es für immer wahrscheinlicher, daß die Polizei nicht im entferntesten auch nur ahnte, daß die Firma existierte. Und ihr ging auf, daß, wer immer bei TWC an der Sache beteiligt war, er auch bereit war, die Polizei aufs Glatteis zu führen, und daß die Betreffenden mit Sicherheit nicht allzu erfreut sein würden, daß sie davon wußte. Zieh die Brücke hoch, Leone, sagte sie zu sich selbst.
Schnell kleidete sie sich an, packte die Akten ein und verließ ihre Wohnung um kurz nach sieben. Als sie ins Treppenhaus trat, spielte sie in ihrem Kopf immer noch mit den Informationen wie mit den Teilen eines komplizierten, unlösbaren Puzzles. Der Morgen war regnerisch, und sie blieb für einen Augenblick an der Vordertür stehen, um

sich die Kapuze ihres Mantels über den Kopf zu ziehen. Sie nahm kaum Notiz von dem Postboten, der mit hochgeklapptem Kragen und heruntergezogener Mütze an ihr vorbeistürmte. Er grunzte etwas und wedelte mit einem Einschreibebrief. Aber Leone war schon um die Ecke gebogen und verschwunden.

Der Postbote schlich die schmale Treppe zur Wohnung der Frau hinauf. Sich Eintritt zu verschaffen war so leicht, wie er gehofft hatte. Die dünne Nadel glitt geräuschlos in den Knauf hinein, ihre geschmierte Oberfläche bewegte sich mit Leichtigkeit über den darin gelagerten Mechanismus. Das Türschloß gab ein befriedigendes Klicken von sich, und er war drinnen. Er zog seine Gummischuhe auf der Fußmatte aus und holte geschwind einen kleinen Lederbeutel aus der Posttasche.
Fünfeinhalb Minuten später streifte der Postbote seine Gummihandschuhe ab und aktivierte die Überträger an allen drei Wanzen. Die erste befand sich in dem neuen Telefonstecker, der genauso aussah wie der alte, und würde sämtliche Telefonate überwachen. Mit Hilfe der zweiten konnte man die Unterhaltung in der Küche verfolgen. Die dritte hatte er in dem Photorahmen neben Leones Bett versteckt. Er erkannte den Mann auf dem Bild und lächelte in dem Bewußtsein, daß *er* die Mühen verstehen würde, die man für den Erfolg auf sich nehmen mußte.
Alle Wanzen hatten eine Reichweite von 700 Metern. Das gestattete ihm, das Aufnahmegerät außerhalb ihrer Wohnung zu installieren. Alles war so einfach und, ach, so notwendig. Zufrieden mit seiner Arbeit, verließ er die Wohnung und pfiff ein fröhliches Seemannslied vor sich hin. In seinem Kopf lief der Text zu der Melodie ab.
»Horcht! Wollt Ihr ein Geheimnis wissen? Versprecht Ihr, es nicht weiterzusagen?«

Kapitel 17

Leone hielt sich während des Morgens bedeckt und versuchte, das, was sie über Boatman in Erfahrung hatte bringen können, zu verarbeiten. Sie sprach mit niemandem – außer mit Mandy, um sie zu bitten, ihre Anrufe entgegenzunehmen – und arbeitete sich durch die übrigen Verhöre mit Speakman. Sie erwog, Ronnie Pearsal anzurufen und ihn über Taylors fehlende Personalakte ins Bild zu setzen, ließ den Gedanken jedoch schnell wieder fallen. Er hatte ihren Verdacht ohnehin bestätigt. Obwohl auf der Polizeiwache nichts wirklich schiefgelaufen war, fand sie die Sache trotzdem merkwürdig. Taylor hatte definitiv nicht in der Strafrechtsabteilung gearbeitet, und sie war sicher, daß er sie in der Nacht, als Speakman verhaftet wurde, nicht angerufen hatte. Ronnie hatte gesagt, daß Taylor in Kreditgeschäften für Bigg Truck, Speakmans Arbeitgeber, tätig gewesen war. Möglicherweise war er als erste Hilfsmaßnahme dorthin geschickt worden, als der Arbeitgeber erfuhr, daß Speakman verhaftet worden war. Aber nein, auch das konnte nicht stimmen: Sie war sicher, daß Taylor die Firma noch vor Speakmans Verhaftung verlassen hatte.

Wie auch immer, wer hatte die verdammte Personalakte an sich genommen? Wer hatte die Boatman-Akte entfernt? Waren die beiden auf irgendeine Weise miteinander verbunden? Und wenn sie mit Taylors Kündigungsdatum recht hatte, wer zum Teufel hatte sich auf der Polizeiwache unter seinem Namen als Speakmans Anwalt ausgegeben?

Sie hätte nichts lieber getan, als auf der Stelle hinauszulaufen und nach Taylor zu suchen, aber das mußte noch eine Weile warten. Zunächst wollte sie das Protokoll der Beweisaufnahme, das ihr von der Staatsanwaltschaft zur Verfügung gestellt worden war, durcharbeiten, denn morgen würde sie sich mit Toby im Scotland Yard treffen.

Das Protokoll war gründlicher als alles, was sie bislang zu sehen bekommen hatte. Zum Zeitpunkt des Verschwindens eines jeden Mädchens waren eine große Anzahl möglicher Augenzeugen kontaktiert und verhört worden, und da sich die Jagd auf den Mörder über Jahre hingezogen hatte, lag nun eine gigantische Fülle von Materialien vor. Erst als Speakman als Verdächtiger Nummer eins galt, war die Polizei in der Lage, die gesamten Akten nach Hinweisen zu durchsuchen, die ihn mit dem Fall in Berührung brachten.

Die Hauptschwierigkeit bestand darin, daß nach einer so langen Zeit keiner der Augenzeugen mehr mit Sicherheit auszusagen vermochte, ob er Speakman in der Nähe des Tatortes gesehen hatte. Aufgrund dieser Tatsache hatte sich die Polizei auf die Routen konzentriert, die Speakman für seine Firma zu fahren hatte, um nachzuweisen, daß er tatsächlich in der Nähe gewesen war. Leone las gerade die Beweisaufnahme in Zusammenhang mit Opfer Nummer drei, einem Teenager aus Windermere im Lake District, der an einem warmen Sommerabend im August 1993 entführt worden war.

Zu dieser Jahreszeit war die Gegend voller Touristen gewesen, Familien, die die weitläufige Landschaft in der Umgebung des Sees genossen. Das Mädchen stammte aus der Gegend, war in der Stadt bekannt und gern gesehen. Während der langen Sommerabende gestatteten ihre Eltern ihr, mit ihren Freundinnen hinunter zur Seepromenade zu gehen, um dort zu spielen, denn sie wußten, daß ihre Tochter ein vernünftiges Mädchen war, das immer zum vereinbarten Zeitpunkt nach Hause kam. Nicht so an jenem Abend. Leone arbeitete sich durch die Aussagen, die sich mit den letzten Stunden ihres Lebens befaßten. Ein Nachbar hatte sie mit ihren Freundinnen Richtung Spielsalon am Hafen gehen sehen, und er hatte dem Mann, der sich in der Nähe herumtrieb und die Kinder anstarrte, keine besondere Beachtung geschenkt. Andere Augenzeugen hatten denselben Mann ebenfalls nur unbewußt wahrgenommen, und die Beschreibung ging von schmuddelig und verwahrlost bis hin zu gepflegt und einem Touristen ähnlich.

Ein Mann von einer der Jahrmarktsbuden, die auf dem Rasen am Seeufer aufgebaut worden waren, erinnerte sich, daß sich ein paar Minuten vor neun Uhr ein Mädchen eine Zwanzigpfundnote wechseln ließ und dann an die Seite eines großen Mannes zurückkehrte, den er für ihren Vater gehalten hatte. Die beiden waren allein. Gleichzeitig begannen die Eltern, sich Sorgen zu machen, und schickten ihren älteren Bruder los, um die Gegend in der Nähe des Hauses nach ihr abzusuchen. Die Suche war vergeblich. Obwohl der Jahrmarkt nur eine halbe Meile von ihrer Haustür entfernt lag, war das Mädchen bereits im Dunkel der Nacht verschwunden.

Leone erinnerte sich an den Hilferuf, den die verzweifelten Eltern des Mädchens am darauffolgenden Tag im regionalen Fernsehprogramm veröffentlicht hatten, ebenso wie an die überwältigenden, aber letztendlich nutzlosen Reaktionen der Öffentlichkeit – alle hatten sie helfen wollen. Der verstümmelte Leichnam war drei Wochen später im Tale in Devon gefunden worden, etwa dreihundert Meilen vom Heimatort des Mädchens entfernt. Eine Gruppe von Jungen, die dort mit Luftgewehren auf die Jagd gegangen waren, entdeckten den im Fluß treibenden Körper in der Nähe des Ufers. Es war ihnen gelungen, ihn an Land zu zerren. Der Bericht des Pathologen besagte, daß der Körper gut erhalten gewesen war und daß sämtliche Anzeichen darauf hindeuteten, daß das Mädchen ertrunken war. Der Bericht schloß mit dem Hinweis, daß sie wahrscheinlich noch lebte, als sie ins Wasser geworfen wurde, aber höchstwahrscheinlich sei sie bewußtlos gewesen, da man ihr zuvor die Augen aus den Augäpfeln entfernt habe. Ähnlich wie bei den beiden ersten Morden folgten zahlreiche Aussagen aufgrund der anfänglichen Ermittlungen der örtlichen Polizei. Die Temperatur der Tale, die zum Zeitpunkt der Entdeckung gemessen worden war, war eine andere gewesen als die der Leiche. Das deutete darauf hin, daß der Körper wahrscheinlich einige Zeit stromabwärts getrieben war, bevor man ihn entdeckte. Die Polizei hatte sich mit den Leuten bei den Wasserwerken unterhalten, die für die Instandhaltung der Wasserwege in Devon verantwortlich waren, und konnte nun die Schlußfolgerung ziehen, daß der Körper ursprünglich zunächst entweder weiter stromaufwärts im Wasser gelegen hatte oder aus der Clyst, einem Nebenfluß der Tale herangetragen worden war. Der kleinere Fluß erwies sich als um einige Grad kälter, da er aus den höheren Regionen der Black Down Hills kam. Auf dem Weg stromabwärts war der Leichnam mutmaßlich auf zahlreiche Hindernisse gestoßen, die ihn jeweils recht lange festgehalten hatten. Erst der Regen der letzten Wochen hatte ihn wahrscheinlich losgerissen und weiter stromabwärts treiben lassen. Der Körper wies zahlreiche Verletzungen auf, und es bestand kein Zweifel, daß das Mädchen brutal sexuell mißbraucht worden war. Schließlich kam man zu der Schlußfolgerung, daß der Körper an einer Stelle ins Wasser geworfen worden war, die sich in der Nähe der Kreuzung zwischen der A38 und der M5 befand. Die Polizei verglich später Speakmans Routen mit diesen Erkenntnissen und entdeckte, daß er auf seinem Heimweg nach Exeter häufig dort entlangkam. Außerdem ergab die Überprüfung seines Dienstplans, daß er sich zum Zeitpunkt der Ermordung im nordwestlichen Gebiet von Lancaster aufgehalten hatte, also in unmittelbarer Nähe des Lake District. Der Besitzer eines Cafés für Lastkraftfahrer in der Nähe der oben erwähnten Kreuzung

hatte sich nach der Verhaftung gemeldet und zu Protokoll gegeben, daß Speakman einer seiner Stammkunden gewesen sei.
Leone blickte mit wachsender Verzweiflung von ihren Akten auf. Speakman konnte keinen der Fakten, die gegen ihn vorgebracht wurden, abstreiten, aber tatsächlich handelte es sich ausschließlich um Indizien. Nicht zum ersten Mal, seit dieser ganze Schlamassel begonnen hatte, erinnerte sie sich an die alte Redensart, daß es keinen Rauch ohne Feuer gibt. Und dennoch hatten sie einen definitiven psychiatrischen Befund, der besagte, daß der Angeklagte absolut nicht in das Profil eines psychopathischen Mörders paßte. Aber vielleicht hatte sich der Psychiater ja auch geirrt. Und Speakman war nicht mehr in der Lage – oder nicht bereit –, sich selbst zu helfen. Der letzte Krankenhausbericht besagte, daß man Spuren von Amphetaminen, LSD und Heroin in seinem Blut gefunden hatte, die er sich allesamt auf illegalem Wege im Gefängnis beschafft hatte. Vor dem Hintergrund von Speakmans wachsender Abhängigkeit würde der psychiatrische Befund vor Gericht also gar nicht standhalten. Sie warf einen Blick auf die Uhr ihres Computers: Es wurde Zeit, sich auf die Suche nach David Taylor zu machen. Aber zuerst mußte sie sich mit Jack Forth treffen.
Die Taxifahrt ins Krankenhaus dauerte nur zehn Minuten. Sie hatte beschlossen, sich dem Menschen, der Jack am meisten bedeutete, vorsichtig zu nähern. Als das Auto anhielt, ertappte sie sich dabei, daß sie übte, was sie sagen wollte. Ihre Handflächen wurden feucht, als sie sich dem Vordereingang näherte. Sie fragte einen mißmutigen Jungen in brauner Jacke nach dem Weg zur Kinderstation. Er deutete auf die blauen Schilder und wandte ihr dann wieder wortlos den Rücken zu. Sie machte sich auf den Weg zum Ostflügel. Als sie den dritten langen Korridor entlangging, hatte sie kaum noch Mut. Die Idee war wohl doch nicht ganz so gut gewesen.

Im Vorbeigehen konnte sie in fast sämtliche Zimmer der Stationen sehen. Alte Menschen, Menschen in Verbänden, kranke Menschen. Angeschossene Menschen. Sie blieb für einen Augenblick stehen und erinnerte sich unwillkürlich an die Fernsehnachrichten am Tag, als es geschehen war. Überall Blut, schreiende Frauen, Opfer auf Krankenbaren, bedeckt mit weißen Tüchern, schockierte Ärzte und das lächelnde Gesicht ihres eigenen Vaters am Ende der Liste mit Toten. Jede Fernsehstation auf der Welt hatte diese Bilder ausgestrahlt. Der Schmerz saß tief in ihrer Seele. »Was hast du noch immer gesagt, Dad?« dachte sie bitter. »Gib nichts zu, denk zweimal nach, bevor du eine Verpflichtung eingehst, aber wenn du sie eingegangen bist, dann vergiß sie nie.« Nun, du hast es mir wirklich leicht gemacht, diese ganze Scheiße zu vergessen, nicht wahr, Daddy?

Als sie auf der Kinderstation ankam, wimmelte es dort vor überarbeiteten, bemüht fröhlichen Schwestern und kranken, leidenden Kindern. Leone ging den Korridor entlang und suchte nach Jack. Er war nirgends zu entdecken, aber jemand anderes weckte durch eine geöffnete Zimmertür ihre Aufmerksamkeit. Ein kleines Mädchen saß mit gespreizten Beinen auf einem Bett und inszenierte mit zwei Puppen aus Handschuhen eine Aufführung. Der winzige kahlköpfige Junge mit der blassen, fast durchsichtigen Haut, der ihr zusah, brachte ein zahnloses Lächeln zustande, weil der kleine Stoffarzt und die Stoffkrankenschwester an den Händen des Mädchens wie wild umhertanzten. In den Augen des Mädchens erkannte Leone eine konzentrierte Aufmerksamkeit, die ihr vertraut war, aber ihr Lächeln war leichter als das ihres Vaters.

»Das hat sie von ihrer Mutter.«

Leone wirbelte herum. Jack stand hinter ihr und beobachtete mit offensichtlichem Stolz, wie seine Tochter in ihrem Zimmer mit dem improvisierten Puppentheater fortfuhr.

»Wie geht es ihr?«
»Mies, wie man in der dritten Klasse sagt. Ihr Haar muß noch nachwachsen, und so schnell wird sie den Unfall nicht vergessen. Aber ansonsten geht es ihr gut genug, um wieder nach Hause zu dürfen. Und Sie? Sie sehen auch etwas blaß aus.«
»Ach, mir geht es gut. Und was ist mit Ihnen?« gab Leone schnell zurück.
»Alles in Ordnung, denke ich.« Er wandte den Blick ab, defensiv und distanziert.
»Wir müssen miteinander reden«, sagte sie. »Die ganze Sache wird immer merkwürdiger. Ich bin nur gekommen, um Ihnen zu sagen, daß ich nicht mit Ihnen zu Mittag essen kann.«
»Das ist schade. Aber ich muß Hollie sowieso zu ihrer Großmutter bringen. Wir hätten uns also ohnehin beeilen müssen. Was ist mit heute abend?«
»Das paßt mir gut. Vielleicht weiß ich dann sogar noch ein bißchen mehr. Rufen Sie mich an, wenn Sie zurück sind, dann vereinbaren wir etwas.« Sie wandte sich zum Gehen.
»Würden Sie sie gerne kennenlernen?« Er blickte ihr direkt ins Gesicht: eine Herausforderung. Sie ahnte, daß er so etwas nicht häufig fragte, und ihr Gesicht errötete leicht angesichts der Bedeutung, die diese Berührung mit seinem Privatleben haben konnte. Das Kind kennenzulernen war grundsätzlich kein Problem, aber die Beziehung zwischen ihr und Jack war mittlerweile voller Verheißung. Und sie hatte so sehr das Bedürfnis gehabt, ihn zu sehen, ihm nahe zu sein!
»Denk zwei mal nach, bevor du eine Verpflichtung eingehst, Leone«, warnte die Stimme ihres Vaters. *Raus aus meinem Kopf, du Schwein.* »Nein ... ich meine, ja ... aber nicht jetzt.«
»Sie wird sich fragen, wer Sie sind.«

»Ja, wer sind Sie?« Eine schrille, quietschende Stimme wie aus einem Zeichentrickfilm durchbrach die Spannung. Sie wandten sich um und sahen, daß Hollie an der Tür ihres Zimmers stand und sie über die Handpuppen hinweg anstarrte. Jack strahlte, während Leone nur ein nervöses Grinsen zustande brachte, wie ein Teenager beim ersten Rendezvous.

»Hollie, das ist Leone, sie ist eine Freundin von mir.«

»Hi, Hollie, tolle Show«, sagte Leone.

»Leone – was für ein witziger Name«, gab das Mädchen zurück.

»Sei nicht unhöflich, Hollie. Leone kommt aus Australien.«

»Wow! Essen Sie auch Känguruhs?«

»Nur dienstags.«

Hollie warf ihr einen mißtrauischen Blick zu.

»Haben Sie denn einen Bumerang?«

»Tut mir leid, den habe ich heute zu Hause gelassen.« Leone zwinkerte ihr zu, und Hollies Stirn legte sich in nachdenkliche Falten. »Wie geht es deinem Kopf?«

»Oh, gut. Daddy nimmt mich heute mit nach Hause. Kommen Sie mit?«

»Jetzt reicht's aber, Hollie. Komm, laß uns deine Sachen zusammenpacken und aus diesem Krankenhaus verschwinden. Sag Leone auf Wiedersehen.«

»Wiedersehen, Leone, war nett, Sie kennenzulernen.«

»Ich habe mich auch gefreut, dich kennenzulernen. Wenn es dir besser geht, zeige ich dir vielleicht, wie man einen Bumerang wirft.«

»Wirklich? Das wäre riesig.«

»Sicher, warum nicht? Jetzt mach aber lieber, daß du nach Hause kommst.«

»Leone hat recht«, sagte Jack lächelnd und ergriff die Hand seiner Tochter. »Ich rufe Sie so gegen sechs an. Viel Glück heute nachmittag.«

Die beiden wandten sich um und gingen auf das Dienstzimmer der Stationsschwester zu.

»Sie ist sehr nett, Jack«, flüsterte Leone.

Leone fuhr quer durch die Stadt zur Threadneedle Street. Debbi hatte sich schließlich doch noch an den Namen des Börsenmaklers erinnert, bei dem Taylor jetzt arbeitete, und es dauerte nicht lange, bis sie die Nummer 56, den Sitz der Michigan Mutual Bank, gefunden hatte. Sie konnte jetzt nur hoffen, daß er noch immer hier arbeitete.

Den riesigen Wolkenkratzer aus Glas, in dem sich eine ganze Reihe von Banken und Börsenmakler niedergelassen hatten, konnte man nicht verfehlen. In der feudalen Lobby entdeckte sie ein großes Namensschild aus Messing, das besagte, daß sich die MMB im einundzwanzigsten Stockwerk befand. Als sie mit dem Turbolift hinauffuhr, hatte sie das Gefühl, als blieb ihr Magen im Erdgeschoß. Oben im Empfangsbereich der Firma fühlte sie sich demzufolge noch unwohler als zuvor, trotzdem war sie entschlossen, mit Taylor zu sprechen. Sie marschierte auf die Empfangsdame zu.

»Guten Tag, kann ich Ihnen weiterhelfen?«

»Das hoffe ich«, antwortete Leone. »Ich suche jemanden, der hier arbeitet. Er heißt David Taylor. Ich glaube, er arbeitet in der Abteilung für Europaanleihen.«

»David Taylor, äh ...«, sie zögerte verlegen. »Ich fürchte, der arbeitet nicht mehr hier, zumindest glaube ich das, Miss ...«

»Stern. Leone Stern.«

»Miss Stern.« Sie lächelte wie ein Automat. »Darf ich Sie an jemand anderen aus derselben Abteilung verweisen?«

»Bei dieser Sache kann mir niemand anders helfen. Es ist eine persönliche Angelegenheit. Und wieso können Sie mir nicht genau sagen, ob er hier noch beschäftigt ist?«

»Ich werde jemanden rufen, der Ihnen vielleicht weiterhelfen kann.«

Die junge Frau attackierte die Telefonanlage, flüsterte ein

paar Worte in den Hörer und deutete dann auf das Sofa, das in der Nähe stand. Leone war verwirrt. Sie hatte keine Ahnung, was auf sie zukam. Zwei Minuten lang blätterte sie in einer Ausgabe des *Bankers Monthly,* dann hörte sie Schritte hinter sich.

»Miss Stern?«

»Ja.« Leone wandte sich um. Eine hochschwangere junge Frau mit flammendrotem Haar und vollen roten Lippen stand hinter ihr.

»Sie suchen nach David Taylor?«

»Das stimmt, Mrs. ...«

»Miss, aber ich habe Verständnis für den Irrtum. Shirley Hutchinson«, erklärte die Frau und streckte die Hand aus. Leone schätzte sie auf Mitte Zwanzig.

»David Taylor war mein Verlobter«, sagte sie und setzte sich vorsichtig neben Leone. Ihrem Akzent nach stammte sie aus dem East End.

»Oh, ich verstehe. Dann können Sie mir vielleicht weiterhelfen. Ich bin Anwältin von Teal, Windle and Crichton. Vielleicht ist Ihnen ja bekannt, daß David vor einiger Zeit dort gearbeitet hat.«

»Ja, das hat er mir gesagt. Was wollen Sie von ihm?« fragte die Frau mit zurückhaltender Stimme.

»Wissen Sie, wo er sich im Augenblick aufhält? Ich muß dringend mit ihm reden.«

»Ich auch, Miss Stern«, antwortete sie und klopfte sanft auf die Wölbung ihres Leibes.

»Ich verstehe nicht.«

»Er ist vor vier Wochen verschwunden.«

»Er hat Sie sitzengelassen?«

»So könnte man es wahrscheinlich auch formulieren. Ich würde allerdings eher sagen, daß er sich aus dem Staub gemacht hat.«

»Was meinen Sie damit?«

»Er war in Schwierigkeiten, weil er Firmengelder veruntreut hat, indem er Europaanleihen gekauft und sich den Gewinn in die eigene Tasche gesteckt hat. Sie wären ihm fast auf die Schliche gekommen, und ich schätze, daß er sich diesem Druck nicht stellen wollte und deshalb einfach abgehauen ist.«

»Er hat Ihnen nichts erzählt?«

»Nein, ist nicht sein Stil. Offensichtlich kennen Sie ihn nicht allzu gut.«

»Und er scheint sich das Verschwinden zur Gewohnheit zu machen.«

»Wie bitte?«

»Nicht so wichtig. Hören Sie, haben Sie keine Vorstellung, wo er sich aufhalten könnte?«

»Nicht die geringste. Ich habe versucht, jeden zu fragen, der ihn kannte, aber es hatte keinen Zweck. Er ist ein zwanghafter Lügner und gehörte zu den Menschen, die keine Vergangenheit haben. Die beste Spur, die ich hatte, war eine alte Freundin, die ihm finanziell unter die Arme gegriffen hat, als ihm klar wurde, daß er hier bald auffliegen würde.«

»Und?«

»Als er hier angefangen hatte, sagte er, daß er sie verlassen habe, um mit mir ein neues Leben zu beginnen. Ich habe sogar einen Privatdetektiv engagiert, um sie ausfindig zu machen, für den Fall, daß er zu ihr zurückgekehrt ist. Er hat nämlich immer gesagt, daß sie jede Menge Geld habe, und das war es, was er am meisten von allem schätzte: Geld.«

»Und haben Sie sie gefunden?«

»Das einzige, was ich von ihr wußte, war, daß sie J. Berkeley hieß. Ich habe ihren Namen auf den Schecks gesehen, die er von ihr bekam, aber das reichte nicht aus, um sie zu finden ... Miss Stern, ist alles in Ordnung?«

Leone irrte noch immer durch die Einöde der Verwirrung, aber jetzt sah sie aus wie jemand, dem so langsam dämmerte, in welche Richtung er weitergehen mußte.

Kapitel 18

Nachdem er Hollie zu ihren Großeltern gebracht hatte, ratterte Jack mit dem Zug in Richtung Londoner City. Der monotone Rhythmus des Gefährts und der Schlafmangel ließen ihn beinahe einnicken. Die blaurot gestreiften Sitze in seinem Abteil waren leer. Als der Zug an der letzten Station vor Euston Halt machte, sah er, wie sich in einem stadtauswärts fahrenden Zug graugesichtige Arbeiter gegen die Scheiben drängten.

Sanft trieb er mit der Bewegung des Zuges dahin. Draußen bereitete das orange-braune Leuchten der Lampen die Metropole auf die nächste Nacht vor. Er entspannte seine Schultern und gab dem Gewicht seiner Augenlider nach, ließ sich in das Land des Vergessens hinabziehen. Jack fiel in tiefen Schlaf.

Jetzt war er frei von den Turbulenzen des Alltags, war umgeben von Dunkelheit und Frieden. Und plötzlich wogte er über Lichtflecken hinweg, fuhr in einem seltsamen Achterbahnwagen, bemerkte den fernen Gesang – ein vertrautes religiöses Mantra, das irgendwo aus seinem Inneren kam. Dort lagen auch die Antworten, nach denen er suchte. Er glitt wie ein Vogel über das Land. Er konnte sich sehen, wie er unter einer kahlen Winter-Platane kauerte. Über ihm jedoch schien hell und kräftig die Sommersonne. Er war wieder ein kleiner Junge, hockte auf der Spitze eines kahlen braunen Hügels und blickte auf eine üppige, grüne Landschaft hinab. Seine Kinderaugen starrten auf die weißen Mauern einer Kapelle im Tal. Er konnte die Trauernden sehen, alte Frauen mit dichten, schwarzen Schleiern, die über einem leeren Sarg Tränen vergossen – und in der Ferne war das Geräusch von Gewehrfeuer.

Er erwachte mit hämmernden Kopfschmerzen und war froh, aussteigen zu können. Schnell suchte er nach einem Telefon und rief Leone an. Er lauschte ihrer Stimme auf dem Anrufbeantworter und stellte fest, wie beruhigend ihr Akzent auf ihn wirken. Gerade wollte er zu sprechen anfangen, als sie atemlos selbst ans Telefon ging.
»Jack, hi, hier ist Leone. Du lieber Himmel, Sie ahnen nicht, worauf wir da gestoßen sind! Das ist Dynamit!«
»Nun beruhigen Sie sich erst mal.«
»Wirklich Jack, das muß eine irre Geschichte sein. Ich hoffe nur, daß sie nicht irgendwann losgeht, uns mitten ins Gesicht.«
»Sie sprechen jetzt also wirklich von uns, richtig?« fragte er und erinnerte sie damit an ihr anfängliches Zögern, ihn ernst zu nehmen.
»O. K., O. K., ich bin gerade erst in die Sache eingestiegen, und ich würde mich auch entschuldigen, wenn wir Zeit dazu hätten. Treffen wir uns im Via Venetia an der Claremont Street in Chelsea. Ich bin um acht da.«

Sein Haar war immer noch fettig von der Postbotenkappe, als er sich mit wachsender Sorge den Inhalt des Gesprächs zwischen Stern und ihrem Freund »Jack« anhörte. Er hatte das Abhörgerät, das die Gespräche gleichzeitig per Funk an ein Empfangsgerät weitergeben konnte, ohne Probleme auf dem Speicher ihres Hauses installieren können. Sie war offensichtlich stark verängstigt über das, was sie herausgefunden hatte. Er mußte in Erfahrung bringen, worum es sich handelte. Wissen war in der Tat Macht, aber die Karte der Gewalt wollte er noch nicht ausspielen. Er würde sie beobachten: sie sehen, ohne daß sie ihn sahen.
Er kannte das Restaurant, das Leone erwähnt hatte, und war sich demzufolge auch bewußt, daß es zu klein war, um sie drinnen zu beobachten. Nun gut. Er überlegte, welche Ausstattung seinen Bedürfnissen am meisten entgegen-

kam und entschied sich für das Nachtsichtgerät Lynx-10 Second Generation Plus Intensifier. Es arbeitete auch bei wenig Licht noch zuverlässig und mit Hilfe eines eingebauten Laserlichts sogar in völliger Dunkelheit. Außerdem ließ es sich problemlos auf das 35-mm-Objektiv seiner Kamera schrauben. Lächeln, Jack und Leone! Lächelt für König Artus.

Ein langes goldenes Chiabatta-Brot lag neben ihnen auf dem kleinen Fenstersims. Sie saßen im hinteren Teil des kleinen Restaurants, und alle anderen Tische waren auch besetzt. Eine geröstete Knoblauchknolle verströmte ihren durchdringenden und atembedrohenden Duft. Beide hielten nervös den Blick gesenkt und warteten darauf, daß der Kellner verschwand. Er goß ihnen gerade Wein aus einer Flasche Chardonnay ein. Jack blickte zu Leone hinüber. Die Spannung zwischen ihnen war nicht nur auf die Entdeckungen zurückzuführen, die sie gemacht hatte. Es war im übrigen das erste Mal, daß er sie nicht in ihrem Anwaltsoutfit, sondern in weiblichen Kleidungsstücken sah. Das steife Schwarzweiß war gegen Gelb und Blau eingetauscht worden. Sie trug auch keinen förmlichen Knoten, sondern ihre blonden Locken fielen ihr lose auf die Schultern und umrahmten weich ihr hübsches Gesicht. Mit einem *buon appetito* machte sich der Kellner endlich davon.
»Also, was ist los?« wollte Jack wissen.
»Jemand bei TWC ist sehr, sehr böse.«
»Wer?«
»Ich weiß es noch nicht, aber wenn Sie die Geschichte hören, werden Sie mir zustimmen, daß die Betreffenden ganz bestimmt kein Interesse daran haben, entlarvt zu werden.«
»Was meinen Sie?«
»Ich habe herausbekommen, was Boatman ist. Boatman war oder sollte ich besser sagen ist eine Aktiengesellschaft,

die als Strohfirma benutzt wurde, um mit Hilfe von Insider-Informationen Aktien am deutschen Aktienmarkt zu kaufen.«

»Warten Sie einen Moment. Ich will Ihnen ja nicht den Spaß verderben, aber woher haben Sie diese Informationen?«

»Ich habe sie gestohlen!«

»Sie haben *was*?«

»Nun, ich habe sie mir ausgeborgt.«

»Also sind Sie doch in der Lage, Regeln zu übertreten!«

»Hören Sie, Jack, was ich weiß, ist dermaßen belastend, daß es völlig unerheblich ist, wo es herkommt. Haben Sie einfach Geduld mit mir, ja?«

»Ich wette, Sie sind die erste Anwältin, die so etwas sagt«, scherzte er.

»Cleveres Kerlchen. Jetzt seien Sie still und hören mir zu.« Sie hielt einen Augenblick inne, um ihrem Triumph mehr Gewicht zu verleihen. *Jetzt hat du die Sache nicht mehr ganz unter Kontrolle, nicht wahr, Jack Forth?* dachte sie. »Zu dem Zeitpunkt, als die Mauer in Berlin fiel, hat Boatman eine Menge Geld gemacht.«

»Wie?«

»Die Aktien, die die Firma kaufte, gehörten fast ausschließlich zu einer Firma mit dem Namen Eurofreight. Ihr oblag ein Großteil des Frachttransports nach Osteuropa. Die jeweiligen Routen waren zuvor nicht von Bedeutung gewesen, aber nach dem Fall der Mauer wurden die Transportverträge sehr wichtig. Boatman kaufte Anteile, die nur wenig unter fünf Prozent, dem gesetzlich festgelegten Maximum, lagen, und zwar genau einen Monat bevor das Gerücht aufkam, daß Sir Colin Bigg sich entschlossen habe, die Firma zu kaufen.«

»Das ist doch der Kerl, dem das Bigg-Truck-Transportunternehmen gehört, nicht wahr? Ja, ich kenne sein Gesicht.«

»Ein Unternehmen, das zufällig TWCs lukrativster Kunde ist.«
Jack stieß einen leisen Pfiff aus. »Also verfügt tatsächlich jemand über Insider-Informationen.«
Leone fuhr fort. »Der Aktienwert der Zielfirma, Eurofreight, ging steil nach oben, als Bigg Truck den Zuschlag bekam. Boatman verdiente eine Menge Geld und sehr wertvolle Bigg-Truck-Aktien mit seinen Anteilen, was in dem Kampf um die Übernahme von besonderer Bedeutung war.«
»Lassen Sie mich raten: Berkeley war an der ganzen Sache beteiligt.«
»Zusammen mit einem anderen, von dem ich vermute, daß er bei TWC arbeitet und bei Boatman einen falschen Namen benutzt, besaß er sämtliche Aktien.«
»Und gehen wir damit zum Dezernat für Wirtschaftskriminalität?«
»Sie müssen sich noch den Rest anhören.« Sie wollte ihm alles sagen. »Weil TWC die Geschäftsführung vom Boatman oblag, wurde die gesamte Dokumentation dieser Geschichte jahrelang in den Archiven unseres Gebäudes verborgen. Boatman war jedoch noch nicht einmal als Klient aufgeführt. Soweit ich erkennen kann, weiß niemand davon, natürlich auch die Polizei nicht. Die Unterlagen schlummerten einfach nur in unseren Archiven: Berkeleys und wessen sonst noch nette kleine Altersrente. Vor etwa zwölf Monaten, kurz bevor Speakman verhaftet wurde, arbeitete ein junger Kerl vom Typ Straßenhändler namens David Taylor für TWC. Er ist über die Boatman-Scheiße gestolpert, und das ist dabei rausgekommen.« Sie griff in ihre Handtasche und holte eine Diskette heraus. »Taylor hat die ganzen Papiere kopiert und Berkeley mit der Drohung, sie zu veröffentlichen, erpreßt.«
»Mutiger kleiner Kerl.«
»Vielleicht, aber andererseits gehört er zum schlimmsten

Abschaum, den man sich vorstellen kann«, sagte sie und dachte an sein ungeborenes Kind.

»Was ist auf der Diskette?«

»Sämtliche Zahlen und Transaktionen, die Taylor über Boatman in Erfahrung gebracht hatte. Er hatte Berkeleys Beteiligung herausgefunden, aber die Identität seines Komplizen bei TWC kannte er nicht.«

»Ist es diese Diskette, die Sie gesto . . ., ich meine, sich ausgeborgt haben? Woher haben Sie die?«

»Warten Sie noch einen Augenblick. Es stellt sich also heraus, daß Taylor bei TWC gekündigt wurde. Überraschung, Überraschung, aber dann bekommt er einen anderen Job in der Stadt, und zwar als Börsenmakler für eine Bank mit Namen Michigan Mutual.«

»Sie glauben, daß Berkeley ihm diesen Job verschafft hat?«

»Sie nicht?« Schnell berichtete sie ihm von ihrem Besuch bei MMB und ihrer Zusammenkunft mit Shirley Hutchinson. »Also habe ich dem Sicherheitsbeauftragten bei MMB ein paar Fragen gestellt.« Sie errötete, als sie sich an ihr heftiges Flirten erinnerte. Ihre Verlegenheit war offensichtlich.

»Was für einem Beauftragten?« fragte Jack verwirrt.

»Das ist der Mann, der sich mit ungesetzlichen Aktivitäten der Angestellten befaßt. Eine Art Wildhüter der Firma. Wissen Sie, seine Freundin hatte mir bereits erzählt, daß Taylor an seinem Arbeitsplatz ganz schöne Probleme bekommen hätte. Er hatte mit Firmengeldern spekuliert und verloren. Seit Nick Leeson die Barings Bank hereingelegt hat, reagiert man allgemein etwas paranoid auf verbrecherische Spekulanten. Sie waren ihm also auf der Spur, aber der Beauftragte erzählte mir, daß Taylor seine Verluste mit immensen Summen aus einer privaten Quelle ausgeglichen hat. Er besaß eine riesige Diskettenbox mit Daten, die er von Taylors PC heruntergeladen hatte. Auf einer von

ihnen las ich den Namen Boatman und habe sie, nun, eben an mich genommen.«
»Sie meinen, daß Sie sie gestohlen haben, Leone?« Jack amüsierte sich königlich darüber, daß sie den Diebstahl nicht zugeben wollte.
»Was auch immer. Aus ihr geht hervor, daß Taylor über vier Millionen Pfund Erpressungsgelder bekommen hat.«
»Gehen wir also jetzt zur Polizei?« fragte Jack und versuchte ihre Hand zu ergreifen, wobei er nur knapp die Weinflasche verfehlte.
»Das können wir nicht: Berkeley ist tot und Taylor ist verschwunden.«
»Was?«
»Verschwunden, und soweit es TWC angeht, sieht es so aus, als ob er niemals dort gearbeitet hätte. Seine Personalakte ist ebenfalls verschwunden, und ich weiß nicht, was ich als nächstes tun soll. Jack, ich habe Angst! Gestern ist etwas noch Merkwürdigeres geschehen, etwas, das in Zusammenhang mit dem Speakman-Fall steht.« Sie mußte ihm jetzt einfach vertrauen – sie hatte niemand anderen.
»Fahren Sie fort.« Er füllte ihr Glas erneut.
»Es ergibt keinen Sinn, aber David Taylor hat seinen Job bei MMB drei Wochen, bevor Trevor Speakman verhaftet worden ist, angetreten. Er hat also zu diesem Zeitpunkt nicht mehr für TWC gearbeitet. Können Sie mir folgen?«
»Ja, aber was wollen Sie damit sagen?«
»Jemand, der sich als Taylor ausgegeben hat, war auf der Polizeiwache, als Speakman erstmalig verhört wurde.«
»Wie merkwürdig.«
»Sie haben wirklich eine Gabe zur Untertreibung«, spottete sie, aber er sah, daß sie krank vor Sorge war. »Was geht hier vor, Jack?«
»Das können Sie besser beurteilen als ich, aber wenigstens wissen wir schon mal, daß noch jemand anders Interesse an dem Speakman-Fall hat.«

»Aber ich weiß nicht, warum!«
»*Noch* nicht«, korrigierte er sie, um ihr ein bißchen Zuversicht zu vermitteln. »Aber jetzt können Sie seine Verteidigung aus einem anderen Blickwinkel betrachten.«
Jack dachte noch einmal über Boatman nach. Wo es um Geld ging, um richtig viel Geld und um den Verlust wichtiger Positionen, bestand meist unmittelbare Gefahr. Schweigend saßen sie einander gegenüber.
David Taylor war der Schlüssel zu dem Ganzen. Leone hatte ihn als Cockney-Straßenjungen bezeichnet. Wenn ja, was hatte er dann bei TWC zu suchen, einer etablierten Firma, die nur Hochschulabsolventen mit exzellentem Abschluß einstellte? Das ergab keinerlei Sinn. Wie hatte er den Job dort bekommen?
»Hat Taylors Freundin Ihnen noch irgend etwas anderes über ihn erzählt?«
»Genug. Doch was brauchen wir denn noch? Er war ein Erpresser. Er hat Berkeley ausbluten lassen, und er ist mit dem Geld verschwunden.«
»Ich dachte, Erpresser verschwinden nie.«
»Schon, wenn die Geldquelle versiegt.«
»Irgend etwas stimmt an der ganzen Sache nicht. Wenn so viel Geld auf dem Spiel stand, würde man doch eher vermuten, daß Berkeley, oder wer auch immer sonst noch an der Sache beteiligt ist, in der Lage gewesen wäre, sich gegebenenfalls aus dem Gefängnis freizukaufen oder den Schurken unschädlich zu machen. Ich kann einfach nicht akzeptieren, daß sie so ohne weiteres bezahlt haben sollen. Es muß mehr dahinterstecken als nur Boatman. Eine andere Geschichte würde mehr Sinn ergeben.«
Leone starrte aus dem Fenster und dachte über Jacks Kommentar nach. Beiläufig spielte sie mit ihrem Weinglas. Und plötzlich ließ sich zwischen den tausend losen Enden, die in ihrem Kopf herumbaumelten, eine Verbindung herstellen.

»Ich hab's!« rief sie aus. »Es geht um Sex.«
»Wie kommen Sie denn darauf?«
»Taylor hat seiner Freundin erzählt, daß er mit einer Frau zusammenlebte. Sie nahm an, daß er ihr die Wahrheit gesagt hatte, und beauftragte sogar einen Privatdetektiv damit, ihn zu finden, aber ich weiß, daß die betreffende Person in Wirklichkeit Jonathan Berkeley war. Deshalb konnte sie auch nicht gefunden werden. Sie suchte nach einer Frau, nicht nach einem Mann!«
»Ich verstehe immer noch nicht.«
»Sehen Sie, Taylor wurde mir als Mann ohne Vergangenheit beschrieben.«
»Was doch nicht mehr bedeutet, als daß er nicht allzu freimütig über sein Leben gesprochen hat. Ich nehme an, daß die meisten Erpresser sich so verhalten.«
»Genau. Doch was, wenn die Vergangenheit, die er zu verbergen suchte, etwas mit Berkeley zu tun hat? Was, wenn die beiden zusammenlebten?«
»Ist doch auch keine große Sache.«
»Stimmt, aber es muß noch andere Geheimnisse geben, die Taylor durch Berkeley erfahren hat. Insbesondere da Berkeley augenscheinlich alles getan hätte, um ihn zum Schweigen zu bringen. Er hätte alles bezahlt. Sehen Sie sich doch die Beweise an, Jack! Zuerst bekommt Taylor einen Job in einer sehr angesehenen Anwaltskanzlei, die ihre Angestellten ansonsten eher von Oxbridge als vom East End rekrutiert. Einige Absolventen mit exzellenten Qualifikationen sind sogar bereit, ohne Gehalt für TWC arbeiten, nur um einen guten Start ins Berufsleben zu bekommen! Und Berkeley hat Verbindungen zu dieser Firma. Das ergibt doch einen Sinn, nicht wahr? Als Taylor schließlich über die Boatman-Geschichte stolpert, will Berkeleys Partner bei TWC ihn loswerden. Deshalb wird er gefeuert, und Berkeley soll allein mit ihm fertigwerden. Aber Berkeley kann ihn nicht loswerden: Immerhin teilt er ja noch das

Bett mit ihm. Also verschafft er ihm einen anderen Job. Taylor hält eine Weile still und lernt in der Zwischenzeit Shirley Hutchinson kennen.«

»Ich denke, wir gehen davon aus, daß der Kerl schwul ist.«

»Er ist jung, er liebt die Abwechslung. Und immerhin gilt seine Liebe einzig und allein dem Geld. Wenn er bereit war, Berkeley zu erpressen, können wir wohl mit Sicherheit annehmen, daß Loyalität nicht gerade die oberste Priorität für ihn hat. In etwa drei Monaten gibt es übrigens einen dreidimensionalen Beweis dafür, daß er bisexuell ist.« Sie zog die Augenbrauen in die Höhe, als sie auf die Schwangerschaft der jungen Frau anspielte.

»Ich verstehe.«

»Taylor wird also langsam habgierig, und gleichzeitig wird seine Beziehung zu der jungen Frau immer intimer. Berkeley wird abgeschoben. Taylor beginnt, am Aktienmarkt zu spekulieren, er verliert den Boden unter den Füßen, und Berkeley weigert sich, seine Verluste auszugleichen. Sie trennen sich nun endgültig, und die Erpressung beginnt von neuem, derweil Taylor jetzt mit Hutchinson zusammenlebt.«

»Aber keiner bezahlt freiwillig vier Millionen für das Privileg, seine Leiche im Keller lassen zu dürfen.«

»Kommt darauf an, wie viele Leichen darin liegen«, gab sie zurück.

»Ich weiß, diese Version ergibt wirklich mehr Sinn, aber wir sind immer noch nicht näher dran. Wir wissen immer noch nicht, womit zur Hölle Taylor Berkeley in der Hand hatte, das letzteren vier Millionen Dollar gekostet hat. Was ist mit dem Mädchen? Glauben Sie, daß sie mehr weiß, als sie Ihnen erzählt hat?«

»Nein. Sie ist verdammt wütend über sein Verschwinden, denn immerhin muß sie jetzt die Scheiße hinter ihm aufwischen. Meiner Meinung nach ist Taylor eine regelrechte

Schlange. Er hat ihr nichts gesagt, weil das, was er in der Hand hatte, wie Sie sagen, sehr, sehr wichtig gewesen sein muß.«

»Leone, Sie sollten sich besser in acht nehmen, denn wenn Sie recht haben, vermute ich, daß derjenige, der mit Berkeley unter einer Decke steckte, auch mit dem Speakman-Fall zu schaffen hat.«

Jack starrte aus dem Fenster. Sein Geist versuchte das Undenkbare zu denken. Er nahm keine Notiz von dem Auto, das mit laufendem Motor auf der Straße stand. Der Fahrer sah ihm direkt ins Gesicht.

Kapitel 19

Um 9.10 Uhr morgens ging Richard Dexter mühsamen Schrittes durch den fünften Stock von Scotland Yard. Er öffnete eine Tür mit der Aufschrift CENTRAL COMMUNICATIONS COMPLEX TO25, hinter der sich die zentrale Kommunikationsabteilung verbarg, und humpelte den Flur hinab, vorbei an anderen Türen, die in andere Abteilungen führten: in das Verkehrsdezernat, das Fernmelde- und Nachrichtenwesen, die Unfallaufnahme etc. Schließlich stand er vor zwei unbeschrifteten nebeneinanderliegenden Holztüren. Hinter der linken verbarg sich der Special Operations Room – das Büro für besondere Angelegenheiten. Er drückte auf den Knopf an der rechten, um in den Information Room – das Rechenzentrum von Scotland Yard – zu gelangen. Fast zweihundert Polizisten und Zivilfahnder gehörten zu dieser Abteilung, so daß sie bei weitem die größte innerhalb des Central Communications Complex war. Die Tür wurde von einer jungen Polizistin geöffnet, die ihn zum »Wendy House«, wie es inoffiziell hieß, bringen sollte. Dieses Büro, das vierundzwanzig Stunden am Tag von einem Chief Inspector besetzt wurde, kontrollierte den gesamten Komplex.

Dexter ging an den unzähligen Arbeitsstationen vorbei, an denen Operatoren dafür verantwortlich waren, daß das Kommunikationssystem der Polizeistreitkräfte der Hauptstadt funktionierte. Nicht einer sah in seine Richtung, während sie unablässig Instruktionen in die Mikrophone ihrer Kopfhörer sprachen.

Chief Inspector Lee, ein großer Mann mit freundlichem Gesicht und eckigem Kinn, erhob sich, um Dexter zu begrüßen, nachdem dieser an die Glastür geklopft und das

»Wendy House« betreten hatte. Neben ihm beugte sich eine klug aussehende Frau in förmlicher weißer Bluse und karierter Krawatte über irgendwelche Papiere.
»Ah, Mr. Dexter, guten Morgen.« Der CI streckte ihm seine riesige Hand entgegen.
»Freue mich, Sie zu sehen, Chief Inspector«, antwortete Dexter und schüttelte sie.
»Gleichfalls. Darf ich Ihnen Inspector Barnes vorstellen, mit der Sie, glaube ich, bereits am Telefon gesprochen haben? Ich bin gerade dabei, sie mit den letzten Einzelheiten vertraut zu machen.«
Die Frau trat auf Dexter zu. »Hallo, Mr. Dexter, schön, Sie endlich mal persönlich kennenzulernen.« Sie hatte kurzgeschnittenes mausbraunes Haar, das ein reizloses Gesicht ohne Make-up umrahmte. Dexter hatte sie sich größer und robuster vorgestellt. Ihre wäßrigbraunen Augen wurden durch eine Hornbrille vergrößert.
»Ich bin davon überzeugt, daß Sie meinen Anblick bald leid sein werden, Inspector«, sagte Dexter lächelnd.
»Absolut nicht. Es wird mir ein Vergnügen sein, mit Ihnen zusammenzuarbeiten.«
»Inspector Barnes sagte mir, daß Miss Stern und Mr. Sloane um halb zehn hier eintreffen werden«, sagte CI Lee. »Wir haben Ihnen das Büro für besondere Angelegenheiten zugewiesen, vorbehaltlich irgendwelcher Notfälle, die natürlich immer auftauchen können. Wie lange werden sie wohl schätzungsweise brauchen?«
»Schwer zu sagen, aber Sloane steht in dem Ruf, ganz besonders gründlich zu arbeiten.«
»Ich verstehe. Nun, je eher wir sie wieder aus dem Gebäude haben, um so besser. Der Assistant Commissioner ist über ihre Anwesenheit sowieso alles andere als erfreut.«
»Nun, ich fürchte, wir hatten keine Wahl«, sagte Dexter mitfühlend. »Ich hoffe aber, daß ihnen ohnehin in absehbarer Zeit der Atem ausgeht.«

»Gut, dann werde ich Sie jetzt, was das Technische angeht, den fähigen Händen von Inspector Barnes überlassen. Ich habe gehört, daß Roger Fry den Fall für die Krone führt. Wie geht es dem alten Fuchs eigentlich?«

»Ich glaube, er ist froh, wenn diese Suche vorbei ist.«

»Ach wirklich? Es gibt aber doch nichts, worum man sich Sorgen machen müßte, oder? Ich dachte, die Anklage gegen Speakman sei wasserdicht.«

»Ja, das ist sie auch, aber wenn die Verteidigung lange genug sucht, findet sie ein paar Aussagen, mit denen sie die Geschworenen verunsichern könnte.«

»Ich verstehe«, sagte der CI ernst. »Nun, Inspector Barnes steht zu Ihrer vollen Verfügung, Mr. Dexter. Ihre Hauptfunktion besteht darin, dafür zu sorgen, daß die Verteidigung nicht in den PNC2-Akten oder in irgendwelchen gerade laufenden Ermittlungen, die in der HOLMES-Datenbank verzeichnet sind, herumwühlt. Aber wir stehen auf derselben Seite, also bitten Sie sie ruhig um Hilfe, wenn Sie welche brauchen. Ich habe die Zugangscodes selbst ausgewählt, und ich glaube nicht, daß jemand sie knacken wird.«

»Danke«, sagte Dexter und warf Barnes einen Blick zu. Doch ihr Gesicht blieb ausdruckslos. Sie lächelte immer noch, aber seltsamerweise entdeckte er einen gewissen Widerwillen in den großen braunen Augen.

Chief Inspector Lee streckte erneut die Hand aus, und Dexter folgte Barnes aus dem Zimmer. Draußen informierte man sie, daß Sloane und Stern angekommen und auf dem Weg in den fünften Stock seien. Fünf Minuten später hatten sich alle im Flur vor der Tür des Büros für besondere Angelegenheiten versammelt und traten dann gemeinsam ein.

»Sie können diese Arbeitsstation benutzen, Mr. Sloane.« Inspector Barnes deutete auf den blinkenden Bildschirm, der mitten im Zimmer stand. Ihre Vereinbarung lautete folgendermaßen: Sie erhielten Zugang zur HOLMES-

Datenbank, allerdings zu Bedingungen, die die Polizei vorgab und auf deren Territorium.
»Danke. Kann ich meine Tasche hierlassen?« Sloane hatte die schwere Fliegertasche bereits mitten im Zimmer abgestellt. Leone setzte sich neben ihn an seinen Arbeitsplatz.
»Im Flur steht eine Kaffeemaschine.« Barnes rang sich ein mühsames Lächeln ab. »Wenn es sonst noch etwas gibt...«
Toby spürte die Feindseligkeit, die ihm von dieser ehrgeizigen Frau entgegenschlug, weil ihm der Zugang zu internen Daten gewährt worden war. Er nickte. »Danke, Sie sind sehr –«
»Hilfsbereit?« bot Dexter an.
»Offen«, schloß Toby.
»Lassen Sie mich unser Arrangement nochmals zusammenfassen«, murmelte er in Dexters Richtung, während seine ungeduldigen Finger bereits über der Tastatur schwebten. »Der Richter hat uns Zugang zur HOLMES-Datenbank gewährt.«
»Begrenzten Zugang, ja«, antwortete der Staatsanwalt vorsichtig.
»Und jeglicher Zugang wird durch Ihren Operator an einer anderen Arbeitsstation in einem anderen Zimmer mitverfolgt«, sagte Toby und wandte sich Barnes zu.
»Ich habe die Regeln nicht gemacht, Mr. Sloane.«
»Noch beklage ich mich ja gar nicht«, sagte Toby. Barnes zog amüsiert eine Augenbraue in die Höhe. »Wer entscheidet, was ich sehen darf und was nicht?«
Inspector Barnes lächelte schmallippig. »Sie dürfen alles sehen, was sachdienliche Hinweise zum Speakman-Fall enthält, und sonst nichts.«
»Und über die Sachdienlichkeit entscheidet wer?«
»Ich, Mr. Sloane«, sagte sie fest. Aber Toby war beharrlich.
»Und wenn ich nicht einverstanden bin?«

»Sie haben ein Recht auf eine eigene Meinung, genauso wie ich. Aber es gibt keine Möglichkeit der Beschwerde.«
Sloane hatte für ihre Haltung Verständnis. HOLMES wurde als lebendiger, atmender Organismus betrachtet, der mit dem gesamten Netzwerk der Kriminalpolizeibehörde in Verbindung stand. Soweit es die Polizei betraf, hatten sie den Fall König Artus vor einem Jahr gelöst; sie brauchten jetzt nur noch ein paar Geschworene, die ihren Ermittlungsergebnissen zustimmten. Die Polizistin beobachtete seine Reaktion aufmerksam. Zweifellos war dem Special Branch eine Kopie seiner Akte zur Verfügung gestellt worden, das würde zumindest ihre höfliche Feindseligkeit erklären. Jeder, der sich seinen Werdegang sorgfältig ansah, würde wissen, womit er sich beschäftigt hatte: die Einwanderungsgesuche, sein Eintreten für die Rechte von Tierschützern und seine Revision im Fall einer Mörderin, die nichts anderes getan hatte, als sich gegen einen gewalttätigen Partner zur Wehr zu setzen. Er schob die runde, goldumrandete Brille auf seiner schmalen Nase etwas höher. Aber da war noch etwas anderes, das an Barnes' Verhalten nicht stimmte, etwas, das ihm vertraut schien, obwohl er im Augenblick nicht genau sagen konnte, was es war. Mit einem Achselzukken schob er diesen Gedanken beiseite.
»Wenn ich irgend etwas brauche, gebe ich es einfach über die Tastatur ein, dann wissen Sie sofort, worum es geht.«
Sie legte die Hand auf den Türgriff und wandte sich noch einmal zu ihm um. »Das weiß ich bereits, Mr. Sloane.«
Nachdem Barnes und Dexter hinausgegangen waren, wandte Leone sich an Toby.
»Okay, wo fangen wir an?«
»Ich habe mir die Beweise im Zusammenhang mit dem ersten Mordfall angesehen. Colleen Bridges.«
»Was ist damit?«
»Zwei Dinge machen mir Sorgen. Erstens, sie war als Prostituierte bekannt, die irgendwo in der Londoner Innenstadt

arbeitete. Trotzdem gibt es keine Aussagen über ihren Aufenthaltsort in den Tagen, bevor ihr Leichnam gefunden wurde.«

»Das ist doch nichts Seltenes, oder? Ich meine, es ist ziemlich unwahrscheinlich, daß einer ihrer Freier sich meldet und sich dadurch als Kunde zu erkennen gibt.«

»Vielleicht, trotzdem muß sie aber doch Freunde oder einen Zuhälter oder sonst jemanden gehabt haben, der sie kannte! Ich bin sicher, daß die Polizei versucht hat, diese Leute ausfindig zu machen, um ihre letzten Schritte nachzuvollziehen. Wenn es ihr gelungen wäre, dann müßten die Ergebnisse hier drin sein.« Er tippte auf die Tastatur.

»Das stimmt. Und was beschäftigt dich sonst noch?« fragte Leone, die von Tobys Kombinationsgabe beeindruckt war.

»Tatsache ist, daß ich keine Angaben des Arbeitgebers finden kann, aus denen hervorgeht, daß Speakman während dieser Zeit in der Nähe von London war.«

»Keine Tankquittungen oder Auslieferungsbescheinigungen?«

»Genau.«

»Er könnte im eigenen Auto gefahren sein.«

»Möglich, aber hast du die Verhöre durchgesehen?«

»Ja.«

»Kannst du dich daran erinnern, daß man ihn gefragt hat, welche Farbe sein Auto zu diesem Zeitpunkt hatte?«

»Vage.« Ihre Stimme klang leicht defensiv.

»Schon gut, Leone, ich verzeihe dir, daß du an dieser Stelle nicht nachgehakt hast. Tatsache ist, er hat ihnen gesagt, daß er einen roten Vauxhall Cavalier fuhr.«

»Also?«

»Also müssen sie doch eine Liste von Fahrzeugen haben, an denen sie interessiert sind. Ich denke, daß sie eine solche Liste aus Berichten von Augenzeugen zusammengestellt haben, die sich während der Zeit in und um King's

Cross Station aufhielten. Dort hat Colleen Bridges laut Bericht der Staatsanwaltschaft gearbeitet. Ich will die Aussagen sehen.«

»Es gibt übrigens noch etwas, das ich im Zusammenhang mit den Speakman-Verhören herausgefunden habe. Im Verhaftungsprotokoll ist vermerkt, daß ein Mann namens David Taylor als sein Anwalt auftrat. Aber er hat zu diesem Zeitpunkt gar nicht mehr für uns gearbeitet.«

»Könnte es sich um einen falschen Aktenvermerk handeln?«

»Nein, das glaube ich nicht, aber dieser David Taylor war ohnehin nicht der zuverlässigste. Er war in eine sehr ernste Sache verwickelt«, deutete sie an. Sie wollte Toby nicht alles erzählen.

»Dann solltest du jemanden mit Nachforschungen beauftragen. Ich werde hier die Stellung halten.«

»Okay. Bist du sicher, daß du mich hier nicht brauchst?«

»Ich komm' schon klar. Los, mach dich auf die Suche.«

Leone schloß die Tür hinter sich. Der Anwalt dachte über die gegenseitige Feindschaft zwischen ihm und der Polizei nach. Es war schon immer so gewesen, denn er hatte stets andere Prioritäten gesetzt. Er betrachtete es als seine Aufgabe, herauszufinden, was in dem vorliegenden Fall das vornehmste Interesse der Polizei war, um dieses Wissen dann zum Vorteil seines Klienten oder des Falles zu nutzen – das war keineswegs immer dasselbe.

Man hatte ihm sein eigenes Paßwort zur Datenbank gegeben. Er lächelte gequält, als er sah, welchen Namen Inspector Barnes ausgewählt hatte. Er gab es ein: »Guckloch«. Nur weil es sich um Polizeibeamte handelte, mußte das noch lange nicht heißen, daß sie keinen Sinn für Humor hatten. Der vielfarbige Bildschirm veränderte sich und forderte ihn auf, das nächste Paßwort – Camelot – einzugeben, der phantasievolle Name für die Suche nach König Artus. Auf dem Bildschirm erschien ein vielfältiges Menü. Hinter jedem Menü-

punkt verbarg sich ein anderer Aspekt der umfassenden Nachforschungen, die man im Zusammenhang mit der Identität des Mörders angestellt hatte.
HOLMES war ein solides, logisches Computerprogramm. Seit seiner Installation im Jahre 1987 hatte das *H*ome *O*ffice *L*arge *M*ajor *I*nquiry *S*ystem Polizeistreitkräfte im ganzen Land mit dem sofortigen Zugang zu Zehntausenden von Informationen versorgt, die im Verlauf einer jeden größeren Ermittlungsaktion zusammengetragen worden waren.
Toby betrachtete die unheilverkündenden statistischen Angaben der Speakman-Dateien. Es gab allein 189 677 Aussagen, einen Namensindex, der 324 129 Namen mit fast genauso vielen Adressen umfaßte, über 500 000 Telefonnummern und eine Fülle von Kategorien und Beschreibungsindizes, die sich mit bestimmten Informationen befaßten.
Er überflog die Liste mit Spezialthemen, die mit dem Eintrag »Orte« begann. In dieser Sektion waren sämtliche Informationen über die Orte, wo die Mädchen entführt worden waren, aufgeführt, sowie über die, wo die Leichen gefunden worden waren.
Ein weiteres Thema war »Transport«. Hier war festgehalten, welche Autos zu dem fraglichen Zeitpunkt einerseits am Ort der Entführung und andererseits am Fundort der Leichen gesehen wurden. Die Abteilung »Verdächtige« war, wie der Name bereits andeutete, ein vollständiges Register von Sexualstraftätern, deren Opfer junge Frauen gewesen waren. Hinter dem Eintrag »Artikel« schließlich verbarg sich eine allgemeine Beschreibung des Seils und anderer Objekte, wie dem Narkotikum, das der Täter den Mädchen injiziert hatte, um ein leichtes Spiel zu haben.
Insgesamt gab es mehr als zwei Millionen Computereinträge. Wo sollte er anfangen? Sloane hatte sich über diese Frage schon während der vergangenen Tage das Gehirn zermartert. Er mußte vor dem Hintergrund der Annahme

arbeiten, daß Speakman unschuldig war. Ob er persönlich diese Einschätzung teilte, war für seine Funktion als engagierter Anwalt zunächst von untergeordneter Bedeutung. Wenn er diesen Status als den Beginn seiner eigenen Ermittlungen definierte, dann hatte eine andere Person, die bislang noch unbekannt war, die Morde begangen. Seine Aufgabe bestand also aus zwei Teilen: Er mußte die Beweise, die die Staatsanwaltschaft gegen seinen Klienten in Händen hielt, ad absurdum führen, und er mußte den wahren Mörder zur Strecke bringen. Er war nicht so naiv zu glauben, daß Nachforschungen, die er auf eigene Faust anstellte, die Polizei oder die Staatsanwaltschaft dazu bringen würde, ihre Ansicht zu ändern. Doch zumindest konnte er den Geschworenen dann eine Alternative vorlegen. Vielleicht – nur vielleicht – würde Speakman daraufhin einen fairen Prozeß bekommen. Er hatte vier Wochen Zeit – vier Wochen für den Versuch, Trevor Speakman vor einer lebenslänglichen Haftstrafe zu bewahren. Er zog seine Jakke aus, hängte sie über die Stuhllehne, entfernte die beiden goldenen Manschettenknöpfe, verstaute sie sorgfältig in seiner Westentasche und krempelte die Ärmel auf. Dann warf er einen prüfenden Blick auf die Tastatur und gab seinen ersten Befehl ein.
»Ich hätte gern eine Tasse schwarzen Kaffee, Inspector.«
Einen Augenblick später erschien die Antwort auf dem Bildschirm: »Zugang verweigert.«
»Der erste von vielen«, murmelte er und machte sich mit Feuereifer ans Werk.

Er starrte auf den Bildschirm seines Computers. Es war ihm nach vier langen Wochen gelungen, Taylors bemitleidenswertem und um Gnade winselndem Mund die Einzelheiten zu entringen. Victor La Saux. Er war dem Erfolg einfach zu nahe, als daß ihm ein zweitklassiger Pornohändler noch in die Quere kommen durfte. Vor ihm breitete sich

das Bild in vielfarbigen Pixeln über der Internet-Seite aus. Soweit er sich erinnern konnte, war es ein etwas anderer Blickwinkel, aber es handelte sich eindeutig um dieselben Leichen. Nur die Gesichter – auch das von der kleinen Nutte in Berkeleys Wohnung – waren verzerrt worden. Alle vier Stunden erfolgte ein Update, das ihm sagte, wie viele User sich die Bilder ansahen. Immer mehr Perverse loggten sich ein und betrachteten das zweiminütige Video, denn über E-Mail verbreitete sich die Nachricht, daß es so etwas im Internet gab, schnell.
Er schlug mit der Faust auf die Tastatur. Abgelenkt durch Leone Stern, die ihn aus der Bahn gebracht hatte, hatte er zugelassen, daß dieser La Saux ihm auf die Schliche gekommen war. Bisher war keiner je hinter seine Geheimnisse gekommen. Dazu lebten sie nicht lange genug.

»Zugang verweigert.«
Mein Gott, langsam ging ihm das auf die Nerven. Toby trommelte mit den Fingern auf den Tisch. Barnes und Dexter waren offensichtlich entschlossen, ihm den Einblick in die Akte der Staatsanwaltschaft zu verweigern. Wahrscheinlich freuten sie sich, weil er seine Zeit damit vergeudete, sie zu finden, wo er sie doch ganz dicht vor der Nase hatte. Er brauchte einen umfassenden Überblick über die Ermittlungen, damit er sich dann auf die spezifischen Punkten zubewegen konnte, die ihn interessierten. Er brauchte eine Art Maske, die ihm ein paar Schlüsselbegriffe lieferte, die für die Staatsanwaltschaft wie für die Verteidigung gleichermaßen von Bedeutung waren, um sich überhaupt zurechtfinden zu können. Die Polizei und die Staatsanwaltschaft wußten, wie gefährlich es war, einen Großteil der von ihnen angestellten Ermittlungen offenzulegen. Er vermutete, daß sie aufgrund des starken öffentlichen Interesses, das den Fall begleitete, potentielles Beweismaterial unter einem riesigen Wust unnützer Daten vergraben hatten.

Doch dazu mußte sie es zunächst als bedeutsam identifiziert haben. Toby forschte in seinem Gedächtnis nach allen Begriffen und Phrasen, die mit der Artus-Sage verbunden waren. Der Polizist, der diese Operation »Camelot« genannt hatte, war vielleicht auch für die Wahl des Codewortes verantwortlich, mit dem man die Maske für das gesamte im Rechner gespeicherte Datenmaterial zu diesem Fall aufrufen konnte. Er hatte schon Guinevra, Mordred, Merlin und Morgan le Fay ausprobiert: Der Computer meldete beharrlich »unbekannt«. Er gab die Worte Gawain, Kai und sogar Lanzelot ein – ohne Ergebnis. Er zermarterte sich das Hirn nach anderen Bezügen zu Ritter von der Tafelrunde und den dazugehörigen Legenden. Der Grüne Ritter und Excalibur halfen ihm bei seiner Suche ebenfalls nicht weiter. Er hielt inne. Das war es: »Suche«! Er gab es ein. Wieder erkannte der Computer es nicht als Codewort an.

»Komm schon, Toby, denk nach.« Er war auf dem richtigen Weg, das wußte er. Nur noch ein bißchen mehr nachdenken. Er mußte sich in das Gehirn eines älteren Polizeibeamten versetzen. Wie würde er seine Aufgabe betrachten? Wenn König Artus, der Mörder, das Böse repräsentierte, dann würde der Polizist sich als das Gute sehen. Wer war der Heiligste, der Reinste der Ritter? Toby lächelte, als es ihm wieder einfiel. Sir Galahad, natürlich. Er war der Jüngste und der Unschuldigste, er war für die wichtigste Suche in der Legende um König Artus ausgewählt worden: der Suche nach dem Heiligen Gral. Würde ein Polizist, der diese Geschichte kannte, sich in dem gleichen Licht sehen? Es gab nur einen Weg, um das herauszufinden. Der Anwalt hielt den Atem an und tippte die Worte »Heiliger Gral« ein. Nichts. Er tippte »Heilige Suche«. Dasselbe. Dann gab er die Worte »Sir Galahad« ein. Auf dem Bildschirm erschien jetzt eine andere Meldung:

»Unvollständige Eingabe«.

Einige Augenblicke lang dachte er nochmals angestrengt nach, bis ihm der ganze Titel des Ritters wieder einfiel. Er gab »Sir Galahad, der Reine« ein. Auf dem Bildschirm erschienen die Worte »Eingabe vollständig: Zugang gewährt«.
Endlich hatte er die Maske mit den Schlüsselbegriffen gefunden. Was er mit ihrer Hilfe entdecken würde, war eine andere Frage.

Kapitel 20

Eton war die ideale Umgebung, um etwas über die heimlichen Bedürfnisse seiner Mitmenschen zu lernen. Und an eben jenem altehrwürdigen Schauplatz der Gelehrsamkeit hatte Victor La Saux seine Schulzeit absolviert. Viele dieser Tage hatte er als Lieferant von Freizeitdrogen, Strichjungen und Pornographie zugebracht. Zu seinen besten Kunden gehörten einige der ältesten Lehrkräfte, die seine Gefälligkeiten natürlich erwiderten. Seine Abgangszeugnisse sprachen von einem »hochintelligenten, klar denkenden jungen Mann« – eine abfälligere Beurteilung hätte einen Boykott zukünftiger Vergnügungen zur Folge gehabt.

Obwohl dem unerklärlicherweise so beliebten Achtzehnjährigen Oxford jederzeit offengestanden hätte, hatte er sich entschlossen, sich als Geschäftsmann selbständig zu machen. Und auch hier waren ihm seine Kontakte so hilfreich wie eh und je. Nur selten mußte er jemanden an dessen verderbliches Hobby erinnern. Er selbst hatte die von ihm vertriebenen Waren niemals benutzt; er war Geschäftsmann, nicht Konsument. Wenn er Arbeitskapital brauchte, um neue Geschäftsräume oder neue Waren zu erwerben, nahm der junge Unternehmer gern die großzügige Hilfe entgegen, die ihm von seinen früheren Geschäftsfreunden zuteil wurde. Doch achtete er sorgsam darauf, die besudelte goldene Gans niemals ganz zu schlachten. Seinen Erfolg bezeichnete er als »Imperium menschlicher Schwäche«. Als die sexuellen Bedürfnisse und Perversionen abstumpften oder extremer wurden, hatte er schnell auf die Marktbedürfnisse reagiert. Sein Reich wuchs weiter. Mit zweiunddreißig war Victor ein wohlhabendes und respektiertes Mitglied der menschlichen Gesellschaft. Sein Einsatz für wohltätige Zwecke wurde den weniger Großzügigen als leuchtendes Vorbild vor Augen gehalten, und er beabsichtigte, sogar noch prominenter zu werden.

Da bot sich La Saux die Gelegenheit zu einem hervorragenden Geschäft. Ein freundlicher niederländischer Chemiker hatte vor kurzem eine neue Zusammensetzung der Ecstasy-Droge entwickelt. Die Wirkung dauerte länger – und ihre Herstellung war preiswerter als die ihrer Vorgänger, obwohl man diese Tatsache den Konsumenten wohl kaum mitteilen würde. Das Problem bestand darin, daß der Chemiker sich des Potentials seiner Forschungen bewußt war und einen großen Vorschuß verlangte, um den Markt vor einer Überschwemmung mit der Droge zu bewahren.

Es handelte sich um ganz einfache Volkswirtschaftslehre: Wenn die Droge, oder E+, wie er sie nannte, überall erhältlich war, würden die Preise in den Keller gehen. La Saux hatte zuwenig Eigenkapital, um einsteigen zu können. Auch seine »stillen Teilhaber« hatten nicht die nötigen finanziellen Mittel für dieses spezielle Unternehmen. So hatte er schon beinahe beschlossen, ganz auf eine Beteiligung zu verzichten, als der »Artikel« in seinen Besitz gekommen war. Er hatte in seinem Büro in Soho gesessen, als David Taylor hereinkam. Er trug eine braune Aktentasche in der Hand, ein breites Lächeln auf dem Gesicht und suchte nach einem Geschäftspartner. Bis zu jenem Augenblick hatte La Saux nicht an eine höhere Macht geglaubt, die das Universum regierte – sei es nun Gott, Allah oder wer auch immer. Die Macht leuchtete nun hell und strahlend, und sie leuchtete für ihn. Er sah sich das Video an und ließ sich ohne jedes Zögern auf den Handel ein.

Victor verließ sich auf seinen ausgeprägten Geschäftssinn: Seine Suche nach Betriebskapital hatte jetzt ein Ziel. Das Internet war ein hervorragendes Mittel, das ihm zum

Erfolg verhelfen konnte. Seine Schnelligkeit und relative Anonymität schufen einen absolut sicheren Hafen für die Erpressung. Vier Millionen Pfund Reingewinn hatten er und Taylor bislang eingenommen, und nicht ein einziges Mal war ihm darüber der Schweiß ausgebrochen. Aber jetzt war dieser törichte Mann, Berkeley, leider verstorben. Der Fluß des Geldes, seines Geldes, war unter den knirschenden Rädern des Lkws versiegt. Jetzt war es Zeit für Opfer Nummer zwei. Der Beweis, daß er den betreffenden Artikel in Händen hielt, konnte man Stück für Stück über das Netz flimmern sehen. Geduldig hatte er darauf gewartet, daß das Opfer anbiß. Heute war ein guter Tag.
Die E-Mail bat ihn, die zweiminütige Sequenz aus dem Netz zu entfernen. Jetzt wurde es Zeit, den Fisch an Land zu ziehen und sich auf das Geschäft vorzubereiten, und es würde nicht mehr lange dauern, bis seine Träume wahr wurden. Schade, daß sich Taylor aus dem Unternehmen zurückgezogen hatte, dachte er geistesabwesend. Nach Berkeleys Tod hatte er ihn nicht mehr gesehen. Doch es bekümmerte La Saux wenig, daß er nicht da sein würde, um das Geld mit ihm zu teilen.

Man hatte ein Treffen vereinbart. La Saux saß geduldig in der griechischen Bar in Covent Garden. Der heftige Abendregen hatte auf der Oberfläche seines Burberry-Regenmantels einen dünnen Film gebildet. Die Wärme in dem überfüllten Café ließ feuchten Dampf von nassen Schuhen und durchweichten Jacken aufsteigen. Es war 23.05 Uhr. Der Mann kam zu spät.
Um 23.30 Uhr – sein Espresso, den er nicht angerührt hatte, war kalt – legte La Saux den genauen Betrag für das Getränk auf die Aluminiumoberfläche des Tisches, zog den Gürtel seines Regenmantels enger und schlenderte langsam in den stetig fallenden Regen hinaus. Kein allzu vielversprechender Beginn seiner Beziehung zu Opfer

Nummer zwei. Vor dem Supermarkt um die Ecke wartete sein Fahrer im Wagen auf ihn. Als er in die betreffende Seitenstraße am Flußufer einbog, zog er den Kragen hoch und kam sich wie eine lächerliche Version von Humphrey Bogart vor. In fünfzig Meter Entfernung sah er jetzt das Heck seines Wagens und zudem die Rauchfahne, die von der Zigarre seines Fahrers aus dem Fenster aufstieg. La Saux war doppelt verärgert. Nicht nur, daß seine Zusammenkunft buchstäblich ins Wasser gefallen war, Jenkins rauchte auch noch eine seiner eigenen kubanischen Zigarren. Er würde ihm das vom Lohn abziehen.

Plötzlich spürte er den scharfen Schmerz einer Nadel im Nacken. Seine Knie gaben als erstes nach. La Saux empfand eine vage Dankbarkeit, als zwei Arme ihn daran hinderten, auf den nassen und schmutzigen Asphalt zu stürzen. Die Arme waren stark, aber ihr Besitzer wußte bestimmt nicht, daß sie Victor in die falsche Richtung führten. Doch er war machtlos. Das Auto und der rauchende Fahrer entschwanden seinen Blicken. Er hörte, wie eine Cockney-Stimme, die aus weiter Ferne zu kommen schien, fragte: »Ist er okay, Kumpel?«

Der Besitzer der Arme antwortete: »Alles in Ordnung, er hat nur zuviel getrunken, Sie wissen ja, wie das ist.«

Es war eine angenehme Stimme, tief und mit gebildeter Wortwahl, eine Stimme, der man vertrauen konnte. La Saux fühlte sich schwummerig und merkwürdig euphorisch. Er versuchte, dem Fremden für seine freundliche Hilfe zu danken, aber seine Stimmbänder schienen seinem Gehirn nicht gehorchen zu wollen. Er brachte lediglich ein dumpfes Grunzen hervor.

Der gute Samariter sprach erneut. »Schhh, entspannen Sie sich. Oh, und übrigens, tut mir leid, daß ich mich verspätet habe.«

Victor La Saux wurde in den Kofferraum eines blauen Range Rover geworfen. Sein Gegner bedeckte den unter schweren

Drogen stehenden Mann mit einer karierten Wolldecke. »Allerdings«, flüsterte er, »würde es mir nichts nützen, wenn Sie am Schock stürben, zumindest noch nicht.«

Es war Mitternacht, und Inspector Barnes von Scotland Yard war erschöpft. Zermürbt von den langen Stunden, in denen sie Sloanes Versuche, den Zugangscode zu knacken, beobachtet hatte. Richard Dexter wollte eindeutig etwas verbergen. Ihre Erfahrung sagte ihr, daß es besser war, nichts Näheres wissen, aber ihre Neugier war geweckt. Für kurze Zeit war sie versucht gewesen, sich die Dateien herunterzuladen, die er aus HOLMES in die PNC2-Datenbank verschoben hatte, um sie Sloanes Zugriff zu entziehen. Doch dann hatte sie einfach nur die Befehle befolgt. Aber die Sache beschäftigte sie weiter.

Sie hatte schon vor Jahren feststellen müssen, wie erbarmungslos Sloane war, und sie empfand eine unwillkürliche, wenn auch widerwillige Bewunderung für den Anwalt. Viele hätten sicherlich schon vor Stunden aufgegeben, aber Sloane hatte Vertrauen in seine Fähigkeit, logisch zu folgern,und arbeitete unermüdlich. Sehr zu Dexters Überraschung hatte er den zutreffenden Schluß gezogen, daß eine Maske für den Fall existierte. Im Augenblick waren die Dateien noch sicher, aber es würde wohl nicht mehr lange dauern, bevor Sloane die »schwarzen Löcher« in der HOLMES-Datenbank entdeckte, die durch den Transfer der Daten in die PNC2 entstanden waren, denn immerhin waren sämtliche Datensätze miteinander verkettet. Barnes hatte Chief Inspector Lee vor dem Pfad gewarnt, den Sloane eingeschlagen hatte. Ihr Vorgesetzter hatte die Verfolgungsjagd des Anwalts als intellektuelle Herausforderung in bezug auf die Auswahl seiner Codewörter und seiner Liebe zu Malorys *Der Tod Arthurs* gewertet.

»Er wird es niemals herausbekommen, Deborah. Diese Paragraphenhengste haben doch nichts als hohle Luft im Kopf. Das einzige, woran sie denken, sind ihre Gehälter.«

Jetzt wartete sie im »Wendy House« mit Neuigkeiten auf ihn: Er hatte es geschafft, hatte eine Kopie der Maske erstellt, sie in vierzig Einzeldateien aufgeteilt und ausgedruckt. Nun besaß er eine Liste der für die Untersuchung wichtigen Schlüsselbegriffe, mit denen er weitere Suchabfragen würde starten können. Es konnte nicht mehr lange dauern, bis er darauf kommen würde, daß alle wichtigen Informationen in der PCN2 sein mußten. Ihr Boß würde alles andere als glücklich sein. Er war gerade auf dem Rückweg von einer Lagebesprechung mit dem Assistant Commissioner und Dexter.

Schnell hatte Barnes den Zugangscode für PCN2 verändert. Das neue Paßwort kennzeichnete ihre Haltung in bezug auf die Reaktion von Chief Inspector Lee: »Idiot«. Dieses Wort war »idiotensicher«, wie es auch das Codewort für die Maske hätte sein sollen. Aber so viel Unterschied machte das jetzt leider nicht mehr. Sloane hatte den Zugang gefunden und die Fährte aufgenommen.

Plötzlich wurde die Tür aufgerissen, und Lee stürmte herein. Er trug Abendanzug und Fliege. Als sie seine Aufmachung sah, ging ihr ein Licht auf.

»Tut mir leid, Sir. Ich wußte nicht, daß Sie zusammen aus waren.«

»Nicht nur das, diesen Abend wollten wir mit unseren Ehefrauen verbringen. Mrs. Lee ist alles andere als erfreut.«

»Er hat es geknackt.« Lee nickte bedächtig, eine Reaktion, die Verständnis signalisieren sollte, aber eigentlich nur dazu führte, daß er wie ein Plüschhund auf der Kofferraumabdeckung eines Ford Cortina aussah.

Er warf einen Blick auf den Bildschirm.

»Halten Sie es eigentlich nicht für angebracht, aufzustehen, wenn ein Vorgesetzter den Raum betritt?«

Langsam erhob sie sich. Zu langsam für seinen Geschmack.

Er runzelte flüchtig die Stirn, doch dann wandte er den

Blick ab, als ob ihm plötzlich klar wurde, was für einen törichten Eindruck er machen mußte.

»Wenn Sie mir sagen würden, was wir vor ihm verbergen, wäre ich in der Lage, meine Aufgabe etwas wirkungsvoller auszuführen, Sir.«

»Wir verbergen gar nichts, Deborah. Wenn etwas entdeckt werden kann, so ist es auch nicht verborgen.« In seiner Stimme schwang jenes leise Drohen mit, das seine Beförderung in die gegenwärtige Position beschleunigt hatte.

»Bei allem Respekt, Sir, ohne präzise Informationen kann ich nicht vernünftig handeln.«

»Sie wollen also informiert werden! Im Augenblick stehen Sie aber nicht auf der Liste derjenigen, die über die Angelegenheit ins Bild gesetzt werden, Inspector. Ist das klar?« antwortete er grob.

»Wo habe ich das nur schon einmal gehört?« murmelte sie leise.

»Was haben Sie gesagt?«

»Nichts, Sir.«

»Welchen neuen Zugangscode haben Sie den Dateien gegeben, die jetzt in PNC2 sind?«

»Idiot, Sir.«

»Wie bitte, Inspector?« fragte er wütend.

»Das Codewort, Sir: I-D-I-O-T.« Sie buchstabierte es langsam und begann sich köstlich zu amüsieren.

»Ich habe sie gewarnt«, begann er, »habe ihnen gesagt, daß Sie Ärger machen würden, aber nein! ›Denken Sie an die Chancengleichheit!‹ ist mir gesagt worden. Sie ist schon viel zu häufig übergangen worden. Welchen Schaden kann sie bei HOLMES schon anrichten?« Barnes spürte, wie ihre Wangen vor Wut brannten. »Sie hätten ihn aufhalten können, bevor er das richtige Codewort für die Maske fand. Und wagen Sie es nicht, mich zu beleidigen, indem Sie das abstreiten.«

Er trat an den Bildschirm, drückte verschiedene Tasten

und las die zahlreichen Versuche durch, die Sloane gemacht hatte, um die Maske aufrufen zu können. »Wie ich es mir gedacht habe. Ich werde morgen früh einen Bericht über Ihr Verhalten abfassen.«

»Aber Sir ...«

»Kein aber, Inspector, das hier liegt in Ihrem Verantwortungsbereich, und ich werde dafür sorgen, daß der Assistant Commissioner davon erfährt.«

Sie griff in die oberste Schublade ihres Schreibtisches und holte ein Dokument heraus. »Ich habe meinen eigenen Bericht gemacht, Sir. Hier werden detailliert die Ratschläge aufgeführt, die ich Ihnen gab, bevor der Code geknackt wurde. Außerdem geht er in allen Einzelheiten auf die Bemühungen ein, die ich auf mich genommen habe, um Sie heute abend zu einem früheren Zeitpunkt zu erreichen, und er wiederholt meine Bitte um neue Zugangscodes.«

Lee maß sie mit seinem Blick, nickte erneut und schob die Hände in die Hosentaschen, wahrscheinlich um zu verhindern, daß er sie mit bloßen Händen erwürgte.

»Stillhalteabkommen?« schlug er vor. Sie nickte. Dann ging ihr auf, wie lächerlich die Situation war. »Keine Berichte?«

»Gut.«

»Gut, was?«

»Sir!«

»Schon besser. Ich werde das Codewort jetzt also nochmals verändern.«

»Aber keine Artus-Bezüge mehr! Er ist einfach zu intelligent, um Ihren Gedankengängen nicht folgen zu können.«

So hatte es eigentlich gar nicht herauskommen sollen, aber jetzt war es zu spät. CI Lee sah aus, als habe man ihm einen Tritt in die Eier versetzt. Erneut wandte er sich der Tastatur zu und gab wütend neue Befehle in die HOLMES-Datenbank ein. Dann stand er auf, maß sie von Kopf bis Fuß mit verächtlichem Blick und verließ ohne weiteren Kommentar das Büro.

Inspector Deborah Barnes atmete auf. Sie hatte Glück gehabt. Nicht nur, daß er nicht bemerkt hatte, daß es sich bei ihrem »Bericht« um eine Einladung zu einer Wohltätigkeitsparty der Londoner Polizei handelte. Ebensowenig war ihm aufgefallen, daß sie sich sämtliche Dateien aus der PNC2 vom Großrechner auf ihre Festplatte kopiert hatte. Sie öffnete sie.

»Also, dann wollen wir doch mal sehen, was wir *nicht* verbergen.«

Kapitel 21

»Tut mir leid, daß ich dich so früh angerufen habe, Leone«, sagte Toby, den Blick unverwandt auf das Dokument auf seinem Schreibtisch gerichtet. Um sechs Uhr morgens hatte sie sein Anruf aus dem Traum von australischem Sonnenschein gerissen und in die graue Morgendämmerung der Londoner Wirklichkeit geholt.

»Du hast gesagt, daß es dringend sei: Hier bin ich. Worum geht es?« Sie kannte die Professionalität des Anwalts und akzeptierte seinen Notruf.

»Kaffee?«

Sie hatte das bittere Aroma frisch gemahlener Bohnen schon gerochen, als sie am Schreibtisch der Sekretärin vorbeigekommen war – außer Sloane war niemand hier. Leone nickte.

»Dann geh immer der Nase nach. Im Büroschrank der Sekretärin stehen ein paar Tassen. Aber für den Milchmann ist es offenbar noch zu früh.«

»Und für dich nicht?«

»Ich muß um halb acht wieder im Yard sein. Inspector Barnes wird mich schon erwarten.«

Ein paar Minuten später kehrte Leone zurück, in der Hand eine dampfende Tasse. Dankbar schlürfte sie den heißen Kaffee.

Sie hatte sich Jacks Hilfe versichert, nachdem sie Scotland Yard verlassen hatte, und gemeinsam hatten sie die vorangegangene Nacht damit verbracht, sich in West-End-Bars herumzutreiben und die Spur von David Taylor aufzunehmen. Der Privatdetektiv, den Shirley Hutchinson angeheuert hatte, hatte ihr ein paar hilfreiche Informationen gegeben: Sämtliche seiner Nachforschungen deuteten darauf

hin, daß Taylor ein häufiger Gast in Striplokalen und Schwulenbars in der Nähe von Soho war.
Dreihundert Pfund ärmer und mit jeder Menge verdünntem Champagner abgefüllt, hatten sie schließlich einen Strichjungen ausfindig gemacht, der angab, Taylor zu kennen. Obwohl er ihn schon eine ganze Weile nicht gesehen hatte, erwähnte er, daß Taylor freundschaftlich mit einem Mann namens Victor La Saux verbunden war, dem ein paar miese Spelunken in der Gegend gehörten. Schon bald wurde ihnen klar, daß es zwecklos war, sich mit einem Mann wie La Saux verabreden zu wollen. Außerdem war bei der Vorstellung, Live-Sex-Show-Clubs zu betreten, für Leone das Maß voll gewesen und die Grenze erreicht. Doch hatten ihre Nachforschungen zumindest ergeben, daß sie auf der richtigen Spur waren. Es war bereits 3.00 Uhr morgens , als Leone schließlich ins Bett kam.

Toby gab etwas in seinen Laptop ein, während sie sich auf den Stuhl setzte, der seinem Schreibtisch gegenüberstand.
»Hast du etwas Brauchbares gefunden?« fragte sie.
»Was ich habe, gleicht eher der Karte zu einem Schatz.«
Leone war verwirrt. Er wertete ihr Schweigen als Aufforderung, zu erklären, was auf der »Karte« zu sehen war.
»Sie wollen offensichtlich einige ihrer Informationen verbergen. Es ist irgendwo da drin, es *muß* da drin sein! Sie würden es nicht wagen, die Daten zu löschen. Sonst bestünde schließlich das Risiko, daß jemand, der sich vielleicht an der Polizei rächen will, diesen Umstand noch Jahre später an die Presse weitergeben könnte. Nein, ich glaube, daß sie die fraglichen Dateien, die ich laut Maske finden müßte, aber nicht finden kann, an eine andere Stelle kopiert haben.«
»Hast du schon eine Vorstellung, worum es sich handelt?«

Er zuckte die Achseln. »Könnte alles sein: die Aussage eines Augenzeugen, Fasern, Fingerabdrücke, wer weiß? Der Punkt ist, daß mir die Maske zwar hilft, mich in der HOLMES zurechtzufinden, aber sie gibt mir keinen Hinweis darauf, wo das Material ist.« Er hielt einen Augenblick lang inne. Dann beugte er sich zu ihr vor, wobei er beide Handflächen an seine vorspringenden Wangenknochen legte. »Es kann Jahre dauern, Leone.«
Sie wurde wütend bei dem Gedanken, daß Zeitverschwendung ein Luxus war, den sie sich nicht erlauben konnte.
»Was schlägst du vor?«
»Tatsache ist, daß Speakman den Rest seines Lebens hinter Gittern verbringen muß, wenn wir das hier nicht auf die Reihe bringen.«
»Stimmt.«
»Dies ist eine verzweifelte Situation, sie verlangt nach –«
»Besonderen Maßnahmen?« Das war ein Argument, mit dem Leone aufgewachsen war: Ihr Vater hatte es bei seinen Geschäften mit der Bauindustrie von Sydney immer wieder zu Felde geführt. Wenn sie doch nur gewußt hätte, *wie* verzweifelt die Lage werden konnte! Toby nickte schweigend.
»Meiner Erfahrung nach bedeutet eine solche Äußerung, daß man etwas Illegales im Schilde führt«, sagte sie. Ihre Stimme klang vorsichtig.
»Kommt darauf an, was man mit ›illegal‹ meint«, antwortete er leichthin.
»Wenn du das nicht weißt...«
»Leone, es gibt illegal und *illegal.*«
Sie stellte ihre Kaffeetasse auf den überfüllten Schreibtisch. Toby war wie jeder andere Anwalt, den sie bislang kennengelernt hatte: Sein systematischer Verstand hatte keineswegs zur Folge, daß auch sein Schreibtisch nach einem System geordnet war.
»Wortklauberei.«

»Realismus, Leone. Du kannst die Tatsache nicht ignorieren, daß die Polizei fast täglich irgendwo gegen das Zivilrecht verstößt, gegen das Recht auf Privatsphäre und gegen Schlimmeres.«

»Das tue ich auch gar nicht, aber es bedeutet keineswegs automatisch, daß es richtig ist, dieses Verhalten nachzumachen. Es ist keine Rechtfertigung für eine Straftat«, fuhr sie fort und verdrängte die Erinnerung an ihre eigene Entscheidung, die Diskette von MMB zu stehlen. *Gib nichts zu, Leone.*

»Was sagt Bassanio im Kaufmann von Venedig, als er um das Leben seines Freundes bittet?«

Sie wußte es. »Daß man manchmal ein kleines Unrecht begehen muß, um dem Recht auf die Sprünge zu helfen. – Ja, und dann hat Portia die Situation gerettet, indem sie ein kluges juristisches Argument vorbrachte, nicht wahr?«

»Glücklicherweise. Männliche Richter hören weiblichen Anwälten meist besser zu.«

»Sie war doch als Mann verkleidet, oder nicht? Wie auch immer« – Leone warf ihm einen tadelnden Blick zu – »das glaubst du doch genausowenig wie ich.«

»Darum geht es nicht.«

»Und worum geht es?«

»Um Speakmans Unschuld.«

»Du glaubst, daß er unschuldig bist?«

»Darum geht es auch nicht.«

»Aber das hast du doch gerade gesagt.«

Er hielt für einen Augenblick inne und schenkte ihr dann ein breites Lächeln. »Bin ich froh, daß du nicht als Anwältin vor Gericht zugelassen bist.«

»Ich auch«, antwortete sie aufrichtig.

»Laß mich jetzt wenigstens ausreden, damit du weißt, was ich im Sinn habe. Ich würde so etwas ganz bestimmt nicht vorschlagen, wenn ich nicht dächte, daß es der Situation angemessen ist.«

Die folgende Viertelstunde verbrachte Leone damit, dem Plan des Anwalts zu lauschen. Als er fertig war, lehnte er sich in seinem Stuhl zurück und wartete darauf, daß sie sich dazu äußerte.

»Können wir einen Handel miteinander abschließen?« fragte sie.

»Kommt auf die Bedingungen an.«

»Sie sind fair. Erinnerst du dich, daß ich dir von David Taylor erzählt habe? Nun, ich glaube, daß jemand bei TWC mehr als nur ein berufliches Interesse an diesem Fall hat. Ich bin der Geschichte auf der Spur. Mach also weiter, zunächst unter Berücksichtigung sämtlicher moralischer Prinzipien, und warte ab, was die Maske ans Tageslicht bringt: Wenn das keinen Erfolg hat, sprechen wir noch einmal darüber.«

»Wir haben nicht allzuviel Zeit, Leone.«

Das wußte sie nur zu gut.

Victor La Saux erwachte aus seinem langen Schlaf. Er versuchte, die Hände an den schmerzenden Punkt im Nacken zu führen, aber es gelang ihm nicht. Sie waren an die Armstützen eines Holzstuhles gebunden. Er blinzelte mit entzündeten Augen. Langsam konnte er wieder sehen, wenn auch verzerrt. Vor ihm erstreckte sich eine rissige ockerfarbene Wand, die weder Bilder noch sonstige Dekoration schmückte. Er versuchte die Beine zu bewegen, erwartete aber, daß sie auch gefesselt waren. Richtig. Er öffnete den Mund in der Erwartung, daß ein Knebel ihn daran hindern würde. Falsch. La Saux spuckte eine Mischung aus Galle und Speichel auf den Boden.

»Sie werden sich noch ein wenig erschöpft fühlen.«

Er versuchte, den Kopf in Richtung der Stimme zu drehen, spürte jedoch, wie sich sofort eine scharfe Nadel in seinen Hals bohrte. Schnell zuckte er zurück und seufzte erleichtert, als das Instrument wieder herausglitt.

»Entschuldigen Sie. Ich hätte Sie vorwarnen sollen. Sie können beruhigt sein, im Augenblick ist nichts Tödlicheres als ein mildes schmerzstillendes Mittel darin. Witzig, wenn Sie sich zur anderen Seite gedreht hätten, wären Sie jetzt schon tot.«

Er erkannte die Stimme des Fremden aus Covent Garden. Er versuchte zu sprechen, aber seine Kehle war trocken und rauh.

»Langsam«, riet die Stimme des Mannes. »Es gibt so vieles, worüber wir uns unterhalten müssen.«

La Saux bewegte die Zunge im Mund, um etwas Speichel für seine Stimmbänder zu produzieren. Schließlich machte er einen neuen Sprechversuch.

»Ich muß pissen.« Seine Stimme klang trocken, heiser, als ob er einen heftigen Kater hätte.

»Tun Sie sich keinen Zwang an.«

La Saux senkte langsam den Blick und stellte fest, daß ein Katheter in die Öffnung seines Penis eingeführt worden war. Das Röhrchen lief in einen Beutel zu seinen Füßen. Er spürte die willkommene Erleichterung, als er Wasser ließ, und beobachte, wie sich das Säckchen langsam füllte.

»Besser?«

Er nickte langsam.

»Es gibt nur ein Problem«, warnte die Stimme hinter ihm. »Ich würde versuchen, demnächst ein bißchen länger einzuhalten: Wenn der Beutel voll ist, tritt die Flüssigkeit auf demselben Wege wieder heraus.«

»Was wollen Sie?«

»Was wir alle zu wollen behaupten, aber eigentlich gar nicht wirklich wollen: die Wahrheit.«

»Fragen Sie mich, und ich sage Ihnen alles.«

»Das ist ja das Problem: Sie erzählen mir vielleicht, was ich hören will, aber woher soll ich wissen, ob es die Wahrheit ist?«

»Ich habe Angst. Wenn Sie das erreichen wollten, haben

Sie bereits gewonnen, das können Sie mir glauben. Ich werde Ihnen keine Lügen erzählen.«
Es folgte ein Augenblick des Schweigens, der Tage zu dauern schien.
»Wenn wir uns schon früher kennengelernt hätten, würde ich Sie vielleicht beim Wort nehmen, aber da wir einander nun einmal fremd sind, kann ich das nicht. Wir müssen uns erst gründlich kennenlernen, bevor ich anfangen kann, das, was Sie mir erzählen, tatsächlich für bare Münze zu nehmen.«
»Sagen Sie mir, worum es geht, und ich erzähle Ihnen alles, was ich weiß.« Seine Stimme hatte einen unterwürfigen Ton angenommen.
»Das werden Sie, keine Frage. Wir sind doch beide Geschäftsmänner. Wie bei jedem Geschäft und jeder Vereinbarung ist es wichtig, zu wissen, wie entschlossen der andere ist, damit man gleichberechtigt und vertrauensvoll verhandeln kann. Im Augenblick sind Sie berechtigterweise verängstigt, das zeigt mir, daß Sie ein intelligenter Mann sind. Sie versuchen, herauszubekommen, was ich wohl von Ihnen will, das ist ein Hinweis auf Ihre logische Begabung. Ich hingegen habe Ihnen bislang gar nichts gezeigt.«
»Ich will nicht mit Ihnen handeln. Ich will leben.«
»Wieder haben Sie bewiesen, daß Sie die Situation durchschauen und haben Sie zutreffend eingeschätzt. Wir werden uns gut verstehen.«
La Saux schluckte schwer. Sein Schließmuskel begann, sich zusammenzuziehen.
»Ich muß scheißen.«
»Nur zu. Dummerweise gibt es jedoch kein Auffanggefäß für die Exkremente. Sie werden also darin sitzen müssen. Aber als Händler von Pornographie werden Sie daran ja gewöhnt sein. Sie müssen sich also entscheiden, ob Ihr Bedürfnis, sich zu entleeren, stärker ist als Ihre Abscheu vor den Folgen.«

La Saux' Atem ging jetzt stoßweise vor Furcht. »Sie sind ein verdammter Irrer«, schrie er. Der animalische Laut hallte in dem Zimmer wider.
»Natürlich haben Sie schon festgestellt, daß ich Ihnen keinen Knebel angelegt habe. Einem Mann mit Ihrer Intelligenz zeigt das, daß dafür offensichtlich auch keine Notwendigkeit besteht – niemand kann Sie hier hören. Verzweifelte Situation, was?«
La Saux spürte Tränen der Furcht und Verzweiflung aufsteigen. Er schluchze und zitterte gleichzeitig.
»Ah, Sie sind bestürzt! Das ist doch schon mal ein Anfang. Glauben Sie mir, daß ich es ernst meine?«
La Saux nickte heftig, achtete aber darauf, nicht mit den Spritzen zu beiden Seiten seines Halses in Berührung zu kommen.
»Gut, dann ist die kleine Demonstration, die ich mir ausgedacht hatte, also gar nicht notwendig, oder?«
Mit einer minimalen Bewegung bewegte der gefesselte Mann seinen Kopf, um ein stummes Nein zu signalisieren.
»Aber dann hätte ich alles umsonst vorbereitet! Und ich hasse Verschwendung, Mr. La Saux.
»Bitte ...«, begann er. Doch dann füllte sich seine Kehle mit Erbrochenem.
»Der Beutel, in dem Ihr Urin gesammelt wird, enthält einen kleinen Zusatzstoff: Ätznatron. Der Schmerz wird Ihnen unerträglich vorkommen, aber Sie irren sich: Es gibt Schlimmeres, glauben Sie mir. Sie werden noch Schlimmeres kennenlernen, bevor Sie mich von der Wahrheit überzeugt haben.«
La Saux sah, wie der Umriß einer Gestalt schnell um ihn herumging und auf den Beutel trat. Der Mann trug eine schwarze Ledermaske. Der Reißverschluß dieser unheimlichen Verkleidung war offen. Dahinter konnte er ein gewinnendes Lächeln erkennen. Er spürte, wie sich etwas das

Röhrchen hinaufbewegte, und dann einen brennenden Schmerz, als die Flüssigkeit in seinen Körper eindrang.

Fünf Minuten später blickte sein Wärter traurig auf die zusammengesunkene Gestalt auf dem Stuhl hinab. Voller Abscheu angesichts des Gestanks, der von ihr ausging, krauste er die Nase. Er entfernte den Beutel und ersetzte ihn durch einen mit Lauge. Dann verließ er dieses Zimmer des entlegenen Landhauses im Exmoor und machte es sich nebenan in einem dick gepolsterten Sessel bequem. Er holte einen Umschlag aus seiner Jackentasche und las noch einmal die Benachrichtigung des Lord Chancellor, des Vorsitzenden des Oberhauses also. Sein großer Traum sollte jetzt also tatsächlich Wirklichkeit werden: Wie seit langem angekündigt, wurde er zu einem der Lordrichter ihrer Majestät der Königin ernannt.
Seinem Besucher wollte er die Wahrheit schon entringen. War das etwa nicht die Aufgabe eines Richters?

Kapitel 22

Es funktioniert einfach nicht, Leone«, sagte Toby Sloane unglücklich. Seit ihrem frühmorgendlichen Treffen im Büro waren drei Tage vergangen. Jetzt saß er zusammengesunken vor demselben Schreibtisch. Es war 19.30 Uhr an einem kalten, ungemütlichen Herbstabend. Der luxuriöse Heizlüfter, der in den meisten der Büros angebracht war, stieß in Bodenhöhe die wiederaufbereitete Luft mit einem keuchenden Geräusch aus.

»Ich habe alles ausprobiert, was mir eingefallen ist. Es funktioniert einfach nicht! In der Maske existieren irgendwo ein paar »schwarze Löcher«, in die ich einfach nicht reinkomme.«

Der Anwalt sah erschöpft aus. Leone wußte, daß er zwanzig Stunden täglich an dieser Sache arbeitete, und ihr erging es nicht anders. Es war die einzige Methode, um voranzukommen.

»Jedesmal, wenn ich glaube, auf etwas Wichtiges gestoßen zu sein, verweigert sie mir den Zugang«, sagte er und bezog sich damit auf Inspector Barnes. »Wir brauchen Hilfe.«

Leone war bei ihren Bemühungen, mögliche Alibizeugen für den Prozeß ausfindig zu machen, ebenfalls in eine Sackgasse geraten. Vier ihrer Mitarbeiter suchten fieberhaft nach Augenzeugen, die vielleicht wichtige Informationen für sie hatten. Bis jetzt hatten alle Leute, die Speakman kannten, lediglich bestätigt, daß er ein Einzelgänger sei, aber nicht zu ungewöhnlichem Verhalten neige. Keiner von ihnen jedoch konnte ihm für irgendein Datum der Morde ein Alibi geben.

»Welche Art Hilfe?«

»Familienhilfe.«

Sie zog fragend die Augenbrauen hoch.
»Mein Bruder George – na ja, in Wirklichkeit ist er mein Halbbruder – weiß viel über Computer, viel mehr als ich.«
Leone kannte Sloanes Bescheidenheit.
»Jedenfalls habe ich mich mit ihm unterhalten. Er glaubt, daß er die Zugangscodes umgehen und die Dateien, die sie vor uns verbergen, aufspüren kann.«
»Wie?«
»Die ganze Vorgehensweise ist ziemlich kompliziert. Ich will auch gar nicht behaupten, daß ich sie verstehe, zumindest nicht vollständig, aber ich will versuchen, es dir zu erklären. Du weißt doch, wie ein Modem funktioniert?« Sie nickte. »Nun, sie unterscheiden sich jedenfalls unter anderem durch etwas, das sich Übertragungsrate nennt. Mein Bruder hat ein Modem gebastelt, das eine erheblich höhere Übertragungsfrequenz hat als andere, die auf dem Markt erhältlich sind. Wir können nun meine Abfrage in der HOLMES-Datenbank als Schild benutzen, hinter der wir eine weitere Abfrage verbergen. Der Rechner konzentriert sich auf meine Befehlseingabe, wenn die eigentliche Abfrage beginnt: er glaubt, daß es nur eine Person gibt, die sich eingeloggt hat, doch in Wirklichkeit sind es zwei.«
»Und das führt die Zugangscodes hinters Licht?«
»Mein Bruder vermutet es, aber es gibt noch eine kleine Komplikation.«
»Und die wäre?«
»George muß in das Gebäude von Scotland Yard eindringen.«
»Schlag es dir aus dem Kopf, Toby.«
»Vertrau mir, er schafft es.«
»Erzähl mir mehr über ihn.«
»Nun, ich habe ihn als meinen Halbbruder bezeichnet, aber strenggenommen ist das nicht richtig. Meine – unsere – Eltern haben ihn adoptiert, als ich drei war. Sie haben ihn von den Westindischen Inseln mitgebracht, wo sie für die

Kirche gearbeitet hatten. Wir haben dieselbe Schule besucht, und dann hat er an der *London School of Economics* Politik studiert.«

»Ist er einer von diesen Radikalen?«

»In gewisser Weise, aber nicht im politischen Sinne.«

»Was gibt es denn noch für Arten?«

»*Georges* Art. Er hat dort ein Mädchen kennengelernt. Sie versuchte, die Öffentlichkeit auf Vivisektionsmethoden in Laboratorien des Innenministeriums aufmerksam zu machen. Damals hat alles begonnen.«

»Er ist also ein aktiver Tierschützer?«

»So könnte man sagen.«

»Ist er Mitglied der ALF?« fragte sie, wobei sie sich auf die Animal Liberation Front bezog.

»Er war es. Also paß auf,ich werde dir die ganze Geschichte erzählen. Er war fort. Er hat wegen mutwilliger Sachbeschädigung in einem Labor, wo Tierversuche unternommen wurden, ein Jahr gesessen. Hat auch ein paar Rhesusaffen gerettet, was in der Verhandlung jedoch nicht zum Tragen kam. Außerdem wurde er des Widerstandes gegen die Staatsgewalt angeklagt. Nichts wäre befriedigender für ihn, als ein paar von denen übers Ohr zu hauen.«

»Du schlägst also vor«, begann Leone, »daß wir die Dienste eines bekannten vorbestraften Radikalen in Anspruch nehmen, um in den Stolz und die Freude der Polizeistreitkräfte einzudringen.«

»Gut zusammengefaßt.«

»Nicht ganz: Du willst mit einem Mann zusammenarbeiten, über den der Special Branch mit Sicherheit eine Akte angelegt hat und der möglicherweise sogar unter regelmäßiger Beobachtung steht, wenn nicht sogar sein Telefon angezapft worden ist. Wenigstens eins von beidem trifft sicherlich zu.«

»Er ist sehr vorsichtig.«

»Scheinbar nicht vorsichtig genug, sonst hätte er nicht ein Jahr hinter Gittern gesessen.«

Toby errötete. »Damals war er noch erheblich jünger. Das ist schon Jahre her. Außerdem ist er nicht mehr bei der ALF.«

»Warum? War sie ihm nicht militant genug? Hat ihm Wirtschaftssabotage keinen Spaß mehr gemacht?«

»Er glaubt, damals einen Fehler begangen zu haben. Er wendet heute keine Gewalt mehr an. Er arbeitet jetzt eher im Hintergrund, wie ein Berater.«

»Im Hintergrund – wahrscheinlich wird er früher oder später tatsächlich wieder dort landen. Warum glaubst du, daß er das Programm knacken kann?«

Toby sah sich in dem stillen Zimmer um und senkte dann die Stimme zu einem Flüstern herab. »Er hat es schon einmal getan.«

»Bei der HOLMES?«

»Nein, aber bei etwas sehr Ähnlichem. Etwas Schwierigerem. Aber mehr möchte ich eigentlich nicht darüber sagen. Nur noch eins – wenn man in Betracht zieht, was er geschafft hat, ohne daß man ihn erwischt hat, dann sind das die besten Referenzen für diesen Job.«

Die Hitze des überlasteten Heizlüfters einerseits und ihrer Debatte andererseits hatten sie zum Schwitzen gebracht.

»Er wartet auf uns, Leone, in einem Pub um die Ecke. Du mußt ihn kennenlernen. Warte ab, was du dann über ihn denkst. Wenn er dich nicht überzeugt, dann beratschlagen wir erneut.«

Leone dachte nach, und zwar schnell. Wenn Sloane zu solch verzweifelten Mitteln griff, dann glaubte er wohl tatsächlich, daß dies ihre einzige Chance war. Und schließlich wäre sie nicht von ihren Anweisungen abgewichen und hätte ihn eigenmächtig für den Speakman-Fall gebrieft, wenn sie seinem Urteil nicht vertraut hätte. Doch seine Methoden waren eine andere Angelegenheit.

»Hast du die Nummer des Pubs?«

Er klopfte auf seine Brusttasche.

»Ruf ihn an. Verabrede dich mit ihm am Zentralbahnhof in Holborn, auf dem Bahnsteig, von dem der Zug in westliche Richtung abfährt. Sag ihm, daß er sich nicht nähern soll, bevor wir nicht allein sind. Und, Toby?«
Er neigte leicht den Kopf zur Seite und wartete darauf, daß sie weitersprach.
»Sag ihm, daß er es nicht vermasseln darf. Wenn ich auch nur einen Augenblick lang den Eindruck habe, daß wir beobachtet oder verfolgt werden, ist die ganze Sache gegessen. Ist das klar?«
Sloane grinste breit.
»Klarer als ein Urteil des Oberhauses.« Sie sah ihn stirnrunzelnd an.
»Tut mir leid. Ja, vollkommen klar, kristallklar, klar wie Kloßbrühe, was immer du willst, aber auf jeden Fall klar.«
Sie griff nach ihrer Handtasche und stand auf.
»Ich will das Gespräch nicht mithören. Ich warte draußen.«
Sie wandte sich zum Gehen. »Leone?« Sie hielt inne, das Gesicht weiterhin zur Tür gewandt. »Was wir tun, ist richtig. Das weißt du.«
Leone ging auf die Tür zu, legte die Hand auf den zerkratzten Türknauf und verließ das Zimmer.
»Das hoffe ich«, flüsterte sie, halb zu sich selbst und halb in den spärlich erleuchteten Flur hinein. »Ich hoffe es wirklich.«

Ein leichter Schneeregen fiel, als sie durch die stillen Straßen von Holborn wanderten. Im Gegensatz zu anderen Stadtteilen, die erst zu leben begannen, wenn es Abend wurde, war dieser am Ende eines Arbeitstages wie ausgestorben. Früher, bevor sie gezwungen gewesen war, ihr Leben auf dieser kleinen Insel mit ihren merkwürdigen Einwohnern zu fristen, hatte Leone Schnee nur aus den Weihnachtskindersendungen gekannt.

Schweigend gingen sie nebeneinander her. Eine alte hölzerne Rolltreppe brachte sie in gemächlichem Tempo hinunter in die Eingeweide der Londoner U-Bahn. Leone hörte, wie jemand in der Ferne auf einer billigen Gitarre eine traurige Melodie zupfte. An der Haltestelle der Central Line, die nach Westen fuhr, standen nur wenige Menschen. Manche trugen Rucksäcke, andere Aktentaschen. Einige hielten sich bewußt abseits. Leone betrachtete sie prüfend und versuchte, Tobys Bruder auszumachen.
»Er ist nicht hier«, flüsterte Toby. »Hat wohl beschlossen, daß es sicherer ist, uns im Zug zu treffen.«
Der Bildschirm über ihren Köpfen zeigte an, daß der nächste Zug in Kürze eintreffen sollte. Die folgenden sechzig Sekunden kamen ihr wie eine Ewigkeit vor. Leone hatte keine Lust, sich zu unterhalten. Toby beobachtete unentwegt den Eingangsbereich zur Haltestelle. Abgestandene Luft wehte aus dem Tunnel zu ihnen herüber, als der Zug einfuhr. Mit einem heftigen Zittern kam er zum Stehen. Die mit Graffiti bemalten Türen öffneten sich zögernd. Leone und Toby traten ein und setzten sich in den fast leeren Vorderwagen.
»Woher weißt du, daß er in diesem hier sein wird?«
»Ich kenne George. Er kriegt so etwas immer hin.« Toby sprach im Brustton aufrichtiger Überzeugung.
Der Zug donnerte an der Tottenham Court Road, am Oxford Circus und an den Haltestellen der Bond Street vorbei. Immer noch hatte sich ihnen niemand genähert. Jetzt fuhren sie auf Marble Arch zu, und Leone wurde langsam ungeduldig.
»Und was tun wir jetzt? Die ganze Nacht herumfahren, bis wir ihn zufällig treffen?«
Toby setzte sich auf den gegenüberliegenden Platz, Leone wandte dem Führerhaus den Rücken zu. Sie sah, wie er erstarrte und dann schnell aus dem Fenster blickte. Sie konnte den Mann riechen, bevor er auch nur in Sichtweite

stolperte. Er war ein riesiger Rastafari, mindestens einsfünfundneunzig groß, mit einem breiten, flachen Gesicht und einem dichten Wollschopf, der von einer bunten Wollmütze fast ganz verdeckt wurde.

»Werde meine alten Knochen hier bei den netten Weißen parken.«

Leone sah Toby an: Er blickte immer noch angestrengt aus dem schmutzigen Fenster. Der Jamaicaner ließ seinen stinkenden Körper genau neben ihr auf den Sitz plumpsen.

»In diesem Wagen sind jede Menge Plätze frei, setzen Sie sich bitte woanders hin«, sagte Leone und starrte auf Tobys Profil.

»Aber ich will bei dir sitzen, hübsche Lady.« Mit einem Kopfnicken deutete er auf Toby, der von der Dunkelheit des Tunnels fasziniert zu sein schien. »Dein Mann scheint nix dagegen zu haben, was, weißes Jüngelchen?« Toby tat, als habe er nichts gehört. »Der hat nämlich nichts dagegen, mit einem seiner Brüder zu teilen, stimmt's?«

Tobys Gesicht drehte sich abrupt vom Fenster fort, und sein Blick war grimmig, als er die furchteinflößende Gestalt von Kopf bis Fuß musterte.

»Das hast du bei meinen Spielsachen auch immer gesagt.«

Leone blickte einen Augenblick verständnislos von einem zum andern, dann lächelte sie den grinsenden Jamaicaner an. »Freut mich, Sie kennenzulernen, George.«

»Gleichfalls, Miss Stern«, antwortete er in gepflegtestem Londoner Englisch.

»Tja, du hast den ganzen Wagen geräumt«, sagte Toby voller Bewunderung. Leone wandte den Kopf. Das Abteil war leer.

»Wirkt immer. Es geht doch nichts über einen gemeinen Rasta in der U-Bahn: verhilft dir zu so viel Privatsphäre, wie du brauchst.«

»Sie sind wirklich äußerst vorsichtig.«

»In meinem Job muß ich das sein, Miss Stern.«
»Und der wäre?«
»Das brauchen Sie nicht zu wissen.« Die Antwort kam höflich, aber entschlossen.
»Toby hat mich in Ihren Plan eingeweiht. Ich kann nicht behaupten, daß ich den technischen Ablauf der Aktion verstehe. Und ehrlich gesagt beschäftigt mich auch viel eher die Frage, ob wir überhaupt Erfolg haben.«
Der Zug kam in der Holland Park Station zum Stehen. Einige Passagiere stiegen ein. Ein Blick auf George, und sie entfernten sich von dem Geruch und dem Ärger.
»Sie stinken wirklich ziemlich heftig.«
»Das sind die Rasta-Locken. Ist schon 'ne Weile her, daß sie mit Wasser in Berührung gekommen sind.«
Toby nickte zum Zeichen, daß die Luft wieder rein war.
»Erfolg? Kommt darauf an, was Sie damit meinen. Wenn wir reinkommen, die Information kriegen und geschnappt werden, dann ist das wohl kaum ein Erfolg. Wenn wir reinkommen und nicht geschnappt werden, dann erfüllt das meine persönliche Definition von Erfolg durchaus.« Leone nickte, seine Einstellung gefiel ihr. Er fuhr fort: »Ich glaube, daß wir es mit der richtigen Planung und dem richtigen Team schaffen können, aber wir brauchen noch jemanden, der uns hilft.« Der Zug fuhr klappernd über die hundert Jahre alten Gleise.
»Warum?«
»Das zu erklären würde eine Weile dauern, und wir haben uns sowieso schon zu lange unterhalten. Gibt es jemanden, dem Sie vertrauen können?« Er nahm ihre Hand in seine riesige Pranke und blickte ihr tief in die Augen. »Und ich meine, wirklich vertrauen.«
Leone dachte nach. Einen Menschen gab es: Jack Forth.
»Ja. Ich meine, ich glaube es.«
»Leone«, sagte George und nannte sie zum ersten Mal beim Vornamen, »Sie sollen nicht *glauben*! Sie sollen es *wissen*!«

»Dann: Ja, ich weiß es.«
Er lockerte seinen festen Griff. »Gut. Ich steige an der White-City-Haltestelle aus. Bleibt drin bis Ealing Broadway, und dann macht, daß Ihr aus der U-Bahn verschwindet. Es ist gefährlich hier: jede Menge verkrachte Existenzen.« Er zwinkerte seinem Bruder zu, der flüchtig zurücklächelte und dann zornig die Stirn runzelte.
»Nimm deine Finger von ihr, du schmutziges Schwein«, schrie er. Sie hatten Georges Haltestelle erreicht, und mit einem ohrenbetäubenden Quietschen kam der Zug zum Stehen.
»Ich hab' nix getan, Mann«, rief George weinerlich, wieder in dem gedehnten jamaicanischen Akzent. »Du kanns' mir ja eins verpassen, wenn ich was verbrochen habe.«
Er taumelte durch den Wagen und stolperte dann hinaus. Als der Zug an ihm vorbeifuhr, hob Leone zum Abschied leicht die Hand. George grinste kurz, dann wandte er sich ab.
»Ein erstaunlicher Mann.«
»Ja.«
»Ich habe Vertrauen zu ihm.«
»Gut.«
Leone überließ Toby seinen Gedanken. Sie grübelte ebenfalls: Jack Forth. Er war der einzige, dem sie trauen konnte. Seit der Entdeckung von Boatman gab es in der Firma niemanden, dem sie zu vertrauen wagte. Was würde er sagen? Wo war er eigentlich?

Kapitel 23

Jack hatte sämtliche Sportgeräte und sonstigen Kleinkram aus dem Gästezimmer geräumt. Wenn Hollie hier wohnte, zog sie es ohnehin vor, in *seinem* Zimmer zu schlafen statt in dem Einzelbett, das er jetzt ebenfalls in den Flur gestellt hatte. Das Studio war zu groß und zu hell für seine Bedürfnisse; er brauchte einen dunklen Ort. Auf dem Boden hatte er aus mehreren kleineren Stücken eine riesige leere Leinwand zusammengeklebt. Das war jetzt sein Arbeitsplatz. Es waren seine Träume gewesen, die ihn zu dieser Entscheidung gezwungen hatten. Jack hatte erwartet, daß die Alpträume rund um das Wasser verschwinden würden, aber dem war nicht so. Der Schmerz hatte sich verschlimmert, aber immer wieder gab es Lichtflecken, die sich langsam zu einer Art Diashow der Vergangenheit zusammenzusetzen begannen – und etwas erheblich Heimtückischeres, Dunkles und Nasses schien sich dahinter zu verbergen.

Es begann immer gleich. Heller Sonnenschein umgab ihn. Wenn er an sich hinunterblickte, sah er die dürren Beine eines Schuljungen, dessen Füße in zerschlissenen Sandalen steckten. Die Luft war angefüllt mit dem frischen Duft von Zitrusfrüchten, er konnte also nicht in England sein. Das umliegende Land war verlassen, das Meer befand sich in weiter Ferne; das einzige Geräusch war das leise Klingeln des Glöckchens eines zahmen Ziegenbocks. Während dieser Träume war er ständig in Bewegung. Das Land schien vor ihm auf und ab zu wogen. Dann konnte er das Schwatzen in einer überfüllten Taverne hören, aber das mußte eine Sinnestäuschung sein. Er hatte nämlich den Eindruck, Meilen von jedem menschlichen Leben entfernt zu sein.

Dann plötzlich saß er an einem Tisch mit wackligen Beinen und nippte an einem Glas süßer Limonade. Er machte sich einen Spaß daraus, den Tisch vor- und zurückschaukeln zu lassen und auszuprobieren, wie weit er nach vorne kam, bis sein Getränk über den Rand des zerkratzten Glases auf die Tischplatte schwappte. Dann die wütende und betrunkene Stimme eines Mannes – er schrie in gebrochenem Englisch. Das einzige, was Jack verstehen konnte, war das Wort Lepra, immer und immer wieder. Es folgte das Geräusch eines umstürzenden Tisches und dann das Getrappel schnell weglaufender Füße.

Dann stand er wieder auf dem Berg. Der Himmel war nun düster und hart wie stumpfes Eisen. Vor ihm lag ein riesiger schwarzer See. In diesem Augenblick begann sich der Druck in seinem Kopf in furchtbaren Schmerz zu verwandeln. Er bemühte sich, die Bewegung am Ufer des Sees zu erkennen, aber der Schmerz in seinem Kopf zwang seine Lider, sich zu schließen. Er wußte, daß etwas Schreckliches dort unten geschah. Er wollte es sehen, aber gleichzeitig auch wieder nicht. Im Schlaf bekämpfte er den Impuls, die Augen zu schließen, aber sie fielen jedesmal zu – immer. Und sobald sie geschlossen waren, hörte er ein lautes Lachen vom Ufer des Sees, in dem jedoch kein Humor lag.

Das Bild des Sees war auf seiner Netzhaut eingebrannt: und das war es, was er malen wollte.

Jack's Theorie war, daß er sich von den fürchterlichen Alpträumen würde befreien können, wenn er die Bilder nur originalgetreu wiedergab.

Er hatte seit Jahren keine Landschaft mehr gezeichnet oder gemalt, nicht seit seinem Zusammenbruch in der Kindheit. Es war, als leide er unter künstlerischer Agoraphobie. Seine Darstellungen im Golfkrieg beschränkten sich auf das persönliche Leiden der Menschen. Andere Kriegskünstler konnten die riesige Leere der Dünen und

die endlosen, flachen, eintönigen Ebenen festhalten. Er nicht.
Jack wußte, daß dies eine langwierige Aufgabe werden würde. Er hatte zwar mit Tom Leath gesprochen, weil er zur Zeit keinen Auftrag am Gericht annehmen wollte. Sein Freund und Arbeitgeber war besorgt gewesen.
»Seit der Speakman-Vorverhandlung hast du alles abgelehnt, was ich dir angeboten habe. Ich wünschte, ich hätte dich nicht dazu gedrängt.«
»Das hast du auch nicht, Tom«, hatte er geantwortet. »Ich wäre wahrscheinlich in jedem Fall irgendwann darüber gestolpert.« Zumindest *das* war die Wahrheit.
Und jetzt gab es da noch die Beziehung zu Leone: Er war sicher, daß es eine Beziehung war und nicht nur ein gemeinsames Interesse an einem Geheimnis. Er war fasziniert davon, welch weichen Kern ihr hartes Äußeres verbarg.
Er zwang sich, nicht mehr an sie zu denken, und wählte die Farben aus, die er brauchen würde. Jack schauderte bei der Vorstellung, was er wohl sehen würde, wenn das Bild fertig war. Helena, seine Psychologin, hatte ihm gesagt, daß sein Gehirn ein noch tieferes Geheimnis verbarg als den Tod seiner Frau. Jetzt, unter dem Ansturm der neuen Träume, wußte er, daß sie recht hatte. Er quetschte eine Portion schwarzbrauner Farbe auf die Palette und machte sich daran, den restlichen Dämon auszutreiben.

* * *

Der Hubschrauberflug von Exeter auf die Dachlandebahn des Londoner Flughafens dauerte die üblichen dreißig Minuten. Er war der einzige Passagier – wie immer. Das war keineswegs überraschend: Immerhin gehörte ihm der Hubschrauber. La Saux hielt sich ganz wacker, besonders unter den gegebenen Umständen. Die Salinenlösung, die er per Tropf erhielt, versorgte seinen Körper mit Nährstoffen und hielt seinen Urinfluß in Gang. Bald würde er wieder zu seinem »Gast« zurückkehren. Im Augenblick gab es andere Geschäfte, um die er sich kümmern mußte. Er kannte jetzt den Zugangscode der Videos im Internet und würde in Kürze das »Stück« entfernen, so daß es nicht mehr jeder voyeuristische Hans und Franz aufstöbern konnte. Das war jedoch leider keineswegs das Ende der Geschichte. Victor – er nannte ihn mittlerweile vertraulich beim Vornamen – hatte jeglichen Anspruch auf das Geld aufgegeben, das er Berkeley abgepreßt hatte: Er hatte ihm sogar den Löwenanteil seines letzten Drogendeals angeboten. Nicht zu vergessen die Hälfte seines verkommenen kleinen Seximperiums. Er war gerührt von so viel Großzügigkeit. Aber Miss Stern stellte eine zusätzliche Komplikation dar. So sehr er sich auch bemühte, er konnte einfach nicht herausbekommen, wie sie die Verbindung zu Boatman hatte herstellen können. Schade nur, daß es ihr *überhaupt* gelungen war.

Als sein Taxi in den Gray's Inn Square einfuhr, dachte er ein paar Augenblicke lang über Berkeleys Dummheit nach. Wenn er nicht gewesen wäre, wären derlei Komplikationen niemals eingetreten. Egal wie vorbereitet, wie sorgfältig, wie methodisch er vorgegangen war, man konnte die Dummheit der Narren niemals ganz mit einberechnen. Immerhin hatte er die Spur verwischt: Taylors Leiche würde man niemals finden, und La Saux' würde bald das gleiche Schicksal ereilen. Was immer Leone Stern glaubte entdeckt zu haben, sie würde niemals in der Lage sein, Beweise hervorzubringen. Forsch schritt er durch das Foyer von TWC.

Ein paar Augenblicke später setzte ihn der Lift im Inneren seines luxuriös ausgestatteten Büros im obersten Stockwerk ab. Er brauchte seine Sekretärin, die findige Miss Simms, nicht zu benachrichtigen: die Bewegung des Lifts teilte ihr jedesmal zuverlässig mit, daß er hinaufkam. Immer stand eine warme, aber nicht mehr dampfende Porzellantasse mit Earl Grey auf seinem Schreibtisch. Er hatte schon häufig daran gedacht, sie zu fragen, wie sie diese Leistung in den paar Sekunden, bis die Lifttüren sich öffneten, überhaupt zuwege bringen konnte. Aber jedesmal hatte er beschlossen, daß jeder das Recht auf seine kleinen Geheimnisse hatte.

Er würde diesen Ort vermissen, wenn er seine Stellung im High Court of Justice antrat. Diese Jobs fielen einem jedoch nicht einfach in den Schoß, nein, absolut nicht. Es hatte Jahre gewissenhafter »Arbeit« gedauert, um eine derartig herausragende Position zu erlangen. Er war nicht der erste, dem dieser Status gewährt wurde, aber er war einer der wenigen Anwälte und ganz bestimmt der jüngste, der nun der obersten Gerechtigkeit dienen sollte. Der Lord Chancellor hatte im Laufe der vergangenen Jahre zahlreiche Veränderungen zuwege gebracht: Da er weder etwas für die Anwaltschaft noch für ihre Repräsentanten übrig hatte, hatte er sich dafür eingesetzt, daß deren Macht im Gerichtssystem schrumpfte. Die meisten Anwälte waren ohnehin zahnlose Papiertiger. Wenn sie sich zusammengeschlossen und eine Art Gemeinschaft gebildet hätten, wäre die Erosion ihres Berufs nicht ganz so dramatisch verlaufen. Doch so waren Anwälte nun einmal: viel zu sehr damit beschäftigt, *miteinander* zu streiten als noch mit jemand anderem streiten zu können. Das hatte den Weg für Menschen wie ihn freigemacht. Na ja, vielleicht waren die anderen ja nicht ganz so wie er.

Er nippte behaglich an dem beruhigenden Getränk. Der kleine Vollkornbiskuit lag wie immer liebevoll daneben. Er krümelte ihn in den Papierkorb. Sollte Miss Simms doch ihre Illusion behalten, daß sie ihn besser kannte als irgend jemand sonst bei TWC, obwohl er akzeptieren mußte, daß das wahrscheinlich sogar der Fall war. Es gab wenig Dienst-

liches für ihn zu erledigen; sämtliche Anwälte taten ihr Bestes. Er würde sich nicht einmischen, bis sie den Bogen überspannten oder sich selbst für unentbehrlich hielten.
Also zurück zu wichtigeren Geschäften.
Es dauerte nur wenige Sekunden, bis der Anwalt La Saux' Video aus dem Internet entfernt hatte. Gleichzeitig löschte er auch das Konto des Erpressers.
Blieben Leon Sterns Aktivitäten. Eine Inspektion ihrer Arbeit und ihrer Einlogzeiten ergab, daß sie eine fleißige Anwältin war, die ständig an dem Speakman-Fall arbeitete. Sie war für ihr Arbeitsethos bekannt, aber hatte sie denn kein Privatleben? Es gab nur eine Möglichkeit, wie er das herausfinden konnte. Er holte einen Schlüssel aus der Uhrentasche seiner Weste und schloß die oberste Schublade seines Schreibtisches auf. Darin befand sich ein Miniatur-Empfangsgerät von Bang & Olufsen. Sende- und Empfangsgerät waren per Funk miteinander verbunden. Er schaltete das Empfangsgerät ein und lauschte ziemlich gelangweilt den neuesten Aufnahmen der Geräusche, die aus Leones Wohnung gekommen waren.
Sie sah ein bißchen fern, hörte zuviel Mahler und hatte nur selten Besuch. Die Wanzen reagierten automatisch auf Geräusche und schalteten sich nur ein, wenn jemand anwesend war. Das war nicht allzuoft. Er war enttäuscht. Wenigstens hatte er gehofft, das nächtliche Grunzen der Kopulation zu hören.
Er wandte seine Aufmerksamkeit den Telefonbändern zu; sie waren erheblich interessanter. Eine knospende Beziehung zu einem Mann, den sie Jack nannte; das war sicher der Mann, den er mit ihr zusammen im Via Venetia gesehen hatte. Sie gingen sehr vorsichtig miteinander um; vielleicht war er ja verheiratet. Das konnte ihm eines Tages von Nutzen sein. Außerdem war ein weiterer männlicher Anrufer zu hören, der sich Toby nannte. Das war sicher Sloane, der stellvertretende Barrister im Speakman-Fall. Obwohl es

nicht unüblich war, daß ein Solicitor und ein Barrister sich trafen, um die Fortschritte zu besprechen, die sie in einem bestimmten Fall gemacht hatten, ging ein Treffen um 6.00 Uhr in der Frühe in seinem Büro doch ein bißchen weit. Vielleicht war ja auch *er* ihr Liebhaber? Doch er bezweifelte es; in ihrer Unterhaltung fehlte die Wärme, die ihre Gespräche mit Jack auszeichneten.
Sloane hatte besorgt geklungen, als er das Treffen verabredet hatte, und er war entschlossen, herauszufinden, warum. Er würde mit Sedgewick reden müssen, dem Kronanwalt, der mit der Verteidigung Speakmans beauftragt worden war. Der alte Säufer war unendlich dankbar gewesen, als TWC ihm eine der immer rarer werdenden Stellen angeboten hatte. Er würde den Anwalt fragen, welchen Fortschritt sie machten. Zweifellos würde Sedgewick behaupten, daß sie bei einem unmöglichen Fall Wunder bewirkten. Aber zumindest hätte er die Gelegenheit, ihm Fragen über Stern und Sloane zu stellen.
Befriedigt, daß alles so gut lief, wie er es ohne weitere Anstrengung erwarten konnte, löschte er die bisherigen Aufnahmen, um wieder neue Kapazitäten zu haben. Er war gerade dabei, die Schublade wieder zuzuschieben, als das Empfangsgerät plötzlich zum Leben erwachte. Er holte einen Kopfhörer heraus und stöpselte ihn ein: ein Live-Mitschnitt. Am anderen Ende der Leitung klingelte es mehrere Male, bevor eine tiefe, sanfte Stimme sich meldete.
»Jack Forth.«
»Ich bin's, Leone. Ich muß Sie sehen, Jack, bald; es ist sehr wichtig.«
»Ich will heute nachmittag Hollie besuchen, aber etwas später könnte ich es schaffen – heute abend?«
»Ja, O. K.« Sie klang enttäuscht.
»Na ja, wenn es so dringend ist . . .«
»Nein, bis heute abend kann es warten.«

Es entstand eine Pause, bevor er wieder sprach. »Geht es um diese Boatman-Geschichte?«
Der Lauscher verschüttete seinen Tee, und häßliche Flekken bildeten sich auf dem gestärkten weißen Jerome-Hemd.
»Nein – aber ich möchte am Telefon nichts sagen.«
»Nun, Sie können es mir ja heute abend erzählen.«
Sie zögerte. »Wie geht es Hollie?«
»Wie lustig, sie hat mir gestern abend beim Essen die gleiche Frage über Sie gestellt; sie schmachtet förmlich danach, daß Sie mal mit ihr ausgehen.«
»Lassen Sie uns die Sache langsam angehen.«
»Gut.« Jetzt war es an ihm, enttäuscht zu klingen. »Wo und zu welchem Zeitpunkt?«
»Selber Ort, selbe Zeit?«
»Bis dann«, verabschiedete sich Forth.
»Grüßen Sie Hollie von mir.«
»Das werde ich.«
»Also dann, tschüs.«
Die Verbindung wurde unterbrochen. Der lauschende Anwalt war zornig. Er schleuderte seine Teetasse und die Untertasse gegen ein ungeheuer wertvolles Originalgemälde. Er saß eine Zeitlang da und atmete tief durch, bis seine Entspannungsübung von dem Surren der Gegensprechanlage auf seinem Schreibtisch unterbrochen wurde. Er streckte den Arm nach vorn und drückte mit roher Gewalt auf den Knopf.
»Ja«, bellte er.
»Ist alles in Ordnung, Sir?«
Er holte noch ein paarmal tief Luft, um sich zu beruhigen.
»Sir?«
»Ja, Miss Simms, alles ist in Ordnung. Es gab hier lediglich einen kleinen Unfall.« Und nicht den letzten, dachte er. »Wenn ich gegangen bin, sollten Sie das Büro reinigen lassen. Und Miss Simms …«

»Sir?«
»Keine kleinen Kekse mehr zum Tee. Ich hasse diese verdammten kleinen Kekse.«

Der rundliche Restaurantbesitzer im Via Venetia besaß ein hervorragendes Gedächtnis für Gesichter. Er hieß Leone und Jack freundlich willkommen und führte sie zu ihrem Tisch. Leone war nervös, da war Jack sicher. Ihre verwaschenen Jeans und ihre schwarze Wolljacke ließen das seidene weiße Männerhemd, das sie trug, im Halbdunkel des Restaurants noch stärker hervortreten. Der Schein der roten Tropfkerzen, die in Chiantiflaschen steckten, verlieh ihren Gesichtern ein rosiges Aussehen. Sie saßen an einem Tisch im hinteren Teil des winzigen Restaurants.
»Geht es Ihnen gut?« fragte er sie.
»Ja, bestens.« Eindeutig nervös.
»Sie haben schon am Telefon nicht so geklungen, und jetzt klingen Sie erst recht nicht so«, drängte er.
Ihre Augen hielten seinen Blick fest; sie lächelte. Zum ersten Mal bemerkte er die kleinen Fältchen um ihre Lider. Sie sah besorgt aus.
»Sie haben recht, es geht mir nicht gut. Und Ihnen?« brachte sie hervor.
Sie blickte auf seine Hände hinab und bemerkte die Farbflecken an seinen Fingerspitzen. Er folgte ihrem Blick und versuchte verlegen, seine Hände unter dem Tisch zu verbergen, aber Leone streckte die Arme aus, nahm seine Hände in die ihren und legte sie flach auf das Tischtuch.
»Haben Sie renoviert?«
»So ähnlich.«
»Erzählen Sie es mir.«
»Ich habe gearbeitet, auf Leinwand.«
Er kratzte an den Resten der getrockneten Farbe herum.
»Hollie hat mich gewarnt, daß Sie es bemerken würden.«
»Sie ist ein intelligentes Mädchen.«

Obwohl sie noch nicht bestellt hatten, stellte der Besitzer eine Flasche des Chardonnay, den sie bei ihrem letzten Besuch hier getrunken hatten, vor ihnen auf den Tisch. Er grinste und verbeugte er sich leicht, bevor er ging, um an einem anderen Tisch die Bestellungen aufzunehmen.
»Sieht aus, als würden wir langsam Stammgäste.«
Leone riß die Augen auf. Ihre ungewöhnliche Farbe erstaunte ihn auch jetzt wieder. »Scheint so«, antwortete sie sanft.
Sie schenkte ihm und sich ein Glas ein. Dann hob sie das ihre und öffnete den Mund, doch ihr fehlten die Worte.
»Worauf sollen wir trinken?« fragte Jack. Sie zuckte die Achseln. »Auf die Kunst also«, schlug er vor, und sie ließen die Gläser gegeneinander klingen.
Beide tranken einen kräftigen Schluck und konnten die ganze Zeit über nicht die Blicke voneinander losreißen. Dann schüttelte sie den Kopf und brach den Bann.
»Das ist nicht der Grund, warum ich Sie hergebeten habe.«
Er wandte den Blick ab und biß sich nervös auf die Unterlippe. »Warum dann?«
»Ich brauche Ihre Hilfe.«
»Wieder einmal. Sie sagten, daß es nicht um Boatman ginge?«
»Nicht direkt, nein, aber um den Speakman-Fall.«
»Erzählen Sie es mir.«
Leone trank noch einen tiefen Zug aus ihrem Glas. »Haben Sie je von HOLMES gehört?«

Der leichte Regen des Vortages war heftigem Sturm gewichen, der durch die Straßen von Euston pfiff. Er brachte starke Kälte aus dem Norden Englands heran. Er war froh über den dicken Abercrombie-Mantel, der einen Großteil der Kälte abhielt. In einem Mietwagen hatte geduldig vor der Wohnung Leone Sterns gesessen und gewartet. Dann war sie aufgetaucht, hatte ein schwarzes Taxi herangerufen und war ins Restaurant gefahren. Es gab nur wenig Verkehr; er hatte keine Probleme, sie bis zum Ende ihres Weges nicht aus den Augen zu verlieren.Der Mann wartete wie ein echter Kavalier draußen. Wenn das nicht Liebe war!

Ihm fiel ein dreistöckiges Parkhaus auf der gegenüberliegenden Seite des Restaurants auf, das genauso dunkel war wie seine Absichten. Im Restaurant waren drei Fensterplätze frei, und er freute sich, daß sie zu einem von ihnen geleitet wurden. Er stieg ein paar schlüpfrige Stufen zum Treppenhaus des verlassenen Parkhauses hinauf, von denen aus er ihre kleine, gemütliche Verschwörung direkt im Auge hatte. Dann nahm er das schwarze tragbare Nachtsichtgerät aus der Tasche und richtete das Gerät auf Stern und ihren mutmaßlichen Liebhaber aus. Wenn sie noch kein Paar waren, dann würde sich das wohl bald ändern, wie man aus ihrer Körperhaltung und der Intensität ihrer Unterhaltung schließen konnte. Um so besser: Der gesunde Menschenverstand pflegte sich meist zu verflüchtigen, wenn er durch Sex getrübt wurde.

Er stellte das Visier auf den Mann scharf. Er sah auf widerliche Weise ernsthaft und vertrauenerweckend aus. Ein gutaussehendes Gesicht, umwölkt von offensichtlicher Sorge um Stern. Aber hier ging es um viel, viel mehr als bloß um Sex, das war allzu offensichtlich.

Er würde auf den richtigen Augenblick warten. Darin war er ein Meister. Während seiner ersten Berufsjahre hatten seine Geduld und sein scharfer Verstand den Grundstein für seine jetzige Position gelegt. Diese Fähigkeiten hatten die Seniorpartner der Firma häufig verärgert, weil er immer zuschlug, wenn der richtige Augenblick gekommen war, nämlich immer dann, wenn der Gegner ihm seine Achillesferse zuwandte. Heute nacht war vielleicht ebenfalls eine solche Gelegenheit, obwohl er instinktiv daran zweifelte. Es wäre zu unvollkommen, zu menschlich, sich nicht sämtlicher verfügbarer Fakten zu versichern, bevor man sich auf das Endspiel einließ. Er pfiff unmelodisch vor sich hin. Sie waren hineingegangen, sie würden auch wieder herauskommen.

»Das klingt riskant, Leone.«

»Ich weiß. Wenn ich daran denke, *was* wir alle riskieren ...«

Während sie ihm alles schilderte, was geschehen war, hatten sie bestellt. Jetzt dampfte ihre Mahlzeit – *Rigatoni Matriciana* für beide – auf ihren Tellern vor sich hin, doch keiner rührte etwas an.

»Ist alles zu Ihrer Zufriedenheit, *Signorina*?«

Sie hatten gar nicht bemerkt, daß sich die Frau des Besitzers über ihren Tisch beugte.

Jack lächelte so aufrichtig, wie er konnte. »Wenn man Sie erwischt, wird Ihnen die Berufserlaubnis entzogen. Slinn –«

»Sloane«, korrigierte sie.

»Wie auch immer er heißt, er wird aus der Anwaltschaft ausgeschlossen. Gott weiß, was mit seinem verrückten Bruder passieren wird, und ich muß schließlich an Hollie denken! Als ob ich ihr nicht jetzt schon ein schlechter Vater wäre! Wenn sie mich im Gefängnis besuchen müßte, würde ich dafür wohl kaum das elterliche Verdienstkreuz verliehen bekommen.«

Leone konnte nicht abstreiten, daß er recht hatte. Ihre Stimme klang heiser vor Enttäuschung. »Das war dann wohl ein Nein.«

»Das habe ich nicht gesagt. Ich will nur sämtliche Risiken in Betracht ziehen. Und wofür das Ganze? Sie sagten doch selbst, daß die Beweise gegen Speakman überwältigend sind.«

Leones Augen blitzten. »Ich glaubte, Sie besser zu kennen. Wahrscheinlich habe ich mich geirrt. Ich hielt Sie für einen Mann, der erst sämtliche Informationen zusammenträgt,

bevor er Schlüsse zieht. Was wenn, nur *wenn,* er es nicht getan hat? Warum erschwert die Polizei uns unsere Arbeit dermaßen? Ist Ihnen das gleichgültig? Mir nicht, Jack, mir wahrhaftig nicht; und das ist der Grund, warum ich diesen Beruf ergriffen habe.«
Ärgerlich wandte er den Blick ab.
Leone schüttelte traurig den Kopf. »Dein Urteilsvermögen ist auch nicht mehr das, was es einmal war, Leone«, sagte sie wie zu sich selbst.
»Das ist nicht wahr.« Ironisch zog sie bei seinen Worten die Augenbraue in die Höhe. »Es ist nicht wahr. Ich habe nicht nein gesagt. Ich sage nicht nein.«
»Was sagen Sie denn dann? Kommen Sie schon, Jack, hier heißt es ganz oder gar nicht.«
»Ich will darüber nachdenken.«
»Wir haben keine Zeit. Wir wissen nicht, was wir in dem Computer finden werden. Aber vielleicht finden wir eine Spur, und es könnte wiederum Ewigkeiten dauern, bis wir sie verfolgt haben.«
»Wann wollen Sie sich treffen?«
»Morgen früh.«
»Geben Sie mir bis dahin Zeit?«
Sie kaute nachdenklich auf der Innenseite ihrer Lippe herum. Leone verstand seine Vorbehalte. Zum Teufel, immerhin hatte er Familie. Warum war sie so unfair zu ihm? Dann wußte sie es: Sie wollte bei ihm sein. »Ich verstehe, Jack, wirklich. Rufen Sie mich im Morgengrauen an?«
Sie wußten beide, daß der Abend damit zu Ende war. Eher aus Pflichtgefühl als aus Hunger schlangen sie die Pasta herunter. Jack lehnte das Angebot, sich ein Taxi zu teilen, ab – er mußte über vieles nachdenken. Verlegen sagten sie sich vor dem Restaurant gute Nacht.
Jack beschloß, noch ein Stück zu laufen. Der Wein und das Thema ihrer Unterhaltung waren ihm zu Kopf gestiegen. Zehn Minuten später hielt er ein Taxi an. Er wollte gerade

seine eigene Adresse angeben, da besann er sich. Er würde zu seinen Eltern fahren. Dort lagen jetzt bereits alle im Bett, aber er hatte das Bedürfnis, seine schlafende Tochter zu betrachten und sich ins Gedächtnis zu rufen, was er zu verlieren hatte.
Dreißig Minuten später und um dreißig Pfund ärmer entstieg er dem Taxi. Der Wind peitschte das Herbstlaub zu wirbelnden Spiralen hoch. Er holte die Ersatzschlüssel heraus – seine Eltern bestanden darauf, daß er sie ständig bei sich trug – und betrat leise das dunkle, schlafende Haus. Er würde in dieser Nacht nicht schlafen, das wußte er.

An der Ecke der Straße, in der Jacks Eltern seit vielen Jahren lebten, merkte sich der Mann in dem Mietwagen das Haus, das Forth betreten hatte.
»Jetzt weiß ich, wo du wohnst. Zeit, ins Bett zu gehen.«

Kapitel 24

Als Jack sich am darauffolgenden Morgen um 7.30 Uhr dem Lagerhaus in den Docklands näherte, konnte er seine Angst nicht verleugnen. Wie Leone gesagt hatte: Jetzt hieß es ganz oder gar nicht. Die anderen waren bereits da, beugten sich über ein paar Papiere und einen Laptop, der auf einer alten Milchkanne stand. Abgesehen von einem British-Telecom-Transit-Lieferwagen war der Schuppen leer. Als er auf sie zuging, blickte Leone auf.

»Ich wußte, daß Sie uns nicht im Stich lassen würden. Danke, Jack. Und das meine ich ernst.«

»Das hoffe ich, Leone«, lachte Jack nervös.

Darf ich Ihnen Toby und George Sloane vorstellen«, sagte Leone und deutete auf die beiden Brüder. Sie bemerkte, wie verwirrt er dreinblickte, als er den Männern die Hand schüttelte. Georges Lockenperücke war einem kurzen Bürstenschnitt gewichen. Er war in einen blauen Overall mit dem BT-Logo auf der Brusttasche gekleidet. Um die Hüften trug er einen breiten Werkzeuggürtel, an dem jede Menge Schraubenzieher und elektronische Gerätschaften befestigt waren. Eine dicke, vollsichtverglaste Vergrößerungsbrille hing ihm um den Hals. Toby trug einen dunkelbraunen dreiteiligen Nadelstreifenanzug und verkörperte Zoll für Zoll den energischen jungen Anwalt.

Leone führte Jack auf den Wagen zu und öffnete die Tür. Drinnen standen auf einer provisorischen Bank zwei PCs und gegenüber ein Metallregal, das vom Boden bis zum Dach des Wagens reichte und voller Kabel war. Leone holte einen Overall heraus und warf ihn Jack zu. »Hier, den sollten Sie anziehen. Sie sind der Fahrer. Sie werden ihn brauchen, um überhaupt in Scotland Yard hineinzukommen.«

»Es ist wirklich nicht notwendig, daß Sie mich daran erinnern, wohin wir gehen, Leone«, sagte Jack tonlos und zog den blauen Anzug über seine Kleidung.
»Oh, tut mir leid.«
»Noch fünf Minuten, Leute«, sagte George. Ruhig war er in den Wagen gestiegen und hatte sich die Kopfhörer ins Ohr gesteckt.
»Bis wann?« fragte Jack.
»Bis wir losmüssen. Ich habe einen Störsender in der zentralen Schaltstelle von Scotland Yard angebracht. Er ist darauf programmiert, Probleme bei den Telexmaschinen zu verursachen. Man wird also sofort die BT-Techniker anrufen. Diesen Anruf werden wir abfangen und versprechen, ein Team vorbeizuschicken, daß die Leitung wieder freilegt.«
»Lassen Sie mich raten: Dieses Team sind wir beide.«
»Sie haben es schnell begriffen, Jack. O. K., wir kommen also am Hintereingang an und parken in der Tiefgarage. Hier ist Ihr Ausweis. Heften Sie ihn an Ihre Brusttasche.«
»Was ist mit der Sicherheitskontrolle? Gibt es dort denn keine Beamten, die das Tor bewachen?«
»Scotland Yard ist kein Polizeipräsidium, Jack, nur ein Verwaltungsgebäude. Dort arbeiten über viertausend Leute, von denen die Hälfte Zivilisten sind, auch die Pförtner. Sie werden von unserer Ankunft benachrichtigt worden sein, deshalb sollte es keine Probleme geben. Ich werde das Gebäude allein betreten. Sie bleiben im Lieferwagen und schauen gelangweilt drein. Ich habe Ihnen eine Ausgabe des *Daily Sport* mitgebracht: damit können Sie sich entspannen.«
»Oder auch gleich in Ohnmacht fallen«, antwortete Jack. »Wie lange werden Sie schätzungsweise drinnen bleiben?«
»Nicht länger als zwanzig Minuten. Wenn ich recht habe, dann ist der logischste Ort, wo sie die Sachen, hinter denen unsere Anwälte her sind, versteckt haben, der PNC2.«

»Was ist das?«
»Der Police National Computer, Version 2. Sind Sie an den technischen Details interessiert? Also: Ich muß mein eigenes Funkmodem zwischen den Computer im Büro für besondere Angelegenheiten, an dem Toby arbeitet, und das PNC2-System schalten. Danach ist es nur noch eine Frage des richtigen Timings – wobei es um den Bruchteil einer Sekunde geht. Sie werden mich im Lieferwagen hören können. Wenn es bei mir irgendwelche Probleme gibt, sollten Sie ganz schnell verschwinden«, schloß der Jamaicaner.
»Wie zapfen Sie die Leitung denn an?«
»Betriebsgeheimnis, Jack. Sie wissen doch, je weniger Sie wissen, um so besser für sie, wenn etwas schiefgeht.«
»Wird es das?«
»Kommt zuweilen vor.«
»Na prima.«
»Sie haben nur eine einzige Aufgabe, nämlich die, andere Leute fernzuhalten. Es wäre eine Katastrophe, wenn zufällig ein richtiger BT-Techniker auftauchte.«
Jack blickte auf den Zündschlüssel. »Und was, wenn tatsächlich welche erscheinen?«
George zog die kleinen Kopfhörer wieder aus dem Ohr und starrte seinem neuen Kameraden intensiv ins Gesicht. »Wenn wir das Gröbste schon hinter uns haben, dann ergreifen Sie eben die Initiative. Wenn Sie keinen Erfolg haben, dann verschwinden Sie und vergessen mich.«
Die Ausstattung des Wagens war eine schwindelerregende Ansammlung präziser Instrumente. George war schon in den frühen Morgenstunden in das innere Kommunikationsnetz eingedrungen; alles war bereit.
»Noch zwei Minuten. Entspannen Sie sich, Jack. So einen Auftritt habe ich schon mal hinter mich gebracht.«
»Warum setzen Sie sich für die Rechte der Tiere ein?«
»Weil sie leiden. Oder besser – weil sie unnötig leiden. Ein

Schimpanse muß an Hautkrebs erkranken, nur damit eine alte, fette Schachtel ein neues Make-up auftragen kann. So etwas krieg' ich einfach nicht auf die Reihe.«
»Gut, aber warum machen sie bei dem hier mit?«
»Er ist mein Bruder, und er braucht Hilfe. Wie lautet Ihre Erklärung?«
Jack konnte lediglich mit den Schultern zucken. Genau das war ja sein Problem! Außer seinem Wunsch, Leone zu helfen, hatte er keine Begründung. »Ich nehme an, es ist persönlich.«
»Was ist nicht persönlich? Eine Minute noch. Lassen Sie uns gehen.«
Sie kletterten allesamt in den Lieferwagen und machten sich auf den Weg zum Yard. Jack lenkte den Wagen am Flußufer entlang und erreichte um 8.15 Uhr das Hauptquartier der Polizei in der Hauptstadt. Die erwartete Botschaft an die BT-Technik-Abteilung wurde von Leone entgegengenommen, die voller Souveränität eine Telefonistin mimte. Sie ließen Toby und Leone in einer Seitenstraße aussteigen. Dann warteten sie. Noch zwanzig Minuten, dann Jack würde zum Hintereingang fahren.

Im Rechenzentrum bat Inspector Barnes die Operatorin der HOLMES-Datenbank um einen Lagebericht.
»Was hat unser forscher Anwalt denn heute morgen in Angriff genommen?«
Eine Polizeibeamtin mit einem offenen Gesicht trank einen Schluck schwarzen Kaffee aus ihrem Plastikbecher, schauderte und antwortete dann: »In der Hauptsache Routineeingaben. Mit Hilfe der Maske sieht er sich nun sämtliche Autos und Lieferwagen an, die man an den Orten, von denen die Mädchen entführt wurden, entdeckt hat.«
»Hat er denn bislang irgend etwas gefunden?«
»Nein. Aber irgendwie schlägt er jetzt einen ganz anderen Kurs ein.«

Barnes beschlich ein ungutes Gefühl. »Was meinen Sie damit?«
Ohne die Augen vom Bildschirm zu nehmen, antwortete die Beamtin: Bisher hat er, soweit ich weiß, versucht, Dateien zu isolieren, zu denen er keinen Zugang hat, damit er sie irgendwo ablegen kann. Ich habe keine Ahnung, wieso.«
Barnes schon. »Ist dies heute das erste Mal, daß er Routineüberprüfungen vornimmt?« Die Operatorin gab ein paar Befehle ein. Innerhalb der Dialogbox auf dem Bildschirm öffnete sich eine weitere. »Ja, Ma'am.«
Es mußten noch andere Teile des HOLMES-Systems überwacht werden, doch Barnes beschloß, sich in Zukunft auf diesen hier zu konzentrieren. Sie hatte ein ungutes Gefühl, und zwar seit sie mit Lee aneinandergeraten war. Und ihr Unbehagen war durch das, was sie in Erfahrung gebracht hatte, nachdem er ihr Büro verlassen hatte, nur noch größer geworden.
»Heute sollten Sie noch aufmerksamer sein als üblich.«
»Ich bin immer aufmerksamer als üblich, Inspector.«
Deborah hatte die junge Frau verärgert. Das hatte sie gar nicht beabsichtigt. Dieses ständige Unbehagen machte sie reizbar.
»Sie haben recht, Marianne. Ich meinte nur, seien Sie besonders sorgfältig.«
Sie setzte sich hin. Sloane war klug, aber war er klug genug?

Toby fuhr fort mit den Routineabfragen, die er gestartet hatte. Der Monitor spie Spalte um Spalte mit Autokennzeichen, Besitzern und Adressen aus, die im Zuge der fünfjährigen Ermittlungen im Speakman-Fall ausfindig gemacht worden waren. Er hatte ihnen keine Aufmerksamkeit geschenkt, weil er wußte, daß die Information hier nicht zu finden sein würde. Statt dessen konzentrierte er sich auf den kleinen Chronometer an seinem Handgelenk.

Er geht auf die Hunderttausendstel-Sekunde genau. Und er ist exakt auf meinen abgestimmt. Wenn der richtige Augenblick gekommen ist, schick den Befehl ab. Meinen habe ich mit dem Modem verbunden. Du darfst dir nicht die kleinste Verzögerung leisten, Bruder, sonst kann man sehen, daß die Datenbank von zwei Quellen aus angezapft wird.«
Noch zwei Minuten, bis er seine Reaktionsgeschwindigkeit endgültig unter Beweis stellen mußte.

Der Sicherheitswachmann fragte noch nicht einmal nach ihren Ausweisen, als sie durch das Tor fuhren und den Lieferwagen im Hof parkten. Jack wunderte sich über Georges Nerven, als er beobachtete, wie er die Türen des Lieferwagens für zwei Polizeibeamte mit Epauletten öffnete.
Danach warf George ihm noch ein breites Grinsen zu, bei dem er sämtliche Zähne entblößte, und verschwand dann durch die Tür.
Fünf Minuten später war George im Fernmeldebüro im fünften Stock. Eine junge Frau war damit beschäftigt, sich die Nägel schwarz zu lackieren, und zeigte kein Interesse an ihm, als er die Zugangsluke zu den Kabelkanälen des zentralen Kommunikationsnetzes, die unter dem fünften Stockwerk verborgen waren, öffnete. Scotland Yards Vermittlungsstelle hatte es mit 1,4 Millionen Anrufen im Jahr zu tun, und das automatische Verteilersystem für Notrufe war in der Lage, 400 Gespräche gleichzeitig entgegenzunehmen. Das erforderte Kabel von Millionen Metern Länge, die in einer Art Zwischenebene unter dem fünften Stockwerk verliefen. Er schaltete seine Taschenlampe ein, und begann, sich kriechend unter den Dielenbrettern voranzubewegen. Nach etwa einem halben Meter hatte er die Kabel gefunden, die zum Großrechner im Rechenzentrum führten. Schnell identifizierte er die dicken, mit rotem Gummi verkleideten Hochleistungskabel, die mit einem

Multiplexer verbunden waren. Es hatte insgesamt nur elf Minuten gedauert, bis er sein kleines Modem zwischen Tobys Arbeitsstation und die PNC2 zwischengeschaltet hatte. Schweiß begann an seinem Gesicht entlangzulaufen, als er durch den Schacht zurückkroch. Mit einem Lächeln tauchte er aus dem Bodenloch wieder auf. Die junge Frau war immer noch dabei, ihre Finger in die Klauen eines Ungeheuers zu verwandeln. Er sagte ihr, daß die Störungen in etwa zehn Minuten wieder behoben sein würden. Es blieben ihm jetzt noch sechs, um in den Lieferwagen zurückzukehren.

Deborah Barnes beobachtete, wie die Daten über den Bildschirm jagten. Es waren viel zu viele, als daß ein Mensch sie hätte verstehen oder gar verarbeiten hätte können. Ihre Nervosität wuchs. Die Gegensprechanlage brummte: Es war Chief Inspector Lee.
»Sofort in mein Büro«, schrie er.
»Kann das nicht warten?«
»Sofort, Barnes.«

Jack hatte in der Zeitung sechsundvierzig Brustwarzen gezählt, hatte das Kreuzworträtsel zu lösen begonnen und schon dreimal das Horoskop gelesen. Kein guter Tag für die Liebe, aber dafür wartete ein unerwarteter Sieg in einem Konkurrenzkampf auf ihn. Da er sich auf keinerlei Auseinandersetzungen dieser Art eingelassen hatte, kehrte er zurück zu acht waagerecht.

Leone stand mit strengem Gesicht in Lees Büro. Auch Lee sah grimmig aus. Der Plan hatte vorgesehen, daß Leone um genau 9.00 Uhr in Lees Büro erschien, um Barnes vom Bildschirm wegzuholen.
»Sind sie sicher, daß Mr. Sloane der Zugang unberechtigterweise verweigert wurde?«

»*Er* ist sicher, aber bevor ich offiziell Beschwerde beim Commissioner einreiche, möchte ich feststellen, ob man unseren Konflikt nicht anderweitig lösen kann.«

»Diese Haltung weiß ich zu schätzen.«

An der Tür klopfte es.

Toby stellte fest, daß er keuchte. Er mußte seinen Atem wieder unter Kontrolle bringen, um absolut ruhig sein zu können, wenn der Augenblick gekommen war. Das war es ja noch nicht einmal, dachte er voller Ironie, es war noch nicht einmal ein Augenblick; es war viel, viel weniger.

Das flüssige Quarz seiner Uhr bewegte sich. Er atmete tief aus und schickte den Befehl ab.

Er hatte nur dreißig Sekunden Zeit. George setzte sich hektisch hinter den PC im Lieferwagen.

»Los, Jack«, rief er. Der Motor lief an, und sie fuhren zum Tor hinaus, als George den Befehl an das Modem weitergab, die Daten zu senden. Jack konnte das metallische Geräusch der Message hören. Mein Gott, ob sie es geschafft hatten?«

Die Beamtin im Rechenzentrum vernahm im Kopfhörer ein schwaches Echo. Sie blickte auf den Bildschirm. Das seltsame Geräusch hatte sie verwirrt. Sie wirbelte auf ihrem Stuhl herum, um Barnes zu informieren, aber die war nicht im Zimmer. Es war niemand da, der ihr bei dieser Geschichte hätte einen Rat geben können. Auch ihre monatelange Ausbildung hatte sie auf ein solches Problem nicht vorbereitet. Aufmerksam beobachtete sie den Bildschirm, ob weitere Abfragen folgen würden. Sie erschienen wenige Sekunden später: abermals eine Liste von Autokennzeichen. Sie gab einen Seufzer der Erleichterung von sich – wahrscheinlich hatte es sich nur um einen Aussetzer gehandelt. Sie würde ihrer Chefin später davon berichten.

»Das ist nicht wahr, Sir«, antwortete Barnes wütend auf die Vorwürfe Lees. »Jede Anfrage, die mit dem Speakman-Fall zu tun hatte, wurde zugelassen. Ich habe eine komplette Aufstellung sämtlicher Anfragen von Mr. Sloane.«
Nicht ganz, dachte Leone, aber hat es geklappt?
»Hat es geklappt, George?« fragte Jack. Sie hatten etwa 50 Meter von Scotland Yard entfernt wieder angehalten.
Die dunklen Augen seines Gegenübers waren fest geschlossen; er horchte auf ein hochtönendes Rauschen, das ihm die Datenübertragung anzeigen würde. Er hielt die Hand in die Höhe, um Jack zum Schweigen zu bringen.
Jack warf einen Blick auf die Straße. Was für eine nervenaufreibende Geschichte! Die ganze Sache hatte nur wenige Sekunden gedauert, aber diese waren ihm wie Minuten, wie Stunden vorgekommen. Die Stille war unerträglich. Dann vernahm er ihn: den schrillen Ton der Antwort.
»Komm zu Papa«, sagte George leise. »Komm, sei ein gutes Mädchen.«
Plötzlich hörte das Geräusch wieder auf. Jack wirbelte herum und sah, wie George einen anderen Befehl eingab.
»Was tun Sie jetzt?«
»Ich schicke die Daten weiter, damit sie ihnen nicht nachspüren können.«
»Haben wir es?«
Ein riesiges Grinsen breitete sich auf dem Gesicht seines Begleiters aus. »Ich weiß nicht, was wir haben, aber wir haben es. Jack, ziehen Sie jetzt den Overall aus und fahren Sie nach Hause.«
»Warum?«
»Danke für Ihre Hilfe, hätte es nicht ohne Sie geschafft, aber jetzt kümmert sich jeder besser wieder um seine eigenen Angelegenheiten.«
»George!«
Er beobachtete, wie der Jamaicaner eine neue Telefonnummer eingab. »In diesem Gebäude befindet sich eine

Liste der Informanten und Undercover-Agenten der Polizei, die die ALF unterwandert haben. Gehen Sie heim, Jack. Jetzt kommt meine Show.«
»Weiß Ihr Bruder davon?«
»Eine Hand wäscht die andere. Tschüs, Jack.«

»Also, Miss Stern, akzeptieren Sie, daß ich persönlich in dieser Sache Nachforschungen anstellen werde?« Leone nickte. »Wenn ich zu dem Schluß komme, daß Sie bewußt behindert wurden, werden die Verantwortlichen bestraft und die Informationen an Mr. Sloane weitergegeben werden.« Er war ein hervorragender Lügner, dachte Leone.
»Ich hoffe, daß wir die Angelegenheit klären können, Chief Inspector.«
Deborah Barnes beobachtete die Anwältin mit eisigem Blick: Sie hatte zu plötzlich nachgegeben. »Sir, wenn Sie mich entschuldigen wollen.«
Ihr Vorgesetzter nickte grimmig.
»Auf Wiedersehen, Miss Stern.«
»Auf Wiedersehen, Inspector Barnes.«
Sie sah Erleichterung in den Augen der Anwältin, Erleichterung und Hoffnung. Was ging hier vor?
Sie rannte zurück in den Computerraum, um sich den Bericht der Beamtin anzuhören, dann schickte sie sie in die Kaffeepause. Nachdem sie gegangen war, gab Deborah die Zugangscodes zu den versteckten Dateien ein. Er war drin gewesen. Sie hatte keine Ahnung, wie er das geschafft hatte, aber er hatte es geschafft. Sie warf den Kopf zurück und lachte. Sie hatte sowieso vorgehabt, ihm die Informationen zuzuspielen.

Kapitel 25

Sie hatten sich in Tobys Wohnung in Maida Vale verabredet, und zwar am Ende seines normalen Arbeitstages im Scotland Yard. Er hatte Schwierigkeiten gehabt, sich auf seine Arbeit zu konzentrieren, aber wenn er zu früh ging, hätte das die allzeit anwesende Deborah Barnes Verdacht schöpfen lassen. Sie war ohnehin merkwürdig freundlich gewesen, als sich in der Mittagszeit ihre Wege gekreuzt hatten. Das ging sogar so weit, daß sie ihn mit einem geheimnisvollen Lächeln gefragt hatte, ob er auch alles bekommen hatte, was er brauchte.

Um 20.00 Uhr kamen Jack und Leone. Sie war überrascht, wie unordentlich Sloanes Wohnung war. Kleine Holzregale nahmen jeden Zentimeter verfügbaren Raumes im Wohnzimmer ein. Die Bücher, die darin standen, waren wertvoller als das übrige Mobiliar der Wohnung. Die Bilder waren schlampig gerahmt, und zwei niedrige Futonsofas kauerten an der Wand. Auf dem Boden lag ein dünner Teppich, mit rosafarbenen, von Bändern zusammengehaltenen Akten bedeckt. Ohne förmliche Begrüßung ließ Toby sich an seinem PC nieder und nahm ein paar Disketten zur Hand.

»Die Daten wurden dem Computerladen eines Freundes zugeleitet«, sagte er. »Er hat sie kopiert, und ich habe selbst gesehen, wie er sie wieder von seiner Festplatte gelöscht hat. Wenn sie ihn irgendwann ausfindig machen sollten, wird er bestreiten, von der Datenübertragung überhaupt gewußt zu haben.«

»Was haben wir, Toby?« fragte Leone und zog einen Stuhl heran, um sich links neben ihn zu setzen. Jack ließ sich zu seiner Rechten nieder. Alle drei hatten den leeren Bildschirm im Visier.

»Ich hätte vor zehn Minuten beinahe schon einmal reingesehen, aber dann fand ich, daß wir es verdient haben, es uns zusammen zu genehmigen.«
»George kommt nicht?« fragte Jack.
Toby legte zunächst die Programmdiskette in Laufwerk A ein und installierte das notwendige Programm, um später die Datendiskette lesen zu können. Dann gab er die entsprechenden Befehle ein. Als die Installation lief, antwortete er schließlich: »Das hier ist nicht sein Spiel. Er kümmert sich schon wieder um andere Dinge.«
Jack dachte darüber nach, ob er Toby von Georges Plänen erzählen sollte, aber es war wohl besser, wenn er schwieg. Toby öffnete die Dateien auf einer weiteren Diskette, und schon bald erschien auf dem Bildschirm eine Liste, bezeichnet als: »Speakman. Beweise. Ungenutztes Material. Kategorie eins.«
»Was bedeutet diese Kategorie?« fragte Jack.
»Sie haben so viel Material von diesen Nachforschungen, daß sie es in verschiedene Kategorien einteilen und den einzelnen Daten einen unterschiedlichen Bedeutungsstatus beimessen«, flüsterte Toby, als ob Inspector Barnes auch hier jede seiner Bewegungen beobachtete. »Bei Kategorie eins handelt es sich wohl um diejenigen Beweise, die für die Staatsanwaltschaft am unbequemsten sind.«
»Wollen wir's hoffen«, bemerkte Leone aufrichtig. Sie hatte noch immer ein ungutes Gefühl bei dem, was sie hier trieben, aber jetzt waren sie schon so weit gegangen, daß es genauso gefährlich gewesen wäre, wieder umzudrehen.
»Wollen mal sehen, was wir da haben.«
Drei Namen erschienen im Menü der verfügbaren Themen. Sie lauteten, »Professor Sven Trondl, Doktor Ian Coombs, Patricia Barraclough«.
»Kommen dir diese Namen bekannt vor, Toby?«
Er kniff ein oder zwei Sekunden lang die Augen zusammen, dann schob er die Brille hoch. »Die beiden Mediziner sind

mir nicht bekannt, aber den dritten Namen habe ich irgendwo schon einmal gehört. Wollen doch mal sehen, was Professor Trondl über die Angelegenheit zu sagen hat.«
Er setzte einen Doppelklick auf den Namen. Auf dem Bildschirm erschien ein Dokument.
»Mein Gott.« Toby stieß den Atem aus. Jack und Leone lasen die Überschrift des Aufsatzes.

FBI
Das psychologische Profil des Mörders

»Ist es denn ungewöhnlich, daß Scotland Yard mit dem FBI zusammenarbeitet?« fragte Jack.
»Sehr ungewöhnlich«, antwortete Toby, »aber manchmal nimmt man seine Hilfe in Anspruch, um ein bestimmtes Muster bei den Verbrechen feststellen zu können. Soweit wir wissen, haben die Staaten ansonsten nichts damit zu tun. Lassen Sie uns lesen.«

> Name des Mörders/Pseudonym/einstweiliger Name der Operation:
> Großbritannien: König Artus.
> Opfer: Im Raum Großbritannien sieben (Namen und Alter siehe Anhang des Profils).
>
> Modus operandi:
> Alle Opfer wurden, ohne daß Augenzeugen es bemerkt hätten, in Großbritannien verschleppt (vergleiche Aussage 5612/a). Alle wurden sexuell mißbraucht. Keine Samenproben gefunden, außer in GB-Fall Nummer 1; Colleen Bridges.

»Mein Gott, das wäre also Punkt eins im Speakman-Fall«, rief Leone. »Toby, hast du je einen Bezug auf Samenproben in deinen Papieren entdeckt?«

»Nein, das weißt du doch. Da sie Speakman eine Haarprobe entnommen haben, habe ich auch da nach einer DNA-Vergleichsanalyse gesucht. Es gab keine.«
Jack war verwirrt. »Bedeutet das, daß man keine Übereinstimmung herstellen konnte?«
»Wenn sie es gekonnt hätten«, sagte Toby, »hätten wir das schon vor langer Zeit erfahren. Es wäre sozusagen der letzte Beweis gewesen, der Speakman den Todesstoß versetzt hätte. Ich denke, Dr. Ian Coombs wird uns später darüber aufklären.«

> Nach dem Mißbrauch wurden die Opfer auf identische Weise gefesselt (siehe Zeichnung am Ende des Profils). Allen wurden die Augäpfel aus den Augenhöhlen entfernt: wahrscheinlich durch den Druck beider Daumen. Alle Mädchen waren am Leben und bei Bewußtsein, als die Verstümmelung stattfand. Anschließend wurden sie, noch immer lebendig, ins Wasser gedrückt und ertränkt.

Es war das erste Mal, daß Jack so unverblümt mit der Methode der Ermordung konfrontiert wurde. Ihm wurde schlecht.

> Profil:
> Nachdem ich sämtliche Daten, die in diesem Fall vorliegen, gelesen habe, formulierte ich unterschiedliche Ansichten über den Mörder. Ich habe das Profilregister bekannter Straftäter und Straftaten des FBI zur Hilfe genommen und bin zu folgenden Schlußfolgerungen gekommen.
>
> Allgemein:
> Der Mörder ist ein Weißer im Alter zwischen 30 und 40 Jahren. Er ist physisch stark (siehe Gewicht und

Kraftaufkommen der Opfer). Er arbeitet allein. Seine Schläue bei der Verfolgung und Verschleppung der Opfer zeigt, daß er intelligent ist. Die Abstände zwischen den Morden bedeuten, daß es kein zeitliches Muster gibt. Er reagiert beispielsweise nicht auf ein spezielles Datum, einen Monat oder eine Mondphase. Er ist also außerordentlich kontrolliert und schlägt nur zu, wenn er das Gefühl hat, daß der Zeitpunkt und die Umstände ihm zugute kommen. D. h., *er* bestimmt, was geschieht. Er wird nicht von seiner Psyche bestimmt.

»Das klingt aber gar nicht nach Trevor Speakman«, bemerkte Toby. »Wenn es das täte, hätte uns die Staatsanwaltschaft diesen Bericht bereits um die Ohren geschlagen.«

»Auf mich machte er vor Gericht durchaus einen kräftigen Eindruck«, sagte Jack und wartete darauf, wie die Anwälte auf seine Herausforderung reagieren würden.

»Das ist aber auch das einzige, was auf ihn zutrifft, Jack. Toby und ich haben ihn kennengelernt: Er ist kein Schauspieler – sondern war ein verängstigter Mann mit begrenztem IQ, der bis zum Scheitel mit Drogen vollgepumpt war.«

»Vielleicht ist er ja auch ein so guter Schauspieler, daß man es gar nicht merkt, daß er spielt! Können Schizophrene sich nicht sogar selbst davon überzeugen, daß sie etwas nicht getan haben?«

Sie alle wußten, daß es eine gute Frage war, und zwar eine, die Sedgewick immer wieder gestellt hatte.

»Vielleicht kann uns der Professor bei der Beantwortung weiterhelfen.«

Sie lasen weiter.

Besonderheiten:

1. Die Ziele. Die Altersgruppe und das Geschlecht der Opfer deuten darauf hin, daß der Mörder Mädchen diesen Alters ein besonderes Haßgefühl entgegenbringt. Möglicherweise ist dies auf ein Trauma in der Adoleszenz zurückzuführen, das zur Folge hat, daß er sich auf Mädchen dieser Altersgruppe fixiert hat, weil er glaubt, daß sie Bestrafung und Schmerz verdient haben.
2. Die Fesselung. Es handelt sich um eine besondere Art von Knoten, wie sie von Seglern und Tauchern benutzt werden.

Leone und Toby dachten daran, daß Speakman ein erfahrener Tiefseetaucher gewesen war, aber keiner von beiden sagte etwas.

Die Hände wurden ihnen vor dem Körper zusammengebunden, wie in demütiger Bitte oder im Gebet. Auch dabei muß es einen tieferen Grund geben, warum das für den Mörder von Bedeutung ist. Vielleicht wurde er selbst auf ähnliche Weise gefesselt oder zu einer Handlung gezwungen, die die Art der Fesselung für ihn repräsentiert.

3. Die Blendung. Sie ist ein wichtiger Teil für die Spezifikation des Mörders. Er will nicht, daß seine Opfer ihn sehen, deshalb werden ihnen die Augäpfel noch vor dem Tod entfernt. Möglicherweise empfindet er Scham (vielleicht auch so etwas wie eine seltene Einsicht) – entweder was sein physisches Erscheinungsbild betrifft oder in bezug auf das, was er tut –, das ihn veranlaßt, seine Opfer auf diese Weise zu verstümmeln. Interessant ist auch, daß der sexuelle Mißbrauch vor ihrer Blendung stattfindet. Es ist also möglich, daß er sich ihnen

nicht voll enthüllt, bis zu dem Augenblick, da er sie blendet. Der Mörder hat also möglicherweise eine physische Behinderung oder Entstellung, die dem normalen Betrachter verborgen bleibt, beispielsweise durch seine Kleidung, eine Augenklappe oder eine Art Prothese. Finden Sie heraus, was er verbirgt, und Sie werden den Mörder kennen.

4. Das Wasser. Es ist ein wichtiges Symbol für den Mörder. Er könnte sich der Leichen auch an anderen Orten entledigen, aber die Wahl des Wassers blieb in jedem der Fälle konstant. Vielleicht glaubt er, daß das Wasser die Seelen der Verschiedenen reinigt, daß es letztendlich auch ihn reinigen wird. Gleichzeitig aber haßt er es. Die Leichen der Mädchen sind beinahe wie Opfergaben an eine feindliche Macht: ein Opfer, das ihn schützt und ihm mehr Macht verleiht. Er fürchtet das Wasser – es hat ihn verletzt, und er will nicht noch einmal dadurch verletzt werden.

»Speakman hatte einen schlimmen Tauchunfall«, sagte Toby düster.
»Das stimmt«, bestätigte Leone, »Aber der Professor geht davon aus, daß es ein Erlebnis in der Jugend war und keines im Latenzstadium. Sieh dir das an.« Leone deutete auf den Bildschirm. Sie hatte bereits weitergelesen.

Es erscheint offensichtlich, daß all diese Symbole mit einem massiven Trauma in Kindheit oder Adoleszenz verbunden sind, das ihn zu töten veranlaßt. Er ist ein Psychopath mit einem übermäßigen Willen zur Macht. Aufgrund der Intelligenz und Gerissenheit, die er bei den Verbrechen an den Tag legt, läßt sich auf einen Mann schließen, der es in dem von ihm gewählten beruflichen Umfeld zu einigem Erfolg gebracht hat. Kurz, er ist einer der gefährlichsten Serienmörder, mit der es die Öffentlichkeit jemals zu tun hatte.

Professor Sven Trondl, 15. Februar 1996.

»Sieh dir das Datum an, Toby«, sagte Leone atemlos.
»Warum?« fragte Jack.
»Dieser Bericht ist kurz nach Speakmans Verhaftung erstellt worden. Sie haben die ganze Zeit gewußt, daß sie den falschen Mann haben, aber sie waren bereits zu weit gegangen, um ihren Irrtum zugeben zu können.«
Aber Jacks Aufmerksamkeit war bereits von etwas anderem angezogen worden. Der Bildschirm zeigte nun die Anhänge zu dem Bericht. Eine Schwarzweißphotographie erschien vor seinem Auge. Sie zeigte ein junges Mädchen, gefesselt mit einem Seil. Seine Augenhöhlen waren leer. Er spürte, wie es in seinem Magen zu beben begann. Seine Arme zitterten, seine Augenlider schlossen sich fest. Der gleiche Knoten, an den er sich neulich nachts erinnert hatte.
»Jack, Jack, geht es dir gut? Was zum Teufel ist los mit dir?« fragte Leone. Er fiel rücklings vom Hocker und blieb bewegungslos auf dem fadenscheinigen Teppich in Tobys Wohnung liegen.
»Er ist es«, sagte eine elende Stimme. »Er.«
Jack verlor das Bewußtsein.

Kapitel 26

La Saux war seit Tagen nicht in der Lage gewesen, die Beine zu bewegen. Er spürte die entzündeten Stellen an seinem Gesäß und seinen Handgelenken. Ungefähr am dritten Tag an diesem grauenhaften Ort waren sie aufgesprungen. Es fiel ihm schwer, die Zeit zu schätzen; die einzige Uhr war sein Schmerz. Seine Wunden waren entzündet, wenn nicht gar schon brandig. Seine Genitalien waren entsetzlich geschwollen von den ätzenden Flüssigkeiten, die sein Peiniger scheinbar beiläufig in seinen bebenden Körper eingeführt hatte.

Und darin bestand der wahre Schrecken dieser ganzen Situation: wie leidenschaftslos sein Peiniger war, wenn er mit ihm »plauderte«, wie er es formulierte. Die Stimme des Mannes enthielt kein Gefühl. Auch schien er bei dem, was er tat, keine Freude zu empfinden. Nur eine geduldige Gleichmütigkeit angesichts der Notwendigkeit der Situation.

Zumindest hatte der verdammte Irre die Nadeln von seinem Nacken genommen, so daß er den Kopf zur Seite neigen konnte, wenn er zu schlafen versuchte. Doch dazu hatte es nur wenig Gelegenheit gegeben, seit er in diesem Landhaus war; zumindest vermutete er, daß es sich um ein Landhaus handelte. Er konnte dunkle Balken erkennen, die sich über die niedrige Decke des Raumes erstreckten, in dem er festgehalten wurde. Seine inneren Organe schmerzten unerträglich, doch er blieb immer bei Bewußtsein, auch wenn das Verhör wieder begann.

Der Glukosetropf gab ihm die Stärke, es auszuhalten, aber wollte er das überhaupt? Sein Peiniger hatte jedesmal ausgeführt, welchen Zusatz jeder neue Katheter enthielt, bevor er den Inhalt abermals in seine gequälte Harnröhre trieb. Er hatte sogar schon geblufft und La Saux erzählt, daß die folgende Flüssigkeit sein Leben beenden würde, da sie den tödlichen Zusatz enthielt. Beim letzten Mal hatte Victor die Zähne zusammengebissen und seine Exkremente in die stark verschmutzte Unterwäsche entweichen lassen, als der Druck auf den Kathetersack ausgeübt wurde. Aber statt des erwarteten stechenden Schmerzes hatte er das Gefühl, daß seine ganzen Genitalien von einem warmen, lindernden Balsam durchdrungen wurden.

»Sie waren ein guter Junge. Was Sie mir über das Internet gesagt haben, hat sich als richtig erwiesen. Und das ist Ihre Belohnung: ein schmerzstillendes Mittel. Seine Wirkung wird es Ihnen ermöglichen, Ihren Geist von sämtlichen Tricks oder Bluffs zu reinigen, die Sie vielleicht noch ausprobieren wollten. Ich weiß, wann Menschen die Wahrheit sagen. Das ist nämlich mein Beruf: Ich bin ein professioneller Lügendetektor.«

Sein Peiniger hatte gewartet, bis er eingeschlafen war, dann hatte er den Schmutz seines Körpers und seiner Angst entfernt. La Saux war dankbar für die Wiederherstellung einer gewissen Würde; es schien zudem ein Zeichen dafür zu sein, daß diese Tortur bald zu einem Ende kommen würde.

Das war viele Stunden her. Jetzt war es wieder Nacht, und die Schmerzen waren zurückgekehrt. Das fahle Licht der Frühwinter-Sonne hatte sich in Dunkelheit verwandelt, während er auf die Rückkehr des Mannes wartete. Er war gerade dabei, wieder in einen alptraumgeschüttelten Schlaf zu fallen, als sich langsam die Tür öffnete und leichte Schritte über einen, wie er glaubte, rauhen Steinfußboden auf ihn zukamen. Schnell schloß er die Augen und tat, als schliefe er.

»Ah, schlafen oder gar träumen, Victor? Aber Sie schlafen doch überhaupt nicht, oder? Wer könnte bei einer solchen Tortur schon schlafen? Sind Ihre Träume noch schlimmer als das, was Sie bereits erlebt haben?« Eine Pause folgte, dann ein enttäuschter Seufzer. »Victor, Victor! Nun gut, während Sie schlafen, werde ich Sie über meine Wünsche ins Bild setzen.«

La Saux hörte das vertraute Quietschen weichen Leders, als sein Peiniger sich hinter ihn setzte. »Ich bin von Natur aus kein besonders vertrauensvoller Mensch. Manche würden vielleicht sogar behaupten, daß ich mehr als nur ein Tröpfchen Zynismus mein eigen nenne. Ich bin mir über mich selbst zu sehr im klaren, um dieser Ansicht widersprechen zu wollen, zumindest nicht bei Ihnen, meinem Vertrauten. Denn das sind Sie: mein Mentor, während ich Ihr Peiniger bin. Seltsames Zusammentreffen, nicht wahr, Victor? Daß unsere knospende Beziehung durch zwei so widersprüchliche Faktoren geprägt wird.«

Er schwieg, als warte er auf eine Antwort. »Nein, nein, teurer Freund Victor, sparen Sie Ihre Kräfte, Sie werden sie noch brauchen. Nun, wo war ich stehengeblieben? Ach ja, bei dem bedauerlichen Fehlen von Vertrauen auf meiner Seite.«

La Saux' Muskeln zogen sich gequält zusammen, als der Mann mit seinem Selbstgespräch fortfuhr. Er verspürte das dringende Bedürfnis, seine Lage zu verändern. Doch er biß die Zähne zusammen und zwang sich, still zu bleiben.

»Träumen Sie, Victor? Ich frage mich, was ein Pornographie-Händler wie Sie so träumen mag? Welche köstlichen, verbotenen Früchte inspirieren Ihre Leidenschaften? Sicherlich etwas, das nichts mit Ihrer Arbeit zu tun hat – es muß etwas anderes sein. Ich hab's: ein hübsches Kind, das sorglos mit seinen Eltern spielt, ein Schmetterling oder vielleicht auch ein Frühlingsmorgen im Wald. Ihre Sinne sind von den perversen Intimitäten wahrscheinlich dermaßen abgestumpft wie die eines fetten Jungen in einer Schokoladenfabrik, der seine Leidenschaft für jene Delikatesse auskotzt, weil er zuviel davon genossen hat. Ich verstehe Sie, Victor, wirklich, das tue ich. Ich bin ebenfalls einige

Jahre lang meinem Hobby nachgegangen. Manche halten es eher für einen Zwang, vielleicht haben sie sogar recht damit. Doch ich mußte mein Spielzeug für einige Zeit wegräumen. Wir können doch nicht zulassen, daß die Menschen auf falsche Gedanken kommen, nicht wahr? Außerdem sind da noch die Belange des Staates, um die ich mich bald zu kümmern haben werde.« Er schwieg für eine Weile, als ob er der Antwort seines Gegenübers lausche.

»Nein, nein, lieber Victor, das ist nicht Ihre Sorge, obwohl ich Ihnen eine gewisse Überzeugungskraft durchaus bescheinigen muß, zumindest im Augenblick.«

La Saux mußte würgen. Der Mann fuhr fort. »Ich habe mich noch einer oder zweier Kleinigkeiten zu entledigen.«

»Ist das alles, was ich für Sie bin, eine Kleinigkeit?« La Saux' Stimme klang krächzend und langsam, weil er sie so selten benutzte. In der letzten Zeit hatte er sie nur gebraucht, um vor Schmerz zu schreien.

»Ihr Unternehmen hat Sie mit etwas in Konflikt gebracht, das Sie nicht verstehen können. Indem Sie sich darauf eingelassen haben, haben Sie sich selbst zur Kleinigkeit gemacht.«

»Aber ich habe es doch nicht gewußt!« Er merkte, daß er vor Selbstmitleid winselte, wie seine eigenen Opfer, wenn er Ihnen das letzte Geld vom Familienkonto geraubt hatte – es war ihm immer zuwider gewesen.

»Sie sagen: ›Ich habe es nicht gewußt.‹ Aber auf Ihren Wissenstand kommt es gar nicht an, nur auf den Stand Ihres Seins. Nennen Sie es Glück, Schicksal, Kismet oder das Rad der Fortuna: Wie Sie es auch beschreiben wollen, es ist, weil es ist.«

»Ich wußte nicht, wer Sie sind.«

Sein Peiniger lachte.

»Wenn ich Ihnen nicht als erster auf die Schliche gekommen wäre, dann – davon bin ich überzeugt – hätten Sie meine Existenz ruiniert ebenso wie meine Zukunft, die im Gegensatz zu der Ihren doch sehr rosig aussieht.«

La Saux drängte das Schluchzen zurück, das in seiner Brust emporstieg, dann bemühte er sich, seinen Atem unter Kontrolle zu bekommen.
»Sehr männlich«, sagte die Stimme neben seiner Schulter. »Sehr beeindruckend unter den gegebenen Umständen. Ich bezweifle, ob ich so viel Mut aufbrächte, aber immerhin kenne ich ja auch das Ende Ihrer Geschichte. Sie müssen es erst noch erleben.«
»Gibt es denn keine Möglichkeit, wie wir uns arrangieren könnten? Ich bin ein sehr wohlhabender Mann.«
»Das bin ich auch.«
»Wollen Sie denn nicht noch reicher werden?«
»Ich bin reich genug.«
»Was ist mit Macht und Einfluß?« La Saux versuchte den schwachen Punkt des dunklen Mannes zu finden. Er hatte sein Leben damit verbracht, das individuelle Verlangen menschlicher Wesen herauszufinden und sich zunutze zu machen.
»Macht und Einfluß besitze ich ebenfalls schon, und ich werde beides noch steigern.«
»Meine Akten.«
»Fahren Sie fort.«
»Die Akten meiner Klienten.«
»Was? Die der pädosexuellen Bankdirektoren? Ihr Verfallsdatum muß schon weit zurückliegen.«
»Es gibt andere: Politiker, Anwälte, Journalisten, selbst ein Kabinettsminister.«
»Ihre Lebenserwartung wird immer geringer.«
»Sie können Sie alle haben! Sie werden schon wissen, was damit zu tun ist. Ich will nur eins – leben!«
Er hörte, wie der Mann langsam ausatmete. »Es ist schon seltsam. Vor ein paar Tagen standen Sie vor dem größten Geschäft Ihres Lebens, und jetzt sind Sie hier, bei mir, und bereit, alles fortzugeben, nur um zu leben.«
»Ja!«

»Sie bieten mir also keine Partnerschaft an? Sie geben mir alles, einfach so?«
»Ja, um Himmels Willen, ja«, flüsterte La Saux.
»Nun gut.«
»Was? Sie meinen, daß Sie mich freilassen werden?« Plötzlich wurde er von geradezu kindlicher Erwartung erfüllt, denn die Fesseln an seinen Handgelenken lockerten sich.
»Sonst wäre es ja eine ziemliche Verschwendung. Wo bewahren Sie die Akten auf?«
»In meinem Safe.«
»Ach, Sie meinen den in Ihrer Wohnung? Unter den Dielenbrettern mit dem Sicherheitsschloß?«
»Was?«
»Ach du liebe Güte, sind *das* etwa die Akten, die Sie meinen? Ich glaubte schon, Sie hätten noch andere. Nein, diese Akten habe ich bereits, und ich habe auch die Software und die Videos.« Die Fesseln schnitten sich wieder scharf in sein Fleisch.
»Kennen Sie das Geheimnis guter Folter?«
»Ich –«
»Timing. Jetzt, in diesem nächsten und letzten Katheter, den Sie, wie ich voller Freude sehe, bereits bis zum Rand gefüllt haben, befindet sich Strychnin. Beantworten Sie meine nächste Frage mit ja oder nein, und seien Sie sehr, sehr aufrichtig. Haben Sie von dieser Ware Kopien angelegt?«
»Nein, ich schwöre es, es gibt keine Kopien. Ich wollte nicht das Risiko eingehen, daß jemand plötzlich mit einer Kopie hausieren geht. Bitte, bitte glauben Sie mir.«
»Aber ich glaube Ihnen doch, Victor! Jetzt glaube ich Ihnen wirklich. Wirklich und wahrhaftig.«
Der Mann trat vor ihn hin. Er trug noch immer die schwarze Ledermaske. La Saux sah, wie er hinaufgriff, um sich die Maske vom Gesicht zu ziehen.
»Nein, bitte! Wenn ich Sie sehe, werden Sie mich umbringen müssen.«

»Aber Sie haben mich doch schon viele Male gesehen, Victor: mich und die anderen.«
Die Maske wurde mit einem Ruck entfernt. La Saux hatte das Gesicht auf dem Band schon viele hundert Male gesehen. Der Mann schüttelte langsam den Kopf.
»Nicht wissen, sondern *sein:* am falschen Ort zum falschen Zeitpunkt sein.«
Victor La Saux schrie, als der Beutel vor seinen Augen zusammengequetscht wurde.
Zwei Minuten später, als die Krämpfe aufhörten, als der letzte zerfetzte Atemzug seinen Körper verließ, hatte er eine Vision: nicht die von Christus oder der heiligen Maria, kein Anblick des Jenseits, sondern die einer riesigen Kiste, die auf dem Weg nach Amsterdam war.
»Leck mich am Arsch«, flüsterte er und starb.

Kapitel 27

Er war nackt, lag in einem fremden Bett, an einem fremden Ort. Jack konnte das Gewicht der Decke auf der Brust und auf den Beinen spüren. Er mußte pinkeln, aber viel dringender noch mußte er wissen, wo er war.

Das Zimmer war wohlproportioniert und mit zueinander passenden Pinienmöbeln ausgestattet. Ein großes zweisitziges Sofa mit Blumenmuster stand ihm gegenüber an der Wand. Auf dem Tisch davor stieg Dampf aus einer Kaffeemaschine auf. Plötzlich sehnte er sich nach der Stimme seines alten Freundes Coffee Buddy. Zwei Tassen standen auch dort; eine war halb voll. Was zur Hölle war in der letzten Nacht geschehen?

Jack zwang sein Gedächtnis zurück in die Wohnung des jungen Anwalts. Das letzte, woran er sich erinnern konnte, war eine Welle der Übelkeit, als er etwas auf dem Computerbildschirm gesehen hatte. Danach – nichts mehr.

Seine Kleider waren ordentlich zusammengefaltet über einen Stuhl gelegt worden. Es machte ihn verlegen, seine Boxershorts zu oberst zu sehen. Irgend etwas sagte ihm, daß es sich nicht um Toby Sloanes Wohnung handelte. Und wenn das nicht der Fall war, dann mußte es Leone gewesen sein, die ihn ausgezogen und zu Bett gebracht hatte. Dieser Gedanke brachte widerstreitige Gefühle an die Oberfläche. Er mußte zugeben, daß er sich in müßigen Augenblicken durchaus gewünscht hatte, das Bett mit ihr zu teilen, aber das hier war keineswegs so, wie er es sich vorgestellt hatte.

Er beschloß, sich anzukleiden, doch dann spürte er einen Schmerz am Hinterkopf. Als er ihn mit der Hand untersuchte, ertastete er eine Beule so groß wie ein Ei und etwas getrocknetes Blut. Er schüttelte den restlichen Schmerz ab und streckte gerade ein Bein unter der Decke hervor, als sich die Tür öffnete.

»Sie bleiben, wo Sie sind, Jack Forth.« Leone kam herein, gekleidet in Leggins und einen weiten Aran-Pullover.

Schnell verstaute er das nackte Bein wieder unter der sicheren Decke und zog sie höher über die Brust. Leone lächelte verhalten. Er erwiderte ihr Lächeln mit einem verwirrten Grinsen.

»Was ist passiert?«

»Das möchte ich von Ihnen wissen«, sagte Leone freundlich. Sie setzte sich auf das Sofa und trank einen Schluck aus der bunt gemusterten Tasse.

»Mein Kopf?«

»Sie haben ihn sich gestoßen, als Sie hinfielen.« Jack blickte immer noch verwirrt drein. »Haben Sie je unter Anfällen oder etwas ähnlichem gelitten?«

»Nein, ich –«

»Gestern abend hatten Sie einen Anfall. Wenigstens glaube ich, daß es etwas in der Art war. Kaffee?«

Er nickte. »Können Sie es beschreiben?«

Leone füllte die Tasse, hob das Sahnekännchen in die Höhe. Er schüttelte den Kopf.

»Zucker?«

»Ja bitte.«

Sie brachte ihm das süße, schwarze Getränk ans Bett.

»Als das Bild erschien, brachen Sie zusammen. Zuerst waren wir ziemlich verblüfft. Sie murmelten – nein, das ist das falsche Wort. Sie sagten mit sehr elender Stimme: Er ist es. Sie wiederholten es mehrere Male, dann verloren Sie das Bewußtsein. Können Sie sich gar nicht erinnern?« Er schüttelte den Kopf.

»Wir haben Sie auf die Seite gelegt, falls Sie zu würgen anfingen. Toby schob ihnen einen Stift in den Mund, damit Sie nicht an Ihrer Zunge erstickten. Ich wollte gerade einen Krankenwagen rufen, als sie ein oder zwei Minuten später zumindest halb wieder zu Bewußtsein kamen. Es war, als ob Sie bei uns wären – und auch wieder nicht. Hilft Ihnen mein Bericht weiter?«

Jack nippte an dem süßen Kaffee. »Nicht im geringsten«, antwortete er ehrlich.

»Dann wurde die Sache richtig unheimlich. Sie sind doch nicht etwa insgeheim opiumabhängig, oder?«

»Nur im Urlaub. Sagen Sie mir, was passiert ist.«

»O. K. Sie nahmen den Stift aus dem Mund, betrachteten ihn, lächelten dann, holten sich ein Stück Papier von Tobys Schreibtisch und begannen, wie ein Wilder zu zeichnen.«

»Was habe ich gemalt?«

Leone holte ein Blatt Papier aus einer Aktenmappe von der Couch. Er hatte sie bis dahin nicht sehen können, weil sie vom Tisch verdeckt gewesen war. Sie ging zum Bett hinüber und setzte sich neben ihn. Jack rutschte unbehaglich zur Seite, um ihr mehr Platz zu machen, und sie legte das Bild flach auf seine Knie. Jack blickte darauf hinunter.

Die dargestellte Szene spielte auf der Terrasse einer Taverne. Dort standen einige Tische, allesamt besetzt von großen, energisch dreinblickenden Männern mit Schnurrbärten und in Bauerntracht. Auf den Tischen standen leere Ouzo-Flaschen. Der Größe der Personen nach zu urteilen, war das Bild aus der Perspektive eines Menschen gemalt, der sich hingesetzt hatte oder der im Gegensatz zu den anderen recht klein war. In der Ecke schien ein Streit im Gange zu sein: Ein Mann mit riesigem Bauch und fettiger Schürze erhob drohend seinen Finger gegen jemanden, der außerhalb des Bildes stand. Der Mann – er sah aus wie der Besitzer oder der Koch – schien vor Zorn zu brodeln. Alle anderen ignorierten ihn. Jack betrachtete das Bild. Er entdeckte ein Mädchen mit brauner Haut, daß mit traurigem Blick die Szene verfolgte. Ihre Augen waren groß und mandelförmig.

Jack war verwirrt. Anhand der vertrauten Strichführung und der Detailfreude konnte er sagen, daß er der Urheber dieses Bildes war, aber er konnte sich weder an das Malen noch an die Vorlage für das Bild erinnern.

»Und? Klingeln jetzt irgendwelche künstlerischen Glokken?«

»Die einzigen Glocken, die ich höre, sind diejenigen, die infolge des Sturzes ertönen.«

»Es wird wiederkommen.«

»Genau das ist das Problem. Ich glaube, genau das passiert gerade.«

Leone sah ihn fragend an. Und Jack verbrachte die folgenden zwanzig Minuten damit, den Zusammenbruch auf Zypern zu beschreiben, den er kurz vor der türkischen Invasion im Jahre 1974 erlebt hatte. Ihre Augen wurden dunkel, als er ihr die Wirkung der damaligen Erlebnisse auf sein späteres Leben beschrieb.

»Aber mehr als das weiß ich bis heute nicht.«

Leone nickte mitfühlend. »Diese Helena Dwyer, ihre Psycho...

»Meine Therapeutin«, unterbrach er sie lächelnd.

»Bei mir zu Hause nennt man die Dinge beim Namen. Wie auch immer, glauben Sie, daß Sie bei dieser Sache von Nutzen sein könnte?«

»Das muß ich herausfinden. Es könnte wichtig sein.«

Jacks Erinnerungen an den früheren Teil des Abends kehrten langsam zurück. »Was ist mit den anderen beiden Aussagen?«

»Toby hat sie sich angesehen. In bezug auf Dr. Coombs' Beweis hatte er recht. Er ist tatsächlich ein DNA-Spezialist. Die Haare und das Sperma, die man beim ersten Opfer gefunden hatte, wurden mit Speakmans verglichen: Es gibt absolut keine Übereinstimmung. Er kann also aufgrund seiner Blutgruppe eindeutig ausgeschlossen werden, zumindest was die Vergewaltigung angeht.«

Jack war aufrichtig verwirrt. »Aber bedeutet das nicht, daß die Staatsanwaltschaft in diesem Fall gar keine Anklage gegen ihn erheben darf?«

»Nein, es erschwert nur eine Verurteilung, das ist alles. Man könnte jetzt mutmaßen, daß Speakman das Mädchen anderen Personen zur Verfügung gestellt und sich dann des Körpers entledigt hat. Wenn die Geschworenen einmal die Schrecken der anderen Fälle vor Augen geführt bekommen, werden sie mehr als bereit sein, dieser Theorie Glauben zu schenken.«

»Das ist nicht fair.«

Leone hielt inne und trank noch einen Schluck aus ihrer Tasse. »Wer sagt, daß es bei Gesetzen um Fairneß geht?«

»Was können Sie dann mit Coombs' Ergebnissen anfangen?«

»Sie liefern uns sozusagen das Einstiegsargument, daß Anklagepunkt eins der schwächste von allen ist. Wenn wir ihn in Zweifel ziehen können, dann besteht die Chance, daß auch die anderen nicht durchkommen.«

»Sie klingen nicht allzu zuversichtlich.«

»Um ehrlich zu sein, Jack, das bin ich auch nicht. Was wir wirklich brauchten ... nein, das klingt zu dumm.«

»Sagen Sie es doch!« ermutigte er sie.

»Na ja, die Chancen für Speakman stehen so schlecht, daß wir nicht einfach nur beweisen müssen, daß er es nicht war. Wir müßten vielmehr nachweisen können, *wer* es war.«

Jack gab einen lauten Pfiff von sich.

»Ich habe Ihnen ja gesagt, daß es dumm ist«, sagte sie.

»Nein, nicht dumm – einfach nur ziemlich viel verlangt. Wo sollen wir anfangen?«

»Wir?«

»So viel Lust ich auch hätte, den ganzen Tag in Ihrem Bett liegen zu bleiben ... Ich möchte Ihnen helfen. Übrigens, haben *Sie* ...?« Mit einem Kopfnicken deutete er auf den Kleiderstapel.

»Ja. Sie sind nicht der erste Kerl in diesem Land, den ich ins Bettchen bringen mußte. Obwohl die meisten anderen nur unter dem Einfluß zu vieler Spritzen standen und sich keineswegs so unheimlich verhielten wie Sie.«
Er warf ihr ein Grinsen zu.
»Also, womit wir anfangen, Jack Forth, ist folgendes: Zuerst ziehen Sie sich an und versichern dann Ihrer Tochter, daß es Ihnen gut geht und daß ich Sie nicht auf dem Markt für weiße Sklaven verkauft habe.«
»Hollie?« Jack begann die Decke wegzuschieben.
»Es ist alles in Ordnung. Sie klang sogar richtig vergnügt. Wir haben uns unterhalten, von Frau zu Frau. Sie wissen ja, wie das ist. Und um auf Ihre Frage zu antworten, wir beginnen mit der dritten Aussage.«
Jack erinnerte sich an den Namen. »Patricia Barraclough.«
»Genau. Wissen Sie noch, daß in dem FBI-Bericht die Bezugsnummer der einzigen Augenzeugin für eine Entführung angegeben war?«
Jack fiel es wieder ein.
»Nun, der gute Professor bezog sich auf sie. Ihre Aussage war ebenfalls bei den Unterlagen, anders wären wir nie darauf gestoßen. Wir müssen mit ihr reden.«
Jack beschloß, daß die Zeit der Schüchternheit nun vorbei sein mußte. Er stieg aus dem Bett und ging langsam zu seinem Kleiderstapel hinüber. Leone grinste vielsagend.
»Wo können wir sie finden?«
Leone blickte ihm ins Gesicht, als er seine Levi's über die schmale Taille hinaufzog.
»Das ist das Problem. Vor fünf Jahren arbeitete sie als Nutte am King's Cross. Gott allein weiß, wo sie jetzt ist. Aber wir haben einen Privatdetektiv auf sie angesetzt.«

Kapitel 28

Mit zweiundvierzig Jahren hatte Tony Jacobson die besten Jahre seines Lebens bereits hinter sich. Seine Entlassung von der Sittenpolizei in der Hauptstadt vor einem Jahr hatte, wie er keinen Augenblick bezweifelte, politische Gründe gehabt. Der neue Chief war ein absoluter Saubermann. Sein Ziel bestand allerdings nicht darin, die Straßen vom Schmutz und der Korruption zu reinigen, sondern darin, die Polizei selbst zu reinigen. Die Sitte und das Drogendezernat waren die ersten gewesen, die darunter zu leiden hatten.

Er war nicht der einzige, der mal ein neues Mädchen im Rotlichtviertel ausprobiert hatte; das war eine der Vergünstigungen, die man bei diesem Job bekam. Viele andere nahmen ebenfalls Geschenke von den Mädchen an, aber sie wurden ihnen freimütig überreicht, als Dankeschön für den väterlichen Rat, den man ihnen gegeben hatte. Nach seiner Suspendierung, ohne Pensionsanspruch und ohne Zeugnis, stand ihm nur noch der Job als Privatdetektiv offen.

Er hatte die Gelegenheit umarmt, wie er auch die Mädchen zu umarmen pflegte. Obwohl er jetzt nicht mehr die Autorität hatte, die einem der Dienstausweis verlieh, hatte er das Gefühl, ein natürliches Selbstvertrauen auszustrahlen. Außerdem respektierten ihn die Mädchen immer noch, das wußte er; das mußten sie auch, sonst hätte er ihnen schon Bescheid gestoßen.

Die Mädchen, *seine* Mädchen, wußten alles, was hier in der Gegend vor sich ging. Seine Nebenbeschäftigung als bezahlter Polizeiinformant half ihm, sein langsam wachsendes Geschäft auszubauen. Der Anruf der Anwältin war ein zusätzlicher Sonnenstrahl in seiner neu gegründeten

Existenz gewesen. Ferner hatte er mit seinen Kontakten in der Welt der Prostituierten geprahlt, wobei er auf ein hervorragendes Polizeizeugnis verwies, um zu unterstreichen, wie vertrauenswürdig er war. Gott sei Dank hatte die dumme Kuh es nicht sehen wollen.

Sein Auftrag, für dessen Erfüllung sie ein ganz hübsches Sümmchen vereinbart hatten, bestand darin, den Aufenthalt von Patricia Barraclough herauszufinden, der »Fetten Patty«, wie man sie in der Szene nannte. Er kannte sie seit Jahren. Sie war, wie ihr Spitzname andeutete, von großer Statur. Ihr zweiter, weniger freundlicher Name lautete »Elefantenfrau«. Doch die Fette Patty hatte das Herz auf dem richtigen Fleck. Und er mußte nur eins tun: sie ausfindig machen. Das war, wie man bei der Polente sagte, Pipifax. Nachdem die Jahre ihren Tribut gefordert hatten, wies sie inzwischen sämtliche Freier, bis auf die Perversesten, ab. Statt dessen führte sie jetzt einen »Ex-und-Hopp«-Puff für die scharfen Stadtpinkel, und zwar in importierten Chevrolets, die unter dem Firmennamen »Clive of Islington« bekannt waren. Ihr angeborener Sinn für harte Geschäfte und weiche Männer hatte sich, seitdem sie die Sache nur noch managte, zur vollen Blüte entfaltet.

Jacobson hatte seine Klientin gefragt, was sie denn von »Miss Barraclough« wolle. Ihre Antwort war verdammt ungehobelt gewesen, um es vorsichtig zu formulieren. Doch so waren diese Anwälte eben. Scheinbar hatte sie sich vorher umgehört, bevor sie an seiner Tür gelandet war. Und doch war sie zu dem Besten geschickt worden. Zumindest würde er das einmal sein. Er hatte beschlossen, die Fette Patty nicht vorzuwarnen, daß er kommen würde; sie konnte sein Interesse falsch interpretieren und eine Razzia befürchten.

Er stand an der Ecke der Islington High Street und beobachtete sorgfältig das Grundstück. Er stellte fest, daß die Schlange an dem Drive-in dreimal zu und wieder abnahm.

Sie verdienten hier eine Menge Geld. Es war weniger risikoreich, als sich auf der Straße von einem Freier aufgabeln zu lassen. Der Ablauf war ganz einfach: An der einen Tür wurde dem Kunden eine Broschüre überreicht, an der nächsten traf er seine Wahl, je nach Verfügbarkeit natürlich – und an der übernächsten wartete dann auch schon seine Begleitung. Nett und sauber. Jacobson bewunderte so viel verdammt guten Geschäftssinn. Und auf diese Weise beklagten sich auch die wütenden, anständigen Bürger nicht bei der Polente über die Nutten auf dem Bürgersteig. Man brauchte zudem keine Unschuldigen zu korrumpieren, denn jeder, der hier mitmachte, war bereits so korrupt, daß er gar nicht mehr aus der Hölle rauskommen konnte.

In bester Sam-Spade-Tradition klappte er den Kragen seines Nike-Trainingsanzugs hoch; das hielt die Kälte des Londoner Nebels ab. Jacobson wartete, bis er ein Auto zu einer weiteren Runde abfahren sah, dann ging er hinüber zur Verteilerkasse. Der junge Jamaicaner, der für sein Alter viel zu groß war, hatte schnell entdeckt, daß er zu Fuß gekommen war. Er trug die Uniform der jungen Leute – Turnschuhe ohne Schnürsenkel, dafür aber mit abfedernder Sohle, lächerlich weite Hosen und ein enges Fahrradtrikot aus Lycra, das sich über den Muskeln seines breiten Oberkörpers spannte. Trotz des Wetters waren seine Arme nackt. Er betrachtete den wohlbeleibten Detektiv von oben bis unten. Es dauerte nicht sehr lange.

»Sie sind schmuddelig genug, um von der Sitte zu sein. Clive hat euch Ärsche doch letzte Woche ausbezahlt!«

Interessant, dachte Jacobson. Es wärmte einem doch das Herz, wenn man wußte, daß sich während seiner Abwesenheit nichts verändert hatte.

»Überprüfe nur die Hygienestandards.«

»Dann fang bei dir selbst an, Abschaum.« Der Junge kicherte. Seine Stimme klang seltsam hoch. Jacobson führte dies auf die geistige Verblödung durch die regelmäßige Einnahme von Anabolika zurück.

»Laß den Scheiß, Denzil, sag der Fetten Patty einfach, daß Jacobson hier ist.«

»Sie müssen ganz schön verzweifelt sein.« Er blickte auf den Expolizisten hinab. »Scheiße, Jacobson, und Patty auch.«

Jacobson gab ihm zwei gezielte Schläge auf die Luftröhre. Der junge Schwarze taumelte. Nur sein Erstaunen hielt ihn noch aufrecht.

»Gemeinhin nennt man mich *Mister* Jacobson«, flüsterte er dem keuchenden Jungen zu.

Drinnen funktionierte die Gegensprechanlage wie in einem McDonald's. Wenn ihre Namen aufgerufen wurden, erschienen die Mädchen mit einer Autonummer und einem Namen für ihre Kunden. Wieder war Jacobson beeindruckt. Schließlich sah er sie in der Ecke des überraschend sauberen Zimmers sitzen. Die Fette Patty war eleganter gekleidet, als er es während ihrer gesamten Laufbahn je gesehen hatte. Der knappe Minirock war durch einen dunkelgrauen Hosenanzug im Pyjama-Schnitt ersetzt worden. Sie trug kein Wildkatzen-Make-up mehr, sondern nur noch einen Hauch Rouge. Sie bemerkte ihn, runzelte die Stirn und winkte ihn dann zu sich. Er wäre fast mit einer erstaunlichen langbeinigen Skandinavierin zusammengestoßen, die gerade dem Befehl ihres Fahrdienstleiters folgte und zur Tür ging.

»Sie sind zu Fuß, Jack?« Sie blickte auf die billigen taiwanesischen Turnschuhe an seinen Füßen hinunter. »Ich habe schließlich kein Taxiunternehmen«

Er lächelte anerkennend. »Wie geht's dir denn so, Pat?«

»Ich habe gehört, du bist jetzt ein Schnüffler.« Ihre Hängebacken zitterten vor unterdrücktem Lachen, als sie weitersprach. »Ach nein, in den Staaten nennen sie sie Privatschwanz. Aber das war deiner nie.« Ihr ganzes Fett wackelte, als sie ihrem Gelächter jetzt freien Lauf ließ.

»Ich bin aus geschäftlichen Gründen hier. Jemand will mit dir reden.«

Trotz der Fettmassen um ihre Wangen konnte er erkennen, wie ihre Augen sich verengten.

»Ich bin schon eine Weile aus dem Geschäft. Kann nicht behaupten, daß ich es vermisse.«

Jacobson zog einen Holzstuhl so dicht wie möglich an sie heran und setzte sich. »Das hier ist etwas anderes – eine Anwältin.«

»Davon hatte ich schon Hunderte.«

»Pat, ich meine es ernst: eine Frau, die mit dir reden will.«

Wieder wurde ein Kunde gemeldet. Sie sah auf das Schwarze Brett. »Schickt Trudy«, rief sie dem Laufburschen zu. »Der merkt den Unterschied doch sowieso nicht.«

Dann wandte sie ihre Aufmerksamkeit erneut Jacobson zu. »Geht es um Colleen?«

»Das wollte sie nicht sagen, aber wir beide wissen doch genau, daß König Artus' Gerichtsverhandlung bald stattfinden soll. Ich glaube nicht, daß es um irgend etwas anderes gehen kann, und du?«

»Ich habe der Polizei schon vor Jahren alles gesagt, ich habe dem nichts hinzuzufügen.«

»Sie ist nicht von der Staatsanwaltschaft, sie arbeitet für die Firma, die ihn verteidigt. Ich habe sie von ein paar Kumpels bei der Polizei überprüfen lassen.«

Die riesige Frau versuchte, wütend aufzuspringen. Jacobson streckte helfend die Hand aus, aber die Geste mißlang.

»Ich weiß, wie nah du Colleen gestanden hast, aber das Problem ist folgendes: Sie hat mir gesagt, wenn du nicht bereit seist, dich mit ihr zu treffen, würde sie dich als Augenzeugin vor Gericht laden. Wenn du dort nicht erscheinst, wirst du wegen Mißachtung des Gerichts vor den Richter gezerrt und möglicherweise eingesperrt. Pat, wer führt dann dein Geschäft?«

»Irgendwer«, antwortete sie traurig.
»Genau, und du hast statt 'ner schnellen Nummer eine Nummer auf dem Rücken.«
»Was ist dabei für dich drin?«
»Ich bekomme Geld dafür, daß ich dich finde, das ist alles. Du kriegst einen Hunderter für deine Mühe. Es liegt jetzt an dir, was immer du sagst.«
»Ich arbeite zu wenig sozialen Zeiten. Hundertfünfzig in bar. Meine Schicht ist um vier Uhr morgens beendet. Du weißt, wo ich wohne. Da sollen sie um halb sechs hinkommen.«
»Immer noch die gleiche Spelunke im Elephant and Castle?«
»Genau. Und dich will ich dort nicht sehen.«
»Pat –«
»Nein. Zu viele Leute wissen, wer du bist und was du bist. Ich will nicht mit einem Exbullen in Verbindung gebracht werden.«
Jacobson blickte sich im Bordell um. »Und wieso hier?«
»Das hier ist etwas anderes, das ist geschäftlich.« Und schon wurde sie beunruhigend laut: »Jetzt verpiß dich, hier gibt's keine kostenlose Quickies für Exbullen.«
Innerhalb von zwanzig Minuten hatte er Leone Stern die Informationen mitgeteilt. Er hatte ihr die Adresse und die Uhrzeit genannt, wann sie mit der Fetten Patty Barraclough zusammentreffen konnte.
Jacobson lächelte, als er in sein schmuddeliges Büro zurückkehrte, das ihm gleichzeitig als Wohnung diente. Heute abend hatte er gute Arbeit geleistet.

»König Artus« dachte das gleiche. Die Ausbeute der Wanze in Leone Sterns Telefon hatte seine kühnsten Träume übertroffen, und seine Träume gingen ohnehin ausnahmslos über das Normale hinaus. Die Überwachungsgeräte waren eine Vorsichtsmaßnahme gewesen. Und dann hatten sie sich in eine Hotline ständiger Informationen verwandelt. So einfach und doch so wirkungsvoll – wie eben alle wirklich großen Dinge. Es hatte ihn nicht mehr als zwanzig Pfund gekostet, ein Handbuch zum neuesten Stand der Technik in Sachen Überwachungsgerätschaften zu erwerben, und noch etwas Kleingeld für die Hardware. Nun mußte er also einer kleinen Zusammenkunft beiwohnen.

Der Anwalt nahm einen Stadtplan von London und machte ohne Schwierigkeiten das Haus der Fetten Patty, der Lady der Nacht, aus. Ihr erniedrigender Spitzname trug nur wenig dazu bei, seinen Appetit anzuregen. Sie war vermutlich alt, verbraucht und faltig, nicht wie die »anderen«. Wahrscheinlich trug sie die fette Last der Zeit in sich kräuselndem teigigem Fleisch mit sich herum. Er würde also seine Phantasie einsetzen müssen, aber das war ja noch nie ein großes Problem gewesen.

Kapitel 29

Es war 5.10 Uhr morgens, und die Nacht lag wie eine Zeltplane über dem Himmel von Süd-London. Heftiger Regen zwang die Scheibenwischer an Leones gemietetem BMW, die Geschwindigkeit zu verdoppeln. Sie und Jack waren beide dick angezogen, denn der Morgen war kalt.

»Sind Sie sicher, daß Sie der Sache gewachsen sind?« fragte sie ihn, als er sie mit Hilfe des Stadtplans durch Southwark und zur Wohnung von Pat Barraclough lotste.

»Ich habe immer noch Kopfschmerzen, aber es geht schon.«

An dem riesigen Kreisverkehr um das Elephant and Castle setzte Leone den Blinker zum Rechtsabbiegen.

»Ich mache mir auch keine Sorgen wegen Ihrer Kopfschmerzen. Aber hatten Sie wieder einen Anfall?«

Er wußte, worauf sie hinauswollte. »Nein.« Er ließ das Thema schnell fallen. »Hollie läßt ihnen ausrichten, daß sie Ihnen dankt, weil Sie ihr Bescheid gesagt haben, wo ich bin. Sie hat mir gesagt, daß ich zuviel trinke.«

»Ich wünschte, die Sache wäre so einfach«, murmelte Leone. »Jetzt rechts oder links?«

»Zweimal links und dann wieder rechts. Das Hochhaus müßte dann gleich vor uns stehen.« Leone folgte seinen Anweisungen. »Woher wissen Sie, ob Sie diesem Jacobson vertrauen können?«

»Ich weiß es nicht, aber der Typ, der mir Jacobson empfohlen hat, sagte: ›Wenn sie einer aufspüren kann, dann er.‹«

Es waren kaum Autos unterwegs. Die Lichter spiegelten sich in den Pfützen auf den Straßen und Bürgersteigen.

»Sie haben mir noch gar nicht erzählt, was sie überhaupt ausgesagt hat.«

Leone schaltete in den zweiten Gang runter, als sie erneut um die Ecke bog. »Schauen Sie in meiner Handtasche auf dem Rücksitz nach. Toby hat mir eine Kopie zugefaxt.«

»Zum Lesen ist es zu dunkel, fassen Sie es doch bitte für mich zusammen.«

Daran war Leone gewöhnt. Die vernünftige Präsentation eines Falles war schließlich auch nichts anderes als eine Konzentration der wichtigen Fakten.

»Trondl, der Professor, hatte recht. Es gab tatsächlich keine Augenzeugen für eine der Entführungen. Auch das, was Pat beobachtet hat, sah zunächst nicht nach einer Entführung aus, aber immerhin war sie der letzte Mensch, der Colleen zuletzt lebendig gesehen hat. Die beiden arbeiteten damals außerhalb von King's Cross. Es gibt ein Gebiet hinter dem Bahnhof, das häufig von Freiern heimgesucht wird. In jener Nacht war das Wetter schlecht, ähnlich wie heute morgen. Colleen war erst vor wenigen Wochen aus Nordirland hierhergekommen. Pat wollte sie im Auge behalten, bis sie auf sich selbst achtgeben konnte. Sie war erst vierzehn.«

»Mein Gott«, murmelte Jack bitter.

»Es gibt viele, zu viele, die sogar noch jünger sind. In dieser Nacht hatten sie nicht allzuviele Freier, also beschlossen sie, Schluß zu machen und im West End noch einen trinken zu gehen. Ein Taxi brachte sie um etwa ein Uhr nachts dorthin. Sie stiegen am Leicester Square aus. In verschiedenen Bars nahmen sie noch ein paar Drinks zu sich. Dann beschlossen sie, sich auf den Heimweg zu machen.«

Jack sah, daß sie sich einem dunklen, hoch aufragenden Gebäudekomplex näherten. »Das muß es sein.« Leone fuhr an den Straßenrand.

»Nein«, sagte Jack. »Man sollte das Auto niemals zu nah an einem Ziel abstellen. Lassen Sie uns den Wagen außer Sichtweite in einer der Seitenstraßen parken.«

»Warum?«

»Na ja, alte Gewohnheiten legt man nicht so leicht ab, denke ich. Seien Sie nachsichtig mit mir. Und erzählen Sie weiter.«

»Sie verabschiedeten sich also voneinander, denn sie wohnten in unterschiedlichen Stadtteilen. Es war etwa viertel vor drei. Pat erinnert sich an das Geräusch von Autoreifen auf der nassen Straße. Der Wagen fuhr langsam. Sie hörte, wie er anhielt, und wußte, daß er sich jetzt ganz in Colleens Nähe befinden mußte. Sie hatte recht. Von der Ecke aus beobachtete Pat, wie Colleen sich in das offene Fenster an der vorderen Beifahrerseite beugte. Pat sah, daß es ein sehr teures Fabrikat war: ein Bentley, ein Daimler oder etwas in der Art. Durch die Rückscheibe konnte sie erkennen, daß mehrere Menschen im Auto saßen, denn als einer – wahrscheinlich der Mann auf dem vorderen Beifahrersitz – Colleen eine Zigarette anzündete, wurden mehrere Köpfe beleuchtet. Pat sagte, daß sie sich direkt in das Auto hineinbeugte und den Hintern in bester Aufreißerpose in die Gegend streckte.«

»Haben sie sie dann hineingezogen?« fragte Jack und sah auf die Uhr.

»Nein, das ist es ja: Es war ihr Job. Sie ist freiwillig eingestiegen.«

»Ich dachte, Sie hätten gesagt, daß es sich um eine Entführung handelte.«

»Nur insofern, als sie keiner mehr später noch lebendig gesehen hat.«

»Also könnte es genausogut auch ein anderer Kunde gewesen sein.«

»Möglich, aber warum haben sich die Männer dann nicht gemeldet, als man ihren Leichnam entdeckte?«

»Verlegenheit? Vielleicht waren sie ja alle verheiratet.«

»Kann sein, aber wenn das alles ist, warum hat die Polizei Barracloughs Aussage dann versteckt?« Das war eine gute Frage. »Ihrer Aussage zufolge konnte sie sich nicht genau an das Nummernschild erinnern. Sie wußte nur noch, daß es sich um eine Spezialnummer handelte. Und daß es ein dunkelgrünes Auto gewesen war.«

Jack zog die Handschuhe an; jetzt wurde es langsam Zeit. »Warum hat man ihre Aussage wohl unterschlagen?«

Leone starrte geradeaus ins Leere, bevor sie antwortete. »Ich denke, daß man sie entweder bezahlt hat oder daß es der Polizei gelungen ist, den Besitzer des Autos ausfindig zu machen, und daß er seitdem geschützt wird.«

»Scheiße. Würden die denn wirklich so weit gehen?«

»Normalerweise nicht. Es kommt darauf an, wer er ist. Und das müssen wir von ihr erfahren: Wie die Polizei mit ihr umgegangen ist und ob man ihr gedroht oder sie mit Geld zum Schweigen gebracht hat. Kommen Sie, ich denke, wir sollten langsam aufbrechen.«

»Wir sind zehn Minuten zu früh dran.«

»Gut. Dann werden wir einfach versuchen, sie aus der Ruhe zu bringen.«

Leone schloß das Auto ab und aktivierte die Alarmanlage. Sie zog den Reißverschluß ihrer dunkelblauen Daunenjacke bis zum Hals zu. Der Regen war jetzt so heftig, daß er ihr wie mit scharfen Nadeln ins Gesicht stach. Jack trug eine schwarze Bergsteigerweste und dunkle enge Hosen, die er sich ordentlich in die weichen Lederturnschuhe gestopft hatte.

»Sie sehen aus, als wollten sie die iranische Botschaft stürmen.«

»Über diese Operation darf ich nicht sprechen«, flüsterte er in Clint-Eastwood-Manier. Erst als er ihr zuzwinkerte, war Leone sicher, daß er scherzte.

Sie betraten das Gebäude durch eine kleine zerborstene Glastür an der Vorderseite. Zwei von Maschendraht umgebene Glühbirnen tauchten das Treppenhaus in ein kränkliches gelbes Licht. Ein paar Minuten später standen sie in dem naßkalten, quietschenden Lift und fuhren in den sechsten Stock hinauf. Keiner von beiden hatte Lust zu reden. Seit sie das Gebäude betreten hatten, war ihnen jeder Humor vergangen. Das Innere des Aufzuges war mit obszönen Zeichnungen und bedrohlicher Graffiti verschmiert.

»Nettes Örtchen«, murmelte Leone zu sich selbst.

»Manche Menschen haben eben keine Wahl«, antwortete Jack ärgerlich.

Sie hatte gar nicht bemerkt, daß sie laut gesprochen hatte.

»Tut mir leid.«

»Ich bin auch nervös«, antwortete er.

Ein dumpfes Ping und die schmutzige Anzeigetafel bedeutete ihnen, daß sie angekommen waren. Im Gegensatz zu dem Lift, der zumindest spärlich beleuchtet gewesen war, war es im Flur der sechsten Etage stockdunkel. Jack griff in die Innentasche seiner Weste, holte eine kleine, jedoch leuchtstarke Taschenlampe heraus und schaltete sie ein.

»Pfadfinder?«

»Soldat«, flüsterte er.

»Ist das gleiche.«

Jack richtete den schmalen Strahl an die Decke. Die Glühbirne war herausgedreht worden.

»Es wäre mir lieber, wenn man sie zerschmettert hätte.«

»Was?«

»Sprechen Sie leise. Schauen Sie«, wisperte er ihr ins Ohr. »Die Schrauben an dem Stacheldrahtgehäuse sind nicht wieder ordentlich hineingedreht worden. Das gefällt mir gar nicht. Bleiben Sie hier.«

»In *dieser* Dunkelheit? Unter gar keinen Umständen.«

Jack schaltete den Strahl auf weitere Streuung ein und überprüfte den Flur.

»Also. Ich möchte, daß Sie hier bleiben und Wache halten. Und stellen Sie sich darauf ein, daß Sie schnell sein müssen.«

Diesmal widersprach Leone nicht. Die ganze Sache hatte

etwas Unwirkliches an sich. Jack ging auf leisen Sohlen zur Nummer 63. Sachte klopfte er an die Tür. Es überraschte ihn nicht, als sie aufschwang. Er brauchte das Blut nicht zu sehen, er konnte es riechen: ein heftiger, kupferartiger Geruch. Er attackierte seine Nase wie tödlicher Ammoniak. Im Strahl der Taschenlampe sah er das billige Mobiliar des Zimmers. Erste Flecken getrockneten Rots entdeckte er auf der fröhlichen Blumentapete. Er fand sie im Badezimmer. Ihr riesiger Körper füllte den kleinen Raum geradezu aus. Ihre Schultern und ihr Kopf waren ins Wasser gedrückt worden, das sich durch den übermäßigen Blutverlust scharlachrot gefärbt hatte. Er bemerkte, daß ihre Hände auf dem Rücken gefesselt worden waren. Jack wußte, daß sie tot war. Es war sinnlos, ihren Puls fühlen zu wollen. Er mußte ihre Augen sehen, wenn es überhaupt noch Augen gab.
Er beugte sich vor und begann unter einigen Mühen, sie zurückzuziehen. Er erwartete das Schlimmste, befürchtete den Schrecken leerer Augenhöhlen, aber sie trug eine Sonnenbrille. Das kranke Schwein hatte die Brillenbügel an ihren Ohrläppchen festgeklebt, aber die Botschaft war klar: Das war eine Visitenkarte.
Jacks Gehirn arbeitete fieberhaft. Das war das Werk des richtigen König Artus. Er hatte die Brille hinterlassen, um Blindheit zu signalisieren. Er konnte keinen identischen Mord begehen, sonst hätte die Polizei gleich gewußt, daß sie den Falschen in Gewahrsam hatten. In diesem Augenblick hörte er, wie sich Polizeisirenen dem Haus näherten. Jack ließ den Kopf der toten Frau wieder ins Badewasser fallen und stolperte zurück. Leones Gesicht war verwirrt und erleichtert, als sie den Lichtstrahl sah.
»Sie ist tot. Das Ganze ist eine verdammte Falle«, zischte er. »Die Treppe runter, langsam! Machen Sie keinen Lärm. Sie werden von hinten und von vorne kommen. Sie erwarten, daß wir ihnen in die Arme laufen. Halten Sie sich hinter

mir, und geben Sie auch nicht den geringsten Laut von sich.«
Er begann, die Treppe hinunterzugehen. Die Taschenlampe war aus, aber er hielt Leone immer noch fest an der rechten Hand. Sie war sofort ungehorsam.
»Jack, warum bleiben wir denn nicht hier und sagen ihnen, was geschehen ist?«
»Das können wir uns nicht leisten. Der Mörder hat die ganze Sache hübsch eingefädelt. Er wird ein Beweisstück hinterlassen haben, um denjenigen, der hier erwischt wird, mit dem Mord in Verbindung zu bringen. Ich fühle es. Und jetzt halten Sie um Himmels Willen den Mund.«
Sie sahen, wie ihnen tanzende Taschenlampen entgegenkamen und hörten das Donnern energischer Schritte. Jack suchte verzweifelt nach einem Versteck. Jeden Augenblick würden sich ihre Wege kreuzen. Zu seiner Rechten entdeckte er plötzlich einen Putzmittelschrank. »Gott sei Dank.« Das Schloß war in schlechtem Zustand. Die Polizei kam immer näher. Jetzt konnten sie bereits die Stimmen der Männer hören – ein rauhes Flüstern. Sie waren jetzt höchstens noch ein oder zwei Treppenabsätze entfernt. Er wühlte in seinen Taschen und fand einen Imbusschlüssel. Mit dem kleinen Werkzeug bewegte er den rostigen Mechanismus hin und her. Das Schloß klickte. Jack griff Leone am Arm und stieß sie hinein. Er setzte sich in dem beengten Raum auf sie und schloß leise die Tür. Um wie wenig die Polizei sie verfehlt hatte, wagte er nicht zu berechnen. Jack horchte aufmerksam. Das Klappern der Stiefel entfernte sich wieder.
»Jetzt schnell«, drängte er. »Sobald sie feststellen, daß die Wohnung verlassen ist, werden sie anfangen, alles gründlich zu durchsuchen.«
Jack lief voran, die Treppen hinunter. Er sah die beiden hastig geparkten Polizeiautos, deren Türen weit offenstanden. Es mußte wirklich ein heißer Tip gewesen sein, wenn sie so schnell angerückt waren.

»Wir haben Glück gehabt«, flüsterte er. Sie schlichen von dem Gebäude fort, durch die Schatten und in die dunkle Seitenstraße hinein, in der ihr Auto stand.
Die Batterie des Nachtsichtgerätes summte fast unhörbar. Er beobachtete, wie sich die beiden aus dem Staub machten, und war mehr als nur etwas verärgert. In den Wohnungen brannte jetzt überall Licht, die Bewohner waren von den Polizeisirenen aufgeschreckt worden. Sie beugten sich über die Balkone und versuchten herauszubekommen, was geschehen war. Wo doch nur er es wußte. Forth und Stern hatten jetzt wahrscheinlich Verdacht geschöpft, aber sie waren so weise gewesen, diesen Verdacht nicht mit den Polizeibeamten zu teilen. Ein kluger Schritt, unerwarteterweise. Stern war durchaus intelligent, besaß aber keine Intuition. Der Mann hingegen ließ sich von seinem Instinkt leiten, er dachte und kombinierte schnell. Diese Schlußfolgerung war ebenso erfrischend wie frustrierend. Nun ja, es machte den ganzen Sport um so interessanter.
Mit einem Schulterzucken entledigte er sich seiner Verärgerung: Was geschehen war, war geschehen. Wut war etwas für niedrigere Lebensformen, während rationales Denken die wahre, die spirituelle Evolution darstellte. Er hatte seinen gegenwärtigen Zustand der Abgeklärtheit schon vor langem erreicht und weigerte sich, sich wieder in den Sumpf hinabziehen zu lassen.
Es wurde Zeit, daß er sein Lager hier abbrach. Wenn die Polizei die Verdächtigen, die er ihnen vor ein paar Minuten angekündigt hatte, nicht fand, würden sie die Gegend absuchen. Es wäre nicht ratsam, angehalten und von ihnen verhört zu werden, nicht schon wieder. Die Erinnerung jagte ihm köstliche Schauer über den Rücken. Es war jetzt zwei Jahre her. Er war etwas nachlässig gewesen. Sein Range Rover war an einem der Orte, wo er die Leiche zur Schau gestellt hatte, gesehen worden. Es hatte einige Zeit gedauert, bis sie höflich Kontakt mit ihm aufnahmen, aber er

erinnerte sich genau an die dunkle Erregung, die er bei ihren bohrenden Fragen und seinen knappen Antworten empfunden hatte. Er hatte den Range Rover nie wieder benutzt, wenigstens nicht bei einer der »Zurschaustellungen«.

Aber seine Arbeit war noch nicht beendet. Es gab noch jemand anderen, der von dem Treffen mit Pat Barraclough wußte.

Geschmeidig verschmolz er mit der Dunkelheit, wie er es immer tat.

»Sie hatten Recht, es war besser, hier zu parken.« Ihre Stimme war hoch und unsicher.

»Geht es Ihnen gut genug, um fahren zu können, Leone? Sonst fahre ich.«

Sie steuerte das Fahrzeug über die Tower Bridge. »Wie können Sie nur so verdammt cool sein? Um Himmels Willen, unseretwegen ist eine Frau ermordet worden!«

Jack dachte einen Augenblick lang nach, bevor er antwortete. »Nein, Sie irren sich. Sie wurde wegen dem getötet, was sie wußte oder uns hätte sagen können. Was mir jetzt nur Sorgen macht, ist, wie hat der Mörder von unserem Termin erfahren?«

»Jacobson?«

»Fragen wir ihn. Haben Sie die Adresse?«

»Gott weiß, was wir dort vorfinden werden«, sagte Leone bitter.

»Lassen Sie uns Jacobson zuerst anrufen«, schlug Jack vor.

Leone war erleichtert darüber, ebenso wie sie erleichtert gewesen war, nicht mit ihm in Pats Wohnung gegangen zu sein.

»Erzählen Sie mir, wie sie getötet wurde.«

Jack schüttelte den Kopf. »Später. Ich muß erst selbst damit fertig werden. Aber einer Sache bin ich mir ganz sicher: Trevor Speakman ist nicht König Artus. Der wahre Mörder war wenige Minuten bevor wir gekommen sind in dieser Wohnung. Möglicherweise hat er uns die ganze Zeit über beobachtet. Er wird wütend sein, weil wir nicht in Handschellen abgeführt worden sind.«

Leone schauderte. Sie wollte etwas sagen.

»Nein, später. Ich werde Ihnen alles erzählen, aber zuerst rufen wir Jacobson an.«

Sie bot ihr Mobiltelefon an. Jack lehnte ab. »Zu leicht ausfindig zu machen. Halten Sie an der nächsten Telefonzelle.«

Das Telefon klingelte einige Minuten lang, bevor eine belegte Stimme zu hören war. »Jacobson, und es ist viel zu früh.«

»Haben Sie irgend jemandem von dem Treffen mit Pat Barraclough erzählt?«

»Wer zum Teu –«

»Antworten Sie, Ihr Leben hängt davon ab. Sie ist tot.« Jack konnte die Verwirrung am anderen Ende der Leitung förmlich hören.

»Nein, ich meine, natürlich nicht.«

»Wenn Sie mir die Wahrheit sagen, dann ist Ihr eigenes Leben in echter Gefahr.«

»Worum geht es eigentl –«

»Mund halten«, schrie Jack. »Halten Sie sich nicht unnötig auf, verschwinden Sie sofort aus Ihrer Wohnung. Notieren Sie sich folgendes.« Jack gab ihm die Nummer seiner Wohnung. »Wenn Sie zur Polizei gehen, sind Sie immer noch in Gefahr. Verstehen Sie? Und jetzt verschwinden Sie.«

Jack kehrte zum BMW zurück.

»War er da?«

»Ja, und ich glaube ihm. Warum sollte er noch jemandem davon erzählen?«

Leone zuckte die Achseln. »Sie haben es nicht getan, ich nicht und Jacobson auch nicht. Wer also war es? Es gibt doch sonst keinen, der davon weiß.«

»Sollte man annehmen«, murmelte er düster. »Sie haben ihn von Ihrer Wohnung aus angerufen?« Sie nickte. »Ich sage es nicht gern, aber ich glaube, König Artus hat jedes Wort gehört, das sie dort gesprochen haben.«
Ihr Fuß trat sofort auf die Bremse. Gott sei Dank waren sie allein auf der Straße. Ihr Kopf ruhte auf dem Steuer. Es war ein harter Morgen gewesen, und es war erst kurz vor 6.00 Uhr.
»Lassen Sie uns tauschen. Ich fahre weiter.«
Ohne Widerspruch wechselte sie mit ihm den Platz. »Wo fahren wir hin?«
»Zu meinen Eltern. Wenigstens sind Sie dort in Sicherheit.«
Noch nie hatte sich Jack Forth dermaßen geirrt.

Kapitel 30

Der Wecker, den sie vor zwei Stunden gestellt hatte, riß sie aus einem leichten Schlummer. Sie wußte, daß er klingeln würde, noch bevor er es tat, und wünschte sich mit aller Macht, den Augenblick hinauszögern zu können. Andererseits hatte sie von einer gesichtslosen Frau geträumt, die durch die Straßen ging und einen Sack mit Augen bei sich hatte. Vielleicht war es ja doch nicht das Schlechteste, wenn sie jetzt aufwachte.

Jack hatte sie über die Schwelle des elterlichen Hauses geführt, gerade als die Morgenröte sich über den Ulmen erhob. Patricia Barraclough würde keinen Sonnenaufgang mehr erleben. War sie für den Tod der Frau verantwortlich? Diese Frage würde sie sich jetzt wohl ihr Leben lang stellen, und tief im Innern hatte sie Angst vor der Antwort.

Es war 9.15 Uhr. Ihre Flucht aus dem Hochhaus schien vor Monaten in einem anderen Land, einer anderen Welt geschehen zu sein. Alles war verschwommen. Sie fühlte sich elend und überfordert von der Geschwindigkeit, mit der sich die Ereignisse überschlagen hatten. Und was noch schlimmer war: Sie hatte nur noch dreieinhalb Stunden, bevor sie an einer Besprechung mit Toby Sloane und dem Anwalt der Krone Jeffrey Sedgewick teilnehmen mußte, in der es um Trevor Speakman gehen würde.

Jack hatte sie offensichtlich in sein altes Zimmer gebracht. Die Wände waren mit komplizierten Tuschezeichnungen geschmückt, deren Hauptmotiv architektonische Meisterwerke waren. Bilder, gezeichnet von dem jungen Jack Forth, bevor er seiner Gabe beraubt worden war. An jedem einzelnen war ein Schildchen angebracht, auf dem das Datum und der Name des Gebäudes auf der betreffenden

Zeichnung festgehalten worden waren – obwohl viele hinreichend bekannt waren, so daß eigentlich keine Beschriftung notwendig gewesen wäre. Die Daten auf den Zeichnungen erstaunten sie – es begann mit einer leicht verschmierten Abbildung der Houses of Parliament (Jack, sechs Jahre alt, 1967) bis hin zu einem unglaublich detailgetreuen Bild der Akropolis in ihrer ganzen verfallenen Schönheit (Jack, dreizehn Jahre alt, 1974). Das mußte kurz vor seinem Zusammenbruch gewesen sein, wie sie sich erinnerte.

Das Zimmer war klein und gemütlich. Es strahlte eine Wärme aus, wie man sie nur in einem Haus findet, das von dem Glück einer Familie durchdrungen ist. Jacks schlimmes Jugendereignis schloß ihn davon aus. Leone vermutete jedoch, daß seine Eltern wunderbare Menschen waren. Das lange Rugby-Shirt, das er ihr zum Schlafen geliehen hatte, schien nach ihm zu duften, aber das bildete sie sich sicher nur ein. Er war ein merkwürdiger Mann – mutig, einfallsreich und seltsam.

Sie sah aus dem Fenster und begann plötzlich zu zittern, als sie sich an Jacks Worte vor wenigen Stunden erinnerte. Er hatte bestimmt recht. Wenn Jacobson nicht gelogen hatte, gab es keine andere Erklärung dafür, wie der Mörder von ihrer Verabredung erfahren haben sollte. Es konnte kein Zufall sein. Eine erschreckende Erkenntnis, aber sie bedeutete, daß sie sich auf der richtigen Spur befanden. Obwohl sie einen hohen Preis dafür bezahlt hatten: Eine Frau war ums Leben gekommen.

Die nächste Spur, die es zu verfolgen galt, war die des grünen Autos, in das Colleen eingestiegen war. Sie mußten unbedingt dessen Besitzer ausfindig machen. Dazu brauchten sie Tobys Sachverstand im Umgang mit der HOLMES-Datenbank: Die Information mußte irgendwo im System enthalten sein. Doch bislang wußte der Anwalt noch nichts von den Ereignissen der letzten Stunden. Jack hatte sie davon überzeugt, daß es zunächst besser war, ihm so wenig wie möglich zu erzählen, um ihn nicht auch noch zu gefährden. Sie hatte die Fähigkeit, ihre eigene Situation einzuschätzen, völlig verloren. Mit Verspätung begann sich der Schock bemerkbar zu machen, und eine Träne rollte ihr die Wange hinab.

Ein leises Klopfen erklang an der Tür. »Sind Sie wach, Leone?«

»Ja. Komm rein, Hollie.« Sie riß sich zusammen und wischte sich mit der Bettdecke übers Gesicht.

Jacks Tochter trat ein – ein breites Grinsen im Gesicht und ein Frühstückstablett in den Händen. »Großmama dachte, daß Sie vielleicht Hunger haben.«

Sie trug eine graue Schuluniform, die sie wahrscheinlich haßte, und Zöpfe, die sie wahrscheinlich noch mehr haßte. Leone konnte erkennen, wo ihr Haar nach dem Schwimmunfall nachwuchs.

»Also, hier sind Cornflakes, Toast, Saft und Kaffee. Das trinkt ihr Australier doch, oder?«

»Nein, wir trinken zuviel Bier, aber im Augenblick reicht dies völlig.«

Hollie strahlte sie an, sie freute sich, daß Leone mit ihr scherzte wie mit einer Erwachsenen. »Dad hat gesagt, daß es gestern abend spät geworden ist.«

»Zuviel Arbeit.«

»Das hat er auch gesagt.« Amüsiert zog das kleine Mädchen die Augenbrauen in die Höhe.

»Wie alt bist du nochmal?«

Hollie gab Leone das Tablett. »Dad sagt immer daß ich ein fünfunddreißigjähriger Knirps bin.«

»Kann ich nachvollziehen.« Leone lächelte und hatte plötzlich das seltsame Gefühl dazuzugehören.

Hollie setzte sich auf das Bett. »Sie mögen ihn, nicht wahr? Das sehe ich. Er mag Sie auch. Er wird ganz nervös, wenn ich nach Ihnen frage. Total lustig. Und genauso hat er rea-

giert, als Großmama ihn beim Frühstück ausgefragt hat. Opa hat nur die Augenbrauen hochgezogen. Auf diese Weise sagt er ihr immer, daß sie ruhig sein soll.«
Jetzt war es an Leone, bedeutungsvoll die Augenbrauen hochzuziehen.
»Ups, tut mir leid. Ich rede immer zuviel, wenn ich aufgeregt bin.«
Leone hob und senkte ihre Augenbrauen nun mehrfach. Hollie begann zu kichern.
»Das muß Opa manchmal auch tun.«
»Ich glaube, ich ziehe mich jetzt lieber an.«
Jacks Tochter blickte enttäuscht auf das Frühstückstablett.
»Ich habe beschlossen, unten zu frühstücken. Es wird Zeit, daß deine Großeltern ihren Gast kennenlernen.«
»Cool.« Der Ausdruck klang mit britischem Akzent richtig fremd; Leone führte ihn darauf zurück, daß Hollie zu häufig *Baywatch* gesehen hatte. »Aber Opa ist mit Monty rausgegangen.«
»Monty?«
»Nach dem Feldmarschall im Zweiten Weltkrieg, weil er ein kleines, eigensinniges, drahthaariges Tier ist, das niemals tut, was man ihm sagt.«
»Ich verstehe«, antwortete Leone, obwohl das nicht der Fall war.
»Mummy hat das immer getragen«, sagte Hollie und deutete auf das Rugby T-Shirt.
»Tut mir leid, ich wußte nicht –«
»Ich habe sie ja gar nicht gekannt, aber Daddy hat mir viel von ihr erzählt. Er sagt immer, daß die Tatsache, daß ich mich nicht an sie erinnern kann, nicht bedeuten muß, daß ich sie nicht kennenlerne.«
»Und du hast nichts dagegen?«
Das kleine Mädchen blickte ihr einen Augenblick lang offen ins Gesicht, genau wie ihr Vater es zu tun pflegte.

»Nein, Sie sind cool. Wenn Dad nichts dagegen hat, bedeutet das, Mummy hätte auch nichts einzuwenden. Oh, übrigens: Ich habe Daddy eben telefonieren hören. Heute nachmittag hat er einen Termin bei dieser Klapsmühlen-Frau. Sie sollten sie im Auge behalten. Ich glaube, sie hat was für ihn übrig.« Dieser kindliche Wirbelsturm war mehr, als Leone im Augenblick ertragen konnte. »Ich muß jetzt zur Schule. Bis bald.«

Hollie Forth sprang vom Bett herunter und fegte aus dem Zimmer. Erleichtert zog Leone sich an und ging die Treppe hinab. Stimmen drangen aus einem Zimmer, das sich als Küche entpuppte.

»Ich sehe doch, daß dich etwas bedrückt, Jack. Willst du es mir nicht erzählen?« Die Stimme war sanft.

»Tut mir leid, Mum. Ich werde es dir erzählen, wenn es vorbei ist, aber im Moment mußt du mir einfach nur vertrauen. Ich mache mir eigentlich viel mehr Sorgen um Leone.«

Leone bebte vor Freude, als sie seine Worte hörte.

Mit dem Frühstückstablett in der Hand betrat sie den Raum. »Hat da jemand meinen Namen erwähnt?«

Jacks Mutter erhob sich sofort, lächelte warmherzig und nahm ihr dann das Tablett ab. »Der Kaffee ist doch sicher schon kalt. Setzen Sie sich, Leone. Ich heiße Jean. Jack ist manchmal recht schwierig, aber durchaus der Mühe wert.« Sie sah immer noch gut aus, mit sanften grünen irischen Augen und schwarzem Haar, das einen leicht rötlichen Schimmer hatte, von grauen Strähnen durchzogen war und ihr lose auf die Schultern fiel.

»Mutter!«

Sie ignorierte Jacks Ausruf. »Haben Sie gut geschlafen, meine Liebe? Die Matratze ist etwas alt.«

»Danke, daß Sie mich für die Nacht aufgenommen haben.«

Jean trocknete bereits eine neue Tasse für sie ab. Kurz darauf wurde sie mit frischem Kaffee gefüllt und auf den Tisch gestellt.

»Nicht nur für diese Nacht. Graham – Jacks Vater – und ich möchten, daß Sie so lange hier bleiben, wie sie wollen. Wir stellen keine Fragen.«

»Danke.«

»Also dann, bedienen Sie sich, wenn Sie irgend etwas brauchen. Jack, ich gehe jetzt zu Mrs. Ives; da muß etwas Weltbewegendes passiert sein.« Sie gab ihrem Sohn einen Abschiedskuß auf die Wange und wiederholte die Prozedur wie selbstverständlich auch bei Leone.

Als sie gegangen war, fragte Leone. »Wer ist Ihr Vater? Cary Grant? Ihre ganze Familie ist ganz bezaubernd.«

Jack blickte auf seine Tasse hinunter. »Ich weiß. Ich glaube, es war nicht leicht für sie, mit mir klarzukommen. Wir müssen miteinander reden.«

»Wann treffen Sie sich mit der Klapsmühlen-Frau?«

Verblüfft blickte Jack hoch.

»Hollie«, erklärte Leone lächelnd. »Ganz schön geradeheraus. Sie hat mir von der anderen Frau in Ihrem Leben erzählt, als Warnung. Sollte ich mir Sorgen machen?«

Er grinste verlegen. »Um drei Uhr. Ich glaube, ich bin jetzt bereit. Der Blackout neulich hat mir geholfen, und die letzte Nacht ebenso.«

»Was meinen sie damit?«

Jack kaute auf der Unterlippe herum. »Klingt vielleicht verrückt, aber ich habe das Gefühl, König Artus zu kennen. Nun, vielleicht nicht richtig zu kennen, aber daß ich ihn irgendwo, irgendwann schon einmal getroffen habe...« Seine Stimme erstarb. Leone rechnete fast mit einem weiteren Anfall. »Es ist, als ob alles, was geschehen ist, mich in seine Nähe zwingt: die Zeichnungen, Sie. Mein Gott, ich wünschte, ich würde es verdammt noch mal verstehen.«

»Jack?«

»Ja? Tut mir leid. Hab' nur eine vage Erinnerung an etwas. Die Zeichnung der Taverne ist ein Teil davon, ich weiß es. Das ist der Grund, warum ich es herausfinden muß.«

»Was ist mit letzter Nacht?«
»Es steht in den Zeitungen und wurde auch im Frühstücksfernsehen gebracht. Sie wurde erst gefoltert, dann ertränkt. Er war es.« Als er es aussprach, wußte er, daß es stimmte, und zwar ohne jeden Zweifel.
»Was werden wir jetzt tun?«
»Zuerst werde ich George Sloane ausfindig machen. Er kennt sich mit Elektronikgeschichten aus. Wir werden in Ihre Wohnung fahren und sie gründlich durchsuchen. Wenn es dort Wanzen gibt, werden wir sie lassen, wo sie sind. Vielleicht können wir ihm damit irgendwann eine Falle stellen. Ich werde ein paar Kleidungsstücke für Ihre Besprechung mit Speakman holen. Sie müssen nach außen so normal wie möglich weiterleben, schließlich haben Sie einen unschuldigen Klienten unter Ihren Fittichen.«
Mit Tobys Hilfe gelang es Jack, George zu finden. Sie trafen sich vor Leones Wohnung. George fletschte die Zähne zu einem breiten Grinsen. In der Hand hielt er eine Reisetasche, in der ein riesiges Ungetüm von Apparat verborgen war.
»Das haben Sie offensichtlich schon einmal gemacht!«
Der Jamaicaner lächelte nur noch breiter. »Wollen Sie es wirklich wissen, Jack.«
»Nein, Sie haben recht.«
Jack hielt die Tür auf. George ging hinein und legte den Finger auf die geschürzten Lippen. Aus der Tasche holte er einen schwarzen Kasten, der an der linken Seite mit vier verschiedenen Skalen versehen war. Mit Hilfe eines Knopfes an der Seite konnte man die Frequenzen einstellen, so daß er die Signale der Wanzen auffing. Das Gerät schien batteriebetrieben zu sein.
Fasziniert beobachtete er, daß George tatsächlich drei einzelne Wanzen in der Wohnung fand. Jack bedeutete ihm mit einem Kopfnicken, daß alles an seinem Platz bleiben sollte. Jack nahm noch ein paar Kleider aus dem Schrank,

damit Leone sich umziehen konnte. Sie verließen die Wohnung ohne weitere Worte.
Draußen dankte Jack dem Jamaicaner, der heftig die Stirn runzelte.
»Glauben Sie, daß Sie alle gefunden haben?«
»Ich hoffe es, Mann, aber er ist gut. Meine Säuberungsaktion dürfte die Wanzen, die ich kenne, entdeckt haben, aber es erscheint dauernd neues Gerät auf dem Markt.«
»Ist es also sicherer, anzunehmen, daß es noch andere gibt?«
»Würde ich sagen«, antwortete George. »Das hier ist 'ne ganz schön knifflige Geschichte, Jack. Glauben Sie, daß Sie ihr gewachsen sind?«
Jack Forth fand es unmöglich, darauf zu antworten.

Kapitel 31

Leone kam zu dem Termin mit den Anwälten und Speakman fünf Minuten zu spät. Ihre Gedanken überschlugen sich. Jack war mit ebenso grimmigem wie nachdenklichem Gesicht aus ihrer Wohnung zurückgekehrt. Er hatte ein elegantes schwarzes Wollkleid und Pumps ausgewählt. Unterwäsche sowie ein Paar Strümpfe hatte er in ihre kleine Selfridge-Tasche gepackt, damit sie sich komplett umziehen konnte. Sie machte sich keine Sorgen darüber, daß er sich allein in ihrer Wohnung bewegt hatte, sondern darüber, daß sie sich fragen mußte, ob der Mörder von Pat Barraclough das gleiche getan hatte. Jacks Gesicht sagte alles.

Zuerst beschränkte er sich darauf, ihr mitzuteilen, daß sie bis auf weiteres bei seinen Eltern wohnen sollte. Doch dann war es ihr gelungen, ihm die Wahrheit Stück für Stück aus der Nase zu ziehen. Warum war er so eigensinnig? Als er ihr von der Wanze im Telefon und von den beiden anderen, die sie gefunden hatten, erzählte, würgte es sie bei dem Gedanken daran, was das bedeutete: *Er* war dort gewesen. Er war dort gewesen und hatte später jedes Wort, das sie gesagt hatte, mitgehört. Er hatte alles mitbekommen, was sie getan hatte, wer immer *er* war. Aber Leone Stern weinte nicht – die Zeit für Tränen war vorüber.

Sie hatten sich für den Abend verabredet. Jack machte sich solche Sorgen um sie, daß die Aussicht, den düstersten Punkt seiner Vergangenheit durch Hypnose wieder an die Oberfläche des Bewußtseins zu holen, an Schrecken verloren zu haben schien.

Toby und Sedgewick warteten hinter den Sicherheitsschranken auf sie. Während sie sich von den Gefängniswärtern durchsuchen ließ, hob Toby die Hand zum Gruß;

Sedgewick starrte ins Leere. Das einzig Extravagante an ihm war ein pinkfarbenes Taschentuch, das ihm schlampig aus der Brusttasche hing. In den Siebzigern war er der erste Anwalt seiner Generation gewesen, bis der Tod seiner Frau ihm einen neuen Gefährten zugeführt hatte: den Alkohol. Sein Konsum war unmäßig. Im Temple kursierten wilde Gerüchte über heftigste Auseinandersetzungen mit Bezirksrichtern und Richtern des High Court. Nach der Mittagspause waren diese jedoch immer wieder beigelegt worden.
Leone kam näher. »Mr. Sedgewick, Toby, tut mir leid, daß ich zu spät komme.«
»Schon in Ordnung, meine Liebe. Mr. Speakman wird schon nicht verschwinden können. Wie lange soll unsere Besprechung dauern?«
Toby antwortete: »Ich habe es schon einmal erwähnt, Mr. Sedgewick: Wir können den ganzen Tag bei ihm bleiben.«
Sedgewick schürzte die Lippen und nickte ein paar Sekunden lang weise vor sich hin. »Natürlich, das haben Sie. Den ganzen Tag, sagen Sie?« Er sah auf die goldene Taschenuhr in seiner Westentasche. »Ich habe noch anderthalb Stunden Zeit bis zu meinem nächsten Termin. Ich bin sicher, daß es uns gelingen wird, von dem Angeklagten bis dahin genug Fakten über diesen Fall in Erfahrung zu bringen, und daß er uns nicht übermäßig lange aufhalten wird.«
Leone und Toby tauschten einen Blick, der wenig Überraschung signalisierte. Wenn Sedgewick länger geblieben wäre, hätte sie das wohl eher in Erstaunen versetzt.
»Irgendwelche Neuigkeiten über einen überraschend aufgetauchten Augenzeugen, der unserem Klienten ein Alibi geben könnte?« fragte Sedgewick sarkastisch. Es war offensichtlich, daß er sich immer noch weigerte, davon auszugehen, daß Speakman vielleicht unschuldig war.
»Noch nicht, Mr. Sedgewick. Wir arbeiten daran.«

Sie hatten vereinbart, ihre Aktion in der HOLMES-Datenbank geheimzuhalten, bis sie wußten, was sie tatsächlich in Händen hielten. Außerdem blieb angesichts Sedgewicks Einstellung zu befürchten, daß er ihre Methoden publik machen würde.

»Speakmans Aussichten sind seit unserer ersten Zusammenkunft wohl kaum besser geworden, nicht wahr, Miss Stern?«

Leone zuckte die Achseln. Wenn sie dem Kronanwalt widersprach, wurde möglicherweise eine Erklärung von ihr verlangt, und sie wollte unter keinen Umständen auf die Ereignisse der vergangenen Tage eingehen.

»Ich glaube, daß es in Wahrheit sogar ausgesprochen düster aussieht«, fuhr Sedgewick fort. »Einen solchen Fall habe ich schon seit Jahren nicht mehr erlebt. Nicht seit der Würger von Birmingham versucht hat, seine Schuld zu bestreiten. Das hat schließlich auch nicht funktioniert.«

»Hatte er nicht auf geistige Umnachtung statt auf Unschuld plädiert?«

Sedgewick lächelte wohlwollend, als ob sie eine Jurastudentin im ersten Semester sei, die fragte, wie man jemanden verteidigte, von dem man wußte, daß er schuldig war. »Für den Mob macht das keinen Unterschied. Der will nicht nur sein Pfund Fleisch, sondern auch das dazugehörige Blut sehen. So ist das Leben vor Gericht nun einmal, Miss Stern, ohne sie persönlich beleidigen zu wollen.«

»Ich fühle mich nicht beleidigt, Mr. Sedgewick.«

»Ich habe mit der Staatsanwaltschaft gesprochen. Sie wollen uns immer noch nicht entgegenkommen. Kann nicht sagen, daß ich ihnen einen Vorwurf daraus mache, aber ich hoffe doch, daß sie sich erweichen lassen, je näher der Prozeßtag rückt.« Er sprach in dem lauten, leicht amüsierten Ton, den man bei Angehörigen der Mittelklasse so oft hört. Früher war er aufgrund dieser Sprechweise bei der Präsentation von Fakten immer sehr bewundert worden. Heute erlebte man häufiger, daß er mit dieser Stimme einen großen Scotch bestellte.

»Ich bezweifle, daß Mr. Speakman sich überhaupt auf einen Handel mit der Staatsanwaltschaft einlassen würde«, warf Toby ein.

»Natürlich, natürlich, und er hat ja auch das Recht, die Behauptungen der Krone in Frage zu stellen. Wenn er sich entscheidet, dieses Recht auszuüben, dann sollte er auch die beste Rechtsvertretung bekommen, die verfügbar ist.«

Dem konnte Leone nur zustimmen, doch insgeheim bedauerte sie die mangelnde Eignung der Person, die diese Rolle ausfüllen sollte.

»Gehen wir?«

Sedgewick ging voran. Toby gesellte sich zu Leone. »Im Taxi hat er gesagt, daß er Speakman unter Druck setzen wird, damit er sich schuldig bekennt«, murmelte Tony.

»Und hast du ihm widersprochen?«

»Ich habe es versucht. Es war ziemlich aussichtslos. Er hat nur höflich zugehört, genickt und sein ›Natürlich, natürlich‹ geschnarrt. Danach habe ich aufgegeben.«

»Irgendwelche Neuigkeiten über das grüne Auto?«

»Ich bin zum Yard gegangen und habe dort eine Suchabfrage gestartet. Heute nachmittag weiß ich sicher mehr.«

»Aber wir sind doch für den ganzen Tag hier angemeldet.«

Toby blickte nach vorne auf den vor sich hinpfeifenden Anwalt der Krone. »Das bezweifle ich zutiefst.«

Speakman stand auf der anderen Seite des Tisches. Er starrte Leone an, und nur sie. Seine Augen bettelten um ein kleines Stückchen Hoffnung, doch bislang fühlte sie sich unfähig, ihm dieses Geschenk zu machen. Sie wußten immer noch nicht genug, um zuversichtlich sein zu können. Speakman schien zu verstehen und senkte den Blick wieder auf die graue Tischoberfläche. Seine Gesichtszüge schienen ihr ausgeprägter denn je: eingesunkene Wangen und gespannte gelbliche Haut. Sie bemerkte, daß seine Hände geschwollen waren und zitterten. Sie waren prall wie die eines Babys, die Nägel waren eingewachsen. Genauso gefangen wie er selbst.

Leone zwang ihre Stimme zu falscher Fröhlichkeit. »Trevor, schön Sie zu sehen. Mr. Sloane kennen Sie ja.« Toby, dem der Austausch von Höflichkeiten nicht gerade lag, nickte kurz angebunden. »Und natürlich Mr. Sedgewick.« Sie fand, daß es das beste war, so zu tun, als habe das letzte Zusammentreffen gar nicht stattgefunden.

Der Kronanwalt schenkte ihr und seinem Klienten ein haifischartiges Lächeln. »Setzen Sie sich bitte, Mr. Speakman.«

Der Angeklagte wartete, bis die anderen sich hingesetzt hatten, dann ließ er sich auf den Stuhl fallen.

»Wir hatten zwar einen schlechten Start, doch denken Sie bitte daran, daß ich hier bin, um Ihre Interessen zu vertreten. Diese Verpflichtung kann ich jedoch nur erfüllen, wenn wir einander vertrauen. Ich für meinen Teil glaube alles, was Sie mir sagen. Sie müssen mir im Gegenzug alles glauben, was ich Ihnen sage, wie unvereinbar es Ihnen auch mit Ihrem Standpunkt erscheinen mag.«

Speakman war von der komplizierten Formulierung offensichtlich aus dem Gleichgewicht gebracht.

»Er meint, wie unangenehm es Ihnen auch vorkommt«, erläuterte Leone. Sedgewick warf ihr einen Seitenblick zu und zog langsam eine Augenbraue in die Höhe, dann wandte er seine Aufmerksamkeit erneut Speakman zu. Seine Botschaft war klar: Halten Sie den Mund, Leone – wenn ich Ihre Hilfe brauche, werde ich mich entsprechend äußern.

»Vertrauen, Mr. Speakman«, fuhr er fort, »ist heutzutage eine sehr seltene Sache. Sie, das bezweifle ich nicht, werden mir Dinge erzählen, die ich nur schwer glauben kann, aber ich werde sie glauben. Ich im Gegenzug werde Sie um Dinge bitten oder etwas von Ihnen verlangen, das Sie nicht glauben oder gutheißen können, aber ich hoffe trotzdem, daß Sie sie tun werden. Ich arbeite nunmehr seit vierzig Jahren als Anwalt, und ich möchte doch annehmen, daß meine Berufserfahrung mir einen gewissen Vertrauensvorschuß gewährt.«

Speakman sah jetzt vollends verwirrt aus, und Leone nahm an, daß dies auch die Absicht gewesen war, die Sedgewick mit seiner Rede verfolgte.

»Lassen Sie uns jetzt einfach so tun, als wüßte ich nichts über den Fall. Erzählen Sie mir mit eigenen Worten, was geschehen ist: Erzählen Sie mir, was zu Ihrer gegenwärtigen Situation geführt hat.«

Er lehnte sich behaglich in seinem Stuhl zurück, die Hände über seinem großen Bauch verschränkt. Während der folgenden Stunde schilderte Speakman stockend die Geschichte seines Lebens. Sedgewick nickte ermutigend an völlig unpassenden Stellen und machte nicht eine Notiz von dem, was gesagt wurde. Toby kritzelte vor sich hin, obwohl in den langatmigen, abgehackten Enthüllungen keine neuen Informationen enthalten waren. Leone versuchte mehrfach, die Sprache auf Themen zu lenken, die der Verteidigung sachdienlich sein konnten, aber Sedgewick wiederholte den Seitenblick und die hochgezogene Augenbraue. Schließlich verfiel sie in ohnmächtiges Schweigen.

Speakman begann sich gerade über seine Behandlung im Gefängnis zu beklagen, als Sedgewicks Taschenuhr ein Uhr schlug.

»Wunderbar«, sagte er ruhig. »Ich denke, Sie fühlen sich jetzt viel besser, da Sie sich das alles von der Leber geredet haben.«

Erstaunlicherweise lächelte Speakman scheu und sagte: »Das tue ich, Mr. Sedgewick. Dies ist das erste vernünftige

Gespräch, das ich seit Monaten geführt habe. Ich danke Ihnen.«

Sedgewick nickte. »Dadurch, daß Sie die schwere Prüfung der vergangenen Monate noch einmal durchlebt haben, haben Sie, wie ich annehme, etwas gelernt: Sie haben einen wertvollen Einblick in Ihre mißliche Lage erhalten.«

»Ich verstehe nicht, Sir.« Speakman blickte von einem zum anderen. Toby sah zu Boden. Leone funkelte den Anwalt der Krone an und wartete darauf, daß dieser dem Angeklagten den Todesstoß versetzte.

»Es muß Ihnen gezeigt haben, wie hoffnungslos Ihre Situation ist.« Speakman wich zurück, als ob man ihm einen Tritt ins Gesicht verpaßt hätte. »Ich möchte, daß Sie während der Zeit, die Ihnen noch bis zu Ihrem Erscheinen vor Gericht bleibt, darüber nachdenken.«

Leone bemerkte, daß er nun vor dem Wort »Verhandlung« zurückschreckte, als ob es sich um einen obszönen Fluch handelte.

»Vertrauen, Mr. Speakman: Als wir mit diesem Gespräch begannen, haben Sie mir versprochen, daß Sie mir vertrauen würden. Ich bin dankbar, daß Sie dazu in der Lage sind. Die Sache ist sehr, sehr hoffnungslos. Besser, Sie stellen sich dieser Erkenntnis jetzt als später. Das gibt uns Gelegenheit, strafmildernde Umstände zu formulieren.« Sedgewick überging offensichtlich die Instruktionen des Klienten eiskalt.

Der Angeklagte starrte Leone mit offenem Mund an. Sie mußte etwas tun. »Mr. Sedgewick, Mr. Sloane, Trevor und ich haben diesen Aspekt schon bei unserem ersten Zusammentreffen diskutiert. Wie ich hörte, waren Sie an jenem Termin indisponiert.«

»Grippe.«

»Natürlich, natürlich.« Leone schleuderte ihm den eigenen Lieblingsausdruck förmlich ins Gesicht, jedoch so höflich, daß er ihr keinen Vorwurf daraus machen konnte. »Mr. Speakman bestand damals darauf, daß er nicht schuldig sei. Er wiederholte das, was er Richter Singleton gegenüber bereits vertreten hatte. Ich nehme nicht an, daß sich daran etwas verändert hat, nicht wahr?« Sie warf ihrem Klienten einen Blick zu. Dieser versuchte verzweifelt, den Machtkampf zu durchschauen, der sich vor seinen verwirrten Augen abspielte. Er schüttelte den Kopf.

Leone sah, daß das Gesicht des Kronanwalts seine graue Blässe verlor und daß seine Wangen sich langsam röteten. »Ich erwähne das nur, Mr. Sedgewick, weil Sie nicht den Vorzug hatten, unserer ersten Besprechung beiwohnen zu können, und bei unserer letzten Zusammenkunft waren wir wohl alle etwas erregt.« Sie klang vernünftig, regelrecht hilfreich.

Sedgewick lächelte eisig. »Und ich bin Ihnen für Ihre Worte dankbar.« Er wirbelte herum und richtete seine Aufmerksamkeit auf Toby. »Sloane, ich bin enttäuscht von Ihnen. Leider muß ich Sie jetzt an diesem wichtigen Punkt unseres Gesprächs verlassen. Mr. Speakman, wie Sie sehen, habe ich die Situation völlig unter Kontrolle. Seien Sie versichert, daß Ihnen in diesem Fall all meine Fähigkeiten zur Verfügung stehen.«

»In diesem Prozeß«, erinnerte Leone ihn, und ging damit ein kleines Stück zu weit.

»Natürlich, natürlich«, antwortete er mit zusammengebissenen Zähnen. »Bitte besprechen Sie alles Nötige während meiner Abwesenheit. Einen schönen Tag noch.« Der wütende Anwalt verließ sie so würdevoll, wie es ihm unter den gegebenen Umständen noch möglich war.

Tobys Gesicht war ernst, obwohl seine Augen lachten. Speakman schien der Zwischenfall nur noch mehr verwirrt zu haben.

Nachdem sie ihn eine weitere Stunde lang über mögliche Augenzeugen verhört hatten, ging es mit seiner Konzentra-

tion bergab. Schließlich, als seine Erschöpfung offensichtlich wurde, beendeten sie die Zusammenkunft und versprachen ihm, daß sie weiter am Ball bleiben würden.
Draußen auf der Straße bekam Toby einen Lachanfall. »Phantastisch, einfach phantastisch!«
Sie hatte ihn zuvor kaum lächeln sehen, und jetzt stand er vor einem Hochsicherheitsgefängnis und brüllte vor Lachen. Sein Lachen wirkte ansteckend. Leone kicherte ebenfalls.
»Hast du sein Gesicht gesehen, als du Speakman daran gehindert hast, sich schuldig zu bekennen? Er war so wütend, daß ich schon dachte, er bekäme jeden Augenblick einen Schlaganfall.«
»Du hast kein Problem damit, eins aufs Dach bekommen zu haben?«
»Aber absolut nicht. Ich würde freiwillig eine Rüge durch die Anwaltskammer in Kauf nehmen, um das noch einmal sehen zu dürfen. Ich wette, daß der alte Säufer sich jetzt ein paar Malt-Whisky hinter die Binde gießt.« So langsam ebbte ihr Gelächter wieder ab.
»Ernsthaft, Toby.« Er brachte seine Gesichtszüge unter Kontrolle, dann schnaubte er durch die Nase und begann erneut zu kichern. »Hör auf!« Leone erging es nicht anders. »Die Sache ist ernst.«
»Na gut. Aber laß uns später im Büro darüber reden.«
»Und wo gehst du jetzt hin?«
Bei ihrer Frage wurde sein Gesicht wieder ernst. Er hatte noch zu arbeiten. »Zurück ins Yard, um der Spur des grünen Wagens zu folgen. Es ist zwar noch früh, aber wer weiß. Was ist mit dir?«
»Ich gehe ins Büro. Ich erwarte einen Anruf von Jack.«
»Geht es ihm nach dem Vorfall neulich abends wieder gut?«
Das vermochte sie nicht zu sagen. Leone wußte nicht, was Jack im Augenblick durchmachte. Sie wünschte, sie wüßte es.

Kapitel 32

Jack hatte Angst. Er wollte sich nicht den Schrecken der Vergangenheit stellen, aber unter den gegebenen Umständen hatte er keine Wahl. Als er den Schlüssel in die Wohnungstür steckte, fragte er sich, wie sehr ihn die Erfahrung, die vor ihm lag, verändern würde. Aber das war feige und egoistisch. Schließlich waren jetzt auch andere Menschen in die Sache verwickelt. Leones Wohnung war voller Wanzen, Jacobson wahrscheinlich in Gefahr, und Pat Barraclough tot.

Sollte er vielleicht doch zur Polizei gehen – wenigstens versuchen, es ihnen zu erklären? Taylor, Berkeley, Boatman, Barraclough und Kindertage, an die er sich nur dunkel erinnerte. Aber er konnte es nicht erklären. Das Blut, das an seinen Händen klebte, war nur dort, weil er sie aus dem Wasser gehoben hatte. Würden sie das glauben? Jack hatte dies schon zum Zeitpunkt ihrer Flucht bezweifelt, und daran hatte sich nichts geändert. Nein, ein solches Vorgehen hätte ihn von der Spielfläche vertrieben, und Speakman stand unter Zeitdruck.

Zögernd betrat Jack den Flur seiner Wohnung. Die Ereignisse der vergangenen Stunden hatten ihn nervös und zittrig gemacht. Er war bereit – wofür, das wußte er nicht. Die niedrige Herbstsonne tauchte das Wohnzimmer in ein gelbliches Licht, als er die Tür aufstieß. Alles sah unberührt aus. Aber das hatte Leone sicher auch gedacht. Wer auch immer der Täter war, er ging äußerst professionell vor, sorgfältig – tödlich. Jack schüttelte seine Paranoia ab. Er ließ seine Gedanken zurückwandern, versuchte herauszufinden, ob er Leone jemals gesagt hatte, wo er wohnte. Erleichtert stellte er fest, daß dem wohl nicht so war. Wenn

der Mörder ihm nicht bis nach Hause gefolgt war, konnte er – oder sie – seine Adresse nicht kennen.
Jack ging in die Küche und schaltete seinen Coffee Buddy ein. In diesem Moment fiel ihm das rote Licht seines Anrufbeantworters auf. Zwei Botschaften waren darauf: eine von Tom Leath, der ihn um Rückruf bat, weil er sich zum Mittagessen mit ihm verabreden wollte, eine von Jacobson.
»Ich weiß nicht, wer Sie sind, Mr. Forth, oder was für ein Spiel Sie spielen, aber Sie hatten recht mit Pat. Schrecklich. Ich mochte sie. Ich wäre schon damit zur Polizei gegangen, wenn Sie mich nicht gerettet hätten. Ich werde Ihnen später erklären, was geschehen ist. Mehr will ich nicht auf Band sprechen, zu gefährlich. Notieren Sie sich folgende Nummer.« Jack folgte den Anweisungen. »Es ist jetzt 11.00 Uhr morgens. Ich bin bis zwei Uhr hier. Wenn Sie mich bis dahin nicht angerufen haben, werde ich mich mit meinen alten Kollegen in Verbindung setzen.«
Jack sah auf die Uhr. Er hatte nur noch fünf Minuten, um den Privatdetektiv anzurufen. Er wählte die Nummer. Nach ein paar Minuten, in denen er immer nervöser wurde, verband ihn der Kellner im Polizeiclub mit Jacobson.
Jack murmelte seinen Nachnamen in den Hörer. »Warum sind Sie dort?« fragte er.
»Sicherster Ort, den ich mir denken konnte, abgesehen vom Yard selbst. Sie und Stern haben mich da reingeritten, aber ich glaube, ich schulde Ihnen was, Forth. Ich will Sie sehen! Hier und nirgends sonst.«
»Ich habe noch eine andere Verabredung«, erklärte Jack.
»Sagen Sie sie ab. Im Augenblick stehe ich noch in Ihrer Schuld. Morgen könnte das anders sein.« Die Verbindung wurde unterbrochen.
Wieder hatte Jack keine Wahl. Wenn Jacobson der Polizei sagte, was er wußte, würden sie Leone und ihm bald auf die Spur kommen. Er wollte nicht in die Verlegenheit kommen, erklären zu müssen, warum sie geflüchtet waren.

Er hinterließ eine Nachricht auf Helena Dwyers Anrufbeantworter und sagte den Termin ab. Er wußte nicht, ob er Erleichterung oder Enttäuschung empfinden sollte; er wußte nur, daß er mit Jacobson sprechen mußte. Die Vergangenheit würde noch ein Weilchen länger begraben bleiben müssen.

Vierzig Minuten später verlangte der mißtrauisch dreinblickende Türsteher des Clubs seinen Paß zu sehen, bevor er ihn an einen Ecktisch in einem überfüllten, verräucherten Zimmer führte. Große, schwergewichtige Männer und zierliche Frauen mit harten Gesichtern, deren blondes Haar schwarze Ansätze zeigte, musterten ihn kritisch. Bald hatten sie sich davon überzeugt, daß keine Gefahr von ihm ausging, und widmeten sich wieder ihren Gesprächen über Gesetz und Ordnung in der Stadt.

Der Mann an dem Ecktisch konnte nur Jacobson sein. Er saß mit dem Rücken zur Wand, so daß er den ganzen Raum überblicken konnte. Der Mann war eindeutig nervös. Jack mußte vorsichtig sein. Vor dem Detektiv standen ordentlich nebeneinandergereiht ein paar leere Whiskygläser. Sein gerötetes Gesicht war unrasiert. Er blickte wachsam drein. Ein zerknitterter Trainingsanzug vervollständigte das wenig vertrauenserweckende Erscheinungsbild.

»Forth?« Jack nickte. Jacobson deutete mit den Augen auf einen Stuhl. Jack ließ sich darauf nieder. »Drink?«

»Zu früh.«

Jacobson lächelte angesichts dieses leisen Tadels und goß einen weiteren Doppelten von dem bernsteinfarbenen Getränk die Kehle hinunter. »Für mich nicht.« Er hob sein Glas in Richtung Bar. Ein Kellner wandte sich den Flaschen auf dem Wandregal zu. »Meine Nerven sind heute morgen nicht allzu gut. Ich bin froh, daß Sie mich mit Ihrem Anruf geweckt haben.«

»Was ist passiert?«

»Scheiße, wenn ich daran denke...« Jacobson starrte ins Leere und schüttelte den Kopf über das Erlebnis, das er am frühen Morgen gehabt hatte.

»Erzählen Sie es mir!« Jack hatte für derlei Verzögerungen keine Geduld. Der Detektiv sah ihn an.

»Das hier ist mein Terrain: Also drängen Sie mich nicht.«

Jack hob die Hände in die Höhe. Der Mann stand unter Streß, es bestand gar keine Notwendigkeit, ihn zu drängen.

Erneut brachte der Kellner einen Whisky und flüsterte: »Alles klar, Jake?« Er schürzte die Lippen und warf Jack einen bösen Blick zu.

»Alles klar, Tommy. Trink dir einen auf mein Wohl! Setz ihn auf die Rechnung.«

Jacobson wartete, bis der Kellner auf die andere Seite der Bar zurückgekehrt war. »Ich wußte nicht so genau, ob ich Sie ernst nehmen sollte oder nicht, aber etwas in Ihrer Stimme...« Er beobachtete Jack neugierig. »Ich bin gleich aus dem Büro hinausmarschiert. Vor dem Haus verläuft eine Gasse. Von dort habe ich alles beobachtet.«

Jetzt war Jack plötzlich sehr interessiert. Er beugte sich vor. »Haben Sie ihn gesehen?«

Jack trank noch einen Schluck aus seinem Glas. »Nein. Das einzige, was ich gesehen habe, war der Rauch. Vielleicht hat er ja auch einen Zeitzünder installiert. Nachdem ich einige Zeit auf der Straße gewartet hatte, explodierten die Fenster von der Hitze. Ich habe alles verloren.«

Jack nickte mitfühlend. »Keine Versicherung?«

»Konnte mir in einer Feuerfalle wie diesem Haus die Zusatzprämie nicht leisten. Als ich schließlich zum Hintereingang lief, war er schon lange fort, aber ich konnte das Benzin riechen. Er hatte jede Menge verschüttet.«

»Er?«

»Ich nehm's an. Frauen spielen meiner Erfahrung nach nicht allzu häufig mit Feuer herum. Unsere »Fackel« hat ganze Arbeit geleistet. Er hatte einen Stützbalken gegen die Tür gelehnt. Wollte mir die Flucht so schwer wie möglich machen. Scheiße, wenn ich mir vorstelle ... gegrillter Bulle.« Er lächelte grimmig. »Ich habe die Feuerwehr angerufen. Es ist ein Bürogebiet, also habe ich an ein paar Türen geklopft, falls irgendwo jemand schwarz arbeitete. War aber keiner da. Warum hat er das gemacht? Ich meine, was zum Teufel geht hier vor sich? Der Mord an Pat ist im Club schon allgemein bekannt – armes Schwein, hat ihr halbes Leben damit zugebracht, das Wasser zu meiden, und jetzt wird sie darin ertränkt – und dann versucht er mich bei lebendigem Leib zu braten!«

Jack beobachtete den immer panischer werdenden Mann genau. Konnte er das Risiko eingehen? »Haben Sie irgend jemandem davon erzählt? Vielleicht irgendeinem Kumpel bei der Polizei?«

»*Noch* nicht.« Er betonte das erste Wort.

»Haben Sie denn die Absicht?«

»Sagen Sie mir, warum ich es nicht tun sollte! Da draußen läuft ein mordendes Schwein herum. Er wird mittlerweile wissen, daß es ihm nicht gelungen ist, mir diese Nacht ein besonders warmes Bett zu verschaffen! Er könnte es wieder versuchen.«

»Nein«, korrigierte Jack, »er *wird* es wieder versuchen.«

»Warum? Ich meine, was habe ich ihm denn verdammt noch mal getan? Mit wem zum Teufel haben wir es hier zu tun?«

»Sie haben mit Pat Barraclough gesprochen. Sie könnte Ihnen etwas erzählt haben, von dem er nicht will, daß es jeder weiß.«

»Sie hat mir nichts gesagt, was ich nicht schon wußte.«

»Aber das weiß *er* nicht. Vielleicht vermutet er es, aber er kann sich nicht leisten, ein Risiko einzugehen.«

Jacobson schüttete die Reste seines Getränks hinunter und knallte das Glas auf die zerkratzte Tischoberfläche. »Auch auf das Risiko, daß ich mich wiederhole – ich frage noch einmal: Wer ist er?«

Jack verstand seine Not. Jemand hatte versucht, den Privatdetektiv bei lebendigem Leib zu verbrennen. Die wichtige Frage lautete: Wer? Aber würde er ihm glauben? Jack mußte es gut machen.

»König Artus.«

Jacobsons Augen verengten sich zu schmalen Schlitzen, sein rundes Gesicht war verwirrt. »Aber Speakman –«

»Ich spreche nicht von Speakman. Ich spreche von König Artus – dem *wahren* König Artus.«

»Was erzählen Sie denn da für einen Blödsinn, Mann?«

Jack schüttelte langsam den Kopf. »Es ist vielleicht unglaublich, aber kein Blödsinn. Lassen Sie mich erzählen. Wenn ich fertig bin – und Sie nicht überzeugt sind –, dann gehen Sie zur Polizei, obwohl ich bezweifle, daß sie Sie auf lange Sicht beschützen wird.«

Die folgende Dreiviertelstunde verbrachte Jack damit, zu berichten, was sie während der vergangenen paar Wochen in Erfahrung gebracht hatten, doch achtete er darauf, Jacobson nicht alles zu sagen. Nach und nach vergaß der Expolizist sein Bedürfnis nach Whisky. Er pfiff durch die Zähne, als Jack seine Flucht aus der Wohnung der ermordeten Prostituierten schilderte, wobei letzterer es vermied, Leones Anwesenheit zu erwähnen. Er brauchte die Hilfe des Detektivs.

»Irgendeine Vorstellung, wer es sein könnte?« fragte Jacobson.

»Wenn ich die hätte, säße ich nicht hier. Sie haben mir meine Frage immer noch nicht beantwortet.«

Jacobson sah Jack aufmerksam an, bevor ein flüchtiges Lächeln über seine Lippen glitt. »Ich brauche Geld.«

»Dasselbe Honorar wie vorher.«

Der Detektiv blinzelte. »Das Doppelte: Gefahrenzulage.«

»Wir sind alle in Gefahr.«

»Das ist Ihr Problem. Für mich ist das mein Job, kein Selbstjustiz-Programm. Haben wir uns jetzt über das Honorar geeinigt?«
Jack beschloß, nicht weiter zu streiten: Jacobson würde mit dem, was er wußte, nicht zur Polizei gehen – zumindest im Augenblick noch nicht.
»Wo soll ich anfangen, Boß?«
»Waren Sie schon einmal in Oxford?«
»Auf dem Fußballfeld: ja. In der Universität: nein. Meine Noten auf dem Hendon Police College waren nicht gut genug.«
»Sie werden also wieder die Schulbank drücken. Ich möchte, daß Sie Nachforschungen anstellen, ob es eine Verbindung zwischen Jonathan Berkeley und diesen Leuten gibt. Ich weiß nicht, wonach Sie suchen sollen, aber Sie scheinen mir ein Mann zu sein, der ein Näschen für unsaubere Machenschaften hat. Notieren Sie sich folgendes.« Jack buchstabierte ihm Berkeleys Namen und nannte das Jahr, in dem er laut Zeitungsartikel seinen Abschluß gemacht hatte. Dann gab er Jacobson eine Liste sämtlicher dreiundvierzig Partner von TWC: ausnahmslos Oxford-Absolventen. Er nahm an, daß wer auch immer Boatman kontrollierte und Zugang zu den Personalakten hatte, auch auf dieser Liste stehen mußte, da der Zugang zum Archivtresor nur den Partnern bei TWC vorbehalten war. Er konnte jedoch nur hoffen, daß man die Verbindung zu Berkeley in jenen prägenden Universitätsjahren tatsächlich finden würde. Es war nicht viel, aber es war alles, was sie hatten.

Kapitel 33

Um vier Uhr nachmittags befand sich Toby wieder im Central Communication Complex im Scotland Yard. Er rief im Büro an. »Irgendwelche Zahlungseingänge?« fragte er seinen Anwaltsgehilfen. Diese Frage stellte jeder Anwalt im ganzen Land täglich; die Antwort war fast immer die gleiche.

»Heute nicht. Der Crown Court bezahlt mal wieder die Rechnungen der Verteidigung nicht. Sie behaupten, daß nur *ein* Angestellter dort berechtigt sei, die Schecks zu unterzeichnen, und der sei auf Reisen.«

»Wahrscheinlich auf den Westindischen Inseln, und zwar zusammen mit dem Lord Chancellor«, antwortete Toby boshaft. Diese Praxis war schon immer eine Quelle der Verärgerung gewesen: Die Öffentlichkeit las regelmäßig Artikel über die berühmten Wirtschaftsanwälte der Krone oder die Spezialisten für Verleumdungsklagen, die jedesmal das Äquivalent zu einem Lottojackpot verdienten, wenn sie einen Fall gewannen. Nie aber hörten sie von der mageren Bezahlung für einen schmutzigen kleinen Einbruch in Snaresbrook an einem nassen Mittwoch im Januar.

»Irgend etwas Interessantes in meinem Postkorb?«

»Nur braune Umschläge vom Finanzamt, und die gute Nachricht ist, daß der Steuerprüfer sich für morgen angesagt hat und sämtliche Unterlagen haben will.«

»Na großartig. Eines könnten Sie aber für mich tun, Colin.«

Der Anwaltsgehilfe lauschte aufmerksam. Er war daran gewöhnt, daß Mitglieder der Kanzlei ständig unnütze Versuche unternahmen, an die ihnen zustehenden Honorare zu kommen.

»Verschaffen Sie mir einen Vorschuß auf den Speakman-Fall, ja? Ein Mann kann nicht allein von Computerbytes leben.«

Toby wandte seine Aufmerksamkeit wieder dem Bildschirm zu und biß in die feucht-triefenden Überreste eines traurigen Schinkensandwiches. Er hatte es satt, war müde, erschöpft und frustriert. Zusammen mit Leone hatte er beschlossen, sich auf das grüne Auto zu konzentrieren, das in Pat Barracloughs Aussage erwähnt wurde. Er hatte die Nachricht von ihrer Ermordung nach der Zusammenkunft mit Sedgewick und Speakman in der Morgenausgabe des *Guardian* gelesen – natürlich hatte man ihren Namen falsch geschrieben. Leone hatte kein Wort darüber verloren: Entweder wußte sie nichts, oder sie sagte nichts. Aber es war einfach ein zu großer Zufall, um ihn ignorieren zu können. Kaum daß sie die Information überhaupt ausfindig gemacht hatten, wurde der Quelle das Lebenslicht ausgeblasen. Jemand versuchte offensichtlich, sie aufzuhalten. Das sagte ihm, daß sie auf der richtigen Spur waren. Aber um wessen Spur handelte es sich um Himmels Willen?

Es gab mindestens zehntausend grüne Autos, die während der Ermittlungen ausfindig gemacht worden waren. Er hatte ein Programm gestartet, um sie alle in einer Datei zu sammeln. Dann mußte er überprüfen, wie jedem der Autos durch die Detectives nachgespürt worden war, die in dem Fall ermittelten. Diese Prozedur war als TIE bekannt, eine Abkürzung für trace, interview und exclude, also die Spur verfolgen, Augenzeugen verhören und Nichtverdächtige ausschließen. Auch der kleinsten Information dieser Art, die auf dem Schreibtisch der ermittelnden Beamten landete, mußte nachgegangen werden. Und selbst wenn man davon ausging, daß es der Polizei gelungen war, die Besitzer jener Fahrzeuge ausfindig zu machen, die man von den Ermittlungen ausschließen konnte, so bedeutete das immer noch, daß er sich zehntausend von den Beamten zusammengestellte TIE-Aussagen würde ansehen müssen. Es gab keine andere Möglichkeit, das richtige Auto zu finden.

Ihm stand also eine lange Nacht bevor, ohne daß er Aussicht auf Erfolg hatte. Er hatte daran gedacht, die Suchabfrage auf diejenigen Autos zu beschränken, die im Zusammenhang mit den Ermittlungen um Colleen Bridges gesehen worden waren, aber er konnte der Staatsanwaltschaft auch hier nicht trauen. Wenn es, wie er vermutete, etwas gab, das er nicht finden sollte, mochten sie die entsprechende TIE-Aussage überall im System versteckt haben.

Er konnte es sich nicht leisten, bei seiner Suche schlampig vorzugehen, aber das Gegenteil erforderte Zeit, die er wiederum nicht hatte. Während die Festplatte summte, las er den Rest der Zeitung. Eine ganzseitige Privatanzeige fesselte seine Aufmerksamkeit. Darin waren hundert fettgedruckte Namen aufgelistet. Er erkannte keinen von ihnen. Seine Augen wanderten zu dem kleinen Zusatz am Fuße der Seite, der lautete: »All dies sind Polizeiinformanten in der ALF.«

Toby lächelte breit. Es freute ihn, das Werk seines Bruders in den überregionalen Zeitungen zu sehen. George war wirklich allzu bereit gewesen, ihm zu helfen. Es überraschte ihn nicht, daß er parallel seine eigenen Ziele verfolgt hatte. Jack hatte wahrscheinlich davon gewußt, jedoch beschlossen, ihm nichts zu sagen. Leone hatte recht: Forth war ein Mann, dem sie vertrauen konnten, obwohl der Vorfall in der Wohnung wirklich außerordentlich merkwürdig gewesen war.

Er hörte, wie sich die Tür hinter ihm öffnete, und faltete die Zeitung wieder zusammen. Inspector Barnes wagte die Andeutung eines Lächelns, bevor sie die Tür schloß. Er wandte sich wieder der Arbeitsstation zu und schaltete den Bildschirmschoner ein, um das Programm vor ihren Augen zu verbergen. Dabei wußte er, daß es sich um eine sinnlose Geste handelte: Der Operator an dem identischen Bildschirm im Rechenzentrum wußte bis zum letzten Pixel, was er tat.

»Haben Sie alles, was Sie brauchen?«

Er deutete auf die Überreste seines Abendessens. »Gutes Essen ...« Er hob seinen kalten Kaffee an die Nase und genoß sein Aroma. »Ein hervorragendes Getränk ...« Dann wirbelte er seinen Stuhl herum, sah sie an und senkte die Stimme zu einem Flüstern. »Reizende Gesellschaft. Was kann ich für Sie tun?«

Sie neigte den Kopf leicht zur Seite und verschränkte die Arme über der Brust. »Sie wissen, daß es so zwischen uns nicht sein muß.«

»Wie denn?« Er spielte den Arglosen.

»Sie mögen keine Polizisten. Mir geht es häufig ganz ähnlich.«

»Es handelt sich ja auch nicht um einen geselligen Verein. Was haben Sie erwartet?«

Sie lächelte dünn und zuckte die Achseln. »Ich beklage mich nicht, ich weise nur auf eine Tatsache hin. Eigentlich verfolgen wir beide nämlich das gleiche Ziel.«

Toby bewunderte ihre Entschlossenheit, das Gespräch fortzuführen. »Und das wäre?«

»Wir wollen sichere Straßen. Mörder am richtigen Ort.«

»Ich nehme an, damit meinen Sie das Gefängnis und nicht den Galgen.«

»Ich bin mit dem einverstanden, was das Gesetz für die richtige Strafe hält.«

»Sie wollen also keine Meinungsäußerung wagen?«

»Ich bin Polizeibeamtin. Ich darf keine Meinung haben.«

Toby wurde plötzlich klar, was sie damit sagen wollte. Er kam ihr entgegen. »Sie meinen, Sie sind nicht nur bei der Polizei, sondern auch eine Frau?«

»Genau.«
Toby nickte verstehend. »Vor Gericht ist es genauso. Frauen müssen zweimal so gut sein wie ihre männlichen Kollegen, um das gleiche zu erreichen. Und wenn sie sich dann nicht wie brave kleine Mädchen verhalten –«
Sie machte eine abwehrende Handbewegung. »Das ist belanglos. Ich bin nämlich ein großes Mädchen.«
Toby grinste schief. »Gut, willkommen also in der menschlichen Rasse. Warum sind Sie hier?«
»Ich weiß es selbst nicht so genau. Sehen Sie, ich weiß, wonach Sie suchen, und ich weiß, was Sie bislang schon gefunden haben.«
Diese Wendung des Gesprächs gefiel ihm ganz und gar nicht. »Was bedeutet?«
»Sie wissen genau, was ich damit sagen will. Ich muß es nicht noch aussprechen, nicht wahr?«
Toby hustete leicht. »Nein, ich nehme nicht an, daß wir das müssen. Wen wollen Sie denn nun eigentlich aufs Glatteis führen, mich oder sich selbst?«
Barnes überdachte die bestechende Logik dieser Einschätzung. »Weder Sie noch mich, obwohl mein Verhalten das zur Folge haben könnte. Sie hatten Glück, damit davonzukommen, aber es ist Ihnen gelungen, das ist nun einmal eine Tatsache. Und eigentlich hätten Ihnen die Informationen sowieso zugestanden.« Toby beobachtete sie aufmerksam und suchte ihren mageren Körper nach Anzeichen für ein Aufzeichnungsgerät ab. Sie folgte seinem Blick, ebenso wie seinem Gedankengang. »Nein, ich nehme unser Gespräch nicht auf, und es hört auch niemand zu.«
»Darauf habe ich Ihr Wort?« Seine Stimme klang scharf wie bei einem Kreuzverhör.
»Also, ich weiß von den Dateien, die aus der PNC2 kopiert wurden. Ich wußte es von Anfang an, und ich habe nichts unternommen.« Sie fixierte ihn mit strengem Blick. »Reicht Ihnen das?«

»Noch nicht ganz: Vielleicht fungieren Sie ja auch als *agent provocateur*. Möglicherweise versuchen Sie gerade, mir eine Falle zu stellen. Sie kennen das Gesetz ebenso gut wie ich: Selbst wenn Sie mich hereinlegen und mir auf diese Weise ein Geständnis abringen oder mich dazu bringen, eine Straftat zu begehen, macht mich das keineswegs weniger schuldig.«

»Ich bitte Sie nicht, die eine Straftat zu gestehen oder eine andere zu begehen.«

»Eine andere?« fragte er schnell, um sich von jeder Beschuldigung sogleich zu distanzieren. »Das klingt, als wollten Sie andeuten, daß ich in der Vergangenheit bereits ein Verbrechen begangen habe.«

Aufgebracht schüttelte sie den Kopf. »Mein Gott, Ihr Anwälte! Gebt Ihr die Wortverdreherei eigentlich niemals auf?«

Toby grinste blöde, doch dann wurde ihm klar, wie wenig attraktiv er so aussah. »Die Antwort ist nein – und schon gar nicht als Barrister. Zeigen Sie mir einen Juristen, der der Polizei nicht mißtrauisch begegnen muß. Da bleiben doch nur die Anwälte der Staatsanwaltschaft.«

»Ein Punkt für Sie«, gab sie zu. Viel zu häufig schon hatte der Eifer eines Staatsanwalts der Krone ihr eigenes Interesse an einem Fall überschattet: Sie waren meist eher an Hexenprozessen als an der Wahrheitsfindung interessiert.

»Was ich wissen möchte, Ms. Barnes ...«

»›Miss‹ bitte.«

»... ist, warum Sie so reden. Ich bin damit beauftragt, Speakman zu verteidigen, und werde tun, was immer notwendig ist, um ihn vor der Verurteilung zu bewahren. Sie sind hier, um das Gegenteil zu bewirken.«

Sie stemmte die Hände in die Hüften. Er nahm an, daß es eine einschüchternde Pose sein sollte. Fast hätte sie gewirkt. »In diesem Punkt irren Sie sich. Ich glaube, daß

Speakman verurteilt und bestraft werden sollte, wenn er die Morde tatsächlich begangen hat, aber er hat ein Recht auf einen fairen Prozeß. Sie erinnern sich wohl nicht an mich, oder?«

»Sollte ich?«

»Wir haben uns vor sieben Jahren schon einmal getroffen. Damals war ich noch Constable, und Sie trieben sich noch im Magistrates' Court herum, um sich Berufspraxis zu verschaffen. Es war ein Drogenfall, und die Beweislage war dürftig. Ich habe beobachtet, wie sie meinen vorgesetzten Sergeant im Kreuzverhör in die Mangel genommen haben. Er hat sich nach dem Fall in den Ruhestand versetzen lassen, und ich habe mir geschworen, niemals den gleichen Weg zu gehen. Aus der Beobachtung dieses Falles habe ich mehr über Gerechtigkeit erfahren, als ich je auf der Akademie oder durch die Geschichten der altgedienten Polizisten hätte lernen können. Es geht nicht darum, zu gewinnen oder zu verlieren. Es geht um die Wahrheit.«

Toby erhob sich langsam von seinem Stuhl und durchquerte das Zimmer. »Eine sehr bewegende Rede.« Er schritt weiter auf und ab. »So etwas habe ich noch nie von einem Polizeibeamten zu hören bekommen. Nein, das ist definitiv das erste Mal.«

»Was muß ich tun, um Sie zu überzeugen?«

Abrupt blieb er stehen. »Erzählen Sie mir, was Sie verlieren werden.«

Inspector Barnes ließ die Arme sinken. »Als ich zur Polizei kam, glaubte ich, etwas verändern zu können, vielleicht sogar Karriere machen zu können. Aber weiter als jetzt komme ich nicht. Es wird nicht offiziell gesagt, das wäre zu ehrlich. Nein, ich werde mich immer nur in seitlicher Richtung verändern, bis ich pensioniert werde. Aber ich habe niemals die Regeln gebrochen, wissen Sie. Ich habe sie von Zeit zu Zeit vielleicht ein bißchen gebeugt – das ist die einzige Möglichkeit, wie man hier irgend etwas erreichen kann.

Ich dachte immer, daß unser System fair ist, daß es fair sein muß, um weiterarbeiten zu können. Ich habe Sie beobachtet, habe all Ihre Schritte überwacht. Sie sollten solche Winkelzüge nicht nötig haben, um an Informationen zu kommen: Sie haben schließlich ein Recht darauf. Sie werden mir die HOLMES-Datenbank entziehen, sobald sie Ersatz gefunden haben. Ich habe aber etwas gegen meinen Boß in der Hand, womit ich verhindern kann, daß ich degradiert werde. Ich will jedoch noch etwas Richtiges tun, bevor ich gehe.«

Toby war von der leidenschaftlichen Traurigkeit in der Rede der Frau beeindruckt. »Und das wäre?« Aus seiner Stimme war nun jeder Sarkasmus verschwunden.

»Sie wollen wissen, wer der Besitzer des grünen Autos ist, das Pat Barraclough in der Nacht der ersten Entführung gesehen hat.«

Tobys Augenbrauen hoben sich erstaunt. »Das wissen Sie?«

Sie nickte entschlossen, dann ging sie zum Computer. Inspector Barnes schaltete den Bildschirmschoner aus, gab ein paar Befehle ein und wartete geduldig, daß ein Name auf dem Bildschirm erschien. Toby blickte ihr erwartungsvoll über die Schulter.

»Bereiten Sie sich auf einen Schock vor.«

Als der Name erschien, war Toby Sloane keineswegs schokkiert – er war verblüfft.

»Sie hätten es nicht herausgefunden, Mr. Sloane. Wie so viele Einzelheiten in diesem Fall, so wurde auch diese unter einem Berg irrelevanter Dokumente begraben. Viel Glück: Jetzt sind Sie auf sich allein gestellt.«

Er war immer noch zu benommen, um zu sprechen, und er bemerkte nicht, wie die Polizistin den Raum verließ.

Nach einer Weile schnappe er sich den Telefonhörer und rief in Leone Sterns Wohnung an. Sie mußten miteinander reden, mußten besprechen, was als nächstes zu tun war. Das hier war zu viel für einen allein. Niemand hob ab. Er entschloß sich, keine Nachricht auf dem Anrufbeantworter zu hinterlassen. Statt dessen versuchte er, sie im Büro zu erreichen, aber ihre Sekretärin hatte keine Ahnung, wo sie steckte.

»Verdammt, Leone«, murmelte er. »Wo zur Hölle bist du?«

Kapitel 34

Jacobsons Zug brauchte fast eine Stunde bis Oxford. Die Kälte des Spätherbstes hatte sich durch das ineffektive Heizsystem des Zuges gebissen und ließ die Fenster beschlagen. Jacobson kümmerte sich nicht darum. Er wollte gar nicht sehen, wie die Welt draußen vorbeitrudelte. Die gleichförmige Landschaft und der herbstliche Frieden waren nun mal nicht seine Sache. Eine anständige Kneipe und ein Kartenspiel: Das war seine Art von Frieden, seine persönliche Vorstellung von Himmel. Doch er hatte 200 Pfund in der Tasche und einen Job zu erledigen. Er war sicher, daß er die Aufgabe erfüllen konnte, noch bevor das Geld aufgebraucht war. Auch eine Rückfahrkarte hatte er schon gekauft.

Zurück nach Hause. Was für ein Witz! Das Büro bestand nur noch aus Schutt und Asche. Auch seine Kleider waren in Flammen aufgegangen. Wenn seine Mutter nicht seine alten Klamotten aufbewahrt hätte, würde er auch jetzt wieder seinen Trainingsanzug tragen. Aber zum Glück wiederholte sich alles in der Mode, und die Hosen mit dem breiten Schlag und das hautenge T-Shirt aus den »Tagen der Liebe und des Friedens« waren wieder modern. Er beschloß, sie demnächst, wenn er wieder in London war, an der Marktbude loszuschlagen, die sein Cousin betrieb.

Forth hatte ihm gesagt, was er über Berkeley wußte. Es war nicht allzuviel. Tatsächlich handelte es sich sogar um jede Menge Vermutungen. Trotzdem hatte Jacobson ein paar Anrufe getätigt, bevor er an diesem Morgen in den Zug gestiegen war. Wie es schien, waren sie auf der richtigen Spur. Der Bankier war ganz schön in der Bredouille gewesen.

Er kreuzte die Beine übereinander und legte sie auf den

gegenüberliegenden Sitz; der Zug war jetzt nicht mehr allzuweit von Oxford entfernt. Er hatte Forth die Wahrheit erzählt: Er war dort nur zu ein paar Fußballspielen gewesen. Er hatte ihm jedoch nicht gesagt, in welcher Funktion. Damals lief alles ganz gut für ihn. Er war noch gar nicht lange mit der Polizeischule fertig, da wurde er auch schon in die Anti-Hooligan-Truppe aufgenommen und bei den betreffenden Typen eingeschleust. Sein Akzent und seine Herkunft boten ihm die perfekte Tarnung als aggressiver Millwall-Fan, der zu einem Spiel fuhr. Um ehrlich zu sein, er hatte die Gewalt sogar ein bißchen genossen. Nichts allzu Heftiges und Wildes. Dann aber wurde ein Fünfzehnjähriger im Stadion von Oxford United rücklings erstochen. Er selbst wurde in die Sache hineingezogen, und die Tarnung flog auf. Aber der Millwall-Fan schlummerte immer noch in ihm; zumindest hoffte er das.
Das war seine letzte Reise hierher gewesen. Aber er kannte ein paar Oxford-Absolventen. Mit ihrem affektierten Getue kamen sie sofort ins Aufnahmeprogramm bei der Londoner Polizei und verbrachten etwa eine halbe Stunde als Streifenpolizist auf der Straße, bevor sie ins Bramshill Training College weggelobt wurden, um von dort aus eine strahlende Arschkriecherkarriere zu beginnen.
Der Reiseführer, den er sich am Bahnhof gekauft hatte, pries die Schönheit der Stadt an. Die Bodleian Library, die Christchurch und die Isis, die Geschichte, die hier noch lebendig war, die Zeitlosigkeit – für ihn war das alles nichts als Unsinn. Es galt den Kerl zu finden, der versucht hatte, ihn zu braten, und der die Fette Patty abgeschlachtet hatte. Wenn das, was er tun konnte, dazu beitrug, dann war er dafür. Außerdem war es ein Urlaub, in dem ihm alle Spesen bezahlt wurden. Und hier war es sicher.
Ein aufreizend fröhlicher Lokführer verkündete, daß der Zug »in etwa zwei Minuten in unserer wunderschönen Stadt Oxford« eintreffen würde.

Jacobson warf sich seine Sporttasche über die Schulter und schlurfte durch den Waggon, als der Zug seinen Bestimmungsort erreichte. Studenten – mein Gott, die hätte man ja von der nächsten Universität aus noch mühelos erkannt: Pfirsichhaut und übertriebene Willkommensgrüße, Cashmere-Pullover mit Designerlöchern im berüchtigten Verarmter-Adel-Look an den Ellbogen. Und Fahrräder, überall Fahrräder. In London hätten sie dank all der Mountainbike-Diebe schon nach einer Nanosekunde den Besitzer gewechselt.
Auf dem Weg zur Touristeninformation registrierte er die letzten blühenden Blumen und die großartige Architektur. Seine Stimmung verdüsterte sich. Er brauchte einen Drink, aber ein Stadtplan war nun einmal nötig, um sich eine Strategie zurechtzulegen.
Nachdem er sich eine Viertelstunde lang in einer Schlange angestellt hatte, zahlte er schließlich für seine Karte und ging dann in die nächste Kneipe. Die Inneneinrichtung war schäbig: Nackte Glühbirnen hingen von der Decke herab, die Luft war voller Rauch und der Raum selbst voller unrasierter Männer, die Billard spielten und Schnaps tranken, sogar zu dieser Tageszeit. Jacobson seufzte erleichtert – hier fühlte er sich zu Hause. Der Mann hinter der Bar, der seine Bestellung – ein Glas starkes Lager Bier und einen großen Scotch – entgegennahm, war gebührend verdrießlich, obwohl ihm die Bedrohlichkeit fehlte, mit der ein Cockney seinen Job erfüllen würde.
»Haben Sie ein Zimmer?«
Der teiggesichtige Wirt wischte mit einem schmutzigen Tuch ein Glas aus. »Zahlung im voraus, fünfzehn pro Nacht, kein Frühstück, keine Frauen, es sei denn, ich suche sie für Sie aus.«
»Gemacht.«
Jacobson teilte sein Bargeld immer in kleine Portionen auf – auf diese Weise verhinderte er, daß streitsüchtige Trun-

kenbolde ihm für ein Glas Bier eins auf die Nase gaben oder versuchten, ihn zu filzen, wenn der Pub geschlossen hatte. Er holte drei Fünfpfundnoten aus der Tasche und legte sie auf den Tresen.

Nach ein paar weiteren Drinks fühlte er sich erfrischt und bereit, sich den Stadtplan anzusehen. Die meisten Colleges waren im Zentrum der Stadt angesiedelt. Es sah eher so aus, als ob die Stadt um sie herum gebaut worden sei als umgekehrt. Er fand dasjenige, dem sein besonderes Interesse galt, und war äußerst erfreut, als er bemerkte, daß es über ein halbes Dutzend Pubs in Taumelentfernung von diesem College gab. Jetzt fühlte er sich schon viel besser. Tony Jacobson hob sein Glas und trank auf Mr. Jack Forth und Miss Leone Stern. Sie hatten dazu beigetragen, daß er sich wieder wie ein echter Bulle fühlte. Es gab doch nichts Besseres als einen neuen Tag, an dem man einen neuen Job in Angriff nahm. Morgen würde alles wie geschmiert laufen.

»Toby, das meinst du nicht ernst!« Aber sie konnte seinem Gesicht ansehen, daß er es durchaus ernst meinte. Sie hatten sich in einer Snackbar getroffen und saßen einander nun gegenüber. Er sah plötzlich älter aus, niedergedrückt von den dramatischen Informationen, die er soeben erhalten hatte. Toby hatte Leone schließlich in der Bibliothek von Teal, Windle and Crichton aufgestöbert, und der Klang seiner Stimme hatte sie bald davon überzeugt, daß die Neuigkeiten, die er ihr mitzuteilen hatte, zu wichtig waren, um sie am Telefon weiterzugeben. Außerdem hatte sie nach Jacks Entdeckung der Wanzen in ihrer Wohnung ohnehin immer ein ungutes Gefühl, wenn sie über den Fall nicht persönlich und in privater Umgebung reden konnte.

»Hier, ich habe mir eine Kopie des Berichts gemacht.« Ernst und langsam zog er das Dokument heraus, als ob es aus Stein sei. Leone las, wie die Polizei den Besitzer des

Wagens einige Monate nach dem Mord verhört hatte und wie sie ihn durch das TIE-Verfahren von den Nachforschungen ausgeschlossen hatte. In der Nacht, in der Colleen Bridges verschwunden war, hatte das Auto laut Aussage in der Garage gestanden. »Das könnte immerhin auch stimmen. Pat Barraclough ...« Sie senkte die Stimme zu einem leisen Flüstern, als Toby sich nervös umsah. »Sie hatte schließlich das Nummernschild des Fahrzeugs nicht erkannt. Eine solche Vermutung könnte uns ganz schön in die Irre führen.«

»Das habe ich mir auch gedacht, also habe ich auf eine Indexzahl am Ende der Seite geklickt.« Er deutete auf das Papier. Sie hatte keine Ahnung, was das zu bedeuten hatte. »Und es stellte sich heraus, daß sich dahinter die ursprüngliche Aussage von Pat Barraclough verbarg.«

»Die haben wir doch schon«, sagte Leone, »oder nicht?«

»Nein. Was wir haben, ist eine zensierte Version – eine, in der weder das vollständige Nummernschild noch das nähere Aussehen des Autos geschildert werden. Sie muß entweder verwarnt oder bezahlt worden sein. Der Besitzer des Autos hat bestimmt genug Geld und Einfluß, um das zu tun.«

Leone wußte, daß er recht hatte. Er war einer der reichsten Männer des Landes. Und darüber hinaus war Sir Colin Bigg der Besitzer des größten Klienten von TWC – von Bigg Truck Haulage, Speakmans Arbeitgeber.

»Wenn«, begann Toby, »es sich tatsächlich um einen Irrtum handelte, warum hat man die Aussage dann manipuliert?«

»Das macht mir keineswegs die größten Sorgen. Ich frage mich hauptsächlich, warum die Person, die diese Aussage gemacht hat, jetzt im Leichenschauhaus liegt«, antwortete Leone.

»Wir müssen damit zur Polizei gehen«, sagte er nachdrücklich.

»Denk doch mal nach, Toby! Wahrscheinlich war es die Polizei selbst, die die Aussage verändert hat. Glaubst du auch nur einen Augenblick lang, daß sie den Beweis nicht verschwinden lassen werden, wenn wir damit ankommen?«
»Aber ich habe eine Kopie.«
»Und wie bist du daran gekommen?«
Er dachte an Inspector Barnes. »Das möchte ich lieber nicht sagen.«
»Siehst du. Sie würden deine Kopie mit einem Handstreich zunichte machen, und dann ginge es dir an die Kehle, weil wir die ganzen Informationen aus der PNC2 gestohlen haben.«
Er nickte unglücklich, denn ihm war nur allzu klar, daß sie recht hatte. »Jack hat immer gesagt, daß zwischen dem Speakman-Fall und Berkeleys Tod eine Verbindung bestehen muß.«
Toby blickte über den Rand seiner Tasse hinweg. »Was meinst du damit?« Sie mußte ihn jetzt in die ganze Sache einweihen. »Ich habe mich immer gefragt, was TWC mit einem Fall im Strafprozeßrecht zu schaffen hat. Ich dachte, sie würden derlei Fälle nicht mehr vertreten.«
»Das tun sie auch eigentlich nicht. Jeder Fall wurde an kleinere Firmen delegiert, die dort ansässig waren, wo die Straftat begangen wurde.«
»Wird er von der Firma geschützt?«
»Du wirst dein Geld schon kriegen, keine Sorge.«
»Das interessiert mich nicht im geringsten. Ich bin hereingelegt worden!«
Unwillkürlich mußte sie lächeln. »Irgendjemand versucht, jemand anderen zu schützen. Die Polizei ist ganz bestimmt daran beteiligt, oder sie war es zumindest zu dem Zeitpunkt, als die Aussage verändert wurde, aber sie haben keinen Zugang zur Firma. Du darfst auch nicht vergessen, daß Bigg die Torys unterstützt, daß er ein Freund des Premier-

ministers ist. Vielleicht laufen hier ja viele verschiedene Fäden zusammen, nicht bloß einer.«

Toby zog eine Grimasse, als er den Rest seines Kaffees hinunterschluckte. »Aber wir brauchen Beweise. Es hat keinen Zweck, das Büro eines führenden Geschäftsmannes zu stürmen und ihn Gott weiß nicht welcher Straftaten zu bezichtigen.«

»Da hast du recht, Toby. Aber es gibt noch eine Sache, die ich unbedingt wissen möchte.«

»Sprich weiter.«

»Erinnerst du dich, was Pat über die Anzahl der Personen im Auto ausgesagt hat?«

»Ich verstehe, worauf du hinauswillst.«

»Wir müssen in Erfahrung bringen, wer in der Nacht, in der Colleen verschleppt wurde, sonst noch in dem Auto gesessen hat.«

»*Ein* Mensch war ganz bestimmt dabei.«

»Wer?«

»Du glaubst doch nicht, daß Sir Colin seinen Bentley selbst fahren würde, oder?«

»Der Chauffeur, richtig?«

»Genau. Wenn wir ihn finden, haben wir das Bindeglied.«

Kapitel 35

Jacobsons Zimmer stank nach sämtlichen Menschen, die vor ihm darin gewohnt hatten. Der Schmutz hing in dem Sperrholzschrank, bahnte sich seinen Weg über den schmierigen Rasierspiegel und schlummerte in der feuchten Matratze des knarrenden Einzelbettes. Es war noch früh am Abend. Das rotleuchtende Zifferblatt seiner billigen Digitalarmbanduhr erinnerte ihn daran, daß er noch etwas zu erledigen hatte. Bevor der Whisky ihn zu einem frühen Nickerchen gezwungen hatte, hatte er einen Teil des Geldes von Forth für einen Tweedanzug ausgegeben. Er entdeckte ihn in einem Secondhandladen in einer der Seitenstraßen, die vom Cornmarket ausgingen. Ein Paar derbe braune Straßenschuhe, ein weißes, kragenloses Hemd, matte Manschettenknöpfe aus Messing und eine gestreifte Krawatte vollendeten die Kluft. Seine Klamotten hatte er über einen orangefarbenen Plastikstuhl gelegt, der von dem trüben Licht einer schwachen Glühbirne beleuchtet wurde.

Er reckt sich. Die Nacht brach jetzt schnell herein. Noch einmal führte er sich sein Ziel vor Augen. Bars waren der beste Ort, um bestimmte Dinge zu erfahren. Menschen, Klatsch, Tratsch und Geheimnisse. Versuchte man, einen Mann auszufragen, wenn am hellichten Tag die Sonne sein Leben beleuchtete, war das Ergebnis negativ. Erwischte man ihn aber an der Bar, wenn die Nacht hereinbrach und er den Bauch voller starker Getränke hatte, dann kam die Wahrheit an die Oberfläche, um Atem zu schöpfen. Studenten waren gute Trinker, Dozenten ebenso. Er entschloß sich, die Pubs in der Nähe des College abzuklappern, zu beobachten und zu lauschen. Um die Lüge aus dem Land der Akademiker ans Licht zu bringen. Wenn er erste Ergebnisse erzielt hatte, würde er den gefälschten Dienstausweis aus seiner Brieftasche holen, um noch mehr Informationen zu erzwingen. Aber zuerst wollte er den College-Pförtner aufsuchen.

Er erhob sich von der cremefarbenen, muffig riechenden Überdecke, auf der er sich ausgestreckt hatte, klatschte sich etwas lauwarmes Wasser ins Gesicht, kleidete sich an und verließ das Zimmer. Sein ursprüngliches Vorhaben, erst am nächsten Tag mit der Arbeit zu beginnen, hatte er fallengelassen. Unten drängte er sich durch die dicke Luft des schmuddeligen Pub, vorbei an dem Wirt, der seinen Kleiderwechsel nicht zu bemerken schien, und in die Nacht hinaus.

Draußen war es kälter geworden, so daß er die Hände in die Taschen des neu erworbenen Jacketts steckte. Er besaß einen hervorragenden Orientierungssinn und gelangte sofort ans Ziel. Das College war ein dunkles und bedrohliches Gebäude, in dem sich Geister und andere Scheusale wahrscheinlich besonders wohl fühlten. Studenten trieben sich am Eingang herum, Schals um ihre schlanken Hälse gewunden, in den Händen Koffer, Reisetaschen oder ihre Träume. Ein düsterer Wachmann saß in einem Dienstraum rechts neben dem Eingangstor. Sein hageres Gesicht verfolgte jede Bewegung außerhalb seines Reichs. Das mußte der Pförtner sein. Nichts und niemand konnte sich hier ohne sein Wissen oder seine Zustimmung bewegen. Der Mann war etwa Anfang Fünfzig, bekleidet mit einem eleganten schwarzen Jackett, einer Weste und einer dunklen Krawatte. Er nickte kurz, als Jacobson an die offene Tür trat.

»Guten Abend«, grüßte Jacobson.

»Sir«, sagte der Mann knapp und ohne den leisesten Respekt in der Stimme.

»Sie sind wahrscheinlich der Pförtner?«

»Sir.« Sein Ton blieb unverändert.

»Ich meine, Sie sind der Mann, der hier etwas zu sagen hat.«

»Das behaupten manche, Sir, aber ich tue nur meinen Job. Darf ich fragen, was Sie wollen?«
»Informationen!«
»Sind Sie von der Zeitung? Dann habe ich Ihnen nichts zu sagen.«
Jacobson wurde klar, daß er hier den falschen Dienstausweis früher als erwartet einsetzen mußte. Er zog ihn aus der Jackentasche und hielt ihn so, daß sein Gegenüber ihn aufgrund der Entfernung und der schlechten Lichtverhältnisse nicht genau erkennen konnte. »Metropolitan Police: Detective Inspector Denny.« Jacobson sprach mit fester, lauter Stimme.
Der Pförtner stand auf, hieß ihn eintreten, und schloß sie dann leise die Tür hinter ihm. »Eine Tasse Tee, Inspector?«
Jacobson rieb sich die Hände. Vielleicht wartete hier ja ein Schlummertrunk auf ihn. »Etwas Wärmenderes wäre mir lieber.«
Der Pförtner nickte verständnisvoll. Dann griff er in eine Schublade unter dem Schreibtisch. Jacobson hörte das köstliche Gluckern, mit dem der Inhalt einer Schnapsflache in eine Blechtasse gegossen wurde, die der Pförtner ihm alsbald reichte.
»Danke.« Er prostete seinem Spender zu.
»Worum geht es, Sir? Es kommen nicht allzu häufig Beamte der Londoner Polizei hierher.«
»Wie war doch gleich Ihr Name?«
»Briggs, Sir. Die Gentlemen hier nennen mich Beule, obwohl ich nicht weiß, warum.«
Jacobson betrachtete die riesigen Hände des Pförtners und konnte es sich denken. »Wie lange arbeiten Sie schon in diesem Jobs, Mr. Briggs?«
»Nicht ›Mr.‹, Sir. Ich heiße Briggs, und ich bin stolz darauf, so genannt zu werden. Weihnachten bin ich seit zehn Jahren der erste Pförtner hier.«

Es war die Zeit davor, die Jacobson interessierte. »Und davor?« Er trank einen Schluck Whisky.
»Davor war ich fünfzehn Jahre Hilfsportier, nachdem ich zwölf Jahre bei der Durham Light Infantry gedient hatte.«
Das erklärte eine Menge.
»Ich versuche, ein paar ehemalige Studenten ausfindig zu machen.« Briggs Gesicht verdunkelte sich. »Keine Skandalgeschichte, das verspreche ich. Eine reine Routineuntersuchung.«
»Wer sind die Gentlemen?«
Als Berkeleys Name fiel, wurde Briggs' Gesicht hart.
»Ich habe das von Mr. Berkeley in der Zeitung gelesen. Schrecklich, so ein Unfall. Es war doch ein Unfall, oder, Sir?«
»Natürlich war es das. Sie haben doch nichts Gegenteiliges gehört, oder?«
»Ich interessierte mich für Dinge, die das College betreffen.«
»Verständlich, Briggs.« Er wartete auf weitere Informationen.
»Wie ich schon sagte, zu jener Zeit war ich hier Hilfspförtner. Mr. Ashurst hatte damals meinen jetzigen Posten inne. Er war für die Disziplin zuständig.«
»Muß man sich sehr anstrengen, um an einem Ort wie diesem für Disziplin zu sorgen?«
»Heute nicht mehr. Die meisten Studenten konzentrieren sich vornehmlich auf ihr Studium.«
»Und wie war es damals?«
Briggs schwelgte in Erinnerungen. »Einfach anders. Nicht besonders, einfach nur anders.«
Jacobson mußte ihn wieder auf das richtige Thema bringen. »Erinnern Sie sich an Mr. Berkeleys Freunde, an die jungen Männer, mit denen er sich herumgetrieben hat?«
»Er hat sich mit einigen Jungs herumgetrieben, wenn Sie

wissen, was ich meine, aber auf besonders gutem Fuß stand er mit einem der älteren Typen.«

»Können Sie sich an seinen Namen erinnern?«

Der Pförtner schüttelte den Kopf. »Nein, ich weiß nur noch, daß der Kerl ganz schön cool war. Eine Waise, wenn ich mich recht erinnere. Etwas älter als Mr. Berkeley. Hatte sein Examen schon hinter sich. Nicht die gleiche vornehme Abstammung, aber durchaus klug. Sie waren im selben Boot, da bin ich sicher.«

»Wie bitte?«

»Im selben College-Boot – ein Vierer. Mr. Berkeley war der Steuermann, sein Kumpel ruderte. An die anderen Mannschaftsmitglieder kann ich mich nicht erinnern. Ich fand es immer merkwürdig, daß die beiden befreundet waren. Aber es gibt schließlich nichts Seltsameres als –«

»Studenten?«

Die Stichelei ließ den Pförtner innehalten. »Junges Volk«, sagte er mißtrauisch. »Sie haben mir noch gar nicht gesagt, worum es eigentlich geht, Sir.«

Jacobson trank den letzten Schluck aus seiner Tasse. »Ich fürchte, ich tappe genauso im dunkeln wie Sie. Ich folge lediglich meinen Befehlen. Sie wissen ja wahrscheinlich, wie das ist.«

Briggs ging auf die Tür zu. »Wenn das alles ist, Inspector.« Er öffnete sie. Jacobson spürte, wie die kühle Nachtluft in sein behagliches Asyl eindrang.

»Warum ist Mr. Ashurst nicht mehr hier?«

»Traurige Geschichte. Wurde wegen Diebstahls entlassen, bevor ich seine Stelle übernahm.« Er schwang die Tür nun vollends auf und bedeutete Jacobson, sein Büro zu verlassen.

»Lebt er noch?«

Briggs schüttelte den Kopf. »Er trinkt sich zu Tode. Konnte es nicht über sich bringen, Oxford zu verlassen. Liebte das Leben hier zu sehr.«

Jacobson beschloß, der Aufforderung des Pförtners Folge zu leisten und wieder hinauszugehen; wenn er Verdacht schöpfte, wäre die ortsansässige Polizei bestimmt nicht allzu begeistert von seinen schauspielerischen Leistungen als Polizeibeamter. »Wo kann ich ihn finden?«
Briggs blickte angestrengt vor sich hin, als ob er eine wichtige Entscheidung treffen müsse. »Na ja, ich denke, ein bißchen Gesellschaft könnte dem armen alten Kerl nicht schaden. Er wird dort sein, wo er jede Nacht ist: im White Hart in der St. Aldates Street.« Jacobson hatte aus seiner Kartenlektüre noch in Erinnerung, wo die Straße lag. »Und nehmen Sie das, was er sagt, nicht so ernst: Er ist ziemlich verbittert.« Briggs blickte ihm gerade ins Gesicht. »Es wäre bestimmt nicht gut, wenn Sie ihm sagen, daß Sie sich mit mir unterhalten haben.«
Weitere Fragen zu dieser Geschichte waren wohl nicht nötig. Jacobsen konnte sich gut vorstellen, was geschehen war. Er spürte, wie der kühle Blick des Pförtners sich in seinen Rücken bohrte, als er fortging.
Der White Hart Pub war nur fünf Gehminuten entfernt. Jacobson rannte seinem Ziel förmlich entgegen. Billiger Scotch, wie er ihn gerade getrunken hatte, vermochte die Bedürfnisse seines Körpers nicht zu befriedigen, und die neuen alten Schuhe begannen, an den Fersen zu scheuern. Er wollte sie so bald wie möglich loswerden.
Es handelte sich um ein ruhiges Lokal. Ein paar Gäste saßen an dunklen Eichentischen und sprachen mit leisen Stimmen, als befänden sie sich in einer Kathedrale. Jacobson beschloß, sich ebenfalls unauffällig zu verhalten.
Die Kellnerin mit den niedergeschlagenen Augen brauchte ein paar Sekunden, um sein Bedürfnis nach Flüssigkeit zu stillen. Dann nippte er nachdenklich an seinem Drink, während er mit den Augen nach Ashurst suchte. Im Geiste versetzte er sich einen Tritt in den Hintern, weil er Briggs keine Beschreibung des Expförtners abgerungen hatte.

Doch er rief sich ins Gedächtnis, daß es zur Katastrophe hätte kommen können, wenn er noch weitere fünf Minuten geblieben wäre.

Die Bar wurde ausschließlich von Männern frequentiert: keine Obstpressen, keine Reklame, kein Tand oder Blumen, keine Messinggeländer oder leere Versprechungen von Karaoke-Veranstaltungen oder Pub-Ratespielen. Die Decke war dunkel und niedrig; alte Balken schlängelten sich wie dicke Arterien darüber hinweg. Die Wände waren dick verputzt und ohne jeden Schmuck. In der Ecke saß ein massiger Mann, der in ein flackerndes Feuer blickte. Vor ihm auf einem niedrigen Tisch stand ein leeres Bierglas und noch eines mit einem Rest Rum. Jacobson konnte einen Betrunkenen auf fünfzig Meter Entfernung erkennen. Die geplatzten Äderchen auf seiner Nase schienen im Licht des Feuers rot zu glühen. Rum, na gut, und verbittert, sehr verbittert.

Jacobson bestellte die Getränke und stellte sie vor den Mann auf den Tisch. Dieser bewegte sich nicht, ließ nicht einmal erkennen, ob er Jacobsons Anwesenheit überhaupt bemerkt hatte.

»Was immer Sie verkaufen, ich kaufe nichts«, flüsterte er schließlich mit schwerer Zunge und in eindeutigem Cotswolds-Akzent.

»Sie haben sich nicht verändert, Mr. Ashurst«, wagte Jacobson zu sagen. Da wandte der Mann den Kopf, um den Spender seiner Getränke in Augenschein zu nehmen. Seine Augen glänzten fiebrig, wie bei jedem Alkoholiker.

»Ich erinnere mich nicht an Sie.«

Jacobson nahm nicht an, daß das Gehirn eines Säufers besonders gut war. »Überrascht mich nicht. Ist jetzt sicher schon zwanzig Jahre her.« Er setzte sich auf den Stuhl gegenüber. »Klar, daß Sie sich nicht an mich erinnern, aber ich erinnere mich an Sie. Wer in Oxford würde Ashurst nicht kennen? Seit meinem Hinauswurf aus Merton bin ich

heute zum ersten Mal wieder hier.« Jacobson erinnerte sich an den Namen des Colleges aus dem Touristenführer.
»Ach, Sie auch?« fragte Ashurst, bevor er seine Aufmerksamkeit wieder den züngelnden Flammen zuwandte.
»Ein Mißverständnis«, erklärte Jacobson.
»Bei mir nicht. Es war eine Falle«, fuhr er in einem Ton fort, als ob er davon ausging, daß die Geschichte sein Gegenüber sowieso langweilte.
Jacobson beschloß, einen weiteren Schuß ins Blaue abzugeben. »Dieser Hund Briggs. Wir haben doch alle davon gehört.«
Ashurst hob das Rumglas und trank es in einem Zug leer. »Sie sind gut informiert. Der Schweinehund war von Anfang an hinter meinem Job her – dann hat er die Gelegenheit erkannt und beim Schopf gepackt. Wie auch immer. Warum interessiert Sie das nach all den Jahren?«
Jacobson blickte ebenfalls ins Feuer; das war wohl im Augenblick das Beste. Er kippte den Inhalt seines Glases hinunter. »Ich bin in den letzten Jahren ganz gut klargekommen.«
Der alte Mann besah sich Jacobsons Kleider. »Das ist ein maßgeschneiderter Anzug, aber er ist nicht für Sie angefertigt worden.«
»Gut beobachtet«, gab er zu. Ashurst war vielleicht ein Alkoholiker, aber geistig war er noch voll auf der Höhe. »Ich bin Privatdetektiv.« Das war die erste wahrheitsgemäße Bemerkung, die er an diesem Abend von sich gegeben hatte.
»Und das ist eine Verkleidung, nehme ich an«, beendete Ashurst den Satz für ihn.
»So etwas in der Art.«
Jetzt wußte er Bescheid. Jacobson wartete ab, was der verbitterte Mann als nächstes sagen würde.
»Wenn Sie das College in den Schmutz ziehen wollen, dann brauchen Sie mir nur etwas zu zahlen, und ich liefere

Ihnen die Informationen, die Sie brauchen. Ich schulde diesen Scheißkerlen gar nichts. Ich bin sicher, daß Sie mich nicht kennen, und wenn wir einander je begegnet wären, würde ich mich an Sie erinnern, betrunken oder nicht. Also, fünfzig Mäuse auf die Hand, wenn ich zufällig was weiß, und Sie bezahlen alle Drinks.«

Jacobson grinste, bis seine Gesichtsmuskeln schmerzten. Dieser Mann war in seinen besseren Zeiten sicherlich furchteinflößend gewesen. Briggs hatte sich vermutlich einen besonders miesen Trick einfallen lassen müssen, um ihn loszuwerden. Er holte fünfzig Pfund aus zwei verschiedenen Taschen seines Anzugs. Dann bestellte er noch eine Runde und erläuterte, wonach er suchte.

Ashurst nickte ernst. »Die Berkeleys dieser Welt sind immer Diebe – seit Generationen. Der Unterschied ist nur, sie sind damit davongekommen. Der kleine Wichser ist sogar mal auf frischer Tat ertappt worden, als er sich gerade am Safe bediente. Er war schwach – schwach und dumm. Der andere, Crichton, ja, das war ein finsterer Geselle. Und wirklich klug: Er hat ein Forschungsstipendium im Ausland bekommen – weiß nicht mehr, wo.«

»Fahren Sie fort«, ermutigte Jacobson ihn.

»Berkeley wurde zur Verantwortung gezogen, Crichton nicht. Er hat die ganze Sache in Ordnung gebracht. Sie durften sogar zum Bootsrennen antreten. Der kleine Berkeley war richtig stolz darauf. Hat sich und den anderen immer als boatmen – als Bootsmänner – bezeichnet.«

Jacobson machte sich im Geiste eine Notiz. »Er war ein einsamer Wolf, dieser Crichton. Wie die Dozenten – außer einem, aber den Namen habe ich vergessen. Jedenfalls werde ich mich immer daran erinnern, daß er wie ein Besessener auf der Isis gerudert ist. Ich weiß noch, wie ich ihm dabei zugesehen habe. Als ob er das Wasser haßte – hat richtiggehend hineingeschlagen. Er konnte das Boot allein vorwärts bewegen, aber wenn er am Ende des Rennens ausstieg, war er immer besonders vorsichtig. Er sprang mit einem Satz ans Ufer.«

Jacobson glaubte schon, daß Ashurst langsam zu phantasieren begann, als dieser mit ruhiger Stimme fortfuhr. »Und dann war da die Sache mit dem Mädchen.« Er beugte sich vor, das Rumglas in der Hand. »Ich habe nie die ganze Geschichte in Erfahrung bringen können, dabei entging mir sonst nie etwas. Der Dekan hat sie strikt unter Verschluß gehalten. Muß wirklich schlimm gewesen sein. Wissen Sie, je weniger man erfährt, um so schlimmer ist es doch meist. Ich habe nie herausgefunden, welcher es war, aber man bezahlte dem Mädchen eine ansehnliche Summe, damit sie den Mund hielt. Sie war eine Nutte, die eine Vorliebe für gebildete Schwänze hatte. Hat in der Nacht wohl mehr bekommen, als sie wollte.«

Das war genau das, was Jacobson hören wollte. Er wußte nicht, ob Forth dies helfen würde, aber zumindest würde weiterhin Geld fließen. »Was ist passiert?«

»Noch zwanzig Mäuse?«

»Hinterher, wenn es die Information wert ist.«

Ashurst warf einen listigen Blick in sein Glas. Die Kellnerin hatte an der Bar bereits nachgeschenkt.

»Achten Sie drauf, daß die Geschichte gut wird«, warnte Jacobson ihn, nachdem er die Gläser geholt und auf den mittlerweile überfüllten Tisch gestellt hatte.

»Sie ist beinahe fast in der Isis ertrunken – oder besser gesagt: Sie wäre fast von jemandem ertränkt worden. Wenn ein paar andere Studenten nicht gerade nackt dort herumgeschwommen wären, wäre sie gestorben.«

Jacobsons Gedanken wanderten zu dem zurück, was Forth ihm von König Artus erzählt hatte. Er führte sich den feuchten Tod der Fetten Patty vor Augen, aber da war Berkeley schon zwei Wochen tot gewesen.

»Welcher der beiden war es?«

»Ist das wichtig? Das ist Geschichte, genau wie ich. Keiner

hat je etwas gesagt, noch nicht einmal das Mädchen. Aber fragen Sie sie doch selbst.«

Der Ruf zur Bedienung drang durch die gedämpfte Stille des Pub.

»Wo finde ich sie?« fragte Jacobson. »Wie wäre es mit den zwanzig Mäusen?« Er langte in die Hosentasche.

»Jetzt kostet es dreißig«, forderte Ashurst. Jacobson knallte das Geld auf den Tisch. Ashurst kritzelte die Adresse auf die Rückseite eines Bierdeckels und reichte ihn herüber. »Sie arbeitet immer noch als Nutte, habe sie selbst vor ein paar Jahren mal gehabt. Habe sogar versucht, sie über diese Nacht auszufragen. Sie hat kein Wort gesagt, kein Wort. Habe aber auch nie versucht, ihr Geld dafür zu geben. Noch einen für unterwegs?«

Jacobson verkündete dem gerissenen Expförtner, daß die nächste Runde auf dessen Kosten gehen würde. Ashurst warf ihm ein schräges Lächeln zu. »Nein. Ich denke, ich habe genug für heute.«

Der Privatdetektiv suchte eine Telefonzelle, um Jack Forth zu Hause anzurufen. Keiner hob ab – er schien vergessen haben, seinen Anrufbeantworter einzuschalten. Jacobson blätterte in seinem zerfledderten Notizbuch nach der Nummer, die Leone Stern ihm gegeben hatte, als er versucht hatte, die Fette Patty zu finden. Hier meldete sich nur der Anrufbeantworter. Nach dem Piepton hinterließ er eine Nachricht.

»Miss Stern, hier ist Jacobson. Ich bin in Oxford und folge der Spur, auf die Jack mich angesetzt hat. Sie nannten sich die ›Boatmen‹: Ich weiß nicht, ob Ihnen das irgend etwas sagt. Und ich habe noch eine andere heiße Spur. Allerdings geht mir jetzt langsam das Geld aus. Ich rufe morgen noch mal an.«

Kapitel 36

Als Jack den Volvo seines Vaters aus der hellen Wintersonne in die Dunkelheit des Parkhauses im Zentrum von Oxford fuhr, rieb er sich die müden Augen. Er parkte, zog sich ein Ticket und legte es auf das Armaturenbrett. Jacobson hatte zwei Nachrichten auf seinem Anrufbeantworter hinterlassen. Beim zweiten Mal hatte er seine Adresse genannt. Jack brauchte noch mehr Informationen. Die Nachrichten hatten ihm gezeigt, daß sie auf der richtigen Spur waren, aber er hatte keine Ahnung, wohin diese sie führen würden.

Oxford war eine Stadt mit gespaltener Atmosphäre. Die prunkvollen alten Colleges und Kirchen standen wie Rosen zwischen den Dornen der Betonbauten der sechziger und den grellen Gebäuden der achtziger Jahre. Man mußte kein Künstler sein, um den starken Kontrast zwischen dem, was die Stadt früher einmal gewesen war, und dem, was inzwischen aus ihr geworden war, zu bemerken. In den Straßen wimmelte es von Touristen, die die geduckte, heruntergekommene, graue Architektur des Stadtkerns bereitwillig ignorierten. Sie achteten lediglich auf jene Baulichkeiten, die die Touristenführer und Karten als »sehenswert« qualifizierten.

Jack folgte Jacobsons Instruktionen, bis ein verfallenes Schild ihm sagte, daß er den bewußten Pub erreicht hatte. Zuerst klopfte er nur an, dann hämmerte er so lange gegen die Tür, bis sich etwas bewegte. Eine stattliche Frau mittleren Alters, die einen Schal um den Kopf und Pantoffeln an den Füßen trug, öffnete einen Spaltbreit und spähte hindurch.

»Er ist noch nicht wach«, sagte sie mürrisch. »Der Pub öffnet erst um elf. Kommen Sie dann wieder.«

Jack nahm an, daß sie vom Wirt gesprochen hatte. »Ich möchte aber einen von Ihren Gästen besuchen.«
»Ich bin nur die Putzfrau. Sonst weiß ich gar nichts. Aber die Gäste gehen sowieso durch die Hintertür.«
Sie knallte ihm die Tür vor der Nase zu. Er trottete durch eine heruntergekommene Gasse und an jeder Menge leerer Bierkästen vorbei, bis er eine Tür fand, von der die grüne Farbe bereits abblätterte. Sie war offen. Er betrat den dunklen Flur. Kein Tageslicht konnte von draußen hineinfallen. Jack fand das wacklige Geländer und tastete sich zum ersten Treppenabsatz hinauf, wobei er über zwei muffig riechende Matratzen stolperte.
»Jacobson?« Seine Stimme hallte von den schiefergrauen Wänden wider. Vorsichtig klopfte er an die verfallenen Türen der beiden Zimmer, doch niemand antwortete. Jack stieg zum nächsten Treppenabsatz hinauf. Die Luft hier roch stark nach Ammoniak. Er rief erneut: »Jacobson? Ich bin's: Jack Forth.«
Er blickte sich suchend im Obergeschoß um. Eine beigefarbene Tür mit der Aufschrift »11« stand halb offen. Jack rief abermals. Plötzlich hörte er ein Stöhnen. Er stieß die Tür so heftig auf, daß sie gegen einen Gummipfropfen auf dem Boden prallte und wieder zu ihm zurückschwang. Er hielt sie mit der Hand auf und spähte in das Zimmer; es war armselig und duster. Seine Augen fielen auf eine zusammengesunkene Gestalt auf dem Bett, die sich nicht bewegte. Leise betrat er den Raum. »Jacobson?«
Die Gestalt auf dem Bett drehte sich zu ihm um. Es war Jacobson, aber sein Gesicht war völlig geschwollen, und eines seiner Augen schwarz wie Tinte.
»Mein Gott, was ist geschehen?«
Das blutunterlaufene Auge öffnete sich langsam und schloß sich vor Schmerz schnell wieder.
»Streiten Sie sich niemals mit einem Schotten über Fußball, Mr. Forth. Dieses Volk kann sehr überzeugend sein.«

Jacobson fuhr sich suchend mit den Fingern über das Gesicht. »Sieht aus, als hätten sie das Streitgespräch verloren. Wie schlimm ist die Verletzung?«
Jacobson mußte sich anstrengen, um sich aufrecht hinzusetzen. »Keine bleibenden Schäden. Die Rippen tun ein bißchen weh.«
»Haben Sie die Polizei verständigt?« fragte Jack, bedauerte aber die Frage sofort, als er sah, wie sich ein ironisches Grinsen auf Jacobsons zerschundenem Gesicht ausbreitete.
Der Privatdetektiv griff nach den Zigaretten auf dem Nachttisch, zündete sich eine an und atmete dankbar den Rauch ein. »Vergessen Sie es, Mr. Forth, meine Sache. Wird die Ermittlungen sicher nicht beeinflussen.«
Jack blickte sich in dem schmutzigen Zimmer um und lächelte über den großspurigen Begriff, mit dem der Detektiv seine Aufgabe umschrieb. Er bemerkte einen kleinen elektrischen Kessel, der in einer gefährlich aussehenden Steckdose am Fuße der Wand unter dem Fenster eingestöpselt war. Also kochte er zwei Tassen Kaffee, während Jacobson alles wiederholte, was er am Abend zuvor erfahren hatte.
»Ich habe die Adresse aufgesucht, die Ashurst mir gegeben hat. Das Haus war mit Brettern vernagelt. Sieht aus, als stehe es schon geraume Zeit leer.«
Jack gab dem Mann eine zerkratzte Tasse und beobachtete, wie dieser eine Flasche Whisky unter dem Bett hervorzog und einen kräftigen Schluck davon in das dunkle Gebräu goß. Jacobson schien ihm die Flasche erst anbieten zu wollen, besann sich dann jedoch eines Besseren. »Vielleicht später«, murmelte er.
Jack setzte sich auf einen knarrenden Stuhl. »Und was dann?«
Jacobson nippte an seinem Irish Coffee. »Nachdem ich dann hier angekommen war, habe ich mit dem Wirt einen getrunken und Frieden mit ihm geschlossen.« Jack wollte

nicht wissen, warum zwischen ihnen überhaupt Krieg ausgebrochen war. »Er kennt eine Menge Nutten hier in der Gegend – *sie* kennt er auch, weiß aber nicht, wo sie wohnt. Er konnte mir aber sagen, in welchen Pubs sie nach Kundschaft sucht. Und genau die werde ich heute abklappern.«

»Und was soll ich tun? Ich meine, es muß doch einen Grund haben, warum Sie mich gebeten haben, herzukommen.«

Jacobson nickte. »Lassen wir den Pferden ihren Lauf, Mr. Forth.«

»Ich heiße Jack.« Jacobson nickte wieder. »Und wohin läuft Ihrer Meinung nach dieses spezielle Pferd?« fragte Jack.

»Wir müssen mehr über Berkeley und Crichton in Erfahrung bringen. Es scheint offensichtlich zu sein, daß die Kreise, in denen die Herren zu verkehren pflegten, kaum Zeit für einen Exbullen mit einer besonderen Vorliebe für Schnaps opfern werden, und mit diesen Kriegsverletzungen komme ich vielleicht noch in einen anständigen Pub, aber bestimmt nicht in so ein vornehmes College.«

Das fand Jack logisch. »Müssen wir dem College denn überhaupt einen Besuch abstatten?«

»Um ehrlich zu sein, ich weiß es nicht, aber wir brauchen noch ein paar Hintergrundinformationen. Von der Nutte erfahre ich wahrscheinlich, was in jener Nacht am Fluß passiert ist, aber das reicht nicht. Es ist Jahre her. Sie müssen über diesen Crichton mehr in Erfahrung bringen.«

Jack dachte nach. Jacobson hatte recht. Er konnte sich sowieso nicht auf sein eigenes Leben konzentrierten, bis dieser Fall nicht endlich gelöst war. Wenn er sich weigerte, bedeutete das schon wieder, daß er die Flucht ergriff, und das hatte er sein Leben lang schließlich zu Genüge getan.

»Wo soll ich anfangen?«

Jacobson schwang die Beine aus dem Bett und reckte die Arme, um seine Muskeln, die von der Prügelei steif waren

und schmerzten, etwas zu lockern. Beinahe hätte er dabei seine Kaffeetasse, die mittlerweile auf dem Boden stand, dabei umgeworfen. »Ich habe einmal für einen richtigen Polizisten, einen Detective namens Boardman, gearbeitet, der mittlerweile pensioniert ist. Er sagte immer: ›Grabe tief, bis du auf Grund stößt, und dann grabe noch tiefer.‹«
Jack sah verwirrt aus. »Ich habe es damals zuerst auch nicht verstanden, aber er meinte folgendes: ›Je dunkler das Geheimnis, um so tiefer muß man graben.‹ Kehren Sie zu den Ursprüngen zurück. Finden Sie heraus, wer Crichton ist, wie seine Geschichte lautet, wer seine Eltern waren, diese Dinge. Wenn sie das ausgraben, dann werden Sie auf sein Geheimnis stoßen.«
»Was, wenn er keines hat?«
Jacobson zog seine neuen Tweedhosen an und schloß den Hosenknopf. »Wir alle haben eines, Jack. Ich weiß, daß ich welche habe. Mögen sie für immer begraben bleiben. Und ich wage zu behaupten, daß Sie auch welche haben.«
Jack gab keine Antwort, denn er kannte die Wahrheit noch immer nicht – nicht, solange er sich nicht hypnotisieren ließ. Er zog die dünnen Dralonvorhänge auf, während Jacobson weitersprach. »Nein, wenn dieser Kerl wirklich Artus ist, dann liegen seine Spuren unter Tonnen von Schutt begraben.« Er gab Jack Forth einen schnapsbesudelten Reiseführer. »Hier gibt es so eine schicke Bibliothek. Nennt sich ...«
»Bodleian Library«, beendete Jack den Satz. »O. K., da fange ich an. Und Sie?«
Jacobson zog eine Grimasse und knöpfte sich das helle Hemd bis zum Hals zu. »Auch ich werde ein bißchen graben. Die Nutten gehen bis zum Einbruch der Nacht nicht auf Jagd. Doch dann suche ich nach ihr. Warum treffen wir uns nicht um zehn Uhr auf ein Glas Bier? Bis dahin wissen wir beide wahrscheinlich mehr.«
»Aber nicht hier«, antwortete Jack.

»O. K., aber so, wie ich momentan aussehe, kann ich nirgends hingehen, wo es allzu vornehm zugeht.« Jack betrachtete die kuriose Gestalt von oben bis unten. Er konnte nicht widersprechen. »Es gibt einen Pub mit Namen White Hart in der Nähe von Carfax. Da warte ich auf Sie, hoffentlich in Gesellschaft.«

»Sie könnten ein paar neue Klamotten brauchen, Jake.« Er beobachtete, wie Jacobson sich die gestreifte Krawatte um den Hals band und dann das schlecht sitzende Jackett überwarf.

»Die *sind* neu.« Er wandte sich um und blinzelte dem lächelnden Jack unter Schwierigkeiten zu. »Für mich jedenfalls. Sind Sie durch den Hintereingang gekommen?« Jack nickte. »Verlassen Sie das Haus auf dem gleichen Weg.«

»Keine weiteren Prügeleien wegen Fußball, ja?«

Jacobson grinste und ging zur Tür. »Jack? Wenn meine Mutter stirbt, dann kriegen Sie den Job. Um zehn heute abend. Viel Glück.«

Bis zur Bibliothek brauchte Jack zu Fuß eine halbe Stunde, denn er machte einen Umweg über Crichtons College. Er zeigte seinen Presseausweis und behauptete, eine Zeichnung für die *Vogue* machen zu wollen. Dann konnte er in aller Ruhe die Liste früherer Collegemitglieder durchgehen, die den Sprung vom Studenten zum Absolventen geschafft hatten. In goldenen Lettern waren die Namen in eine Eichenplatte eingelassen worden, und sowohl Crichtons als auch Berkeleys Name standen darauf, wenn auch in verschiedenen Spalten. Crichtons Geburtsdatum würde bei Jacks Nachforschungen in der Vergangenheit dieses rätselhaften Mannes sicher wichtig werden.

In der Bibliothek studierte er zunächst den Gebäudeplan, dann ging er in den Lesesaal, in dem er tatsächlich eine unbesetzte Nische fand. Das Jahrbuch des College bestätigte die Verbindung zwischen Berkeley und Crichton: die

Tatsache, daß sie zur selben Zeit auf demselben College gewesen waren, die Noten, die sie erhalten hatten. Außer diesen Informationen vermittelten ihm die Collegeaufzeichnungen jedoch nur wenig Neues über Rex Crichton. Jack war jedoch von den Artikeln fasziniert, die sich mit den zukünftigen Jobs der stolzen Absolventen befaßten. Berkeley würde – ganz linientreu – in die Bank seiner Familie eintreten. Crichton jedoch gebührte die besondere Gratulation des Autors dieses Jahrbuchs. Er notierte sich einen kleinen Auszug:

> Crichton, Rex Frazer LLB (Oxon) reist in die USA, um seine Studien des Rechts nach den Sommerferien dort fortzusetzen. Mr. Crichton, der den Oliver Wendell Holmes Price für Jurisprudenz gewonnen hat, promoviert über das Thema »Gesetzeskonflikte« an der Yale-Universität. Außerdem beabsichtigt er, im Juni allein den Atlantik zu überqueren und den Erlös seiner Reise der gemeinnützigen Stiftung Dr. Barnardos zur Verfügung zu stellen. Wir gratulieren ihm und seiner Familie wegen seiner bemerkenswerten Leistungen.

Irgend etwas war wichtig an dieser Nachricht. Jack wußte es. Jacobson hatte sein Gespräch mit Ashurst wiedergegeben, dem in Ungnade gefallenen Pförtner, der sich vage daran erinnerte, daß Crichton im Ausland weiterstudiert hatte. Aber da war noch etwas. Jack ließ die Gedanken zurückwandern, versuchte den Hauch einer Erinnerung wiederzuerlangen. Er schloß die Augen in der Absicht, sich genug zu entspannen, um in die Vergangenheit reisen zu können. Da gab es etwas, das er seinem zögernden Gedächtnis einfach nicht abringen konnte oder wollte. Aber wenn es dort schlummerte, würde es irgendwann auch wiederkommen. Es hatte keinen Zweck, wenn er sich jetzt quälte.

Fieberhaft blätterte Jack die College-Jahrbücher durch, bis er auf das Jahr 1978 stieß. Das war drei Jahre nach Crichtons Abreise gewesen. Da war es. Zumindest stand sein Name wieder dort.

> Dr. Rex Crichton war zu Beginn des Wintersemesters Ehrengast auf dem Campus. Erfolgreich hat er im Sommer desselben Jahres seine alleinige Reise über den Atlantik beendet und wird dem hiesigen Repräsentanten der Dr. Barnardo-Stiftung einen Scheck von über 30 000 Pfund überreichen. Seine Promotion hat der junge Mann, ein früheres Mitglied des College, an der Universität von Yale absolviert. Er schlug einen renommierten Posten als Dozent für Jurisprudenz aus und kehrte nach England zurück, um dort eine Kanzlei zu eröffnen. Gleich darauf wurde er als Anwalt zugelassen. Wir wünschen ihm für die Zukunft alles Gute und hoffen, daß er abermals als unser geschätzter Gast zu uns zurückkehren wird.

Er wußte von Leone, daß Crichton die Gelegenheit namens Teal und Windle beim Schopf gepackt und die Firma mit Schwung in die boomenden Achtziger geführt hatte. Aber das war Leones Fachgebiet. Er wollte sich darauf konzentrieren, was diesen Mann zu dem gemacht hatte, was er war. Jacobson hatte recht: Wenn man sein Geheimnis fand, so hatte man auch den Schlüssel zu dem Menschen gefunden. Aber wo sollte er suchen? In dieser riesigen Bibliothek gab es Tausende von Büchern, würde auch nur eines von ihnen ihm den Schlüssel zur Vergangenheit weisen? Jacobson hatte vorgeschlagen, in Crichtons Familiengeschichte nachzuforschen. Er war kein Genealoge, er hatte noch nie versucht, einen Familienstammbaum nachzuzeichnen. Wo sollte er nur anfangen? Der Bibliothekar war ihm eine große Hilfe: Wenn der Betreffende recht bekannt sei, dann könne man beim *Who's Who* beginnen. Wenn er jedoch ein Mitglied des Adels sei, so finde man im *Debrett's* oder in *Burke's Peerage* sicher weitere Informationen. Und sämtliche dieser schweren Folianten standen in den Regalen.

Obwohl der Name Crichton durchaus im Adelsregister vertreten war, trug keiner der Abkömmlinge den Vornamen Rex Frazer. Das überraschte Jack nicht. Crichton besaß viel zuviel Energie, um von adeliger Herkunft sein zu können. Also wandte Jack sich dem *Who's Who* zu. Der Anwalt wurde tatsächlich dort genannt, weil er das Amt des »Recorder« innehatte, also quasi als »Hilfsrichter« fungierte. Außerdem wurde dort sein Geburtsdatum vermerkt sowie der Geburtsort: Exeter. Jack schauderte, als er sich daran erinnerte, daß die Leichen der Mädchen im Umkreis dieser Stadt gefunden worden waren. Aber die Polizei hatte ja auch nach einem rasenden Mörder gesucht, nicht nach dem angesehenen Anwalt einer Kanzlei der Hauptstadt. Jack war jetzt sicherer denn je, daß Crichton der Mörder war. Aber welche Beweise konnte er beibringen? Die Polizei und die Öffentlichkeit hatten Speakman. Sie hatten kein Interesse an anderen Verdächtigen. Jack brauchte etwas Konkretes, womit er Crichton festnageln konnte, aber wie sollte man einen Eisennagel in dichten Nebel treiben?

Kapitel 37

Vorsichtig legte er den Hörer wieder auf die Gabel, viel vorsichtiger, als es seiner Wut entsprochen hätte. Der Tag hatte so gut begonnen: eine Einladung zu einer Gartenparty im Palast war nur das Zweitbeste im Vergleich zu dem offiziellen Ernennungsschreiben des Lord Chancellor, das ihn in seiner Eigenschaft als Richter am High Court bestätigte.

Richter Crichton. Er hatte sich die Worte auf der Zunge zergehen lassen, hatte sich an dem Klang der Laute ergötzt, während er duschte. Endlich war er zu seinem Recht gekommen, dachte er, als er mit einem rauhen Bimsstein über das Narbengewebe rieb, das sich auf seinem Oberkörper und seinen Lenden wie eine Ansammlung kleiner Flüsse ausnahm. Rosafarbene Wülste hoben sich gegen seinen restlichen makellos alabasterfarbenen Körper ab. Durch jahrelange Anstrengung hatte er die eigene Wiedergeburt gesucht und gefunden. Der Brief versprach die Krönung der vollständigen, unwiderruflichen Akzeptanz. Und dann war der Anruf gekommen.

Es war schon einige Zeit her, daß er zuletzt mit dem verhaßten Sir Colin Bigg gesprochen hatte. Nach jener Feier im Explorer's Club vor fünf Jahren hatten sich ihre Wege nur in den dringendsten Geschäften gekreuzt. Und selbst dann waren Biggs' Augen voller stummer Anklage gewesen, obwohl er weder die Vorstellungskraft noch den Mut besaß, sich überhaupt zu wünschen, die Wahrheit über jene Nacht und die Zeit danach zu erfahren. Aber heute hatte die Stimme des Geschäftsmannes vor Panik gezittert.

Crichton ließ seine Gedanken zu dem Mädchen zurückwandern, dem ersten englischen Mädchen – oder war sie

Irin gewesen? Er wußte es nicht mehr: Stumme Tränen des Schmerzes und der Angst besaßen keinen Akzent, kein besonderes Kennzeichen, anhand derer er sie auf ihrem Pfad der Erleuchtung, der zur wahren Erkenntnis führte, nachträglich noch hätte identifizieren können. Berkeleys Wohnung. Das Mädchen, das in schmutziger Unterwäsche vor ihnen tanzte, das mit mühsamen Beckenstößen versuchte, den ungeschlachten Transportunternehmer ebenso wie den grinsenden Bankier und den anderen zu erregen. Alle waren sie nackt gewesen, alle streichelten sie, wenn sie vorbeikam, und liebkosten ihr eregiertes Glied, wenn sie weitertanzte. Dünne Rippen und bleiche, unbehaarte Beine, und dann er, Rex, König und Kanzler, Richter und Geschworener, Beichtvater und Vollstrecker, der den wahren Wunsch des Mädchen in heißer Umarmung willkommen hieß.
Mit jeder Bewegung ihres Körpers hatte sie ihn damals in jenem dunklen, schwülen Zimmer angefleht, sie der einen, der großen Wahrheit zuzuführen. Er konnte sie einfach nicht enttäuschen. Wie hätte er ihr, wie hätte er *irgend einer* von ihnen das versagen können, worauf sie vom Augenblick ihrer Geburt an ein Recht hatten? Sie wuchsen in gewöhnlichen Wohnsilos auf; die hellen Lichter der von Menschen wimmelnden Städte gaukelten ihnen mit ihren grellen Neonschriftzügen vor, daß sie willkommen waren, ihre müden, kleinen, abgenutzten Körper und ihr besudelter Geist.
Bevor er sie tötete, untersuchte er sie auf Makel, Defekte, Leberflecken, Muttermale oder Narben. O ja, immer nach Narben, denn *sie* waren das lebendige Zeugnis für die leibliche Existenz, für Bewußtsein, für Reife. Er hatte für herrlich vernarbte Mädchen von Bogota bis Saigon bezahlt, aber keine hatte es mit ihm aufnehmen können. Wenn sie ihn gesehen hatten, ihn in starrer Faszination beobachtet hatten, wie er sich das nahm, was sie ihm in Wirklichkeit

sowieso voller Freude geben wollten, sahen sie das Zeugnis seiner Existenz auf seiner Haut. Wenn er ihnen die Augäpfel herausdrückte, um diese letzte Vision in ihre Seelen einzubrennen, wußte er, daß sie seine mangelhafte Vollkommenheit liebten und die besudelte Schönheit seiner Haut bewunderten.

Woher hätte er wissen sollen, daß dieser schwächliche Narr Berkeley die ganze Szene in der Wohnung gefilmt hatte? Das Mädchen, Colleen, hätte jene Reise in jedem Fall angetreten; die Ausgewählten kamen nicht nur von allein, die Umstände spielten sie ihm auch in die Hände. All das war Teil des riesigen Rades, das den Tag in Abschnitte teilte und jedes Leben zu Staub zerfallen ließ.

Und jetzt geriet Bigg in Panik bei dem Gedanken an Leone Sterns ständige Anrufe. Er mußte dem Mädchen eine Lektion erteilen: eine harte Lektion, eine, die ihr Zeit gab, über die Sinnlosigkeit ihres Kampfes nachzudenken. Außerdem war sie ihm zu dicht auf den Fersen. Er hatte die Zügel schleifen lassen, und diese Strategie hatte sich als ineffizient erwiesen. Die Geschichte mußte erledigt werden, man mußte sich darum kümmern, sie richtigstellen.

Welche Narben trägst du, meine schöne, starke Leone? Sind es nur innere Narben? Beigebracht von einem toten Klienten, von lieblosen Affären und einem mörderischen Vater? Wenn das alles ist, dann ist noch viel Platz für mehr; es ist immer Platz für mehr.

Rex Crichton blickte auf die Adresse des Mannes hinab, die Adresse von Jack Forth, ihrem Liebhaber, dem Mann, dem er nach Hause gefolgt war, nachdem sie sich im Restaurant getroffen hatten. Manchmal machten Anwälte eben auch Hausbesuche.

Kapitel 38

Jacobson war spät dran: Nach Jacks Uhr verspätete er sich nun schon um eine halbe Stunde. Die Stimmung im Pub war gedämpft. Die Gäste unterhielten sich über die leise im Hintergrund dudelnde Country-music hinweg. Jack trank ein Tonic mit Eis und Limone. Er hätte jetzt gut und gern etwas Stärkeres gebrauchen können, aber es gab zu viel zu tun. Er brauchte einen klaren Kopf. Er hörte, wie die Tür aufgerissen wurde und ein schrilles Lachen ertönte. Im Vergleich zu den anderen Lauten in diesem Etablissement erschien das Geräusch unangemessen, und er drehte sich um. Da stand sie, hinter sich den grinsenden Jacobson. Unter einem dünnen pinkfarbenen Regenmantel war gerade noch der Saum eines Minimal-Miniröckchens aus schwarzer Spitze zu sehen. Ihre Augen waren schwarz umrahmt. Dünne, klapprige Storchenbeine mündeten in abgeschabte hohe Pumps. Das war sie, na gut. Jacobson ging auf einen Mann zu, der in der Ecke saß und in die roten Flammen eines hell lodernden Feuers starrte. Er flüsterte dem Fremden etwas zu, so daß dieser sich umdrehte und Jacobsons Begleitung ansah, nickte, ein volles Glas, das wahrscheinlich mit Rum gefüllt war, leerte und ging.

Jacobson trat wieder zu ihr, nahm sie am Arm und führte sie zum Feuer. Ihre Augen ruhten in tiefen grauen Höhlen. Sie war eine Frau, die zu viel gesehen und zu viel getan hatte und der man zu viel angetan hatte. Ihre düstere Vergangenheit prägte ihren Gang, ihre Kleidung, ihre strähnigen Haare. Auch das dickste Make-up hätte diese Erinnerungen nicht zu tilgen vermocht. Und kein Nagellack hätte verbergen können, daß sich diese Nägel schon Hunderte von Malen in vorgetäuschter Leidenschaft in die Rücken ihrer Freier gekrallt hatten. Jacobson führte sie zu einem Stuhl neben Jack.

»Janey, das ist ein guter Freund von mir – Jim.«

Die Frau sah Jack ins Gesicht und lächelte verhalten. Er erspähte ihre ruinierten Zähne, die ihr die Freiheit eines offenherzigen Lächelns versagten. Unwillkürlich wandte er den Blick ab.

»Sie sind doch kein Zahnarzt, oder?« Ihrem Akzent nach stammte sie aus Liverpool.

»Nein«, antwortete er.

»Manche Leute haben etwas gegen meine Zähne einzuwenden.«

»Ich nicht.«

Sie wandte sich an Jacobson, der dem Wortwechsel mit amüsiertem Gesicht lauschte. »Dann hol uns doch mal einen verdammten Drink, Terry.«

Jacobson blinzelte Jack zu, als der falsche Name fiel. »Natürlich, Prinzessin: wieder Pernod und Babycham?«

»Mit einem Spritzer schwarzer Johannisbeere.« Sie sah Jack an. »Und hol deinem gutaussehenden Freund auch einen. Er sieht aus, als ob er sich nicht ganz wohl fühlt.«

Sie hatte recht. Schon als er beim Militär gewesen war, hatte er seine Kameraden um die leichte Art beneidet, die sie im Umgang mit Prostituierten an den Tag legten. Er hatte immer das Gefühl, sie daran zu erinnern, was sie in Wirklichkeit waren, obwohl sie doch nur eins wollten: eine Weile so tun, als seien sie es nicht.

»Nein, mir geht es gut. Und ich muß heute noch nach London zurück, mit dem Auto.«

»Da hast du für ’nen Fick aber ’ne ganz schön lange Reise gemacht, Schatz.«

»Ich wollte nicht ...«

»Wenn ihr zwei es gleichzeitig wollt, kostet das extra.«

»Hat ...?« Er zögerte, dann fiel es ihm wieder ein. »Hat Terry dir denn nicht gesagt, was wir wollen?«

»Perverser Kram ist ziemlich teuer, kommt drauf an, worum genau es geht.« Sie sprach sehr sachlich. Jack rief sich ins Gedächtnis, daß das schließlich ihr Job war: Wenn sie es nicht tat, hatte sie nichts zu essen. »Wo bleibt denn Terry mit dem Schnaps?«

Jacobson stand kurz darauf mit drei Gläsern neben ihr. Er stellte sie auf den Tisch. In Jacks war alkoholfreies Bier.

»Das hat aber lange gedauert, Terry«, bemerkte er.

»Er heißt nicht Terry und du nicht Jim, aber keine Sorge, das gehört alles zum Spiel.« Janey nahm einen kräftigen Schluck von dem violetten, sprudelnden Getränk. »Du hast kein Eis reingetan.«

»In einer Nacht wie dieser?« fragte Jack.

»Ohne Eis schmeckt er nicht so, wie er soll. Ich will, daß alles so ist, wie es sein soll.« Sie gab Jacobson das Glas zurück. »Gib mir noch was gegen die Kälte.«

Janey zog den grellen Mantel fester um ihre mageren Schultern. Jack konnte im Ausschnitt ihren schwarzen Büstenhalter sehen. Janey folgte seinem Blick und öffnete den Mantel wieder.

»Spanner, was?«

Jack errötete. »Nein.«

»Was bist du dann? Treibst du es lieber mit Schulmädchen? Mit Schuljungen? Mit dir selbst?«

»Ich bin Künstler«, sagte er, um ihr den Mund zu stopfen. Wahrscheinlich hatte sie vorher auch schon getrunken, denn ihre Stimme wurde immer lauter. Sie bedeckte den Mund mit der Hand, als sie lachte, riß sich aber zusammen, als sie seinen grimmigen Gesichtsausdruck sah.

»Tut mir leid, aber das wäre das erste Mal, daß jemand bezahlt, um mich zu malen.«

»Sei still«, zischte Jacobson und stellte das Getränk mit dem Eiswürfel vor ihr auf den Tisch.

»Nein«, fuhr Jack fort. »Ich will dafür bezahlen, daß du redest.«

»Dafür gibt es doch Telefondienste.«
»Nicht für das, was ich wissen will.«
Aus ihrem Gesicht wich jede Spur eines Lächelns. »Ich weiß nichts, das es wert wäre, daß jemand dafür bezahlt. Aber wenn es um Geld geht, bin ich immer dabei.«
»Du mußt nicht erfinden, was wir hören wollen«, sagte Jacobson. Seine Stimme war nur noch ein leises Flüstern. »Vielleicht willst du es sogar vergessen, aber Jim hier wird dir beweisen, daß es die Sache wert ist, sich daran zu erinnern.«
Janeys Stimme klang ängstlich. »Seid ihr von der Sitte?«
»Nein, Janey, das sind wir nicht. Du hast recht, ich heiße nicht Jim. Mein Name ist Jack, und ich bin kein Polizist.«
Sie wandte sich an Jacobson. »Aber du bist einer – oder warst es. Ich merke es immer – großspuriger als jeder Zuhälter.«
Jacobson zuckte die Achseln. »Ist schon lange her.«
Sie taxierte die beiden Männer – dachte über ihre Möglichkeiten nach. »Na gut. Bezahlt wird im voraus. Dreißig, nein, fünfzig Mäuse für den Anfang.«
Jacobson pfiff leise durch die Zähne, dann sagte er. »Hoffen wir, daß es das wert ist, Janey.«
Sie ignorierte die Drohung. »Fang an, Jack.«
»Vor Jahren warst du in einen Vorfall mit ein paar Studenten verwickelt.«
»Jack, Schatz, es gab Hunderte von Vorfällen und Tausende von Studenten.«
»Aber nur einen, der versucht hat, dich umzubringen!«
Beinahe wäre ihr das Glas aus der Hand gefallen, und ihr kostbarer Eiswürfel schwappte auf den dunklen Teppich zwischen ihrem Stuhl und dem Tisch. Jack sah, daß sich ihre Pupillen geweitet hatten. Sie schluckte schwer.
»Wir wissen alles, Janey«, sprach Jacobson weiter, »wissen, daß du dabei warst, wissen, was geschehen ist, wissen, wieviel Glück du hattest, daß du überlebt hast.«

»Ich wußte, daß das eines Tages passieren würde.« Janeys Stimme war kaum zu hören. »Ich kann immer noch nicht schwimmen gehen, wißt ihr. Kann noch nicht mal mit meiner kleinen Tochter ins Schwimmbad gehen.«
Jack war überrascht. Er hätte nie gedacht, daß Prostituierte eine Familie, Gefühle, ein Leben hätten – nur offene, käufliche Körper. Er schämte sich seiner beschränkten Sichtweise.
»Ich kann noch nicht mal baden. Ich muß immer duschen. Ich –«
»Ist schon gut, Janey«, sagte Jack sanft, »aber wir brauchen deine Hilfe. Andere müssen vor ihm bewahrt werden.«
»Aber er sitzt doch: Speakman, meine ich. Er sitzt.«
»Du weißt doch, von wem wir sprechen, Janey! Und du weißt, daß es nicht Speakman ist.«
Jacks Gedanken überschlugen sich. Sie hatte die Verbindung so schnell hergestellt – zu schnell. Sie konnten sich also nicht irren.
»Ich habe gehofft, daß ich mich irre.«
»Erzähl uns davon.«
Sie ignorierte Jacobsons Aufforderung. »Ich wußte, daß ich mich nicht irre. Diese armen kleinen Mädchen. Ich dachte, er würde sich eines Tages meines schnappen, wenn ich den Mund nicht halte. Mein Gott, das könnte er immer noch tun!«
»Es waren zwei, nicht wahr? Zuerst zwei, und dann hat einer von ihnen versucht, dich umzubringen. Welcher von beiden war es?«
Sie blickte zwischen den beiden wartenden Gesichtern hin und her. Ihre Augen füllten sich mit Tränen. »Versteht ihr denn nicht? Er ist da draußen, er ist immer noch frei. Er weiß, wer ich bin. Wenn ihr mich finden konntet, dann schafft er das auch.«
»Janey, sag uns, welcher von beiden es war.«
»Bitte«, flüsterte sie.

»War es Berkeley oder Crichton?«
»Ich weiß nicht.«
»Der Große oder der Kleine.«
»Meine Tochter!«
»Wer war es?« drängte Jack.
»Was ist mit meiner Tochter?«
»Was ist mit denen, die gestorben sind? Auch sie waren Töchter, oder ist das egal?«
»Er wird uns umbringen.«
»Sprich leiser, Janey«, warnte Jacobson, »sonst werde *ich* dich umbringen.«
»Halt die Klappe, Terry«, flüsterte Jack. »Janey, wenn wir ihn erwischen, dann kann er euch auch nichts mehr antun.«
»Sie haben ihn doch immer noch nicht erwischt! Und das werden sie auch nicht, sie können es nicht, er ist das reine Böse.«
»Wer, Janey?« drängte Jack. »Wer ist das reine Böse?«
»Der Große«, schrie sie. »Der mit den riesigen verdammten Narben am ganzen Körper! Der, den ich ausgelacht habe! Der, der versucht hat, mir die Augen rauszuquetschen.«
»Das reicht jetzt«, rief eine Stimme hinter der Bar. Jack wandte den Kopf und sah in das gerötete Gesicht des Wirts, der auf sie zukam. »Raus hier, alle drei.«
Janey war zuerst auf den Beinen und zur Tür hinaus. Jacobson ging auf den Mann zu, dann besann er sich eines Besseren und ging ebenfalls hinaus. Jack folgte ihm und spürte, wie ihn jemand in den Rücken stieß. Draußen starrte Jacobson den Rücklichtern eines Taxis nach, das in der Dunkelheit verschwand.
»Scheiße, wir finden sie bestimmt nie wieder – zumindest nicht rechtzeitig.«
»Das müssen wir ja auch gar nicht. Sie hat uns gesagt, was wir wissen wollten.«

»Das ist kein Beweis«, sagte Jacobson und klappte seinen Kragen hoch, um sich vor der kalten Nachtluft zu schützen.
»Aber es ist eine Bestätigung. Das bedeutet, daß wir auf der richtigen Spur sind, und wir kennen jetzt seine Schwäche.«
Jacobson wandte sich um, um ebenfalls ein Taxi herbeizuwinken. »Ich für meinen Teil kann keine Schwachstellen erkennen«, murmelte er, als das Auto vorfuhr.
»Sein Körper ist seine Schwäche! Seine Narben. Wir müssen herausfinden, woher er sie hat. Wenn wir das wissen, können wir ihn fassen.«
»Ich brauche noch etwas zu trinken, Jack. Ich muß nachdenken. Und Sie?«
»Wieder nach Hause, wie ich eben gesagt habe. Wann kommen Sie zurück?«
»Ich melde mich. Übrigens haben Sie Janey ihr Geld gar nicht gegeben. Geben Sie's mir. Ich sorge dafür, daß sie es bekommt.«
»Nein. Es war gut für ihre Seele, daß sie es gratis erzählt hat. Was ist mit Ihnen?« Das Taxi hupte.
»Ich habe keine Seele, aber ich werde dieses Schwein zur Strecke bringen. Später.« Jacobson schwang sich in den Wagen und schloß die Tür. Als er davonfuhr, spürte auch Jack die Kälte bis auf die Knochen. Es würde eine lange Nacht werden. Und es wurde Zeit, nach London zurückzukehren.
Als er durch die Straßen zu dem Parkhaus ging, in dem das Auto seines Vaters stand, grübelte er noch einmal über die ganze Sache nach. Woher hatte Crichton die Narben? Das war der Schlüssel zu seinem Haß. Das FBI-Profil hatte darauf hingewiesen, daß ihn ein Kindheitstrauma geprägt hatte. Was es war, konnte er nur vermuten, aber bald, das schwor er sich, bald würde er es wissen.

Kapitel 39

Ein einzelnes warmes Licht aus dem Wohnzimmer schien ihm in der Dunkelheit entgegen, als Jack beim Haus seiner Eltern anlangte. Er schaltete das Licht aus, stieg aus und verschloß die Autotür. Sein Atem verwandelte sich in der kalten Nachtluft in sichtbaren Dampf. Die Straße war ruhig. Leise schlich Jack zur Vordertür, steckte den Schlüssel ins Schloß und betrat das Haus.

Seinen Anruf aus Oxford vor seiner Abfahrt hatte Leone entgegengenommen. Die anderen schliefen schon. Sie hatte darauf bestanden, auf ihn zu warten; er hatte nicht versucht, sie davon abzubringen. Er öffnete die Tür zum Wohnzimmer, wo Leone über einer dicken Akte auf dem Sofa eingeschlafen war. Ihre langen Beine steckten in engen Gymnastikhosen; ein weites graues Sweatshirt milderte die beeindruckende Breite ihrer Schwimmerschultern. Sie schreckte aus dem Schlaf hoch, blickte sich verwirrt um, dann begrüßte sie ihn mit einem warmen, müden Lächeln.

»Jack.« Ihre Stimme war leise und noch ganz verschlafen. »Sie wissen ja gar nicht, wie schön es ist, Sie zu sehen.«

»Es hat länger gedauert, als ich dachte.« Leone winkte abwehrend mit der Hand. »Geht es Hollie gut?«

»Sie wollte aufbleiben, aber ihre Großmutter hat an ihre Eitelkeit appelliert und gesagt, daß sie morgen hübscher aussähe, wenn sie jetzt zu Bett ginge.«

Jack nickte nachdenklich. Seine Mutter hatte schon immer den Kern der Dinge zu treffen gewußt. Das einzige Mal, da ihr das nicht gelungen war, war nach seinem Zusammenbruch gewesen. *Sie* fand, daß es ihr nicht gelungen war. *Er* fand, daß sie sich liebevoll um ihn gekümmert hatte. »Was ist mit Ihnen?«

Leone reckte die Arme nach oben, wandte den Kopf zur Seite und gähnte wie eine große Katze. Im Halbdunkel des Raumes bemerkte Jack ihre scharfen Zähne. Sie sah wild, ungezähmt, unbezähmbar aus. »Ich sehe nach dem Aufwachen nie allzu gut aus.«

Davon hätte sich Jack gern selbst überzeugt. Sie warf ihm einen prüfenden Blick zu, als ob sie seine Gedanken gelesen hätte. Er senkte den Blick und zog die Jacke aus.

»Wollen Sie etwas trinken? Dad hat ein paar köstliche Malt-Whiskys da.«

»Ich weiß, deswegen bin ich ja eingeschlafen.«

Jack grinste vielsagend. Sein alter Herr war durch und durch charmant, andernfalls hätte er auch niemals das Herz seiner Mutter gewinnen können. »Haben Sie ihnen irgend etwas gesagt?«

»Sie haben nicht gefragt. Außer Hollie. Sie hört gar nicht auf zu fragen.«

»Sie besitzt einen wachen Verstand.«

»Und Phantasie«, fügte Leone hinzu. »Glaubt, daß wir ein Paar sind. Drollig, was?«

Jack goß den fünfzehn Jahre alten Laphroaig in zwei große Whiskygläser und reichte eines davon Leone. »Und sind wir das?« fragte er und setzte sich neben sie.

Als sie das erdig schmeckende Getränk probierte, löste sich ein kleiner Tropfen von ihrer vollen Unterlippe. Instinktiv streckte er den Finger aus, um ihn aufzuhalten. Bevor er jedoch ihre Haut berührte, zog er schnell die Hand zurück, aber Leone nahm sie in die ihre und führte seinen Finger an ihr Kinn. Jack fuhr den Weg hinauf, den der Tropfen genommen hatte und gelangte an ihren Mund. Sanft nahm Leone seinen Finger zwischen die Lippen und küßte den Whisky fort. Ihre Augen waren geschlossen, der kurze Augenblick war voller sexueller Erregung. Sanft entzog er ihr den Finger. Leone öffnete die Augen.

»Es tut mir leid. Ich bin einfach noch nicht bereit – nicht

hier, nicht jetzt«, sagte er. In ihren Augen glomm ein enttäuschter Funke. Dann beruhigte sie sich wieder – sie hatte verstanden. »Schon gut.« Ihre Stimme war so weich wie die Wolken. »Ich bin ein geduldiges Mädchen.« Sie griff nach seiner Hand. »Und jetzt erzähl mir alles über Oxford.«

Die nächsten beiden Stunden verbrachten sie damit, regelmäßig ihre Gläser neu zu füllen und sich gegenseitig zu erzählen, wie sie die vergangenen vierundzwanzig Stunden verbracht hatten. Jack hörte aufmerksam zu, während Leone ihre Suche nach Sir Colin Biggs Chauffeur schilderte.

»Toby hielt es für das beste, daß wir uns bei unseren Nachforschungen von der Firma Bigg Truck fernhalten, um Sir Colin nicht unnötig zu alarmieren. Wir nahmen an, daß der Wagen, den er im Jahre 1991 besaß, regelmäßig bei einem Bentley-Vertragshändler gewartet wurde. Tatsächlich gibt es da nur eine Werkstatt mit Namen Emmins in Exeter. Auf jeden Fall wurde der Wagen dort regelmäßig auf Vordermann gebracht. Die Mechaniker haben uns dann einen Hinweis auf den Chauffeur gegeben.«

»Wie heißt er?«

»Brian Stafford. Er wurde drei Wochen nachdem Colleen Bridges verschwunden war gefeuert, weil Sir Colin für ein halbes Jahr ins Ausland ging.«

»Wird er das auch aussagen?«

»Er wird morgen vereidigt. Ein erstaunlicher Kerl: Früher war er bei der Militärpolizei und laut Akte ein richtiger Hamster. Er besitzt Tagebücher, die Jahrzehnte zurückreichen, aber am wichtigsten ist doch, daß er bestätigt, am vierzehnten September 1991 Dienst gehabt zu haben. Sir Colin hat die Polizei also belogen. Das Auto war nicht in Exeter, es war in London, und zwar mit Sir Colin und zwei weiteren Freunden. Stafford erinnert sich, daß sie in einen Club mit Namen Explorer's gegangen sind, und wir mußten ihn gar nicht überreden, uns zu erzählen, daß sie später in jener Nacht noch ein Mädchen aufgegabelt hatten!«

»Colleen Bridges.«
»Wen sonst? So langsam kommen wir richtig gut voran, Jack.«
»Kann er irgend jemanden aus dem Auto identifizieren?«
»Unglücklicherweise nicht, aber er bestätigt, daß noch ein vierter Mann dabei war, als sie den Club wieder verließen. Er setzte sie vor einem Haus in Knightsbridge ab, nachdem sie das Mädchen aufgegabelt hatten, und wartete dort zwei Stunden lang auf Sir Colin. Das bedeutet also, es waren vier Männer in dem Auto, die Kontakt zu dem Opfer hatten – daher die vier Samenproben.«
»Warum hat Sir Colin wegen des Autos gelogen?«
»Offensichtlich weil er nicht mit den Ermittlungen in Verbindung gebracht werden wollte. Stafford glaubt, daß sie in jener Nacht irgend einen großen Coup am Aktienmarkt feiern wollten. Alle waren stockbetrunken. Ich könnte mir vorstellen, daß es sich um den Boatman-Betrug handelte.«
»Aber es gibt immer noch eine Menge Einzelteile, die wir noch nicht einfügen können.«
»Richtig, aber was wir haben, paßt prima zusammen. Denk mal nach: Bigg ist Speakmans Arbeitgeber und enthält der Polizei wichtige Informationen vor. Jonathan Berkeley steckt, oder sollte ich besser sagen, steckte bis zum Hals mit in Biggs Geschäften. Crichton war sicher dabei, und der vierte Mann kann buchstäblich jeder gewesen sein...« Leone wurde förmlich von ihren eigenen Gedanken mitgerissen.
»Warte, bis ich dir von Oxford erzähle«, unterbrach Jack sie. Leone zuckte zusammen, als Jack wiedergab, was Janey erzählt hatte, bevor sie aus dem White Hart geflüchtet war.
»Wir brauchen ihre eidesstattliche Aussage, Jack.«
»Sie war völlig verängstigt. Wahrscheinlich hat sie seit der Nacht, als es geschah, nur noch Angst gehabt.«

»Dann ist sie ja eine großartige Zeugin für die Verteidigung.«
»Selbst wenn sie bereit wäre, auszusagen, welchen Zweck hätte ihr Bericht über einen Vorfall, der sich vor Jahren zugetragen hat?«
Leones Gesicht verhärtete sich und verwandelte sich in das einer Anwältin vor Gericht – mit dem Ausdruck hatte Jack sie im Magistrates' Court gesehen. »Unsere Gesetzgebung ermöglicht es uns, jemanden aufgrund von Ähnlichkeiten im Tathergang zu verurteilen. Vor Gericht gilt eine solche Übereinstimmung sogar als Beweis – es handelt sich also ausnahmsweise um eine Regelung, die den gesunden Menschenverstand berücksichtigt.«
»Und weiter?«
»In Speakmans Fall behauptet die Staatsanwaltschaft, daß er, falls er *einen* der Morde begangen hat, auch die anderen begangen haben muß, da die Mädchen allesamt auf ähnliche Weise ums Leben kamen.«
»Wie beim Yorkshire Ripper.«
»In etwa. Aber wenn wir nachweisen können, daß unter ähnlichen Umständen bereits einmal ein Mordversuch stattgefunden hat, und wenn wir Crichton mit dem ersten Mord in Verbindung bringen können, dann sind wir unserem Ziel, Speakmans Unschuld zu beweisen, einen großen Schritt näher.«
Jack überdachte die Informationen. »Was ist mit den anderen Morden?«
»Sie alle basieren auf den gleichen Fakten. Es gibt keinen direkten Beweis.«
»Abgesehen von dem betäubten Mädchen in Speakmans Lastkraftwagen.«
»Crichton hat es da hineingelegt.«
»Was?«
»Das ist die einzige glaubwürdige Erklärung. Crichton ist unser Mann. Die ganze Sache war von Anfang an eine Falle.«

»Das erfordert aber jede Menge Langzeitplanung«, sagte er.
»Er hatte viel zu verlieren.«
»Aber wie konnte er wissen, wo Speakman war, als er das Mädchen verschleppte?«
»Gutes Argument. Crichton und Bigg haben zahlreiche Börsengeschäfte zusammen getätigt. Die Bigg Truck Company wickelt ihre Verwaltung über ein Computernetz ab. Die Dateien enthalten mit Sicherheit sämtliche Daten über die Lieferungen – wann sie auf die Wagen geladen wurden und von wem und wo sie ausgeliefert wurden. Crichton mußte nur eines tun – einen Punkt auf der Route wählen, auf der Speakman zu einem bestimmten Zeitpunkt vorbeikommen würde, und dann Bingo! Ein wunderbarer Sündenbock ohne Alibi.«
»Aber du weißt doch gar nicht, ob Crichton Zugang zu diesen Dateien hatte.«
»Wir müssen davon ausgehen.«
Erschöpft schüttelte Jack den Kopf. »Eine kühne Annahme.«
»Aber die einzige plausible Erklärung, die wir haben. Ohne geht Speakman lebenslang in den Bau.« Leones Müdigkeit war von der leidenschaftlichen Logik ihrer Argumentation wie weggeblasen.
»Na gut, angenommen, daß Janey tatsächlich aussagt. Wie sollen wir eine Verbindung zu der Nacht im Explorer's Club herstellen? Biggs Chauffeur wird man möglicherweise keinen Glauben schenken.«
Wir brauchen die DNA-Proben der Männer.«
»Die kriegen wir nie. Was schlägst du vor? Daß wir Crichton und Bigg fesseln, um ihnen Gewebeproben zu entnehmen?«
Leone schüttelte den Kopf. »Nein. Bevor wir einen DNA-Test machen, werden wir es mit einer Bestimmung der Blutgruppen versuchen. Ich werde für Berkeley einen ent-

sprechenden Antrag stellen: *subpoenas duces tecum* nennt sich so etwas. Ein Richter wird entscheiden, ob wir einen solchen Test machen lassen können oder nicht. Wenn die Blutgruppe nicht paßt, dann ist er damit ausgeschlossen. Der Chauffeur hat dem Test bereits zugestimmt.«

»Was, wenn sie passen?«

»Dann werden wir uns noch mehr anstrengen müssen.«

»Ist getrocknetes Blut ausreichend?«

»Ja, warum?«

»Ich habe noch Berkeleys Blutflecken auf dem Jackett – ich habe es in einem Plastiksack in meinen Schrank geworfen.«

Leone lächelte grimmig. »Brillant, Jack. Damit schaffen wir es.«

Jack erhob sich vom Sofa und streckte die steifen Beine. »Bleiben immer noch die anderen.«

Leones Lebhaftigkeit verpuffte, und sie ließ den Kopf auf die weiche Lehne des Sofas sinken. »Ich weiß.« Ihre Augen waren geschlossen. Sie rieb sie mit den Fäusten.

»Was ist mit Toby?«

»Er weiß jetzt alles«, sagte sie, ohne die Augen wieder zu öffnen. »Er versucht, über die HOLMES-Datenbank einige Nachforschungen über Crichton anzustellen – ob irgendwelche Autos auf ihn zugelassen sind, die vielleicht in der Nähe der Orte gesehen wurden, wo die Mädchen verschleppt oder später ermordet wurden.«

»Er ist zu klug, um Fehler zu machen.«

»Jeder macht Fehler. Selbst der Yorkshire Ripper. Er wurde gefaßt, weil sein Auto mit falschen Nummernschildern herumfuhr. Erst als man das Auto durchsuchte, hat man den Hammer und den Schraubenzieher entdeckt. Im Zuge der Ermittlungen war er schon neunmal verhört worden.«

»Das wußte ich nicht.«

»Um so etwas zu entdecken, ist HOLMES ja überhaupt erst ins Leben gerufen worden. Toby sucht auch nach Wagen,

die vielleicht unter seinem Namen angemietet und am Tatort gesehen wurden. Er mußte die Opfer immerhin irgendwie transportieren.«
Ein quälender Gedanke: Die Mädchen waren in diesem Stadium noch am Leben gewesen. Wie verängstigt sie gewesen sein mußten! Jack schauderte. »Und was bedeutet das für dich?«
»Wie meinst du das?«
»Nun, ich will es einmal so formulieren«, antwortete er grimmig, »du verteidigst einen unschuldigen Mann, der des mehrfachen Mordes angeklagt ist, und glaubst, daß der wahre Mörder dein Chef ist. Ihr werdet euch auf der Weihnachtsfeier der Firma also wohl kaum unter dem Mistelzweig herzen und küssen.« Sie schloß erneut die Augen.
Er fühlte sich ihr auf seltsame Weise verbunden. »Das ergibt alles keinen Sinn, Leone. Warum hat er dich überhaupt ausgewählt, wenn er wollte, daß die Verteidigung erfolglos bleibt?«
Schließlich sah sie ihn an und zog eine Augenbraue hoch. »Von dir nehme ich das als Kompliment, aber nicht von Crichton: Er wollte, daß diese Aufgabe von jemandem übernommen wurde, den er kontrollieren konnte. Wenn die Verteidigung zu ungeschickt gewesen wäre, hätte zumindest die Möglichkeit bestanden, daß der Court of Appeal den Schuldspruch umgewandelt hätte. Eine Möglichkeit – wenn auch eine ziemlich unwahrscheinliche, wenn man den Court of Appeal kennt.«
Jack bohrte weiter. Er wollte nicht, daß irgendwelche Geheimnisse sie trennten. »Wieso kontrollieren?«
Sie setzte sich auf und schlug die Beine übereinander. Wahrscheinlich sollte das Gleichmütigkeit signalisieren, aber ihr Gesicht war sehr angespannt, als sie antwortete. »Es gab einmal einen Klienten – zum Teufel, nein, ein Kind –, der in einem Erwachsenengefängnis in Untersuchungshaft saß. Er war verzweifelt. Ich habe die Kaution zu

spät beantragt, deshalb wurde der Antrag abgelehnt. Er hat sich aufgehängt. Ende seines Lebens, Ende des Falles, Ende der Geschichte.«

Jack sah, daß dem nicht so war. Die Erinnerung lebte in ihr weiter und würde es immer tun. Das war natürlich eine Erklärung für ihr Engagement in dem vorliegenden Fall.

»Es gab eine Untersuchung – das normale Bedauern. Der Coroner sprach die Firma von jeder Schuld frei. Die Mutter des toten Jungen spuckte mir ins Gesicht und nannte mich eine Mörderin.«

Jack setzte sich wieder aufs Sofa und griff nach ihrer Hand. Sie entzog sie ihm. Erneut nahm er sie sanft in die seine und spürte, wie kalt sie war. Sie zitterte.

»Du kannst nicht die Last der ganzen Welt auf deinen Schultern tragen, Leone.«

»Nein, nur meine eigene, aber trotzdem danke. Das ist der Grund, warum ich glaube, für den Speakman-Fall ausgewählt worden zu sein: Ich habe Scheiße gebaut, und die Firma hat mich unterstützt, und jetzt soll ich ein liebes, dankbares Mädchen sein. Außerdem weiß Rex Crichton über meinen Vater Bescheid.«

Es wurde still im Zimmer. Die ständig anwesende Vergangenheit trennte sie.

»Es ist schon spät, Leone.«

»Laß uns hier schlafen. Halt mich nur fest, sonst nichts.«

Sie streckten sich auf dem Sofa aus, ihr Kopf ruhte an seiner Schulter, seine Arme hielten sie fest, ihre Beine waren um die seinen geschlungen.

»Das ist also der Sternsche Plan für einen triumphalen Sieg«, flüsterte sie.

Jack genoß die tröstliche Wärme ihres Körpers an dem seinen. Es war schon sehr lange her, viel zu lange, seit er die unschuldige Wärme eines anderen Menschen neben sich gespürt hatte. Dennoch begannen in seinem Kopf die Gedanken zu kreisen. »Ich muß hinter Crichtons Geheimnis kommen. Ich muß wissen, was ihn treibt, was ihn dazu zwingt, das zu tun, was er tut. Ich glaube, in gewisser Hinsicht sind wir uns ähnlich.«

»Unsinn!«

»Nein, ich meine es ernst. Er sieht alles mit einer enormen Klarheit, genau wie ich früher. Er sieht eine riesige Leinwand vor sich und hat keine Angst, sie mit seinen persönlichen Spuren zu besudeln. Ich habe den Mut dazu verloren.«

»Du bewunderst ihn.«

»Nein. Ich respektiere seine Intelligenz: Sie hat etwas Übernatürliches, Ursprüngliches, etwas, das jenseits aller Moralvorstellungen existiert. Und eine Sache hast du vielleicht gar nicht bedacht.«

»Welche?« fragte sie schläfrig.

»Er hat aufgehört, Mädchen umzubringen. Er mußte es, sonst wäre der Polizei sehr schnell klar geworden, daß sie den Falschen verhaftet hat. Das bedeutet, er hat erreicht, was er immer wollte, oder er ist dem Tag seines Triumphes sehr nahe.«

Leones tiefe Atemzüge sagten ihm, daß sie eingeschlafen war, aber Jack wußte, daß er recht hatte. Crichton hatte aufgehört, und wenn Speakman im Gefängnis blieb, würde er niemals mehr auf diese Weise morden können. Was ist dein Geheimnis, Rex? Was hat dich so gemacht? Oder trägst du einfach nur die Saat des Bösen in dir, warst von Anfang an verdorben und verfault, so sehr, daß es alles übertrifft, was ein normaler Mensch zu verstehen vermag?

Jack spürte, wie auch ihm langsam die Realität entglitt und er in der warmen Umarmung des Schlafes versank.

Kapitel 40

Dicke Nebelbänke ließen den Verkehr nur noch langsam dahinkriechen. Jacks Scheinwerfer versuchten ohne viel Erfolg, die dunstige Umgebung in überschaubare Flekken zu unterteilen. Er lutschte an seinem winzigen Pfefferminzbonbon, während er sich Zentimeter um Zentimeter in die Innenstadt Exeters vorarbeitete. Es war spät am Morgen, obwohl es aussah wie Mitternacht. Der erste Teil dieses Tages war ihm geradezu unwirklich vorgekommen.

Hollie hatte sie aus ihrem ineinander verschlungenen Schlaf auf dem Sofa geweckt; er war sehr verlegen gewesen. Leone hatte seiner Tochter ein verschwörerisches Grinsen zugeworfen, und diese hatte die Achseln gezuckt und mit der Zunge geschnalzt. Leone hatte sich auf den Weg zur Arbeit gemacht, ohne die vergangene Nacht auch nur mit einem Wort zu erwähnen. Jack war zu verwirrt, um zur Sprache zu bringen, was beinahe geschehen wäre. Seine Mutter und sein Vater machten beim Frühstück den Eindruck, als billigten sie, was sie mutmaßten, während Hollie unaufhörlich von ihrem bevorstehenden Schultag sprach. Er hatte geschwiegen. Seine Augen hatten versucht, Leones Blick aufzufangen, um eine Art Einverständnis zwischen ihnen herzustellen, aber auch sie konzentrierte sich voll und ganz auf den vor ihr liegenden Tag.

Nachdem sie sich dann getrennt hatten, jeder sich seinen eigenen Aufgaben und Pflichten zugewandt hatte, hatte er lange und intensiv das Bild seiner Frau auf dem Fernseher angesehen. Er hatte versucht, Worte oder Gedanken zu finden, um ihrem Bild zu beschreiben, was er Leone gegenüber empfand. Dann hatte er innegehalten und festgestellt, daß ihn eigentlich nichts als Schuldgefühle plagten.

Ein morgendlicher Lauf durch den Park und eine beruhigende Dusche halfen ihm, seine Gefühle auf den wachsenden Stapel zu legen, der die Aufschrift »später« trug.
Nach einigen Telefonaten glaubte Jack, genügend Informationen zu haben, um sich auf die Suche nach dem wahren Rex Crichton zu machen. Mit Hilfe eines zerlesenen Exemplars des *Writers' & Artists' Yearbook* hatte er eine Zeitschrift gefunden, *The Local Historian,* die sich auf Regionalgeschichte spezialisiert hatte, auf die Methoden, die Quellen und das Hintergrundmaterial, das dem interessierten Historiker bei seinen Forschungen ebenso weiterhelfen konnte wie dem Familienchronisten. Die Herausgeberin, Dr. Bonney, hatte ihm – nachdem er voller Enthusiasmus versprochen hatte, die Zeitschrift im folgenden Jahr zu abonnieren – genügend Informationen darüber geliefert, worauf es bei derlei Forschungen ankam, so daß er jetzt anfangen konnte. Sie wußte nicht nur über die Gegend von Exeter im Allgemeinen zu berichten, sondern besaß auch fundierte Kenntnisse über die Universitätsbibliothek von Exeter im Besonderen.
»Sie müssen die letzten Seiten der Lokalblätter lesen, Mr. Forth, zumeist auf Mikrofiche. Wahrscheinlich bekommen sie schon bald viereckige Augen, aber wenn sie lange genug bei der Stange bleiben, werden sie finden, wonach Sie suchen. Alle Geburten, Todesfälle und Hochzeiten sind dort festgehalten.«
»Was ist denn mit den Kirchenbüchern der Gemeinden?« hatte er gefragt.
»Ja, aber welcher Gemeinden?« hatte sie liebenswürdig geantwortet. Offensichtlich dachte sie an ähnliche Untersuchungen in der Vergangenheit. »Die Zeitungen werden Ihnen enthüllen, in welcher Kirche welches Ereignis stattfand – das sollte sie dann zu den Kirchenbüchern führen –, aber Sie müssen Geduld haben. Solche Nachforschungen brauchen ihre Zeit.«

Jack hatte der Historikerin für ihre Hilfe gedankt, wobei ihm bewußt war, daß Zeit ein Luxus war, den er sich nun einmal nicht leisten konnte. Er folgte ihrer Wegbeschreibung durch das Labyrinth der Stadt, die in den Sechzigern ebenfalls durch grauen Beton verschandelt worden war, bis er auf den Campus der Universität gelangte. In der Bibliothek wies man ihm eine Nische, wo er seine gewissenhafte Suche nach der Geschichte der Familie Crichton begann. Die Lokalblätter wurden in diesem System nur bis zu dreißig Jahre lang aufbewahrt. Das bedeutete, daß er weder über die Hochzeit von Crichtons Eltern noch über seine Geburt Informationen finden würde. Er wußte nicht, wonach er überhaupt suchte, doch er war sicher, daß Rex sich auch in jungen Jahren schon irgendwie hervorgetan haben mußte. Er begann also am Anfang.

Die Arbeit war absolut geisttötend. Nach drei Stunden schwirrte ihm der Kopf vor Kirchenfesten, Wohltätigkeitsbazaren, Todesfällen und Geburten: all den Kleinigkeiten also, die das alltägliche Leben in einer englischen Stadt eben ausmachten. Es war ein ernüchternder Fischzug durch das Leben anderer. Eines Tages würde auch er in einer kurzen Zeitungsankündigung auftauchen, in der sein Tod bekanntgegeben wurde. Mit einem Achselzucken schob er den Gedanken beiseite. Für derlei morbide Überlegungen fehlte ihm nun wirklich die Zeit.

Nach einem deprimierenden Sandwich zum Mittagessen in der Mensa nahm Jack seine Arbeit wieder auf. Seine Finger waren schon ganz wund vom ständigen Klicken auf den Weiter-Knopf. Er hatte inzwischen seine Wildlederstiefel ausgezogen, streckte die Zehen und rollte sie wieder ein, um die Langeweile zu vertreiben. Erst nach 16.00 Uhr sprang ihm ein Artikel förmlich ins Auge.

Frau aus Exeter auf tragische Weise ertrunken

Jack setzte sich aufrechter hin, als er den Namen des Opfers las: Eleonor Crichton. Er las weiter. Der Artikel berichtete, daß die Polizei den Leichnam einer verheirateten achtundzwanzigjährigen Frau aus der Otter gezogen hatte, daß die Umstände jedoch keinesfalls verdächtig seien und daß der Coroner informiert worden sei. Der Artikel berichtete, daß der Ehemann, James, sich nun um den zehnjährigen Sohn, Rex, kümmerte, der auf der Kinderstation des Krankenhauses lag, was aber nichts mit dem Ertrinken der Mutter zu tun habe.

»Schon wieder das verdammte Wasser«, murmelte Jack, und sein schmerzender Finger klickte sich geschwind durch die Seiten bis hin zu dem unvermeidlichen Untersuchungsbefund des Gerichtsmediziners. Er fand ihn in einer Ausgabe, die zwei Monate jünger war. Die Anhörung war recht freimütig widergegeben worden.

James hatte ausgesagt, daß seine Frau seit einem Monat unter schweren Depressionen gelitten habe, nachdem ihr Sohn, Rex, einen Unfall gehabt habe, bei dem er schwer verletzt worden sei. Er hatte bezeugt, daß sie zu trinken begonnen hatte, während ihr Sohn sich den schmerzhaften Operationen unterzog. Sie hatte sich geweigert, ihn im Krankenhaus zu besuchen.

Am Morgen ihres Todestages schien seine Frau besser gestimmt zu sein. Es gab keine Augenzeugen und keinen Abschiedsbrief.

Jack versuchte sich zu konzentrieren. Irgendein Teil dieser Information paßte zu dem, was Janey ihm und Jacobson in dem Pub in Oxford berichtet hatte. Hatte sie nicht von schrecklichen Narben gesprochen, die sie gesehen hatte, bevor er versucht hatte, sie zu töten? Wahrscheinlich kamen die Narben von diesem Unfall, den Operationen. Aber es steckte noch mehr dahinter. Jacobson hatte mit dem Pförtner des Colleges gesprochen, der erzählt hatte, daß Crichton wie ein Wahnsinniger gerudert sei, als ob er

das Wasser haßte. Er habe voller Zorn darauf eingeschlagen. War er vielleicht verbrüht worden? War das die Erklärung für die schrecklichen Verletzungen, über die Janey gelacht hatte, was sie wiederum fast das Leben gekostet hatte? Und war die Art, wie seine Mutter ums Leben gekommen war, der Grund, warum er das Wasser so sehr haßte?
Es mußte noch mehr dahinterstecken. Der junge Rex mußte von alldem ziemlich aufgewühlt worden sein. Vielleicht hatte das Trauma viele Jahre lang in ihm geschlummert. Jack wollte wissen, was mit Crichtons Vater geschehen war. Mit ein bißchen Glück war er noch am Leben und auffindbar.
Aber ein Artikel in der gleichen Zeitschrift ein Jahr später zerstörte seine Hoffnungen ebenso wie seinen Enthusiasmus. Es wurde berichtet, daß James Crichton bei einem Feuer im Haus der Familie, einem kleinen Landhaus am Exmoor, ums Leben gekommen sei. Der Gerichtsmediziner stellte Unfalltod fest. Rex war also mit elf Jahren schon Waise. Beinahe empfand Jack Mitgefühl mit dem Kind, dann aber rief er sich ins Gedächtnis, daß der Junge zu einem Mann herangewachsen war und daß der Mann sieben unschuldigen Mädchen das Leben geraubt hatte. Jack wollte unbedingt wissen, was danach mit Rex geschehen war. Hatte die Familie seiner Eltern für ihn gesorgt? Oder war er in ein Waisenhaus gekommen? Irgend etwas Schreckliches mußte von ihm Besitz ergriffen haben und ihn zu dem gemacht haben, was er jetzt war.
Seine weitere Suche war ergebnislos, bis ein Artikel, der erst drei Jahre alt war, seine Aufmerksamkeit erregte. Er informierte, daß ein Londoner Anwalt, Rex Crichton, einen Treuhandfond zugunsten der ortsansässigen Barnardo-Schule ins Leben gerufen habe. Die Waise hatte also eine neue Heimat gefunden und war dann ausgezogen, um sich in der Welt einen Namen zu machen. Dem Artikel war ferner zu entnehmen, daß Rex zwei Jahre in dieser Schule

gewohnt hatte, bevor er adoptiert worden war. Jack notierte sich die genaue Adresse der Schule. Dort würde er als nächstes vorsprechen.
Er kam Crichton zwar immer näher, aber je mehr er entdeckte, um so weniger wußte er wirklich. Oberflächlich betrachtet, hatte der Anwalt riesige Hindernisse überwunden, um seine gegenwärtige Position zu erreichen, aber er hatte dabei mindestens siebenmal gemordet. Wie verbirgst du deinen Zorn, Rex? Wo versteckst du ihn, wenn du normal erscheinen mußt? Oder ist er immer anwesend, wie deine Narben, überdeckt von einer dünnen Schicht aus zivilisiertem Verhalten?
Es steckte mehr dahinter, viel mehr, aber Jack hatte eigentlich gar kein Interesse daran, die Psychopathologie dieses Mörders zu verstehen: Er wollte ihn nur aufhalten, ihn fangen, ihn bestrafen. Aber das war, wie die Redensart schon sagte, leichter gesagt als getan.

Eine Stunde später wurde Jack in das eichenholzverkleidete Büro des Schuldirektors geführt. Der Stadtplan von Exeter hatte ihn zur Schule geführt, und eine wohlüberlegte Lüge hatte ihn an der Empfangsdame vorbeigeschleust. Der Direktor erhob sich, um ihn willkommen zu heißen. Das war keine leichte Aufgabe. Der Mann schien aus dem gleichen Holz zu sein wie die Wände und ebenso alt wie die Bäume, aus denen die Paneele gefertigt waren. Sein Gesicht war so faltig wie sein Tweedanzug, aber die Augen blickten noch jung und energisch drein.
»Mr. Forth, willkommen. Es geschieht nicht allzu häufig, daß wir Besuch von Journalisten bekommen. Für welche Zeitung, sagten Sie, arbeiten Sie?«
Jack spürte den Bärengriff um seine Hand. »Ich habe gar nichts gesagt: Ich arbeite freiberuflich.«
Die intelligenten braunen Augen sahen ihn prüfend an. Schuldirektoren waren Experten im Herausfinden der

Wahrheit. Jack hätte fast den Blick gesenkt, aber er bekämpfte den Impuls erfolgreich.
»Setzen Sie sich doch. Ich habe uns Kaffee bestellt.«
Beide setzten sich – Mr. Peterson in einen großen Ledersessel, Jack auf einen Stuhl mit hoher Rückenlehne, die ihn zwang, kerzengerade dazusitzen.
»Sie sind also an einem unserer alten Schüler interessiert?«
Jack nickte, bevor er zu sprechen begann. »Nicht an einem speziellen, sondern an jedem, der sich im Leben irgendwie ausgezeichnet hat.«
Peterson gab ein schnalzendes Geräusch von sich. »Bei den Nachteilen, die diese Kinder haben, ist ein normales Leben schon eine Auszeichnung.«
»Natürlich ...«
»Aber das würde sich in Ihrem Artikel nicht besonders gut verkaufen, nicht wahr?«
»Darüber müßte man noch reden, Mr. Peterson.«
Der alte Mann sah etwas zufriedener aus.
»Das würde uns allen natürlich sehr weiterhelfen. Könnten Sie mich vielleicht etwas genauer über Ihr Projekt aufklären?«
Jack schluckte leicht, bevor er seine Platte abspielte. »Jeder kennt doch den Erfolg einiger Schulabgänger von Barnardo, wie zum Beispiel von Bruce Oldfield, dem Designer, oder von Leslie Thomas, dem Romancier. Ich aber untersuche die Geschichten weniger berühmter Jungs, die durch ihre Arbeit auch heute noch zum Gemeinwohl beitragen.«
»Und deshalb, so sagte mir meine Sekretärin, interessieren Sie sich insbesondere für Crichtons Geschichte?«
Jack bemerkte, daß der Direktor den ehemaligen Schüler beim Nachnamen nannte. Außerdem bemerkte er in der Stimme des Lehrers einen Unterton, der ihm zeigte, daß dieser seine ganz persönlichen Erfahrungen mit Rex gemacht hatte.

»Ich weiß, daß seine Kinderjahre durch eine Tragödie überschattet wurden und daß er später sehr erfolgreich war. Kannten Sie ihn?«
Peterson hatte seinen Blick von Jack gelöst und ihn auf das Bild eines kleinen Jack-Russell-Terrier geheftet. »Wenn Sie das wissen, dann wissen Sie auch, daß Crichton der Schule sehr großzügige Spenden macht.«
»Ich habe von dem Treuhandfond gelesen, wenn Sie das meinen.«
Peterson sah nachdenklich, wenn nicht sogar unruhig aus, wie ein Pendler im Zug, der mit seinem Kreuzworträtsel nicht weiterkommt, weil ihm eine Frage absolut schleierhaft ist. »Ich hätte mich schon vor langer Zeit pensionieren lassen sollen, Mr. Forth. Pflichtgefühl und die Liebe zu dieser Schule und zu allem, wofür sie steht, haben mich viel zu lange hier festgehalten.«
»Aber Sie kannten ihn?«
»Ich habe ihn kennengelernt, Mr. Forth, aber ob ich ihn kannte ...« Petersons Stimme verlor sich erneut im langen Tunnel der Erinnerung.
»Was war er denn für ein Schüler?«
»Sie meinen seine Leistungen?«
Jack nickte.
»Brillant – einer der begabtesten Jungen, die jemals unsere Schule besucht haben.«
»Leicht zu unterrichten?«
»Er wußte mehr als die meisten Lehrer, glaube ich, auch mehr als ich.«
»Er besaß also eine natürliche Begabung?«
Peterson blickte auf Jacks Hände. »Für einen Journalisten machen sie sich recht wenig Notizen.«
Jack bemerkte, daß der Block, den er zuvor in einem Schreibwarenladen gekauft hatte, noch völlig leer war. »Ich habe ein sehr gutes Gedächtnis.«
Der Direktor sah ihm noch einmal in die Augen, schien

nach dem wahren Grund für diesen Besuch zu suchen. »Aber sie sind kein guter Lügner.«

Jack spürte, wie er errötete. Sein Gegenüber war ein guter und anständiger Mann, und er fühlte sich unwohl wegen des Betrugs.

»Ich durchschaue Jungen, Mr. Forth. Ich kann ihr Herz in ihren Augen sehen, und ich kann voraussagen, wie sie sich als Männer einmal verhalten werden.«

»War das auch bei Crichton der Fall?«

Peterson sah ihn weiterhin unverwandt an. Jack wandte den Blick nicht ab. Schließlich antwortete der Lehrer: »Ihre Frage sagt mir mehr über Ihre Suche, als es Ihre Einleitung zu unserem Gesprächs getan hat. In Ihren Augen lese ich, daß Sie ein ehrlicher Mann sind. Ich habe mich immer von meinem Instinkt leiten lassen. Ich werde mich auch jetzt davon leiten lassen. Wenn ich Ihnen also von der Vergangenheit erzähle, von den Jahren, die Crichton hier verbracht hat, wird die Geschichte jemals in der Zeitung erscheinen?«

Jack legte den Notizblock auf den Walnußtisch und wartete.

»Das dachte ich mir. Ich kann es mir nicht leisten, daß alles, wofür wir so hart gearbeitet haben, von widerwärtiger Publicity besudelt wird.«

»Wenn es jemals widerwärtige Publicity geben wird, dann nicht durch mich.«

Sie wurden durch die Sekretärin unterbrochen, die ein Tablett mit Kaffee hereinbrachte. Als sie ging, bat Peterson sie, dafür zu sorgen, daß sie nicht gestört wurden. Leise schloß sie die Tür.

»Sie haben mich gefragt, ob ich in Crichtons Augen sein Herz gesehen habe.« Jack nickte, er wollte nicht, daß unnötige Bemerkungen den Fluß der Erzählung unterbrachen.

»Die Antwort lautet nein. Ich konnte nichts sehen: Es gab

nichts zu sehen. Ich habe hier Egoisten und Schwächlinge, Habgierige und Gute kennengelernt. Diese Eigenschaften kann man erkennen, wenn man weiß, wonach man Ausschau halten muß, aber das beängstigende an ihm war das Fehlen all dieser Dinge. Er besaß ein Alter, eine Art von Durchblick, die meiner Ansicht nach weit über seine Jahre hinausging.« Er hielt inne.

»Bitte fahren Sie fort, Mr. Peterson.«

»Ich habe immer vermutet, daß eines Tages jemand auftauchen würde, der mir Fragen über ihn stellt. Ich hoffte, daß ich mich dann schon zur Ruhe gesetzt haben oder schon tot sein würde. Wie es scheint, will es das Schicksal anders.«

»Er war zwei Jahre lang hier.«

»Es kam mir viel länger vor, Mr. Forth, glauben Sie mir. Seine Abreise hätten wir beinahe gefeiert. Nachdem er adoptiert worden war, war uns allen eine große Last von den Schultern genommen.«

»Was hat er denn so Schreckliches getan? Glauben Sie mir, ich habe gute Gründe, das zu fragen.«

»Da bin ich sicher.« Petersons Stimme klang jetzt hart. »Die Lehrer fürchteten ihn fast ebensosehr wie die anderen Kinder. Als er nach dem Tod seines Vaters hier ankam, hatten wir alle Mitleid für das Opfer einer solchen Tragödie. Er akzeptierte unsere Freundlichkeit aber nicht und weigerte sich, mit uns über seine Gefühle zu sprechen. Es war, als hätte er keine. Das ist eigentlich nichts Ungewöhnliches bei einem Kind, das ein solches Trauma durchlebt hat, aber er schien in dieser selbstgeschaffenen Atmosphäre aufzublühen. Wie ich schon sagte, seine Leistungen waren außergewöhnlich. Er las viel mehr, als der Lehrplan vorsah, schien von seiner Arbeit ganz in Anspruch genommen. Wir erlaubten ihm, seinem eigenen Weg zu folgen, denn wir hofften, daß er irgendwann aus diesem Kokon der Konzentration und Kälte erwachen würde.«

»Und?« fragte Jack, der ahnte, daß er der Wahrheit jetzt sehr nahe war.
»Und wir irrten uns vollständig, Mr. Forth. Er wurde nicht durch die Tragödie geschaffen. Ich glaube von ganzem Herzen, daß er die Tragödie selbst schuf.«
»Mr. Peterson, ich habe vom Tod seiner Eltern gelesen. Sie wollen doch nicht behaupten, daß er dafür verantwortlich war, oder? Ich meine – hat er es jemals zugegeben?«
Der Direktor schüttelte traurig den Kopf. »Das mußte er gar nicht, Mr. Forth, es war von Anfang an in ihm. Ich weiß, das klingt wie das senile Gewäsch eines alten Mannes, aber das ist es nicht. Sagen Sie mir«, fuhr er mit fester Stimme fort, »haben sie jemals die Theorie von der Saat des Bösen gehört? Viele Soziologen glauben, daß wir ein Produkt unserer Gene und unserer Umgebung sind. Diese beiden Faktoren machen uns zu den Menschen, die wir sind.«
»Das ergibt Sinn.«
Peterson sprach weiter: »Das fand ich auch, bis ich Crichton kennenlernte. Wenn man von der Saat des Bösen spricht, geht man im wesentlichen davon aus, daß manche Menschen von Geburt an böse sind, Ungeheuer ohne Gewissen und ohne Gefühle.«
Das war eine genaue Beschreibung von König Artus. »Nun, Mr. Peterson, warum sollte diese Theorie auf Crichton zutreffen? Sie sagten doch, er habe niemals zugegeben, für den Tod seiner Eltern verantwortlich gewesen zu sein.«
Der alte Lehrer schien zu zögern.
»Bitte, es geht um Leben und Tod. Und das sage ich keineswegs leichtfertig.«
»Nun gut. Es waren die Ereignisse, die mich davon überzeugten.«
»Was zum Beispiel?« Jack mußte einfach weiterdrängen. Er wußte, daß ihm eine Enthüllung bevorstand, die ihm helfen konnte, den Mörder dingfest zu machen.
»Es begann mit ganz geringfügigen Vorkommnissen, wie

das bei solchen Geschichten immer der Fall ist: Zunächst tyrannisierte er seine Mitmenschen, dann verwandelte sich diese Piesackerei in Grausamkeit. Aber keines der Kinder war bereit, uns zu erzählen, was wirklich geschehen war. Es war immer ein Unfall. Das konnte jedoch nicht die Zigaretten-Brandspuren auf dem Bauch eines Jungen erklären. Mehrfach wurde die Polizei gerufen, aber sie kamen nie zu einem Ergebnis. Und dann fanden wir die Tiere – oder das, was von ihnen übrig war.«

Jack stellte fest, daß Peterson immer wütender wurde.

»Eichhörnchen, die aufgeschlitzt worden waren, Karnikkel, die auf ein Brett gespannt und gevierteilt worden waren. Mr. Forth, es war gräßlich. Alle Kinder – oder besser gesagt – *fast* alle Kinder waren durch die Ereignisse äußerst beunruhigt.«

»Ich nehme an, die Ausnahme war Crichton.«

»Genau. Ich war zornig wegen dieser sinnlosen Schlachterei und klagte ihn an, hier, genau in diesem Büro. Er lachte mir noch nicht einmal ins Gesicht, er nickte nur mit dem Kopf, als ob er gezwungen worden sei, eine Entscheidung zu treffen. Am nächsten Tag fand ich meinen Jack-Russell-Terrier, Chips, an die Tür meiner Wohnung genagelt. Es gab keine Beweise, aber ich wußte es, und er wußte, daß ich es wußte.«

»Beruhigen Sie sich, Mr. Peterson, bitte.«

Das faltige Gesicht rötete sich zusehends.

»Und dann die Brandstiftungen. Wir hatten Glück, daß keiner der Lehrkräfte oder der Kinder getötet wurde. Danach wurde Crichton adoptiert, und alles hörte auf.«

»Wer hat ihn denn bei einer solchen Akte noch genommen?«

Petersons Stimme senkte sich zu einem leisen Flüstern. »Zu meiner Schande muß ich gestehen, daß ich einen hervorragenden Bericht abfaßte, den besten, den ich jemals für einen unserer Jungen geschrieben habe. Ich war bereit, alles zu tun, um unsere Schule von ihm zu befreien. Eine Familie, deren Vater bei der Armee war, hatte den einzigen Sohn durch einen Gehirntumor verloren. Ich glaube, Crichton war ebenso erfreut wie wir alle, weil sich ihm jetzt ganz neue Möglichkeiten boten. Als sie ihn besuchten, war er der personifizierte Charme. Sie waren von ihm begeistert, er verließ uns, und wir konnten wieder atmen.«

Jack schwieg. Der alte Mann hatte ihm viel erzählt. Jetzt mußte er überprüfen, ob das alles auch der Wahrheit entsprach. »Warum haben Sie sich entschlossen, mir das alles zu erzählen?«

Sein Gegenüber zögerte einen winzigen Augenblick lang und senkte dann den Kopf. »Weil ich immer geglaubt habe, daß ich das Böse einfach an jemanden weitergegeben habe. Daß ich gescheitert bin. Ich wußte, daß dieser Tag kommen würde, Mr. Forth. Ich will nichts von Ihnen wissen, ich will nur das Versprechen von Ihnen, daß das, was ich Ihnen erzählt habe, einem guten Zweck dienen wird.«

Jetzt blieb nur noch eine Frage offen, obwohl Jack eine düstere Ahnung hatte, was die Antwort betraf. »Diese Familie, wo lebte sie?«

Peterson warf ihm einen prüfenden Blick zu. »Auf Zypern. Kennen Sie die Insel?«

Kapitel 41

Die gedämpfte Musik in Helena Dwyers Wartezimmer sollte beruhigend wirken, aber Jack ging Vivaldis Baroque'n'Roll immer ziemlich auf die Nerven. Helena war einverstanden gewesen, sich sofort mit ihm zu treffen. Mit ihrer ruhiger Stimme hatte sie ihm gesagt, daß sie zwar noch andere Patiententermine habe, daß es ihr aber schon irgendwie gelingen würde, sich Zeit für ihn zu nehmen.

»Sind Sie sicher, daß Sie dazu bereit sind, Jack?« hatte sie am Telefon gefragt. Bevor die Sitzung nicht begonnen hatte, würde er auf diese Frage keine Antwort wissen. Seine Finger trommelten auf die Tischoberfläche. Die Arzthelferin hob eine streng gezupfte Augenbraue und blickte in seine Richtung. Einen Augenblick lang hielt er inne, dann begann er ein neues Trommelkonzert. Sie schürzte leicht die Lippen und tippte weiter an einem Patientenbericht.

War er bereit? Würde er jemals bereit sein, dem ins Auge zu blicken, wovor sein Geist ihn beschützen wollte? Seine Gedanken waren völlig verwirrt. Er versuchte, sich von der Angst zu befreien. Das hatte er schon früher geschafft. Im Golf, wo der fremde Sand die Soldaten zwang, vom Wasser zu träumen, hatte er von Fiona geträumt; seine Erinnerungen an das Wasser waren zu beängstigend, um sich ungehindert in den geheimen Windungen seines Hirns bewegen zu dürfen. Aber die Träume waren weiterhin aufgetaucht, sie waren immer grausamer und immer detailfreudiger geworden, bis zu dem Augenblick, da er erwachte und sie sich davonschlichen wie alte, einsame Männer, die beim Masturbieren in einem Pornokino ertappt worden sind. Doch wenn sich die Dunkelheit des Traumes auflöste und die Welt zwar unscharf, aber wieder hell aussah, konnte er sich jedesmal an ein bißchen mehr erinnern; vielleicht nur an einen Schnappschuß oder einen Geruch, aber die einzelnen Schnipsel ließen sich zumindest zu einem halbfertigen Mosaik zusammensetzen.

Und das war es auch gewesen, was ihn schließlich zu Helena Dwyer geführt hatte. Die Sitzung, in der er sich per Hypnose an Fionas Tod erinnert hatte, war ein großer Durchbruch gewesen. Sie hatte ihn vorangetrieben, hatte ihm den Glauben zurückgegeben, daß es eine Zukunft gab. Auch wenn jeden Menschen letztlich das gleiche Schicksal ereilte, glaubte er, daß ein Leben nicht daran gemessen wurde, wie man starb, sondern wie man lebte. Die ganze Geschichte um Speakman und Leone war mittlerweile glühend heiß geworden, deshalb war jetzt der Zeitpunkt gekommen, daß er Frieden mit seinem Leben schließen mußte. Doch vor ihm lag die Finsternis. Sein Atem ging flach, wenn er daran dachte, daß er in den vergangenen paar Wochen immer wieder mit ihr in Berührung gekommen war.

Es verband ihn ein Geheimnis mit Crichton, etwas, das sie in der Vergangenheit und in der Zukunft aneinanderkettete. Wasser hatte den Anwalt verbrüht und den Tod seiner Mutter verursacht, aber es steckte noch mehr dahinter.

Die Gegensprechanlage summte und riß ihn aus seinen Gedanken. Er stand auf, noch bevor die Arzthelferin ihm Bescheid sagte. Helena war mit einem jungen Mädchen aus ihrem Therapiezimmer gekommen und tätschelte jetzt seine Schulter. Das Gesicht des Mädchens war von einem großen scharlachroten Mal bedeckt. Es lächelte. Jack wartete geduldig, bis sie fort war. Dann wandte Helena ihm ihre Aufmerksamkeit zu. Sie nickte. Auf dem Gesicht lag ein warmherziges Lächeln.

»Keine Anrufe, Diana, selbst wenn Freud aus dem Grab auferstanden ist und mir jetzt sagen will, daß ich in bezug auf seine Theorien die ganze Zeit recht hatte. Kommen Sie Jack, es gibt eine Menge zu besprechen.«

Das Licht in ihrem Behandlungszimmer war gedämpft. Er roch frische Blumen – Hyazinthen.
Helena bedeutete ihm, sich in den tiefen Ledersessel zu setzen, der ihn zwang, die Schultern zu entspannen und die Beine gerade vor sich auszustrecken. Locker die Knöchel übereinanderzulegen kam einem in diesem Möbelstück vor wie die natürlichste Sache der Welt.
»Ich bin froh, daß Sie gekommen sind. Nachdem Sie unseren letzten Termin abgesagt hatten, habe ich mir zwar keine Sorgen, aber doch Gedanken gemacht. Ich weiß, daß wir unserem Ziel näherkommen. Haben Sie auch das Empfinden? Haben Sie das Gefühl, daß wir Fortschritte machen?«
Das war ihre Art. Immer auf die gemeinsame Arbeit, die gemeinsame Leistung hinzuweisen, dadurch eine Verbindung zwischen ihnen herzustellen, immer fürsorglich zu sein. Am Anfang ihrer Sitzungen hatte er dieser nur allzu durchsichtigen Methode feindselig gegenübergestanden. Die Zeit und das wachsende Vertrauen aber hatten ihm gezeigt, daß ihre Methoden funktionierten, weil sie tatsächlich ein fürsorglicher und fortwährend geduldiger Mensch war.
»Manchmal. Aber dann wieder habe ich Angst weiterzusuchen. Dann halte ich für das Sicherste, allein zu bleiben und mich aus dem Staub zu machen.«
Die Pausen zwischen seinen Antworten und ihrer nächsten Frage kamen ihm immer recht lang vor.
»Und heute?«
»Ich kann es mir nicht leisten, noch länger zu warten. Mir und anderen sind ein paar Dinge passiert, die mir die Entscheidung abgerungen haben.«
Sie nickt bedächtig. »Hat es mit der Zeichnung zu tun, die Sie mir beim letzten Mal gezeigt haben? Ist es das: die Verhandlung von König Artus?«
Jetzt nickte *er*.

»Was hat zu dieser Entscheidung geführt, Jack? Fühlen Sie sich jetzt nicht verpflichtet, es mir zu erzählen. Es geht mich ja eigentlich gar nichts an, aber es würde mir helfen.«

»Ich trage Verantwortung für andere.«

»Sind Sie sicher, daß Sie nicht einfach unter Schuldgefühlen leiden?«

Seine Antwort kam schnell. »Nein, Verantwortung und Schuld sind zwei verschiedene Dinge. Schuld empfinden wir, wenn wir glauben, nicht genug getan zu haben, aber durchaus zu mehr in der Lage gewesen wären. Verantwortung bedeutet, das Richtige zu tun, auch wenn es nicht gut genug ist.«

Helena schloß die Augen, als sie seine Worte überdachte. »Sie haben in sehr kurzer Zeit eine Menge gelernt, Jack. Darauf können Sie stolz sein.«

»Nein, ich bin nur entschlossen, die Sache zu einem Ende zu bringen.«

»Und wenn dieses Ende schrecklich ist?«

»Dann ist es eben schrecklich, aber zumindest werde ich alles getan haben, um es zu verhindern.«

»Aber wie werden Sie sich dabei fühlen?«

Das war die direkteste Frage, die sie ihm jemals gestellt hatte. In der Vergangenheit hatte sie niemals eine Einschätzung seiner zukünftigen Gefühle von ihm verlangt.

»Traurig, erregt, wütend, aber nicht schuldig. Das niemals wieder.«

Während er sprach, hatte er die Hyazinthen angesehen, hatte die komplizierte Struktur und die unterschiedlichen Blattschattierungen der violetten Blumen betrachtet.

»Sie haben jemanden kennengelernt, Jack, das spüre ich.«

Blinzelnd sah er sie an. Sie lächelte. »Ist es die Anwältin?«

Jack schürzte die Lippen. »Ich weiß, daß es unprofessionell ist, Sie zu drängen, aber Sie kommen mir so stark vor. Hat sie Ihnen diese Stärke gegeben?«

Jack hatte bislang noch keine Gelegenheit gehabt, darüber

nachzudenken. Die Tour de force der vergangenen Wochen hatte ihm nur wenig Zeit zur Introspektive gegeben.
»Sie ist etwas Besonderes, sehr stark, sehr zielstrebig, aber auch sehr sanft. Ich glaube ... ich glaube, wir haben uns gegenseitig Mut gegeben.«
Helena notierte sich etwas auf einem kleinen Block. Jack reckte den Hals in dem Versuch, es zu entziffern.
»Nicht gucken«, sagte sie warnend.
»Helena, bevor wir anfangen ...«
»Aber wir haben doch schon angefangen. Ich möchte, daß Sie angenehme Gedanken haben. Schöne, warme Gedanken an die Menschen, die Ihnen am nächsten stehen und am liebsten sind. Riechen Sie sie, berühren Sie sie, baden Sie in ihnen. Vertrauen Sie mir, Jack. Sie vertrauen mir doch, oder?«
»Ja.« Er merkte, daß ihm die Zunge schwer wurde. Seine Stimme klang seltsam, als komme sie aus weiter Ferne.
»Es wird Zeit, zurückzukehren zu der Zeit, die Sie Ihr ganzes Leben verdrängt haben. Zu dem, was Sie am meisten verängstigt, dem Ereignis, an das Sie sich aus lauter Angst nicht erinnern können. Kennen Sie diesen Ort?« Helena Dwyer horchte auf die Antwort. Seine Augen waren geöffnet und richteten sich auf einen ganz persönlichen Horizont.
»Ich kenne ihn.« Seine Stimme klang etwas höher, wie die eines Jungen.
»Ruhig. Ihnen wird nichts geschehen. Wo sind Sie?«
In seiner Kehle stieg ein kleiner Schluchzer auf, als er antwortete. »Auf Zypern.«
»Wie alt sind Sie?«
»Zehn, Miss.«
»Dann sag mir, was du siehst ...«

Kapitel 42

In seinem Kopf herrschte endgültige Klarheit. Seine Erinnerungen waren entsetzlich, aber endlich fühlte er sich wieder wie ein vollständiger Mensch. Es war, als ob er all die Jahre insgeheim ein nutzloses Körperteil mit sich herumgeschleppt hätte, das plötzlich wieder zum Leben erwacht war. Er hatte das Gefühl, daß sein Gehirn noch nicht wieder richtig funktionierte, weil es so lange nicht benutzt wurde, aber die Farben waren zurückgekehrt. Jetzt wußte er, was er all die Jahre in der Schwärze seines Gedächtnisses verborgen hatte. Jack blinzelte. Helena Dwyers Gesicht hatte seinen professionellen Ausdruck ausnahmsweise einmal verloren. Das Grauen seiner Enthüllungen hatte sie erschüttert.

»Wir müssen darüber reden, Jack.«

»Ein andermal.«

Aber sie war beharrlich. »Nein, jetzt. Ich hatte ja keine Ahnung, was ich da freisetzen würde! Wir müssen uns fragen, welchen Schaden diese Enthüllung angerichtet haben kann.«

»Der Schaden wurde vor Jahren angerichtet. Heute kann mich diese Sache nicht mehr verletzen.«

Helena beugte sich nach vorn. Sie sah ernst aus. »Regressive Hypnotherapie ist eine relativ neue Methode. Was Sie erlebt haben, könnte eine schädliche Wirkung haben. Und wir wissen noch nicht einmal, ob es die Wahrheit ist.«

Jack winkelte die Beine an, dann stieß er sich mit den Händen auf den Armlehnen seines Sessels ab, um aufzustehen. »Es ist die Wahrheit, zweifeln Sie keinen Augenblick daran. Ich habe Ihnen nicht alles gesagt, was ich weiß; eine solche Last hätten sie nicht verdient.«

»Sie auch nicht.«
»Ich trage sie nun einmal. Wie ich dazu gekommen bin, ist unerheblich. Jetzt zählt nur noch eines: daß ich nun, da ich Gewißheit habe, etwas unternehme.«
»Sie glauben daran – das bedeutet noch lange nicht, daß es wirklich passiert ist. Es könnte ein Symbol für ein anderes Kindheitstrauma sein.«
Jack dehnte die Schultermuskeln. »Ich habe es tief im Herzen immer gewußt. Seit König Artus begonnen hat zu morden, habe ich ein heftiges Unbehagen empfunden.«
»Das geht uns allen so.«
»Ich meine mehr als das. Ich bin Künstler, kein Schriftsteller, deshalb kann ich Ihnen nicht vernünftig erklären, was ich meine.«
»Versuchen Sie es.«
Sie setzte sich entspannt in ihrem Sessel zurück. Jack wußte, daß sie ihn damit auffordern wollte, es ihr gleich zu tun. Statt dessen jedoch ging er zur Tür. »Ich hatte immer das Gefühl, etwas Wichtiges zu diesem Fall zu wissen. Als ob ich die ganzen Fragen beantworten könnte, die er aufwarf. Aber es war nur unmöglich, einen Eingang zu finden, durch den auch ich die Arena betreten konnte.«
»Arena ist in diesem Zusammenhang ein interessantes Wort. Betrachten Sie das als Kampf zwischen ihm und sich, und die Öffentlichkeit sieht zu?«
Jack legte die Hand auf den hölzernen Türknauf. »Das Publikum interessiert mich nicht, aber daß es ein Kampf ist, kann ich wohl kaum abstreiten.«
»Und wessen Champion sind Sie? Was glauben Sie, für wen Sie kämpfen?«
Er öffnete die Tür und drehte sich noch einmal zu ihr um. Sie sah besorgt aus. Jack öffnete den Mund, um zu antworten, aber es kam kein Ton heraus. Wie sollte er die schmerzliche Gewißheit beschreiben, daß die Mädchen immer noch am Leben gewesen wären, wenn ihn seine Amnesie

nicht des Wissens beraubt hätte? »Ich weiß es, aber ich bin einfach nicht stark genug, um es auszusprechen. Sie können es sich aber selbst denken, denn Sie kennen mich fast besser als sonst jemand. Danke, Helena, für alles.« Er ging hinaus.

»Werden Sie wiederkommen?« rief sie ihm nach.

Wenn ich Glück habe, werde ich dazu in der Lage sein, dachte er, als er an der säuerlich dreinblickenden Arzthelferin vorbeischritt.

Jack hatte das Bedürfnis, mit seiner Familie zu sprechen. Draußen ging die Welt ihren gewohnten Gang. Niemand wußte von dem schwarzen Geheimnis, das kein Geheimnis mehr war. Er fand eine Telefonzelle und rief im Haus seiner Eltern an. Er wollte ihre Stimmen hören. Er wollte ihnen sagen, daß es ihm gut ging, daß er endlich wieder ein vollständiger Mensch war. Seine Mutter ging dran.

»Hier ist Jack.«

»Stimmt etwas nicht, Lieber?«

»Nein, alles in Ordnung. Ich wollte dir nur sagen, daß es mir gut geht.«

Sie schwieg einen Augenblick lang, und er konnte sie fast lächeln hören. »Das glaube ich gern.«

Er hatte plötzlich einen Kloß im Hals. Dann schluckte er schwer, bevor er wie ein nervöser Schuljunge weitersprach.

»Ist Hollie da?«

»Es ist Donnerstag! Sie hat Gymnastik.«

»Sag ihr, daß ich sie liebe.«

»Das weiß sie doch, du Dummer. Jemand hat vorhin für dich angerufen. Es klang wichtig, ein Mann namens Jacobson.«

»Und weiter?«

»Er hat gesagt, daß er sie wiedergefunden hätte. Er klang etwas betrunken.«

»Ich kenne ihn.«

»Er gab mir die Adresse, unter der du ihn erreichen kannst.«

Jack kritzelte sie mit einem Stück Zeichenkohle auf die Rückseite der Restaurantrechnung, die er seit dem letzten Essen mit Leone mit sich herumtrug.

»Keine Telefonnummer?«

»Ich habe ihn gefragt, aber er sagte, daß er dort kein Telefon habe. Und er sagte, daß er bei Leone zu Hause ebenfalls eine Nachricht hinterlassen habe.«

Jacks Herz begann zu hämmern wie eine Baßgitarre. Er hatte Jacobson nicht vor den Abhörgeräten in Leones Wohnung gewarnt. Jack versuchte, seiner Stimme einen gelassenen Klang zu geben – es hatte keinen Zweck, seine Mutter zu beunruhigen.

»Wie lange ist das her?«

»Etwa drei Stunden.«

Jack rannte zu dem Volvo zurück. Ein Knöllchen war an der Windschutzscheibe befestigt worden, aber das Auto war noch da. Sein Atem kam stoßweise, als er den Motor startete. Jack steuerte durch den Verkehr. Die Nacht senkte sich auf London herab. Ob er bei der Polizei anrufen sollte? Und wenn, was sollte er ihnen sagen? Ein paar alte Geschichten über einen schrecklich vernarbten Mann, der in die Welt gezogen war, um nicht nur ein erfolgreicher Anwalt, sondern auch ein Serienmörder zu werden? Reiß dich zusammen, Jack, sagte er sich. Der Schmerz in seinem Kopf nahm zu, und Jacks Hände umklammerten das Steuer so fest, daß seine Knöchel weiß hervortraten. Der Verkehr schien sich im Beerdigungstempo weiterzubewegen. Die Angst überwältigte ihn förmlich. Wiederholt drückte er auf die Hupe. An der Old Kent Road zwangen ein Krankenwagen und ein Polizeiauto mit Blinklicht den ganzen Verkehr zum Stillstand. Er kannte sich in diesem heruntergekommenen Teil Londons nicht gut genug aus, um eine Abkürzung zu fahren, aber er plante jetzt schon hektisch im Geiste die weitere Strecke nach New Cross und dem Hochhaus, wo Jacobson offensichtlich eine Bleibe gesucht hatte. Jack hoffte, daß der betrunkene Privatdetektiv seiner alten Tradition treu geblieben war und noch im Pub saß, statt nach Hause zu wanken. »Trink dir noch einen, Jake«, murmelte er, als die Autos sich wieder in Bewegung setzten. »Trink von mir aus noch fünf Liter, aber geh' keinesfalls nach Hause.«

Jack entdeckte das Schild nach New Cross. Er hatte nur einmal kurz auf die Karte sehen müssen, um sich jetzt bis ins kleinste Detail an den Straßenverlauf erinnern zu können. Die Farben des Lichts auf den glitzernden Straßen kamen ihm fast unerträglich hell vor. Er blinzelte, um nicht geblendet zu werden. Jack bog zweimal links ab, dann rechts und fuhr schließlich auf einen Kreisverkehr zu. Danach war es das dritte von drei Hochhäusern. Es nannte sich Hope House – Haus der Hoffnung.

Lächerlich. Ob die Architekten allen Ernstes daran glaubten, daß diese Legebatterien noch Raum für Würde ließen, geschweige denn für Hoffnung? Jack entdeckte die Einfahrt zu einem wenig einladenden Parkhaus. Es war ein Risiko, dort zu parken. Statt dessen wendete er und stellte das Auto so ab, daß der Kofferraum ein wenig in die Parkhauseinfahrt ragte. Wenn er schnell fliehen mußte, würde das von Vorteil sein. Aus demselben Grund ließ er auch die Türen unverschlossen. Obwohl sein Herz wie wild pochte, war er äußerlich ganz ruhig. Eine Gruppe halbwüchsiger Skinheads beobachtete ihn mißtrauisch, während sie aus schwarzen Dosen ihr Starkbier tranken. Sie sahen bedrohlich und abstoßend aus. Aber Jack hatte es eilig.

Im Innern der düsteren Festung wurde das Licht fast vollständig von der Dunkelheit besiegt. Die Aufzüge waren vermutlich langsam oder außer Betrieb. Er beschloß, die Treppen hinaufzurennen. Die Nummer, die ihm seine Mutter genannt hatte, war 22; das bedeutete, die Wohnung befand sich im zweiten Stock. Als Jack sich der Wohnungstür näherte, verlangsamte er seinen Schritt und schlich sich auf Zehenspitzen an. Er drückte sich an die Wand rechts neben der mit Farbe verkleisterten Tür, über die diagonal die Worte »Millwall FC« gesprüht worden waren. Dann klopfte er. Er hatte fast erwartet, daß die Tür unter dem leichten Druck seiner Hand aufgehen würde, aber nichts geschah. Jack klopfte erneut, diesmal etwas fester: immer noch keine Antwort. Da beugte er sich zu dem verrosteten Briefkasten hinunter. Als er die Klappe mit Gewalt hochzog, antwortete sie mit einem Quietschen; in diesem Teil der Stadt bekam man nicht allzu häufig Post. Jack spähte durch den Schlitz. Drinnen herrschte schummrige Dunkelheit.

Nachdem seine Augen sich an das Licht gewöhnt hatten, erkannte er ein abgewracktes Sofa und einen schmalen Stuhl. In der Wohnung bewegte sich nichts. Erst flüsterte er. Dann schrie er los: »Jake, wach auf! Ich bin's, Jack Forth!«

Schweigen. Er beschloß, die Tür einzutreten. Eine ziemlich drastische Maßnahme – immerhin war es gut möglich, daß Jack noch in irgendeinem Pub war. Aber Jack hatte nun einmal ein außerordentlich ungutes Gefühl. Er trat zurück und straffte die Schultern gegen den Aufprall. In diesem Augenblick hörte er die Springerstiefel. Das Geräusch kam die Treppen hoch. Jack preßte sich gegen die Wand. In dem dämmrigen Licht, das hier herrschte, würde er gegenüber demjenigen, der die Stufen heraufkam, im Vorteil sein. Ein rasierter Kopf spähte um die Ecke des Treppenhauses.

»Oi, Mister.« Die Stimme wies ihn unverkennbar als Südlondoner aus. »Irgendsoein Kerl wurstelt an Ihrer Karre rum. Sie haben die Schlüssel hängenlassen.«

Jack klopfte sich auf die Hosentasche. Scheiße, der Junge hatte recht. Aber es konnte genausogut eine Falle sein.

»Rückwärts die Treppe runter, und du siehst mir die ganze Zeit ins Gesicht, sonst breche ich dir deine verdammten Beine.«

»Wo zur Hölle sind Sie? Ich kann Sie gar nicht sehen.«

»Tu's einfach«, schrie Jack und rannte auf den Jungen zu. Wie er erwartet hatte, wandte sich dieser auf dem Absatz um und galoppierte die Treppe hinunter. Wenn die anderen auf ihn warteten, würde er entweder geradewegs in sie hineinstolpern, oder die kleinen Schweine würden panisch abhauen. Jack ging vorsichtig die beiden Treppenabsätze hinunter. Er konnte hören, daß der flüchtende Junge schrie: »Los, weg hier, der Typ ist total durchgeknallt.«

Das platschende Geräusch ihrer Stiefel auf dem nassen Asphalt entfernte sich. Der Volvo stand noch an derselben Stelle, aber die Straße war leer. Jack schoß zu seinem Auto und sah hinein. Die Schlüssel schwangen leicht hin und her, als ob jemand sie vor kurzem berührt hätte. Er warf einen Blick auf die Rückbank. Nichts. Dann kauerte er nieder, um unter das Auto zu sehen. Alles in Ordnung. Ein Laut durchschnitt die Luft. Er kam aus dem Kofferraum. Vorsichtig trat er näher heran. Da, schon wieder. Ein leises, mitleiderregendes Stöhnen. Jack öffnete die Haube. Sie hob sich langsam. Dort lag ein Schatten. Ein Körper. Er sah aus wie Jacobson, aber das Gesicht war zu zerstört, um es mit Sicherheit sagen zu können. Beide Ohren fehlten. Seine Nase war völlig zerschmettert. »Mein Gott, Jake.«

Er stöhnte wieder. Seine Augen flackerten leicht. Etwas war in seinem Mund – Jacobson kaute darauf herum. Es fiel heraus. Seine Zunge. Jack spürte, wie ihm die Galle hochstieg. »Armes Schwein«, flüsterte er. Plötzlich hörte er von ferne Schritte. Jack wirbelte herum. Die Gruppe Jugendlicher war größer geworden. Jetzt waren ein paar ältere, mutigere, gefährlichere Skinheads dabei; einige hielten Flaschen in der Hand. Er hatte nicht viel Zeit.

Er zerrte den schweren Körper aus dem Kofferraum, riß

die hintere Tür auf und warf Jacobson auf die Rückbank. Dann schlug er die Tür wieder zu und hechtete auf den Fahrersitz. Er stellte fest, daß er über und über mit Blut besudelt war. Er drehte den Schlüssel. Der Motor wollte nicht anspringen. Im Rückspiegel beobachtete er, wie sich die Gruppe heranpirschte.
»Komm schon, du schwedisches Stück Scheiße«, schrie er, »spring an!« Noch einmal drehte er den Schlüssel. Die Jugendlichen waren jetzt neben ihm. Hände griffen nach der Tür. Als der Motor ansprang, wurde die Beifahrertür aufgerissen. Er ließ die Kupplung los und gab Vollgas. Das Grinsen des Jungen verwandelte sich in Verwirrung, als sein Arm von der Beschleunigung des Fahrzeugs nach vorn gerissen wurde. Dann ertönte ein unangenehmes Geräusch, und der Junge verschwand. Im Rückspiegel sah Jack, wie er über den Boden kugelte. Er griff hinüber zur Beifahrertür und zog sie zu. Er mußte Jacobson ins Krankenhaus fahren! Wenn es durch die unsanfte Behandlung, die er eben erfahren hatte, nicht bereits zu spät war ... Ein paar Straßen weiter verließ Jack die Hauptstraße und bog in eine ruhige Seitenstraße ein. Er parkte am Straßenrand, um sich Jacobsons Verletzungen genauer anzusehen. Er wollte sich zudem davon überzeugen, daß er noch atmete. Zu viele Menschen waren gestorben, weil man sich nicht sofort um sie gekümmert hatte. Vielleicht konnte er den starken Blutfluß stillen. Wenigstens hätte Jacobson dann noch eine Chance.
Jacobsons Atem ging flach, sein Puls war kaum noch wahrnehmbar. Sein ganzer Körper war mit entsetzlichen tiefen Wunden bedeckt. Als Jack sich über ihn beugte, öffneten sich die Augen des verletzten Mannes weit. Dann richteten sie sich mühsam auf ihn. Er versuchte zu sprechen, was ihm ohne Zunge jedoch kaum gelingen wollte. Er versuchte es immer wieder.
Jack lauschte.

»Ak, Ak.« Jacobson versuchte offensichtlich, seinen Namen auszusprechen. »Ie Famie.« Jacobson blickte ihn verzweifelt an – seine Hand umklammerte Jacks Arm.
Jack versuchte seine eigene Zunge gegen den Gaumen zu pressen, um so zu tun, als habe er keine. Er probierte die halben Wortfetzen aus. Die am Gaumen oder mit der Zunge gebildeten Konsonanten wie K und L konnte er nicht aussprechen. Sein Magen drehte sich um, er wiederholte die Botschaft, die er nun herauszuhören glaubte.
»Familie!« Jake nickte, sein Blick begann zu brechen. Er nickte nochmals. »Meine Familie?« Jack brauchte eigentlich keine Bestätigung, aber das fieberhafte Kopfnicken des Mannes gab sie ihm trotzdem.
»Jetzt?« Jacobsons Kopf begann vornüberzusacken. »Jetzt? Sag mir, sind sie jetzt in Gefahr?«
Mit dem letzten Atemzug seines Lebens nickte der Mann.
Jack sah dickes Blut aus seinem Mund rinnen und wußte, daß er tot war. Sanft legte er seinen Mantel über Tony Jacobson. Er setzte sich wieder auf den Fahrersitz, startete erneut und fuhr in Windeseile davon. An der nächsten Telefonzelle kam er mit quietschenden Reifen zum Stehen, warf ein knutschendes Pärchen hinaus und rief zu Hause an. Ein einzelner ununterbrochener Ton sagte ihm, daß die Leitung tot war. Das mußte innerhalb der vergangenen Stunde geschehen sein – zuvor hatte er schließlich noch mit seiner Mutter telefoniert. »Was bist du, ein Phantom? Kannst du an zwei Orten zugleich sein?« Aber Jack hatte Crichtons Werk in Leones Wohnung gesehen; er kannte sich mit Elektronik aus. Vielleicht wollte er ja auch bei seinen Eltern ein Feuer legen, wie er es zuvor bei Tony Jacobson getan hatte. Eine Zeitschaltuhr an einem außen gelegenen Sicherungskasten würde die gleiche Wirkung haben. Das bedeutete, daß Crichton in der Nähe des Hauses seiner Eltern gewesen war. Schnell wählte er 999 und

meldete einen Notfall unter der Adresse seiner Eltern. Eine gleichgültige Stimme fragte nach seinen persönlichen Daten. Dafür hatte er keine Zeit. Jack hechtete wieder ins Auto. Er betete nur um eins: daß er noch rechtzeitig kommen würde.

Kapitel 43

Die Blätter mit Leones Notizen bedeckten den gesamten Schreibtisch in Jacks ehemaligem Zimmer und breiteten sich auch auf dem Holzboden zu ihren Füßen aus. Es war immer hilfreich, seine Gedanken zu Papier zu bringen; das Gehirn erwies sich meist doch als recht unzureichendes Speichermedium für eine solche Fülle an Informationen. Jacks Mutter hatte ihr ein Baguette mit Mozarella gebracht, während sie sich durch den Wust an Daten arbeitete. Sie hatte beschlossen, alles aufzuschreiben, was sie in den vergangenen Wochen getan und erfahren hatte. Es war gefährlich, einige der Ereignisse festzuhalten, aber es war das Risiko wert, falls ihr irgend etwas zustoßen sollte. Zum ersten Mal zog sie die Möglichkeit eines gewaltsamen Todes in Betracht. Crichton hatte bei zahlreichen Gelegenheiten getötet und durch den Mord an Pat Barraclough bewiesen, daß jeder, der ihm im Weg stand, zum Opfer werden konnte; das bedeutete, daß auch sie in Gefahr war. Sie hatte in der Firma angerufen, und die Empfangsdame hatte ihr von dem Gerücht erzählt, das die übrigen Partner in Umlauf gebracht hatten: daß Crichton etwas »Großes« bevorstand. Wenn die Dinge so liefen, wie Leone es sich wünschte, würde dies eine lebenslange Haftstrafe sein.

Leones Nacken schmerzte noch immer von der Nacht, die sie mit Jack zusammen auf dem Sofa verbracht hatte. Sie setzte sich einen Augenblick lang zurück und erinnerte sich an seinen tiefen Atem, an seine langen Wimpern. Der Schlaf hatte die Fältchen in seinem Gesicht geglättet, so daß er jünger, unschuldiger aussah. Doch sie wußte, daß er schon zu viel gesehen hatte, um jemals wieder unschuldig sein zu können. Einmal hatte er heftig zu stöhnen begonnen: Sie hatte seine dunklen Locken gestreichelt, bis ein leichtes Lächeln seine Lippen umspielte und er erneut in tiefen Schlaf sank. Derlei rührselige Geschichten waren niemals ihre Art gewesen – bis heute. All ihre bisherigen Beziehungen waren im Vergleich dazu schal gewesen, dabei war noch nichts gesagt worden, Versprechen weder gegeben noch gebrochen worden. Vielleicht war das die Art und Weise, wie Erwachsene miteinander umgehen sollten. Leone schüttelte den Kopf – es war wirklich nicht der richtige Zeitpunkt, um sich über so etwas Gedanken zu machen.

Sie wandte ihre Aufmerksamkeit wieder dem Speakman-Fall zu und konzentrierte sich darauf, was die Verteidigung mit Hilfe des mittlerweile verfügbaren Beweismaterials bewirken konnte. Keiner wollte, daß ein Schuldiger freigelassen wurde. Doch genausowenig wollte sie einen Unschuldigen verurteilt wissen. Es mußte eine Möglichkeit geben, wie man dieses Problem umgehen konnte. Sämtliche Aussagen von Coombs, Trondl und Barraclough befanden sich im Verzeichnis »Ungenutztes Material« und waren der Verteidigung demzufolge noch zugänglich. Die Staatsanwaltschaft hatte das Material nicht vernichtet, sondern nur unterschlagen; das war ein Unterschied. Toby würde Sedgewick die Aussagen zeigen müssen, aber er würde nicht enthüllen können, wie er daran gekommen war. Sie steckten jetzt schon viel zu tief drin, um sich über einen kleinen Betrug wie diesen Sorgen machen zu dürfen. Jedenfalls war es unwahrscheinlich, daß Sedgewick, konfus wie er war, Toby fragen würde, wo er die Informationen herhatte. Er wäre wahrscheinlich viel zu sehr damit beschäftigt, Wind zu machen.

Leone entwarf ein Diagramm, in das sie jede Aussage eintrug, um sich darüber klarzuwerden, wie sie ihnen weiterhelfen konnte.

Pat Barracloughs Aussage zeigte, daß das erste Opfer, Colleen Bridges, in der Nacht ihres Verschwindens in ein Auto gestiegen war, das Sir Colin Bigg gehörte. Das war die letzte Gelegenheit gewesen, zu der sie lebendig gesehen worden war. Ihre Leiche war später im Dosmary Pool gefunden worden.

Speakmans Dienstplan ergab, daß dieser just zu diesem Zeitpunkt einen Tag krankgefeiert hatte. Sein Haus war Hunderte von Meilen vom Tatort entfernt. Die Staatsanwaltschaft mußte also behaupten, daß er nach London gefahren war, sie von dort verschleppt hatte, sie dann nach Exeter gebracht, dort geblendet und im Dosmary Pool ertränkt hatte. Das schien doch recht unwahrscheinlich zu sein. Alle anderen Entführungen oder Morde standen mit der Route, die Speakman als LKW-Fahrer fuhr, in Verbindung. Das bedeutete, daß der erste Mord ein einmaliger Fehltritt war, während die anderen bis ins Kleinste geplant worden waren. Es bedeutete ebenso, daß Crichton Zugang zu Informationen über Speakmans Route hatte. Pat Barraclough war tot, aber ihre Aussage würde vor Gericht trotzdem Gewicht haben. Leone kannte eine entsprechende Verfügung, der zufolge die Aussage eines Verstorbenen vor Gericht verlesen werden durfte: So mußten sie vorgehen.

Und das wiederum führte sie zu der Aussage von Dr. Ian Coombs. Er war die ursprünglichen Berichte noch einmal durchgegangen und hatte bestätigt, daß die Polizei das Haar, das das Opfer in Händen hielt, sichergestellt hatte, ebenso wie die vier Spermaproben. Das war ebenfalls ein Unterschied zu den späteren Morden, bei denen man keine Spermaproben gefunden hatte, obwohl sämtliche Opfer sexuell mißbraucht worden waren. Coombs hatte per DNA-Vergleichsanalyse eine Verbindung zu Speakman herzustellen versucht, was ihm aber nicht gelungen war. Das Gesetz sah keine Beschränkungen vor, die sie daran hinderten, den von der Staatsanwaltschaft mit der Analyse beauftragten Wissenschaftler in den Zeugenstand zu rufen. Das einzige, was ihnen jetzt noch fehlte, war eine Gewebe- oder Haarprobe Crichtons: Wie sie die bekommen sollten, war eine ganz andere Frage, aber sie mußten den Geschworenen unter allen Umständen beweisen, daß es noch jemand anderen gab, der möglicherweise schuldig war. »Nein«, sagte sie zu sich selbst, »wir müssen mehr als das tun: Wir müssen beweisen, daß jemand anderes tatsächlich die Morde begangen hat.«

Leone beschäftigte sich nun mit der Aussage von Brian Stafford, des Chauffeurs. Obwohl er außer Sir Colin niemanden in dem Auto identifizieren konnte, war er hinsichtlich des Datums und des Ortes vollkommen sicher. Jetzt führte eine gerade Linie von Barraclough zu Stafford, doch sie hatten noch keine Vorstellung, was mit Colleen in der Wohnung in Knightsbridge – oder überhaupt in der Zeit, bevor ihr Leichnam gefunden wurde – geschehen war. Würde die Krone Sir Colin als Zeuge vor Gericht zulassen? Würde er sich bereit erklären, auszusagen, auch wenn er sich damit selbst belastete? Sicher war Staffords Aussage belastend genug, um Sir Colin unter Druck zu setzen. Er konnte es sich nicht leisten, vor Gericht als Lügner dazustehen, mußte versuchen, die Sache richtigzustellen. Immerhin klagten sie ihn damit der Mitschuld an dem Mord an. Alles schien ganz gut zueinander zu passen.

Aber trotzdem waren es nur einzelne Fäden. Eine ziemlich frustrierende Arbeit, sie zu einem Gewebe zusammenzuführen – der typische Job eines Verteidigers. Die Indizienbeweise, die gegen den Angeklagten vorlagen, waren ziemlich stark. Sobald er vor den Geschworenen stand, war er bereits verhaftet und angeklagt worden. Die Staatsanwaltschaft hatte die Rechtsmittel in dem Fall bereits überprüft und die Beweise dabei ebenso im Auge behalten wie die Aussicht auf die Verurteilung des mutmaßlichen Täters. Zumindest sollte es so sein. Nach dieser Hürde wurde der Angeklagte am Magistrates' Court vorgeführt, und wenn die Anklage ernst genug war, wurde er dem Crown Court überantwortet, wo man ihm dann den Prozeß machte. Daraufhin wurden sowohl auf der Seite der Verteidigung als auch auf Seiten der Staatsanwaltschaft die Barrister mit dem Fall beauftragt, man hielt Besprechungen ab und setzte ein Datum für die Verhandlung fest. Vor dem Prozeß wurden dann die Geschworenen vereidigt, und schließlich würde der Richter die Anklage verlesen.

»Um Himmels Willen, er muß doch einfach schuldig sein! Seht ihn euch doch nur mal an.« Dieser Fehler wurde all zu leicht gemacht. Die Tatsache, daß Speakman den gesamten mangelhaften Filterprozeß durchlaufen hatte, machte ihn noch lange nicht zum Schuldigen – das mußte die Staatsanwaltschaft erst noch beweisen. Aber bei Strafrechtsprozessen gab es eine Redensart: »Je schlimmer die Straftat, um so weniger hören sie auf die Verteidigung.«

Im Speakman-Prozeß waren die Straftaten so niederträchtig, daß es Leone überraschte, wenn man überhaupt zuhören würde. Das war der Grund, warum sie nach etwas suchen mußten, das die Aufmerksamkeit der Geschworenen fesselte.

Sie rief Toby Sloane an.

»Leone, wie kommst du voran?«

Sie berichtete von ihren Ideen in bezug auf die Augenzeugen.

»Großartige Arbeit! Denk weiter nach. Ich habe ebenfalls etwas herausgefunden. Crichton besitzt zwei Autos, die auf seinen Namen zugelassen sind. Der eine ist ein Rollce Royce, der andere ein Range Rover. Der Range Rover ist zweimal gesehen worden.«

»Das ist ja toll.«

»Fürchte, nein. Er hat ein Haus im Dartmoor; hatte jeden Grund, ihn zu jenem Zeitpunkt in dieser Gegend zu benutzen. Das Einwohnermeldeamt hat die Adresse bestätigt. Einmal ist er im Rahmen der TIE-Ermittlungen von sehr unterwürfigen Beamten des Criminal Investigation Department verhört worden. Und es wurden keine weiteren Maßnahmen eingeleitet, was wohl kaum überraschen dürfte.«

»Er ist doch zu clever, um sein eigenes Auto zu benutzen.«

»Das habe ich mir auch gedacht. Deshalb habe ich eine Suchabfrage in der HOLMES gestartet, um sämtliche Mietwagen, die im Zuge der Ermittlungen erfaßt wurden, ausfindig zu machen; es sind Tausende. Ich mußte mich also in ihn hineinversetzen. Seinen eigenen Namen würde er wohl kaum benutzen, aber er ist ein Schlaumeier, und das stellt er auch gern zur Schau.«

»Was hast du herausgefunden?«

»Woher weißt du, daß ich *überhaupt* etwas gefunden habe?«

»Weil ich euch Barrister kenne: Ihr erzählt uns Solicitors doch nur von eurer Brillanz, niemals von eurer Inkompetenz.«

Toby lachte. »Ein Punkt für dich. Wie auch immer«, er sprudelte förmlich vor Aufregung, »in Exeter wurden vom Hertz-Autoverleih drei Mietautos gesehen.«

»Das überrascht mich nicht, immerhin ist das doch ein Touristengebiet. Das Moor ist ansonsten kaum zugänglich.«

»Stimmt, aber wie hoch stehen die Chancen, daß drei Menschen, jedesmal Männer, innerhalb einer Zeitspanne von drei Jahren einen Ford-Minivan mieten?«

»Nicht besonders hoch, aber wer weiß das schon?«

»Was, wenn jedesmal der gleiche Name in den Mietunterlagen auftaucht?«

»Komm zur Sache.« Anwälte waren alle gleich: Sie mußten sogar die Verlesung eines Einkaufszettels dramatisch gestalten.

»Und was, wenn dieser Name eine Bedeutung hätte,

zumindest wenn man sich in der englischen Geschichte auskennt?«
»Fahren Sie fort, Professor.«
Toby machte eine spannungsgeladene Pause, dann erklärte er. »Er benutzte den Namen Pendragon.«
Leone schwieg einen Augenblick lang. »Und?«
»Und Pendragon war der Familienname von König Artus. Er hat seine Visitenkarte hinterlassen.«
»Und wie soll uns das helfen, zu beweisen, daß es Crichton war, der die Autos gemietet hat?«
Toby zögerte. In seiner Erregung über diese Entdeckung hatte er nicht darüber nachgedacht, wie es weiterging. »Man könnte die Angestellten der Autovermietung verhören, könnte ihnen Photos von Crichton und Speakman zeigen.«
»Zu gefährlich. Sie werden jedesmal auf Speakman zeigen. Sein Photo ist seit Monaten in den Zeitungen. Und jeder will doch dabei helfen, einen Mörder zu verurteilen.«
»Ich habe es noch nicht durchdacht. Tut mir leid, Leone.«
»Das braucht dir nicht leid zu tun: Du hast großartige Arbeit geleistet, die später noch einmal von Bedeutung sein könnte. Grab nur weiter. Jeder macht Fehler. Crichton ist keine Ausnahme.«
Leone nahm ihren Mont-Blanc-Füller zur Hand. »Wie, hast du gesagt, lautet die Adresse seines Hauses in Exeter?«
»Ich habe sie dir noch gar nicht genannt. Warum willst du sie haben?«
»Der Vollständigkeit halber, falls ich eine Verbindung zu irgend einer anderen Quelle entdecke.« Sie versuchte, ihrer Stimme einen überzeugenden Klang zu verleihen.
»Also, ich weiß nicht...«
»Komm schon Toby, sag sie mir.« Sie kritzelte die Adresse auf ihren Notizblock.
»Ich hoffe auf morgen. Dann werde ich einen Abstecher in den Explorer's Club machen, wo die Insassen des grünen

Autos gefeiert hatten, bevor sie Colleen aufgabelten. Irgendwelche Neuigkeiten von Jack?«

»Noch nicht.«

»O. K., melde dich wieder. Ich denke, wir sind ihm ein gutes Stück näher gekommen.«

Das denke ich auch, dachte sie, als sie auflegte.

Aber als sich die Dunkelheit über die stille Vorortstraße senkte, war Leone nicht klar, *wie* nah sie ihm waren.

Kapitel 44

Während der Polizeiwagen vor dem Krankenhaus vorfuhr, ging der Sergeant gerade seinen Bericht durch. Er bat den Fahrer, zu parken und auf ihn zu warten.

Unfallbericht der Feuerwehr Hertfordshire

Leiter des Einsatzes: Chief Fire Officer Hamlin
Eintreffen des Notrufs: 21.26 Uhr
Einsatz: 20 Minuten später

Grund der Verzögerung (wenn vorhanden):

1. Zwei Teams rückten zum Brandort aus. Team A wurde in Verkehrsunfall (siehe Bericht 961 b) mit Blechschaden verwickelt. Team B wurde durch den Verkehrsstau aufgehalten, der durch den Unfall hervorgerufen wurde. Es wurden sämtliche Maßnahmen ergriffen, um sich dem Brand trotzdem möglichst schnell zu nähern.

Ort des Brandes: 12 The Grove, St Albans

Bewohner: Graham Forth, 68 (Hausbesitzer)
Jean Forth, 61 (Hausbesitzerin)
Hollie Forth, 8 (Enkelin der oben genannten Personen)
Leone Stern, 34 (Freundin der Familie)

Lagebericht bei Ankunft der Feuerwehr:

Rauch und Flammen waren schon aus der Ferne deutlich

sichtbar. Die Straße macht dort eine enge Kurve. Autos parkten zu beiden Seiten. Löschfahrzeuge waren nur begrenzt manövrierfähig, was zu weiteren Verzögerungen führte. Team A teilte sich auf. Die erste Gruppe organisierte die Entfernung der Fahrzeuge, die die Zufahrt blockierten, die zweite zog die Wasserschläuche über die Straße, um die Flammen zu ersticken. Ich stellte Nachforschungen über mögliche Insassen des Hauses an. Mr. und Mrs. Forth waren in Sicherheit, litten aber an Rauchvergiftung; Miss Stern in geringerem Umfang ebenfalls. Ihre Enkelin war noch im Gebäude. Der Wasserdruck war niedrig und behinderte die Effizienz der Löschmaßnahmen. Das Feuer hatte sich im ganzen Haus ausgebreitet. Das gesamte Untergeschoß stand in Flammen. Die leitenden Feuerwehrmeister Armstrong und Hill unternahmen zahlreiche Versuche, um durch die Vordertür und das vordere Fenster ins Gebäude einzudringen. Das Mädchen war am Fenster des Schlafzimmers im ersten Stock deutlich sichtbar. Man konnte erkennen, daß sie erfolglos versuchte, das Schiebefenster zu öffnen.

Ein blauer Volvo erschien auf der Straße. Der Fahrer schob mit der Schnauze seines Wagens einige der parkenden Autos aus dem Weg. Wir unternahmen mehrere Versuche, das Auto zu stoppen, damit es die Feuerbekämpfungsmaßnahmen von Team A nicht behinderte.
Das Auto bahnte sich jedoch gewaltsam seinen Weg und fuhr durch das hölzerne Doppeltor auf das Gebäude zu. Er durchbrach das Tor zur Garage, die an das Haus angrenzt und fuhr mitten durch die Flammen. In diesem Augenblick explodierte ein Fenster im Untergeschoß. Mitglieder von Team A wurden durch umherfliegende Glassplitter verletzt (Liste der Verletzungen, siehe Anhang).

Der Mann aus dem Auto, den Miss Stern als Jack Forth,

den Sohn der Hausbesitzer, identifizierte, wurde dann zusammen mit seiner Tochter am Fenster im oberen Stockwerk gesehen. Ich konnte erkennen, daß die Farbe am äußeren Fensterrahmen bereits Blasen geworfen hatte. Der Mann kämpfte mit dem Schiebefenster (das sich wahrscheinlich aufgrund der hohen Hitzeentwicklung verzogen hatte), und schließlich gelang es ihm, es zu öffnen. Danach ließ Mr. Forth seine Tochter auf ein feuerfestes Kissen fallen, das wir unter das Fenster geschoben hatten. Sie hatte eine Rauchvergiftung. Später bestätigte die Untersuchung, daß keine bleibenden Verletzungen vorlagen. Mr. Forth versuchte, selbst hinabzuspringen, aber der Fensterpfosten brach ein. Er entschwand unseren Blicken. Feuerwehrhauptmann O'Sullivan glaubt, Forth dort oben noch einmal gesehen zu haben, obwohl dies von niemandem sonst bestätigt wurde. Er muß jedoch recht gehabt haben. Wir brauchten eine Stunde, um das Feuer zu löschen. Ein Leichnam, vermutlich männlich, wurde aus dem rückwärtigen Teil der Garage geborgen. Der Verstorbene hat eindeutig versucht, auf demselben Wege zu flüchten, wie er hineingekommen war.
Obwohl Mr. Forths Fahrweise zu Beginn die Feuerwehr behinderte, war seine Rettungsaktion für seine Tochter außerordentlich heldenhaft.

Das Feuer

Nach dem Feuer ließ ich das Gelände nach den Ursachen absuchen. Ich entdeckte zwei voneinander getrennte Zündpunkte. Bei beiden läßt sich auf Brandstiftung schließen. Sie waren durch extrem hohe Temperaturen zerstört, was ein Feuer, das durch einen normalen Unfall im Haus hervorgerufen wurde, ausschließt. Kleine Metallkomponenten wurden gefunden, die meine Einschätzung bestätigen. Diese wurden an folgenden Stellen plaziert:

1. An der Vordertür, möglicherweise in der Mitte des Briefkastens.
2. An der Hintertür, in der Nähe eines Hasenverschlags.

Schlußfolgerung

1. Dieses Feuer ist auf vorsätzliche Brandstiftung zurückzuführen.
2. Die Zündungsmethode war sehr raffiniert und wurde aller Wahrscheinlichkeit nach mit Hilfe eines Zeitzünders in Gang gesetzt.
3. Durch die Positionierung der Brandbeschleuniger kann man mit Sicherheit annehmen, daß sämtliche Hausbewohner in den Flammen sterben sollten.

Bemerkungen

1. Meine Anerkennung gilt sämtlichen Mitgliedern der Einsatztruppe, ihrem Mut bei der Bekämpfung des Feuers und ihren Bemühungen zu verhindern, daß es sich nicht auf angrenzende Häuser ausdehnte.
2. Das Criminal Investigation Department wurde unverzüglich von meinen Feststellungen informiert.
3. Ich wiederhole, daß Mr. Jack Forth sein Leben geopfert hat, um seine Tochter zu retten. So viel Mut muß anerkannt werden.

Der Sergeant schloß die Akte und ging ins Krankenhaus. Er sah sehr unglücklich drein, weil ihm ein schwerer Gang bevorstand.

Leone kniete neben Hollie, die im rechten Bett des Krankenzimmers lag. Die Augen des Kindes öffneten sich, ihre Lider flatterten. Auf einem weißen, gestärkten Tuch lag eine glänzende Nierenschale, die Leone Hollie dicht unter den Mund hielt. Erneut hustete sie heftig und spuckte den tintenschwarzen Inhalt ihrer rauchgefüllten Lungen hinein. »Wo zum Teufel bist du, Jack?« flüsterte Leone.

Nach Ankunft der Krankenwagen war alles sehr schnell gegangen. Sie hatte Jack nicht mehr aus dem brennenden Haus herauskommen sehen. Seine Eltern wurden mit dem ersten Krankenwagen weggeschafft. Sie waren am Leben, hatten aber einen heftigen Schock erlitten. Leones Zimmer hatte etwas abseits des Feuers gelegen, und sie hatte bei leicht geöffnetem Fenster geschlafen, so daß ihre Rauchvergiftung sich in Grenzen hielt.

Sie sah auf Hollie hinunter und konnte die Tränen nicht mehr zurückhalten. »Wo bist du, Jack?« fragte sie abermals.

Sie waren dieselben Gänge zu derselben freundlich gestrichenen, mit Kinderzeichnungen geschmückten Kinderstation entlanggelaufen, auf der Leone Hollie kennengelernt hatte. Ein Arzt hatte das Kind eilig untersucht, während zwei Krankenschwester das Atemgerät aufbauten.

Der Schock hatte Leone erschöpft. Langsam ließ sie ihren Kopf von einer Seite zur anderen kreisen, versuchte, ihre Nackenmuskulatur zu entspannen. Gleichzeitig begann die Furcht in ihrer Kehle aufzusteigen und mit ihr erneut jenes vertraute heiße Brennen. Wie ein Blitzschlag traf sie plötzlich der Gedanke, daß jemand versucht hatte, sie zu töten. Und nicht nur sie, sondern auch ein achtjähriges Mädchen und Jacks Eltern. Mit einer solchen Situation war sie noch nie konfrontiert gewesen – aus zweiter Hand, ja, diese Geschichten kannte sie aus den Zeitungen und durch Klienten. Aber sie war niemals unmittelbar betroffen gewesen.

»Miss Stern?« Leones Augen öffneten sich beim Klang der Stimme einer Schwester. Sie blickte auf Hollies mittlerweile schlafende Gestalt hinab. Es war drei Uhr nachts. Plötzlich schien alles über ihr zusammenzubrechen. Ein heftiger Hustenanfall schüttelte sie. Die Schwester eilte ihr zur Hilfe. Schließlich hatte sie sich wieder genügend beruhigt, daß die Schwester sprechen konnte.

»Am Telefon im Stationszimmer ist ein Gespräch für Sie – ein Mann, der sich nach Hollie erkundigt. Er fragte, ob er mit Ihnen sprechen könne. Fühlen Sie sich dazu in der Lage?«

»Hat er gesagt, wer er ist?«

»Mr. Leath, Hollies Onkel, glaube ich.«

Leone hatte Jack nie von irgendwelchen Verwandten erzählen hören; und wie hatten sie so schnell von dem Feuer erfahren? Zögernd hielt sie den Hörer ans Ohr.

»Hier Leone Stern.«

»Miss Stern, ich heiße Tom Leath. Ich bin ein Freund von Jack. Soweit ich weiß, leisten Sie momentan Hollie Gesellschaft. Wie geht es ihr?«

»Es geht ihr gut, Mr. Leath. Habe ich richtig verstanden, daß Sie Hollies Onkel sind?«

»Nicht so ganz. Er hat nur gesagt, daß ich mich als ihr Onkel ausgeben soll.«

»Wer ist *er*?« fragte Leone.

»Jack.«

»Jack!« rief sie laut. »Gott sei Dank. Wo ist er? Ist er verletzt?«

»Das kann ich Ihnen nicht beantworten, Miss Stern. Ich bin nur der Bote. Er hat gesagt, daß er mich in zehn Minuten zurückrufen will, um zu erfahren, ob es Hollie gutgeht, aber er wollte mir nicht sagen, wo er ist. Tut mir leid.«

»Wer sind Sie?«

»Ein Freund. Ich arbeite in der gleichen Agentur.«

»Warum kann er nicht ins Krankenhaus kommen?«

»Ich weiß es nicht. Er hat mich nur gebeten, Ihnen zu versichern, daß er wohlauf ist. Was zum Teufel geht denn da vor?«

»Hat er sonst nichts gesagt?« drängte Leone, die Frage ignorierend.
»Nur, daß Sie ihn morgen früh um elf Uhr vor der Tate Gallery treffen sollen und daß Sie der Polizei keinesfalls sagen sollen, daß er lebt. Wenn das für Sie irgendeinen Sinn ergibt? Wenn er in Schwierigkeiten steckt, kann ich Ihnen vielleicht helfen.«
»Es ergibt keinen Sinn. Warum ist er nicht ins Krankenhaus gekommen?«
»Er klang merkwürdig, gehetzt. Ich habe ihn noch nie so erlebt. Aber ich habe nicht mehr aus ihm herausbringen können.«
Leone bemerkte, daß die Tür zum Stationszimmer geöffnet wurde. Zwei uniformierte Polizisten standen davor und unterhielten sich mit der Schwester. »Ich muß jetzt auflegen. Sagen Sie ihm, Hollie hat zwar eine Menge Rauch geschluckt, ist aber nicht ernsthaft verletzt. Ich bin morgen da. Ich hoffe nur, er weiß, was er tut.«
Sie hatte den Hörer gerade aufgelegt, als einer der Beamten, ein Sergeant, ihr in den Weg trat.
»Miss Stern, ich habe eine Nachricht für Sie. Wir haben einen Leichnam in den Trümmern gefunden.«
»O Gott«, rief Leone aus.
»Es tut mir leid. Alle Hinweise deuten darauf hin, daß es sich um Mr. Forth handelt. Die endgültige Identifikation wird anhand des Gebisses vorgenommen werden. Es tut mir wirklich sehr leid. Er war ein mutiger Mann: Er hat ein Leben gerettet und seines dafür geopfert.«
Leone sank in den Stuhl und vergrub das Gesicht in den Händen. Diese Geste verbarg zumindest ihre Verwirrung und würde als Reaktion der trauernden Freundin aufgefaßt werden. Wenn Jack am Leben war, stellte sich nämlich die Frage, wessen Leichnam sie im Haus gefunden hatten?«
»Ich würde dem kleinen Mädchen noch nichts sagen, Miss

Stern, bis wir die Bestätigung aus der Pathologie erhalten haben. Ich denke, jetzt brauchen Sie erst einmal Ruhe, aber wir werden Ihnen noch einmal einen Besuch abstatten, wenn uns der gesamte Bericht vorliegt«, sagte der Polizist und rückte seine Mütze zurecht.
»Ja, danke, Sergeant.«
»Ihnen und der Familie von Mr. Forth unser herzliches Beileid.«
Leone beobachtete, wie er aus dem Stationszimmer marschierte und verschwand. Dann stand sie auf und kehrte an Hollies Bett zurück. Ihr kleiner Arm war über die Bettkante geglitten. Leone nahm ihre Hand sanft in die ihre und drückte sie leicht. Um ihretwillen, Jack, solltest du die Sache schnell wieder in Ordnung bringen.

Kapitel 45

Drei Minuten nach elf erschien Jack vor der Galerie und nahm ihre Hände wortlos in die seinen, die mit Verband umwickelt waren. Leone blickte entsetzt darauf hinab, dann sah sie ihm in die Augen, die so abwesend wie immer dreinblickten. Sie ließ sich von ihm wegführen.

»Jack, deine Hände –«

»Komm, laß uns gehen.«

»Was ist los, Jack?«

»Wir stecken tief drin.«

»Immer diese Untertreibungen!« gab Leone zurück.

»Tut mir leid. Erzähl mir von Hollie.«

»Ihr geht es gut. Sie behalten sie noch ein paar Tage zur Beobachtung da, aber sie erholt sich schnell. Deine Eltern hat es schlimmer erwischt. Ich bin heute morgen hinuntergegangen, um sie zu besuchen. Deine Mutter hat sich ein paar Rippen gebrochen, was sie beim Atmen noch zusätzlich behindert, aber sie wird es überleben. Aber deine Hände –«

»Das wird schon wieder. Was ist mit Dad?«

»Er ist ein starker Mann. Er wird durchkommen.«

Sie gingen ins San-Lorenzo-Straßencafé, und Jack suchte einen Platz, der weit von der Tür entfernt lag. Er bestellte zwei große Espressi. Dann setzte er sich ihr gegenüber, mit dem Rücken zur Tür.

»Dieses Schwein hat versucht, uns umzubringen, Leone.«

»Woher weißt du das?«

»Jacobson hat es mir gesagt.«

»Jack, sie haben eine Leiche gefunden!«

»Jacobsons«, sagte er schlicht.

»Was?«
»Er war bereits tot. Deshalb bin ich noch einmal in die Garage gegangen. Er war auf dem Rücksitz.«
»Um Gottes Willen, Jack, wie ist das passiert? Und wann?« Leones Fragen überschlugen sich.
»Ich weiß es nicht. Wie hat Crichton die sieben Mädchen entführt und umgebracht? Leone, dieser Mann ist eine Mördermaschine – das reine Böse.«
»Was ist mit der Augenzeugin in Oxford?«
»Untergetaucht: Wir haben keine Chance, sie je wiederzufinden. Jacobson hat sie zwar ausfindig gemacht, aber das hilft uns jetzt nichts mehr.«
»Bald wird die Polizei festgestellt haben, daß es nicht deine Leiche war, die im Haus gefunden wurde! Die Autopsie dauert höchstens ein paar Tage; sein Gebiß wird bestätigen, daß du es nicht bist. Was wirst du unternehmen?«
»Es tut mir leid, Leone.«
»Vergiß die Entschuldigungen. Bald bist du Verdächtiger Nummer eins in einem Mordfall! Wir müssen mit dem, was wir wissen, zur Polizei gehen.«
»Falls du es vergessen haben solltest, wir können das, was wir wissen, nicht beweisen. Du hast es doch selbst einmal gesagt: Die Krone glaubt, daß der richtige Mann auf der Anklagebank sitzt. Und wir haben nichts vorzuweisen, womit wir ihre Ansicht ändern können.«
Leone wußte, daß er recht hatte. All die Verdachtsmomente, die sie gegen Crichton hatten, waren tatsächlich nichts weiter: Verdachtsmomente. Jack berichtete ihr von den Entdekkungen, die er in Exeter gemacht hatte. Aber auch dabei handelte es sich nur um Indizien, nicht um Beweise.
»Jack, wenn die Polizei feststellt, daß es sich um Jacobsons Leichnam handelt, wird sie Haftbefehl gegen dich erlassen. Sie werden mich sicher dazu verhören. Du verlangst von mir, für dich zu lügen. Ich *habe* sie bereits angelogen! Das macht mich zur Komplizin.«

»Ich habe Jacobson nicht getötet, und das weißt du. Aber wenn ich ihnen sage, was ich glaube, sperrt man mich wahrscheinlich in die Klapsmühle. Du mußt mir in dieser Sache beistehen, Leone.«
»Was ist mit Hollie? Was soll ich ihr sagen, Jack? Hast du darüber mal nachgedacht? Wenn sie aufwacht, soll ich ihr dann sagen, daß ihr Daddy tot ist, oder sage ich ihr, daß er nur vor der Polizei wegläuft, weil die glaubt, daß er jemanden umgebracht hat?« fragte Leone bitter.
»Ich habe die ganze Geschichte nicht geplant. Ich habe lediglich spontan reagiert. Ich habe versucht, Jacobsons Leichnam aus der Garage zu schaffen, aber das Tor ist über mir eingestürzt, als ich ihn hinauszerrte. In diesem Augenblick dämmerte es mir, daß ich das alles nicht vernünftig würde erklären können, deshalb bin ich das Risiko eingegangen und habe die hintere Schieferwand der Garage eingetreten.«
»Jack, jetzt muß Schluß sein!«
»Nein, das geht nicht«, sagte er ruhig.
»Was meinst du damit?«
»Ich war gestern bei Helena Dwyer.«
»Na großartig. Ich sorge für deine Familie, während du dich auf der Couch deiner Irrenärztin entspannst. Komm wieder auf den Boden der Tatsachen! Speakmans Verhandlung beginnt am Montag. Das sind nur noch vier Tage. Wir haben immer noch nichts Konkretes gegen Crichton in der Hand. Es gibt nur einen Weg, der uns nach vorn führt: Stell dich der Polizei. Sag ihnen alles, was du weißt. Auch wenn sie der Sache skeptisch gegenüberstehen, können sie dir nichts beweisen. Sag ihnen, daß du nach dem Feuer in Panik geflohen bist, daß du dein Gedächtnis verloren hast. Aber regle es. Wir regeln es zusammen. Bitte, Jack.«
Er sah, daß sie voller Gefühl an ihn appellierte, das sie sich Sorgen um ihn machte. So etwas hatte er seit Fionas Tod nicht mehr erlebt.

»Wenn ich die Wahrheit nicht erkannt hätte, Leone, würde ich dir zustimmen; aber ich habe sie erkannt.«

»Wir wissen, was die Wahrheit ist: Speakman ist unschuldig. Wir brauchen unbedingt Beweise. So sehr ich auch an dich glauben will, ich kann diese Tatsache einfach nicht ignorieren. Wir können dich nicht in den Zeugenstand rufen und dich über deine Träume vernehmen, nicht wahr?«

»Das schlage ich ja auch gar nicht vor.«

»Was dann?«

»Ich schlage vor, daß wir beide uns ein paar Tage freinehmen.«

»Hast du den Verstand verloren?«

»Nein, ich habe ihn gerade wiedergefunden. Ruf Toby an, und sag ihm, er soll bei TWC Stunk machen. Oder wirbele du selbst ein bißchen Staub auf. Sprich mit Crichton und informiere ihn, daß du den Speakman-Fall aufgibst und daß du mit deinem Freund in Urlaub fährst.«

»Das ist verrückt, Jack.«

»Es ist die einzige Möglichkeit, Crichton außer Landes zu bekommen. Er muß wissen, daß ich weg bin: Wenn er glaubt, daß er mich in einem anderen Land schnappen kann, wird er sicher darauf hereinfallen. Ich bin der Köder. Du kannst dich derweil in Exeter umschauen und dich auf den Prozeß vorbereiten.«

»Er wird nicht darauf hereinfallen, Jack.«

»Er wird, Leone. Ich habe den ersten Mord gesehen.«

»Was?«

»Ich war der einzige Zeuge, und er wird es wissen, wenn er erfährt, wohin wir verreist sind.«

»Ich verstehe nicht. Wohin denn?« rief sie völlig verwirrt.

»Nach Zypern, Leone. Es ist ein Schuß ins Blaue, aber es ist die einzige Möglichkeit.«

Kapitel 46

Freitagmorgen um sieben Uhr schlüpfte Leone aus dem Bett. Ihr Magen machte Purzelbäume, und ihr Mund war trocken. Jacks Worte waren ihr immer wieder durch den Kopf gegangen, seit sie ihn gestern verlassen hatte. Sie hatte sich ein Hotel im australischen Distrikt des Earl's Court gesucht, weil sie nicht in ihre Wohnung zurückkehren konnte. Crichton hatte versucht, sie zu töten; unter keinen Umständen wollte sie einen weiteren Versuch dieser Art herausfordern. Unterwegs hatte sie sich gekauft, was sie brauchte, und sich erst am späten Abend über die Schwelle des kleinen, sterilen Hotelzimmers gewagt. Nur eine Minibar leistete ihr Gesellschaft. Es war eine schwere Nacht gewesen. Der Plan war ihr gestern noch durchführbar erschienen; heute kam er ihr nur noch zweifelhaft vor.

Mit wackligen Knien ging sie ins Badezimmer und preßte ein warmes Handtuch gegen das Gesicht. Sie spannte ihre Beinmuskulatur an in dem Versuch, die Schwäche der Angst zu verscheuchen. Plötzlich würgte sie: grüne Galle.

Das wilde Tier war ihr gestern abend noch nicht real vorgekommen. Und nachdem die Dunkelheit sich gesenkt und der doppelte Londonderry Gin sie in seine unehrlichen feuchten Arme genommen hatte, schien es ihr gar kein Problem mehr zu sein, ihm gegenüberzutreten. Doch jetzt, da sie sich im Spiegel in die Augen starrte, war Leone starr vor Schrecken.

Sie duschte ausgiebig, dachte über die vor ihr liegende Inszenierung nach, wusch sich das Haar und versuchte die Wirklichkeit in ihren tauben Schädel einzumassieren. »Es geht nicht um das Leben eines anderen Menschen«, wiederholte sie ständig, »sondern um meines.« Unsicher

begann sie sich mit dem Gedanken anzufreunden, nicht nachgeben zu dürfen. Sie mußte bereit sein. Es gab keinen Ausweg. Jack hatte ihr gesagt, daß *sie* jetzt diejenige sein sollte, die »kontrollierte« und »manipulierte«. Statt sich also weiter Sorgen zu machen, verbrachte sie eine Viertelstunde damit, sich ausgiebig und sorgfältig die Fingernägel zu lackieren. Arbeite deinen Plan aus, Leone.
Sie föhnte sich das Haar trocken, dann holte sie das neue anthrazitgraue Kostüm aus dem Schrank, das sie sich am vorigen Tag gekauft hatte. Sie tätigte noch zwei Anrufe: den ersten in Jacks Auftrag, durch den sie sich mit Moira und Andie, Hollies Großeltern mütterlicherseits, in Verbindung setzte. Dann rief sie Dr. Ian Coombs an, den DNA-Experten.
Ein Taxi setzte sie um 9.30 Uhr vor dem Bürogebäude ab. Selbstbewußt schritt sie durch das Foyer. Ganz ruhig jetzt, sagte sie sich. Alles kam ihr so unwirklich vor. Die Gesichter ihrer vertrauten Kollegen sahen plötzlich so aus, als seien sie nur noch zweidimensional. Sie gingen umher wie schlechte Pappmaché-Imitationen ihrer selbst. Öffneten die Münder, aber sagten nichts. Sprachen, aber enthielten einem ihre Geheimnisse vor. Wie gut kennen wir unsere Mitmenschen? dachte sie. All diese Leute, betrogen und in Schach gehalten durch ein mörderisches Schwein. Ein Adrenalinschub gab ihr zusätzlichen Schwung. Sie hatte Angst, aber sie war bereit.
Leone sprach mit allen fünf Sekretärinnen; sie ließ ihnen keine Zeit zum Widerspruch. Es würde keinen geben. Sie wußte, daß es so und nicht anders einfach funktionieren mußte. Sie würde um zehn Uhr im Konferenzzimmer der Partner sein. Bald würde sie dem wilden Tier gegenübersitzen.

Um fünf Minuten vor zehn sprach Simon Windle erregt mit Stephen Teal. Sie saßen am Kopf des Konferenztisches, wie immer, wenn Meetings der Partner stattfanden. Aber dies hier war eine außergewöhnliches Meeting, von einer Angestellten einberufen. Keiner von ihnen konnte sich an eine ähnliche Gelegenheit erinnern. Wohin zur Hölle sollte das noch führen, wenn Konferenzen durch das Kopfnikken einer schlecht bezahlten Junioranwältin anberaumt werden konnten? Sie waren ganz und gar nicht erfreut. In der Firma herrschten Zucht und Ordnung; so war es immer gewesen. Was sie zu sagen hatte, konnte doch sicher nicht so wichtig sein, daß sie auf ihr Mittagessen verzichten mußten. Wie jeden Tag sollte es um 10.45 Uhr mit einem Sherry im Konferenzzimmer beginnen, während sie darauf warteten, daß ein Auto sie gegen Mittag in den Club fuhr.

Freddy Foster und Dan Morgan hingen beide am Telefon und sahen angesichts der Veränderung ihres Arbeitsplans ebenfalls verärgert aus. Die Tatsache, daß auch ihre Sekretärinnen anwesend sein sollten, war ein weiteres Ärgernis. Mr. Windle erinnerte Mr. Teal daran, daß es eben jene junge Frau gewesen war, die schon im letzten Jahr so viel Ärger in einer Ermittlungssache gemacht hatte. Als dieser junge Spund sich erhängt hatte – war es nicht so? Ein schrecklicher Störenfried. Die Stimmung war denkbar schlecht, als Leone eine Minute vor zehn durch die Tür schritt.

Die beiden Seniorpartner erhoben sich von ihren Stühlen, was eher ihrer guten Erziehung als einem inneren Bedürfnis zu verdanken war. Leone sah auf die Uhr. Sie wußte, daß sich die Tür hinter ihr in dreißig Sekunden öffnen würde. Sie wurde nicht enttäuscht. Die Uhr schlug, und der glänzende Messinggriff wurde heruntergedrückt.

Er glitt durch den Raum, ohne sie eines Blickes zu würdigen. Kontrollierte Schritte, vollkommen beherrschte Bewegungen. Im Zimmer war es totenstill, als er sich zwischen die älteren Partner setzte, die ihm in Wirklichkeit unterlegen und untergeordnet waren.

Jetzt war der Zeitpunkt gekommen. Im Geiste hörte sie Jacks Stimme: »Sieh ihn dir an, Leone, sieh ihm ins Gesicht und wirf einen Blick hinter die Maske. Hab keine Angst.« Sie wartete darauf, bis auch Crichtons Sekretärin sich links hinter ihn gesetzt hatte. Dann richtete sie bewußt und langsam den Blick auf seine Augen. Sie starrte ins Leere – was ihre Überzeugung, daß dieser Mann ein Lügner war, nur noch bestätigte. Die Scharade begann.
In der verlegenen Stille gelang es ihr, einen Hauch des kümmerlichen neuen Selbstbewußtseins, das sie sich so hart erkämpft hatte, zu bewahren. Morgan, der bis jetzt am Telefon Korrekturen für einen Vollstreckungsbescheid durchgegeben hatte, legte auf. Crichton glättete ein bereits völlig glattes Löschpapier. Leone beobachtete die Präzision, mit der er das Wasserglas zurechtschob und betrachtete die manikürten Nägel seiner muskulösen Hand. Diese Hände hatten getötet! Vor sieben Jahren hatte sie ihm in diesem Zimmer gegenübergesessen. Damals waren seine Augen voller Verheißungen gewesen. Er hatte sich als Verteidiger der Leistungsgesellschaft dargestellt, als Mann, der bereit war, ihr die Chance zu geben, die niemand sonst ihr geben würde. Aber was war er in Wirklichkeit? Ein gnadenloser, mordender Soziopath – »mit einem übermäßigen Willen zur Macht«, um mit den Worten des FBI-Profils zu sprechen. Ein extremer Schizoider, den niemand kontrollieren konnte.
Sie schluckte schwer, als alle fünf Männer ihre Bereitschaft zuzuhören mit einem kollektiven Stirnrunzeln signalisierten.
»Wir warten, Miss Stern«, eröffnete Crichton die Runde. »Falls es Ihrer Aufmerksamkeit entgangen sein sollte: Die Konferenz, die Sie anberaumt haben, hat begonnen – übrigens, wie ich wohl hinzufügen darf, unter großen persönlichen Unannehmlichkeiten für uns alle. Da wir dem Grad der Dringlichkeit, den Sie der Sache gaben, jedoch Rech-

nung tragen wollen, sind wir hier. Wir hoffen, daß ihr tatsächlich die Priorität gebührt, die sie ihr beimessen.« Crichtons Stimme klang wie die eines pragmatisch denkenden Juristen und war von einer feinen Eiskruste überzogen.

»Ich habe dieses Treffen einberufen in der Hoffnung, daß wir alle zur gleichen Schlußfolgerung kommen, Sir«, gab Leone zurück, mied jedoch Crichtons durchdringenden Blick.

»Also los«, drängte Stephen Teal.

»Die Situation ist folgende. Ich bin sicher, daß Ihnen allen bekannt ist, daß ich im Namen dieser Firma Trevor Speakman vertrete, und ich glaube, daß wir Gefahr laufen, einem gravierenden Justizirrtum Vorschub zu leisten, wenn in der nächsten Woche sein Prozeß beginnt. Ich wollte mit Ihnen reden, weil ich in einer schwierigen Lage bin und einen Rat von Ihnen brauche.«

In Leones Stimme zitterte ein Hauch von Verletzlichkeit, den man sonst nicht von ihr kannte.

»Welche Art von Schwierigkeiten haben Sie, Miss Stern?« fragte Crichton, direkt und scharf. Er kam gleich zur Sache. Sie spürte, wie hungrig er war, zu erfahren, wieviel sie wußte. Sie richtete das Wort an seinen Partner, Simon Windle. Gib Crichton bloß nicht allzuviel Raum, wies sie sich an.

»Vor kurzer Zeit entdeckte ich eine Unstimmigkeit in den Anfängen unserer Verteidigungsstrategie für Speakman. Ich glaubte, daß seine Prozeßkosten staatlicherseits getragen würden; es stellte sich jedoch heraus, daß dem nicht so ist. Wir haben auch nicht die Aussicht, daß einem rückwirkenden Antrag diesbezüglich stattgegeben wird. Die Firma läuft also Gefahr, sämtliche Kosten selbst tragen zu müssen.«

»Sagen Sie das Mittagessen ab, Miss Wilson«, fauchte Teal über die Schulter seiner Sekretärin zu. »Das ist eine ernste

Vermutung, Miss Stern. Wer ist für diesen Fehler verantwortlich?«
»Das weiß ich nicht genau, aber es handelt sich um nur eine von vielen Unregelmäßigkeiten in diesem Fall. Nach langen Überlegungen glaube ich, daß die Firma Gefahr läuft, infolge der bewußten Sabotage eines der Partner kompromittiert zu werden.« Sie hätte keine schärfere Bombe platzen lassen können; im Konferenzraum wurde es mucksmäuschenstill. Leone konnte es nicht ertragen, Crichton in die Augen zu sehen. »Meine eigene Position ist klar. Ich beabsichtige, Ihnen zum Ende des Speakman-Prozesses meine Kündigung einzureichen. Zudem werde ich noch heute mein Büro räumen und für eine Weile verreisen.«
»Wie sind Sie darauf gestoßen?« fragte Windle mißtrauisch.
»Zufällig, als ich mich mit der Akte beschäftigte. Sie sollte ein Memo über die Finanzierung des Falles enthalten, was jedoch nicht der Fall war. Die erste Person, die sich um Speakman gekümmert hat, war meinen Informationen zufolge ein Mann namens David Taylor, der hier vor einiger Zeit als Rechtsreferendar gearbeitet hat. Er fügte der Akte eine Notiz mit anderem Inhalt hinzu, die sich jedoch als gefälscht erwies. Darin gibt er an, daß ich der verantwortliche Solicitor sei.«
»Was für ein Unsinn«, warf Teal ungeduldig ein.
»Ein Mitglied der Firmenleitung wollte mich Glauben machen, daß der Speakman-Fall übersehen wurde, doch jemand, der sich als David Taylor ausgab, hatte den Angeklagten damals vertreten und die Sache bewußt vertuscht.«
»Das behaupten Sie, Miss Stern«, zischte Crichton. »Wie immer die Sachlage auch sein mag, es scheint doch offensichtlich, daß die Firma den gesamten Fall aus der *eigenen* Tasche bezahlen muß.«

»Ich bin mit dem Fall erst sehr spät betraut worden«, antwortete sie und blickte ihn eisig an.
»Was ist mit diesem Taylor?« fragte Teal.
»Ich hatte gehofft, daß Sie mir das sagen könnten, Sir.«
»Erklären Sie sich, Miss Stern.«
»Ich habe gute Gründe, anzunehmen, daß David Taylor über eine größere Betrugssache gestolpert ist, die aus Ihren Reihen initiiert wurde. Ich habe nach seiner Personalakte gesucht; sie existiert nicht. Wie es scheint, hat er diese Firma verlassen, ohne sich etwas zuschulden kommen zu lassen; zumindest waren seine Leistungen so lobenswert, daß jemand ihm einen anderen Job verschafft und Schweigegeld gezahlt hat.«
»Das sind sehr ernste Anschuldigungen.«
»Dessen bin ich mir völlig bewußt, Sir.«
»Über welche Art von Betrug sprechen Sie eigentlich?« fragte Windle.
»Ich glaube, daß Taylor entdeckt hatte, daß ein Partner in dieser Firma und jemand namens Jonathan Berkeley schmutzige Geschäfte machten«, antwortete sie.
»Hat unsere Firma dabei finanziellen Schaden genommen?« warf Danny Morgan ein.
»Nein, Mr. Morgan.«
»Eine ziemlich schlimme Geschichte. Wir müssen ihr weiter nachgehen.«
»Wenn die Firma keinen Schaden erlitten hat, dann ist die Sache erledigt, und Sie verschwenden unsere Zeit, Miss Stern«, sagte Crichton, verlagerte seine Position auf dem Stuhl und lehnte sich zurück. Aber seine Partner beugten sich vor und wollten unbedingt noch mehr Informationen haben.
»Rex, mit dem größten Respekt und angesichts deines bevorstehenden Ausscheidens: Solltest du dich aus dieser Entscheidung nicht lieber heraushalten?« sagte Windle höflich, aber entschlossen. Leone blickte verwirrt drein.

»Sie können es genausogut erfahren, Miss Stern. Mr. Crichton wird in zwei Wochen zum Richter ernannt werden. Offiziell wird er die Firma noch in dieser Woche verlassen«, erklärte Foster. Er sah ziemlich mitgenommen aus.

»Ich gratuliere, Sir«, murmelte sie mit heiserer Stimme. Sie hingegen wollten ihn zum Richter machen?

»Sie können die Firma nicht verlassen, bis diese ganze Angelegenheit geregelt ist, Miss Stern. Es ist immerhin möglich, daß die Umstände Ihnen recht geben«, sagte Morgan mit ungewöhnlicher Fairneß.

»Danke für Ihr Vertrauen, Sir, aber das ist nicht der einzige Grund, warum ich meinen Rücktritt einreiche.«

»Sprechen Sie weiter.«

»Bedauerlicherweise, Sir, habe ich mich mit einem potentiellen Augenzeugen eingelassen.«

»Gütiger Gott«, explodierte Teal. »Was sind Sie eigentlich für eine Anwältin?«

»Bevor Sie weitersprechen, Sir, möchte ich Ihnen die näheren Umstände erklären.«

Kapitel 47

Jack flog mit Cyprus Airways nach Larnaka. Der Zeitpunkt war gekommen. Er mußte zurückkehren und sich der Erinnerung stellen, vor der er einen Großteil seines Lebens davongelaufen war. Während des dreistündigen Fluges pochten und näßten seine verbrannten Hände unter dem Gazeverband. Dankbar hatte er den doppelten Begrüßungs-Scotch hinuntergeschüttet und damit auch gleich die dreifache Dosis Schmerztabletten.

Wenigstens war er noch am Leben. Anders als Jacobson. Es war schrecklich; das wütende Feuer hatte ihn daran gehindert, Jacobsons Leichnam aus den Flammen zu retten. Leone hatte ihm versichert, daß der Routinevergleich der Gebißstruktur etwa eine Woche in Anspruch nehmen würde. Er mußte also sofort handeln. So hatte er sich das alles eigentlich nicht vorgestellt, aber zumindest hatte ihm der Vorfall Zeit gegeben, außer Landes und nach Zypern zu verschwinden.

Er hatte den Privatdetektiv gemocht. Jake war nur einfach nicht gut genug gewesen. Er selbst jedoch mußte es sein. Wenn überhaupt, dann würde er die Antwort hier finden. Aber im Grunde suchte er nicht nach einer Antwort, er suchte nach Beweisen. Dem Beweis für den Mord, den er mit eigenen Augen angesehen, dann aber zweiundzwanzig Jahre lang im hintersten Winkel seines Hirns verborgen hatte. Crichton hatte nicht nur das Mädchen vernichtet, sondern auch Jacks Zukunft.

In Larnaka war es Mitternacht. Er kam schnell durch den Zoll, denn außer dem Handgepäck hatte er nur das Wissen um die Wahrheit dabei. Er kannte diesen Ort, erinnerte sich an den Geruch von Zitrusfrüchten und an die laue

Luft, die auch in der Dunkelheit noch warm war. Schläfrige dunkelhäutige Taxifahrer lauschten dem Plärren der Rockmusik und warteten auf einen späten Fahrgast. Streitende Familien in Jogginganzügen schoben die Wagen mit ihren Habseligkeiten auf den Bürgersteig. Ein grinsender Cäsar-Romero-Doppelgänger mit goldenen Zähnen schwang Jacks Reisetasche in den Kofferraum seines Wagens.

»Sind Sie zum ersten Mal hier?« fragte er beiläufig, als er den zerbeulten Renault mit einer Hand am Steuer durch den Verkehr lenkte.

»Ich habe früher mal hier gelebt.«

»Und jetzt wollen Sie ganz hier bleiben?«

»Nein, ich will hier arbeiten.«

»Zypern ist eine Ferieninsel, kein Platz zum Arbeiten. Haben Sie ein Hotel? Ich kenne ein gutes, mein Cousin, bestes englisches Frühstück auf der Insel, Toastbrot und auch sonst alles.«

»Dann bringen Sie mich dorthin. Ich bin sicher, daß es dort sehr hübsch ist.«

»Nur nicht allzu sauber. Mein anderer Cousin hat sauberes Hotel. Sie reich?«

Mit überhöhter Geschwindigkeit raste das Auto um die Kurve nach links.

»Nicht reich.«

»Alles relativ«, antwortete der Fahrer leichthin.

Er hatte recht. Jacks Leben war sorglos verlaufen, bis er Zeuge von Crichtons Verbrechen geworden war. Durch sein Widerstreben, sich an die Wahrheit zu erinnern, hatte er sich vor seiner Pflicht als Mensch gedrückt, der Gerechtigkeit Tribut zu zollen.

»Wir sind da«, verkündete der Fahrer, »Hotel Smaragd. Vom Balkon kann man Landschaft sehen.«

Jack hätte das Stück vom Flughafen hierher auch zu Fuß zurücklegen können, aber der Mann hatte ihn aufgeheitert, weshalb er den überhöhten Fahrpreis ohne Murren zahlte. Was er gesagt hatte, war richtig gewesen: Er war hier, um zu arbeiten. Er war hier, um den Beweis zu finden, der Speakman entlasten würde. Zunächst hatte sich Leone von seinem Vorhaben nur wenig beeindruckt gezeigt, schließlich aber hatte er sie davon überzeugen können, daß es zwar ein Schuß ins Blaue war, trotzdem aber der einzige Schuß, den sie abfeuern konnten.

Der abgewetzte Marmorboden der Hotelhalle sprach Bände, und auch sein Zimmer zeugte von dem verblaßten Prunk des Hauses. Schon bald würden sie nach ihm suchen. Aber um die Polizei machte er sich keine Sorgen: Crichton war es. Er wollte Crichton hier haben, Crichton, der nach ihm suchte, während er das Beweismaterial zusammentrug, mit dessen Hilfe er dieses kranke Schwein ein für allemal hinter Gitter bringen konnte. Mittlerweile nahm er es wirklich persönlich. Crichton hatte nicht nur in seinem Kopf Unheil angerichtet, jetzt bedrohte er auch noch seine Familie.

Er wickelte den Verband von seinen schmerzenden Händen. Blasen wölbten sich auf seiner gequälten Haut, weiße, pulsierende Beulen mit seröser Flüssigkeit, die zerplatzten, als das kalte Wasser ihm vorübergehend Erleichterung verschaffte. Jack zog frische Verbände aus seinem spärlichen Gepäck, dann umwickelte er die Hände neu. Auf dem cremefarbenen Bettüberwurf breitete er eine Karte der Insel aus.

Zypern wurde ungleichmäßig in zwei Teile geteilt: der Norden war in türkischer Hand, der Süden stand unter der Herrschaft der Griechen. Die grüne Grenze verlief zwischen den beiden Nationen; auf jeder Seite standen Grenzposten und feindselige Wachen.

Er markierte den See mit einem roten Filzstift. Bevor er mit seiner grausigen Suche begann, brauchte er die Bestätigung, daß der Leichnam des Mädchens immer noch dort unten lag. Es gab nur einen Mann, der ihm diese wichtige Information geben konnte: ihr Vater.

Vielleicht war er ja schon tot oder weggezogen. Die Taverne befand sich an der Peripherie der grünen Grenze. Jack erinnerte sich an die gedrückte Atmosphäre, an die fadenscheinigen Tischtücher und an das gerötete Gesicht des Vaters. Er hatte Crichton als Ungeheuer und Leprakranken bezeichnet, als Bastard. Die bebenden großen Augen des Mädchens und ihr gewölbter Bauch waren die Ursache für den Zorn des Mannes. Das war zweiundzwanzig Jahre her, aber wenn der Mann noch am Leben war, würde er wissen, ob der Leichnam je geborgen wurde. Das Kind mußte von Crichton gewesen sein. Seine Überreste würden die DNA seines Vaters aufweisen. Coombs' Bericht war der Schlüssel zu alldem: Die Haare, die man in Colleens Hand gefunden hatte, hatten wahrscheinlich Crichton gehört, ebenso wie eine der Spermaproben, die man in ihrem Körper nachgewiesen hatte. Der Bericht besagte jedenfalls, daß sie nicht von Speakman stammten. Wenn Jack eine Gewebeprobe beibringen konnte, die die gleiche DNA wie die Haarsträhnen besaß, würde man ohne Zweifel beweisen können, daß Speakman unschuldig war. Und dann würde man das Argument der Staatsanwaltschaft gegen sie verwenden: Wenn derselbe Mann alle Mädchen getötet hatte und Speakman im ersten Fall erwiesenermaßen unschuldig war, dann war er nicht König Artus.
Das Donnern der Maschinen hinderte ihn am Schlafen. Unter Schmerzen hielt Jack deshalb seine Gedanken auf einem Notizblock fest. Seine Schritte mußten nachvollziehbar sein, man mußte ihn finden können. Wenn Leones Teil des Spieles funktionierte, würde Crichton bald kommen, um nach ihm zu suchen. Leone sollte den Anwalt aus seinem Versteck treiben. Obwohl Jack dadurch in Gefahr geriet, war er mehr als bereit, dieses Risiko einzugehen, solange Leone und seine Familie in Sicherheit waren. Leone war dagegen gewesen, doch schließlich hatte er sie davon überzeugen können, daß dies der einzige Weg nach vorn war.

Jetzt hatte er keine Angst mehr. Die letzte Sitzung mit Helena Dwyer hatte die Eiterbeule in seiner Erinnerung zum Platzen gebracht. Sie hatte sein Leben zerstört. Immer wenn er vor Gericht Mörder und Serientriebtäter gemalt hatte, war er verärgert gewesen, daß die Augenzeugen niemals vollständige Aussagen machen konnten. Jetzt verstand er, daß das Gehirn sich durch den heilenden Prozeß des Vergessens zu schützen versuchte. Einige Dinge waren einfach zu schrecklich, um sich genau daran erinnern zu können. Aber er wußte, daß das, was er als Junge gesehen hatte, die Wahrheit war. Der Mord, die erste Hinrichtung durch die Hand von König Artus – das tote zypriotische Mädchen, die vor langer Zeit verstorbene Mutter seines Kindes. Er dachte an die winzigen Knochen, zusammengerollt in niemals endendem Schlaf tief in der Höhle ihres Leibes, ermordet, bevor es eine Zukunft hatte. Er wollte es tun, wollte diese Sache ein für allemal regeln. Seine Amnesie hatte über zwei Jahrzehnte lang verhindert, daß Gerechtigkeit geübt wurde. Jetzt, da er sich wieder erinnerte, hatte er die Pflicht, sich darum zu kümmern und sie zu rächen – alle, all die Mädchen, König Artus' Damen vom See. Die Wahrheit mußte in die Welt hinausgeschrieen werden: *Er* hat das getan, ja er! Ich weiß es. Er wird es euch nie sagen, aber wir; wir können es beweisen.

Sein Kopf pochte wie wild. Die Notizen waren ein Spiegelbild seiner verzweifelten Lage. Er war müde, hundemüde, aber er hatte keine Zeit zum Schlafen. Durch die reispapierdünnen Vorhänge begann das Morgengrauen zu sikkern. Eine 747 hob grollend vom Rollfeld ab, als Jack die weiße Kordel zog, um die keuchende Dusche in Gang zu setzen.

Als er seinen schmerzenden, mit Blasen bedeckten Körper wusch, als das Wasser seine Schultern etwas entspannte, akzeptierte Jack endlich, daß es bald Zeit war, zum Wasser zurückzukehren. Es hatte Crichtons Seele vernarben las-

sen, und nach Fionas Tod war er, Jack, fast daran zerbrochen, aber er würde wieder hineingehen müssen. Bei Hollies Schwimmunfall hatte er regungslos verharrt, gelähmt vom Schrecken und der halben Erinnerung. Crichton schuldete ihm etwas; er schuldete ihm ein halbes Leben. Das Wasser. Dort hatte es begonnen, dort würde es auch enden.
Die Dusche verlor den Kampf mit dem Durchlauferhitzer. Eisiges Wasser prasselte jetzt auf seinen dankbaren Körper herab. Bei der Armee hatte man ihm beigebracht, daß körperliches Unbehagen gut für den Soldaten war: Es hielt ihn wach und aufmerksam, bereit, seine Pflicht zu erfüllen. Jack hatte diesen Gedanken damals lächerlich gefunden. Wieder solch ein chauvinistischer Anachronismus. Jetzt wurde ihm klar, daß sie recht gehabt hatten. Das quälend kalte Wasser machte ihn wach. In wenigen Stunden würde er den Besitzer der Taverne aufsuchen oder seinen jetzigen Aufenthaltsort ausfindig machen. Er empfand diesem Mann gegenüber Schuldgefühle, die nur dadurch erleichtert werden konnten, daß er ihm sagte, was er gesehen hatte. Wie diese Enthüllung aufgenommen werden würde, war eine andere Frage. Wenn Hollie einfach ohne Erklärung verschwände und zwanzig Jahre später ein Fremder auftauchte, der ihm eine kranke Geschichte über den Grund ihres Verschwindens erzählte, würde er mit dem Betreffenden sicher auch kurzen Prozeß machen und ihm ein blaues Auge verpassen. Warum sollte dieser Vater hier anders reagieren?
Jack trocknete sich ab, wobei er darauf achtete, seine Verbrennungen nicht noch mehr zu reizen. Sie würden vernarben, so wie alles andere auch. Er zog eine fadenscheinige Jeans und ein weißes, langärmeliges Hemd an. Dann öffnete er die Tür zum Balkon und blickte hinab. Larnaka erwachte zum Leben. Draußen liefen ein paar Tauben im Gänsemarsch hintereinander her, um ein paar Krumen

und Körner aufzupicken, die von einem Müllwagen heruntergefallen waren. Eine rosige Wintersonne beleuchtete die malerische Szene und hüllte die Frühaufsteher in ihren warmen Schein. Das Licht war von einer überirdischen Schönheit. Er hatte die Ehrfurcht des Künstlers vor einem Sonnenaufgang am Mittelmeer verloren geglaubt – wieder etwas, das Rex ihm gestohlen hatte – aber nun war sie stärker denn je zurückgekehrt.

Ein kleines Mädchen wanderte die geteerte Straße entlang und blickte verlangend in die Schaufenster. Sie war etwa im gleichen Alter wie Hollie – zwar etwas größer, aber ihr Haar fiel ebenso üppig herab wie das seiner Tochter.

Und um sie ging es letztendlich – um seine Hollie. Sie stand für all die kleinen Mädchen, die vor Crichton und seinesgleichen beschützt werden mußten. Es gab einfach zu viele kranke Schweine in einer kranken Welt. Pädosexualität und Kindesmord waren nichts Neues, aber sie gewannen immer mehr an Raum. Er hatte Hollie aufwachsen sehen. Im Laufe der Jahre war sie ihrer Mutter in Verhalten und Denkweise immer ähnlicher geworden. Manchmal war es allzu schmerzlich gewesen, diese Ähnlichkeit festzustellen. Ein Blick, ein amüsiertes Grinsen oder auch die Art, wie ihre sanften Augen auf einem traurigen Anblick ruhten, brachten ihn zu Fiona zurück.

»Du lächelst, Jack, stimmt etwas nicht?« hatte sie gesagt.

Es war eine Stunde nach ihrer Hochzeit gewesen. Fiona saß im Hotelzimmer rittlings auf ihm. Eigentlich hätten sie sich schon längst für die große Abreise der Braut und des Bräutigams umziehen müssen. Statt dessen hatte sie ihn halb besinnungslos geküßt.

»Ich bin glücklich«, hatte er wahrheitsgemäß geantwortet.

»Das solltest du auch. Ich bumse nämlich vortrefflich.«

»Davon habe ich gehört.«

»Schwein.« Sie ließ ihre Hüften kreisen. »Jetzt ist es legal, also genieße es.«

»Ich bin aber eigentlich viel mehr an den illegalen Teilen interessiert.«
Sie beugte sich herab und gab ihm einen feuchten Kuß auf den Mund. »Schenk mir ein Baby, Jack, ich wünsche es mir so sehr! Ich will erleben, daß unser Baby wird wie du.«
Er stöhnte.
»Laß das«, warnte sie ihn.
»Wenn wir ein Mädchen bekommen, dann will ich, daß sie so wird wie du. Lebendig, wirklich.«
Sie hörte auf, sich zu bewegen und blickte ihm in die Augen. »Du bist wirklich, Jack, sehr wirklich.«
Sie streichelte ihn sanft. »Fühlst du das? Wirklich.« Sie nahm seine Hände und legte sie auf ihre erregten Brüste. »Ich auch. Ein Leben, eine Chance.«
»Ich weiß«, akzeptierte er.

Zum ersten Mal seit vielen Jahren konnte er sich daran ohne Qual erinnern. Er spürte zwar den Verlust, aber ihm wurde klar, daß das, was sie miteinander gehabt hatten, etwas sehr Besonderes, Ganzes, Wirkliches gewesen war. Er stand auf dem Balkon seines Zimmers und weinte – Tränen der Dankbarkeit, nicht des Schmerzes. Er hatte sie geliebt, und sie war gestorben. Im Tod hatte sie ihm Hollie hinterlassen, mit ihrem letzten Atemzug und der letzten Erinnerung an sie. Hollie war ein würdiges Gedächtnis. Das zypriotische Mädchen hingegen war gestorben, ohne eine Spur zu hinterlassen.
Larnaka war erwacht und bereitete sich auf den bevorstehenden Tag vor. Jack packte seine Habseligkeiten ein. Dann verließ er das Hotel und ging der Zukunft entgegen.

Kapitel 48

Der erste Tag des Hauptverfahrens »Die Krone gegen Speakman« war schlimmer, als Toby Sloane erwartet hatte. Roger Frys Eröffnungsansprache an die Geschworenen vermittelte die düstere Autorität jahrelanger Erfahrung und zudem den ganzen Schrecken der Straftaten. Als bei seiner Schilderung der Art und Weise, wie König Artus den jungen Mädchen das Leben genommen hatte, eine weibliche Geschworene zu weinen begann, senkte sich die ohnehin schon frostige Temperatur in dem überfüllten Gerichtssaal auf antarktische Minusgrade herab.

Toby hatte im Verlauf seiner Karriere schon viele Mordfälle erlebt, aber niemals war dem Angeklagten so viel – verständliche – Feindseligkeit entgegengebracht worden. Das Problem war nur, daß Toby mittlerweile wußte, daß Speakman unschuldig war. Aber mit dieser Haltung stand er allein da, zumindest im Augenblick noch.

Die Verlesung des Anklagesatzes sowie die Schilderung der Morde dauerte entsetzliche zwei Stunden. Fry redete nicht einfach zum Selbstzweck: Die Fälle umfaßten einen riesigen Wust an Details, die alle direkt auf Speakman als Täter schließen ließen. Richter Singleton hatte nach der emotional geladenen Rede des Staatsanwaltes eine Vertagung beantragt. Allerdings nahm er sich die Zeit, dem Angeklagten einen funkelnden Blick zuzuwerfen, bevor er sich hoheitsvoll in sein Amtszimmer zurückzog. Die Geschworenen konnten nicht umhin, die Einstellung des Richters zu erkennen, und das hatte er wohl auch beabsichtigt. Singleton würde der Verteidigung wohl kaum entgegenkommen.

Im Verlauf des Nachmittags hatte Fry die Polizisten aufgerufen, damit sie schilderten, wie sie das betäubte Mädchen

in Speakmans Anhänger gefunden hatten. Plötzlich wurde der Verteidiger Sedgewick von einer Welle der Übelkeit erfaßt. Seine normale Beerdigungsblässe verwandelte sich in ein Leichengrau.
Toby, der hinter der Bank des vorsitzenden Verteidigers saß, bemerkte, daß Sedgewick sich die Stirn mit einem unsauberen Seidentaschentuch betupfte. Als der Augenblick des Kreuzverhörs gekommen war, stand der Verteidiger unsicher auf und bat mit zitternder Stimme darum, die Verhandlung auf den darauffolgenden Tag zu vertagen. Er war offensichtlich krank, obwohl Richter Singleton diese Tatsache einige Minuten lang ignorierte, bevor er der Vertagung zustimmte. Sedgewicks erleichterter Seufzer war im ganzen Gerichtssaal deutlich zu hören. Wenige Minuten später brach er ohnmächtig im Robenraum zusammen. Ein Krankenwagen transportierte den erschöpften Mann ins Krankenhaus. Roger Fry, dessen Gesicht Besorgnis darüber ausdrückte, wie Sedgewicks Zusammenbruch das Fortschreiten der Verhandlung beeinflussen würde, näherte sich Toby.
»Der alte Knabe hat es wohl etwas übertrieben.«
»Scheint so«, antwortete er, nicht bereit, sich auf eine Diskussion mit dem Staatsanwalt einzulassen.
»Eine ganz schöne Belastung, ein Fall von dieser Größe.«
»Für uns alle«, antwortete Toby wahrheitsgemäß und band seinen gestärkten Flügelkragen los.
»Wie kommen Sie klar?« fragte Fry und meinte damit: »Was werden Sie jetzt unternehmen?«
»Ich werde mir überlegen, welche Möglichkeiten ich habe.« Auf Tobys brüske Antwort hin schürzte Fry die Lippen und zog sich die schwarzseidene Robe aus.
»Wir müssen dem Richter Bescheid geben«, befahl er.
»Ich habe ihn durch einen Gerichtsdiener bereits informieren lassen. Zweifellos wird Singleton mit uns sprechen wollen.«

Fry kratzte sich nachdenklich am Kinn. »Eine langfristige Vertagung wäre wirklich lästig.«
»Sie könnte sehr notwendig sein.«
»Natürlich. Jeder hat das Recht auf eine vernünftige Verteidigung. Wie ich höre, sind Sie ein recht fähiger junger Mann.«
Toby lächelte grimmig. Auf diesen ersten Schritt hatte er gewartet. Fry hatte hart gearbeitet, um diesen Prozeß vorzubereiten – jetzt wollte der Staatsanwalt auch Erfolge sehen. Also ging er ihm um den Bart.
»Ich tue nur meinen Job.«
»Aber den recht gut, wie man mir erzählt hat.«
Toby bezweifelte das. »Wir müssen abwarten, was die Ärzte sagen, Fry.«
»Natürlich. Hoffen wir auf das Beste. Es wäre äußerst unangenehm, wenn Sedgewick die Vertretung niederlegen müßte, aber wenn er es nicht täte, wäre es womöglich ebenfalls ein bißchen gefährlich.«
Fry spielte damit auf die Möglichkeit an, daß der Angeklagte im Falle eines Schuldspruchs rechtmäßig Einspruch erheben könnte, falls Sedgewick dem Fall gesundheitlich nicht gewachsen war.
»Ich ziehe es vor, Menschen, die noch nicht tot sind, auch noch nicht zu begraben.«
Toby hatte seine Gedanken laut ausgesprochen. Fry warf ihm einen wütenden Blick zu.
»Sie sind unvernünftig, Sloane.«
Seine Antwort war im ganzen Raum zu hören. Alle anderen erstarrten vor Schreck. Toby spürte, wie ihm das Blut in die Wangen stieg.
»Ich bin realistisch.« Junior Barrister mieden Auseinandersetzungen mit den Staatsanwälten der Krone normalerweise wie die Pest – es kam immer das gleiche dabei heraus.
»Werden Sie erst mal trocken hinter den Ohren, bevor sie dermaßen arrogant realistisch sind!«

Die Männer standen einander gegenüber, die Blicke feindselig ineinander verkeilt. Toby wußte, daß er es sich nicht leisten konnte, die Sache noch mehr auf die Spitze zu treiben. Im Augenblick zumindest noch nicht.
»Sie haben recht, Roger. Ich bin nur etwas durcheinander wegen Sedgewick.« Seine öffentliche Entschuldigung rang seinem Gegner ein mitfühlendes Lächeln ab.
»Lieber Junge, das sind wir alle. Meiner Meinung nach ist es offensichtlich, daß Sie wissen, was Sie tun, aber vielleicht wäre es eine gute Idee, in den Bau hinabzusteigen und Speakman über das zu informieren, was geschehen ist. Ich werde Singleton über die ganze Sache ebenfalls eine Nachricht schicken.«

Toby hatte die düsteren Gefilde des Untersuchungsgefängnisses unter dem Gerichtsgebäude betreten und war in ein Besucherzimmer geführt worden. Speakman wurde nur wenige Minuten später hereingebracht.
»Trevor, ich habe schlechte Neuigkeiten.«
Speakmans teigiges Gesicht war ausdruckslos. »Ich habe schon von Mr. Sedgewick gehört.« Er starrte die nackte Wand an. »Wieder ein Nagel zu meinem Sarg, Mr. Sloane.«
»Sie haben jetzt verschiedene Möglichkeiten.« Auf Speakmans Gesicht war keinerlei Reaktion sichtbar. »Es ist unwahrscheinlich, daß Mr. Sedgewick in der Lage sein wird, Sie weiterhin zu verteidigen, zumindest für den Augenblick. Ich kann also eine Vertagung beantragen.«
»Sie sprachen von mehreren Möglichkeiten. Wie lauten die anderen?«
»Es gibt nur noch eine andere.«
»Und die wäre?«
Toby holte tief Luft. »Daß ich sie allein vertrete.«
»O. K.« Speakmans Stimme war völlig ausdruckslos.
»Was meinen Sie mit ›O. K.‹?« Toby wurde ärgerlich. Speakman errötete.

»Ich meine, ja, das will ich. Es macht ohnehin keinen Unterschied beim Ergebnis, also kann ich mich genausogut damit zufrieden geben.«
»So einfach ist das nicht.«
»Ich will es jetzt einfach nur noch hinter mir haben. Ich weiß, daß Sie Ihr Bestes tun. Sie haben mich immer fair behandelt, haben niemals versucht, mich zu überreden, daß ich mich schuldig bekenne. Mehr will ich nicht. Das werde ich auch dem Richter sagen.«
»Trevor, hören Sie mir zu. Das könnte eine der wichtigsten Entscheidungen Ihres Lebens sein. Nehmen Sie sich Zeit, um noch einmal darüber nachzudenken.«
»Brauche ich nicht, Mr. Sloane. Sie machen das schon, und ich gebe Ihnen auch keine Schuld, wenn man mich für schuldig befindet.«
»Schlafen Sie noch einmal darüber.«
Speakman stand auf. »Sie sollten auch versuchen zu schlafen, Mr. Sloane, und machen Sie sich keine Sorgen.«
»Wie können Sie nur so ruhig sein?« Toby war wirklich erstaunt. *Er* war doch derjenige, der die Situation professionell handhaben sollte – *er* hätte der Ruhigere von ihnen beiden sein müssen.
»Als ich die Rede dieses Staatsanwalts über die armen kleinen Mädchen hörte, da hätte ich mich fast schon selbst verurteilt. Ich habe nicht die geringste Chance, aber Sie werden Ihr Bestes tun, und das reicht mir.«
Speakman klopfte an das Fenster. Ein Gefängniswärter schlenderte heran und öffnete die Tür.
»Fast bin ich froh darüber, daß Sie mich jetzt vertreten, Mr. Sloane.«
Toby ging zurück in den Robenraum. Fry und sein Stellvertreter unterhielten sich gerade mit dem Assistenten des Richters.
»Toby«, begann Fry, »das Krankenhaus hat angerufen. Es gibt schlechte Neuigkeiten.«

»Wie geht es ihm?
»Leichter Schlaganfall, fürchte ich. Könnte Monate dauern.«
Der Assistent sagte: »Seine Lordschaft würde Sie alle gern in seinen Amtsräumen sehen. Und bewahren Sie einen kühlen Kopf, Mr. Sloane. Er mag es gar nicht, wenn die Dinge nicht wie geplant laufen.«
Toby warf Fry einen wütenden Blick zu. Dieser hatte zumindest so viel Anstand wegzusehen. Offensichtlich hatte er dem Assistenten von ihrer Auseinandersetzung erzählt.
»Ich bin bereit.«
»Nein«, sagte der Assistent, »er ist bereit, Sie zu empfangen, Sir.«
Ein paar Minuten später wurden sie in die luxuriös ausgestatteten Amtsräume von Singleton geführt. Der Richter saß an einem antiken Eichenholzschreibtisch und blätterte in einem in Leder gebundenen Gesetzestext. Er blickte nicht sofort auf, als sie hereingeführt wurden. Schließlich bedeutete er ihnen mit einer Handbewegung, sich zu setzen. Toby fühlte sich unbehaglich. Fry und sein Stellvertreter warteten geduldig darauf, daß der Richter zur Sache kommen würde.
»Was für ein Jammer, das mit Sedgewick«, murmelte er und kratzte müßig seine roten Koteletten. »Nun ja, immer noch besser, auf dem Schlachtfeld zusammenzubrechen, als im Bett.« Er blickte auf und zog die buschigen Augenbrauen in die Höhe.
»Und das konfrontiert uns mit einem Problem. Wurde der Angeklagte über den Vorfall informiert?«
»Ja, Mylord. Ich habe mit ihm gesprochen«, antwortete Toby.
»Und ihm sind seine Möglichkeiten dargelegt worden?«
»Ja.«
Singleton betrachtete Tobys Gesicht aufmerksam. Er wollte ihn dazu bringen weiterzureden. Toby wartete auf die

nächste Frage. Er hatte keine Lust, es ihnen zu leicht zu machen.
»Und?«
»Ich habe ihn gebeten, seine endgültige Entscheidung bis zum Morgen zu verschieben.«
Singleton saugte verärgert an der Innenseite seiner Wangen. »Wie lautet seine *vorläufige* Entscheidung?«
Toby sah erst Fry und dann dessen Stellvertreter an, die ihn scharf beobachteten. »Daß der Prozeß nicht unterbrochen werden und daß ich ihn allein vertreten soll.«
Aus den Augenwinkeln konnte Toby ein Grinsen auf Frys Gesicht erkennen. Singleton war ernst, wachsam.
»Wird er eine diesbezügliche Erklärung unterzeichnen?« fragte der Richter.
»Wenn er seine Meinung nicht noch über Nacht ändert, ja. Und ich bin nicht in der Lage, ihn davon zu überzeugen, daß es unklug wäre.«
Singleton starrte Toby an und überlegte, wie er mit dem schwierigen jungen Mann umgehen sollte. »Haben Sie das Gefühl, diesem Fall nicht gewachsen zu sein?«
Toby biß die Zähne zusammen. Genausogut hätte man einen Angeklagten fragen können, wann er damit aufgehört habe, seine Frau zu schlagen.
»Der Fall ist außerordentlich komplex.«
»Dessen bin ich mir bewußt, aber das beantwortet meine Frage nicht.« Singleton trommelte mit den Fingern auf die Tischoberfläche und wartete auf die Antwort.
»Ich bin vielleicht unerfahren, aber nicht inkompetent.«
»Übung macht den Meister, Mr. Sloane. Als ich noch als Anwalt tätig war, mußte man entweder schwimmen lernen oder ertrinken. Mordfälle sind meist relativ einfach: Zumindest gibt es keine Opfer, die man ins Kreuzverhör nehmen muß.«
Fry kicherte speichelleckerisch. Sein Stellvertreter lernte schnell und tat es ihm gleich. Toby sah Singleton unver-

wandt an. Er war sich der Tatsache, daß er in die Ecke gedrängt werden sollte, voll bewußt.
»Also Mr. Sloane, Sie halten sich also für kompetent genug, einen Fall dieser Größenordnung zu übernehmen.« Toby antwortete nicht; es war ja auch gar keine Frage gewesen.
»Und sie haben das Vertrauen des Angeklagten. Ich wäre sehr enttäuscht, wenn vor dem nächsten Zusammentreten des Gerichts irgend etwas geschehen würde, das dieses Vertrauen erschüttern könnte. Haben wir uns verstanden, Mr. Sloane?«
»Vollkommen, Richter, aber ich kann nicht garantieren, daß er sich vielleicht aus anderen Gründen doch noch anders entscheidet.«
Singleton lächelte dünn; er genoß die Situation. »Aber das hat nichts mit Ihrer Kompetenz zu tun.«
»Ich werde morgen früh mit ihm reden und meine berufliche Pflicht tun.«
»Ihre erste Pflicht gilt dem Gericht.«
Das sollte ein Tadel sein. Derlei Bemerkungen hatte er schon in der Schule gehaßt, und sein Gefühl hatte sich im Laufe der Zeit nicht gewandelt.
»Mit allem nötigen Respekt, Sir, das ist *Ihre* erste Pflicht. Meine gilt Mr. Speakman.«
Singletons Wangen röteten sich: Es war unter Juristen wohlbekannt, daß alle Äußerungen, die mit der Floskel »mit allem nötigen Respekt« eingeleitet wurden, genau das Gegenteil bedeuteten.
»Sie gehen zu weit, Sloane.«
Toby senkte den Blick. »Ich wollte Sie nicht beleidigen, Mylord. Wenn ich es doch getan habe, bitte ich um Entschuldigung.«
Singleton nickte bedächtig, Fry hustete, sein Stellvertreter betrachtete seine Oxford-Schuhe. Toby hob den Blick wieder. Er spürte, daß der Henker ihn bereits prüfend in Augenschein genommen hatte.

»Dann werden wir die Verhandlung morgen früh fortsetzen. Ich freue mich auf Ihr Kreuzverhör, Mr. Sloane.«

»Wenn der Angeklagte nicht doch noch seine Meinung ändert.«

»Er weiß, daß er in guten Händen ist«, sagte Singleton langsam. »Ich habe das Gefühl, daß er morgen früh immer noch derselben Ansicht sein wird. Bis dahin also ...«, sagte der Richter und schenkte Fry ein warmherziges Lächeln, »... Roger.« Dann wandte er sein Gesicht Toby zu, ließ das Lächeln verschwinden und sagte kalt: »Sloane.«

Alles in allem war der erste Tag der Verhandlung »Die Krone gegen Speakman« schlimmer verlaufen, als er sich vorgestellt hatte. Im Grunde war es sogar der schlimmste Tag seines Lebens gewesen, aber seine Aussichten konnten sich morgen früh ja wieder verbessern.

Kapitel 49

Jack folgte den Wegen seiner Kindheit, aber Zypern hatte sich verändert – und zwar, wie die meisten Dinge, nicht zum Besseren. Es hatte seinen englischen Charakter behalten – rote Briefkästen, der Verkehr fuhr links, selbst die Währung war noch das Pfund –, aber es war ein durch Feindseligkeit geteiltes Land, und diese Teilung hatte es gebrandmarkt.
Es war Jack ein leichtes, sich einen Fiat zu mieten und zur Akamas-Halbinsel zu fahren. Eine der Bedingungen zypriotischer Unabhängigkeit war die britische Forderung, weiterhin Stützpunkte auf der Insel zu behalten; auf der unbewaldeten Halbinsel befand sich demzufolge ein großer Artilleriestützpunkt. Jacks Vater hatte hier von 1972 bis 1973 als stellvertretender Kommandant gedient. Das Haus der Familie war eine Villa in der Nähe der duftenden Pinienschonungen gewesen, in der Nähe von Loutra Aphrodhitis, dem Bad der Aphrodite. Doch Jack verspürte keinerlei Drang, dorthin zurückzukehren. Der Legende nach hatte die Göttin dort gebadet, bevor und nachdem sie sich mit ihren Geliebten vergnügte. Die enttäuschende Realität war eine vier Meter breite Tropfsteinhöhle, die von einem Schilderwald umgeben war, der alles verbot, außer zu atmen.
Er fuhr nach Latchi, wo vor zweiundzwanzig Jahren Jangos Taverne gestanden hatte. Die Straßen waren ruhig. Im Sommer knatterten unzählige Touristenmopeds durch die Gegend. Jetzt gehörte die gewundene, mit Schlaglöchern übersäte Straße ihm allein. Jacks Vater pflegte die Taverne häufig zu besuchen, denn das dortige schwarze Brett war die einzige zuverlässige Informationsquelle über die Bewegungen der Artillerie. Er hatte Jangos mehr vertraut als sei-

nem leitenden Offizier. Jack war es verboten gewesen, sich hier herumzutreiben, doch er hatte sich trotzdem gelegentlich mit einem Zeichenblock bewaffnet davongeschlichen. Am Ende war die Atmosphäre auf der Insel damals feindselig gewesen, insbesondere in der beliebten Taverne, wo wütende bärtige Männer hart und laut die Gläser auf die Tische knallten. Er sah alles ganz klar vor seinem geistigen Auge. Helena Dwyer hatte sein Gedächtnis aus dem Gefängnis seines Geistes befreit. Die Erinnerungen wetteiferten jetzt um seine Aufmerksamkeit, verlangten, daß er hinsah.

Mit dreizehn war Jack ein schlaksiger Junge gewesen, der in seinen Bermudashorts über die Insel streifte – auf der Suche nach Motiven für seine Bilder. Er war an jenem Morgen schon viele Meilen gewandert: die Fontana Amorosa entlang, von der aus man die krachenden Wellen in der Khrysokhou-Bucht beobachten konnte. Von dort aus war er zum Kap Arnaoutis gelaufen und hatte sich die Klippen angesehen, die steil zum Mittelmeer abfielen. Die Sonne war so warm, daß er zu schwitzen begann, als er durch die Pinienwälder und über die Ziegenpfade lief, um sich eine lebensrettende Limonade bei Jango zu genehmigen. Jacks Vater hatte ihm verboten, sich an diesem Tag allzuweit von zu Hause fortzubewegen: Er war besorgt gewesen – oder zumindest besorgter als sonst. Heute wußte Jack, daß sein Vater eine bevorstehende Invasion befürchtete, aber dem Schuljungen war seine Sorge unnötig vorgekommen. Was konnte an einem Tag wie diesem an einem solch wunderbaren Ort denn schon passieren? Die Antwort lautete: alles.

Jack hatte sich an den einzigen freien Tisch gesetzt. Die Stimmung in der Taverne war gereizt. Flaschen mit *zivania,* dem hochprozentigen Lieblingsgetränk der Zyprioten, wurden viel zu schnell leergetrunken. Streit entflammte zwischen einzelnen Tischen, die griechischen Zyprioten schrien – sei es aus Angst oder vor Verwirrung – wahlweise einander oder den Himmel an. Schließlich brachte ihm ein Mädchen mit olivfarbener Haut und fast mandelförmigen Augen, dessen Bauch sich deutlich wölbte, eine trübe Limonade. Sie konnte nicht älter als dreizehn oder vierzehn sein. Aber an ihrer Hand war kein goldener Ring zu sehen. In einer streng katholischen Gesellschaft wie dieser würde sie unter ihrer Schande sehr zu leiden haben. Jack wagte es, sie anzulächeln – sie aber schüttelte den Kopf.

»Ein kleiner englischer Junge sollte heute besser nicht hier rumsitzen.«

»Ich bin nicht klein«, antwortete er, verletzt durch die Zurückweisung.

»Meine Leute nicht glücklich mit deinen Leuten, trink aus. Ich will dir nichts Böses, aber andere haben *raki* und *zivania* getrunken und sind verrückt.«

»Ich bleibe.«

Ihre großen Augen hefteten sich traurig auf den halsstarrigen Jungen. »Bitte! Sonst passiert dir noch etwas.«

Jack erinnerte sich daran, wie er sein Kinn trotzig weit vorgestreckt hatte.

»Ihr Engländer seid alle gleich: halsstarrig wie Esel, nur nicht so klug.«

Eine Stimme schrie einen Namen aus dem Inneren der Taverne. »Kyra!«

Das Mädchen wirbelte herum und blickte seinen Vater an, der im Türrahmen erschien: ein großer, stämmiger Mann von Ende Dreißig, dessen Gesicht vor Schnaps und Sorge ganz rot war. »Halt dich von diesen Engländern fern! Sie haben dir genug Probleme gebracht, bringen uns allen Probleme.«

Das Gesicht des Mädchens verzog sich angesichts dieser öffentlichen Demütigung.

»Ist doch nur ein Junge«, antwortete sie leise.

»Das ist der andere auch, und hat dir ein mannsgroßes Problem in den Bauch getan.«

Eine englische Stimme fuhr schneidend dazwischen. »Laß

sie in Ruhe, Jangos.« Es war die große, schlanke Gestalt von Rex Crichton. Er trug weiße Hosen und ein langärmeliges Hemd, sein gutaussehendes Gesicht war makellos.
Jangos wandte sich ihm zu. »*Du* hättest sie in Ruhe lassen müssen. Du bist Bastard und hast ihr Bastard gemacht.«
Die anderen Gäste ließen von ihren eigenen Streitigkeiten ab und beobachteten die beiden Kampfhähne.
»Halt den Mund«, befahl Rex. Obwohl Crichton damals nicht älter als siebzehn gewesen sein konnte, hatte seine Anwesenheit etwas Bedrohliches. Aber der stämmige Zypriote hatte nicht die Absicht, vor seinen Freunden und Kunden klein beizugeben.
»Nein, du hältst Mund. Du Ungeheuer, ich habe deinen Körper gesehen, so gräßlich wie Lepra! Geh, Leprakranker, flieg nach Hause, bevor dein Körper noch schlimmer verletzt wird.«
Damit hatte Jangos direkt ins Schwarze getroffen. Crichtons Augen blitzten, er kochte vor Wut. Der Zypriote kannte Rex' schwachen Punkt, die Achillesferse seines Geheimnisses. Crichton starrte wütend in die harten, unerbittlichen Gesichter der Umstehenden. Jack konnte die Tränen der Wut und Enttäuschung in seinen Augen erkennen. Er wandte sie Kyra zu, die ihrerseits zu Boden blickte.
»Du auch«, schrie er. »Sieh mich an!« Sie schüttelte heftig den Kopf und hielt weiterhin den Blick gesenkt.
»Kyra will abscheuliches Ungeheuer nicht sehen«, dröhnte Jangos. »Geh zum Zirkus, da bezahlen Leute, um sich solchen Horror anzusehen.«
Crichton wandte sich ab. Er verließ die Taverne und begann schon bald zu rennen.
»Das ist richtig, renne, renne fort wie alle Engländer«, schrie Jangos der verschwindenen Gestalt hinterher. »Und bleib bloß nicht stehen, Jangos wird sein Leben lang hinter dir her sein.«
Nachdem Rex außer Sichtweite und Jangos in die Taverne

zurückgekehrt war, sah Jack, wie Kyra sich davonschlich, vorbei an den Autos und den Weg hinauf, über den ihr Geliebter geflüchtet war. Er hatte eigentlich gar nicht vorgehabt, ihr zu folgen – es war einfach geschehen.
Und das war die schlimmste Entscheidung gewesen, die er je getroffen hatte.

Jack steuerte den Fiat um eine enge Kurve in den Bergen. Da sah er die Taverne vor sich liegen, und sie trug immer noch das Schild, auf dem »Jangos« stand. Auch nach mehr als zwanzig Jahren sah dieser Ort unverändert aus.
Er stellte das Auto ab und betrat das verschlafene Lokal. Es war leer. Ein kleiner Junge spülte träge ein paar Gläser; er blickte nicht auf, als Jack näher kam.
»Ist Jangos hier?«
Der Junge ignorierte die Frage, aber eine Stimme hinter Jack antwortete: »Wer will ihn sprechen?«
Jack wandte sich um. Der Wirt war sehr gealtert. Die Sonne hatte seine Haut gegerbt, doch schien er so stark wie eh und je – nur seine Augen hatten ihr Feuer verloren.
Jack streckte ihm die Hand entgegen. Er erinnerte sich daran, daß die Menschen auf dieser Insel alles mit Handschlägen und Küssen besiegelten.
Jangos schüttelte sie fest. »Was kann ich für Sie tun?« Seine Stimme war vom Alter weich geworden. Sie hatte keine Ähnlichkeit mehr mit der Stimme des Betrunkenen aus dem Jahre 1974.
»Ich heiße Jack. Als Junge habe ich hier gelebt.«
»Armee?«
»Stimmt. Meinem Vater gehörte die Villa am Bad der Aphrodite.«
Jangos sah ihn an, versuchte den Jungen in dem Mann wiederzuerkennen. »Wie hieß Ihr Vater?«
»Forth, Colonel Graham Forth.«
Jangos nickte wohlwollend. »Guter Mann. Lebt er noch?«

Jack nickte. »Ruhiger Mann, aber ehrlich, habe ihm vertraut. Wenn Sie ihn sehen, sagen sie ihm, Jangos ist glücklich, daß er noch lebt.« Jangos zog einen Stuhl heraus und stellte ihn vor Jack hin. »Sagen Sie mir, was Colonel Forths Sohn will. Sie sind nicht hergekommen, um einem alten Mann hallo zu sagen.«

»Nein, das ist wahr.«

Wo sollte er anfangen? Wie konnte er den Mann überreden, ihm zu helfen, wo er selbst vor Jahren seiner Tochter nicht hatte helfen können?

»Ich verlange nur eines: daß Sie mich ausreden lassen. Was ich Ihnen zu sagen habe, wird schmerzlich für Sie sein. Vielleicht werden Sie auf mich oder auf sich selbst wütend werden, aber als Sohn meines Vaters bitte ich Sie, mir zu Ende zuzuhören, bevor sie einen Entschluß fassen.«

Der Zypriote starrte Jack an, bevor er antwortete. »Jetzt erkenne ich Sie wieder. Kleiner Picasso, immer wandernd, immer malend, Kopf in den Wolken, Finger am Bleistift. Malen Sie noch?«

Jack nickte. »Gewissermaßen. Jangos?«

»Ja.«

»Es geht um Kyra.« Das Gesicht des Alten wurde weiß, als ihr Name fiel. »Ich will Sie nicht unnötig aufregen, aber Sie müssen die Wahrheit erfahren.«

»Kyra, meine kleine Kyra. Es war meine Schuld. Sie ist weggelaufen, in die Arme der verdammten Türken, die hier einfielen.«

»Nein, das stimmt nicht.«

Jangos blickte Jack tief in die Augen, versuchte zu ergründen, ob dieser die Wahrheit sagte. »Was weißt du, kleiner Picasso? Erzähle diesem traurigen alten Mann dein Geheimnis.«

»Ich war an jenem Tag hier, an dem Tag, als sie ihrem Geliebten nachrannte, dem Tag vor der Invasion. Ich habe Ihren Streit mit ihm mit angehört.«

Jangos nickte traurig. »Ich war betrunken vor Sorge, ein schlechter Zeitvertreib für einen Wirt. Ich stand schrecklich unter Druck. Also habe ich meine kleine Kyra geschlagen und an diesem Tag sie und mein kleines Enkelkind verloren. Ich habe seitdem keinen Alkohol mehr angerührt. Ich bete zu den Göttern, egal welchen Göttern, sie mir wiederzugeben. Meine Schwäche für Schnaps hat sie vertrieben, aber wird sie jemals wieder durch die Tür da treten, Jack Forth?«

Jack wandte den Blick nicht ab. »Nein, Jangos, das wird sie nicht. Es gibt keine Hoffnung mehr.«

»Wie können Sie so sicher sein? Warum einem Vater die Hoffnung wegnehmen?«

»Ich habe gesehen, wie sie ermordet wurde.«

»Sie haben was gesehen?«

»Er hat sie am See umgebracht, Jangos. Ich habe es gesehen. Ich habe *ihn* gesehen.«

Auf dem Bergpfad hatte er schon geglaubt, sie verloren zu haben. Kyras Schritte waren energisch. Sie schien zu wissen, wohin sie ging. Jack folgte ihr. Er wußte, daß er es nicht hätte tun sollen, aber der neugierige Junge in ihm gewann die Oberhand. Der Weg war schwer. Er wollte ihr nicht zu nahe kommen, sonst hätte sie ihn entdeckt; doch dann hätte er sie fast verloren. In den Filmen im Kino sah es nie so schwierig aus.

Sie wandte sich ein paarmal um, als sie über das rauhe Gelände marschierte, überzeugte sich davon, daß ihr Vater ihr nicht folgte. Das veranlaßte Jack, es ihr gleichzutun – er wollte nicht dabei erwischt werden, wie er der schwangeren Tochter eines zornigen Inselbewohners nachstieg. Der Pfad fiel steil ab, er führte durch die duftenden Limonenhaine hindurch zum Ufer des Sees. Wenn er noch weiterging, würde man ihn entdecken, denn am Ufer gab es nur noch niedere Sträucher und trockene Erde.

Der junge Mann, ihr Geliebter, stand dort und wandte ihr den Rücken zu. Jack quetschte sich zwischen zwei Felsen und beobachtete, wie sie sich Rex Crichton näherte. Er war jetzt etwa dreißig Meter von ihnen entfernt. Heißer Dunst stieg von der stillen Oberfläche des Sees auf. Außer ihnen war niemand da. Rex wirbelte herum und schlug ihr ins Gesicht. Sie hielt sich die Wange, wo er sie geschlagen hatte.

Rex begann, die Kleider abzulegen. Als er sein Hemd auszog, konnte Jack die bläulichroten Narben erkennen, die sich von der Brust bis hin zu seiner Taille erstreckten. Nachdem Crichton auch die Hosen und die Unterwäsche ausgezogen hatte, bemerkte Jack, daß die violetten Spuren auch seine Lenden und sein Gesäß überzogen. Rex hielt seine Arme vom Körper weg, als sei er ans Kreuz genagelt. Kyra stand wie angewurzelt da. Crichtons Gesicht war ausdruckslos, er gab weder einen urtümlichen Schrei oder ein wütendes Gebrüll von sich; er war wie in Trance. Er streckte die Hand nach Kyra aus. Sie wich zurück. Er machte die Arme ganz lang, als ob er ihren Körper in den seinen hüllen wollte. Langsam bewegte sie sich in seine Umarmung. Er legte sie sanft auf den Boden, dann setzte er sich rittlings auf ihren runden Bauch. Jack beobachtete sie mit angehaltenem Atem. Crichton klemmte ihre Hände mit seinen Knien fest. Jack sah, daß er lächelte und das Mädchen ihn wie gebannt beobachtete. Crichton beugte sich hinab und flüsterte ihr etwas ins Ohr. Sie begann, sich zu wehren, war aber völlig hilflos. Er beugte sich wieder zu ihrem Ohr hinab. Das Mädchen wirbelte den Kopf herum und vergrub die Zähne in seinem Gesicht. Crichton schrie vor Schmerz auf und kämpfte, um seine rechte Wange von ihren Zähnen zu befreien. Blut floß, doch sie ließ nicht los. Jack wurde schlecht, er wollte pinkeln, er wollte wegrennen, er wollte ihr helfen. Er war über alle Maßen verängstigt.

Schließlich gelang es Crichton, sie von seinem Gesicht zu

lösen. Blut tropfte aus den Wunden, die ihre vollkommenen weißen Zähne gebissen hatten, aber Crichton lächelte. Er führte eine Hand an die klebrig feuchte Stelle und blickte auf die rote Spur auf seiner Handfläche hinab. Dann schmierte er etwas von dem Blut auf die Stirn des Mädchens – in Form eines Kreuzes. Sie hatte zu schreien begonnen. Jacks kauerte da wie angewurzelt; er hatte Angst, weiter hinzusehen, und Angst, sich abzuwenden. Crichton lächelte Kyra hart an. »Sieh her«, schrie er. »Sieh mich, wie ich bin, jetzt und für alle Ewigkeit.«
Seine Daumen tauchten in Kyras Augenhöhlen, stießen ihr die Augen aus. Jack wurde ohnmächtig. Als er wieder zu sich kam, stand Crichton am Ufer des Sees. Er hatte ihren Körper gefesselt und mit ihren Kleidern und ein paar Steinen beschwert. Jack sah die Luftblasen aufsteigen, nachdem Crichton Kyra in die Tiefen des Sees geschleudert hatte. Während Crichton noch dastand und sein Werk bewunderte, war Jack losgelaufen. Seine Gedanken wirbelten, begannen jetzt schon, das auszuradieren, was er gesehen hatte. Am darauffolgenden Tag waren die Türken einmarschiert. Die Insel geriet in einen Strudel der Verwirrung. Was hatte angesichts dieser Schicksalsschläge ein vermißtes Mädchen schon für eine Bedeutung?
Jacks Gehirn gelang der perfekte Selbstschutz. Sein Zusammenbruch verbarg die Wahrheit vor ihm, prägte seine Zukunft.

Jangos Gesicht war naß vor Tränen. Er ließ den Kopf in die Hände sinken und schluchzte. Jack hatte sich seit Fionas Tod nicht mehr so elend gefühlt. »Es tut mir so leid, Jangos. Ich hätte ihr helfen können.«
Die breiten Schultern des Mannes bebten heftig. Jetzt vergoß er die Tränen, die ihm über zwanzig Jahre nicht gekommen waren, weil er die Wahrheit nicht gekannt hatte.

»Es tut mir so leid.«
»Warum? Sie waren ein kleiner Junge, kein Mann. Wenn Sie versucht hätten, zu helfen, würden Sie heute zusammen mit meiner Kyra im See schlafen.«
»Sie meinen, daß ihr Leichnam nie geborgen wurde?«
»Im See wurde nicht nach ihr gesucht. Ich werde mich darum kümmern. Sie müssen der Polizei erzählen, was sie mir gesagt haben.«
»Ich kann nicht.«
»Sie müssen: Sie sind nicht mehr kleiner Picasso, Sie sind ein Mann, mit allem, was dazugehört.«
»Jangos, bald wird die Polizei in meinem eigenen Land nach mir suchen. Der Mann, der Kyra getötet hat, läuft immer noch frei herum, und er tötet immer noch.«
Der Zypriote trocknete sich die Augen. »Warum sucht die Polizei nach Ihnen? Etwa weil nach dem, was ich weiß, auch Sie meine Kyra hätten umbringen können.«
»Ich bin kein Mörder, aber ich hätte ihr helfen sollen. Ich will es wiedergutmachen. Helfen Sie mir bei der Suche, Jangos. Wir werden sie finden und in ein vernünftiges Grab legen. In ihrem Leib trägt sie den Beweis, der ihn für immer hinter Schloß und Riegel bringt.«
»Sie sprechen von Beweisen, aber sie meinen meine Tochter.«
»Nein. Es fällt mir schwer, es auszusprechen, aber Ihr ungeborenes Enkelkind trägt die DNA seines Vaters.«
Jango schlug Jack ins Gesicht. Es schmerzte. Der Schlag hallte durch das Haus. »Haben Sie keine Seele? Sie geben vor, sich zu sorgen, und dann sprechen Sie von Entweihung.«
Leise sagte Jack: »Lassen Sie nicht noch einmal zu, daß Sie aus Zorn Ihre Tochter verraten.«
Die Worte verursachten mehr Schmerz als tausend Schläge. Jangos ließ den Kopf in die Hände sinken.
»Wir können ihren Tod rächen, indem wir dafür sorgen,

daß er für seine Verbrechen bezahlt. Es gibt noch andere tote Mädchen, deren Väter sie Tag für Tag vermissen. Sie sind wütend – wie Sie. Wie Sie schlagen sie vor Zorn wild um sich. Sie aber können etwas bewirken, die anderen sind machtlos.«

»Wenn Sie lügen, bringe ich Sie um.«

»Wenn ich gelogen habe, verdiene ich es nicht, am Leben zu bleiben.«

»Gut gesprochen, Graham Forths Sohn. Aber warum sollte ich Ihre Geschichte glauben?«

»Sie haben meinem Vater vertraut, er ist ein Ehrenmann. Ich bin sein Sohn, er hat mir seinen Ehrenkodex beigebracht. Ich lebe ehrenvoll. Glauben Sie mir um seinetwillen.«

Jangos strich sich mit den Fingern die Haare zurück. »Sie verlangen viel.«

»Ich weiß. Es ist mehr, als jeder Vater sollte ertragen müssen.«

»Haben Sie selbst Kinder?«

»Ein Mädchen, Hollie.«

»Und lieben Sie sie?«

»Ja.«

»Dann schwören Sie Eid auf ihr Leben, daß das, was Sie sagen, die Wahrheit ist. Die Götter werden Sie hören und die Wahrheit in Ihrem Gesicht lesen. So ein Schwur ist in meinem Land verbindlich. Wenn Sie mich anlügen, dann verdammen Sie sie.« Jack hob die Hand. »Nein, legen Sie Hand aufs Herz. Das Herz lügt nicht, nur die Menschen.«

Jack legte die Hand auf die linke Seite seiner Brust. »Alles, was ich gesagt habe, ist wahr. Ich schwöre es bei meinem eigenen Leben und dem Leben meiner Tochter.«

Jangos nickte langsam. »Sie schwören ohne Angst. Ich glaube Ihnen.«

»Danke.«

»Erzählen Sie mir Ihre Geschichte von Anfang an. Lassen Sie nichts aus. Ich will wissen, was Sie zu mir geführt hat, Jack Forth.«
Jack holte tief Luft. Dann begann er: »Ich zeichne Mörder für die Zeitungen ...«

Rex Crichton nippte an seinem Glas Chardonnay, als der Pilot verkündete, daß sie in fünfzehn Minuten in Larnaka landen würden. Der Business-Class-Sitz war bequem. Er hatte gleich zwei Tickets für nebeneinanderliegende Sitze gebucht. Er wollte keine Gesellschaft. Cremefarbene Kordhosen und ein Ralph-Lauren-Polohemd waren wohl die passende Kluft für das Wetter, das ihn dort erwartete. Sie hatte ihn dazu gezwungen: Leone Stern war lästiger, als er vermutet hätte. Aber das Mädchen hatte mehr Kampfgeist als ein Gladiator. Niemand würde wohl von ihm behaupten können, daß er Talent nicht anerkannte. Und ihres hatte ihm durchaus imponiert. Eines Tages hatte er vielleicht Gelegenheit, ihr sein eigenes Talent zu zeigen. Aber vorher mußte er sich um Forth kümmern.
Er war seinem Ziel inzwischen zu nahe, viel zu nahe. Leone und Forth durften ihm jetzt nicht mehr dazwischenkommen. Er hatte niemals das Bedürfnis gehabt, an diesen Ort zurückzukehren, wo er die erste an seine Brust genommen hatte. Er hatte ihr seine Größe gezeigt, und sie hatte vor Ehrfurcht gezittert. Ihre Augen hatten sich auf die Wahrheit gerichtet, bevor er sie gepflückt hatte. Sein Bild war auf ihre Netzhaut eingebrannt: ein Testament seiner furchteinflößenden Schönheit. Aber eine Rückkehr war gefährlich. Er hatte sich immer wieder neue Länder und Gerichtsbarkeiten für seine Selbstdarstellungen ausgesucht. Die Mädchen hatten seine Seele berührt, und er hatte sie vor der Korruption bewahrt. Das Leben hätte sie früher oder später nur mit Krampfadern, dicken Bäuchen und verlogenen Ehemännern geschlagen. Er hatte sie vor

dem Mittelmaß bewahrt. Jetzt waren sie rein, in seine Enthüllung gehüllt, für immer warm.
Auf die Anweisung des Piloten hin schloß er den Gurt. Er erwartete, daß das Land anders aussehen würde. Die Veränderungen, die die Probleme von 1974 mit sich gebracht hatten, würden dafür gesorgt haben. Die Invasion war eine Fürsprache der dunklen Götter zu seinen Gunsten gewesen, dessen war er sicher. Sie sorgten für die ihren. Er würde sich ihnen eines Tages anschließen, wenn er bereit dazu war, aber zuerst mußte die Erde gesäubert werden.
Junge Frauen trugen das Potential zur Verdorbenheit in sich, schmutzige Mädchen, die hinter Händen mit lackierten Fingernägeln vor sich hinkicherten, während sie davon träumten, ihre Väter und Brüder zu vögeln. Er kannte all ihre schmutzigen Geheimnisse und noch viele mehr, derer sie selbst noch nicht einmal bewußt waren. Nur indem er ihren Geist erweiterte, konnte er den moralischen Krebs ihrer Zukunft ausmerzen, bevor dieser sie aller Möglichkeiten beraubte. Seine Mutter hatte gelitten. Oh, wie diese wunderbare Frau von der Krankheit ihres Verlangens verzehrt worden war! Er hätte sie von der Knechtschaft ihres Geschlechts befreit, wenn sie es nicht selbst schon getan hätte. Sie war eine reine Frau, befleckt durch ihren Mann und seine Forderungen an ihre Libido. Als sie ins Wasser ging, hatte sie instinktiv gewußt, daß sie damit den Schmutz fortwaschen würde, daß sie erneuert, wiedergeboren, frisch und jungfräulich daraus hervorgehen würde.
Erst die Episode auf Zypern hatte ihm diese klare Sicht beschert. Sie hatte ihn darauf gebracht. Das Mädchen hatte sich freiwillig bereit erklärt. Sie war ihm an den See gefolgt, und die Gestalt, die er später hatte fliehen sehen, mußte Forth in jungen Jahren gewesen sein. Die dunklen Götter prüften ihn, stellten seine Standhaftigkeit auf die Probe. Er würde sie nicht enttäuschen. Wenn er recht hatte, würde es ein leichtes sein, Forth ausfindig zu machen. Der einzige

Grund, warum er nach Zypern reisen wollte, konnte nur der sein, nach Beweisen zu suchen, und dieser Beweis konnte nur der Leichnam der kleinen Kyra sein. Den See gab es sicher noch. Er würde ihn beobachten, bis der richtige Augenblick gekommen war. Was Forth wußte, konnten auch andere wissen. Er würde warten, bis Forth gefunden hatte, was er suchte. Es würde schön sein, Kyra wiederzusehen.

Kapitel 50

Das Wasser war still. Das frühe Morgenlicht warf lange Schatten von den Eukalyptus- und Zitrusbäumen, die wie dicke schwarze Finger bis in das Herz des Sees ragten. Jack war kalt. Aber es lag nicht an der Temperatur, sondern an seiner Angst: Die Zeit, ins Wasser zurückzukehren, war gekommen. Jangos hatte darauf bestanden, daß er die Nacht in der Taverne verbrachte. In einem ordentlichen geweißelten Raum, in dem ein mit weißem Leinen überzogenes Bett stand, hatte er ein paar Stunden Schlaf gefunden.

Sie hatten bis tief in die Nacht geredet; es gab nur wenig Gäste in der Taverne. Jangos hatte darauf bestanden, ihm etwas Besonderes zu kochen – schließlich würde Jack all seine Kraft für den Tauchgang brauchen. Jack hatte nicht das Herz, seinem neuen Freund zu erzählen, daß er Angst vor dem Wasser hatte. Ein riesiges *rifi,* ein ganzes Lamm am Spieß, wurde feierlich und mit offensichtlichem Stolz aufgetragen. Jack gab sein Bestes, um ihm gerecht zu werden. Jangos bot ihm Wein an. Jack trank zwei Gläser. Jangos selbst trank starken schwarzen Kaffee, nachdem das *rifi* bis auf die Knochen abgenagt war. Jack hatte ihm alles erzählt; er hatte schließlich ein Recht darauf.

Im Gegenzug hatte Jangos ihm von seiner langen Suche nach Kyra berichtet. Nach der Teilung befand sich Zypern in einem Zustand beständiger Verwirrung. Von dem türkischen Militär war keine Hilfe zu erwarten. Auf jeder Seite waren Hunderte von Menschen verschwunden – ihre eigenen Demarkationslinien waren ihnen zum Verhängnis geworden. Der alte Streit hatte die Insel in einen Anfall nationaler Schizophrenie gestürzt. Jangos hatte erfolglos nach dem Jungen gesucht, der seine Tochter geschwängert hatte. In der Panik der Teilung waren viele Akten verlorengegangen oder absichtlich vernichtet worden. Die Bürokratie herrschte überall. Er suchte jahrelang, riskierte sogar einige illegale Grenzüberschreitungen dafür, und die ganze Zeit über hatte sie im See gelegen, nicht mehr als zwei Kilometer entfernt.

Jetzt lag das Wasser vor ihm. Jangos hatte Tauchanzüge und Sauerstoffflaschen mitgebracht. Jack zog den schwarzen Neoprenanzug an, spürte wie das Gewebe sich über seiner Brust spannte. Ein kleines Schlauchboot lag am Ufer; sein Außenbordmotor war betriebsbereit.

»Wir müssen bei unserer Suche systematisch vorgehen, Jangos.«

Der Zypriote quetschte gerade seinen Bauch in den Tauchanzug. »O. K., Jack Forth. Wir beginnen, wo er Kyra ins Wasser geworfen hat. Aber das Wasser hat Strömungen. Die Oberfläche ist nicht die Wahrheit. Wie die Griechen: ruhig nach außen, leidenschaftlich innen.« Er lächelte dünn.

»Du mußt nicht mit mir tauchen, Jangos.«

»Du irrst dich. Ich habe Pflicht gegenüber Kyra. Warum tust du es?«

Jack zuckte die Achseln. »Für mich gilt das gleiche.«

Jangos betrachtete Jacks Gesicht aufmerksam. »Habe ich mir gedacht, aber da ist noch etwas. Du willst andere kleine Mädchen vor dem Wasser retten.«

Er hatte recht. »Irgend jemand muß es ja tun.«

Jangos ging auf ihn zu, dann legte er Jack seine riesigen Pranken auf die Schultern. »Hör mir zu. Du kannst nicht alle Probleme der Welt tragen. Es ist nicht deine Schuld, Jack. Dieser Mann ist böse, du bist gut. Du wirst ihn aufhalten. So soll es sein, nur nicht so einfach.«

Jack wußte die verständnisvolle Haltung des anderen zu schätzen. Er mußte ehrlich zu ihm sein, andernfalls würde er sie noch in Gefahr bringen. »Ich habe Angst vor dem Wasser.«

Jangos gab ihm einen spielerischen Knuff. »Ich weiß, ich sehe Furcht in deinen Augen, aber nicht in deinem Herzen. Weiser Mann hat immer Angst, denn die Welt ist gefährlich. Weiser Mann weiß das und ist vorsichtiger. Lebe, um ein weiser Mann zu werden. Du schwimmst, weil es das richtige ist, das einzige, was du tun mußt.«
Sie verstauten die Ausrüstung im Boot. Jangos war voll beladen aus Larnaka zurückgekehrt, nachdem Jack aus einem kurzen Schlaf erwacht war. Außer den Neoprenanzügen und den Sauerstoffflaschen hatte er noch einen veralteten Kompressor organisiert.
»Füllt die Luft auf«, hatte er erklärt, als das Gerät hustend und keuchend zum Leben erwachte. « Tanks haben dreißig Minuten Luft. Hier ist eine Uhr, wasserfest. Stell den Wekker auf fünfundzwanzig Minuten. Nicht wie im Bett! Wenn die Uhr klingelt, kommst du rauf. Nicht liegenbleiben, sonst bleibst du für immer da unten.«
Jack guckte neugierig, als Jangos einen langen geriffelten Kasten herausholte, den er mit dem Generator verband.
»Sandgebläse«, erklärte er. »Kyra war lange Zeit da unten, zu lang«, fügte er traurig hinzu. »Mein Freund Peter in Larnaka erzählt mir von Triebsand.«
»Du meinst Treibsand.«
»Müll, Dreck, wie immer das heißt. Das hier bläst es weg, du wirst sehen. Peter sagt, daß wir ruhig bleiben müssen, warten, bis auch der Treibsand ruhig ist. Dann können wir sehen.«
Jangos ging zu seinem Ford-LKW und holte zwei lange, schlanke Objekte heraus. Es waren Harpunen; er hatte ein halbes Dutzend Geschosse dabei.
»Für die Fische?«
Jangos lächelte, aber seine Augen waren schwarz wie Obsidian. »Für Haifisch. Wenn er kommt, wird Jangos bereit sein, ihn zu erlegen.«
Mehr gab es nicht zu sagen. Jack ging ins Wasser und spür-

te, wie dessen kalte Finger nach seinen Beinen griffen, dann nach seinen Lenden. Seine Haut kribbelte vor Angst vor dem, was vor ihm lag. Er hievte sich ins Boot und setzte sich hin. Jangos folgte ihm, wobei er die übrige Ausrüstung in Brusthöhe vor sich her trug. Jack nahm ihm die Utensilien ab und legte die Harpunen vorsichtig ins Boot. Als der Zypriote seinen massigen Körper hineinschwang, umklammerte Jack die Gummiseiten mit beiden Händen, bis es wieder ruhig wurde.

Jangos setzte sich ans Steuer. Dann zerrte er an der Startleine des Motors; grollend erwachte er zum Leben. Er tauchte die wirbelnden Klingen in das schwarze Wasser, und das Gefährt begann, sich zu bewegen.

»Zuerst werden wir eine Vergnügungsfahrt über den See machen. Dann kommst du fürs Schwimmen in Stimmung.«

»Ich bin jetzt schon bereit«, antwortete Jack halbherzig.

»Nein, bist du nicht, aber das kommt noch.«

Er gab Vollgas. Der Bug hob sich alarmierend, als sie davonrasten. Jack klammerte sich fest.

»Am Ende der Vergnügungsfahrt wirst du froh sein, ins Wasser zu dürfen! Jangos lachte laut und entblößte dabei sein golddurchsetztes Gebiß.

Jack war angespannt. Dann, als der Wind ihm das Haar zerzauste, begann er ebenfalls zu lachen. Was zum Teufel trieb er hier eigentlich? Er war in Zypern und suchte mit einem verrückten Wirt nach dessen Tochter, die vor langer Zeit gestorben war! Mein Gott, wie absurd das doch war! Als sie den See umrundet hatten, brachte Jangos das Boot zum Stillstand und ließ einen kleinen Anker hinunter. Dann schaltete er den Motor aus. Stille senkte sich auf den verlassenen See und seine Umgebung herab. Jangos warf Jack einen Blick zu und deutete mit dem Finger auf das Wasser.

»Jetzt. Jetzt bist du bereit, Jack Forth.«

Wie wahr.
»Ich gehe zuerst rein«, murmelte Jangos und schnappte sich eine Sauerstoffflasche und eine Atemmaske.
»Nein, Jangos, es ist an der Zeit.«
Mit halb geschlossenen Augen dachte der Zypriote über Jacks Worte nach. Ohne eine Antwort gab er ihm dann die Ausrüstung. Jack schnallte sich mühsam die Flasche um. Tauchen hatte er noch als kleiner Junge gelernt, als er mit seinen Eltern auf Barbados gewesen war. Der Kurs hatte zwei Tage gedauert und im Swimmingpool des Hotels stattgefunden. In jenem flachen Wasser hatte er auch seinen Tauchschein gemacht. Erst dann hatte er unter Aufsicht einen Tauchgang in einem sicheren Korallenriff unternommen. Es war zwar schon Urzeiten her, aber so schwer konnte das Tauchen im See doch auch nicht sein, oder?
Er hatte nicht genug Spucke, um das Innere seiner Taucherbrille damit zu bedecken, damit sie nicht beschlug. Zweimal versuchte er hineinzuspucken – ohne Erfolg. Jangos griff danach, spie herzhaft hinein und verteilte die Flüssigkeit gleichmäßig mit den Fingern.
»Spucke von griechischem Zyprioten, die beste auf der Welt.«
Jack lächelte.
Jangos befestigte ein dünnes Seil an Jacks Fußgelenk. »In Not dreimal ziehen. Jetzt schwimm, kleiner Fisch, bring meine Kyra nach Hause.«
Jack entschied sich gegen einen schwungvollen Abgang in den Schlund des Wassers. Ein Purzelbaum nach hinten sah in einem Swimmingpool vielleicht elegant aus, konnte in einem See aber vorzeitig zur Katastrophe führen. Er wandte sich um und ließ sich langsam über den Bootsrand ins kalte Wasser gleiten. Jack hatte das Gefühl, daß sein Herz direkt gegen das Neopren seines Tauchanzugs hämmerte. Jangos deutete mit den Daumen nach oben, dann drehte er sie um 180 Grad. Jack folgte seinem Befehl und tauchte hinab.

Neunzig Zentimeter unter der Wasseroberfläche hielt er zunächst inne, um sich im Wasser zu orientieren. Er spürte, wie es an ihm zerrte, registrierte den Druck auf seinem angespannten Körper.

Panik begann in seinem Magen und seinen Lungen aufzusteigen. Er hatte langsam und tief atmen sollen, statt dessen hechelte er geradezu.

Dann sah er die Farben. Im Wasser brach sich das Licht in phantastischen Prismen. Alle Farben des Spektrums waren zu erkennen. Es war wundervoll. Er blickte nach unten, um den sich brechenden Strahlen zu folgen, bis sie in den Tiefen verschwanden. Dort unten würden ebenfalls Farben auf ihn warten – man mußte nur hinschauen. Er bemerkte, daß sich seine Atmung verlangsamt hatte. Sie ging jetzt regelmäßig. Er lauschte auf den lauten Klang seines eigenen Lebens.

Dann holte er tief Luft und stieß hinunter in das wartende Bett des Sees.

Kapitel 51

Bitte, Mr. Sloane«, sagte Richter Singleton mit einem mitfühlenden Lächeln in Tobys Richtung, das offensichtlich für die Geschworenen gedacht war. Singleton wollte sie sich schließlich nicht zum Feind machen, indem er den Anschein erweckte, den jungen Anwalt unfair zu behandeln. Singleton hatte ihnen Sloanes Situation erklärt. Manche hatten gelächelt; andere standen dem, was die Verteidigung zu bieten hatte, so gleichgültig gegenüber, daß ihnen auch diese neue Wendung egal war.

Toby hatte in der Nacht nicht geschlafen. Aber er wollte es mit der Vorbereitung auf dieses Kreuzverhör auch nicht übertreiben. Dann bestand die Gefahr, daß die Fragen kein spontanes Feuer hatten und die Antworten demzufolge auch nur mechanisch kamen. Er mußte in Höchstform sein. Die Beweise, die auf dem Papier trocken und nichtssagend erschienen, konnten durch eine geschickte Präsentation vor Gericht eine dramatische Wendung herbeiführen. Die Betonung eines einzelnen Wortes oder Satzes konnte dessen Bedeutung verändern. Und eingebunden in einen größeren Zusammenhang vermochte es den Fall entscheidend zu beeinflussen.

Toby atmete langsam aus, dann erhob er sich. Im Zeugenstand befand sich Sergeant Hall. Er stand stramm. Die Knöpfe an seiner frisch gebügelten Uniform blinkten. Er war recht jung für seinen Dienstgrad. Toby begann mit dem Kreuzverhör.

»Lassen Sie uns also rekapitulieren: Sie waren einer der Polizeibeamten, die Joanna Cheem im LKW-Anhänger des Angeklagten gefunden haben?«

»Das ist richtig, Sir.«

»Sie haben bereits zu Protokoll gegeben, daß Sie in dem fraglichen Gebiet auf Streife waren und daß man Ihnen als Fahrer des nächsten Streifenwagens befohlen hatte, sich dem LKW eiligst zu nähern.«

»Ja, Sir.«

»Demzufolge haben Sie Blaulicht und Sirene eingesetzt?«

»Ja.«

»Diese Sirenen sollen doch die Aufmerksamkeit anderer auf sich ziehen, nicht wahr?«

»Ja, das sollen sie.«

»Als sie die Tür zu dem Anhänger aufrissen, kam Mr. Speakman auf Sie zu und fragte, was los sei.«

Der Sergeant schien verwirrt zu sein. »Das stimmt, Sir.«

»Machte er irgendeinen Versuch, sie daran zu hindern, die Tür aufzubrechen?«

»Nicht direkt, aber er war auch nicht besonders glücklich darüber.«

»Wollte er nicht sogar für Sie nach den Schlüsseln suchen, die er gerade nicht finden konnte?«

»Ja, aber darauf konnten wir nicht warten. Wir hatten strenge Anweisung, so schnell wie möglich zu handeln.«

»Versuchte er zu flüchten?«

»Nein, Sir, aber wir waren ja auch zu zweit.«

»Stimmt«, fuhr Toby fort, »und sie waren beide damit beschäftigt, die Tür mit einem Brecheisen aufzustemmen. Er hätte jeden Augenblick weglaufen können. Er hätte sogar schon flüchten können, als er Ihre Sirene hörte. Zur fraglichen Zeit hätte er also bereits fort sein können.«

Der Sergeant wandte seinen Blick den Geschworenen zu. »Dann hätten wir aber gewußt, nach wem wir hätten suchen müssen, Sir. Immerhin gehörte der LKW ihm.«

»Und in der Zwischenzeit hätte er einen weiteren Mord begangen haben können.«

»Mr. Sloane?«

Der Richter hatte das Wort ergriffen, auf dem Gesicht ein

verlogenes Stirnrunzeln. »Bitte korrigieren Sie mich, falls ich Sie mißverstanden habe, aber geben Sie damit zu, daß er in der Vergangenheit schon getötet hatte? Wenn das so ist, warum müssen wir dann diesen Prozeß führen?«

Toby atmete langsam aus, es war fast ein Seufzer. Für den Uneingeweihten konnte es den Anschein haben, daß Singleton eine vernünftige Frage gestellt hatte; doch wer Bescheid wußte, der erkannte, daß er diesem Fall durch seine Bemerkung nur Stempel aufdrücken wollte.

»Nein, Euer Ehren, ich will damit sagen, daß der Angeklagte jede Menge Zeit zur Flucht hatte, wenn es irgend etwas gab, dessentwegen er hätte fliehen müssen.«

Singleton krauste die Nase, dann zog er eine Augenbraue hoch und warf den Geschworenen einen vielsagenden Blick zu.

»Ich verstehe. Fahren Sie fort.«

»Das Mädchen lag in der Nähe der Tür?«

»Ja, Sir.«

»So, daß sie sofort ins Blickfeld fiel?«

»Korrekt.« Der Sergeant kam sich sehr wichtig vor. Toby drängte weiter.

»Dieser Anhänger ist etwa fünf Meter lang, und trotzdem lag sie an der vorderen Kante?«

»Stimmt. Das habe ich doch alles schon gesagt.«

»Ich versuche nur, mir ein möglichst genaues Bild zu machen, Sergeant. Später durchsuchten sie den LKW und fanden ein paar Segeltuchplanen.«

»Genau. Ganz hinten im Anhänger.«

»Das Mädchen war nicht mit einem Tuch bedeckt, nicht war? Sie lag ganz offensichtlich da?«

»Ja, sie hatte eben Glück, Sir.«

»Als ob sie gefunden werden *sollte.*«

Fry sprang auf. »Euer Ehren, wirklich, ich habe Verständnis für den Mangel an Erfahrung, den mein junger Freund an den Tag legt, aber ein solcher Kommentar sollte erst im

Schlußplädoyer am Ende eines Falles an die Geschworenen gerichtet werden.«
Frys Gesicht schien voller Kummer darüber zu sein, daß er seine belehrende Pflicht tun mußte. Singleton gluckste.
»Ich fordere die Geschworenen auf, der letzten Äußerung Mr. Sloanes keine Beachtung zu schenken. Mr. Sloane, bitte beschränken Sie sich darauf, Fragen zu stellen. Kommentare können Sie sich für Ihr Plädoyer aufsparen.«
Toby hatte den Tadel des Richters erwartet, aber er hatte die Absicht gehabt, so früh wie möglich darauf hinzuweisen, daß dem Angeklagten eine Falle gestellt worden war.
»Sergeant«, fuhr er fort, »die Tür ließ sich leicht öffnen, nicht wahr? Als ob sie gar nicht verschlossen gewesen wäre?«
»Woher wissen Sie...?« begann der Zeuge, dann verstummte er. Toby hatte recht gehabt. Crichton hatte die Tür schließlich selbst aufbrechen müssen, um das Mädchen in den Anhänger zu legen. Danach hatte er nur den Anschein erwecken können, daß sie verschlossen war.
»Sie sprang förmlich von selbst auf, nicht wahr?«
Sergeant Hall blickte jetzt unbehaglich drein. »Es war leichter, als ich gedacht hatte.«
»Vielleicht war sie ja schon vorher aufgebrochen worden.«
»Mr. Sloane«, zischte Singleton.
»Ich ziehe die Frage zurück, Euer Ehren.«
»Den *Kommentar*«, flüsterte Fry den Geschworenen laut hörbar zu. Auch ohne Singleton anzusehen, spürte Toby, wie sich die Augen des Richters förmlich in ihn hineinbrannten.
»Wurde das Schloß auf Beschädigung untersucht?«
»Nicht daß ich wüßte, Sir.«
»Schade«, murmelte er, laut genug, daß man es auf der Geschworenenbank hören konnte und er sich einen erneuten Tadel einhandelte. Eine der Geschworenen, eine

intelligent aussehende Frau in elegantem Kostüm begann jedoch, sich Notizen zu machen.
»Mr. Speakman schien über Ihren Fund überrascht zu sein. Er sagte sogar – Zitat: Wo zum Teufel kommt die denn her?«
Hall reckte das Kinn vor, bevor er antwortete. »Wäre nicht der erste Mörder, der, nachdem man ihn geschnappt hat, versucht, seine Verbrechen zu verleugnen, Sir.«
Toby wandte sich an Singleton: »Euer Ehren, also wirklich!«
»Sie haben die Frage selbst gestellt, Mr. Sloane.«
»Mit allem Respekt, Euer Ehren, ich habe eine Frage gestellt, und der Zeuge zieht es vor, sie nicht zu beantworten. Ich habe gefragt, ob er es *gesagt* hat, nicht was diese Antwort *bedeutete.* Das ist wohl ein Unterschied.«
Jetzt sahen sämtliche Geschworenen gebannt zu ihnen hin; das war es, was man sich von einem Prozeß versprach. Singleton blickte den Polizisten an.
»Hat er das gesagt, Officer?« Die Stimme des Richters klang langmütig und geduldig, wie die eines Vaters, dessen Kind uneinsichtig ist.
»Ja, Euer Ehren.«
Nachsichtig lächelte der Richter die Geschworenen an, als ob er sagen wolle: »Ja und? Das hat doch nichts zu bedeuten!«
»Also, Sergeant Hall«, fuhr Toby fort, »der Angeklagte hat also von Anfang an jede Verbindung zu dem betäubten Mädchen abgestritten?«
»Scheint so.«
»Das Innere des Anhängers war extrem schmutzig, nicht wahr, Sergeant?«
»Allerdings. Meine ganze Uniform war verdreckt, ich mußte sie reinigen lassen.«
»Doch nicht ein Fingerabdruck des Angeklagten konnte auf dem Klebeband gefunden werden, das dem Mädchen

um Augen, Mund, Arme und Beine gewickelt worden war! Es gibt nicht *einen* forensischen Beweis, der ihn mit der Verschleppung des Mädchens in Verbindung bringt, nicht wahr?«

»Muß Handschuhe getragen haben«, antwortete der Sergeant schadenfroh.

»Antworten Sie auf meine Frage, Sergeant Hall«, schrie Toby durch den Gerichtssaal. Er hielt den Blick des Polizisten fest, der ihm jedoch auswich.

»Nein, Sir«, antwortete er leise.

»Aber Mr. Speakmans Fingerabdrücke wurden im gesamten LKW und im Anhänger gefunden?«

»Ich glaube ja.«

Toby wandte sich an Singleton.

»Euer Ehren, ich bitte das, als Beweis zu Protokoll zu nehmen.«

Der Richter runzelte grimmig die Stirn.

»Noch eine Frage, bevor ich Schluß mache, Sergeant Hall.«

Der Polizeibeamte hatte seine Arroganz abgelegt und schien nur noch dankbar zu sein, daß ein Ende des Verhörs in Sicht war. »Sir?«

»Für die Ergreifung und Überführung von König Artus war eine Belohnung in Höhe von fünfzigtausend Pfund ausgesetzt. Wußten Sie das?«

»Das wußte das ganze Land.«

»Doch der Tip, der bei der Notrufzentrale der Polizei einging, war anonym.«

»Ich glaube ja.«

Fry stand auf, seine Stimme war jetzt ärgerlich.

»Das sind Gerüchte, und mein geschätzter Kollege weiß das.«

»Ich kann es beweisen: Eure Lordschaft werden es auf Seite vierhunderteinunddreißig der Beweisakte finden.«

Befriedigt beobachtete Toby, daß der Staatsanwalt zu seinem Stellvertreter herumwirbelte, der schnell nach der fraglichen Seite suchte und dem rotgesichtigen Fry die Textstelle zeigte. Singleton mußte nicht nachsehen: Sämtliche Details dieses Falles waren ihm bekannt. Fry setzte sich kommentarlos wieder hin. Toby riskierte einen Blick zur Geschworenenbank. Jetzt machte sich nicht nur die Frau Notizen, sondern auch der Mann mittleren Alters in der Barbour-Jacke.

»Sergeant Hall, Sie wissen, daß es stimmt, nicht wahr?«

»Ja, Sir.«

»Und bislang hat sich niemand gemeldet, der die Belohnung für sich in Anspruch nehmen will.«

»Nicht, daß ich wüßte.«

»Sie als Polizeibeamter im Dienst können keinen Anspruch auf das Geld erheben, nicht wahr, Sergeant?«

»Nein, Sir, ich habe nur meinen Job getan.«

»Sie wissen, daß es ein Mann war, der angerufen hat?« Toby wandte sich Fry zu und flüsterte laut: »Seite zweihundertzweiundsechzig. Da steht es schwarz auf weiß, und auf Band haben wir es auch noch einmal.«

Fry wandte den Blick ab, bemüht, gelangweilt auszusehen.

»Ich habe davon gehört.« Sergeant Hall griff in die Jackentasche und zog ein weißes Taschentuch hervor, mit dem er sich den Schweiß von der Stirn tupfte.

»Wenn Sie die Belohnung für sich in Anspruch nehmen könnten, würden Sie das tun?«

»Diese Frage ist unzulässig, Mr. Sloane, und obendrein hypothetisch«, warnte Singleton. Toby ignorierte ihn: Jetzt gab es kein Zurück mehr.

»Sie haben immerhin nichts zu verbergen, nicht wahr?«

Toby setzte sich nach diesen Worten sofort hin. Es war keine Frage gewesen, also erwartete er auch keine Antwort. Richter Singleton bat die Geschworenen kühl, sich zurückzuziehen. Toby erwartete seine Strafe. Als die Geschworenen den Saal verließen, fing er den Blick der Frau auf, die als erste begonnen hatte, sich etwas zu notieren. Sie nickte ihm zu. Die erste Runde war überstanden.

Hell fiel die Morgensonne durch Crichtons Hotelfenster. Er hatte gut geschlafen; aber er hatte von ihr geträumt. Ihre Gesichtszüge waren nicht zu erkennen gewesen, aber er hatte ihren Geist fühlen können, stark und furchtlos. Er hatte ihn förmlich im Blut; er spürte seine Wildheit, seine Grausamkeit.

Er duschte mit eiskaltem Wasser und genoß die scharfen Nadeln, die seinen Körper durchbohrten. Es bestand kein Grund zur Eile. Forth würde einige Zeit brauchen, um Kyras Knochen und die ihres Kindes zu bergen.

Es war schon seltsam, nach so langer Zeit an diesen Ort zurückzukehren. Über zwanzig Jahre: zwanzig gute Jahre, und die Insel trug immer noch den Kopf unter dem Arm, beweinte ihre *enosis* – ihre Einheit, die es niemals mehr geben konnte. In jenem trockenen Sommer hatte ihn sein Adoptivvater zu einem längeren Urlaub mit hierhergenommen. Seit vielen Jahren schon gehörte ihm eine Villa am See in der Nähe von Ayia Ekaterina. Später, bei der Invasion, war sie zerstört worden. Es hatte niemals einen Grund gegeben zurückzukehren – bis jetzt.

Er hatte das Mädchen beim Schwimmen kennengelernt. Sie hatte sich von ihm angezogen gefühlt, und er hatte mit Sex herumexperimentieren wollen. Bis dahin hatte er nur wenig Gelegenheit zu heterosexueller Aktivität gehabt. Sein Adoptivvater hatte ihn vor den Bewohnern der Insel gewarnt, aber das hatte ihn nur noch mehr gereizt. Die eigentliche Speise stellte sich dann als recht fade heraus. Sie war noch Jungfrau. Er brauchte mehrere Wochen und mußte viele schwülstige Gedichte mühevoll ins Griechische übersetzen, bevor er in das geheime Nest ihres Leibes vordringen konnte. Und damals war er zu der festen Überzeugung gelangt, daß er froh sein konnte, anders zu sein, wenn das alles war, was die Normalität zu bieten hatte. Und oh – *wie* anders er war!

Die kleine Kyra war schwanger geworden. Sein Adoptivvater hatte ihrem Vater eine Menge zypriotische Pfund bezahlt, um seinen Zorn zu besänftigen.

Kyras letzte Reise hatte Rex tief bewegt. Sie hatte ihm seine wahre Bestimmung gezeigt. Sie war in jeder Hinsicht seine erste Frau gewesen. Rex lächelte, wenn er sich an die Berührung ihrer Haut erinnerte, an den mitfühlenden Ausdruck auf ihrem ovalen Gesicht, als sie mit ihren kleinen, zarten Händen das Vermächtnis seiner Mutter ertastete. Sie stellte keine Fragen. Niemals hatte sie gefragt, woher diese Narben kamen. Kyra war zu schön, um von dieser Welt verdorben zu werden. Er hatte gar keine Wahl gehabt.

Rex verließ die Dusche und rieb sich nachdenklich trokken.

Dann nahm er ein einfaches Frühstück zu sich: Croissants und starken Java-Kaffee in einem hübschen, von Bäumen umgebenen Café. Der Jeep, den er am Flughafen gemietet hatte, parkte in der Nähe. Er war David Taylor, ein ehemaliger Angestellter von Teal, Windle and Crichton. Taylor hatte sich bei seinen geschäftlichen Transaktionen als sehr nützlich erwiesen, und seit seinem vorzeitigen Verschwinden war er sogar noch nützlicher geworden. Es war leicht gewesen, eine Scheinanstellung für den ehrgeizigen jungen Anwalt in den USA zu erfinden. Taylor hatte so kritiklos an sich selbst geglaubt, daß ihm nie der Verdacht gekommen war, daß jemand, der so viel für so wenig bekam, irgendwann über seine eigene Habgier stolpern mußte. Rex hatte dem jungen Mann seine verdiente Strafe zukommen lassen. Mit der tödlichen Injektion hatte er nur seine Schuld bei ihm beglichen. Die Welt war so groß. Die Menschen verschwanden so leicht. Seit er Taylors Paß und

Geburtsurkunde besaß, war ihm die neue Identität jederzeit verfügbar.
Eine hübsche junge Kellnerin räumte den Tisch ab. Sie hatte den richtigen Blick. Ihr eifriges Gesicht zeugte von ihren Bedürfnissen. Wie so viele, wollte auch sie es wissen. Vielleicht würde er es ihr zeigen, bevor er die Insel verließ, aber zunächst mußte er sich um seine Geschäfte kümmern.
Den ganzen Morgen über machte er diverse Besorgungen, kaufte alles ein, was er für seine Reise brauchte. Er würde in der Nähe des Sees im Wald kampieren. Und dann würde die Zeit kommen, sich Leones Geliebtem zu stellen. Auch er sollte die Wahrheit sehen.

Kapitel 52

Roger Fry putzte sich nun wohl schon zum zwanzigsten Mal an diesem langen Tag die Brille.

Nach Speakmans Verhaftung waren dessen Schritte während der vergangenen fünf Jahre gründlich überprüft worden. Nun wurden den Geschworenen die Beweise vorgelegt: sämtliche Dienstpläne, Fahrtenbücher und Lieferquittungen aus dieser langen Zeit. Frys Stellvertreter ging die Aufzeichnungen mit den Zeugen bis ins kleinste Detail durch; das ließ sich nicht vermeiden. Wenn irgendwelche Lücken auftraten, würden bei den Geschworenen vielleicht Zweifel aufkommen, ob der Angeklagte die Morde auch begangen hatte. Verschiedene Angestellte der Bigg Truck Company wurden durch den Gerichtssaal geschleust. Sloane beschränkte sich auf ein kurzes Kreuzverhör oder ließ es sogar ganz bleiben.

Der junge Barrister hatte ihn am Tag zuvor überrascht. Seine Fragen waren kurz und prägnant gewesen und hatten tatsächlich Zweifel unter den Geschworenen aufkommen lassen. Man mußte ihn im Auge behalten. Er würde es noch weit bringen, aber nicht in diesem Prozeß. Durch seine Haltung den Augenzeugen gegenüber wurde klar, daß er akzeptierte, daß sein Mandant zu den betreffenden Zeitpunkten an den fraglichen Orten gewesen war. Er machte gar nicht den Versuch, ein Alibi für den einen oder anderen Zeitpunkt vorzubringen. Es schien also nichts Neues mehr zu kommen, aber Frys langjährige Erfahrung sagte ihm, daß eine intelligente Verteidigung einen scheinbar glasklaren Fall mit Leichtigkeit ins Gegenteil umkehren konnte.

Auch Richter Singleton schien die Vorgänge mit unverhohlener Langeweile zu beobachten. Bei einigen Gelegenhei-

ten hatte er den jungen Anwalt befragt, warum dieser oder jener Zeuge aufgerufen worden war. Sloane hatte grundsätzlich eine vernünftige Erklärung für all seine Schritte parat, und Singleton mußte darauf achten, nicht in den Geruch zu kommen, Speakman unfair behandeln zu wollen. Der Angeklagte hatte sich während der ganzen Verhandlung nicht gerührt. Er blickte ständig zu Boden. Nach jeder Vertagung war er davongetrottet, mit Handschellen an einen Gefängniswärter gekettet, ohne die Zuschauertribüne auch nur eines Blickes zu würdigen. Er wirkte weder mürrisch noch herausfordernd, als ob er die Unvermeidlichkeit des bevorstehenden Urteils bereits akzeptiert hätte. Fry hoffte es.
Er setzte die Brille wieder auf und lauschte der Aussage des Polizeibeamten, der damit beauftragt gewesen war, Speakmans Fahrtenbücher zusammenzustellen. Fry beobachtete, wie Sloane, der links von ihm saß, in ein paar Notizen wühlte, bevor er sich erhob und mit seiner Befragung begann.
»Chief Inspector Oates.« Der erfahrene Polizist setzte sich gerade hin und wandte Sloane seine volle Aufmerksamkeit zu. »Man kann Ihnen zu Ihrer Arbeit gratulieren. Es muß Monate gedauert haben, um alle Informationen zusammenzustellen.«
»Ja, es war ein Wust an Material, Sir.«
»Aber Sie hatten freien Zugang?«
»Das stimmt, Sir. Die Firma war mehr als hilfsbereit und hat uns alles zur Verfügung gestellt.«
»Und diese Firma speichert Fahrtenbücher und Dienstpläne im Computer?«
»Genau. Frühere Informationen waren aus dem Karteikastensystem ebenfalls in den PC eingegeben worden, alles vorhanden. Nur die Zusammenstellung des Materials war sehr zeitaufwendig.«
»Wie Sie bereits zu Protokoll gegeben haben, waren die

Tankquittungen der Firma eine Grundlage Ihrer Ermittlungen?«
»Auch das ist richtig. Sie haben den Vorteil, mit Datum und Uhrzeit versehen zu sein.«
Toby drehte sich nun zu den Geschworenen um.
»Reden wir nicht um den heißen Brei herum: Läßt sich aus ihnen offensichtlich schließen, daß Mr. Speakman zum Zeitpunkt der Entführungen und Ermordungen immer zum richtigen Zeitpunkt am richtigen Ort war?«
»Das ist eines der Hauptindizien, Sir.«
»Richtig. Und die Unterschrift des Angeklagten erschien auf jeder einzelnen Quittung, wobei er jede dieser Unterschriften als die seine identifiziert hat?«
»Er wurde zu der Sache verhört und bestätigte, daß es seine Schrift sei.«
»Ein Graphologe hat das Ergebnis sogar bestätigt.«
»Ich glaube ja.«
»Er unterschrieb jene Quittungen also jedesmal, ohne zu zögern, obwohl er vor kurzem in der betreffenden Region gerade wieder ein Mädchen verschleppt hatte?«
Der Chief Inspector schwieg für ein paar Sekunden und versuchte, abzuschätzen, worauf Sloane mit seinen Fragen hinauswollte.
»Ja.«
»Es hat also den Anschein, daß Speakman keinen Versuch gemacht hat, seine Spuren zu verwischen?«
»Darauf würde ich lieber nicht antworten.«
Singleton war aus seiner Lethargie erwacht und beobachtete die Szene aufmerksam.
»Kommen Sie, Chief Inspector, Sie haben doch schon in vielen Mordfällen ermittelt.«
»In zu vielen Sir.« Er meinte ernst, was er sagte.
»Und darunter waren auch ein paar sogenannte Serienmörder?«
»Ein paar.«

Das war gefährliches Terrain. Es konnte sich negativ auswirken, wenn die Geschworenen sich jetzt anhören mußten, wie viele Mörder sich auf den sicheren Straßen Englands tummelten.
»Sie alle haben versucht, ihre Spuren zu verwischen, nicht wahr?«
»Ich nehme es an. Ein jeder auf seine besondere Weise.«
»Aber zumindest unternahmen sie etwas.« Der Beamte nickte kurz. »Doch hier sitzt Trevor Speakman, der die Tatsache, daß er dort war, fast schon publik macht, und zwar durch einen fünf Meter langen LKW-Anhänger, auf dem groß und breit die Worte ›Bigg Truck Haulage‹ stehen.«
Singleton hatte jetzt genug gehört. »Mr. Sloane, ich habe sie gestern schon gebeten, während des Kreuzverhörs kein Plädoyer zu halten.«
Toby hörte, wie Fry murmelte: »Sehr richtig.«
Singleton sprach weiter, und seine Wangen hatten fast die gleiche Farbe wie seine Robe: »Und an diesem Gerichtshof werden wir ein solches Verhalten nicht länger tolerieren.«
Toby spürte, wie auch sein Gesicht rot anzulaufen begann.
Chief Inspector Oates warf ein: »Ich möchte die Frage beantworten, wenn ich darf.«
»Es war keine Frage«, erwiderte Singleton scharf, doch dann wurde ihm klar, daß er dem Falschen auf die Zehen trat. »Nun gut, Officer, aber fassen Sie sich kurz.«
Oates sah die Geschworenen direkt an, bevor er antwortete. »Vielleicht *wollte* er ja gefaßt werden.«
Auf der Geschworenenbank erhob sich zustimmendes Gemurmel. Toby wartete auf den wütenden Blick des Richters, der sie zum Schweigen brachte. Doch er nickte nur.
»Vielleicht, Chief Inspector, vielleicht, aber es gibt noch eine andere Möglichkeit.«
»Sir?«
»Daß er nichts zu verbergen hatte.«

Toby setzte sich schnell, bevor Singleton Gelegenheit hatte, ihn noch einmal öffentlich zu rügen. Der Richter trommelte mit den Fingern auf den Tisch. Er bemühte sich verzweifelt, sein Temperament zu zügeln, und hatte schließlich auch Erfolg. Er wirbelte in seinem Sitz herum und warf den Geschworenen ein strahlendes Lächeln zu.
»Meine Damen und Herren Geschworenen, es war für uns alle ein harter Tag. Ich werde die Verhandlung also etwas früher vertagen als erwartet. Ich erinnere Sie an meine Warnung zu Beginn. Sprechen Sie mit niemandem über das, was in diesem Gerichtssaal passiert. Auch nicht mit Ihrer Familie. Die anderen haben vielleicht durchaus eine Meinung, aber sie sitzen nicht auf der Geschworenenbank. Sie haben nicht das gehört, was Sie hier gehört haben, und sind vielleicht, wie so manch anderer in diesem Gerichtssaal« – seine Augen hefteten sich auf Toby – »auf bedauerliche Weise fehlgeleitet. Bis morgen also.«
Richter Singleton beugte sich zu seinem Assistenten vor und flüsterte ihm hinter vorgehaltener Hand etwas zu, bevor er sich in seine Amtsräume zurückzog. Speakman wurde abgeführt. Toby erhob sich und wandte sich zum Gehen. Er hatte eine ziemlich genaue Vorstellung davon, worüber der Richter und sein Assistent gesprochen hatten, und wollte sich so schnell wie möglich aus dem Staub machen.
Im Robenraum schlüpfte er schnell aus seiner Robe und legte die Perücke, das weiße Beffchen und den Flügelkragen ab. Fry kam mit seiner Perücke in der Hand hereingeschlendert.
»Sie scheinen den alten Knaben aufgeregt zu haben.«
Toby haßte es, wenn man über einen Richter sprach, als ob er ein liebenswerter Onkel sei. Er fand das verlogen.
»Scheint so«, antwortete er und legte seinen Kragen in eine Kiste und seine Roßhaarperücke in die Blechdose, auf der seine Initialen standen.

»Mächtiger Mann, schlimmer Feind«, fuhr Fry lässig fort.
»So sagt man.«
»Ja.« Fry wischte sich ein imaginäres Stäubchen von der dunklen Seide. »Kann Anwälte erschaffen oder zerstören, aber wenn man ihn an seiner Seite hat, hat man Glück.«
Toby verstaute seine Robe unter der blauen Schutzfolie, dann wandte er sich zu dem Staatsanwalt der Krone um.
»Ich bin Anwalt, kein Boxer.«
Fry lächelte dünn. »Es ist sein ›Ring‹. Und es ist ein Preiskampf.«
Toby zog seinen Mantel an.
»Und in welcher Runde soll ich Ihren Wünschen nach zu Boden gehen?«
Fry hatte gar keine Gelegenheit zu antworten. Singletons Assistent erschien an der Tür.
»Mr. Fry, Sir, der Richter nimmt Ihre Einladung zum Abendessen heute abend im Club gerne an. Zwischen halb acht und acht.«
Der Staatsanwalt nickte. »Großartig.«
Toby ging zur Tür.
»Mr. Sloane, Sir?« Die Stimme des Assistenten hatte jeden Diensteifer verloren. »Der Richter will Sie in seinen Amtsräumen sehen.«
»Worum geht es?« antwortete Toby.
»Eine persönliche Sache, Sir.«
Toby dachte nach. Was immer Singleton zu sagen hatte, es mußte mit der Verhandlung zu tun haben.
»Ich möchte die Stenographin dabeihaben.«
»Sie ist schon nach Hause gegangen, Sir.«
»Dann war sie ja sogar noch schneller als ich.«
Der Assistent lächelte grimmig. Beide wußten, daß Toby keine Wahl hatte. Wenn er das Zusammentreffen noch länger hinauszögerte, würde das seine Lage nur noch verschlimmern. Also zog Toby den Mantel wieder aus und legte ihn über den Arm.

»Nun gut.«
»Folgen Sie mir, Sir.«
Im Hinausgehen hörte er Fry noch rufen: »Halten Sie die Ohren steif.«
Der Assistent führte ihn in Singletons Amtsräume. Toby war überrascht, den Richter in Hemdsärmeln zu sehen. Eine Karaffe mit hellem Sherry und zwei Kristallgläser standen vor ihm auf dem Tisch. Der Assistent fragte nicht lange: Er goß beide Gläser voll und reichte eines davon Toby. Der Richter hieß ihn mit einer Handbewegung, sich zu setzen. Der Assistent verließ das Zimmer; sie waren allein.
Singleton betrachtete Toby ein paar Augenblicke lang, wobei er nachdenklich an seinem Glas nippte.
»Ich habe ihn aus Zypern importiert, eine Insel, deren Südweine man bei uns noch gar nicht entdeckt hat, aber ich habe schon vor Jahren Gefallen daran gefunden.«
Toby trank einen Schluck. Das Getränk schmeckte ölig und bitter. Er bemühte sich, keine Grimasse zu schneiden.
»Wie ich schon sagte, man muß Geschmack daran finden.«
»Sie wollten mit mir reden. Etwas Persönliches, wie es hieß.«
»Ist nicht alles auf gewisse Weise etwas Persönliches?«
Toby wartete, daß Singleton fortfuhr. Sein Professor an der Universität hatte ihm eine sehr wertvolle Lektion erteilt: »Wenn Sie etwas erfahren wollen, müssen Sie lernen, ein guter Zuhörer zu sein. Jeder Narr kann scharfe Reden schwingen, aber nur derjenige, der zuhört, kommt weiter.«
»Es ist persönlich, weil es Ihre Berufsauffassung betrifft.«
Der Richter blickte ernst drein. »Etwas Persönlicheres als das gibt es nicht.«
Toby schwieg immer noch.
»Wir Männer des Gesetzes tragen täglich eine große Last auf unseren Schultern. Haben wir einem Klienten den

richtigen Rat gegeben? War das Kreuzverhör erfolgreich? War mein Schlußplädoyer gut vorbereitet und vorgetragen?«

»Ich beschwere mich nicht, Richter.«

»Das sollten Sie auch nicht, Sloane. Viele streben nach Höherem, aber nur wenige sind auserwählt. Selbst denjenigen, die es sind, gelingt es zuweilen nicht, ihr volles Potential auszuschöpfen. Bei einem jungen Mann vermögen sämtliche Zeichen auf zukünftigen Erfolg hindeuten, doch die falsche Heirat, finanzielle Fehlentscheidungen oder eine Schwäche für Wein können sein Scheitern besiegeln. So etwas haben wir doch alle schon mit ansehen müssen.«

»Ich bin sicher, daß ich nicht in derlei Kategorien gehöre«, antwortete Toby ruhig. Jetzt erkannte er, worauf dieser »Plausch« hinausführen sollte.

»Es handelt sich nicht um Kategorien, sondern um Beispiele. Heutzutage gibt es viele Arten zu scheitern.«

Am dritten Tag seiner Tauchbemühungen fand Jack das Medaillon. Sie hatten den See in Abschnitte aufgeteilt, wobei sie von dem Punkt aus, wo Crichton den Körper ins Wasser geworfen hatte, den Strömungen in nordwestlicher Richtung folgten. Keiner von beiden war ein Experte, deshalb mußten sie sich aufs Raten verlegen. Beide tauchten abwechselnd eine Stunde am Stück, wobei sie zwischendurch einmal an die Wasseroberfläche kommen mußten, um ihre Sauerstoffflaschen neu zu füllen. Die Arbeit war hart und nervenaufreibend, aber Jangos war unermüdlich. Er würde nicht aufgeben, bis er sie gefunden hatte.

»Und wenn es sein muß, trinke ich den See leer«, hatte er am Abend zuvor über den gefüllten Weinblättern verkündet. Sein Cousin Dimitri vertrat ihn in der Taverne, aber es schmeckte nicht so wie bei Jangos. »Es ist vorbestimmt, daß wir sie finden, Jack.«

Im Verlauf der letzten Tage waren sie nicht nur notwendige

Verbündete, sondern richtige Freunde geworden. Wenn der eine erschöpft war und mit den Tauchgängen für diesen Tag aufhören wollte, dann überredete, ja drängte ihn der andere zu einer weiteren Runde. Immer war es schon dunkel, wenn sie sich zur Ruhe begaben. Jack hatte sich niemals so erschöpft gefühlt und niemals so gut geschlafen. Hin und wieder suchte er mit seinen Blicken die Hügel nach Rex ab. Aber es war unwahrscheinlich, daß dieser sich erwischen lassen würde. Man hatte ihn bislang immer erst »entdeckt«, wenn es schon zu spät war.

Die Dämmerung brach schon herein, als Jack noch einmal in den See hinabtauchte. Sie hatten vereinbart, daß dies der letzte Tauchgang sein sollte. Er hatte das Sandgebläse mitgenommen und begonnen, das Geröll und den Schlamm beiseite zu fegen. Ein Kompaß sorgte dafür, daß er die richtige Route in einem Radius von einem Meter zwanzig beibehielt. Wenn er von diesem Kurs abgewichen wäre, hätte er einen heftigen Ruck an der Leine um sein Fußgelenk gespürt. Bislang hatte für keinen der beiden Taucher die Notwendigkeit bestanden, an der Leine zu ziehen.

Die Arbeit ging nur langsam voran. Die Druckluft wirbelte einen Strudel aus Schutt auf, so daß er ein paar Sekunden lang gar nichts sehen konnte. Es dauerte etwa zehn bis fünfzehn Sekunden, bis der Schutt sich wieder gesenkt hatte, dann begann das Ganze von vorn. Und während die Augen suchten und die Hände gruben, hatte der Geist Zeit, in diesem unglaublichen Frieden, der unter Wasser herrschte, frei umherzuschweifen.

Auch im Bot hatte Jack Stunde um Stunde mit Tagträumen verbracht. Mit der Sicht des Künstlers, die ihm wiedergegeben worden war, hatte er versucht, sich die Landschaft einzuprägen. Eines Tages würde er all das malen und durch das Bild das Gefühl zum Ausdruck bringen, zu diesem Zeitpunkt an diesem Ort gewesen zu sein.

Wahrscheinlich hielten sie ihn jetzt für tot oder, wenn das

nicht mehr der Fall war, zumindest für den Mann, der eine Erklärung für Jacobsons Leiche hatte. Jack hatte Glück gehabt, den Flammen entkommen zu sein.

Erst als er die Schieferwand der Garage eingetreten hatte, war ihm Jacobson wieder in den Sinn gekommen. Sein erster Impuls war, ihn liegenzulassen. Er war doch sowieso tot. Dann hatte er doch versucht, ihn herauszuzerren. Er wußte, daß jeder Augenblick ihn das Leben kosten konnte, aber es widerstrebte ihm, Jacobsons Leichnam verbrennen zu lassen.

Er war gescheitert. Ein Dachbalken war über Jacobsons Körper zusammengebrochen, und innerhalb weniger Sekunden war er in Flammen aufgegangen. Es war entsetzlich gewesen.

Erst in der sauberen, kalten Luft des hinteren Gartens hatte er wieder einen klaren Gedanken fassen können. Solange Crichton am Leben war, würde seine Familie in Gefahr sein. Er mußte die Adresse seiner Eltern herausbekommen und versucht haben, ihn von der Bildfläche verschwinden zu lassen, indem er seine ganze Familie umbrachte! Also war Jack losgelaufen. Die Wälder hinter dem Haus hatten ihm genügend Deckung für seine schmerzhafte Flucht geboten.

Wie Crichton würde er die Narben des Brandes ein Leben lang mit sich herumtragen. Seine Hände pochten noch immer, aber seine Gedanken lenkten ihn von dem Schmerz ab. Seine Familie würde seinen Tod betrauern. Jack fühlte sich entsetzlich. Wie würde Hollie das alles verkraften? Eines Tages würde alles wieder gut werden, aber das konnte das kleine Mädchen jetzt nicht wissen. Es war zu gefährlich, ihnen zu sagen, daß es ihm gutging. Bevor er nicht sicher war, daß Crichton sich tatsächlich in Zypern aufhielt, konnte er seiner Familie diese Qual nicht ersparen. Er hatte keine Wahl.

Jetzt – unter Wasser – wartete Jack erneut, bis Sand und

Schutt sich wieder auf den Boden des Sees gesenkt hatten. Und dann bemerkte er etwas, das einer Schnur ähnlich sah. Er schwamm näher und grub es aus. Es handelte sich um ein Kettchen mit einem Anhänger. Alles war von Lehm verkrustet, und dennoch wurde er plötzlich ganz aufgeregt. Er hatte noch für zehn Minuten Sauerstoff, beschloß jedoch, mit seinem Fund nach oben zu schwimmen.

Jangos war überrascht, daß er jetzt schon zurückkam. Da legte Jack ihm die Kette in die Hand. Jango nickte und machte sich daran, den Schmutz der Jahre zu entfernen. Obwohl das kleine Stück vom Wasser ziemlich verrostet war, konnte man es als rundes Medaillon identifizieren. Jangos nickte abermals, schien aber zu zögern, was er als nächstes tun sollte. Jack wollte seinen Freund nicht drängen: Wenn er zögerte, dann hatte er einen Grund dafür.

Jangos ließ das Kettchen wie einen Rosenkranz durch die Finger gleiten, bewegte es hin und her, wobei er starr über die stille Oberfläche des Sees hinwegblickte. Besorgt beobachtete Jack sein Gesicht. Offensichtlich focht er einen heftigen inneren Kampf aus. Doch schließlich steckte er den Daumennagel in die Spalte des Medaillons. Sein Gesicht war hoch konzentriert. Das Schmuckstück ließ sich nur schwer öffnen. Er grunzte und nahm den zweiten Daumennagel zur Hilfe. Da sprang es auf. Jangos Augen starrten in die Ferne: Er hatte Angst, hineinzusehen. Schließlich holte er tief Luft und senkte den Blick. Nach einer Weile schloß er die Augen und wiegte seinen Körper vor und zurück. Er führte das Medaillon an die Lippen und küßte es, immer nur ein Wort flüsternd: »Kyra«.

Jack beobachtete den Schmerz in Jangos Gesicht, sah, wie Tränen seine Wangen hinabrannen. Leise ließ er sich ins Wasser gleiten. Jangos mußte seinen Frieden allein finden.

Jack schwamm auf die Küste zu. Er suchte den Horizont ab, hoffte, daß Rex ihn beobachtete – und hoffte es auch wieder nicht.

Nachtfalter umflogen Crichtons Lagerfeuer am Hügel und lenkten ihn beinahe von seinem wahren Ziel ab. Ihre Liebe zu den Flammen war seinem Verhältnis zum Wasser vergleichbar. Vor zwei Tagen hatte er sein Zelt in einiger Entfernung vom See aufgebaut. Die Tage hatte er in einem Versteck verbracht, von dem aus er Forth und dem Zyprioten beim Tauchen zusehen konnte.

Er hatte Kyras Vater sofort erkannt. Forth war genial. Sich Jangos' Hilfe zu versichern hatte seine Aussichten auf Erfolg erhöht. Der Wirt kannte jetzt wohl die Wahrheit über den Tod seiner Tochter. Ihr späteres Zusammentreffen würde also um so interessanter verlaufen. Bis dahin mußte er die Dinge beobachten.

In all den Jahren als Anwalt – in schwierigen Verhandlungen, bei verwickelten Vertragsabschlüssen – hatte er immer auf das erste Zeichen der Schwäche gewartet, bevor er seinem Verhandlungspartner das Genick gebrochen hatte. Sich zu zeigen bedeutete den Gedanken der Schwäche zuzulassen. Das würde er nie tun; nicht damals, nicht jetzt. Nein, lieber zunächst die Stärke des Gegners einschätzen lernen. Dem anderen gestatten, den Hammer zu schmieden, ihn dann zu ergreifen und mit aller Macht auf das Haupt des Feindes herabsausen zu lassen. Aber damals wie heute war es nur eine lästige Pflicht, etwas, das getan werden mußte. Danach wusch man sich die Hände und sagte: »Nicht schlecht, absolut nicht schlecht.«

Eigentlich hätte es in diesem Fall niemals so weit kommen dürfen, aber Rex war von Jacks Beharrlichkeit angenehm überrascht. In der letzten Zeit war sein Leben nur allzu behaglich gewesen. Zu leicht. Wie die Mädchen. Niemand war je in ihrer Nähe gewesen. Wußten ihre Eltern denn nicht, daß ein paar ziemlich gefährliche Menschen einfach so frei herumliefen? Zu traurig, allzu traurig.

Das hier war mehr nach seinem Geschmack. Rex erinnerte sich der herrlichen Zeiten, da er seine närrischen, hungrigen Gegner betrogen hatte, bis sie nach Luft schnappten. Wenn er sie niederschlug und sie erkannten, daß sie das große Rennen verloren hatten. Forth würde verlieren, Jangos würde verlieren. Die Zeit würde kommen: Für alles kam eine Zeit. Hältst du eigentlich nach *mir* Ausschau, Jack?

Kapitel 53

Jetzt wurde es Zeit, daß die Verteidigung ihre Strategie verfolgte. Toby erhob sich bewußt langsam. Er strich seine Robe glatt und holte tief Luft. Er wußte, daß dieser Augenblick ihm Zeit seines Lebens im Gedächtnis bleiben würde. Er warf Leone einen letzten langen Blick zu. Wenn sie nervös war, dann zeigte sie es nicht.

»Meine Damen und Herren Geschworenen«, begann er. »Die Staatsanwaltschaft hat, wie Ihnen hinlänglich bekannt –« Die Stille, die sich über den Gerichtssaal gesenkt hatte, wurde plötzlich zerrissen, als Roger Fry aufsprang.

»Euer Ehren, dieses Vorgehen verstößt gegen das Protokoll«, begann er. Toby setzte sich ehrerbietig wieder hin, obwohl er den Einwand bereits erwartet hatte.

»Ja, Mr. Fry, ich stimme Ihnen zu. Was hat das zu bedeuten, Mr. Sloane? Sollen wir Ihrer Äußerung entnehmen, daß Sie beabsichtigen, ein Eröffnungsplädoyer an die Geschworenen zu halten?«

»Ich dachte, das sei offensichtlich, Euer Ehren«, antwortete Toby ärgerlich und stand wieder auf.

»Ist Ihnen bewußt, daß ein solches Recht nur gilt, wenn Sie jemanden als Zeugen aufrufen wollen, der für den Fall von Bedeutung ist?« fragte Singleton scharf. »Vielleicht sollte ich die Geschworenen bitten, sich für ein paar Minuten zurückzuziehen.«

»Dazu besteht kein Anlaß, Euer Ehren, es sei denn, Eure Lordschaft wünscht, Ihnen die Gelegenheit zu versagen, die Gründe für diese Unterbrechung zu erfahren.« Das trieb Singleton in die Enge.

»Wie Sie wollen, Mr. Sloane, aber ich warne Sie nochmals –«

»Ich unterbreche Eure Lordschaft nur ungern, aber mir ist vollkommen klar, daß das Recht der Verteidigung zu einer Eröffnungsrede begrenzt ist. Ich habe aber tatsächlich die Absicht, einen zusätzlichen Zeugen aufzurufen, der uns Aufschluß über Mr. Speakmans Charakter geben kann – und zwar zu seinen Gunsten.« Diese Antwort hatte er etwa hundert Mal geübt. Jetzt wirbelte er herum, um Frys Reaktion zu beobachten.

»Euer Ehren, die Staatsanwaltschaft wurde von einem Alibizeugen der Verteidigung nicht in Kenntnis gesetzt. Außerdem bin ich sicher, daß ich Eure Lordschaft nicht daran erinnern muß, daß mein geschätzter Kollege fast sämtliche Zeugenaussagen der Krone widerspruchslos hingenommen hat«, bemerkte Fry.

»Nun, Mr. Sloane?« Singleton bedeutete Fry mit einem Kopfnicken, sich wieder hinzusetzen. »Mr. Fry hat recht, nicht wahr? Auch ich habe in meinen Unterlagen keinen Hinweis auf einen Alibizeugen. Vielleicht können Sie uns darüber aufklären.« Das offensichtliche Einverständnis zwischen dem Richter und der Staatsanwaltschaft begann Toby, auf die Nerven zu gehen: Er konnte nur hoffen, daß es auf die Geschworenen genauso wirkte.

»Euer Ehren, ich bin sicher, daß ich das Gericht in keinster Weise irregeführt habe, aber zu Gunsten größerer Klarheit bestätige ich an dieser Stelle nochmals, daß ich nicht beabsichtige, einen *Alibi*zeugen aufzurufen«, sagte er, bevor er sich mit entrüstetem Gesicht wieder hinsetzte.

»Ich verstehe. Mr. Fry, haben Sie dem noch etwas hinzuzufügen?«

Im Geiste zählte Toby die Sekunden des Schweigens. Wie würde Fry auf diese für ihn rätselhafte Situation reagieren? Die Staatsanwaltschaft tappte nun völlig im dunkeln. Sie hatten keine Ahnung, welche Art von Zeuge Toby aufrufen wollte, und sie hatten auch nicht das Recht, dies zu erfahren. Eins, zwei, drei, vier – er hörte das verzweifelte Ra-

scheln von Papier, das aus der Reihe von Frys Stellvertretern kam – fünf, sechs, sieben ... zu lang.
Toby sprang wieder auf und blickte übertrieben deutlich zwischen Singleton und Fry hin und her. »Wenn Sie mir also gestatten, mit meiner Eröffnungsrede an die Geschworenen fortzufahren, Euer Ehren ...« Er machte eine Pause, bis Fry eine entsprechende Handbewegung in seine Richtung machte.
»Ich bin Ihnen sehr verbunden«, sagte Toby jovial. Dann fuhr er fort. »Meine Damen und Herren, Sie wurden mit einem überwältigenden Berg an Zeugen und Beweismaterial konfrontiert, die allesamt auf die Tatsache hindeuten, daß ein und dieselbe Person für diese grausigen Straftaten verantwortlich ist. Die Staatsanwaltschaft hat es Ihnen in Ihrer ausführlichen Eröffnungsrede dargelegt und wurde im Verlauf dieser verwickelten Verhandlung nicht müde, es immer wieder zu betonen. Lassen Sie mich von Anfang an betonen, daß ich nicht die Absicht habe, Sie vom Gegenteil zu überzeugen.« Er schwieg und blickte jedem einzelnen Geschworenen direkt in die Augen.
»Wovon ich Sie aber durchaus überzeugen möchte, ist, daß dieser Mann«, er drehte sich um und deutete auf Speakmans mitleiderregende Gestalt auf der Anklagebank, »der nur noch ein Schatten seiner selbst ist, *nicht* derjenige ist, den unser Land verurteilen sollte. Sie kennen seine Aussagen bereits durch die Wiedergabe der Verhöre der Polizei kurz nach seiner Verhaftung. Mehr wird er Ihnen nicht sagen können, und ich werde ihn nicht aufrufen, um Sie erneut mit seinem schlechten Gedächtnis bekannt zu machen. Ich werde Sie nicht noch einmal auffordern, sich die unzähligen Rechnungen, Benzinquittungen und Fahrtenbucheintragungen anzuschauen. Ich werde nicht versuchen, den Beweis anzutreten, daß Trevor Speakman sich nicht zu den fraglichen Zeitpunkten in der Nähe der Orte befand, wo die Mädchen verschleppt oder ermordet wur-

den. Ich werde Sie ebensowenig auffordern, die zahlreichen Zeugen in Frage zu stellen, die wir gehört haben und die Mr. Speakmans LKW gesehen haben.
Nein, meine Damen und Herren, ich bitte Sie einfach nur um folgendes: Wenn Sie den Zeugen der Verteidigung gehört haben, denken Sie darüber nach, ob wohl noch jemand anderes als Trevor Speakman diese Verbrechen begangen haben könnte – ob ein anderer vielleicht sogar viel besser in die Schuhe des Mörders paßt. Auf eines hat Sie die Staatsanwaltschaft schließlich hingewiesen: Wenn Speakman *einen* Mord begangen hat, dann können Sie sicher sein, daß er sie *alle* begangen hat. Meine Damen und Herren, und dem gleichen Kriterium müssen wir folgen, wenn wir beweisen können, daß er einen der betreffenden Morde *nicht* begangen hat. Dann müssen wir davon ausgehen, daß auch die anderen nicht durch ihn verübt wurden.«
Toby hielt erneut inne. Diesmal griff er nach der Wasserkaraffe zu seiner Linken. Es war wichtig, daß die Geschworenen verstanden, wohin seine Argumentation führte. Langsam goß er das Wasser in ein Glas, dann sprach er weiter. »Die Staatsanwaltschaft würde es wohl folgendermaßen formulieren«, er trank einen Schluck, stellte das Glas wieder auf den Tisch und sagte dann ruhig: »Einer für alle und alle für einen ...«
Singleton warf voller Abscheu seinen Füller auf den Tisch, aber die Geschworenen hatten sich allesamt seine Worte notiert.

Dann rief Sloane seinen ersten Zeugen auf:
»Euer Ehren, mit Ihrer Erlaubnis rufe ich Dr. Malcolm Hurst in den Zeugenstand.« Toby wartete auf eine Erwiderung. Er wurde nicht enttäuscht. Fry erhob sich und bat darum, daß die Geschworenen den Saal verließen. Nachdem sie von dem Gerichtsdiener hinausgeführt worden waren, ergriff Fry wieder das Wort.

»Euer Ehren, ich kenne Mr. Hurst: Er ist, glaube ich, ein Experte in forensischer Psychiatrie. Wie meinem geschätzten Kollegen bekannt sein dürfte, ist es der Verteidigung nicht gestattet, diesen Zeugen ohne Zustimmung des Gerichts aufzurufen, und zwar nach Maßgabe der Crown Court Rules, Advance Notice of Expert Evidence, der Statuten also, die etwa seit dem Jahre 1987 in Kraft sind.«
»Aber Euer Ehren, die Zustimmung des Gerichts ist nur dann erforderlich, wenn dem Antrag auf Anhörung des Zeugen nicht stattgegeben wurde. Wenn Eure Lordschaft mir eine Sekunde geben. Ich bin sicher, mein Solicitor kann Ihnen eine Kopie des entsprechenden Antrages mit dazugehörigem Datum zeigen«, log Toby und wandte sich zu Leone um. Mit einem Pokerface zog sie den gefälschten Antrag aus der Akte und überreichte ihn Toby. »Nun, Euer Ehren, er ist auf den fünfzehnten Oktober datiert und an Mr. Dexter und die Staatsanwaltschaft der Krone adressiert. Die Post hat ihn uns nicht zurückgesandt. Er ist also zugestellt worden, mithin ist der Antrag rechtskräftig. Die Verteidigung kann doch nicht allen Ernstes behindert werden, nur weil Mr. Dexter es offensichtlich versäumt hat, diese Unterlage dem plädierenden Staatsanwalt zu übergeben!«
Toby reichte das Blatt dem Gerichtsdiener, der es dem Richter überbrachte. Dexter warf ihnen einen wütenden Blick zu, dann zog er Fry hastig am Ärmel, um sich von jeder Verantwortung für diesen Vorfall zu distanzieren.
»Nun, Mr. Fry«, sagte Singleton zögernd, »wie es scheint, hat es mit dem Antrag seine Richtigkeit.«
»Aber Euer Ehren, Mr. Dexter hat keine Kenntnis von diesem Dokument!«
»Das mag sein, aber mir sind dadurch die Hände gebunden.« Er wedelte mit dem Blatt hin und her. »Fahren Sie fort, Mr. Sloane.«
Die Geschworenen wurden wieder hereingebracht, und

Malcolm Hurst wurde vereidigt. Toby befragte ihn zu seinen Untersuchungsergebnissen im Hinblick auf Speakman und schloß energisch, daß Speakman seiner Ansicht nach gar nicht die Neigung haben konnte, derlei Verbrechen zu begehen. Ein oder zwei Geschworene schalteten vollkommen ab, als Fry sich erhob, um den Zeugen ins Kreuzverhör zu nehmen. Toby bemerkte, daß Fry seinen Stellvertreter fortgeschickt hatte, zweifellos, um Material zu finden, das Hurst in den Augen des Gerichts unglaubwürdig machen würde.

»Mr. Hurst, oder sollte ich lieber sagen Dr. Hurst, Ihr vornehmliches Interesse gilt dem Studium des menschlichen Geistes, ist das korrekt?«

»Im großen und ganzen ja.«

»Danke«, sagte Fry in höhnischem Ton, »und ist es außerdem korrekt, daß es sich im Gegensatz zur Mathematik oder Physiologie nicht um eine exakte Wissenschaft handelt?«

»Das sehe ich ähnlich«, antwortete der Zeuge und blickte unbehaglich drein.

»Im Gegensatz zu anderen Wissenschaften ist es bei der Ihren also beispielsweise möglich, daß Sie ein Objekt betrachten können und eventuell zu einer völlig anderen Schlußfolgerung oder Diagnose kommen als ihre Kollegen.«

»Es ist bekannt, daß manche Fachleute auf diesem Gebiet gelegentlich unterschiedlicher Meinung sind, Mr. Fry, ja.«

»Ich verstehe. Würden Sie es also für möglich halten, daß zwei, vielleicht sogar fünf Experten, die wir mit der Beurteilung ein und desselben Falles betrauen, zu völlig unterschiedlichen Ergebnis hinsichtlich der Motive und Neigungen eines Menschen kommen können?«

»Es ist möglich, aber meines Erachtens nach unwahrscheinlich.«

»Unwahrscheinlich, aber sicher möglich.« Die Verdrehung der Worte hallte unheilverkündend durch den Gerichtssaal.
»Ja.«
»Derlei professionelle Konflikte unterscheiden sich nicht allzusehr von denen der Juristen, finden Sie nicht auch?«
»Ich würde eher betonen, daß wir erheblich seltener unterschiedlicher Ansicht sind als die Mitglieder Ihres Berufsstandes, Mr. Fry.«
»Ja, das kann schon sein, Dr. Hurst. Wir alle sind augenscheinlich sogar in diesem Gerichtssaal Zeuge eines solchen Phänomens.« Fry grinste, als sein Stellvertreter zurückkehrte und ihm ein Dokument aushändigte. Fry blickte eine Weile darauf hinab, wohl wissend, daß jeder ihn ansah. Er legte das Blatt vor sich hin und fuhr ruhig fort. »Sie sind, wie es scheint, der Ansicht, daß Trevor Speakman niemanden getötet haben kann. Stimmt das?«
»Das entspricht nicht hundertprozentig der Wahrheit, Mr. Fry. Ich sagte, daß er sich meiner Ansicht nach nicht als Mann darstellt, der Charakterzüge aufweist, die normalerweise bei Mördern dieser Art aufzutreten pflegen.«
»Sie wollen also sagen, daß es durchaus möglich ist, daß er jemanden getötet haben könnte?«
»Ich kenne nur wenige Menschen, die dazu nicht in der Lage wären, wenn sie zum Beispiel sich selbst oder ihre Angehörigen schützen wollen. Aber ich betone nochmals –«
»Nicht notwendig, Doktor, ich habe durchaus verstanden. Darf ich Sie fragen, ob Ihnen bekannt war, daß Speakman an gelegentlichen Anfällen leidet, die zu Blackouts führen?«
»Ich hatte Zugang zu seinen medizinischen Akten, ja.«
»Und das vermag Ihre Meinung nicht zu ändern, auch

wenn es Zonen seines Gehirns gibt, die ewig ein Geheimnis für uns bleiben müssen, auch für medizinische Experten wie Sie selbst?«

»Ich habe alle möglichen Persönlichkeits- und Intelligenztests vorgenommen –«

»Ach, Tests, Doktor! Sie bringen doch häufig die merkwürdigsten Ergebnisse hervor, insbesondere wenn das Subjekt es darauf abgesehen hat, den Durchführenden hinters Licht zu führen, nicht wahr?«

»Was meinen Sie damit?«

»Ist Ihnen niemals der Gedanke gekommen, daß der Angeklagte seine Arbeitgeber und das Straßenverkehrsamt jahrelang betrogen hat? Ganz sicher sind die dortigen Verantwortlichen in keiner anderen Position als Sie selbst, Doktor. Sie nahmen ebenfalls nicht an, daß mit Trevor Speakman etwas nicht stimmte, weil er ihnen nichts über die Blackouts erzählt hatte. Er wußte nämlich, daß er unter diesen Umständen sowohl seinen Job als auch seinen Führerschein verlieren würde.«

»Das ist wohl kaum vergleichbar, Mr. Fry.«

»Wirklich nicht, Doktor? Ich bin nicht sicher, ob ich Ihnen da zustimmen kann, aber ich habe in diesem Fall ja auch kein Urteil zu treffen. Im Gegensatz zu den Geschworenen ...«

Er sah zu ihnen hinüber und runzelte die Stirn.

Toby machte sich nicht einmal die Mühe, Einspruch zu erheben. Alle Augen richteten sich auf Fry, als er sich mit einem schweren Seufzer wieder setzte.

Nach der kurzen Vertagung zum Mittagessen fegte Toby in den leeren Gerichtssaal und baute sich vor Fry auf, der sich gerade damit beschäftigte, im Archbold, der Bibel eines jeden praktizierenden Juristen, zu blättern.

»Das sollten Sie besser außen vor lassen, Fry«, sagte Toby und deutete auf den dicken Einband.

»Was soll das nun wieder, Sloane? Über Winkelzüge steht da weiß Gott nichts drin, junger Mann«, antwortete Fry, ohne aufzublicken.

»Nicht, daß Sie in dieser Richtung der Nachhilfe bedürften«, antwortete Toby dreist.

»Ich weiß nicht, was Sie damit sagen wollen, Sloane, aber Ihr Ton gefällt mir ganz und gar nicht.«

»O. K., wo soll ich anfangen? Bei Sven Trondl vielleicht?«

»Was?«

»Sie haben mich wohl verstanden, Fry. Die Frage ist nur, ob Sie Einwände erheben werden, wenn ich beantrage, seinen Bericht laut verlesen zu lassen. Siehe Kapitel neun der Akten.« Er hätte keine größere Bombe platzen lassen können.

»Nie von ihm gehört. Einer von Ihren Überraschungszeugen?« Er log, und Toby wußte es. Deshalb holte er zu einem weiteren Schlag aus:

»Nicht meiner, Fry, alter Junge, Ihrer. Ich denke, Sie werden es auf Seite einhundertneunundachtzig im dreizehnten Band des ungenutzten Materials finden, das zwischen den TIE-Aussagen vergraben wurde. Deshalb wäre ich, offen gesagt, ausgesprochen überrascht, wenn Sie noch nicht von ihm gehört hätten.«

»Also gut, wo haben Sie diese Aussage her?«

»Das sollten Sie doch am besten wissen. Wahrscheinlich sind Sie doch derjenige, der den Befehl gegeben hat, daß Sie versteckt wurde.«

»Ich protestiere gegen eine solche Unterstellung, Sloane!«

»Ist mir egal, Fry. Die Frage ist nur, wie werden Sie sich verhalten?« Toby warf dem Staatsanwalt einen wütenden und provozierenden Blick zu. Fry konnte Einspruch erheben und verlangen, daß Trondl als Augenzeuge vernommen wurde, statt nur den Bericht zu verlesen. Aber wenn er das tat, konnte er seinen eigenen Zeugen wohl kaum ins Kreuzverhör nehmen. Er mußte nachgeben, aber er war offensichtlich nicht glücklich darüber.

»›Die Staatsanwaltschaft genießt ihre Siege nicht...‹«

»...und sie erleidet auch keine Niederlagen‹«, beendete Toby den Satz für ihn. »Sparen Sie sich das für die Presse auf, Fry, denn ich werde dafür sorgen, daß alle darüber Bescheid wissen, wenn der Fall erledigt ist.«

»Dann verlesen Sie diese verdammte Aussage eben«, rief der Staatsanwalt ärgerlich, bevor er hinausstürmte. Toby lehnte sich lächelnd zurück. Es war das erste Mal, daß er Fry dermaßen unbeherrscht sah. Und was das beste war: Er begann die Situation zu genießen.

Als das Gericht sich wieder versammelt hatte, verlas Toby die Aussage von Sven Trondl, des FBI-Experten. Er las langsam und sorgfältig und hob jeden Abschnitt hervor, der Hursts Aussage bestätigte. Als er geendet hatte, bemerkte er, daß ein paar der Geschworenen begannen, Speakman auf seiner Anklagebank Blicke zuzuwerfen: Das war bisher noch nicht geschehen. Es bedeutete, daß sie ihm nicht mehr ganz so widerwillig gegenüberstanden. Zumindest dachten sie über den Fall vernünftig nach, statt einfach nur alles zu akzeptieren, was die Staatsanwaltschaft ihnen darlegte.

»Wenn Euer Ehren nichts dagegen haben, beantrage ich nun, die Aussage von Patricia Barraclough zu verlesen«, verkündete Toby. Zu seiner Linken entstand geradezu ein Handgemenge, als das Team des Staatsanwalts wie wild die Akten durchsuchte.

»Wir erheben Einspruch, Euer Ehren«, sagte Fry ohne große Überzeugungskraft.

»Euer Ehren, diese Zeugin wird auf Seite viertausendachthundertsiebenundsiebzig im siebzehnten Band des ungenutzten Materials genannt, das die Staatsanwaltschaft der Verteidigung zur Verfügung gestellt hat. Sie *können* keinen

Einspruch erheben. Außerdem, Euer Ehren, ist die Augenzeugin mittlerweile bedauerlicherweise verstorben, und ich beantrage mit allem Respekt, die Bestimmungen von Paragraph 23 des Criminal Justice Act von 1988 in Kraft treten zu lassen.«

»Ich bin mit dieser Bestimmung vollkommen vertraut, Mr. Sloane«, rief Singleton so laut, so daß selbst Toby erschrokken in die Höhe sprang. Warum war er derart zornig?

»Ich entschuldige mich, wenn ich das Hohe Gericht beleidigt habe, Euer Ehren, aber diese Bestimmung ist für die Verteidigung von essentieller Bedeutung. Ich bin nicht verpflichtet, die Staatsanwaltschaft von meinen Absichten in Kenntnis zu setzen, und meiner Auffassung nach obliegt es dem freien Ermessen von Euer Ehren, diese Aussage als Beweis zuzulassen.«

»Präzise, Mr. Sloane«, sagte Singleton. »Gibt es einen Totenschein, mit dem Sie bestätigen können, was Sie sagen?«

»Nein, Euer Ehren. Ich berufe mich auf allgemein bekannte Tatsachen. Der Mord an Pat Barraclough ist an anderer Stelle ausführlich dokumentiert worden. Aber wenn Eure Lordschaft mir ein wenig Zeit gewähren, können wir den Pathologen anrufen.« Toby setzte darauf, daß der Richter keine Zeit damit verschwenden würde, auf das Unvermeidliche zu warten. Er hatte recht, aber irgend etwas an Singletons Verhalten bereitete ihm Kopfzerbrechen. Im Gerichtssaal herrschte tödliche Stille. In Wirklichkeit dauerte sie nur ein paar Sekunden, aber es kam ihm wie Stunden vor. Singleton starrte Sloane mit glasigem Blick an.

»Fühlt Eure Lordschaft sich nicht wohl?« fragte Toby, um die Spannung aufzulösen.

»Doch, völlig wohl, Mr. Sloane«, antwortet Singleton etwas zu geistesabwesend. Wenn der Richter *nicht* zuließ, daß die Aussage Pat Barracloughs verlesen wurde, dann konnten sie vor dem Court of Appeal in Berufung gehen. Er war also

dazu gezwungen. »Sie haben meine Erlaubnis, Mr. Sloane.«
»Danke, Euer Ehren. Meine Damen und Herren Geschworenen ...«
Toby begann, Barracloughs ursprüngliche, unverfälschte Aussage zu verlesen. Zum ersten Mal wurden die Geschworenen mit der Tatsache konfrontiert, daß Colleen Bridges drei Tage bevor ihre Leiche in dem Becken am Dosmary See gefunden wurde, noch lebend von jemandem gesehen worden war. Und der ganze Gerichtssaal ließ einen kollektiven Seufzer hören, als bekannt wurde, daß sie der Polizei das komplette Nummernschild hatte angeben können.

»Als nächsten Zeugen der Verteidigung rufe ich Dr. Ian Coombs auf.« Noch während er sprach, spürte er die Eruption zu seiner Linken. Roger Fry war noch nie so schnell auf die Füße gesprungen.
»Euer Ehren, dieser Zeuge ist, wie Eure Lordschaft wohl wissen, der forensische Wissenschaftler des Home Office. Die Staatsanwaltschaft hat ihn damit beauftragt, einen Bericht abzufassen, in dem er das Material aus den gesamten Autopsien zusammentrug. Die Staatsanwaltschaft hat zwar im Verlauf des Verfahrens keinen Gebrauch davon gemacht, trotzdem ist er im Grunde unser Zeuge. Wenn mein geschätzter Kollege irgendwelche Fragen an den Zeugen hat, dann hätte er seine Vorladung während unserer Darlegungen beantragen müssen. Unser geschätzter Kollege verschwendet also nur unsere Zeit.«
»Ich verstehe und teile Ihre Frustration, Mr. Fry, aber bedauerlicherweise sind mir die Hände gebunden. Es gibt kein Besitzanrecht auf einen Zeugen, und wenn Mr. Sloane wünscht, ihn aufzurufen, kann ich ihn nicht daran hindern, obwohl ich eine Kopie seines Berichts sehen möchte, bevor wir fortfahren.« Singleton warf Toby einen wütenden Blick zu, der ruhig sitzen blieb, während die Papiere dem

Richter hinaufgereicht wurden. Er überflog den Bericht, dann warf er ihn auf den Tisch.
»Mr. Sloane, ich kann in diesem Bericht keine Ungereimtheiten erkennen. Deshalb hat die Staatsanwaltschaft ihn vollkommen nachvollziehbar in der Akte ›Ungenutztes Material‹ untergebracht. Warum wollen Sie ihn dennoch aufrufen?«
»Weil ich glaube, daß dieser Bericht unvollständig ist, Euer Ehren.«
»Was für ein Unsinn«, schnaubte Singleton. »Dieser Mann ist einer der herausragendsten Wissenschaftler unserer Zeit. Seine Referenzen sind absolut hochkarätig. Sie wollen doch sicher nichts anderes andeuten?«
»Euer Ehren, ich bin dankbar, daß Sie die Fähigkeiten des geschätzten Doktors anerkennen, und ich kann dem Gericht versichern, daß ich nicht die Absicht habe, ihn in irgendeiner Weise herabzusetzen. Im Gegenteil, ich habe schlicht und ergreifend den Wunsch, ihm Gelegenheit zu einem vollständigen Bericht zu geben.« Er ließ seine Worte wirken.
»Was meinen Sie mit ›vollständigem Bericht‹?« Singleton war nun sehr erregt, während Fry vor Wut spuckte.
»Ich möchte nur ungern Mutmaßungen über den Grund anstellen, aber wie es scheint, hatte ein – sagen wir – administrativer Lapsus zur Folge, daß das vor Ihnen liegende Dokument nur die Hälfte des Berichts enthält, welcher der Staatsanwaltschaft vorgelegt wurde.« Toby sprach sich sehr vorsichtig aus. Fry und Dexter wußten genau, worauf er sich bezog, doch konnten sie kaum noch mehr Einwände erheben, da sie sonst hätten befürchten müssen, daß man ihnen auf die Spur kam. Toby wünschte sich insgeheim, daß er dem Richter den wahren Grund hätte nennen können, warum nur die Hälfte von Coombs' Bericht den Weg in die Unterlagen gefunden hatte, aber das hätte eine Untersuchung zur Folge gehabt, wie er auf die andere Hälfte gestoßen war.

Singleton schien extrem nervös zu sein; vielleicht war er es nicht gewohnt, in die Ecke getrieben zu werden. Aber Tobys Instinkt wies ihn in eine andere Richtung. Irgend etwas war in seinen Augen zu sehen. Einen Augenblick lang grübelte er darüber nach, und das einzige, was ihm in den Sinn kam, war der Schatten der Angst. Aber warum hätte Singleton Angst haben sollen? Sekunden später hatte der Richter seine Selbstbeherrschung wiedergefunden und gab zögernd seine Einwilligung, Coombs zu vereidigen.

Der große Mann wiederholte den Eid und listete, ohne daß man ihn dazu aufforderte, seine Berufsbezeichnung und seine Qualifikationen auf, wie es bei Experten üblich ist. Toby bat ihn, seinen vollen Bericht wiederzugeben, und beobachtete die Reaktion der Geschworenen, als die DNA-Analyse zur Sprache kam.

Jetzt kommen wir der Sache doch schon näher, dachte er, als sich ein oder zwei von ihnen erstaunt anblickten und, ihren Mienen nach zu urteilen, Speakman danach in einem anderen Licht zu betrachten schienen. Es begann zu wirken. Das feine Netz, das Toby für sie spann, wurde immer dichter. Pat Barracloughs Augenzeugenbericht von Colleen Bridges' Verschwinden; die Tatsache, daß sie vier Menschen in dem fraglichen Auto gesehen hatte; die Tatsache, daß man vier Spermaproben entnommen hatte; die Haarsträhnen und die Tatsache, daß Speakmans DNA nicht mit der DNA von Haaren und Sperma übereinstimmte. Frys Kreuzverhör dauerte nicht lange. Er hatte nicht genügend Materialien, um Coombs' Ergebnisse in Frage zu stellen, und das Beste, das ihm in den Sinn kam, war die Feststellung, daß die Haarprobe ohne Bedeutung war, da die Haare sich schon zuvor in dem Auffangbecken zum Dosmary Pool befunden haben konnten.

»Sie könnten also von jedem stammen, Doktor – ist diese Einschätzung zutreffend?« schloß Fry seine Darlegungen.

Coombs jedoch hatte eine Antwort auf Lager, auf die Toby nicht einmal in seinen kühnsten Träumen zu hoffen gewagt hätte.

»Ich habe diese Frage erwartet, Mr. Fry, denn Mr. Dexter äußerte genau die gleiche Vermutung, als er mich in meinem Labor besuchte. Ich konnte an diese Theorie einfach nicht glauben. Wie bereits bekannt, gibt es ja auch keine Übereinstimmung zwischen der DNA des Angeklagten und den vier Spermaproben. Aber ich war neugierig. Also habe ich eine weitere DNA-Vergleichsanalyse angestellt, und zwar diesmal zwischen den Sperma und den Haaren, und das Resultat war eine Übereinstimmung mit Probe Nummer drei. Ich schlußfolgere also, daß das Haar vom Kopf des Angreifers stammt, daß das Opfer es ihm ausgerissen hat und daß es durch einen kardiovaskulären Krampf in der Hand verblieb. Eine andere vernünftige Erklärung kann es nicht geben.«

Alle für einen und einer für alle. Toby hatte sich endlich die volle Aufmerksamkeit der Geschworenen gesichert.

Kapitel 54

Der Tagesanbruch am See wurde durch das Verschwinden der piepsenden Fledermäuse angekündigt, die sich in eine Guano-Höhle in den nahegelegenen Bergen zurückzogen. Jangos war grimmig und schweigsam, während sie ihre Ausrüstung ins Boot hoben. Jeder von beiden wußte, wie nah sie ihrem Ziel waren. Jack betete, daß er derjenige sein würde, der Kyra fand, wie schrecklich die Entdeckung auch sein mochte. Jangos warf den Anker, der kleine Wellen auf der stillen Wasseroberfläche hinterließ.

Jack war sicher, daß sie sie heute finden würden. Aber dann folgte auch schon die nächste Hürde. Er konnte es sich nicht leisten, die zypriotische Polizei einzuschalten. Die Bürokratie war hier ebenso korrupt wie auf der ganzen Welt.

Jangos ließ den Motor des Bootes an. Sein Bug hob sich leicht, als die wirbelnden Rotorblätter das Wasser aufpeitschten. Über den Hügeln wurden dunkle, dräuende Wolken sichtbar, die das Tageslicht zu verdrängen suchten und in Richtung See strebten. Jack schauderte und warf seinem Freund einen Blick zu. Dieser befand sich an einem weit entfernten dunklen Ort in seinem Innern und dachte daran, wie es hätte sein können, sein sollen. Jack bemerkte, daß die Harpune geladen war und neben dem Zyprioten im Boot lag.

Drei Stunden später war Jack mit Tauchen an der Reihe; bislang hatten sie nur wenig Worte gewechselt. Die sturmgepeitschten Wolken bedeckten nun den gesamten Himmel, und kein Sonnenlicht konnte ihnen bei der Suche helfen. Jack schauderte. Sein Neoprenanzug hätte seine

Körpertemperatur eigentlich konstant halten sollen, aber ihm war trotzdem kalt.
»Da unten ist heute kein Licht, Jack, es wird schlimmer«, murmelte Jangos, als er die Atemmaske abnahm und ins Boot warf.
»Ich bin jetzt an der Reihe, das ist nur fair.«
Jangos warf ihm einen schnellen Blick zu. »Ihr Engländer! Immer Fairneß, niemals, was richtig ist.«
Jack wollte mit seinem Freund nicht über nationale Merkmale reden, denn darum ging es ihm ja eigentlich gar nicht. Wie würde er sich wohl fühlen, wenn sie hier Tag für Tag nach Hollies Leichnam suchten? Er wußte es nicht, konnte es nicht wissen, wollte es nicht wissen. »Wenn es schlimmer wird, machen wir Schluß.«
Jangos nickte kurz. Jack spuckte in die Atemmaske, schwang die Beine über den Bootsrand und tauchte in die Tiefe des Sees hinab. Jangos hatte recht: Hier unten war es mittlerweile stockdunkel. Er mußte sich am Kompressionskabel entlangtasten, um zu dem dazugehörigen Sandgebläse zu gelangen. Es war kälter denn je. Wenn seine Zähne nicht von dem Gummimundstück behindert worden wären, hätten sie sicher geklappert.
Jack begann wieder einmal, den Grund des Sees mit Druckluft aufzuwirbeln. Er arbeitete geduldig und wartete, bis jede dunkle Wolke wirbelnden Gerölls sich wieder herabgesenkt hatte, bevor er mit den Fingern die Stelle absuchte. Nachdem er schon zwanzig Minuten seiner ersten Sauerstoffflasche verbraucht hatte, fiel sein Blick auf etwas Weißes. Es hob sich eindeutig gegen die Dunkelheit ab. Jack legte das Gebläse-Gerät auf den Grund des Sees. Er war schwerer als das Wasser und blieb ruhig liegen. Er schwamm näher heran, bis er nur noch wenige Zentimeter davon entfernt war. Er zog ein grobes Tauchermesser aus der am Bein befestigten Scheide und begann, das Oberflächengestein abzukratzen. Er kam nur langsam voran. Im-

mer wenn er ein kleines Stück freigelegt hatte, verdunkelte ein Wirbelwind aus Gestein sein Sichtfeld. Er merkte, daß er heftig atmete, und zwang sich zu dem bewußten und langsamen Rhythmus zurück, den seine Aufgabe verlangte.

Der weiße Fleck war jetzt größer, umgab aber einen dunklen Kreis von etwa drei Zentimeter Durchmesser. Er steckte den Finger in das Loch, um zu prüfen, wie tief es war, aber sein Finger war nicht lang genug, um die Rückwand von dem zu ertasten, was immer er da gefunden hatte – wenn es eine Rückwand hatte. Statt dessen bohrte er also seinen Finger nach rechts und konnte eine Art Brücke spüren. Dann fühlte er ein anderes Loch. Fasziniert beobachtete Jack, wie sein tastender Zeigefinger ein Stück weiter rechts neben dem ersten Loch wieder durch den Sand hindurchstieß. Mit der freien Hand kratzte er den Schmutz dazwischen fort. Mit jedem Kratzen kam er seinem Ziel etwas näher. Doch die Zeit arbeitete gegen ihn.

Er sah auf die Uhr, bemerkte, daß er schon länger als eine halbe Stunde hier unten war. Bald würde er keinen Sauerstoff mehr haben. Er fühlte einen heftigen Ruck an dem Seil, das an seinem Fußknöchel festgebunden war. Jack ignorierte es. Er hatte es fast geschafft. Was immer da unter seinen Fingern lag, würde sich bald zeigen. Staub und Schutt wirbelten ihm ins Gesicht, bevor das Gewicht des Gegenstandes ihn wieder zum Boden des Sees zurückzwangen. Da sah er, daß sein Finger die Augenhöhlen eines weißen Schädels durchbohrt hatten. Jack erbrach sich in sein Mundstück, das absprang und jede Menge Luftblasen und ein halbverdautes Frühstück ins Wasser ergoß.

Er spürte eine Welle des Entsetzens und der Panik. Instinktiv wollte er an die Wasseroberfläche stoßen. Doch er bekämpfte seine Angst und steckte das Messer tief in den Grund des Sees, dicht neben den Schädel. Ich habe sie gefunden, dachte er. Seine Lungen lechzten nach Luft.

So langsam er konnte, schwamm er nach oben. Zuletzt spürte er, wie das Seil ihn zur Oberfläche hinaufzog. Oben angekommen, klammerte er sich an die Bootswand und rang nach Luft.

Crichton beobachtete die Szene trotz der sich herabsenkenden Dunkelheit des Gewitters. Der Regen fiel nun immer heftiger. Sie hatten etwas gefunden, das war eindeutig. Der alte Mann war noch immer ziemlich stark. Rex beobachtete bewundernd, wie er Forth aus dem Wasser zog und ihn vorsichtig ins Boot bettete. Er richtete sein Fernglas auf Jangos Gesicht aus, das besorgt auf Forth hinabblickte. Jetzt hatte er es ganz scharf im Visier. Jangos Reaktion würde ihm alles sagen. Sorge wurde von Konzentration, dann von Verwirrung abgelöst – und schließlich sah Rex, wie dem Zyprioten Tränen über die Wangen rannen. Jangos warf den Kopf zurück und bellte ein Wort in den Regen hinaus. Crichton hörte es von den Hügeln widerhallen: »Kyra!«

Jangos stand auf, die Arme gen Himmel gestreckt. Seine Tränen vermischten sich mit dem sauberen Regen. Crichton hatte genug gesehen. Er hob seine Tasche auf und begann, sich am Ufer des Sees entlangzubewegen, immer im Schutz der Zitronenbäume, die sich unter der Wucht der sintflutartigen Regenfälle und des Sturms bogen.

Leone war nervös, ihre Hände am Steuer wurden feucht. Sie lenkte den Wagen durch die engen Kurven, die in die riesige düstere Ebene des Exmoor führten. Heute morgen war sie nicht ins Gericht gegangen, um Tobys Zeugenvernehmungen beizuwohnen. Und nun begann das spärliche Licht der milchigweißen Nachmittagsssonne bereits im Nebel zu versickern. Der Abend brach herein, als sie am Ziel war.

Schon jetzt bedauerte sie ihre Entscheidung, Crichtons

Cottage aufzusuchen. Es gab keine Garantie, daß er nicht da sein würde, auch wenn seine Abwesenheit in der Firma den Schluß zuließ, daß er den Köder geschluckt hatte. Leone schluckte ebenfalls schwer, als sie daran dachte, daß der »Köder« Jack war.

Toby hatte ihr die Adresse schon vor einigen Tagen gegeben, aber erst jetzt hatte sie sich durchgerungen, diesen düsteren Ort aufzusuchen. Der Grund war ein Telefonat mit Trondl gewesen, das sie vor ein paar Tagen geführt hatte und das ihr seitdem nicht mehr aus dem Sinn gehen wollte. Leone war nicht sicher, wonach sie suchte, aber sie vermutete, daß es ihr – wenn es tatsächlich existierte – schon ins Auge fallen würde.

Die Straße führte sie jetzt wieder weiter von den dunklen Gefilden des Elfenlandes fort und dann hinunter in eine Senke auf die wenigen Hügel in diesem Teil des Moores zu. Leone schaltete das Fernlicht an, obwohl sie auch dadurch den Nebel nicht durchdringen konnte, der hier ständig herrschte. Das Cottage konnte nicht mehr weit sein. Die detaillierte topographische Karte auf dem Beifahrersitz sagte ihr, daß sie sich jetzt schon in dem Gebiet befinden mußte, um das sie einen roten Kreis gezogen hatte. Sie fuhr ganz langsam im zweiten Gang. Der Motor gab nur noch ein leises Brummen von sich. Leone blickte nach links, und obwohl es mit jeder Sekunde dunkler wurde, konnte sie einen schwarzen Schatten im Nebel erkennen. Sie stellte das Auto hinter der nächsten Kurve auf der Straße ab, so daß man es vom Haus aus nicht sehen konnte. Sie beschloß, die Schlüssel nicht im Zündschloß zu lassen, auch wenn diese Gegend so abgelegen war, daß es unwahrscheinlich schien, daß sich jemand daran zu schaffen machte. Aber sie ließ das Auto unverschlossen für den Fall, daß sie schnell verschwinden mußte.

Ihr war kälter, als es angesichts der Außentemperaturen angemessen erschien. Die große Taschenlampe in ihrer

Hand gab ihr ein beruhigendes Gefühl. Sie ging durch das düstere Moor auf König Artus' Versteck zu. Mein Gott, dachte sie, das Ganze ist ja wie in *Der Hund von Baskervilles.* Der Kies knirschte unter ihren Füßen, und das Cottage war jetzt keine zwanzig Meter mehr entfernt.

Brian Stafford wartete nervös vor der Tür.
»Mr. Sloane, sollen wir etwa den ganzen Tag auf den nächsten Zeugen warten?« dröhnte drinnen der Richter.
Toby antwortete schnell: »Nein, Euer Ehren. Die Verteidigung ruft Brian Stafford in den Zeugenstand.« Er sah zu Fry hinüber, der über seine Halbbrille spähte und ein verwirrtes Gesicht machte. Auf dem Korridor wurde der Aufruf wiederholt, und kurz darauf ging ein großer, schlanker Mann in grauem Anzug und mit noch grauerer Haut scheinbar selbstbewußt auf den Zeugenstand zu, um sich dort vereidigen zu lassen. Trotz seiner Blässe besaß er ein fröhliches Gesicht mit leuchtenden blauen Augen.
»Wiederholen Sie die Worte von der Karte, und nehmen Sie die Bibel in die rechte Hand«, sagte der Gerichtsdiener zu ihm.
»Ich schwöre beim allmächtigen Gott, daß ich die Wahrheit sage, die reine Wahrheit und nichts als die Wahrheit.«

Leone ging außerordentlich vorsichtig vor. Sie schaltete die Taschenlampe nur ein, wenn es absolut notwendig war. Ihre Augen hatten sich an die wachsende Dunkelheit gewöhnt.
Hast du sie hierher gebracht, Rex? Hast du hier mit ihnen gespielt, bis ihr Ende kam? War dies das letzte Haus, das sie vor dem Wasser gesehen haben? Der Gedanke machte sie wütend, aber zugleich noch wachsamer, denn sie war sich der unvorstellbaren Gefahr bewußt, in die sie sich möglicherweise begeben hatte.
Leone versteckte sich im dichten Gebüsch links von dem

Gebäude, von wo aus sie das Haus ungehindert beobachten konnte. Es besaß nur ein Stockwerk, war niedrig und langgezogen. Seine graue Farbe bot ihm in dieser Umgebung die perfekte Tarnung. Die wenigen Fenster, die es hatte, vermittelten alles andere als ein Gefühl von Helle und Raum. Sie war erleichtert, als sie nirgends Licht entdeckte.

In geduckter Haltung hastete Leone zum hinteren Teil des Cottages. Nirgends war ein Auto oder eine Garage zu sehen.

»So weit, so übelkeiterregend«, flüsterte sie, als sie sich in der immer kälter werdenden Luft auf die Hintertür zuschlich. Das hier war alles andere als ein Bilderbuchcottage. Alles – bis hin zum Vorgarten – machte einen verwahrlosten Eindruck. Rostige Gartengeräte lagen an einer Seite des Hauses herum.

Zur Scholle scheinst du keine besondere Verbindung zu haben, was Rex? dachte sie, als sie den schmutzigen metallenen Türknauf drehte. Er ließ sich nicht öffnen. Das überraschte sie nicht. Ein Mann, der so vorsichtig war wie Crichton, würde wohl niemals vergessen, den Milchmann abzubestellen oder Fenster und Türen zu schließen. Leone bückte sich und hob eines der Gartengeräte auf.

Die Eichentür hatte sich verzogen, so daß genau über dem Türschloß eine Lücke klaffte. Sie zwang den Dorn des Geräts in die Öffnung und drückte heftig dagegen. Sogleich durchschnitt das laute Geräusch splitternden Holzes die Stille. Leone hielt sofort inne, tauchte unter dem winzigen Türfenster ab und hielt den Atem an. Ihre Schläfen pochten. Der Adrenalinschub hatte ihre Sinne geschärft. Als sie sich wieder aufrichtete und vorsichtig durch das Türfenster spähte, hatten sich ihre Augen vollständig an die Dunkelheit gewöhnt. Nichts bewegte sich. Keine Reaktion. Niemand zu Hause.

Sie atmete aus und bemerkte erst jetzt, wie fest sie ihr Ein-

bruchswerkzeug umklammert gehalten hatte. Sie hielt es wie eine Waffe in der Hand und wußte, daß sie auch zuschlagen würde, wenn es nötig war.
Sie setzte das Werkzeug noch einmal an, und zwar dort, wo das Holz gesplittert war. Einbruch, dachte sie. Mein alter Herr wäre stolz auf mich.
Sie weitete den Spalt mit wippenden Bewegungen, bis die Tür aufsprang – mit einem Geräusch, das ihr wie eine Explosion in den Ohren klang.

In Jacks Kopf wirbelte es. Er war erschöpft. Der Wind begann das Schlauchboot hin und her zu schleudern. Er lag immer noch flach auf dem Boot. Er keuchte. Er blickte zu Jangos auf, der nach wie vor die Augen zu den alten Göttern emporgewandt hatte.
»Jangos«, schrie Jack über das Heulen des Windes hinweg, »Jangos, setz dich hin! Sonst kentern wir noch!«
Er robbte in die Mitte des Bootes, um für Stabilität zu sorgen. Jangos großes Gesicht starrte auf ihn herunter, seine Augen waren schwarz, und er fletschte die Zähne. Sein Atem ging schnell.
»Jangos, um Gottes Willen, setz dich hin!«
Die Augen des Zyprioten wanderten zu den riesigen schwarzen Wolken hinüber. »Es gibt keinen Gott«, schrie er in den Tumult der Naturgewalten. Jack streckte die Hand nach der geladenen Harpune aus. Er riß sie hoch und legte den Finger an den Abzug. Dann hielt er sie seinem Freund an die Brust.
»Jangos!« schrie er. Doch der andere hatte nur ein höhnisches Auflachen für ihn übrig. »Setz dich verdammt noch mal hin, sonst müssen wir noch beide dran glauben!«
Jangos ignorierte ihn, griff nach einer Sauerstoffflasche und schwang sie über seine massigen Schultern.
»Du kannst nicht runter, nicht jetzt, es ist zu gefährlich.«
Jangos legte sich eine Atemmaske um die Stirn. Dann

wandte er sich noch einmal Jack zu. »Nein, die Harpune auf mich richten ist gefährlich für dich. Bedrohe niemals Zyprioten, wenn du es nicht auch ernst meinst.«

Jack legte die Waffe nieder, wenn auch immer noch in Reichweite. »Tut mir leid, Jangos.« In einer Geste der Unterwerfung hielt er die Hände hoch. Der große Mann nickte. »Wir können doch morgen wiederkommen.«

»Nein«, sagte er. »Sie da unten schon viel zu lange.«

»Dann macht ein Tag doch auch keinen Unterschied mehr.«

Jangos stieß ihm einen großen Finger beinahe ins Gesicht. »Es macht Unterschied für mich. Du nimmst das Boot mit zurück oder schwimmst. Wie du willst, ich suche nach meiner Kyra. Ich habe niemals Sturm wie diesen gesehen. Er könnte sie bewegen, nachdem du Grund des Sees aufgewühlt hast. Und meine Kyra.«

Der Mann schwang seinen Körper auf den Bootsrand, und Jack warf sich auf die andere Seite, um durch die Gewichtsverlagerung ein Kentern zu verhindern.

»Ich warte hier auf dich, Jangos«, rief er, als sein trauernder Kamerad den Plastiksack ergriff, in den er die sterblichen Überreste seiner toten Tochter legen wollte. Dann glitt er unter die rauhe Wasseroberfläche.

Es dauerte eine halbe Stunde. Dreißig schlingernde Minuten, in denen das Schlauchboot jeden Augenblick umzukippen drohte. Immer wenn es kritisch wurde, warf sich Jack auf die andere Seite, um einer Katastrophe zu entgehen. Der Regen prasselte ihm ins Gesicht, so schmerzhaft, daß er die Taucherbrille überzog. Da erschien in einem riesigen Wasserschwall plötzlich Jangos an der Oberfläche und legte den schwarzen Plastiksack vorsichtig ins Boot. Jack wagte nicht, Jangos hineinzuhelfen, aus Angst, die Balance des Bootes zu gefährden. Jangos plumpste ins Heck. Nachdem Jack mehrfach an der Startleine gezogen hatte, heulte der Motor auf.

»Jetzt gehen wir zurück, Jack Forth, und beschließen, was wir mit meiner Kyra tun.«
Damit steuerte er auf das sichere Land zu.
Jangos brachte das Boot just da an Land, wo sie ihren LKW geparkt hatten. Jack war zwischen Erleichterung und Erschöpfung hin- und hergerissen, als er aus dem Boot sprang und ein paar Schritte an Land torkelte. Die Blätter der Büsche rauschten in wildem Tumult, der Sturm nahm an Gewalt zu. Sie brauchten ein paar Minuten, um das Boot zu bergen. Zumindest dieser Teil des Abenteuers war vorbei.

Leone blickte sich im dunklen Innern des Cottage um. In der linken Hand hielt sie die Taschenlampe und beleuchtete überfüllte Bücherregale und einen weichen Lehnsessel. In der anderen Hand hielt sie das Gartengerät als Waffe.
Sie schlich sich vorwärts, ertastete den Weg mit den Füßen und suchte mit der Taschenlampe die Wände nach einem Lichtschalter ab. Ein paar Sekunden später wußte Leone, daß dieses Haus keine Elektrizität besaß und daß die Taschenlampe ihr einziges Hilfsmittel sein würde. Obwohl eindeutig niemand da war, klopfte ihr das Herz bis zum Hals.
Leone schnüffelte. Es roch schlecht, wie ein toter Fisch in einer Autoheizung, nur schlimmer. Der Raum war niedrig, genau wie sie erwartet hatte, als sie das Haus von außen begutachtet hatte. Im Lichtstrahl der Taschenlampe entdeckte sie dicke schwarze Holzbalken, die vertikal vom Boden zur Decke verliefen. Das hier war offensichtlich das Wohnzimmer, wenn man irgend etwas an diesem morbiden Ort als »wohnlich« bezeichnen konnte.
Rechts von ihr stand eine Tür halb offen. Sie führte in die Küche. Die Kochstelle war fettverschmiert und schmutzig, völlig heruntergekommen. Eine kleine Anrichte kauerte in der Ecke hinter einem roh gezimmerten Tisch und einem wackligen Stuhl.

»Und für Dinnerpartys scheinst du auch nichts übrig zu haben«, flüsterte sie, um eine menschliche Stimme zu hören, die ihre Furcht in Schach hielt. Sie ließ den Lichtstrahl weiterwandern. Er fiel auf etwas leuchtend Weißes, das sich von den anderen Gegenständen deutlich abhob. Leon beugte sich darüber und stellte fest, daß es sich um eine Papiertüte handelte. Im Licht der Lampe sah sie, daß es die Tasche einer Firma für medizinisches Gerät war und daß sie einen Darmkatheter enthalten hatte. Sie konnte sich nicht vorstellen, welchen Nutzen ein solches Utensil gehabt haben mochte, aber ihr war klar, daß es etwas mit Crichtons perverser Neigung zur Gewalt zu tun haben mußte. Leone stopfte die Tüte in ihren Rucksack, warf noch einen letzten Blick auf das Zimmer und ging rasch wieder hinaus. Sie sah auf die Uhr: Vier Uhr nachmittags. Dabei hatte sie das Gefühl, es sei Mitternacht. Sie wollte wieder zurück ins Licht, fort aus diesem schrecklichen Haus. Sie wollte bei Jack sein – oder wenigstens bei Toby im Gerichtssaal. Sie fragte sich, wie es den beiden heute ergangen sein mochte.

»Mr. Stafford, Sie standen in den Diensten von Mr. Colin Bigg, nicht wahr, und zwar in Ihrer Eigenschaft als Fahrer?«
»Als Chauffeur, Sir.«
»Verzeihung, als Chauffeur also«, wiederholte Toby. »Und gehe ich recht in der Annahme, daß Sie von 1987 bis 1991 für ihn gearbeitet haben?«
»Das stimmt, Sir.«
»Mr. Stafford, können Sie uns bestätigen, daß Sie insbesondere im Jahre 1991 Sir Colins grünen Bentley gefahren haben?«
»Einen Bentley Turbo, ja, Sir.«
»Registriernummer G65 CTB?« Die Erwähnung des Nummernschildes aus Pat Barracloughs Aussage und die Verbindung zu Sir Colin Bigg ließ die Menge den Atem anhalten.

»Das ist korrekt, Sir.«
»Und können Sie des weiteren bestätigen, daß Sie in der Nacht zum 14. September 1991 Dienst hatten und daß Sie Sir Colin unter anderem in die Londoner City gefahren haben?«
»Ja, Sir. Das kann ich.« Der Mann lächelte den Geschworenen zu.
»Hatte Sir Colin in dieser Nacht Gesellschaft?«
»Ja, Sir.«
»Wissen Sie, wer bei ihm war?«
»Nein, Sir.«
»Können Sie sich erinnern, wie viele Menschen um etwa Viertel vor drei im Wagen gesessen haben?«
»Sir Colin und drei Gäste, Sir.«
»Und haben Sie das Auto angehalten, um noch jemanden einsteigen zu lassen?«
»Ja, Sir.«
»Und wer war das?«
»Das junge Mädchen, dessen Bild Sie mir gezeigt haben.«
»Würden Sie so freundlich sein, es sich noch einmal anzusehen?« Toby gab ihm ein Photo von Colleen Bridges. »Ist das das Mädchen?«
»Das ist sie, Sir. Nur daß sie etwas anders angezogen war«, antwortete er. Colleen trug auf dem Bild ihre Schuluniform. Es war das letzte gewesen, das man vor ihrer Flucht aus Irland aufgenommen hatte.
»Und wo haben Sie Sir Colin und seine Gäste an jenem Abend hingefahren?«
»Ich fuhr sie zu einem Haus in Knightsbridge und wartete etwa zwei Stunden, bis Sir Colin wieder erschien und mich anwies, ihn nach Hause zu bringen.«
»Und Sie sind sich hinsichtlich des Datums völlig sicher?«
»Ich habe in meinem Tagebuch nachgesehen, Sir.«

»Mr. Stafford, haben Sie dieses Mädchen jemals wiedergesehen?«
»Nein, Sir.«
»Und hat die Polizei Sie wegen dieses Abends in den letzten fünf Jahren irgendwann einmal vernommen?«
»Nein, Sir.«
Die Wirkung war verblüffend. Singleton warf Fry einen zornigen Blick zu, der wiederum in eine lebhafte Diskussion mit seinem Team verwickelt war. Die Zeugenaussage hätte gar nicht besser wirken können. Es war Toby gelungen, den Blickwinkel zu verändern. Jetzt gab es eine eindeutige Verbindung zwischen Pat Barracloughs Aussage und dem tatsächlichen Fahrer des Autos, der gerade zu Protokoll gegeben hatte, daß Sir Colin Bigg, einer der mächtigsten Industriellen des Landes, Colleen Bridges noch lebend gesehen hatte, und zwar drei Tage bevor man ihre Leiche fand.
Toby hatte der Staatsanwaltschaft jetzt den nächsten Schritt vorgegeben: Sie mußte Sir Colin in den Zeugenstand rufen, um Staffords Aussage zu widerlegen.

Leone war der kalte Schweiß ausgebrochen. Der Gestank, den sie schon bei ihrem Eintreten bemerkt hatte, war noch heftiger und störender geworden. Die anderen Zimmer, die sie durchsucht hatte, enthielten wenig Hinweise, außer daß der Besitzer des Hauses eine Vorliebe für ausgestopfte Tiere besaß. An den Wänden hing ein ganzes Regiment davon. Leone hatte schon viele solcher Ausstellungen gesehen, aber auf den Gesichtern der Tiere war normalerweise nur die Verachtung und der Haß auf ihren Mörder zu sehen gewesen. Crichtons Tiere hingegen trugen einen Ausdruck des Schmerzes und der Verwirrung angesichts ihres Schicksals auf dem Gesicht.
»War es bei den Mädchen genauso, Rex? Ist es das, was du sehen wolltest?« fragte sie die mottenzerfressene Gestalt eines Fuchses. Merkwürdigerweise hatte sie das Gefühl, der

Wahrheit jetzt sehr nahe zu sein. Sie stand erneut vor einer Tür. Sie drückte die Klinke hinunter und stieß sie auf. Dann ließ sie den Lichtstrahl umherwandern. Hier war der Geruch am stärksten – als ob die anderen Zimmer nur einen Vorgeschmack darstellten. Sie atmete durch den Mund, um den widerlichen Gestank nicht wahrnehmen zu müssen, aber es wollte ihr nicht ganz gelingen. Es roch nach Urin, Exkrementen und Angst.

Leone wußte es. In diesem Zimmer waren Menschen in Hoffnungslosigkeit und Elend gestorben. Dieser Ort war eine Mord- und Folterkammer. Sie zitterte am ganzen Körper, und die Taschenlampe bebte in ihrer Hand.

Nachdem sie sich wieder beruhigt hatte, fiel der Strahl auf einen großen Stuhl mit Fesseln an den Lehnen, der vor einer leeren Wand stand. Nichts hatte die Aufmerksamkeit des Opfers von dem Unausweichlichen seines Schicksals ablenken können. Leone kämpfte gegen ihre Furcht an. Vielleicht gab es an diesem Ort ja sogar Geister, aber die würden ihr nichts antun. Am Fuße des schrecklichen Stuhles fand sie die Nadel einer Spritze, die sie sorgsam in die Tasche für medizinisches Gerät in ihrem Rucksack verstaute. Sie wollte nicht länger in diesem Raum bleiben, zwang sich jedoch, nach weiteren Beweisen zu suchen. Vergeblich. Trondl hatte sich geirrt, als er sagte, daß es »Souvenirs« geben müsse.

»Er wird etwas von ihnen behalten haben. Das muß er einfach: Es ist seine Art, den Augenblick noch einmal zu erleben. Vielleicht ein Video, ein Photo, wer weiß. Auf jeden Fall irgend etwas.« Sie erinnerte sich genau an seine Worte. Sie mußte weitersuchen. Leone überlegte, welches Zimmer sie sich noch nicht angesehen hatte. Das Schlafzimmer fehlte noch, der Raum, in den dieses kranke Schwein sich zur Ruhe begeben konnte, wenn seine »Arbeit« getan war. Vor ihr blitzte im Lampenlicht ein Stahlschloß auf. Es verweigerte ihr den Zutritt.

Jack wollte nicht in den Sack sehen. Es war ihm klar, daß er es mußte, doch der richtige Zeitpunkt war noch nicht gekommen. Jangos beschäftigte sich gerade außerhalb seiner Sichtweite hinter dem LKW. Plötzlich hörte Jack einen erstickten Laut – und Jangos fiel mit einem Krachen zu Boden. Jack eilte auf die bewußtlose Gestalt zu und sah, daß sein Freund heftig aus einer Kopfwunde blutete. Da plötzlich baute sich vor ihm ein Mann auf, der mit einer Harpune bewaffnet war. Crichton. Er nickte Jack höhnisch zu, bevor er Jangos Kopf noch einen gewaltigen Tritt versetzte. Die tödliche Waffe blieb unverwandt auf Jacks Brust gerichtet.

»Auf die Knie, Mr. Forth«, schrie er. »Und das sage ich kein zweites Mal.«

Jack ließ sich auf die Knie wieder, hektisch auf der Suche nach einer Waffe, etwas, mit dem er ihn angreifen konnte.

»Hände hinter den Rücken!« Jack gehorchte. Crichton trat hinter ihn. Jack spürte einen schmerzhaften Schlag im Nacken. Er fiel nach vorne in den bitter schmeckenden Schlamm und wurde durch ein weißes Licht geblendet. Seine Ohren dröhnten vor Schmerz. Er spürte die Schärfe des Speers an seinem Hinterkopf.

»Der hier wird wahrscheinlich geradewegs ihr linkes Auge herausbohren, Mr. Forth: sehr befriedigend. Wenn Sie nicht mehr unter uns weilen, werde ich das andere auch an mich nehmen.« Crichtons Stimme wurde vom Wind weitergetragen.

»Eine Visitenkarte?« schrie Jack.

»Ein Zeitvertreib«, antwortete Crichton. »Ich würde ja gerne sagen, daß es mir Spaß macht, aber das wäre unaufrichtig. Wie auch immer, adieu.«

Jack spürte den Druck von Crichtons Fuß im Rücken, als dieser zum *coup de grâce* ansetzte.

»Ich weiß alles über dich, du Schwein«, bellte Jack. Crichton zögerte eine Sekunde lang, dann versetzte er Jacks Hinterkopf einen heftigen Schlag. Kurze Zeit konnte er vor Schmerz nicht sehen.

»Vielleicht werde ich mir mit Ihnen doch etwas mehr Zeit nehmen, als ich beabsichtigt habe«, zischte Crichton ihm ins Ohr. »Wie wäre es, wenn ich Sie mit Hilfe eines glühenden Brenneisens blendete? Das würde Sie nicht umbringen, zumindest nicht sofort, aber der Schmerz würde Sie warm halten.«

Jack ignorierte ihn. »Du wolltest sie besitzen, nicht wahr, die betrunkene Hure? Aber sie wollte von dir nichts mehr wissen, nachdem sie dich zu einem Monster verbrüht hatte.«

Ein weiterer Schlag landete auf seinem Kopf, diesmal bekam sein Ohr den Hauptteil ab.

»Ich werde Sie zu meiner schönsten Arbeit machen, Forth. Mit einem Messer werde ich Sie ausweiden. Und Ihre Genitalien hebe ich mir bis zum Schluß auf.«

Als Toby wenige Stunden später nach einer kurzen Vertagung wieder den Robenraum betrat, wußte er, daß es funktioniert hatte. Schon immer hatte er das Gefühl gehabt, daß dies der wichtigste Tag in seinem Leben war. Fry mied ihn, rottete sich mit seinen Stellvertretern zusammen, die ihn in der Ecke quasi abschirmten. Sie flüsterten miteinander, aber Toby konnte sich denken, worum es in ihrem Gespräch ging.

Die Tatsache, daß er Stafford als Zeugen auf den Plan gerufen hatte, konnte nur eines bedeuten: Die Staatsanwaltschaft würde Sir Colin Bigg in den Zeugenstand rufen müssen. Frys Kreuzverhör bei Stafford war wenig wirkungsvoll gewesen. Der Mann hatte eine so weiße Weste, daß es noch nicht einmal einen Strafzettel gab, den man ihm hätte vorwerfen können. Er war sicher, daß er in seinem Tagebuch niemals Fehler machte, und welche Fragen man ihm auch gestellt hatte, er wich keinen Zentimeter von seiner Aussage ab. Einer der wichtigsten Industriellen des Landes war also in die Ermittlungen um den Mordfall an einer Prostituierten hineingezogen worden. Die Krone konnte nicht zulassen, daß Staffords Aussage so im Raum stehenblieb. Fry wußte nicht, daß Toby die TIE-Aussage kannte, in der Sir Colin der Polizei mitgeteilt hatte, daß sein Auto in der fraglichen Nacht in der Garage gestanden hatte. Wie man es auch betrachtete, Toby sah keinen anderen Ausweg. Sie mußten ihn aufrufen. Und Toby war bereit.

Singleton kletterte genau um halb elf auf die Bank des Richters. Seine Lider waren schwer, und er machte einen merkwürdig abwesenden Eindruck. Toby hoffte, daß er nicht auch noch zusammenbrach. Das würde nämlich unweigerlich bedeuten, daß die Geschworenen ausgetauscht würden, und er hatte mittlerweile ein ganz persönliches Verhältnis zu ihnen. Alle erhoben sich und warteten ein paar Augenblicke, bis Singleton sich setzte. Der Gerichtsdiener leierte die übliche Eröffnungsformel herunter. Toby spürte, wie das Adrenalin in seinen Körper schoß. Roger Fry stand auf.

»Euer Ehren, mit Ihrer Erlaubnis möchte ich einen Gegenzeugen in den Zeugenstand rufen.«

»Ich dachte mir schon, daß Sie das beantragen würden, Mr. Fry. Deshalb habe ich die Geschworenen gebeten, noch ein Weilchen in ihrem Raum zu verbleiben, bis wir eine Bestandsaufnahme gemacht haben. Es scheint mir, daß Sie in Schwierigkeiten sind, nicht wahr, und zwar insbesondere in bezug auf Anklagepunkt eins?«

»Euer Ehren ...« Fry blickte erschrocken drein, und Toby schoß unwillkürlich in die Höhe. Was sagte der Richter da? Daß die Anklage der Staatsanwaltschaft in bezug auf Anklagepunkt eins zusammengebrochen war? Wenn ja, dann bedeutete das doch – seine Gedanken wurden unterbrochen.

»Mr. Staffords Zeugenaussage hat eine Lücke in der Anklage offengelegt. Es gibt keinen Beweis, daß Speakman in der Zeit von Colleen Bridges Verschwinden bis hin zu ihrem Tod Kontakt mit ihr gehabt hat, doch es gibt klare Beweise, daß jemand anderes in diesem Zeitraum mit ihr zu tun hatte.«
»Euer Ehren, die Staatsanwaltschaft akzeptiert Staffords Bericht nicht, und ich habe einen Gegenzeugen. Bei allem Respekt, die Geschworenen sollten Gelegenheit haben, ihn selbst in Augenschein zu nehmen.«
»Und Ihr Zeuge ist Sir Colin Bigg, nehme ich an.«
»Genau, Euer Ehren.«
Tobys Gedanken überschlugen sich. Was tat der Richter da? Er hatte seit Beginn der Verhandlungen mit der Staatsanwaltschaft unter einer Decke gesteckt. Was hatte seine Meinung geändert? Toby wußte, daß Staffords Aussage hieb- und stichfest war, aber die Geschworenen konnten immer noch mutmaßen, daß Speakman das Mädchen aufgelesen hatte, nachdem sie Knightsbridge verlassen hatte. Irgend etwas stimmte da doch nicht! Fry forderte das Recht, einen Zeugen aufzurufen, weil er wußte, daß die Geschworenen gezwungen waren, Staffords Aussage Glauben zu schenken. Wenn sie dann zu dem Schluß kamen, daß Speakman keine Schuld am Mord an Colleen Bridges trug, dann war er auch in allen anderen Fällen unschuldig.
Toby blickte zu dem Richter empor. Er hielt den Kopf in den Händen, und sein Gesicht war fast leer. Im Gerichtssaal war es so still, daß man nur das leise Brummen der Leuchtstoffröhren an der Decke hören konnte.
»Ich möchte, daß Sie Ihre Position noch einmal überdenken, Mr. Fry. Holen Sie sich Instruktionen vom Generalstaatsanwalt und vom Director of Public Prosecutions. Ich halte Ihre Anklage für fehlerhaft«, sagte Singleton langsam.
»Ich brauche keine Anweisungen von oben«, explodierte

Fry. »Die Anklage ist wasserdicht, und ich wiederhole meinen Antrag, Sir Colin Bigg in den Zeugenstand rufen zu dürfen. Sie haben in dieser Frage keine Entscheidungsgewalt.« Er war zornig.
Toby konnte kaum glauben, was da vor seinen Augen geschah. Singleton antwortete traurig: »Also gut, Mr. Fry, also gut.«

»Wärmer, wärmer, heiß«, sang sie vor sich hin, um sich Mut zu machen. Es war wie ein Spiel aus der Kindheit, nun, da sie ihre frisch erworbenen Fähigkeiten als Einbrecherin noch einmal auf die Probe stellen mußte. Aber das hier war keine morsche Holztür. Das Schloß war fest eingeschraubt, und obwohl sie ihre ganze Stärke aufzubieten versuchte, bewegte es sich keinen Millimeter. Was immer sich dahinter befand, war es wert, gefunden zu werden. Sie mußte einfach hinein. Leone versuchte, die Schrauben loszudrehen, aber sie waren wie festgeschmiedet.
»Was würde also ein anständiger Einbrecher jetzt tun? Komm schon, Leone, Mädchen, denk nach!«
Sie kehrte zur Eingangstür des Cottage zurück. Das Fenster gleich links neben der Tür mußte dasjenige sein, das zu dem verschlossenen Raum führte. Die Fensterläden waren zu – als einzige. Sie hatte also recht. Leone begann, sie aus dem porösen Gestein zu lösen. Es rieselte herunter. Schließlich gab einer der Läden nach, und sie konnte ihn öffnen. Das Fensterglas war schmutzig. Sicher war es Jahre her, seit die Sonne in das Innere dieses Zimmers geschienen hatte.
»Aber so hast du es ja am liebsten, nicht wahr, Rex?« sagte sie, als sie das Fenster mit ihrer improvisierten Waffe zerschmetterte. Abgestandene Luft fegte förmlich an ihr vorbei. Leone steckte den Arm durch das Loch, drehte am Griff, öffnete das Fenster und stieg vorsichtig ein.
Zu ihrer Linken entdeckte sie ein Einzelbett mit einer zer-

schlissenen Decke, die bis auf den rauhen Steinboden hinunterhing. Ferner stand ein kleiner Tisch und ein Stuhl an der hinteren Wand – genau links neben der Tür, die ihr eben den Zugang in dieses Zimmer verwehrt hatte. Auf der anderen Seite der Tür sah sie ein kleines Regal mit ein paar Büchern. Leone trat näher, beugte sich hinunter und ließ den Strahl der Taschenlampe darübergleiten.
Das erste, was ihre Aufmerksamkeit auf sich zog, war ein kleiner, zerfledderter Band mit dem Titel *Die Gedanken des Lao Tse.* Daneben standen die Werke des amerikanischen Dichters T. S. Eliot. Auch diese Ausgaben waren zerlesen, insbesondere *Das wüste Land* und *Vier Quartette.*

Jacks Atem ging jetzt nur noch stoßweise. Er mußte sich konzentrieren. »Was machen denn deine Eier, Crichton? Du verdammtes entstelltes Ungeheuer! Sind wahrscheinlich so weich und heiß wie Lava.«
Jack wurde weitergerollt und getreten, bis er neben dem LKW lag. Mit den Armen schützte er seinen Kopf vor den Tritten und schrie: »Dein eigenes Baby, dein eigen Fleisch und Blut, du!«
Der Angreifer ließ von ihm ab. Jack blickte durch den dichten Regen nach oben und wischte sich das Blut aus den Augen. Crichton war über ihm, sein Gesicht zerfressen vor Wut. Dann aber hielt er plötzlich inne und lächelte. Er setzte den Speer auf Jacks Auge. »Sie werden jetzt sterben, das ist alles. Keine Entschuldigung, keine Erklärung.«
An der Kälte seines Grinsens erkannte Jack, daß es tatsächlich vorbei war. Er preßte die Lieder zusammen und wartete darauf, daß der Speer sein Hirn durchbohren würde. Seine letzten Gedanken galten Hollie, Fiona und Leone.
Da hörte er über sich einen dumpfen Knall, dann einen Schrei: Crichtons Stimme. Jack öffnete die Augen wieder und entdeckte, daß Crichtons Hand von einem anderen

Speer an das dünne Metall der LKW-Tür genagelt war. Ein Stück entfernt warf der blutüberströmte Jangos die leere Harpune weg und ging mit ausgestreckten Händen auf Crichton zu. Crichton richtete die eigene Waffe auf ihn und bemühte sich gleichzeitig verzweifelt, seine blutende Hand freizubekommen.
»Bleib, wo du bist, Alter!«

Toby notierte sich wortgetreu sämtliche Lügen, die Sir Colins fleischige Lippen von sich gaben. Der Geschäftsmann fühlte sich offensichtlich unbehaglich. In seinem blauen Hemd, der gelben Krawatte und dem teuren grauen Nadelstreifenanzug sah er aus wie ein Hai. Hin und wieder gab er vor, entrüstet zu sein, aber Toby wußte, daß er schauspielerte. Er mußte jetzt nur noch eines tun: es beweisen.
»Ihr Zeuge«, sagte Fry zu Toby, nachdem er ihm die letzte Lüge entrungen hatte. Toby sah noch einmal in seiner Aktentasche nach dem Buch. Es war noch da. Er stand auf. Er und Sir Colin blickten einander in die Augen.
»Sir Colin«, begann er, »ich habe nichts für unnötige Grausamkeit übrig, und ich genieße es auch nicht, andere unnötig leiden zu sehen. Deshalb frage ich Sie gleich zu Beginn: Wollen Sie alles, was Sie soeben als Antwort auf die Fragen meines geschätzten Kollegen zu Protokoll gegeben haben, widerrufen und dem Gericht die Wahrheit erzählen? Was meinen Sie, Sir?«
»Ich habe bereits die Wahrheit gesagt.«
»Sind Sie sicher, Sir Colin?«
»Natürlich bin ich sicher! Was soll das?«
»Sie sind hier, um mir Fragen zu beantworten, nicht um welche zu stellen, Sir Colin. Sie sind also sicher, daß Sie in der fraglichen Nacht zu Hause waren und daß sich Ihr Auto in der Garage befunden hat?«
»Ganz sicher. Das sagte ich bereits.«

»Also hat Mr. Stafford, Ihr ehemaliger Chauffeur, die ganze Geschichte erfunden?«

»Ja.«

»Und das gilt auch für sämtliche Details, die er diesem Gericht genannt hat: die Gäste in Ihrem Auto, der Besuch im Explorer's Club, die Prostituierte, die Wohnung in Knightsbridge, alles?«

»Ja.«

»Warum?«

»Ich habe keine Ahnung. Ich bin ein sehr reicher Mann. Viele Leute hegen Groll gegen mich.«

»Aber nicht Mr. Stafford. Er hat uns gesagt, daß er lediglich die Wahrheit sagen wollte.«

»Ich habe ihn immerhin vor einiger Zeit entlassen. Außerdem hat jeder hat seine geheimen Motive. Nur manchmal sind sie so tief verborgen, daß man sie nicht ausgraben kann.«

»Ach, tatsächlich?«

»Ich glaube ja. Zumindest muß ich das aus meinen Erfahrungen in der Geschäftswelt schlußfolgern.«

»Nun, da Sie selbst Ihre Geschäfte zur Sprache gebracht haben... Darf ich Sie fragen, ob Sie jemals mit einem Mann namens Jonathan Berkeley zu tun hatten?« Toby stellte die Frage in fast beiläufigem Ton. Sir Colins Mund zuckte unmerklich. Fry sprang auf, bevor er antworten konnte.

»Euer Ehren, ich kann nicht erkennen, was das mit dem vorliegenden Fall zu tun haben soll.«

Doch bevor der Richter reagieren konnte, antwortete Sir Colin. »Nein, ich glaube nicht, daß wir uns je begegnet sind.«

»Ich verstehe«, sagte Toby. »Sie wissen, daß er jetzt tot ist, so daß es mir also schwerfallen dürfte, Ihnen das Gegenteil zu beweisen, nicht wahr, Sir Colin?«

»Das nehme ich an.« Jetzt blickte er wirklich äußerst unbehaglich drein. Der Zeitpunkt war gekommen. Toby griff in seine Aktentasche und zog den schwarzen Ledereinband hervor.

»Ich frage mich, ob Sie für mich einen Blick hier hineinwerfen könnten, Sir Colin. Bitte lesen Sie sich die markierten Seiten doch bitte kurz durch.« Der Gerichtsdiener brachte dem Zeugen das Buch hinüber. Die Presse kritzelte wie wild in ihre Notizbücher, während Frys Gesichtsausdruck immer verwirrter wurde. Aus Sir Colins Gesicht wich alle Farbe. Er schnaubte, dann schlug er das Buch zu.

»Nun, da Sie Gelegenheit hatten, hineinzusehen, sollten Sie vielleicht so gut sein, das Gericht darüber aufzuklären, um was es sich handelt.«

»Sie wissen verdammt gut, was es ist!« explodierte er.

»Also gut. Für das Protokoll: Dem Zeugen wurde soeben Beweisstück eins der Verteidigung überreicht, das Gästebuch des Explorer's Club. Die markierte Seite betrifft den 14. September 1991, die Nacht also, in der Colleen Bridges verschwand.« Toby wandte sich wieder an Sir Colin. »Aus ihm geht hervor, daß Sie an jenem Abend mit drei anderen Gästen dort anwesend waren.«

»Richtig.« Im Gerichtssaal war ein Raunen zu hören.

»Geben Sie also zu, Sir Colin, daß Sie vorhin gelogen haben, obwohl Sie unter Eid standen?«

Schweigen.

»Sie müssen ebenfalls zugeben, Sir Colin, daß Sie auch gelogen haben, als Sie von der Polizei verhört wurden.«

Abermals tödliches Schweigen. Der Mann stand zitternd im Zeugenstand und starrte Toby wie gebannt in die Augen.

»Sie haben den Leumund Mr. Staffords beschmutzt in dem Versuch, die Wahrheit zu verbergen, Sir Colin, und ich beschwöre Sie noch einmal im Namen der Gerechtigkeit: Erzählen Sie dem Gericht die Wahrheit.«

Bigg wankte gegen das Messinggeländer des Zeugenstandes. Singleton verlas seine Rechte bezüglich einer Selbstbe-

zichtigung. Journalisten rannten aus dem Gerichtssaal zu den Telefonzellen. Bald würde die Stadt wissen, was hier vor sich ging. Langsam hob Bigg den Kopf. Toby konnte die Adern an seinem Hals hervortreten sehen.
»Sir Colin, haben Sie Colleen Bridges in jener Nacht aufgelesen?«
»Ja.«
»Hatten Sie sexuellen Kontakt mit ihr?«
»Ja, das hatten wir alle.«
»Erzählen Sie dem Gericht, mit wem Sie in dieser Nacht zusammen waren.«
»Jonathan Berkeley und Rex Crichton.« Bei der Erwähnung dieser Namen brach auf der Zuschauertribüne ein Tumult los. Schreie, Worte wie »Abschaum«, »Schweine« und Tränen des Kummers schmerzerfüllter Eltern mischten sich mit dem Chaos.
»Haben Sie Colleen Bridges ermordet?« schrie Toby über den Tumult hinweg.
»Nein, nein, nein, um Gottes Willen, nein. Sie wurde ohnmächtig. Crichton hatte ihr einen Cocktail mit Drogen verabreicht, aber sie lebte noch, als wir gingen. Crichton sagte, er würde sie in der Nähe von King's Cross aussetzen. O mein Gott, vergeben Sie mir! Ich wünschte, es wäre niemals geschehen.« Er brach zusammen, schluchzte hemmungslos vor sich hin.
»Wissen Sie etwas über die anderen Mädchen?« fragte Toby mit eisiger Stimme.
»Gott ist mein Zeuge, Speakman«, schrie Sir Colin dem verwirrten Angeklagten zu, »ich hatte die ganze Sache nicht im Griff.«
»Sir Colin, ich wiederhole, wissen Sie von den anderen Opfern in diesem Fall?«
Toby beobachtete, wie Sir Colins wäßrige Augen unruhig von ihm zu Singleton wanderten. Plötzlich griff er sich an die Brust und sagte mit rauher, kehliger Stimme: »Rex

Crichton ist der Teufel selbst. Möge Gott uns allen vergeben.« Der Industrielle brach zusammen und stürzte aus dem Zeugenstand. Sein Gesicht hatte die Farbe des Winterhimmels angenommen.
Singleton warf seinen Stift auf den Tisch und stürmte auf die Tür zu. Er wollte nicht länger Zeuge dieser Szene sein. Fry vergrub das Gesicht in den Händen, und Toby stand wie gelähmt da. Eine Frage *mußte* er noch stellen.
»Sie haben mir eben nur zwei Namen genannt, Sir Colin. Wer war außer Ihnen und diesen beiden noch dabei? Wer war der vierte Mann?«
Sir Colin hob den Finger und deutete auf den Rücken des fliehenden Richters.

»Kleine Bettlektüre, Rex?« murmelte Leone und stellte das Buch wieder an seinen Platz. Es mußte noch mehr geben. Das hier war noch immer kein Beweis. Sie durchsuchte das Zimmer – umsonst. Aber Crichton würde sich doch nicht die Mühe gemacht haben, das Zimmer abzusperren, wenn es hier nicht irgend etwas Wertvolles gab, das er schützen wollte! Sie war sich so sicher gewesen!
Leone ließ sich auf das harte Bett niederplumpsen und stützte den Kopf in ihre feuchten Hände. Sie massierte sich die Stirn. Dabei richteten sich ihre Augen auf den Boden. In diesem Augenblick entdeckte sie den lockeren Ziegel. Er stand etwa einen Zentimeter über. Leone kniete nieder, um ihn näher in Augenschein zu nehmen. Sie wackelte daran herum. Er saß eindeutig nicht genauso fest wie die anderen. Sie nahm das ihr mittlerweile vertraute Werkzeug zur Hand, steckte es in den Spalt an der Seite und begann den Stein hochzuheben. Es war leichter, als sie erwartet hatte. Als ob er an diese Bewegung gewöhnt wäre. Mit einem knirschenden Geräusch löste er sich. Sie richtete den Strahl der Lampe in das Loch, das darunter sichtbar wurde.
Ein großer Kasten lag darin. Mit einiger Anstrengung holte

sie ihn aus seinem Versteck. Er war etwa dreißig mal sechzig Zentimeter groß und bestand aus roh bearbeitetem Holz. Es gab kein Vorhängeschloß oder sonst ein Hindernis. Leone öffnete den Deckel.
»Dann wollen wir doch mal nach deinen Trophäen suchen.«

Jangos ging langsam auf ihn zu. Crichton zielte sorgfältig und betätigte den Abzug. Der tödliche Speer fuhr durch Jangos Kehle. Er schwankte leicht. Die meisten Männer wären von der Wucht des Aufpralls auf den Rücken geworfen worden, aber Jangos ergriff den Pfeil und zog ihn heraus. Blut sprudelte aus der Wunde. Er ging weiter. Crichton schrie, als er die Hand von der Tür zog. Der Speer steckte immer noch darin – er hatte seine Hand einfach losgerissen.
Jack spürte, wie mit dieser Wendung seine Kraft zurückkehrte. Er warf sich gegen Crichtons Beine. Aber Crichton wich ihm mit Leichtigkeit aus und versetzte seiner Schläfe einen schmerzhaften Tritt. Jack fiel erneut zu Boden. Doch jetzt war Jangos bei ihnen angekommen. Mit dem Griff der Harpune schlug Crichton ihm mehrmals ins Gesicht, doch vergeblich. Jangos hob Crichton einfach hoch und ging auf das Wasser zu. Jack hatte einen Schleier vor Augen, aber er vernahm die gurgelnden Worte seines Freundes. »Zum Wasser.«
Jack versuchte, auf die Beine zu kommen, doch die Knie gaben immer wieder unter ihm nach. Er konnte nur kriechen. Jangos' Schritt war unaufhaltsam. Selbst als Crichton ihm ein Ohr abbiß und es auf den Boden spie, ging er weiterhin langsam und stetig auf das sturmgepeitschte Wasser zu.
»Nicht das Wasser«, schrie Crichton strampelnd, »bitte, nicht das Wasser.«
Doch Jangos schenkte ihm kein Gehör. Jack kroch zentimeterweise voran. Das letzte, was er sah, bevor er das Bewußt-

sein verlor, waren zwei Gestalten, die im Wasser verschwanden. Jangos warf ihm noch einen letzten Blick zu, dann konzentrierte er sich wieder auf seine Aufgabe. Sie waren verschwunden.

Trondls Worte dröhnten in ihren Ohren. Hatte sie gefunden, wonach sie gesucht hatte? Ein rotes Samttuch lag obenauf. Leone holte tief Luft und zog das Tuch mit Schwung fort. Drinnen lagen sieben weiße Grapefruits. Erst als sie näher hinsah, erkannte Leone, daß es sich um die Köpfe von sieben kahlen Kinderpuppen handelte.
»Ganz schön verrückt, Rex«, murmelte sie. Sie hatte ein ungutes Gefühl, wußte aber immer noch nicht genau, was sie da entdeckt hatte. Sie hob einen der Köpfe hoch. Er fühlte sich an wie ein dicker, kalter Cricketball. Sie drehte den Kopf in der Hand, bis sie ihm ins Gesicht sehen konnte. Die Züge waren sehr sorgfältig gezeichnet. Ein Mund wie eine Rosenknospe, fein geschwungene Augenbrauen, eine Stupsnase. Aber die Augen waren sehr realistisch. Sie sah noch näher hin und bemerkte einen dünnen Film über den Augäpfeln, roch Formaldehyd. Erst in diesem Augenblick begann ihr Herz zu flattern wie die Flügel eines eingesperrten Vogels, denn sie erkannte, *wußte,* daß sie es gefunden hatte.
»Suchen Sie nach einer Trophäe, nach einem Souvenir. Was will er von ihnen? Was nimmt er ihnen?« Vor ihr lag die Antwort. Er hatte sie ihnen genommen, hatte sie ihnen mit den Daumen aus den Augenhöhlen gedrückt und sie dann in diese kaputten, unschuldigen Kinderbildnisse eingesetzt.
Leones Kopf begann, sich zu drehen. Sie hatte den Beweis gefunden, den unwiderlegbaren Beweis für Speakmans Unschuld und Crichtons Schuld.
Leone schluckte die Galle hinunter. Sie weinte um die kleinen Mädchen, die Crichton ermordet und diesem Ende

zugeführt hatte. In diesem Sieg lag keine Freude, nur Erleichterung darüber, daß es vorbei war.

Als er erwachte, war der Sturm vorüber. Der See lag verlassen da. Unter Schmerzen stand er auf, die Beine immer noch schwach. Er blickte über das Wasser hinweg, konnte aber nichts sehen. Er wußte, daß sein Freund und Crichton tot waren.

Er drehte sich um. Der Speer steckte immer noch in der Tür des LKW. Ein durchbohrter Finger hing daran. Jack hatte nicht die Zeit, seinen Freund zu betrauern, noch nicht. Statt dessen zog er den Speer mit aller Macht heraus und legte den Finger in eine Plastiktüte. Mit seiner Hilfe würden sie eine DNA-Vergleichsanalyse zu den Haar- und Spermaproben im Leichnam des ersten Mädchens machen können. Doch jetzt wartete eine weitere, noch unheimlichere Aufgabe auf ihn.

Jack holte tief Luft, bevor er den Sack mit Kyras Knochen öffnete. Eine Träne rann ihm über die Wange, als er hineinspähte. An ihren Rippen hatte sich etwas verhakt. Die kleinen, kaum ausgeprägten Knochen von Rex Crichtons Kind. Es trug seine Gene, seine DNA und war – ebenso wie der Finger – der Schlüssel zu Speakmans Freispruch. Er zog die Babyknochen heraus und legte sie in einen separaten Plastiksack.

Bevor er den See für immer verließ, hob er unter einem Eukalyptusbaum ein flaches Grab aus und begrub Kyra. Sie war zu lange im Wasser gewesen. Er hatte zu lange Angst gehabt.

Jetzt war es Zeit, nach Hause zurückzukehren.

Epilog

Leone Forth beobachtete, wie sich die schlafende Gestalt ihres Mannes unruhig bewegte. Seit sie Partnerin bei Foster Morgan Associates geworden war, hatte sich das Arbeitsaufkommen verdreifacht. Teal und Windle hatten sich auf ihre Golfplätze und Yachten zurückgezogen, nachdem die Untersuchung um Crichtons Tod abgeschlossen war. Es war für Jack schwer gewesen, die Vergangenheit abermals durchleben zu müssen. Beim Gedanken an den Tod seines Freundes Jangos hatte er geweint. Die beiden Leichen waren von der zypriotischen Polizei geborgen worden, und Crichtons wurde nach England überführt. Es folgte eine einsame Beerdigung, bei der nur Jack anwesend war.

»Ich will mich nur davon überzeugen, daß er auch wirklich begraben wird, Leone, das ist alles.«

Der Beerdigung des mutigen Zyprioten hingegen hatten unzählige beigewohnt. Auch hier war Jack dabeigewesen.

Nach Speakmans Entlassung hatte die Welt sich weitergedreht. Jack war wieder ein vollständiger Mensch – zumindest so vollständig, wie die Vergangenheit es ihm erlaubte. Nachdem die Akte von König Artus ein für allemal geschlossen worden war, hatte er es folgendermaßen formuliert:

»Erst die Wunden im Herzen eines Menschen machen die Gegenwart verständlicher.«

Bigg hatte das Land verlassen, scheinbar, um sich den Nazis in Südamerika anzuschließen – da paßte er auch hin. Singleton war aus seinem Amt ausgeschieden und hatte noch eine gerichtliche Untersuchung zu fürchten. Alles in allem hatte die Gerechtigkeit also gesiegt.

Jack murmelte im Schlaf, und Leone legte die Hand auf ihren Bauch und auf das Kind, das darin ruhte. Er wußte es noch nicht. Sie wollte sich die Neuigkeit bis zu seinem Geburtstag am nächsten Tag aufsparen. Leone streichelte seine feuchte Stirn. Die Alpträume waren noch nicht vollständig verschwunden, aber irgendwann würde auch das der Fall sein.
Jack streckte die Hand aus, dorthin, wo früher immer das Telefon stand, bis sie durchgesetzt hatte, daß es aus dem Schlafzimmer entfernt wurde. Er hob einen imaginären Hörer auf.

Das beständige Klingeln des Telefons durchschnitt Jack Forths Traum. Er stöhnte leicht und hob den Hörer ab.
»Jack, hier ist Rex.«
»Nein, Sie sind tot.«
»Kommt darauf an, wie man tot definiert, Jack. Fort, aber nicht vergessen, wenn man so will.«
»Egal, das hier ist nur ein Traum.«
»Unerheblich. Jedenfalls dachte ich mir, daß ich Ihnen gratulieren sollte.«
»Machen Sie schon, Crichton, damit dieser Traum ein Ende hat.«
»Sie ist schwanger. Ein Mädchen, wie niedlich.«
»Du krankes, verdammtes Schw –«
»Erst ist Hollie dran und dann sie. Ich habe Geduld.«
Er kocht vor Wut.
»Bis bald Jack.«
»Jack, wach auf, du träumst.«
Leone schüttelte ihn wach. Er öffnete die Augen und entspannte sich, als er sie sah. Aber er konnte nicht lächeln. Verzweifelt verlangte es ihn nach einer Antwort.
»Leone, bist du schwanger?«
Ihr Gesicht war fragend und besorgt.
»Woher weißt du das? Jack, sag mir, woher du das weißt!«

Die Wasser schwinden aus dem Meere, der Fluß vertrocknet und versiegt. So legt der Mensch sich hin und steht nicht auf.

Hiob 14/11–12